© 2019 Giulio Einaudi editore s.p.a., Torino
www.einaudi.it
ISBN 978-88-06-20942-1

Melania G. Mazzucco

L'architettrice

Einaudi

Questo libro è per Andreina.

Studentessa di architettura negli anni Cinquanta del Novecento, lasciò l'università quando scoprí che piú rari dell'hibonite erano gli architetti donna.
Si è sposata e ha avuto due figlie. La seconda sono io.

L'architettrice

La gloria di una donna consiste nel non far parlare di sé.

ORTENSIA MANCINI
DUCHESSA DI MAZZARINO

Io Plautilla Briccia Architettrice ho fatto li sudetti capitoli
mano propria

La balena

La cosa era grigio polvere, ricurva come una storta da alchimista: panciuta alla base, si restringeva nella parte superiore. Non misurava piú di mezzo palmo. Apparve all'improvviso sullo scrittoio di mio padre, insediata sulla pila di fogli scarabocchiati dalla sua grafia febbrile. La scambiai per un fermacarte, frantume di qualche scultura antica. Mio padre infatti, nonostante le proteste sguaiate di mia madre, aveva cominciato a raccattare ogni genere di reperti, fabbricati dagli uomini, dalla natura o dal caso: li esumava, li scambiava con altri cacciatori di tesori, talvolta li acquistava, tanto che il suo studiolo ormai somigliava piú alla bottega di un rigattiere che di un pittore.

Dentro scatolette di legno di pero conservava frammenti di ossa di martiri, alluci di divinità defunte e calcoli renali recuperati dal cognato nei pitali dei suoi pazienti: li ammucchiava sulle scansie tra libri squinternati in ebraico e latino, tavole con anatomie di cadaveri dissezionati, e perfino, accuratamente sigillati in una boccia di cristallo, peli di ytzquinteporzotli e xoloitzcuintli, cioè di cane e lupo messicano. Quel locale sempre in penombra, che sapeva di colla, legno bruciato e carta vecchia, il mondo di mio padre quando non era mio padre, esercitava su di me la forza d'attrazione irresistibile di una calamita su una scheggia di metallo.

Mio padre pretendeva di non essere disturbato, ma non si chiudeva mai col catenaccio, perché forse in fondo lo divertiva vedermi curiosare tra le sue meraviglie. Mia sorella Albina non provava nessun interesse per i suoi disegni e i fiori essiccati. Lui sollevava appena la testa dal foglio, e portandosi il dito alle labbra mi intimava di far silenzio. Poi intingeva la penna nell'inchiostro e si dimenticava di me. Appollaiata sullo sgabello coi piedi che mulinavano nell'aria, lo guardavo scrivere, scrivere, scrivere. Chissà che. A quel tempo sapevo appena sillabare. E non capivo perché mai un pittore dovesse usare cosí spesso la penna.

La cosa però non era il pezzo di una scultura, e nemmeno un sasso. Emanava un odore penetrante di mare e di marcio, come fosse stata, e in parte fosse ancora, qualcosa di vivo. Era febbraio, il freddo costringeva a tener chiuse le impannate, e il puzzo divenne rapidamente cosí acuto da dare il voltastomaco. Il primo giorno mia madre, disgustata, gli ordinò di far sparire subito quella fetenzia. Mio padre la fulminò con un'occhiata di compatimento. Taci, femmina stolta, bofonchiò, tu non sai di che cianci. La «fetenzia» è piú preziosa di tutto quello che c'è qua dentro, la ammoní. Quanto vale? si rianimò mia madre, allungando la mano. Mio padre gliela schiaffeggiò scherzosamente. Ci sono cose troppo rare, che non hanno prezzo, manco per mille scudi la venderei, affermò. Per mille scudi mi venderei volentieri mio marito, rise mia madre, ammiccando a me, ma purtroppo l'uomo mio non vale cosí tanto. Però poi aggiunse, con sorprendente tenerezza, Giovanni, falla sparire che appesta l'aria, non vorrei contagiasse qualche malattia ai bambini.

La cosa non sparí. Si limitò a diffondere in ogni angolo dell'appartamento una fragranza di mare e di decomposizione, finché, col passare dei giorni, si inaridí – e divenne secca e inerte come un minerale.

Tuttavia non era un minerale. Non era pietra e nemmeno tufo. Somigliava all'avorio, e al corno. La superficie era spugnosa, bucherellata di pori minuscoli. Su un lato, irta di setole bianchicce che sembravano quelle del porco selvatico. Mio padre mi raccomandò di maneggiarla con attenzione, perché era un pezzo del corpo di un animale che nei nostri mari non si vede mai. Una creatura di un altro mondo. Un pesce balena.

Le sere d'inverno, quando la pioggia o il nevischio lo intrappolavano in casa, mio padre allestiva recite dell'*Orlando Furioso*, selezionando le storie piú avventurose di Angelica, Astolfo e Ruggiero, o di commedie all'improvviso, blaterando in veneziano, bergamasco e napoletano nella parte di Pantalone, Zanni o del capitano. Provava le scene davanti a noi – che formavamo il suo primo pubblico. Albina e io non lo abbiamo mai potuto seguire alle rappresentazioni delle commedie, nemmeno nelle case private, perché potevano andarci solo le donne sposate. Si esibiva volentieri per noi figlie. Nella nostra innocenza feroce, eravamo i suoi critici piú imparziali. Se un lazzo non riusciva a farci ridere, lo tagliava. La vera comicità, sosteneva, deve funzionare pure con gli idioti.

Ma i suoi spettacolini domestici avevano anche un altro scopo. Voleva divertirmi, scuotermi, guarirmi dal mio difetto di fabbricazione. Si era imposto questo obbligo, da nessuno richiesto, quasi per penitenza di una sua colpa. Senza causa apparente, da qualche tempo avevo cominciato a addormentarmi di schianto – scivolavo giú dalla sedia, o cascavo col viso nel piatto in uno stato di torpore e di incoscienza. Mia madre sospettava che un sortilegio m'avesse reso scema.

Ridevo, ma la mia allegria durava come un temporale d'estate. La scoperta di quel mio difetto m'aveva cambiata. Paurosa di tutto, e soprattutto di me, non osavo piú staccarmi dalle stanze familiari: poteva accadere di nuovo, e gli estranei mi avrebbero portato all'ospedale, o abbandonata chissà dove. Preferivo stare in casa, accudire la mia sorellina Antonia. Le facevo il bagnetto nel mastello, inventavo canzoncine e favole per lei. M'era venuta la smania di crescere, e diventare madre a mia volta. Ero già una

piccola donna muta e obbediente. E tale sarei rimasta, se
quella cosa non fosse comparsa sullo scrittoio di mio padre.

Nessuna di tutte le storie che mi ha raccontato, infatti, mi ha appassionato quanto quella della balena che una
sera di febbraio del 1624 venne ad arenarsi sui sassi della
costa, poco oltre Santa Severa.

Calava già il buio quando una sentinella, di guardia sulla
fortezza, intravide in mare – a un miglio di distanza, verso
Civitavecchia – una sagoma scura. Forse un'isola galleggiante di sfasciumi di qualche naufragio, o un'imbarcazione
nemica. Pirati barbareschi che s'appropinquavano per una
razzia? Diede subito l'allarme. I soldati si precipitarono
sulla spiaggia. Ma non era un'isola né una barca. Nemmeno somigliava a un pesce. Era cosí grande che pensarono
a un'apparizione demoniaca. Alla luce delle fiaccole, compresero che il mostro marino giaceva a poche braccia dalla
riva. L'acqua era gelida. Però non fu per quello che i soldati esitarono a raggiungerlo. Temevano che il leviatano
fosse ancora vivo. Alle prime luci dell'alba, un pescatore
intraprendente si rimboccò le braghe alle ginocchia e s'avventurò verso la mole grigiastra, ormai inerte.

I soldati chiamarono gli ufficiali, e gli ufficiali i superiori
del comando della rocca di Santa Severa. Dipendeva, come
tutte le terre circostanti, dall'Ospedale di Santo Spirito.
Alla luce del nuovo giorno, il mostro si rivelò una innocua
balena. A memoria d'uomo, nessuna balena, prima d'allora, era mai venuta a nuotare nell'acqua del nostro mare.

Gli eruditi ricordavano una balena morta al largo della Corsica, quattro anni prima: ma in Italia mai. Questa
doveva arrivare dall'oceano. Forse, inseguita da un'orca,
si era inoltrata nel Mediterraneo, e fuggendo si era spinta
cosí lontano che aveva smarrito la via del ritorno. Era una
femmina, ed era sola. Non fu trovata traccia di balenottero.

Secondo alcuni scienziati, era molto anziana, e per questo non aveva compagni. Secondo altri, era stata abbandonata dal suo dux. La balena infatti vive in comunione con un pesce lungo e bianco, che si aggrappa al suo muso e resta sempre con lei. Sospinge nella sua bocca i pesci minuscoli di cui si nutre, allontana i pericoli, e col tocco della coda spinosa la pilota nei mari e attraverso le correnti come fosse un timone. Per questo lo chiamano dux. In cambio ne ricava cibo e protezione: durante le tempeste, la balena lo tiene al sicuro nella propria bocca. Non possono vivere l'uno senza l'altra. Se perde il suo dux, la balena non può andare avanti né tornare indietro: può solo morire.

La carcassa si era incastrata sugli scogli che punteggiavano la costa, e sui quali spesso sbattuti dalle onde si erano infranti vascelli e feluche. Misurava piú di novantuno palmi di lunghezza e cinquanta di larghezza, ed era cosí pesante che nemmeno trenta uomini riuscirono a trainarla sulla sabbia. Decisero di farla a pezzi là dove si era incagliata, arrampicandosi sul suo dorso lucente come su una collina. La pelle, grigio chiaro, era sottile e delicata come taffetà.

Nel giro di poche ore, quella spiaggia sempre deserta divenne gremita, e non bastava piú a contenere la folla. Da Roma carovane di carrozze vi conducevano scienziati, zoologi, dilettanti, preti, poeti, pittori. Alcuni volevano studiarla, altri semplicemente vederla, altri ancora disegnarla, perché restasse memoria di lei. Era un prodigio.

Ma con altrettanta avidità molti volevano possederla. I contadini e i pescatori della zona furono pagati per staccare la coda, le ali, la carne, le vertebre. I piú ingegnosi già sognavano di fabbricarci troni e sgabelli. Le aprirono la bocca coi pali e le travi. Era cosí vasta che un uomo avrebbe potuto entrarci a cavallo. Provarono anche a dipanare gli intestini, ma il cordone delle viscere era piú spesso di un uomo. La carne era rossa, come quella del bue. Lo strato di sugna sotto il dorso cosí pesante che ci vollero tre carri per trasportarlo, e l'olio che ne fu ricavato riempí nove botti e bruciò nelle lampade per un anno intero. I denti

erano alti come un uomo, ma decrescevano nella gengi-
va come le canne dell'organo. Il piú piccolo era poco piú
grande di una storta da alchimista. Ed era quello che mio
padre aveva sistemato sul suo scrittoio.

Glielo aveva donato fra Luigi Bagutti, l'architetto di
Santo Spirito. Viveva a pochi passi da casa nostra ed era
diventato il miglior amico di mio padre: si vedevano ogni
giorno per commentare le nuove fabbriche dell'Urbe. Fra
Leone, il suo superiore, gli aveva procurato ossa, carne e
grasso e fra Luigi li mostrò a mio padre, sapendo che era
l'uomo piú curioso di Roma, affamato di novità e di conoscenza. L'oggetto che mi affascinava tanto era il dente
piú piccolo di quella balena straniera.

Quella notte la sognai. Vagava sperduta tra le onde,
attratta dalle luci della fortezza, ma quando si avvicinava
gli scogli aguzzi del fondo le laceravano il ventre. Lanciava spruzzi d'acqua dallo sfiatatoio, alti come palazzi, ma il
suo dux l'aveva abbandonata e nessuno veniva a liberarla.
Mi svegliai piangendo. È morta, Plautilla, disse mio padre. Non possiamo fare niente per lei. Voglio vederla, lo
supplicai. Portatemi a vederla, signor padre. Non tornerà
piú, non ce ne sarà mai un'altra.

Volevo andarci anch'io, Plautilla, e ti avrei portata con
me, mi assicurò lui, ma ormai è tardi, non si può. Il tanfo
della putrefazione ammorba l'aria fino a Civitavecchia.
Bisogna aspettare che la natura faccia il suo corso.

Per consolarmi prese un foglio, afferrò la penna, la in-
tinse nell'inchiostro di seppia e disegnò la balena per me.
Con la bocca aperta in una specie di sorriso, felice nell'acqua bassa del Tirreno. Una balena inventata, da favola,
perché quella vera mio padre la conobbe solo quando Bernardino Radi, che soprintendeva alle fabbriche di Civitavecchia e andò a vederla subito dopo lo spiaggiamento,
incise il disegno che aveva fatto, vendendolo in tutte le
librerie di Roma.

Ma quando non puzzerà piú, mi ci porterete, signor padre? lo pregavo. Mio padre annuí, distrattamente. Quattro giorni dopo l'avvistamento, con una rapidità indiavolata, aveva scritto la *Relatione della balena*, in poche ore l'aveva mandata in stampa, e l'indomani già era in vendita alla bottega del libraio di Bologna, a Borgo Vecchio, di fronte al Cavalletto. La tiratura era andata esaurita, le copie erano circolate per tutta Roma, passando di mano in mano nelle osterie, e molti si erano complimentati con lui per la vivacità della descrizione. La balena già non gli interessava piú. Mio padre preferiva ciò che non è ancora accaduto.

La balena di Santa Severa mi ha ossessionato per anni. Non so perché quella creatura spersa, fantastica e solitaria mi abbia turbato tanto. Carezzavo il dente ormai secco sullo scrittoio, e piangevo pensando alla regina del mare che si disfaceva sugli scogli. Mia madre mi prendeva in giro. Cuore mio, rideva, conserva le lacrime, che ti serviranno.

A primavera, però, mio padre s'accordò coi frati di Santo Spirito e mi permise di accompagnarlo. La carrozza era
stipata e mi sono dovuta accoccolare sulle sue ginocchia.
Siamo usciti da Roma attraverso porta San Pancrazio: col
naso premuto contro il vetro dell'abitacolo, guardavo sorpresa le dozzine di trabiccoli e carretti di ortolani ricol-
mi di ceste di piselli, lattuga e carciofi dalla testa violetta
che attendevano di entrare in città. Si tolsero umilmente
il cappello al nostro passaggio.

Subito fuori le mura, Roma finiva. Bruscamente. Avevo sempre vissuto in vicoli oscuri, e se mi affacciavo alla
finestra quasi potevo toccare il muro del palazzo di fronte:
mi apparve qualcosa di inimmaginabile – una distesa scon-
finata di campagna, una geometria ondulata di muraglie
scure che orlavano proprietà invisibili, e riquadri verdi a
perdita d'occhio, divisi da filari di vigne, o arruffati da boschi e cespugli. Allora non esistevano ville su quell'altipiano solcato da valli e burroni che si estendeva fino al mare.
Non potevo immaginare che proprio tra quelle vigne, boschi e campi di carciofi si sarebbe compiuto il mio destino.

Era la prima volta che salivo su una carrozza. I sobbalzi, gli scossoni e il dondolio mi diedero la nausea. Vomitai
sulla camicia di mio padre prima di avere il tempo di avvisarlo del mio malessere. Santa Pupa, protestò, rassegnato,
non ho ricambio! Perdonateci, disse ai frati. Quelli si tu-
ravano il naso, schifati. La mia presenza era già motivo di
imbarazzo. Il cocchiere fermò accanto a un fontanile per
permettere a lui di sciacquare la camicia e a me la bocca.
Mio padre rimase a petto nudo. A quarantacinque anni era
gracile come un fringuello.

Dopo l'osteria di Mala Grotta torri e casali divennero
sempre piú radi, finché la carrozza si trovò ad avanzare
in una nuvola di polvere, su una strada vuota. Nemmeno
sui ponti che scavalcavano i fossi incontrammo qualcuno.
Solo le bufale abitavano gli acquitrini di quella terra mal-

sana. I miei occhi non trovavano nulla su cui posarsi. Mi
sono assopita con la testa contro il petto lanuginoso di mio
padre, cullata dal battito lento del suo cuore.

Mi svegliarono delle voci e l'immobilità della carrozza.
Saltai giú di slancio. Una folata di vento mi strappò dalla
testa il velo bianco. Provai a inseguirlo e dovetti fermarmi, senza fiato. Fu la prima – e l'unica – volta che vidi il
mare. Azzurro, con un merletto crespo d'argento ricamato
dalle onde. Azzurro che verso il largo assumeva una tona-
lità sempre piú cupa, fino a sembrare una lamina di metallo. Acqua, a perdita d'occhio. Separata dal cielo, di un
celeste chiaro, da una linea netta come fosse tracciata col
righello. Mio padre mi appoggiò una mano sulla spalla e
disse che dall'altra parte, ma molto, molto lontano, c'era la
Francia. Fu la prima volta che sentii nominare quel paese.
  I soldati della fortezza, avvisati del nostro arrivo dal
priore dell'Ospedale di Santo Spirito, ci scortarono fino
al punto del ritrovamento. Ma la balena non c'era piú. Restavano solo le ossa lunghissime del cranio, i monconi ir-
ti della spina dorsale e quelli ellittici della cassa toracica.
Ricordava il fasciame capovolto di uno scafo. Ma le ossa
erano cosí bianche che sembravano di marmo, e il relitto
somigliava piuttosto ai ruderi antichi sparpagliati lungo la
via Appia, ridotti ad ammassi di capitelli spezzati, pilastri
sbilenchi, cornicioni protesi nel vuoto, che permettono solo di fantasticare la forma originaria dell'edificio.
  Eppure non sono rimasta delusa. Le dimensioni di quei
resti trasmettevano lo stesso senso di grandiosità e magnificenza delle rovine dell'antica Roma. Capivo che la balena
era stata una meraviglia. Gli occhi erano grandi come ruote
di carro, s'entusiasmò mio padre, e le pupille come bocce
d'ebano. Non snocciolava misure astratte, te le faceva vedere. E per farmi capire ciò che mi era sconosciuto, lo paragonava a oggetti d'uso comune: i denti erano fitti come
gli spilli dei pettini per conciare le canape, il labbro infe-

riore gonfio e rotondo come il cordone di travertino alla base delle mura delle fortezze... Mio padre aveva il dono di evocare le cose con le parole, come un mago. Era uno scrittore, ma allora io non lo sapevo. E presto smisi di ascoltarlo. Fissavo la cresta delle vertebre, su cui s'infrangevano schiumando le onde. Strizzavo gli occhi e scrutavo l'orizzonte, nella speranza di intravedere lo spruzzo di un'altra balena. Ma sul pelo dell'acqua galleggiavano solo le tartane dei pescatori di Santa Marinella e, piú al largo, le vele bianche di una nave diretta verso Porto Ercole.

Non ci sono balene nel mare nostro, Plautilla, disse mio padre, meditativo. Ma non vuol dire che non esistano. Per questo mi è caro il dente e lo terrò sempre con me. È una promessa, capisci? Le cose che non conosciamo, esistono da qualche parte. E noi dobbiamo cercarle, o crearle.

Sí, signor padre, affermai, anche se in realtà non avevo capito cosa intendesse dirmi. M'aveva parlato per la prima volta come a un'adulta, ed ero una bambina di neanche otto anni. E lui aveva sempre prestato poca attenzione a me. Ero la figlia superflua. La seconda femmina. Difettosa, neanche bella, e speciale solo nel mio sonno inanimato. Timida, troppo obbediente per liberare il mio desiderio segreto di essere qualcos'altro. Un'eroina, una principessa, una guerriera – una creatura provvista della volontà irresistibile di innalzarsi in questo mondo, procurandosi gloria e onore. Mio padre riponeva le sue speranze di discendenza artistica nel mio fratellino Basilio, e aveva già dato il suo amore a mia madre e a mia sorella Albina. Non ne aveva abbastanza anche per me.

Però io soltanto avevo ascoltato la storia della balena, e avevo capito cosa significasse quel dente per lui. E forse anche per me. In quella femmina vecchia, coraggiosa e sola riconoscevo qualcosa – che mi attirava, e insieme mi terrorizzava.

Mio padre si tolse le scarpe, m'invitò a fare altrettanto e mi raccomandò di fare attenzione, perché la sabbia era disseminata di conchiglie, le valve spezzate taglienti come lame. Poi mi prese per mano e ci avventurammo nell'acqua bassa. I resti distavano nemmeno dodici piedi dalla riva. Ma non siamo riusciti a raggiungerli. Dopo pochi passi, già il dolore mi faceva lacrimare. Qualcosa mi aveva trafitto i piedi. E anche mio padre imprecava, gemendo. Quei sassi guarniti di alghe scivolose erano infestati di ricci. Gli aculei ci si erano conficcati nei talloni, nelle dita, nelle piante. I soldati dovettero venire a prenderci per riportarci a riva, anche se entrambi protestavamo con orgoglio di voler proseguire.

Risalimmo in carrozza intirizziti, con gli abiti umidi che il sole di maggio non aveva asciugato, e scalzi, i piedi avvolti in fasce intrise d'olio: gli inservienti dell'Ospedale di Santo Spirito impiegarono ore a estrarci dalla pelle le spine – grani minuscoli neri come pepe –, e mia madre rinfacciò per settimane al marito la pazzia di quel suo cervello bizzarro. Come gli era zompato in testa di portare la bambina a Santa Severa? Che ci avevo guadagnato? Piedi distrutti e febbre alta. Ma io e mio padre sapevamo che era valsa la pena, rendere omaggio ai resti della balena. E niente di ciò che ci siamo detti negli altri ventun anni in cui abbiamo vissuto l'uno accanto all'altra, è stato piú profondo di quella conversazione sulla spiaggia.

Il dente della balena è qui, sul mio scrittoio. Ho dovuto abbandonare tutto il resto, ma a quello non avrei mai rinunciato. Non ha piú odore né colore. Le setole sono cadute, e la polvere s'è infiltrata nei pori, colorandolo con una patina di cenere. Ogni giorno lo guardo. Mio padre mi ha lasciata da quasi sessant'anni. Non ricordo piú la sua voce, nemmeno i lineamenti del suo viso, da quando ho regalato il libro che conteneva il suo ritratto. Eppure vorrei dirgli, ovunque sia, che anche io ho mantenuto la promessa.

La prima pietra

Nessuno sa di me. Il mio nome giace tre palmi dentro
la terra vergine, confitto nel cuore del colle che chiamano Monte Giano. È il dio della soglia, il genio di questa
città. Sarebbe anche il dio del mio destino, se fossi nata
in un altro secolo. Quel colle sempre pettinato dal vento
fresco del mare se ne sta solitario, in disparte, sulla riva sbagliata del fiume. Eppure domina Roma. Però non
l'abbiamo amato solo per questo. Da lassú, al tramonto,
amica mia, mi diceva l'abate, ogni sera contemplo l'ombra che a poco a poco, dolcemente, cancella la bellezza
di Roma. Cupole, alberi, palazzi, piazze, torri, fontane,
campanili, croci. Tutto svanisce come un sogno. E mi ri-
concilio con le mie disillusioni.

Il mio nome è inciso su una lamina di piombo, nella
grafia elegante dei monumenti antichi. I manovali l'hanno
adagiata nelle fondamenta una mattina di ottobre. La posa
della prima pietra è una cerimonia solenne, ma allegra come un battesimo. Non si pensa mai che un inizio è anche
una fine, e che realizzare qualcosa comprende la possibilità di mancarlo – la riuscita come il fallimento, il successo
o il disastro. E a volte entrambe le cose.

Ma in quel momento non lo sapevo ancora. Avevo il
cuore al galoppo e la bocca arida, sopraffatta dall'essere,
nello stesso istante, l'officiante del battesimo, la madri-
na e la madre. Là dove per gli altri c'era solo un enorme
buco – e terra smossa mista a filamenti di radici divelte – io
già immaginavo la terrazza con la fontana, la balaustra con

le colonnette, la facciata, le statue, e le finestre su cui si sarebbero infranti i raggi del sole.

La carrozza si era fermata sul limitare della proprietà. Quando ho tirato le bandinelle li ho visti, già tutti schierati: gli operai in disparte, sotto la tettoia degli scalpellini, intorno al capocantiere; sull'orlo della voragine l'abate, altissimo e sottile come un'ombra della sera, il suo segretario con gli occhiali di corno, lo stuolo uniforme dei preti con la tonaca nera gonfiata dal vento, l'ufficiale del Governatore coi pennacchi sul cappello, il priore del vicino convento di San Pancrazio, l'ambasciatore con la parrucca crespa e i baffetti a punta, attorniato dai giovani in livrea del suo seguito. I cavalli sono rimasti a sonnecchiare, immobili, sotto il pergolato: solo la coda sventolavano, per scacciare le vespe attratte dai grappoli d'uva.

Quando lo staffiere mi ha aperto la portiera e ho poggiato la scarpetta sul predellino, il mormorio si è spento bruscamente, e sul cantiere è sceso un silenzio sconcertato. I muratori non mi avevano ancora mai vista. Circolavano le ipotesi piú strampalate sul mio conto. La sola parola «architettrice» li faceva sognare. Sorridevo al pensiero che mi credessero giovane, e bella. Il velo che mi copriva il viso ha impedito loro di verificarlo.

Possiamo cominciare, Signora? mi ha chiesto il capocantiere, avvicinandosi. Aspettiamo forse un altro architetto, mastro Beragiola? ho risposto, col tono fatuo che ho sempre dovuto usare con lui. Il capocantiere ha fatto un cenno agli operai e uno di loro mi ha raggiunta, titubante.

Il capocantiere era un lombardo taciturno, brusco e riservato, la pelle come cuoio conciato dal sole. Il suo viso serio non lasciava trapelare alcuna espressione. Doveva obbedirmi, perché era mio sottoposto. L'abate aveva dovuto scriverlo chiaramente nel contratto, per evitare dispute ed equivoci. Il lombardo aveva accettato. A malincuore, temo. O forse non aveva abbastanza fantasia per valutare le implicazioni della sua sottomissione.

L'operaio ha preso la cazzuola, l'ha immersa nel secchio della calcina e ha murato la lamina sulla pietra. L'abate ha lasciato cadere dei grani di sale nell'acqua di un mastello, e poi l'ha rovesciata nello scavo, per invocare la stabilità dell'edificio. Adiutorium nostrum in nomine Domini, qui fecit coelum et terram, ha recitato Monsignore tracciando davanti a sé il segno della croce. Exorcizo te, creatura salis, per Deum vivum, per Deum verum, per Deum sanctum. Il capocantiere mi ha messo tra le mani la pietra. Un parallelepipedo perfetto, con gli spigoli di un bianco vivido. Avrei voluto sentire l'asperità della materia, ma portavo i guanti. Era sorprendentemente leggera, la pietra angolare della mia vita. Mentre indugiavo, reggendola sui palmi come un'offerta, ho pensato che la lamina aveva le stesse misure di un quadro. Ma non ho potuto tenerla a lungo, la consuetudine prevedeva che la passassi a Sua Eccellenza l'ambasciatore di Francia. Avrebbe volentieri fatto a meno di quell'onore, ma non poteva esimersi: tra i presenti, era la persona piú importante. Si è stupito che fossi io a porgergli la prima pietra: il rito prevede che sia l'architetto del futuro edificio. L'abate non doveva avergli parlato di me. L'ambasciatore se ne è sbarazzato subito, come gli bruciasse tra le dita. Uno dei suoi accompagnatori gli ha premurosamente spolverato i guanti col fazzoletto.

La lamina l'aveva realizzata il fabbro della fonderia di Borgo. Una tradizione che esiste dai tempi della Bibbia, e spero che duri ancora: è un rito propiziatorio indispensabile. Nei cantieri piú modesti le lapidi di fondazione sono di terracotta, in quelli importanti di marmo. Ma una lastra di marmo mi faceva pensare a una lapide funeraria, come quelle che spuntano dal ventre di Roma ogni volta che un vignaiolo pratica uno scasso o un contadino rivolta un campo. La necropoli del passato non si lascia dimenticare dalla città dei vivi. La preferivo di metallo, e alla fine avevo scelto il piombo, perché di piombo erano le lamine di maledizioni che gli antichi gettavano nel pozzo della ninfa Anna Perenna.

Me lo aveva raccontato un amico di mio padre, quando ero bambina. Lo chiamavano il Toccafondo. Fra i tanti pittori che frequentavano la nostra casa, era il mio preferito. Aveva il viso deturpato da una cicatrice, ricordo di un colpo di spada che quasi l'aveva spedito all'inferno, ma a me non faceva paura. Anzi, mi affascinava come l'orco di una favola o il bandito di una ballata popolare. Aveva una nera reputazione, perché era stato tante volte in prigione, lo avevano anche condannato a morte e si era salvato solo perché gli avevano commutato la pena e lo avevano mandato a remare sulle galere del papa.

Mio padre m'aveva raccontato che il suo amico era un esploratore. Alla fine dell'altro secolo, tutti i giovani sognavano di scoprire nuove terre e nuovi popoli, attraversare gli oceani, le foreste o le cordigliere dell'America. Il Toccafondo invece aveva scelto il continente nascosto nel buio della terra. Invisibile a tutti, vicino, eppure irraggiungibile come il polo. Dalle sue incursioni, per lo piú illegali, nel sottosuolo di Roma, riportava in superficie mucchi di reperti, proprio come i viaggiatori nelle Indie o nel Nuovo Mondo tornavano con piume di uccelli sconosciuti, frecce avvelenate, statuette di idoli, pelli di serpente. I reperti sacri – ossa di cristiani martiri, o che spacciava per tali – li vendeva. Quelli pagani – che trovava quasi per caso – li regalava agli amici. Dita di statue, frammenti di sandali di marmo o boccette di profumo, perfino dadi, e figurine di cervi, cani, conigli e gatti di terracotta che i genitori avevano sepolto, secoli e secoli prima del tempo dei martiri, nella tomba del loro bambino. Avrò avuto quattro, cinque anni: me ne ha regalate dozzine, e ci ho giocato finché mi si sono sbriciolate fra le dita.

Ma le lamine di piombo intarsiate da una scrittura misteriosa era venuto a riprendersele, e ignorando le proteste di mio padre, che aveva preso a usarle come fermacarte, le aveva riportate indietro. Un erudito suo cliente sosteneva di averle decifrate, rivelandogli che si trattava di maledizioni magiche. Le aveva ributtate nel pozzo in cui le aveva prelevate. Non aveva nemmeno mai voluto rivelare in quale zona di Roma esattamente si trovasse – per timore di risvegliare l'ira di quella fosca divinità pagana. Per scaramanzia, mio padre ci portò tutti a farci benedire dalla Madonna dei Miracoli. Il Toccafondo non venne con noi, e morí poco dopo.

Mi sarebbe piaciuto imitare gli antichi. Incidere sulla lamina di piombo parole di minaccia, che incutessero paura invece che celebrare retoricamente la pace ritrovata di una guerra che non era la mia. Avrei scritto: Sia maledetto fino alla centesima generazione chi toccherà una pietra di questa villa di delizie…

Invece la frase era breve. In latino. Ricordava l'anno, 1663, e le circostanze dell'inizio della costruzione, cioè la pace ristabilita fra le due nazioni della Chiesa e di Francia. Che poi erano anche le due nazioni dell'abate, quella in cui era nato e quella che si era ritrovato a servire. Non ricordo esattamente le parole. Non mi è mai piaciuto studiare il latino, perché credevo non mi sarebbe servito a niente.

Di solito, per la lapide da seppellire nelle fondamenta del futuro edificio i proprietari si rivolgono a un poeta di fama, anche se i versi che dovrà scrivere sono destinati a non essere mai piú letti da nessuno. A meno che l'opera che gli verrà costruita sopra non crolli, per un terremoto, un cedimento o per un errore di calcolo dell'architetto, o non sia demolita, perché fatiscente o perché il mutare del gusto la rende antiquata e ridicola alla vista – cosa che ovviamente non si augura né chi scrive né chi richiede. Devono essercene centinaia, migliaia – sotto ogni casa. Un'antologia di epigrafi che non vedranno mai la luce finché Roma esisterà.

Quei versi li avevo chiesti a un conoscente dell'abate, di mio fratello e mio. Si chiama Carlo Cartari, e credo sia ancora vivo. Contava molto, a Roma. Potrei dire che era un amico, ma preferisco custodire questa parola come un gioiello: e non esito a riconoscere che nella mia lunga vita non ne ho avuti piú di due. Nel 1663 eravamo vicini di casa, abitavamo nello stesso palazzo. Ci frequentavamo: l'avvocato curiosava volentieri nella nostra biblioteca, prendeva in prestito i manoscritti di mio padre, ci offriva la sua carrozza, conversava di politica e intrighi di curia con mio fratello, e io di ricami e di profumi con la moglie. Ma poi non ci ha invitato neanche alle nozze della figlia, cui pure avevo insegnato i rudimenti della pittura. Gli ho proposto di comporre qualche verso augurale, che portasse fortuna alla nostra Villa. Ne avevo, ne avevamo davvero bisogno.

L'avvocato concistoriale si dilettava a scrivere, come tutti del resto. A Roma ci sono sempre stati piú scrittori che abitanti. Si leggevano fra loro, lodandosi e adulandosi se amici, riversando veleno sugli estranei. Scrivevano di tutto. In prosa, in versi, in volgare e in latino. Delle inezie minime delle loro vite o degli eventi che sconvolgevano il mondo, dei papi, delle liturgie, dei santi, del tempo e della morte. Degli orologi, degli angeli, delle proprietà degli uccelli e in particolare di quelli che cantano, delle voglie dei feti nell'utero, della birra o della natura del vino, se sia meglio berlo caldo o freddo, sciogliendoci dentro un fiocco di neve. Mettevano in rima qualunque cosa, senza ispirazione e senza genio. Mio padre mi ha insegnato a riconoscere la vera poesia. Sapevo che l'avvocato non avrebbe scritto dei buoni versi, ma non mi importava. I versi erano solo una convenzione. Soltanto l'ultima riga contava per me. L'ultima riga era il mio nome.

Quello di battesimo, e quello della mia famiglia. Mio fratello si ostinava a non prendere moglie: cominciavo a temere che nessuno avrebbe portato il nostro cognome nel nuovo secolo, nel futuro che non avremmo mai visto.

Basilio e io siamo stati troppo a lungo figli di nostro padre, ma stranamente non abbiamo mai creduto nell'eredità naturale della discendenza. I figli possono morire, o abbandonarti, rinnegarti, deluderti o traditi. Forse anche noi sospettavamo di aver tradito il suo insegnamento, e che se gli fosse stato concesso di tornare in vita, anche solo per un giorno, il Briccio non ci avrebbe riconosciuti. Sognavamo di lasciare un'opera che sarebbe durata molto piú del nostro sangue – singolare come la cometa che apparve nel cielo di Roma proprio mentre costruivamo la Villa, e che mio fratello e io abbiamo ammirato dalle finestre della nostra casa, notando quanto col passare delle settimane la coda della stella crescesse invece di diminuire e chiedendoci quale messaggio fosse venuta a consegnarci. Deponevo il mio nome nelle fondamenta della Villa, che era mia anche se non ci avrei abitato neppure un giorno né dormito una sola notte, perché da qualche parte restasse memoria di me.

L'abate ha lasciato cadere nella voragine una pioggia di monete. Dobloni di Spagna, ongari, ducati veneziani, scudi d'argento, sesterzi romani. Non so quando sia nata questa usanza, ha qualcosa di irresistibilmente pagano. Ma la ripetono tutti, anche quando è una chiesa l'edificio di cui si festeggia l'inizio. Monsignore ha recitato la benedizione e si è incamminato lungo il perimetro dello scavo, spruzzando acqua benedetta nel punto in cui sarebbe sorta la cappella. Lo abbiamo seguito, accodandoci in processione dietro il turiferaio, mormorando le preghiere. Le mie in verità un po' difformi. Fa' che non abbia sbagliato i calcoli, recitavo mentalmente, fa' che venga forte e bella, benedici questa casa affinché duri. I vapori di incenso, valeriana, cannella e mirra che esalavano dalla navicella hanno sopraffatto per qualche istante l'odore di umido, resina e marcio della terra. Intanto lo sterratore si era calato nella fossa e murava la pietra. La buca era profonda, perché le fondamenta avrebbero dovuto sorreggere un edificio molto alto. Da dove eravamo noi, non potevo vederla piú. Ma è stato allora che ho sfilato dalla catenella il ciondolo di ossidiana che da quarantatre anni portavo appeso al collo.

Nel muro di Gerusalemme, avevo letto nell'*Apocalisse*, gli ebrei hanno incastonato diaspro e zaffiro, calcedonio, smeraldo, sardonico, crisolito, berillio, topazio e ametista. Pietre preziose, insomma. Io un sassolino nero di ossidiana, che valeva pochi bajocchi. Eppure era il mio gioiello piú caro. Perché per tutti quegli anni avevo atteso che la profezia si compisse, e quel tempo era infine venuto. Gli altri erano assorti nell'ascolto della litania o distratti dalla noia e forse non se ne sono neppure accorti. Ho lanciato il ciondolo di ossidiana nella voragine, sopra la lamina, perché vi restasse per sempre.

I miei occhi si sono bagnati di lacrime. Il fitto velo di pizzo che mi copriva il viso ha nascosto la mia debolezza. Se il capomastro se n'è accorto, non lo ha dato a vedere. La cerimonia finiva, gli ospiti già s'affrettavano alle carrozze, e l'abate, ignaro, mi ha presa sottobraccio e accompagnata alla burbora, per spiegarmi qualcosa sul funzionamento dell'argano: discorreva di calcestruzzo e mattoni, giulivo per la buona qualità della rena su cui andavamo a costruire. Non riuscivo ad ascoltare le sue parole. Neanche a guardarlo. La cipria che gli sbiancava il viso non poteva nascondere le rughe che cominciavano a irradiarsi intorno ai suoi occhi.

Non volevo piangere. Ero felice. Credevo di essere al culmine della mia vita. Non avrei mai immaginato che mi sarebbe stato concesso un momento simile. E come avrei potuto? Nessuna prima di me aveva concepito un'opera come quella che stavo per realizzare io. Non so neanche se qualcun'altra avesse osato sognarlo. Mi sentivo grata del privilegio e però convinta di riuscire a meritarlo. Non avevo motivo di dubitare che il mondo avrebbe saputo chi aveva disegnato, progettato e costruito la Villa. Una miniatura, in confronto a quelle che andavano fabbricando su tutte le colline di Roma persone ben piú importanti di noi. Eppure avrebbe potuto spostare la storia. Sarebbe stato il simbolo di un cambiamento epocale, un punto di partenza per le donne tutte. Quelle che si affaccendavano sulle cose dell'arte, clandestine nella penombra delle loro stanze, e quelle che dovevano ancora nascere. Era la nostra creatura. L'abate e io ne eravamo fieri come genitori tardivi, benedetti da una grazia inattesa.

Ho peccato di vanità scrivendo il mio nome, e definendomi «architectura et pictura celebris». Ma si deve perdonarmelo. La lamina non era destinata a essere letta da nessuno, una volta murata nelle fondamenta e ricoperta da migliaia di rubbi della terra umida e fertile di Monte Giano. Non l'ho fatto però per conformismo, per ripetere stancamente un'abitudine. È stato per amore. Le madri che abbandonano i figli allo xenodochio avvolgono nelle fasce dei neonati un amuleto, la metà di una moneta, un segno di riconoscimento. Affinché un giorno possano ritrovarle. Credo sia stato per questo. Se le cose fossero andate male, se la Villa, mia figlia diletta, mi fosse stata strappata, mi illudevo di poter essere ritrovata.

Oggi mi capita di chiedermi se le lettere incise su quella lamina di piombo esistono ancora, o se la ruggine le ha corrose e distrutte. Mi chiedo perfino se anche la Villa esiste ancora. A volte temo di averla sognata. Ma non posso piú verificarlo. Non esco mai da questa stanza. Perfino i pasti consumo allo scrittoio, la scala che conduce giú in strada è troppo ripida per me.

La settimana scorsa mi ha cercata un prete. Qualcuno gli aveva parlato di me e voleva verificare che fossi ancora in vita. L'ho ricevuto, sorpresa. Da dieci anni nessuno veniva a farmi visita. Mi ha portato notizie del mondo, e lo sconquasso che mi hanno causato mi ha tolto il respiro, come se mi avesse crepato il cuore. Non ho potuto avere pace finché la donna che mi assiste non mi ha fornito l'inchiostro, le penne, i fogli di carta. Se sono qui a scrivere questi ricordi è proprio per lui.

Il prete era stato sul Gianicolo, alla chiesa di San Pancrazio, e lo aveva incuriosito l'alto edificio a forma di vascello che si ergeva a poca distanza, dall'altra parte della strada che cinge il casino appena fabbricato da Lorenzo Corsini. I fattori gli avevano detto che la Villa era abbandonata. Il duca suo attuale proprietario non ci mette piede da anni. Il giardiniere riceve regolarmente lo stipendio, cura il parco, vendemmia l'uva e produce il vino. Ma la loggia marcisce e l'umido risale dalle fondamenta, forse costruite male, l'una e le altre, gli stucchi, i trofei e i pilastri sono sgrugnati e guasti e all'interno efflorescenze di salnitro disegnano arabeschi sulle pareti, le crepature si allargano sui muri patiti, i soffitti si schiodano e si spaccano, le travi si sconocchiano e s'infradiciano, dal lastrico piove sui quadri e sui cartigli.

L'abate, che tutti hanno sempre considerato un arrampicatore disonesto, ha dimostrato la sua lealtà, lasciando la Villa al duca. La fedeltà può essere una forma di rettitudine. Ma è anche vero che non poteva fare altrimenti. Non è mai stato un uomo libero. Tutto ciò che aveva, tutto ciò che abbiamo avuto, non era suo. Non era nostro. Ma la Villa non sarebbe mai esistita senza di noi. È strana, presuntuosa, audace, assomiglia a ciò che avremmo voluto essere, e che solo creandola siamo stati.

Non so dove sei. Ma vorrei che la vedessi. Allora capiresti che tutto è possibile.

Intermezzo
La sentinella del nulla
(Roma, 4 luglio 1849)

Dalle macerie si levano ancora spirali di fumo, che si attorcigliano, si librano verso l'alto a intermittenza, come per lanciare un segnale, e lentamente si disperdono in nuvole color cenere, fino a velare il cielo di caligine. L'aria sa di intonaco, legno bruciato e polvere da sparo, il respiro graffia nella gola e il fotografo è costretto a premersi sul naso un fazzolettino intriso nell'acqua di colonia. Sono le otto del mattino, ed è il primo ad arrivare sul campo di battaglia.

Non albeggiava ancora quando s'è buttato giú dal letto, s'è vestito in fretta e furia afferrando bretelle, cravatta e gilet, ha recuperato nel retrobottega la scatola della macchina fotografica, i fogli di carta per le negative, il cavalletto, il panno, e ha avvisato la moglie della sua sortita. Anna Maria è sempre stata la sua collaboratrice piú fidata, l'unica che ha creduto nel suo pazzo sogno di abbandonare la pittura, che gli aveva permesso di vivere dignitosamente, per scommettere sulla nuova invenzione, la fotografia. Lo ha seguito in tutta Europa, quando cercava invano di brevettare le sue scoperte e s'affannava a propugnare le sue migliorie nelle accademie delle scienze e nei consessi dei dagherrotipisti.

È il primo, in tutto il mondo, ad avere avuto l'idea di documentare una guerra. Fino a quel mattino di luglio, sono stati i pittori a seguire gli eserciti e rappresentare con matite e pennelli l'eroismo, la morte e lo scempio. Invece stavolta sarà lui, Stefano Lecchi, il fotografo col negozio a via del Corso dove negli ultimi tre mesi non è entrato nemmeno un cliente ad acquistare le stampe di Pisa, Napoli e Pompei incorniciate nelle vetrine. Spera di ricavare qualche buona immagine, usando il metodo che ha appena sperimentato, la calotipia: impiega per le negative le carte semitrasparenti di cellulosa preparate in una soluzione di jodio e bromo – salate, insomma. Ha bisogno di soldi e potrebbe provare a vendere le stampe a un giornale. Straniero, però, perché in Italia il vento ha cambiato il suo giro, e sono pochi a piangere la sconfitta della libertà. All'estero invece hanno seguito i fatti di questa primavera con partecipazione e simpatia. Ma non lo farà. Non è per denaro che s'è svegliato presto.

Man mano che il calesse s'arrampica sul colle del Gianicolo, risalendo il viale fra platani inceneriti e macerie di mura, circumnavigando palle di cannone seminate qua e là, senza criterio, fucili esplosi in mille pezzi e corpi disarticolati che non serbano quasi forma umana, la gola gli si serra, e non per la tosse. Avrebbe dovuto esserci anche lui, a porta San Pancrazio. Ha sempre avuto simpatie repubblicane, e quando è arrivato nella città del papa lo hanno emarginato, per questo. Invece è rimasto in casa, come tanti altri, limitandosi a salire sul terrazzo per assistere alla battaglia che infuriava sulle alture a dominio di Roma come fosse uno spettacolo pirotecnico, finché i difensori si sono arroccati su quell'ultimo presidio. Si deve essere molto giovani per diventare eroi. I morti sono quasi tutti ragazzi. Il fotografo invece ha quarantacinque anni e una famiglia.

Per questo, forse, quel mattino di luglio ha portato la moglie e i quattro figli con sé. Vuole che vedano, e vuole vederli. È per loro che non ha preso il fucile, ma è per loro in fondo che si è combattuto. Sul calesse, i ragazzi e le bambine sono eccitati come andassero a una scampagnata. Ma le loro risate si spengono quando il trabiccolo oltrepassa il varco tenebroso della porta e li deposita sull'altipiano in cima al colle. Il vetturino frusta il cavallo, per spronarlo ancora, ma l'animale innervosito stronfia e recalcitra – e allora chiede al signor fotografo se può fermarsi. Lecchi però indugia, confuso. Si guarda intorno, e non riconosce il paesaggio. Qualche settimana prima era venuto a visitare il suo amico Calandrelli, che dirigeva il tiro delle artiglierie romane: nel suo ricordo lassú c'erano vigneti, casali, un'osteria, e una strada bianca, che poco dopo un cancello si biforcava scendendo incassata fra gli alti muri delle ville. E ora c'è solo un tumulto di camminamenti distrutti e trincee franate, e la strada è scomparsa nello sfacelo di detriti che ingombrano il passaggio.

Il calesse affonda in un cratere e riemerge, sobbalzando mentre costeggia la muraglia diroccata che corre sulla destra. Gli squarci aperti dalle cannonate rivelano la devastazione di quello che era stato un giardino. Ma delle centinaia di aranci, limoni e melangoli disposti lungo i viali solo uno è ancora dritto – incenerito in un vaso di terracotta assurdamente intatto. Tutti gli altri giacciono a terra divelti, infranti, abbattuti a colpi d'ascia. L'aria non odora di zagare, ma di carogna. E là dove doveva esserci la mole verticale della Villa, si innalza solo una parete traforata di finestre, o piuttosto un insieme di finestre a stento tenute insieme dai mattoni, fra le quali spuntano, come pennoni e alberature di un veliero, monconi di travi, e da cui sfarinano calcinacci che fumano al vento.

Qui, dice il fotografo, e scende.

Regna un silenzio assoluto, sul campo di battaglia, e Lecchi ha l'impressione di aver oltrepassato una soglia, e di essere entrato in un'altra dimensione. È come camminare nell'aldilà. Ma lui non è un fantasma. I suoi passi sbriciolano le pietre, le fanno stridere, gemere. Se la desolazione può essere uno spettacolo, allora la rappresentazione è un successo.

L'occupazione della città è stata ormai completata, ma

non si vedono soldati francesi in giro – e neanche curiosi, cacciatori di cimeli o di tesori. Del resto sotto queste macerie non c'è piú nulla. Due mesi di furiosa battaglia hanno distrutto tutto. Neanche rottami di ferro o legni si potranno recuperare. Da rubare sono rimasti solo i morti, cui si vieta di dare sepoltura.

I ragazzi saltano giú per aiutare il padre a scaricare l'attrezzatura, mentre la moglie di Lecchi si danna per costringere le bambine a restare sedute nel calesse. Il terreno è troppo impervio, tra i sassi spuntano ferri, proiettili, bombe. C'è il rischio di pestarne una inesplosa, di tagliarsi sulla lama di una bajonetta, di spaccarsi le ossa cadendo in una buca. La ragazzina disobbedisce e scende. Ma si accontenta di intrecciare la coda del cavallo. La piú piccola, che non ha ancora sette anni, s'incanta a osservare il padre che si assesta la cassetta sulle spalle e cammina su e giú col treppiede in mano, in cerca del punto migliore per sistemare l'apparecchio.

Ma non lo trova. Ogni volta che crede di aver individuato quello giusto, è costretto a spostarsi. Qua dalla terra sporge una mano mummificata, là un cappello intriso di sangue, piú oltre biancheggia oblungo un omero spolpato. Non cerca il macabro, l'orribile, il sensazionale. È un artista. Deve dipingere, con la luce, la tristezza epica della sconfitta. Prepara l'inquadratura, ed è sempre sbagliata: vien fuori un quadro senza figure, una natura morta di rovine. Non è nemmeno una veduta. Di quinta, a destra e a sinistra, solo mucchi informi di pietre, e sul punto di fuga la linea perfida dell'orizzonte. Al centro, nulla. E non si può fotografare il vuoto. L'immagine non significherebbe niente, non trasmetterebbe alcuna emozione. Nessuno potrebbe capire cosa c'era qui, prima.

Il fotografo se la ricorda bene, la Villa che dovrebbe stare al centro dell'immagine. Una villa stranissima, dissimile da ogni altra. Alta e stretta, costruita su una specie di scogliera. Aveva la forma di una nave. Anzi, di un vascello. La chiamavano proprio cosí: il Vascello. Il fotografo non ha mai saputo né a chi appartenesse né chi l'avesse progettata. Ma non perché è forestiero della Lombardia ed è a Roma da pochi anni. Nessuno dei romani lo sa. Però le era affezionato, come tutti, per la sua forma vagamente onirica, per la sua insolita bellezza. E ora non c'è piú. È rimasta solo quella parete tutta buchi, angosciante, e il basamento, che sembra uno scoglio liquefatto. È un'illusione ottica, un gioco di luci e rifrazioni sulla convessità della materia. Ma piú la guarda, piú gli sembra che quella roccia abbia le sembianze umane di una maschera che piange.

Il sole è già alto e comincia a fare caldo. Il fotografo ha poco tempo per decidere: anche se ha inventato un dispositivo di messa a fuoco ed è diventato famoso per la qualità dei suoi cieli, fra poco ci sarà troppa luce per l'obiettivo, l'unico, della macchina fotografica. E invece lui deve documentare tutto questo.

È importante, perché la gente sappia, perché ricordi, perché non dimentichi. Che a Roma c'è stata la rivoluzione, e per stroncarla la guerra – guerra vera. Si è combattuta esattamente qui. I francesi – che lui, che tutti, credevano difensori della rivoluzione, di ogni rivoluzione – hanno sparato sugli italiani che avevano scacciato il papa e instaurato una repubblica democratica: hanno votato l'Assemblea a suffragio universale, e i deputati hanno scritto una Costituzione che ha per regola l'uguaglianza e la libertà. Il Vascello è stato ucciso per questo tradimento. Una villa non è una persona. Non ha un'anima. Eppure la morte di un edificio antico, di un manufatto fabbricato dagli uomini, allude a tutto il resto. Lo incarna, lo rivela.

Lecchi retrocede, s'arrampica su una catasta di pietre, pianta il treppiede su quel che resta del tetto di una casupola, avvicina l'occhio al mirino. E finalmente vede. L'esercito francese si è ritirato, lasciandosi dietro solo una sentinella con la divisa impolverata. Il ragazzo se ne sta impalato a presidiare il nulla, ha conficcato il fucile nella terra riarsa, con la bajonetta inastata verso il cielo, e ora sonnecchia, mortalmente stanco, appoggiandosi all'arma. Non ha piú niente da temere. Il Vascello, l'ultimo caposaldo, è caduto, la Repubblica non esiste piú, la guerra è finita. La foto è questa.

Lecchi scatta. Rimane curvo, e quasi trattiene il fiato nel tempo, mai parso cosí interminabile, dell'esposizione, pregando tra sé che la sentinella non si muova, affinché la fotografia non riesca indecifrabile. E il ragazzo sembra obbedire alla sua volontà, resta fermo, come fosse in posa. Nulla si muove, il paesaggio è cristallizzato in una morte infinita. Protetto dal panno nero del soffietto, Lecchi contempla l'immagine che si sta imprimendo sulla carta, fra i due vetri, nel fondo della camera oscura: il cielo estraneo, le macerie ignare, la parete superstite sul punto di franare, la terra sterile, il ragazzo vittorioso e indifferente – trasmettono una sensazione di assenza, potente, quasi dolorosa.

Il fotografo si sorprende nel sentire la guancia bagnata. Piange, e non sa per cosa. Per se stesso, per i ragazzi morti al posto suo, per Roma, per la Repubblica, per la democrazia, per l'Italia, per quella villa di cui non ha mai saputo il vero nome. Piange per quel vuoto davanti a sé, per ciò che poteva essere e non è stato.

Prima parte

La figlia di Giano Materassaio
(1616-1628)

Ho respirato la polvere dei cantieri fin dal giorno in cui sono nata. A differenza di quanto credono i forestieri venuti da paesi giovani senza storia, se nasci in una città cosí antica da presumersi eterna non desideri conservare il passato quanto rinnovare il futuro. Fin da quando ho memoria, Roma è stata una foresta di ponteggi, crivellata di crateri. Si costruiva ovunque, dal Vaticano al Quirinale, dall'Esquilino al Gianicolo. Le strade erano percorse ogni giorno da carri trainati da buoi, che trasportavano lastre di travertino oppure travi destinate a diventare impalcature e soffitti. Dai ponteggi si levava un odore di legna e di bosco, che si mescolava a quello di umidità e putrefazione sprigionato dai muschi che damascavano i ruderi millenari. Nello stesso isolato, inciampavi in cumuli di mattoni e cataste di macerie. Si demoliva ovunque, e dappertutto, a volte con gli stessi materiali recuperati, si fabbricava. Chiese, case, oratori, strade. I potenti facevano a gara a chi tirava su il palazzo piú alto, la cupola piú audace. Roma cambiava faccia ogni stagione: chi si assentava a lungo stentava a riconoscerla.

Mio padre era stato via per qualche mese, prima della mia nascita, perché il conte Francesco Biscia lo aveva chiamato a decorargli il salone del palazzo di Mazzano, un castello fortificato che sorge lungo l'antica via Cassia, a un giorno di cavallo da Roma. Biscia era fratello di un monsignore, chierico di Camera e presidente dell'Annona, e aveva la moglie beghina, ma amava il teatro ed era

grato a mio padre per il divertimento che sapeva procurargli. Lo preferiva come attore e commediografo, ma lo apprezzava anche come pittore. Nel 1616 era ormai l'unico
committente blasonato che gli fosse rimasto, e mio padre
non poteva rifiutargli quel servizio. Quando finalmente
tornò a Roma, appena alla Frezza svoltò il cantone di via
del Corso, si accorse che stavano puntellando e mettendo
i chiodi di ferro sulla facciata del nostro palazzo. La prima
cosa che pensò fu che se avessero riqualificato l'isola, in
verità alquanto malconcia, la proprietaria ci avrebbe rial-
zato l'affitto, e poi sfrattato.

Da quando si erano sposati, lui e mia madre cambiavano casa ogni anno. Facciamo come le puttane, ci scherzava
sopra mio padre, che traslocano di continuo per sembrare
sempre fresche. In verità, i miei cambiavano stanza, perché non potevano permettersi un intero appartamento, e
dividevano le spese dell'affitto con altri inquilini. Ignoro quelli del periodo precedente alla mia nascita, ma ho
conosciuto i successivi. Mia madre era molto selettiva, e
ha sempre azzeccato i pigionanti. Ricordava gli sbagli di
mio padre, che invece aveva una specie di intuito malefi-
co: gli piacevano i tipi originali, come lui, e si metteva in
casa gli artisti piú litigiosi, i vermicellari piú screanzati, o
gli stranieri piú pretenziosi. Gente che solo per il fatto di
essere venuta a vivere a Roma si credeva protagonista nel
gran teatro del mondo, e trattava lui e mia madre come
comparse. Per anni, finché non abbiamo potuto finalmente
vivere per conto nostro, mia madre è stata costretta a sopportare i rutti, le scorregge e le sbornie di quegli estranei.

Firmavano contratti di dodici mesi, e allo scadere tran-
sumavano altrove con le loro carabattole – cercando solo
di non allontanarsi troppo dalla strada in cui si erano am-
bientati. E infatti in una città cosí grande il loro mondo
non era piú vasto di un villaggio. Via Paolina, via Ferratina, i Greci, i vicoli dietro Santa Maria del Popolo, i corti-
li di Sant'Andrea delle Fratte e dei Borgognoni... Per un

pittore allontanarsi da via del Corso sarebbe stato come
varcare la frontiera di un paese straniero. Tutti gli amici e i colleghi di mio padre, famosi e oscuri, ricchissimi e
pezzenti, romani e stranieri, trasteverini e burgundi, mon-
ticiani e austriaci, galli, lotaringi, fiamminghi e catalani,
maestri con botteghe di venti garzoni che guadagnavano
migliaia di scudi per una sola tela e lavoranti che strappavano a stento venti bajocchi per una giornata di fatica,
si accalcavano in quei pochi isolati. Si incontravano ogni
giorno. Sapevano tutto di tutti. Alcuni erano amici, altri
si rispettavano, ma i piú si odiavano a morte. Si diffama-
vano, si accoltellavano, si rubavano l'un l'altro il lavoro,
gli assistenti, le amanti e le bagasce, si scagliavano contro
sassi, escrementi e carciofi. Però nessuno era solo.
   Mio padre Giovanni, che tutti chiamavano il Briccio,
non aveva nemici. Non ha mai subito un processo, non è
mai stato calunniato né ha calunniato. Non lo hanno denunciato per percosse, getto di pietre, contumelie, insulto,
libello, devastazione di casa o di fontana, deturpazione di
porta, visita di cadavere, illecita pratica, furto di disegni,
affissione di cartello, dadi falsi, sfregio, rissa, eccesso, porto abusivo di spada o arma da fuoco, rottura di gelosie:
insomma, la miriade di reati per cui vennero accusati e
spesso condannati quasi tutti i suoi colleghi. Per i quali il
carcere era una locanda come un'altra, solo che la camera
da letto aveva le finestre a grattacacio. Nemico delle risse,
amico della pace, «non fece mai il minimo danno a nessuno, nemmeno agli animali» era l'epitaffio che avrebbe
voluto per la sua tomba.
   Ma non era davvero fiero della sua verginità giudizia-
ria. Una volta, quando già minato dalla malattia guardava
all'uomo che era stato come se fosse un altro, mi ha detto
che ciò era una prova della sua irrilevanza come artista.
Nessuno lo ha mai considerato suo rivale. Perfino Merisi,
l'altero Caravaggio, che diceva male di tutti i pittori passati e presenti e ha attaccato briga con chiunque a Roma

praticasse la sua professione, lo ha risparmiato. Per qualche tempo si sono ritrovati nella stessa bottega di Giuseppino Cesari, a dipingere le stesse infime cose che il maestro delegava agli assistenti. Per ragioni opposte: ad alcuni l'Arpino affibbiava i fiori e la frutta perché erano troppo bravi, e temeva gli potessero fare ombra, ad altri perché non lo erano abbastanza, e temeva potessero diminuire il valore di un quadro se gli concedeva una figura. Mio padre, a quattordici anni, trovava necessario dipingere rose, arance e mele cotogne per apprendere il mestiere; il Caravaggio, che a ventidue era un pittore fatto e finito, addirittura offensivo. Tant'è che litigò col maestro e se ne andò quasi subito per la sua strada. Ma in quelle settimane non ha degnato il Briccio nemmeno di un insulto. Non ha mai imparato neppure il mio nome, sospirava mio padre, ha capito che non sarei mai diventato un valent'uomo da temere.

A me però piace pensare che mio padre non avesse nemici tra gli artisti perché la sua contagiosa allegria disarmava i malumori. Si prendevano tutti molto sul serio. Per lui invece la pittura era stata un sogno, poi una passione e infine era diventata un lavoro – la professione che gli garantiva il pane quotidiano e un posto nel mondo. Lo aveva liberato dalla prospettiva di battere tutta la vita la lana per riempire materassi, e gliene era grato. Ma quando sono nata io aveva già finito per comprendere che non nelle figure e nei colori avrebbe potuto esprimere se stesso.

Mentre mia madre combatteva con le doglie, mio padre suonava la chitarra per distrarre mia sorella Albina. «Belle zitte gratiose, che havite bel musetto, – cantava, – aspettate un pocorillo che mo mo sarite spose, belle zitte gratiose...» Anche se la chitarra non è il liuto né la tiorba, e qualunque garzone di stalla sa grattare qualche accordo, lui era bravo, come un musico di professione. Diceva che glielo avevano insegnato le zingare: da bambino era cresciuto coi figli delle gitane del Babuino, quando ancora ai romani gli zingari sembravano gente esotica e affascinante venuta da lontano, e non i ladri e i bari che oggi disprezzano. Giocava con quei monelli di nessuno, e nella bella stagione sgranocchiavano frutti e lanciavano noccioli rincorrendosi sulla soglia delle case. Stavano sempre insieme, e quando divampò l'epidemia di febbre se li portò via tutti, senza badare alla nazione di provenienza. Morirono i figli delle zingare e la sorellina di mio padre: lui si salvò, come un predestinato. Ma in realtà la musica l'aveva studiata sul serio, con un compositore, perché un gentiluomo di Piacenza che lo aveva sentito arpeggiare nella bottega di mio nonno aveva creduto di riconoscere in quel ragazzino curioso di tutto il genio dell'armonia. Mio padre ha sempre trovato persone potenti che hanno creduto in lui senza pretendere nulla in cambio: e non è la minor dote che mi ha trasmesso. Aveva anche una limpida voce da tenore, e cantava benissimo. Tanto che poi divenne prefetto del coro nella chiesa di San Carlo dei Lombardi al Corso, anche se quel ruolo era destinato ai religiosi: il Briccio non si preoccupò affatto di quel dettaglio, perché non intendeva rinunciare allo stipendio di uno scudo al mese, e accettò la nomina con gioia. Si limitò a indossare la tonaca da prete per dirigere i concerti.

Ma né la chitarra né la voce da tenore né la canzoncina in napoletano funzionavano quel mattino con Albina. Che aveva cinque anni, e singhiozzava, terrorizzata dalle urla che provenivano dal letto. Non vedeva nulla, perché la levatrice aveva tirato le tende del baldacchino tutt'intorno al materasso, ma sentiva tutto. In seguito, quando cinque anni dopo è stato il mio turno di ascoltare le grida di mia madre che partoriva Basilio, ho compreso il terrore di mia sorella. E ho pregato che non dovessi mai anch'io soffrire cosí.

Inoltre quel mattino i colpi dei martelli, lo scroscio dei calcinacci, il ritmo del piccone, il rintocco delle campane della vicina chiesa di San Lorenzo e le grida dell'olivaro e

dei venditori ambulanti di aglio e insalata sopraffacevano
la melodia di mio padre. Abitavamo al primo piano, ed era
il 13 agosto, forse il giorno piú caldo dell'anno: la levatrice
aveva lasciato aperte le imposte perché mia madre potesse
ricevere un po' di sollievo e la carta cerata che foderava le
finestre non schermava il rumore. Non l'ho fatta soffrire
troppo a lungo, mi hanno raccontato entrambe, sghignaz-
zando: il canale era stato dragato, ero il suo terzo parto.

La terza femmina in dieci anni di matrimonio. Una disgrazia, per qualunque altro padre. Non per il mio. Era
un uomo spensierato, allora, il Briccio. Non si preoccupava del futuro. Si affidava a Gesú e alla Fortuna. Credeva devotamente a entrambi. Le zingare, sempre quelle del Babuino, gli avevano predetto che avrebbe vissuto felicemente almeno quarant'anni. Lui aveva preferito
non chiedere cosa sarebbe successo dopo. E quel giorno
d'agosto ne aveva appena trentasette. Siccome vedeva il
ridicolo in ogni cosa, lo vide anche in se stesso. Sudato,
stravolto, con la chitarra in una mano e il libriccino col
testo della canzone nell'altra, chino su una creatura grin-
zosa e rossa di nove libbre, con una fessura tra le gambette invece dell'agognato cannello. Non valgo proprio un
bajocco, Marta, ha detto alla levatrice, manco schizzare
un pischelletto mi riesce. Me lo ha spifferato lei, pettego-
la e sfacciata come tutte le comari che guadagnano con la
natura delle donne. Del resto ci conosceva bene, Marta
Briccia era sua sorella.

Mio padre mi ha raccontato di avermi osservata con disincanto. Era dispiaciuto per la terza figlia femmina, ma
convinto di potersi subito riscattare. Chiara, mia madre,
a ventisette anni gli liquefaceva ancora il sangue come la
prima volta che l'aveva vista e aveva giurato che quella
napoletana, fumosella e litighina, orfana e squattrinata,
ma fresca e luminosa come un mattino di maggio, sarebbe
stata sua moglie. Io invece ero nera come uno scarafaggio,
e ansimavo quasi mi mancasse il fiato.

I bambini dell'estate non vivono a lungo. Dopo il 16 agosto è pericoloso respirare la mal'aria e i miasmi di Roma. Ma mio padre non poteva permettere a me e alla famiglia un soggiorno piú salubre. A Roma solo i cardinali, i nobili e le loro famiglie vanno in vacanza.

Tre giorni dopo mi ha fatta battezzare nella chiesa di San Lorenzo, praticamente vuota perché il 16 agosto erano tutti appostati sui tetti e alle finestre affacciate sul Tevere, e in attesa dell'inizio del palio delle barche si godevano le sgherrate dei giovanotti che si sfidavano a strappare il collo ai paperi, appesi per le zampe alle funi tirate da una riva all'altra sopra la corrente: al mio ingresso nella comunità dei cristiani nemmeno i suoi migliori amici erano venuti. Le feste a Roma sono piú importanti di tutto. Si ferma la corte, si ferma la plebe, si fermerebbe pure la morte, se la invitassero.

Mio padre mi ha deposta con sollievo nelle braccia del sor Enea, il sarto di Imola flaccido e glabro che cuciva i vestiti a lui e a tutta la compagnia teatrale. Il sor Enea sarebbe rimasto piú celibe di un frate, come a ognuno era evidente al primo sguardo, e non avendo figli suoi da mantenere avrebbe potuto lasciare un gruzzoletto alla pupilla: questo il motivo per cui come padrino non ho avuto l'onore di un laureato, e nemmeno di un pittore. Il sor Enea, tutto impettito di imparentarsi con un artista che era stato nella bottega del cavalier Giuseppino Cesari d'Arpino che era stato il favorito della buonanima di papa Clemente VIII Aldobrandino, mi protese goffamente sul fonte battesimale, come un agnello.

Mio padre gli ha raccomandato di prendersi cura di me se gli fosse successo qualcosa (lo rodeva un po' quel tarlo dei quarant'anni, e la scadenza si approssimava) e poi mi ha dimenticato. Si vantava di avermi presa in braccio di nuovo solo all'Assunzione dell'anno seguente – dopo il mio primo compleanno. Non volevo affezionarmi a te, mi ha spiegato. Avevo già seppellito Virginia. Ha vissuto

solo dieci mesi, la mia prima figlia. Era delicata come un
angelo. Perderla mi ha schioppato il cuore.

In realtà non si è accorto di me finché non ho cominciato a ripetergli le battute delle commedie che provava a
voce alta, gesticolando. E allora ha capito che capivo. Gli
stavo sempre appresso, perché dove stava il Briccio stava
la gioia, ma lui non mi dava retta. Non era sicuro che du-
rassi, che non fossi tempo e sentimento sprecato. Le sue
ragioni erano giuste, ma mi ha sottratto i suoi anni piú felici. In quel mese di agosto del 1616 in trentuno bambini
siamo stati battezzati nella nostra parrocchia di San Lorenzo. Quindici a giugno, ventisette a luglio, ventisei a settembre. Meno della metà abbiamo superato il primo anno
di vita, e la metà della metà il quinto. Ognuno di noi è un
sopravvissuto. La vita che viviamo non è solo la nostra. Io
ho vissuto per Virginia, e poi per Rocco, per Antonia, per
Giuliana. Per questo, in ogni giorno che mi è stato donato, ho cercato di non sprecare la mia occasione.

A quattro anni e tre mesi avevo già cambiato quattro
case. Ma gli altri traslochi li ho dimenticati. È un pomeriggio di novembre, sono alta meno di cinque palmi e ho
ancora tutti i miei denti da latte. Il cielo è già di piombo,
resta poco piú di un'ora di luce. Sono accoccolata, con la
nostra gatta rossa in grembo, sulle scale del palazzo accanto all'Ospedale degli Incurabili dove abitiamo da dodici mesi. Ho un berretto in testa, una coperta di crine di
cavallo sulle spalle e calzerotti di lana sulle gambe, ma le
manine nude sono viola di freddo, e non mi basta soffiar-
ci sopra per scaldarle. Dalla porta spalancata dell'appartamento non proviene calore, perché il camino è spento.
Sui muri, l'intonaco gonfiato dall'umidità si è scrostato e
le scaglie cadute mi si disfano tra i polpastrelli in polvere
sottile come farina. Questa spina di case dalla parte del
fiume è malsana, maledetto 'o juorno che 'nce siamo tornati: cosí ripete sempre come un ritornello mia madre, e

anche adesso, con la voce rotta, asciugandosi le lacrime con
la manica spelacchiata della pelliccia. Sono troppo piccola
per capire perché odia tanto questa casa.

Mia madre mi ha affidata a mia sorella Albina, perché
da quando è nato Rocco è Albina che si occupa di me. Mi
cambia i vestiti, mi lava i capelli, mi strofina la schiena,
mi insegna le filastrocche e gli stornelli. Io la idolatro e
la imito in tutto: Albina ha già nove anni, e le è concesso
intrufolarsi nel mondo degli adulti che a me è precluso. È
graziosa, mia sorella, coi capelli ramati di mia madre, spi-
ritosa e vivace come lei. Mio padre la preferisce. Non so
come lo so, ma lo so. Io vorrei essere Albina – cosí anche
a me il Briccio dedicherebbe poesie e canzoni.

Lo amo con la stessa furia gelosa di mia madre, quest'uomo inafferrabile, con le dita macchiate d'inchiostro, sempre
chino sui suoi fogli, distratto, svagato, che non dorme mai,
si fa chiamare in dieci modi diversi – un nome per ognuna
delle sue personalità – e un giorno porta il camice da pittore e l'indomani la maschera di Pantalone, un giorno si veste
da prete e l'altro affitta un cappello di velluto con la piuma rossa perché certi banchieri l'hanno invitato a un rice-
vimento. È ancora bello, il Briccio, a quarantun anni, con
un casco di capelli scuri ricci e folti a guarnirgli la fronte,
il naso a vela, il pizzetto a punta, i baffetti maliziosi e gli
occhi neri che sbrilluccicano come la pece. Nei miei primi
ricordi, i suoi capelli sono già radi e spruzzati di grigio, e
le preoccupazioni gli hanno scavato sulle guance magre due
solchi, come l'aratro nella terra molle. Ma io lo conosco
ugualmente, mio padre da giovane, prima di me: l'ho visto
in un ritratto inciso dentro un suo libro, e ho capito perché
mia madre, corteggiata da tutti, ha voluto proprio il figlio
del Materazzaro. L'avrei voluto anche io.

Questo pomeriggio, però, Albina si è limitata a ordi-
narmi di restare sulle scale, di non intralciare le operazioni, e di non muovermi per nessuna ragione. Quando tutto
sarà pronto, mi chiameranno e ce ne andremo. La nostra

nuova casa sarà lussuosa come quella di due principesse.
Ma io sono stufa di intrecciare i capelli alla mia bambola
di pezza, non ho nulla da fare e mi annoio. Il tempo scorre
lentissimo. Mi sembra di essere seduta in pizzo allo scalino da sempre.

Giacomo, il brufoloso garzone di mio padre, e un facchino grosso come un bufalo entrano leggeri nell'appartamento e ne escono ansando, curvi sotto il peso delle casse
dei libri. Il facchino impreca che cazzo se ne farà mai 'sto
cristiano de 'sta cartaccia buona solo a incartare il pesce.
Mia madre mi ha insegnato a sussurrare «Dio ti perdoni»
e a farmi il segno della croce, quando qualcuno si lascia
sfuggire un gesto osceno o una parolaccia. E la parola cazzo richiede doppia croce perché evoca lo strumento del
peccato. La conosco perché mio padre l'ha imparata alla
chiesa di San Carlo: sostiene sia l'unico contributo che i
lombardi hanno apportato alla bella lingua italiana. Eseguo, sussurrando svelta «Dio ti perdoni». Mi segno spesso
con la croce, perché purtroppo il bel linguaggio forbito e
il comportamento educato a Roma sono un privilegio della gente che abita altrove. Io non l'ho ancora incontrata.

Albina tallona il facchino, preoccupata che sfondi il cesto
di vimini con la sua roba da cucito: aveva iniziato a ricamare un bavarino a Rocco, ma siccome a lui non serve più
lo trasformerà in un colletto per me. Il facchino si arresta
bruscamente, si volta e le fiata qualcosa sul viso. Albina
arretra, rossa come la buccia di una mela. C'è qualcosa di
sbagliato nella vicinanza di Albina a quel bufalo, e nello
sguardo che lui le inchioda sul corpo fasciato nell'abitino
rosso, ma non saprei dire cosa. A nove anni, Albina è meno libera di me. Io posso giocare sul pianerottolo, mia sorella invece non deve più affacciarsi neanche alla finestra.
Una delle prime cose che ho imparato è che la finestra, per
una femmina, è la porta dell'inferno.

Mia madre risale affannata dalla strada, intercetta lo
sguardo arrazzato del facchino, afferra Albina per il pol-

so, la trascina in casa. Sento lo schiocco dello scapezzone sulla sua guancia pure con un muro spesso un braccio a dividerci. Fisso la porta, in attesa che ne escano mia madre e mia sorella, riconciliate. Invece dalla porta esce una sedia. Il cuoio dell'imbottitura è crepato da un taglio lungo come la mia gamba. Finché era in casa nostra, coperto da un cuscino, nessuno lo sapeva. Ora tutti potranno vedere lo sbrego. Istintivamente, mi alzo e rincorro giú per le scale quella sedia ferita, come se potessi proteggerla.

I nostri mobili sono tutti in strada, fradici e neri sotto la pioggia. Il facchino li issa sul carretto senza fatica e senza riguardi. Per la prima volta si forma nella mia mente un pensiero coerente, piú doloroso dello schiaffo di mia madre sulla guancia di Albina. La nostra casa è tutta lí, sul ripiano di un carretto che basterà un somaro macilento a tirarlo. Abbiamo pochi mobili. I vicini scopriranno che siamo poveri. È la seconda cosa che ho imparato. Gli abitanti di Roma si dividono in quattro categorie. I ricchi, i comodi, i poveri, i miserabili.

Noi ci consideriamo comodi. Me lo ha detto mia nonna Isabella, la madre sempre gaia di mia madre; me lo ha ripetuto mio nonno Giovanni Battista, il padre avaro di mio padre: sono gli unici nonni che ho, uno l'opposto dell'altra, perciò il loro accordo vale quanto una verità inconfutabile. Mio padre, però, la pensa su tutto a modo suo, e contesta questa classificazione universalmente accettata. Mi ripete sempre di essere ricco, anzi straricco, arciricco, perché nessuno, nemmeno un papa, può essere mai piú ricco di un artista. Ma in quel momento penso che il mio adorato padre sia un baro, e che mi imbroglia. Facciamo solo finta di essere comodi. Siamo poco piú che poveri.

A quell'ora le botteghe sono aperte, ma i negozianti sono usciti sulla soglia per salutare il Briccio che se ne va. È molto popolare, mio padre, agli Incurabili: chi riesce a far ridere le persone è piú prezioso di un prete e perfino di un medico. E al Briccio tutti sono riconoscenti perché riesce a farli ridere anche quando sono talmente malinconici che lottano con la tentazione di affogarsi nel Tevere. Pure gli inservienti dell'ospedale sono scesi dabbasso, e si avvicinano per stringergli la mano. I mobili scalcagnati ammonticchiati sul carretto incombono come una minaccia di sventura.

Mio padre rifila pacche sulle spalle a tutti, si mostra allegro, la Fortuna guercia finora gli ha sputato, scherza, ma stavolta je faccio scrocchià l'ossi si nun me bacia in fronte appena me schiaffo nella nuova casa, dal lato giusto del Corso, ai Bergamaschi... Ma io riconosco il tono forzato della voce e capisco che sta recitando, e che pure lui vorrebbe sparire, perché ha quarantun anni ormai e nessuno lo chiama maestro, e se ne va col carretto tirato da un somaro, e il rispetto della gente se lo guadagna strappando un sorriso e non esercitando il mestiere suo che tanto ama.

Non voglio che sappia che ho visto la sua vergogna, e mi metto a trottare verso il Corso. La bambola mi scivola di mano e casca in una pozzanghera, la gatta mi tampina miagolando fino all'incrocio, poi infastidita dalla pioggia arruffa il pelo e si ferma. Quando mi ricordo di lei, è troppo tardi. Non la ritroveremo mai piú.

I miei erano diventati cosí abili che riuscivano a caricare le masserizie e traslocare in meno di tre ore. Di solito la sera, approfittando dell'oscurità, per guadagnare qualche giorno sui padroni di casa che reclamavano sempre debiti arretrati e presunti danni alle loro cianfrusaglie. Il Briccio e Chiara avevano davvero pochissime cose. A parte quella sedia di vacchetta, lascito della felice memoria del padre di mia madre, che serviva come attrezzo di studio, a parte i quadri, i rotoli coi cartoni, le tele, i cavalletti, i mortai, i colori, gli arnesi da lavoro, i libri e gli strumenti musicali, mio padre non ha mai posseduto altro.

Le nostre case erano sempre già arredate, perché i padroni affittavano i muri insieme ai mobili, identici ovunque, coi tavoli di legno di pero e le sedie imbottite di paglia, rozze tanto che si vedeva ancora il morso dell'ascia del falegname. Mia madre avrebbe voluto qualcosa di bello, per esempio un'intera batteria di seggiole di cuoio rosso, i cortinaggi del letto di damasco cremisino, o i letti intagliati con le colonnine tortili, come quelli di sua cugina, la cantatrice che aveva sposato un cembalista ed era stata protetta dal cardinal Montalto, e ormai era ricca quasi quanto una contessa. Mio padre, ghignando, le rinfacciava che lei purtroppo non zirlava come quell'usignolo di sua cugina, ma gracchiava come una pica, e che lui, pur essendo il piú geniale musicista mai partorito da Roma, non era diventato il lacchè di nessuno e non aveva venduto la sua libertà per la vile pecunia, e quindi dovevano abbastarle i mobili nostri. Tanto le sedie servono solo a poggiarci il buco dell'allegria, e i letti per farci dei bei sogni, e non vale la pena sprecare soldi per roba destinata a sfasciarsi. La cultura che uno si mette nella capoccia leggendo, invece, dura per sempre. E nessun usuraio, nessun padrone potrà mai portartela via.

Per molti anni abbiamo posseduto solo i materassi. Questi in abbondanza, però, fino a tre per letto, morbidi e rigonfi tanto che pareva di dormire su una nuvola di bambagia. Li fabbricava il nonno con le sue mani nella bottega di via dell'Anima, a San Pantaleo. E li cambiavamo ogni sei mesi. Non abbiamo mai visto una cimice, né una pulce, né un pidocchio.

Pure le pentole, gli spiedi, le graticole, le posate, i piatti e i bicchieri i miei li hanno comprati solo dopo che abbiamo passato il Tevere, e in casa c'è stata finalmente una cucina. E l'inginocchiatoio di legno dorato per recitare le preghiere, un oggetto di inquietante bellezza e di un lusso sproporzionato, solo quando è morta la zia Marta, che l'aveva ricevuto a sua volta alla morte della suocera, perché la felice memoria del cardinale Crescenzi ha lasciato

ai parenti tutti gli oggetti che erano nella stanza della sua
fedele serva. Noi Bricci ci siamo appiattiti le ginocchia ac-
comodandoci là sopra, ma ogni volta, mentre recitavo le
orazioni, mi veniva in mente che quella povera vecchia rimasta vedova troppo presto se l'era guadagnato a forza di
svuotare il vaso da notte del cardinale e questo pensiero
sconcio deve avere indebolito le mie preghiere, che la Madonna avvocata, Gesú Bambino e il Signore Iddio hanno
lasciato inascoltate.

Anche i vestiti non ci mancavano. Il sor Enea, il sarto mio padrino, tagliava e cuciva a mio padre i camici da
lavoro di panno grezzo e i giubbetti di velluto che gli servivano per frequentare i prelati della corte, gli scienziati
e gli scrittori delle accademie a cui si era iscritto, e pure
l'abito da prete per i concerti a San Carlo al Corso (l'avevano licenziato da prefetto di coro ma lui nella cassapanca
ne teneva sempre uno pronto, per ogni evenienza), senza
contare il mucchio di costumi esotici da turco, da francese, da norcino, da villano e da zanni che servivano a lui e
alla compagnia di attori per mascherarsi agli spettacoli di
Carnevale. Mio padre lo pagava dandogli in pegno i quadri: il sarto li accettava come moneta, perché gli sarebbe
piaciuto mettersi nel commercio dei quadri come facevano
tanti suoi colleghi, e all'inizio riusciva in effetti a riven-
derli, sebbene da nessuno di quelli abbia mai cavato piú
di otto scudi, e col passare degli anni e il mutare del gusto
dovette accontentarsi anche di sei o perfino di quattro;
finché poi – quando gli venne la tremarella alle mani, non
poteva piú infilare la cruna dell'ago e dovette smettere di
lavorare – provò a smerciarli a un rigattiere, che glieli pagò talmente poco che non bastarono neanche per saldare il
conto delle medicine allo speziale e il sor Enea finí all'ospedale dei derelitti. Ma questo è successo molto tempo dopo.

Il sor Enea cuciva gli abiti anche a mia madre e alla nonna Isabella (e poi a mia sorella Albina e a me), ma
con meno entusiasmo, perché, bofonchiava, il corpo delle

femmine è difettoso di natura, pieno di curve, insenature
e bozzi che rovinano il taglio della stoffa. Come tutte le
donne, mia madre aveva avuto il suo corredo al momento
delle nozze. Poi ha dovuto accontentarsi delle forbici del
sor Enea, e se chiedeva moneta per comprarsi un coprispal-
le coi ricami di seta, un drappo di taffetano o per pagare
un sarto da signora, doveva subire le beffe di mio padre.
Nelle nostre case tutto sembrava vecchio, e lo era. Gli
oggetti si logoravano anno dopo anno, i velluti e le sete
perdevano la vivacità del colore, le mutande e le sottane
prendevano una tinta brunita a forza di essere sciacquate
con l'acqua limacciosa del Tevere ma non sbiancate perché
per quel servizio la lavandaia pretendeva troppo: e mia madre sbuffava, s'indignava e protestava e non poteva farci
niente. Mio padre disprezzava gli uomini che si lasciano
tiranneggiare dalle spose – sosteneva che esistono quattro
tipi di mariti: i mariti degni di questo nome, che sanno farsi rispettare e governare la casa, i maritucci, pusillanimi e
vili che lasciano le braghe alle mogli e si fanno cavalcare
da loro, i maritoni, bravi a comandare ma violenti, superbi e fastidiosi, e i maritacci, giocatori, puttanieri, bevitori
sempre ubriachi. Lui si vantava di appartenere alla prima
categoria, benché ripetesse sarcastico che avrebbe fatto
meglio a non sposarsi proprio, perché all'uomo è meglio il
miglio che la moglie e le donne sono danno.
    A quel tempo credeva che nessuna donna capisse nulla
di arte, di musica e di letteratura, né tantomeno che sapesse
gestire una casa. Ogni volta che si ricordava di dare un'occhiata al Libro dei Conti e di verificare la lista dei debiti,
dei pegni in scadenza e delle spese, gli spuntava un capello
bianco. In una casa, sbottava, sono piú utili i ragni che le
femmine, parassite e spendaccione che scemano i guadagni. Mia madre non è riuscita a convincerlo del contrario.
    In effetti trafficava continuamente coi bacurri del Ghet-
to, e impegnava i suoi monili per comprarsi un ventaglio, il
ventaglio per comprarsi i guanti di gatto, e i guanti di gat-

to per comprarsi sette paia di calzette di seta, e le calzette
di seta per una coda di volpe, e in quella girandola finiva
per perdere gli uni e l'altra. Ma il suo Giovanni, amato e
odiato, e a volte amato per le stesse ragioni per cui lo odiava, spendeva tutti i soldi che guadagnava – in qualche caso
neanche pochi – per stampare i suoi libri o per comprare
quelli degli altri. Nient'altro gli sembrava valesse la pena.

Sta scendendo la sera, ma io vado avanti, perché ormai ho disubbidito e non voglio che Albina sia punita
per colpa mia. E senza voltarmi indietro trotterello sotto
l'acquerugiola impalpabile di fine novembre, mi bagno i
piedi nel pantano maleodorante che allaga la strada, in cui
rifluiscono le deiezioni dei pitali, le scorze delle caldarroste, il piscio dei cavalli. Sbuco su via del Corso e avanzo a
casaccio nella confusione – schivando la folla che mi viene incontro come un'onda di piena. Non voglio lasciare
la casa scomoda e vuota degli Incurabili, fredda come una
neviera: sullo stesso pianerottolo abita un amico di mio
padre, pure lui pittore, le sue figlie hanno la nostra età.
Giochiamo indisturbate tutto il giorno, perché le nostre
madri hanno i neonati a cui badare.

Il mio fratellino si chiama Rocco: cagionevole di salute,
piange sempre e di notte non ci lascia dormire. Per questo
quando mia madre l'ha trovato sotto la coperta stecchito
come un uccelletto, e ha cacciato un urlo che ancora mi
rimbomba nelle orecchie, non mi è dispiaciuto davvero.
Non ho pianto né mi sono strappata i capelli, come ha fatto invece Albina, che lo portava in giro per il cortile, imbozzolato nella copertina bianca, mostrandolo con orgoglio
alle sue amiche manco fosse il bambinello del presepe. Ma
è colpa di Rocco se stiamo andando via. Mia madre non
vuole piú vivere dove le è morto il maschietto. Lo hanno
seppellito vicino a Virginia, a Santa Maria del Popolo. Da
morto, il mio fratellino sembrava di cera.

Imbalordita dal frastuono e dal vociare dei passanti, rischio a ogni passo di essere acciaccata come una pizza da una carrozza. Perché mi fermo ad ammirarla, rapita. Solo chi possiede una carrozza a Roma è qualcuno. Non ci sono mai salita e non riesco a immaginare che impressione faccia, vedere dall'alto la strada e i poveri che vanno a piedi. Forse la stessa che fanno a me le formiche incolonnate lungo il pavimento: le spio, rispettosa della loro operosità, ma poi, disgustata dalla loro fatica, le disperdo e schiaccio con una schicchera delle dita. I cocchieri in livrea mi scansano mulinando la frusta. Ci sono nugoli di accattoni, per le strade di Roma.

Cammino finché non sento piú i piedi, finché l'oscurità rende difficile distinguere le insegne delle botteghe. Tutto mi è estraneo. Vorrei andare a casa della nonna Isabella, so che è molto vicina, ma non ritrovo la strada. Mi sono persa.

Tremo, batto i denti, inciampo, mi rialzo, mi asciugo qualche lacrima che ha cominciato a rotolare inesorabile giú per le guance. Nel buio che ormai mi circonda nessuno si accorge di me. E io mi sforzo di non accorgermi dei passanti. C'è un uomo che orina contro il muro del palazzo di un cardinale, come se fosse nella latrina. Un servo gallonato si affaccia dal portone brandendo una mazza, gli urla di andare a pisciare nella fregnaccia sporca di sua madre e quello corre via, con l'uccello che gli sbatacchia sulle brache. La pioggerella che sgocciola dal cielo mi vela gli occhi come il fazzoletto al gioco della gattacieca. Distinguo una luce che sfrigola nella lanterna, sulla porta spalancata di un locale, poco sotto il livello della strada. Dalle finestre a bocca di lupo emana un chiarore caldo. Non so ancora leggere, perciò dell'insegna capisco solo il disegno: una fontana. Ho freddo e fame, e quella è sicuramente un'osteria.

Mio padre bazzica le osterie. A volte ci passa la serata. Ciò scatena litigi selvaggi con mia madre. Lei si lagna che a sbettolare va a far peccato, lui assicura che le frequenta solo per attirare l'ispirazione: all'osteria trova i personag-

gi delle sue commedie, prende appunti, ci ricava le meglio
battute. L'osteria è il gran teatro del mondo. Mia madre
lo accusa di essere un inveterato bugiardo. E poi vuole che
mio padre si levi dalla testa questo catarro del teatro. Il
teatro è uno spasso ma non dà pane. È il suo mestiere di
pittore che ci riempie la pancia.

Sotto le volte a botte, le candele fanno piú fumo che luce: nel vastissimo locale, che al centro pare vuoto, distinguo
lunghe tavolate addossate ai muri, sul pavimento un cane
fracico di pioggia, un mucchio di stracci e un ubriaco. Mi
assale uno scroscio di risate e l'arpeggio di una chitarra.
Conosco la canzone, la suona anche mio padre. Mi scapi-
collo giú per lo scalino, quasi con baldanza.

I miei erano talmente desiderosi di andarsene al piú
presto dalla casa in cui era morto il loro adorato Rocco che
non si accorsero della mia sparizione finché non ebbero
scaricato tutte le masserizie ai Bergamaschi. Albina dice
che mio padre, sempre in controllo di se stesso, pareva im-
pazzito. Né lui né mia madre la accusarono di non avermi
sorvegliata attentamente. Il Briccio si procurò una fiaccola,
si precipitò in strada seguito da Giacomo, il garzone, e poi
da tutti gli abitanti del nuovo palazzo, che manco sapevano com'ero fatta, e cominciarono a gridare il mio nome.
Plautilla, Plautilla, urlavano, Plautilla, Plautilla, Plautilla!!!

Le impannate si aprivano una dopo l'altra, la gente si
affacciava a tutti i piani, perché di donne, ragazze e bambine che si chiamavano Plautilla allora ce n'erano tante,
a Roma. Non c'era anzi nome piú romano del mio. Darlo
alla propria figlia significava rivendicare un'appartenenza. Per ogni Porzia, Lucrezia, Camilla e Virginia c'era una
Plautilla. Oggi no, il mio nome è passato di moda. Viviamo nel secolo piú scettico di tutti i tempi, e nessuno presta piú fede alla storia della matrona romana Plautilla che
incontrò san Paolo mentre il boia lo conduceva al luogo
del supplizio e lui le disse: «Addio Plautilla, figlia dell'e-

terna salvezza. Dammi il velo con cui ti copri il capo, perché io possa bendarmi gli occhi, e dopo te lo restituirò». Il boia scoppiò a ridere e la derise, perché se avesse dato il suo velo tanto prezioso al morituro lo avrebbe perso. Ma la matrona Plautilla, generosa e credente, donò il velo a Paolo. Il boia lo annodò sulla nuca del condannato, lo fece inginocchiare e gli tagliò la testa. Qualche tempo dopo il martirio, dal cielo, Paolo fece cadere il velo sporco di sangue sulle mani di lei, che stava pregando. Plautilla corse a mostrare ai pagani che Paolo aveva mantenuto la promessa, quindi esisteva il paradiso, e tutto ciò che diceva Paolo era vero: si convertirono tutti. È grazie a Plautilla, se i romani credono a Gesú Cristo.

Per me quella storia fantastica era stupenda ed ero molto orgogliosa che Giotto l'avesse dipinta per il polittico dell'altar maggiore di San Pietro – il posto d'onore, nella basilica del primo apostolo. In realtà non era piú lí, lo avevano spostato nella sacrestia. Ma mio padre mi portava nelle chiese di Roma a studiare la pittura e anni dopo quel pomeriggio di novembre è riuscito a mostrarmelo. I colori squillanti e luminosi mi chiamavano da lontano. Giotto, mi disse, è il primo pittore della storia che ti sto insegnando e nella quale devi trovare il posto tuo. È antico e strano, e la sua maniera di dipingere non è piú la nostra. Ma tu amalo come fosse Abramo. Un pittore non esiste senza quelli che lo hanno preceduto. La mia omonima, minuscola sulla tavoletta del pannello laterale di Giotto, era una signora elegante, e fissava piena di amore e meraviglia quel velo trasparente che svolazzava nel vento e flottava giú dal cielo come una medusa.

La voce che una bambina si era perduta correva di davanzale in davanzale, e non potendo aiutare in nessun modo quel padre sconsolato, gli abitanti del rione ripetevano il suo richiamo. Plautilla, Plautilla, Plautilla!!! Il mio nome rimbalzava di palazzo in palazzo, di vicolo in vicolo. Trovarono la bambola nella pozzanghera davanti al portone vicino agli Incurabili, ma di me nessuna traccia.

Mi avvicino al primo tavolo dell'osteria. Un crocchio di soldati gioca ai dadi: discutono animatamente perché si accusano l'un l'altro di barare. E siccome barano tutti, non possono mettersi d'accordo. Vengono quasi alle mani. Li fisso a lungo, incuriosita dalle armi che portano al fianco. Spade e pugnali, ma anche archibugi e terzaroli. Nessun altro a parte le guardie può possederli, a Roma. Ti impiccano se ti trovano con un'arma da fuoco e nessun ambasciatore può intercedere per te. I soldati hanno barbe a cespuglio e divise rattoppate e sembra che nessuno li abbia pagati da tempo. Forse hanno perso il lavoro o sono in cerca di un ingaggio. Si metteranno al servizio del primo che li assolderà, e lo tradiranno con la stessa disinvoltura: mio padre dice che la parola di un soldato vale meno di quella di una donna. Non si accorgono di me.

Passo oltre, scansando un mendicante senza una gamba che s'è addormentato con la testa sull'unico ginocchio: sul pavimento ha dimenticato il cappello pieno di monetine di rame e un soldato, uscendo, si china e gliele frega tutte. Mi sembra un brutto gesto, però non ho il coraggio di svegliare il mendicante per avvisarlo.

Avanzo verso il fondo del locale, da dove provengono la musica e le risate. Attorno a un tavolo, si affollano una ventina di giovani biondi, sovreccitati. Chi seduto, chi in piedi, chi appoggiato sul tavolo. Portano tutti il berretto da pittore, perciò mi avvicino come se fossero amici di famiglia. Invece non ne conosco nessuno. Sono forestieri.

La chitarra la suona una bella femmina con le zinne burrose che traboccano dalla scollatura di un vestito giallo cangiante. Un ragazzo a quattro zampe sul tavolo abbassa la testa in modo che un uomo gli rovesci sui capelli una fiasca di vino. Un terzo raccoglie la doccia di gocce in un boccale e l'uomo glielo alza davanti al viso come il prete sull'altare alza il calice della messa. Recita una formula, e il ragazzo ripete come pronunciasse un giuramento. Non capisco le parole. Ma tutti i presenti acclamano.

A quel punto l'uomo gli preme sulle labbra il boccale e gli versa il vino in gola. La stranezza della scena è che tutti sono molto seri, ma la situazione non potrebbe essere piú ridicola. Il ragazzo ha le calze calate alle ginocchia e una torcia accesa infilata nel sedere. Gli altri lo incitano a svuotare il boccale d'un fiato, prima che la fiamma gli bruci il culo, e quello deglutisce, deglutisce, si interrompe per un conato di vomito, poi ricomincia, inghiotte, beve, beve, finché, alla fine, l'altro rovescia sul tavolo il boccale e non cade nemmeno una goccia. I pittori gli tributano un applauso scrosciante. Il ragazzo si è guadagnato la liberazione dal supplizio. Gli sfilano la torcia dal sedere, la inastano nell'anello al muro. Il ragazzo può scendere dal tavolo. Si tira su le calze, barcollando. Adesso è un vero membro della Banda degli Uccelli. Gli altri gli calcano sui ricci una corona di rami di alloro e lo spingono addosso alla donna con le zinne di fuori, che però lo respinge, gli sbatte la chitarra in testa, strilla che non ha pagato per questo, se ci riprova gli appoggia due calci ai coglioni, e leva contro la sua faccia la mano, infilando il pollice tra l'indice e il dito medio. È il gesto volgarissimo della fica, uno di quelli per cui devo pregare Iddio di perdonarla e farmi il segno della croce. Eseguo.

È un errore. I pittori biondi si accorgono di me. Qualcuno mi solleva dal pavimento e il proprietario della mano – un colosso dal pelo di paglia – mi chiede ridendo chi sono e cosa ci faccio lí. Ma me lo chiede in una lingua che sembra straniera alle mie orecchie. Cosí lí per lí mi confondo, e non riesco a rispondere. La femmina con le zinne di fuori mi prende in braccio e mi sistema sulle sue ginocchia. Odora di pesce e di vino. Mi divincolo. Lei mi tiene ferma, stringendomi con forza. L'oste viene a riempire di nuovo i boccali. Già una botte intera, quaranta fiaschi, puntualizza, quarantuno con questo. I pittori gli dicono, ridendo, che la sua ciofeca sa di piscio di gatto. L'oste rispon-

de che non è vero, è vino di Marino, manco annacquato,
loro invece sono tutti dei furfanti, e gli devono centinaia
di scudi, ma stavolta se non pagano chiama gli sbirri e li
spedisce tutti alla corte Savella. La femmina con le zinne di fuori cerca di far da pacie-
ra, e propone di chiedere il mio parere. Io sarò il giudice.
La mia innocenza sarà garanzia di imparzialità. Se il vino
non mi piace, questi bravi giovani non pagheranno.
Deve avere un notevole ascendente sull'oste, perché
quello accetta la scommessa. La femmina mi avvicina il
suo boccale alle labbra. È la prima volta che assaggio il
vino. Ha un sapore dolce, e all'inizio sorrido. Poi un ri-
gurgito acido mi brucia la gola e comincio a tossire. Re-
sbotto. I pittori ridono, mi baciano uno dopo l'altro sui
capelli. Sono tutti sbronzi ma mi accarezzano con tenerezza, come fossi la loro figlia. Il colosso dai capelli di paglia frigna come un neonato, singhiozzando che gli ricordo la sua adorata bambina, la quale però è rimasta nelle
Fiandre, e non sa se la rivedrà mai piú. È facile arrivare
a Roma, difficile lasciarla. Gli altri lo consolano ricor-
dandogli che di bambine ne avrà messe al mondo un'altra decina, intanto che meditava sul ritorno in patria. Ridono tutti, battono le mani, mi acclamano perché li ho
salvati dall'avidità dell'oste, mi proclamano la «Regina
degli Uccelli». Per premiarmi, il capo della banda ordina
per me una fetta di crostata a sfoglia. Non mi sono mai
divertita tanto.

Mio padre, Giacomo e i vicini superarono le rimesse, i
depositi, i magazzini, finché sbucarono sulla riva del Tevere. Sdrucciolevole, ripida e infida. Il fiume là sotto non
si vedeva, ne sentivano la vicinanza per il fragore della
ruota del mulino, per l'odore stagnante, il fiato freddo e
il fruscio dei sorci tra i cespugli. Mio padre voleva buttarsi
in acqua, s'era già strappato di dosso il pelliccione, dovettero trattenerlo. La pupetta lo sa che non deve scendere a

fiume, gli ripetevano, per calmarlo, tutti i pupi lo sanno, sarà andata dalla parte opposta.

Tornarono a via del Corso. Non c'era piú nessuno in giro. Chi va alla notte va alla morte, si diceva allora, e solo gli attaccabrighe e i ladri in cerca di un pollo cui sgraffignare il mantello vagano nel buio delle strade. I birri delle ronde e i servi dei palazzi dei nobili e dei cardinali non mi avevano vista. Plautilla, Plautilla, Plautilla!!! gridavano. A squarciagola, facendo coppa con le mani per amplificare il suono. Se ero ancora viva, non potevo non sentire quel richiamo.

E invece non l'ho sentito. Perché nell'osteria i biondi cantavano tutti insieme, coprendosi l'un l'altro con la voce. Alcuni ballavano sul pavimento, oscillando come orsi ammaestrati, io sul tavolo, tra le stoviglie e i boccali vuoti. La femmina che suonava la chitarra se n'era andata, e non me n'ero accorta. Il tamburello lo suonava adesso una zingara mora, percuotendo la pelle tesa coi pollici, a un ritmo sempre piú scatenato. Non so quanto è durata quella folle danza. Quando ha finito il brano, è stata la zingara a tirarmi giú dal tavolo e a dire che era tardi, la festa era finita, adesso noi due ce ne andavamo a dormire. I biondi hanno protestato, perché la loro festa per l'iniziazione del novizio Jacob arrivato di fresco dall'Olanda doveva durare fino all'alba, ed era appena cominciata. Ma lei è stata irremovibile. Per quella miseria che pagate, Uccelli, da noi avete avuto abbastanza. Tenendomi per mano si è diretta con me verso l'ingresso dell'osteria. Lo spicchio di strada, là fuori, era una pozza di tenebra perché l'oste voleva chiudere e aveva spento la lanterna.

Ci siamo sedute su una panca, in attesa di qualcuno, credo. Dalla porta socchiusa ci sferzavano folate di pioggia. Faceva freddo e la zingara mi ha coperto col suo scialle colorato. Poi ha detto che mi avrebbe rivelato la mia ventura.

È una cosa che non bisogna fare. La Madonna avvocata, Gesú Bambino e il Signore Iddio non vogliono. La Chiesa non vuole. È un peccato gravissimo. Però lo facevano tutti. Farsi leggere la mano dalle zingare, voglio dire. Mio padre era ossessionato dalla predizione delle zingare del Babuino, e pure mia madre una volta – dopo un litigio particolarmente furibondo con mio padre – ne aveva fatta salire in casa una, decrepita come una sibilla, con le guance grinze come una stringa rotta. Era la piú rinomata, e faceva credere di essere una diretta discendente del primo faraone d'Egitto. Mia madre l'aveva ricevuta come una baronessa e poi ansiosamente le aveva allungato il palmo della mano destra. La discendente del faraone d'Egitto l'ha strofinata coi polpastrelli per un tempo che pareva interminabile. Mia madre spasimava la risposta, non riusciva a star ferma. Tu crederai di morire piú ricca di come sei nata, le ha profetizzato la zingara, fissandola dritto nelle pupille come volesse paralizzarla, ma in realtà sarai piú povera perché avrai perso il tuo tesoro. Mia madre è rimasta cosí sconvolta che non ha voluto pagarla.

La zingara a quel punto, inviperita, ha minacciato di fare una magia, e di tramutarla in una scrofa, perché lei era nata con tre rose rosse sul petto, il che significava che le furie infernali le obbedivano. Mia madre rideva, per farle credere che non aveva paura, e invece tremava dal terrore, e hanno cominciato a insultarsi: mia madre gridava faccia di feccia, jannara, sacco di carbone, vattene al tuo paese, e quella cornuta, cannaruta, brutta troia, pozzi avere li mortacci tua. Ne è nata una zuffa che è costata a mia madre una ciocca di capelli e alla sibilla uno sgraffio sulla guancia, neanche l'avesse unghiata una leonessa. Alla fine però mia madre ha dovuto darle due giuli.

Non credo nella superstizione, mi sono liberata dalle paure. Ma tutti e due i vaticini fatti ai miei genitori da quelle imbroglione si sono compiuti.

La mia zingara invece non aveva ancora diciott'anni, era bruna come una castagna, coi denti bianchi e la bocca rossa. Non ho mai avuto paura degli estranei, nemmeno di quelli diversi da me. Sono sempre stata curiosa di ciò che non so. Le ho allungato tutte e due le mani. E lei ha passato e ripassato le dita sulle linee tenere che mi segnavano appena i palmi. Mi guardava, stupita, e scuoteva la testa. Che vita speciale ti aspetta, piccolina, diceva. Mi mise al collo una catenina con un ciondolo – una pietra nera come ossidiana. Tienila, mi ha spiegato, e un giorno, quando sarai famosa, ricordati di me.

Plautilla, Plautilla, Plautilla! Plautilla! È stato allora che ho sentito gli uomini che passavano, là fuori. Plautilla, Plautilla!! La voce rauca di mio padre straziava il mio nome. Plautilla, Tilla mia!!! – quel grido mi cercava nell'oscurità vischiosa. Non ho risposto. Sono rimasta ad ascoltarlo, perché mi causava un brivido di piacere. Non era vero che mio padre preferiva Albina. Non era vero che non gli importava nulla di me. E che avrebbe preferito che fossi morta io, invece di Rocco. Sarebbe venuto a cercarmi pure all'inferno.

Tu avrai tutto quello che vuoi, tranne la cosa piú importante, ha aggiunto la zingara. Ma se vorrai la cosa piú importante, perderai tutto. Io però ormai non l'ascoltavo. Plautilla, Plautilla mia, urlava mio padre. E io mi sono alzata dalla panca e sono corsa nel buio della strada, singhiozzando.

La prima volta che m'è successo avrò avuto sei anni. Ma ciò che so l'ho ricavato dalle parole smozzicate dell'uomo che stava con me. I miei ricordi si interrompono in una caverna, da qualche parte sotto la via Nomentana: dalla candela che stringo nella mano gocce di cera rovente mi ustionano le dita, sto guardando una figura con le ali, che credo un angelo, dipinta in rosso su quella che sembra la parete di una stanza. È una figura lieve, aerea, diversa da tutto ciò che conosco. È scolorita, sta per svanire nell'intonaco, ed è cosí sola, e perduta, che mi manca il cuore.

Poco prima ero prona sull'orlo di un pozzo, e tiravo sassolini nell'oscurità. Se pure toccavano il fondo, non facevano nessun rumore. In realtà non era nemmeno un pozzo, ma piuttosto un buco cilindrico in una crepa della campagna. Quella domenica di maggio avevamo accompagnato mio padre in una delle sue «campagne uccellatorie». Un pittore suo amico erborizzava e disegnava volatili per il principe Cesi, e guardando sui fogli le piume variopinte, le zampe e i becchi di quegli uccelli pure lui si era appassionato all'ornitologia – sicché, munito di un retino, con l'album, i lapis e i gessetti nella saccoccia, si infrascava nei boschi e sguazzava negli acquitrini della campagna romana. Ma siccome la domenica era il giorno del sacro riposo e l'unico che poteva dedicare alla famiglia, mia madre rifiutava di restare ad aspettarlo in casa come la moglie di un marinaio e gli impediva di partire con le vere spedizio-

ni scientifiche del suo amico, le quali finivano in scarpi-
nate avventurose sulle creste dei Tiburtini o sulla cima di
Monte Gennaro, con inevitabile pernotto nelle forre e ritorno incerto. Cosí partivamo tutti, con la famiglia di mia
zia, Marta Briccia, la levatrice, e lui poteva piantarci per
ore uccellando senza rimorsi.

Ci eravamo accampati in una radura. Mio padre era sparito col suo amico per appostarsi chissà dove; e mentre lo
zio scuoiava la lepre da lui appena stanata, e le donne arro-
stivano le salsicce, Albina, io e i cinque cugini ci eravamo
allontanati per giocare a nasconderella. In un boschetto di
ornelli ci eravamo dispersi. Mia sorella Albina cominciò a
contare: era la piú grande della banda e toccava a lei ritro-
varci. Vidi mio cugino Benedetto accucciarsi dentro una
radice e mia cugina Costanza dietro un tronco, ma mentre
cercavo un riparo per me incespicai e caddi lunga distesa sul bordo del pozzo, o crepaccio, o quel che era. Sentii
Albina che gridava Cento! ora vi acchiappo tutti!, e poi lo
schiocco degli sterpi sotto i suoi passi. Lo strilletto di Costanza, individuata subito, la risata soffocata di Benedetto,
raspio di piedi, infine nulla. Solo il ronzio degli insetti, e
il trillo di uccelli invisibili sugli alberi. Non mi trovarono.
Nascondersi è un'arte che ho sempre posseduto.

Ero lí a tirar sassolini nel buco quando all'improvviso
dal buio eruttò una bestemmia. Subito seguita da due mani
che brancolavano verso di me. Poi venne la testa, infine la
figura. Minuscola. Una specie di folletto, emaciato come
un mendico. L'essere agganciò un piede al bordo del pozzo, e si issò fuori. Barba lunga, capelli scarmigliati, schizzi
di fanga sulla giacca, le palpebre chiuse, come fosse cieco.
Nonostante ciò lo riconobbi subito. Era l'amico di mio
padre. Quello con la cicatrice, l'ex condannato a morte.

Non riuscivo a credere che fosse uscito dalle viscere
stesse della terra. Quando socchiuse gli occhi mi vide, e
vide che lo avevo visto. Non ne fu contento. Lo fissavo ammutolita: da noi capitava solo di sera o di notte. Era poco

piú alto di me. Quello scriattolo losco e stortignaccolo mi
affascinava almeno quanto mi spaventava. Mia madre lo
temeva, ma mio padre gli voleva bene, perché gli ricordava la sua giovinezza. Mi affrettai a dirgli che il Briccio era
in giro nel bosco, mentre alla radura, vicino al ponticello,
c'era mio zio, Giovanni Mansueti. Se lo raggiungeva subito, avrebbe trovato le salsicce, i fegatini di lepre e una
botticella di vino rubino. Lui rifiutò, scuotendo la testa.
Aveva da fare, magari un'altra volta.

Si accorse che avevo notato la sacca rigonfia che portava
sulle spalle come una gerla. Che stai a allampà, scrocchia-
zeppi? mi apostrofò, piantando gli stivali sull'erba davanti
al mio naso. Puzzavano di melma e di tomba. Osservava
attentamente i dintorni, come se stesse aspettando qualcuno. Si stropicciava gli occhi. La luce lo infastidiva. È lí
sotto che tiene i miei giocattoli, signore? non riuscii a impedirmi di chiedergli. E dove altro? disse lui, stampando
uno scaracchio sull'erba, è casa mia. Ancora non aveva
deciso come sbarazzarsi di me.

L'amico di mio padre si grattò la barba, che gli prude-
va. A giudicare dall'esuberanza selvatica dei peli, non la
tagliava da almeno una settimana. Mi ci porta a casa sua?
gli proposi. Disse che non poteva, il papa non gli aveva
piú dato il permesso. Ma pure le guardie fanno festa la domenica! osservai, petulante. La frase l'aveva appena pro-
nunciata mio zio quando aveva piantato la scure nell'or-
nello che aveva scelto di sacrificare per accendere il falò,
benché lí, in quella tenuta sulla Nomentana, abbattere
alberi fosse proibito. Ho insistito. La prego, la prego, signor Toccafondo.

Allora non conoscevo il suo vero nome. L'ho saputo solo molti anni dopo, mentre riordinavo i manoscritti di mio padre. Lo ricorda come Giovanni Angelo Santi-
ni. Afferma che si era guadagnato il soprannome perché
aveva perso l'uso della mano destra ed era stato costretto a diventare mancino: non gli riusciva piú di vivere del

suo lavoro di pittore ed era diventato un esploratore del sottosuolo. Mio padre scrive anche che aveva recitato con lui in una commedia, ma non quando e in che ruolo. Il Toccafondo si voltò, guardingo. Ma dietro di noi c'era solo il bosco. Mi esaminò come dovesse comprare un cefalo al mercato di San Bartolomeo. Valutava le mie dimensioni, ma non potevo saperlo. Se sai tenere un segreto, Briccettina, ti faccio un regalo meraviglioso, disse. Io l'ho già tenuto il segreto suo, signor Toccafondo, protestai. Ed era vero. La sua storia la conoscevo. Quando era scappato dalle galere del papa per anni aveva vissuto nascosto, e anche quando era morto Paolo V e il nuovo papa, Gregorio XV, lo aveva liberato dalla condanna, il Sant'Uffizio lo teneva d'occhio e lui temeva sempre che lo riportassero a battere il pesce col remo. Perché certo non si era redento.

Solo a quel punto mi accorsi che dietro la collinetta, a pochi passi, un mulo, legato a un alberello, masticava rumorosamente un cespo di cicoria. Sull'erba erano impilate due casse di legno. Un giovane – troppo pulito per essere davvero il pecoraro di cui portava i panni – zufolava supino su una coperta. Era sempre stato lí, doveva avermi visto giocare sull'orlo del pozzo, forse si era nascosto dietro il cespuglio di ginestra. Ma scattò in piedi sbuffando di sollievo quando riconobbe il Toccafondo.

L'appuntamento era ieri, lo avvertí, venendogli incontro, oggi è domenica, c'è gente dappertutto, due ciumachelle quasi mi si schiaffano dentro le casse... Poca roba, rugní il Toccafondo, depositando la sacca che portava sulla schiena. E il meglio ho dovuto lasciarlo, è franata una galleria, non si passa piú. Ha piovuto una settimana intera, non sapevo come avvisarvi, s'affrettò a dirgli il finto pecoraro. È smottato di tutto, s'è incarcata la Domus Aurea, si sono dirupate pure le mura di Aureliano, temevo che stavolta non sareste riemerso. Stavo per andarmene. Fortuna che mi sono detto aspetta ancora, il Toccafondo c'ha sette vite, come il gatto...

Forse posso recuperare qualcosa, minimizzò il Toccafondo. L'idea di restare sepolto nel suo regno infero non
lo turbava, anzi, forse si augurava di finire cosí. Non capivo di cosa parlassero quei due, ma dal tono parevano affari. Il giovane vestito da pecoraro mi lanciò un'occhiata
perplessa, e il Toccafondo fece un cenno d'intesa. Mi sospinse di nuovo verso il pozzo. Realizzai che l'apertura era
molto piú vasta di quanto credevo. Una catasta di fascine,
adagiate sull'imboccatura, camuffava la voragine piú am-
pia. Poco prima stavo per sedermi su quelle fascine. Sarei
precipitata nel vuoto. Il Toccafondo mi legò una corda alla vita, mi diede un buffetto in testa e mi calò nel buio.
   Mi chiedo ancora come mai non ho avuto paura. Ero sottoterra, nell'oscurità, con un ex condannato a morte, che mi
planò accanto silenzioso come un sorcio, e poi senza dirmi
una parola s'avviò carponi in un cunicolo, costringendomi
a seguirlo, perché la fune mi trascinava con sé. Non accese lampada né lumino: dopo una ventina di metri l'oscurità divenne assoluta. Non sapevo dove mi stava portando,
avevo freddo, respiravo con affanno e mi facevano male le
scarpe. Eppure avevo fiducia. Il Toccafondo si muoveva
con sicurezza, come davvero fosse nel corridoio di casa sua.
Non dubitavo che mi avrebbe regalato qualcosa di bello.
   La mia fiducia ingenua in realtà era ben riposta, perché
nessuno conosceva la Roma segreta meglio di lui. Aveva
cominciato a immergersi nel labirinto ipogeo per copiare
gli affreschi delle costruzioni antiche rimaste interrate man
mano che saliva il livello della città. Edifici della Roma
repubblicana, imperiale, o cristiana. Mio padre mi ha poi
raccontato che quando entrambi avevano vent'anni, molti
signori romani e forestieri reclutavano pittori giovani per
quelle esplorazioni. Pagavano bene i disegni dei mostri e
delle grottesche, ma bisognava essere esili di corporatura
e avere fegato. Non temere il buio, non soffrire di angoscia per la mancanza di spazio o oppressione di cuore. Mio
padre l'aveva fatto una volta sola.

Erano scesi legati da una corda, lasciando a ogni incrocio un mucchietto di sassi, per non perdersi e ritrovare l'uscita. Dopo tre ore che camminavano nelle tenebre, in certi punti costretti ad avanzare strasciconi come serpi, fissando le fiammelle delle torce che tremolavano e si piegavano investite da spifferi misteriosi, avevano fatto sosta in un crocicchio, e avevano sgranocchiato il cacio disegnando sui fogli coi carboncini le figure di un arco dipinto. In realtà, fissando i loculi che li circondavano, avevano capito di essere seduti in un cimitero, in mezzo a migliaia di scheletri. Poi le fiammelle s'erano spente, un vento freddo li aveva raggelati, e avevano sentito un brontolio, un mugghio che pareva venisse dall'inferno. Seppero poi che si era trattato di una scossa di terremoto. Ma in quel momento avrebbero giurato che i morti, disturbati dalla loro presenza, volessero aggredirli. Erano scappati di corsa, terrorizzati. Ma erano legati con la corda, ed erano caduti uno addosso all'altro: credendosi assaliti dai fantasmi, si erano colpiti a bastonate. Mio padre non aveva fatto in tempo nemmeno a incidere il suo nome sulla parete affrescata. Lo facevano tutti, anche se oggi sembra una profanazione. Ma era un dovere, per dimostrare di esserci stati davvero, là sotto. Comunque mio padre non ci tornò mai piú.

Per il Toccafondo invece esplorare catacombe divenne un mestiere. Fu come risucchiato dalle tenebre. Cominciò a scendere anche da solo. Non disegnava piú, non li guardava nemmeno gli affreschi e le grottesche. Lasciò perdere le corde, i sassi e i segni per ritrovare l'uscita. Si portava dietro i viveri, una coperta, l'olio per la lampada, e alcuni sacchi vuoti, e restava là sotto per giorni e giorni, fino a una settimana. Si inabissava in un buco della via Salaria, dell'Aurelia, dell'Appia o della Nomentana, riemergeva a chilometri di distanza: ma non a mani vuote. Ammucchiava nei sacchi vertebre, crani, costole, clavicole, ulne, mandibole, femori, anche orbite e falangi. Col passare del tempo, tirò su intere casse. Dava appuntamento in superficie ai mulattieri, che lo aspettavano in convoglio. A volte le ossa erano ancora fresche, con ciuffi di peli attaccati sopra, e doveva metterle a seccare sul prato di un campo prima di imballarle nella cassa. Religiosi, mercanti e devoti di tutta Italia lo pregavano di trovargli un ossicino di qualche martire da portare nella loro diocesi, e il Toccafondo ovviamente lo trovava. Credo che insieme a preti, frati creduloni e oscuri scrittori pronti a incidere simboli ed epigrafi fasulle abbia fabbricato decine di martiri.

Mio padre diceva che da ragazzo venerava le reliquie in tutte le chiese di Roma. La lancia di Longino e il legno della santa Croce, il sacro chiodo e le spine della corona, la tovaglia usata per la lavanda dei piedi e i resti della mangiatoia di Betlemme. Il bastone di san Giuseppe, la testa di san Sebastiano, la mandibola di sant'Eustachio con un dente, l'osso del braccio di san Rocco, il carbone di san Lorenzo e i capelli di santa Elisabetta d'Ungheria. Avrebbe adorato perfino il latte munto a Maria, il chicchirichí del gallo di san Pietro, o la crosta del pane dell'ultima cena. Ma da quando era amico del Toccafondo credeva solo alle immagini miracolose dipinte. E cosí ha insegnato a noi. Scherzando gli diceva: se muoio prima di te non mi dissotterrare, non vorrei ritrovarmi fra le risaie della Lombardia venerato perché m'hanno sbranato i leoni. Lasciami risorgere tutto intero.

Le ossa, il Toccafondo le vendeva a caro prezzo – perché quei reperti avevano un mercato piú remunerativo dei disegni di antichità, che interessavano solo gli eruditi e gli umanisti, fra l'altro fanatici, schizzinosi e perfezionisti al punto da rifiutarsi di pagare se il pittore non aveva riprodotto esattamente l'immagine o l'aveva alterata credendo di migliorarla. Con le ossa non ci era comunque diventato ricco e, al contrario, si era guadagnato la galera, il Sant'Uffizio e la condanna a morte.

Altri reperti, però, li prendeva per gli amici. Non erano cose cristiane e perciò non avevano valore. Le rinveniva per caso, mentre scoperchiava le arche, scavava fosse nei cimiteri o cascava dentro un buco piú profondo – antichi pozzi, cisterne, passaggi che risalivano a epoche molto piú remote. Era da lí che provenivano gli animaletti magici e le lamine di piombo con cui giocavo da piccola.

Al bivio tra cinque gallerie ci fermammo. Il Toccafondo accese una candela, e disse che dovevo fare presto perché il fuoco consumava l'aria, e là sotto ce n'era poca. Me la mise in mano e disse di stare attenta alla cera bollente, sennò mi bruciavo le dita. Poi mi spinse in un cunicolo ancora piú stretto di quello che avevamo percorso, cosí angusto che nemmeno lui riusciva a passarci. Disse che su una mensola, davanti a un arco dipinto, tre giorni prima aveva lasciato un sacchetto. Contava di tornare a riprenderlo prima di risalire, ma la galleria era venuta giú, e adesso dovevo prenderlo io. Ero legata con la corda, e poi non c'era altro accesso, né via d'uscita: non potevo perdermi. Ci sono arrivata, davanti alla parete dipinta. L'ho preso, il sacchetto sulla mensola. Dentro c'era qualcosa che tintinnava. Ossicini. O forse gioielli. Ma invece di tornare subito indietro, sono rimasta incantata. Perché la parete era ricoperta di pitture. Antichissime, in piú punti quasi cancellate. Erano magnifiche, eppure nessuno poteva vederle. Si erano perse. Come se non fossero mai esistite. Chissà chi le aveva dipinte. Mi sembrò cosí crudele il destino di quell'artista e delle sue figure che non volevo piú lasciarle. Il Toccafondo tirava la corda, lo sentivo borbottare che dovevamo andarcene, l'acqua piovana s'era infiltrata ovunque, maledizione, qua ci cadeva il mondo in testa. Ma io non mi muovevo. Non volevo abbandonare quella creatura con le ali, che scambiai per il mio angelo. Se me ne andavo, nessuno l'avrebbe piú ritrovata.

Quando riaprii gli occhi ero distesa sul prato, e su di me era chino il pecoraro. Mi aveva innaffiato il viso con l'acqua della fiasca e mi vellicava le guance col pennacchio di una canna. Il Toccafondo mi voltava le spalle, sistemava il contenuto del sacco dentro la cassa, imballando i reperti in sacchi piú piccoli imbottiti di paglia: ma ne aveva pochi e l'altra cassa rimase vuota. Gambe, mani, fronte, capelli: ero tutta impiastricciata di fango. Ti sei addormita, disse il pecoraro. Ringrazia la Madonna che quello t'ha trainata indietro con la corda e portata su in braccio. Un altro ti lasciava là sotto, e buonanotte angioletto.

Tuo padre lo sa? s'avvicinò il Toccafondo, scuotendomi per la spalla. Sa cosa? chiesi. Ero stordita, non capivo piú niente. La mia bocca sapeva di terra. Sei stata fortunata che il cunicolo era basso e stavi chinata. E pure cosí la capocciata m'ha fatto prendere un accidente.

Cosa mi è successo? gnaulai. Non ricordavo nulla. L'angelo rosso dovevo essermelo sognato. Ma il Toccafondo stringeva fra le dita la statuetta aggraziata di un puledro. Di terracotta dipinta. L'occhio era ancora di un nero sbrilluccicante. Te lo porto la prossima volta che vengo a casa tua, disse, infilandolo nel sacchetto. Adesso non posso dartelo perché tu non m'hai visto. È un segreto, ricordi?

Mo' va' da tuo padre, aggiunse, cercando di rimettermi dritta e poi di sostenermi, perché vacillavo come fossi ubriaca. Digli che ti sei persa, e che va tutto bene. Ma non va bene per niente, lo sai? Se caschi da in piedi ti spacchi la testa, e la prossima volta voli dritta in paradiso.

L'ho mantenuto, il segreto del Toccafondo e mio. Poi m'è successo di nuovo e, come mi aveva annunciato, ho battuto la testa. Mi ha ricucito lo sbrego sul mento lo zio Mansueti. Era barbiere, ma virtuoso del ricamo su carne perché praticava anche la chirurgia, e spesso di giorno doveva andare a denunciare ai birri del Governatore le suture che aveva applicato di notte sulla faccia o nella pancia di qualcuno che s'era fatto strippare o puncicare. Quei cinque punti ancora si vedono, ottant'anni dopo. Mia madre non volle chiamare un medico fisico né consultare i professoroni della Sapienza. Diranno che è segnata, e sarà la fine per lei. Non si potrà sposare, non avrà figli, non la prenderanno neanche monaca.

Il mio sonno improvviso è diventato il segreto di famiglia. Non è rimasto l'unico, ma forse il piú importante. Mio padre minimizzava. Pure lui da ragazzino soffriva per ogni cosa, ogni creatura di questo mondo lo assillava – anche schiacciare una pulce gli svampava il cuore. Secondo lui non ero malata né guasta. Solo troppo emotiva. Crescendo, avrei imparato a controllarmi. A un certo punto le ingiustizie, le male azioni, i torti, smettono di offenderci, perché scopriamo di doverne commettere anche noi, e ci si adatta all'imperfezione della vita: è cosí che si diventa adulti.

Per molti anni ho avuto solo tre certezze: Dio, mio padre e la Madonna. Tutto il resto era transitorio. Case, oggetti, luoghi, persone, abitudini. Niente era stabile, a parte le preghiere e la voce squillante del Briccio che dietro la porta chiusa provava la dissertazione per un'accademia o la parte per uno spettacolo. Mia madre, che pure mi stava sempre accanto, non mi dava l'impressione di doverci restare. Era spesso incinta, e a ogni parto rischiavo di perderla. Io stessa mi sentivo di passaggio. Sbagliata, provvisoria, fragile come un vetro: ero sicura che non sarei arrivata a compiere vent'anni.

Dormendo, mi difendevo. Mi assentavo per non esistere, per rifugiarmi in un luogo nel quale nessun male poteva toccarmi, per non attaccarmi a niente e a nessuno, perché in un giorno qualsiasi potevo perdere – e spesso davvero perdevo – qualcuno, o qualcosa che mi stava diventando caro. La pensionante di vicolo dei Greci mi regalava i biscotti; il ciambellano francese compare di mio padre mi insegnava ad arrotare la erre e dire mersí mersí; lo zio Mansueti, padrino di mio fratello, mi sollevava da terra con una mano sola. La sua bottega di barbiere, a Campo Marzio, dietro la Rotonda, un antro che odorava di sapone e ferro arrugginito, era sormontata da un'insegna spaventosa. La gamba nuda – e molto naturale – di un uomo, cui era attaccata una mignatta: il sangue colava in un catino. Sotto, la scritta a caratteri cubitali recitava: QUI SI CAVA SANGUE. L'insegna l'aveva dipinta mio padre. Ma lo zio

Mansueti non era un orco, anzi, un gigante bonario, che la domenica portava la truppa scalmanata di figli e nipoti al fiume a guardare i soldati di Castello che in mutande facevano il bagno. Si buttava pure lui, e a differenza di quasi tutti gli altri, che restavano attaccati alla corda tesa fra le due rive, era capace di lasciarla e tornarsene a nuoto. Una volta si tuffò con me, tenendomi in collo: ricordo ancora la velocità turbinosa della corrente e il sapore dolce dell'acqua – è stato l'unico bagno della mia vita. La pensionante, il ciambellano, lo zio: da un giorno all'altro scomparvero. Né li vidi mai piú. Presenze rassicuranti diventavano ricordi, poi nomi, infine nulla.

Cambiavano anche i rumori, le voci, il timbro delle campane, i paesaggi, e quando mi svegliavo non sapevo dove fossi. Nel fragoroso cortile del Lavatorio si accalcavano dozzine di famiglie di artigiani con prole: avevo imparato a conoscere il suono di ogni strumento di lavoro – l'incudine del fabbro, il trapano a mano del ferraro, la macina del falegname che preparava la colla. Ce ne andammo una sera col solito carretto tirato dal somaro, e la musica di quei mestieri non l'ho sentita piú. Mi era familiare la visione dell'arco di Portogallo che interrompeva il rettifilo di via del Corso: la persi appena iniziai ad amarla. Mi divertivo nella penombra della bottega di mio nonno a San Pantaleo, a cardare per gioco i bioccoli di lana: credevo sarebbe stata sempre una tana sicura, e invece a un tratto il nonno non era piú seduto sullo sgabello, col berretto a cencio sulla testa e i pettini coi chiodi di ferro agganciati alla cintura della tunica, ad accogliere i clienti col suo cipiglio scontento, là dietro l'angolo di piazza Navona, e anche se aveva mantenuto la stessa insegna, perché l'aveva rilevata un altro materazzaro, nella bottega non ci potevo entrare piú. Per molti anni ho attribuito all'inquietudine di mio padre questo vortice di cambiamenti, e gliene ho fatto una colpa.

Ma in realtà vivevamo tutti cosí. Chiunque poteva sparire dall'oggi al domani, morire per una febbre qualsiasi o la puntura di un insetto, affogare nel Tevere, finire spiaccicato sotto un carro, fracassato dal calcio di un cavallo, ammazzato per rapinargli il mantello, perché non aveva dato la precedenza o fatto passare una carrozza, perché non aveva salutato un nobile o il suo palafreniere, un potente o un prepotente con adeguata sottomissione, o anche per nessun motivo. I miei compagni di giochi non crescevano con me, e mi congedavo da loro salutandoli dalla finestra quando all'imbrunire li conducevano alla sepoltura. Alle mie sorelline ho fatto appena in tempo a insegnare a cantarellare le strofette del maggio e ad allacciarsi le fettucce delle calze, che già dovevo vestirle per l'ultima volta, e avvolgerle in un sudario talmente piccolo che sembrava contenesse le spoglie di un gatto. Si pregava di continuo, piú volte al giorno, il Signore Iddio e la corte dei santi: però non tanto per vivere, quanto per morire bene e abbreviare il soggiorno in purgatorio per essere accolti in paradiso.

Nemmeno la gerarchia sociale offriva garanzie di durata. Mi imponevano di rispettare questo o quel prelato, che abitava nel palazzo di fronte, circondato da una famiglia di venti staffieri, servitori, maestri e camerieri: ma già l'anno dopo mi capitava di sentir parlare di lui dal tripparolo col disprezzo riservato ai falliti e quando passava in carrozza scoperta senza accompagnatori nessun postulante lo inseguiva, e quello era il segno che non contava piú niente.

Le uniche cose che sopravvivevano ai nostri traslochi erano i libri, gli strumenti musicali e i quadri – prima quattro, poi una decina, infine trentadue – che passavano da una parete all'altra, indenni. In qualunque casa mi risvegliassi, c'erano una Madonna con Bambino, la Natività e Cristo in croce in camera dei miei, e tre tristi santi con l'aureola color burro in salotto. Ruminavo cardi e tortelli sotto lo sguardo fiero di Caterina, estatico di Francesco, stigmatizzato di Francesca Romana. Erano quadretti piccoli, soavi e consolanti. Li aveva dipinti mio padre sui disegni del cavalier Giuseppe Cesari, l'Arpino. Eppure nemmeno l'arte era un bene immobile. Quei quadri si stracciarono durante l'ennesimo trasloco, e uno si ammuffí perché ci piovve sopra.

La ruota cambiò il giro quando nel 1623 morí papa Gregorio XV. Era un religioso austero e la corte mal lo soffriva, ma mio padre – che lo aveva conosciuto quando era ancora solo il cardinale Ludovisio – si era rallegrato assai della sua elezione, confidando in un lungo pontificato. Però ai Pantani una donna partorí un demonio, che il parroco rifiutò di seppellire coi sacramenti, e fu un inequivocabile annuncio di malaugurio. Infatti Ludovisi non durò manco tre anni. Lo Spirito Santo tardò a manifestarsi perché i cardinali del Sacro Collegio, divisi tra la fazione dei filospagnoli e quella dei filofrancesi, non si accordavano sul nome del successore. Il conclave fu funestato dalle discordie e dalla calura, finché, la mattina del 6 agosto, fu eletto Maffeo Barberini.

Apparteneva a una famiglia fiorentina di immensa – benché recente – ricchezza. A quel tempo, anche se io non lo sapevo ancora, mio padre arrotondava i grami guadagni che ricavava dalla professione di pittore con la scrittura di testi occasionali. A ogni elezione di papa, lo presentava al pubblico, schizzando con parole vivaci il suo ritratto. Dopo la sua morte, li ho letti tutti. Erano spesso elogiativi, ma anche sapidi e pungenti, e lasciavano trasparire le avversioni di mio padre, le sue preoccupazioni o le sue speranze – che spesso riflettevano quelle dei romani. Il suo ritratto di Barberini, che aveva scelto il nome di Urbano VIII, è diverso dagli altri.

Mio padre riassumeva brevemente il curriculum vitae del nuovo papa, ma osservava che era «principe da tenere in grande espettatione» – ovvero che da lui ci si aspettavano cose notevoli. Per due ragioni: aveva avuto «gran maneggio» e non se ne era stato «sempre nella propria patria» ma aveva «trascorso diversi paesi». Aver maturato esperienza in politica e aver viaggiato in altre nazioni erano qualità assai apprezzate dai romani: coi forestieri ostentavamo la nostra superiorità e disprezzo per tutto ciò che non è romano, ma in realtà, proprio perché stimavamo di vivere nel centro del mondo, mai siamo stati provinciali. Inoltre il nuovo papa era un uomo di cultura: e questo allora non rappresentava un difetto ma un vantaggio. «Circa le lettere, – spiegava mio padre, – è colmo di gran dottrina & ripieno di tutte quelle scienze che possano illustrare e render ragguardevoli un suo pari. Sian pur lieti tutti i studiosi & letterati, che mai fu chi tanto li amasse, quanto il cardinal Barberino, né mai sarà chi per l'avenire li ami tanto quanto Urbano VIII».

Il motivo di questo interesse per i letterati e gli studiosi era che Barberini in fondo si considerava uno di loro. In tanta stima erano tenuti i suoi versi che i cortigiani lo adulavano come l'«Apollo Vaticano». Se non fosse stato eletto papa, dicevano, sarebbe stato il grande poeta che invece è mancato all'Italia del Seicento. Oggi queste lodi sembrano esagerate, e il tempo ha ridimensionato l'ammirazione verso le opere d'ingegno del papa. Ma del resto è il destino di tutti i poeti.

La relazione di mio padre prosegue con una descrizione fisica del bell'aspetto e dell'ottima complessione di Urbano VIII (insolitamente giovane, avendo al momento dell'elezione solo 55 anni), e si conclude con un panegirico alquanto smaccato. Poiché nelle relazioni che mio padre aveva e avrebbe scritto per gli altri papi effuse lodi generiche e poco convinte, ho capito che davvero anche lui nutriva grande «espettatione» dalla sua elezione. Mio padre presagiva che Barberini non avrebbe rinnegato la sua natura di umanista, mecenate delle arti, della musica, delle scienze e della letteratura: anzi, il nuovo sconfinato potere lo avrebbe portato ad ampliare e ulteriormente foraggiare, ora anche con le finanze dello Stato ecclesiastico, la sua corte di bibliotecari e bibliofili, archeologi, collezionisti, astronomi, scienziati, musicisti, architetti e scultori.

Sinceramente mi commuove pensare che il Briccio, il cui gusto artistico era rimasto cristallizzato alla pittura degli anni Novanta del secolo precedente, aspirasse a inserirsi in qualcuno dei cantieri che il Barberini avrebbe aperto, affidandosi ad artisti di tutt'altra ispirazione. O che i suoi poemetti popolari e popolareschi potessero piacere a quel raffinatissimo verseggiatore latino. Certo intuiva che per gli artisti di Roma cominciava l'età dell'oro. Forse si illudeva che pure lui avrebbe avuto modo di entrare nelle grazie di Barberini e della sua gente.

Fatto sta che poche settimane dopo, nell'autunno del 1623, mio padre decise di abbandonare i bassifondi della città. Passavamo il Tevere, avvicinandoci ai palazzi vaticani e alle contrade dei toscani – agglomerati intorno ai Banchi di Ponte e Parione ma sparpagliati anche ai borghi.

Tanto per cambiare, mia madre non era d'accordo. I borghi brulicavano di cardinali, vescovi, cortigiane, forestieri, pellegrini e monelli che mendicavano intorno a San Pietro. Per gente come noi, la vicinanza della corte è solo una tentazione. È meglio stare lontano dai troppo ricchi e dai troppo poveri.

Prima del trasloco, mio padre portò me e Albina a dire una preghiera alla Madonna dipinta da san Luca sull'altare di Santa Maria del Popolo: mia madre stava per partorire e la Vergine doveva proteggere i nostri fratelli morti che riposavano sotto il pavimento e benedire l'inizio della nostra nuova vita. Io avevo appena sette anni, e non sapevo nemmeno cosa ci fosse, sulla riva destra del Tevere; Albina si separava a malincuore dalle vie turbolente in cui era nata e cresciuta, ma il Briccio andava incontro al futuro con l'entusiasmo di un ragazzo.

Ci trasferimmo a Borgo Vecchio, vicino alla chiesa della Traspontina. Svariati colleghi di mio padre abitavano nei dintorni. Non i pittori squattrinati di San Lorenzo in

Lucina o gli stranieri scapestrati della Banda degli Uccelli: c'erano Giambattista Ricci il novarese, benemerito dei frati carmelitani, e Angelo Caroselli, il copista e falsario, la cui figlia Jacoma aveva la mia età. Ma mia madre non voleva che Albina e io la frequentassimo perché il Caroselli aveva la moglie turca e si circondava di femmine allegre, e lei diceva che siccome non eravamo ricche la nostra unica dote sarebbe stata la reputazione. Nemmeno i cinque figli di Benigno Vangelini divennero nostri amici, perché la prima volta che ci incontrammo insegnarono a Basilio come fabbricarsi una fionda – senza la quale un ragazzino non è degno di dirsi romano – e il mio fratellino imparò talmente bene che fracassò subito tutti i vetri di casa. C'era il famigerato Agostino Tassi, sovraccarico di committenze, e a poca distanza, nella vigna del Salviati, abitava anche il Pomarancio, che aveva contribuito alla rovina del cavalier d'Arpino. Mio padre gli serbava rancore, come fosse anche suo nemico, ma io e Albina avremmo voluto che lo perdonasse perché morivamo dalla voglia di conoscere la figlia Rosanna. Era monaca in casa, e di quella bellezza segregata si favoleggiava in tutto il rione.

Quella di Borgo Vecchio è stata la prima vera casa dei Bricci. Finalmente avevamo la cucina col camino, la batteria di pentole, i rami stagnati a dovere e gli attrezzi per il fuoco, una sala con le pareti rivestite di cuoio dorato per cenare e ricevere ospiti: mio padre aveva uno studiolo tutto suo, e noi figli una cameretta da dividere con la nonna Isabella. La casa infatti era spaziosa, e i miei si presero in casa i genitori. La presenza della nonna napoletana chiacchierona, generosa ed esuberante, era gradita. Ma l'idea di convivere col nonno materazzaro, il bisbetico Giovanni Battista, severo e retrogrado al punto da vietarci il minimo svago, a me e ad Albina piaceva quanto inginocchiarci su un tappeto di ceci. Ce ne lagnammo: mio padre ci fulminò con una frase che non ho mai dimenticato.

Il Materazzaro è stato il peggior padre che si possa immaginare. Mi ha ostacolato, intralciato, ha tentato di assassinare le mie passioni e i miei sogni. È stato il nemico della mia vita, mi ha oppresso, umiliato, costretto a odiarlo. Eppure gli devo tutto ciò che sono, e se potessi dare la mia vita per la sua non esiterei un istante. Vorrei che un giorno faceste lo stesso per me.

Ma noi vi amiamo, signor padre! balbettammo Albina e io, stupefatte. Non mi amerete sempre, disse il Briccio. Siete ancora troppo giovani.

La casa di Borgo Vecchio presentava un grave inconveniente, per questo l'affitto era cosí ragionevole. Affacciava sul tetro vicolo del Villano che da piazza Pia conduceva a Borgo Sant'Angelo: quando le botteghe e i portoni si chiudevano, un esercito di ombre stracciate cariche di fagotti prendeva posizione, e di notte decine di corpi deformi giacevano nell'oscurità. Mia sorella e io li spiavamo, inorridite, da dietro le imposte. Sembravano fantasmi. O vampiri che spariscono alle prime luci dell'alba.

Invece erano i piú derelitti tra gli ultimi. I malati senza patria che non erano stati accolti negli ospizi nazionali, gli stranieri e gli incurabili che non volevano morire in corsia, i pazzi licenziati dalle famiglie – che non avevano nessun altro posto in cui andare e restavano nei pressi dell'Ospedale di Santo Spirito e della basilica di San Pietro, contando nella carità di qualcuno o nella vicinanza di Dio.

A noi Bricci invece le cose andavano meglio, anche se non sapevo bene perché, né come mio padre si guadagnasse davvero da vivere. Il fanatico entusiasmo artistico scatenato in città da papa Barberini non lo toccava. Lui continuava a dichiararsi «pittore» quando prima della Pasqua i preti venivano a censire le anime della parrocchia e a verificare che ci fossimo tutti comunicati: ma io lo vedevo dipingere sempre piú di rado.

Una *Madonna con Bambino* alla maniera del cavalier d'Arpino rimase sul cavalletto piú di un anno. Era un po' languida, i colori delicati come a pastello parevano dover svanire se solo ci alitavi sopra. Poi sparí. Quando gli chiesi di portarmi a vederla, sull'altare della chiesa dove l'aveva collocata, il Briccio rognolò amaro. Ci vogliono almeno tre giorni sulla groppa del cavallo, e bisogna passare il bosco dei briganti, per raggiungere valle Rasina. Nemmeno io la vedrò piú. Non volle neanche dirmi il nome della chiesa. A me non piaceva pensare che mio padre dipingesse madonne per chiese di villaggi sperduti nelle campagne mefitiche dello Stato pontificio: preferivo continuare a crederlo un grande pittore in attesa della grande occasione, e non ne abbiamo mai piú parlato.

Nella seconda metà degli anni Venti, le cose andavano meglio anche ai romani. Papa Barberini si era subito sbarazzato – con l'aiuto della fortuna o, si mormorava, del veleno, abilmente sparso in un mazzo di fiori – di piú della metà dei cardinali vecchi del Sacro Collegio, che aveva rinnovato nominando al loro posto i suoi amici e creati, sicché poteva governare senza alcuna opposizione. I primi provvedimenti resero manifesto che avrebbe arricchito la sua famiglia, ma nessuno inizialmente ci trovò da ridire, perché la pioggia d'oro sembrava dovesse innaffiare tutti. La magnificenza di Urbano VIII si manifestava infatti non solo in cerimonie, feste, giostre e spettacoli, ma anche in cantieri e fabbriche: solo quella del nuovo palazzo della famiglia Barberini alle Quattro Fontane dava lavoro a centinaia di artigiani e operai. Tuttavia i poveri continuavano ad aumentare, attirati a Roma proprio dalla fama del ricchissimo papa banchiere: a Borgo Vecchio eravamo come assediati.

Poiché la fede senza opere è come la lampada senza olio, che puzza e non fa lume, mio padre e mio nonno si sdebitavano con Dio frequentando, insieme a tanti altri romani, nobili e non, l'immenso Ospedale di Santo Spirito: portavano frutta e bevande agli ammalati disposti nei mille letti del corridoio, e talvolta li assistevano nell'agonia.

Ma anche la nonna Isabella faceva la sua opera di carità. Certe sere d'inverno ci chiedeva di accompagnarla giú nel vicolo a offrire ai poveretti gli avanzi della nostra cena. Albina e io eravamo costrette a seguirla, distribuendo dalla pignatta maccheroni freddi, col formaggio parmigiano rappreso in solidi grumi bianchi: il braccio manovrava il mestolo, teso per non toccare le mani degli affamati scabbiosi, lebbrosi, rognosi, e trattenevamo il respiro per non farci contaminare dal fetore di quei corpi e dal fiato acido di quelle bocche. Ma capitava di peggio.

Certe mattine, all'alba, gli sbirri del Governatore sbatocchiavano furiosamente al portone. Nella bottega dell'erbarolo, al canto della strada, sotto il voltone del vicolo, o nella camera locanda della vedova Lucrezia, al piano sotto al nostro, era stato trovato un giovane, un vecchio, o chissà chi, morto di stenti, di freddo, o di malattia: noi vicini lo conoscevamo? Sapevamo se era buon cristiano? Mio nonno e mio padre sospiravano, s'infilavano il giubbone e scendevano a testimoniare.

Una volta, però, a uno di quei tristi riconoscimenti mi sono trovata presente anche io. Erano gli ultimi giorni del 1626. Mio padre mi aveva chiesto di accompagnarlo dal libraro della Lupa d'oro a piazza Navona a consegnare i pacchi di un volume fresco di stampa che aveva appena ritirato dal tipografo di Viterbo. La *Fisonomia naturale* di monsignor Ingegneri, vescovo di Capodistria, un trattato in centoventiquattro paragrafi nel quale, con ragioni tolte dalla filosofia, dalla medicina e dall'anatomia, si dimostrava «come dalle parti del corpo humano per la sua natural complessione si possa agevolmente conietturare quali siano le inclinationi degli huomini». Mio padre lo aveva illustrato con sessantasette «vaghe figure». Era convinto che cosí l'opera avrebbe venduto molte copie, perché l'autore s'affannava a dimostrare scientificamente ciò che tutti, anche gli ignoranti, pensano: che la faccia, il cranio, le gambe, il corpo insomma, sia un alfabeto come un altro – e decifrar-

lo previene grandi errori. Mio padre ripeteva spesso che
i capelli di Albina rossi come lo zafferano erano un segno
di lunga vita ma anche di collera ignea e della tendenza a
mancar di parola, e i miei duri e crespi di audacia.

La sera prima, a cena, l'aveva sfogliato col suo amico
fra Bagutti, che arrossendo aveva deplorato il paragrafo
in cui il vescovo discettava sui mestrui delle donne, mentre io cercavo di sbirciare le figure, incuriosita. M'aveva
colpito quella che illustrava i peli maschili e raffigurava
con un certo realismo un uomo nudo. Non avevo mai visto un corpo senza vestiti, nemmeno il mio. Tuttavia, piú
di quei viluppi irsuti che chiazzavano il petto, delle cosce
possenti e dei genitali, m'aveva colpito la definizione che
nel frontespizio mio padre dava di se stesso: «Giovanni
Briccio romano matematico». Matematico? Mai saputo
che fosse anche questo.

Del resto allora non leggevo i libri che lui illustrava né
quelli che scriveva. Ma lo seguivo volentieri dai librai che
vendevano gli uni e gli altri. Le librerie erano spesso poco piú che bugigattoli stracolmi di volumi – di tutte le dimensioni: quelli economici in sedicesimo e in ottavo piccoli tanto da stare nel palmo di una mano, quelli lussuosi in
folio cosí grandi che ci volevano due uomini a sorreggerli.
Scrutavo i titoli sui dorsi rilegati in cuoio, sfogliavo le pagine: l'odore dell'inchiostro – piombo, morchia, e qualcosa di indefinibile – mi faceva girare la testa. Ma non ero
autorizzata a leggerli.

Eppure ormai avrei potuto farlo. Avevo imparato al tavolo della cucina di Borgo Vecchio, sotto la guida di mia
madre, che era una maestra rudimentale, sapendo appena
sillabare le lettere grosse sopra le scatole dello speziale, ma
aveva un metodo infallibile. Se ero svogliata, pigra, o distrat-
ta, bacchettava sulle dita Albina, incolpevole. E viceversa.
Mia sorella e io ci volevamo bene, e nonostante la differenza d'età vivevamo in simbiosi come due gemelle. Eravamo
l'unica compagnia l'una dell'altra, dormivamo abbracciate

e ci eravamo promesse in gran segreto di non separarci mai, per nessuna ragione. L'una non voleva che l'altra soffrisse per causa sua, e ci impegnavamo allo stremo a copiare le lettere dell'alfabeto, eseguire addizioni e sottrazioni, e leggere qualche pagina degli offizi della Madonna, finché mia madre ci ebbe trasmesso tutto il suo esiguo sapere.

Albina riteneva di avere imparato abbastanza. Conoscere troppe cose stravolge il cervello, perché molta sapienza molto affanno, e soffre piú chi sa tutto di chi non sa nulla. Io invece avrei voluto continuare gli studi. I ragazzini della mia età andavano al Ginnasio romano, e i piú bravi entravano nei collegi. I gesuiti davano la possibilità di farsi un'istruzione anche a quelli cui i genitori non potevano pagare un precettore. Bisognava però essere nati maschio. Fra la gente del nostro ceto non era uso addottorare le femmine e mia madre era l'unica donna della nostra cerchia di conoscenze che non dovesse firmare un atto notarile con la croce.

Anche quella mattina seguii mio padre volentieri. Avevo già dieci anni e sapevo che le nostre passeggiate non sarebbero durate ancora a lungo. Presto non mi sarebbe stato piú concesso di accompagnare il Briccio in giro per la città: Roma, la nostra amata Roma, sarebbe diventata terra proibita per me. Come per Albina – che a quindici anni, vivace e curiosa com'era, doveva già vegetare tra le pareti di casa, in attesa di essere collocata. Il verbo era appena entrato nel nostro lessico.

Le figlie sono foglie: bisognerà che il padre vostro cominci a pensare di collocarvi, aveva insinuato sbadatamente, pochi giorni prima, nonna Isabella. Avevamo appreso cosí che si «colloca» una zitella trovandole un marito. Fino a quel momento credevamo si collocasse un soprammobile in sala o un quadro nella sua cornice. Evidentemente, anche una zitella era un oggetto – piú o meno prezioso, comunque inerte.

Ma noi a sposarci non ci pensiamo proprio, protestò

Albina. Belle mie, cambierete idea. Tenersi in casa una zitella è troppo lusso e troppo spreco, aveva concluso nonna
Isabella. E qua non ci si può permettere né l'uno né l'altro.
L'unica cosa che conta è che il padre vostro faccia la scelta
giusta. Non siete orfane come Chiara mia, che il marito se
lo scelse da sola, e mal fece, che il Briccio l'ha fatta felice
un giorno e infelice novantanove. Strinsi forte la mano di
Albina, mentre la nonna parlava, perché mio padre aveva
sempre fatto le scelte sbagliate. La sua vita mi pareva co-
stellata di errori irreparabili.

Inoltre non m'incalzava solo la mia natura di femmina. Mio fratello Basilio mi avrebbe comunque soppianta-
ta. Era quel pupone paffuto e viziato, l'erede designato di
mio padre. Gli aveva insegnato a disegnare prima ancora
che a camminare. Sognava che un giorno sarebbe diventato l'artista supremo che a lui non era stato dato essere. Per
molti anni, ho guardato a mio fratello come a un nemico.
Basilio l'ha sempre saputo. Non so se mi ha mai perdonata.

Siamo scesi in strada reggendo ciascuno una cassa di libri, cosí pesante che pareva contenesse mattoni. Lo stampatore ne aveva tirato un migliaio di copie. Tantissime
per un trattato di fisonomia, ma a quel tempo possedere
una solida cultura scientifica, oltre che umanistica, pareva indispensabile a chi volesse far politica e carriera a corte. Il papa aveva messo Francesco, il troppo giovane cardinal nipote, sotto la tutela degli intellettuali piú raffinati
d'Europa. E quelli sognavano di raccogliere tutto il sapere
del mondo, e di pubblicarlo. Finanziavano progetti di ricerca, campagne di archeologia e botanica, studi di astronomia e cosmografia. Quando dipingeva le sue umili carte
geografiche, ordinate da un cliente per scopi assai meno
elevati, mio padre si sentiva parte di quel movimento di
conoscenza che avrebbe migliorato il mondo.

Ma quella mattina, proprio davanti al nostro portone, era stato rinvenuto il cadavere di una donna. Quando

siamo sbucati nel vicolo, era supina sul selciato. I mozzi di stalla delle scuderie vicine l'avevano riparata con una coperta da cavallo. Lo sbirro del Governatore, chino su quel fagotto, sollevò la coperta con la punta della spada. Mio padre invece depose la cassa col trattato e la tirò via.

La morta era decrepita, rattrappita come un feto, il cranio nudo rigato solo da qualche filamento biancastro, le labbra violacee, la bocca – spalancata per cogliere l'ultimo respiro – del tutto sfornita di denti. Due sbirri frugavano tra gli stracci che aveva addosso in cerca del bollettino dell'ospedale. Non ce l'ha il bollettino della Sanità conforme agli ordini, poverella, si dispiaceva donna Lucrezia, per questo non l'ho potuta far dormire nella camera locanda. C'avevo pure posto, che l'anno dopo il giubileo, fra l'altro il piú scarso degli ultimi secoli tanto che non ho riempito i letti mai, nella stagione brutta pellegrini non ne vengono manco a pagarli. Ma la multa non me la posso permettere. La legge m'ha fatto fare peccato.

Quindi è incognita di nome, cognome e patria, concluse lo sbirro, accennando all'altro di far rimuovere il cadavere. È cognita, è cognita, intervenne mio padre. Ci discorsi giusto ieri.

Ieri? stavo per sbottare. Ma se eravate a Viterbo a prendere le copie del trattato dell'Ingegneri! Invece rimasi in silenzio, gli occhi inchiodati sul teschio spelacchiato della poverella morta. Mio padre mi aveva insegnato a dire sempre la verità, ché la menzogna è la moneta del diavolo.

È cognita, si chiama Isabella vedova, ed è buona cristiana, assicurò mio padre, col vostro permesso porterò i contrassegni ai padri carmelitani. Infilò una mano nella saccoccia e l'altra sotto i cenci della donna. Ne tirò fuori un rosario coi grani d'ambra e un bigliettino cianciacato. Li sventolò sotto il naso degli sbirri, ma non permise loro di esaminarli. Il rosario era suo, e il bigliettino che attestava l'avvenuta comunione era a nome di mia nonna. Quei contrassegni non dimostravano niente.

Mio padre riprese la cassa di libri e invece di proseguire in direzione di ponte Sant'Angelo per raggiungere piazza Navona s'incamminò verso la Traspontina. Io non ci volevo andare, perché in quella chiesa avevo seppellito, neanche tre mesi prima, la mia adorata Antonia. Aveva solo tre anni. L'avevo praticamente cresciuta, perché mia madre doveva badare all'altra sorellina, Giuliana, di appena un anno, e a quel tiranno capriccioso di Basilio – che, unico e sospirato maschio della covata, requisiva tutta la sua attenzione. Mio padre mi pungolò, brusco, premendo la cassa sulla mia schiena, poi bussò risoluto al convento dei carmelitani.

Perché mai con tutte le cose che avete da fare oggi, signor padre, bisbigliai, perdete tempo a occuparvi di una straniera sconosciuta? Sono il Briccio, è urgente, disse mio padre al frate portinaro, ignorandomi. Chiamate frate Plauto, il Belli. Devo parlargli.

Il portinaro ci introdusse in un parlatorio gelido come una tomba, dove pochi minuti dopo scese frate Plauto. Calvo, con gli occhiali tondi di corno e la pelle rosata di un porcello arrosto, il religioso era un eccellente pittore, e mio padre era diventato suo amico. Gli riferí che a vicolo del Villano c'era una vecchia straniera morta. Poverissima. Un'altra, sospirò frate Plauto. È la terza questa settimana… e il vero inverno non è ancora arrivato. Però disse che si poteva seppellirla stasera, per carità. Non domandò soldi.

Ci rimasi male, perché quando in agosto era morta Antonia mio padre aveva dovuto chiedere al nonno il denaro per pagarle il funerale, i ceri e la tomba. E il nonno glielo aveva dato, ma in prestito e con gli interessi, come un cravattaro, perché il Briccio era padre di famiglia e i figli suoi doveva mantenerli e seppellirli, come aveva fatto lui a suo tempo coi propri.

Era buona cristiana? s'informò il frate. Aveva addosso i segni? Altrimenti purtroppo non posso farci niente. Il nuovo vicegerente, spiegò, abbassando la voce, era molto attento, non come il predecessore troppo magnanimo, pace all'anima sua, che aveva fatto seppellire una donna incinta di sette mesi che s'era buttata nel pozzo, una vedova quarantenne sconciata d'aborto e un quattordicenne che s'era impiccato a una trave della stalla. Aveva accettato le testimonianze dei vicini, e senza pezze d'appoggio: l'incinta era caduta sporgendosi, la vedova s'era infilzata involontariamente sullo spiedo delle carni e il ragazzino stava giocando con una sciarpa. Dio li perdoni, tutti quanti.

Era buona cristiana, giurò mio padre al frate della Traspontina. Gli porse il rosario e il foglietto. E allora capii perché aveva detto che la sconosciuta si chiamava Isabella. Dovetti mordermi a sangue il labbro per non tradirlo.

Perché avete mentito, signor padre? gli chiesi, mentre riprendevamo la nostra passeggiata e passavamo il Tevere come se nulla fosse accaduto. Non lo sapete se era buona cristiana. Non l'avevate conosciuta. Magari era eretica. O peccatrice. Ma che ne sai tu rabacchietta di cosa significa mentire? filosofeggiò lui. Dire il falso, affermai, sicura, e voi l'avete appena fatto.

Credo a ciò che ho detto, e questo lo rende vero, mi rispose. Perché quella donna è un essere umano come me e come te, Plautilla, ed è venuta a morire sulla soglia di casa mia. Solo i cani rabbiosi meritano di finire nella terra, pure se nemmeno loro hanno colpa. E siccome continuavo a scuotere la testa, delusa, mi allungò uno sganassone sulla guancia. Se un giorno tu, figlia mia, rimanessi sola al mondo perché hai vissuto piú di tutti i tuoi cari, se fossi povera, abbandonata, e nessuno si prendesse cura di te, io vorrei che qualcuno ti considerasse un essere umano, e ti donasse una tomba, e una sepoltura.

Scoprire che mio padre sapeva mentire, e infatti mentiva, con la stessa disinvoltura con cui recitava, non mi piacque, né allora né mai. E ho rifiutato la lezione di Borgo Vecchio e della Traspontina. Quando nell'agosto dell'anno dopo il corpicino di mia sorella Giuliana è stato sepolto nella stessa chiesa della vecchia straniera, e di nuovo mio padre ha dovuto prendere in prestito dal suo i soldi per il rito funebre, perché a un cittadino romano i frati non fanno sconti, ho provato disgusto per la miseria di quella straniera e rabbia per la generosità gratuita del Briccio, che poteva aiutare una vecchia ignota e non la sua bambina.

Dopo la morte di Giuliana abbiamo traslocato ancora. Siamo rimasti a Borgo Vecchio, ma ce ne siamo andati sopra l'osteria delle Tre Colonne. Una casa piú grande dell'altra: da gente comoda davvero. I poveri non ci morivano piú davanti al portone: si trascinavano oltre, verso l'Ospedale di Santo Spirito o alle prigioni. Ho vissuto diciassette anni a Borgo. Vedere ogni giorno tutti quei poveri non mi ha insegnato ad apprezzare ciò che avevamo, come mio padre avrebbe voluto. Ma a desiderare sopra ogni cosa di non essere mai povera. Avrei fatto qualunque cosa per sfuggire a quel destino. Giurai a me stessa che mai, mai, mai sarei morta come quella povera vecchia sconosciuta.

Il Briccio era malato da anni, ma era sempre riuscito a minimizzare gli acciacchi. Recitava la sua salute con lo stesso brio con cui recitava i suoi personaggi preferiti. Il giorno in cui diede l'ultima replica di quella commedia, ho pianto fino alla disperazione. Non potevo sapere che la sua infermità avrebbe cambiato per sempre la mia vita. Ma non come temevo. Non sarei stata chi sono se il Briccio avesse potuto continuare a dipingere, illustrare libri, allestire commedie e svolazzare fra chiese e accademie a dissertare e recitar sermoni. Quando ha dovuto rinunciare a se stesso, ha fabbricato me. A volte penso che volesse fare di Plautilla Briccia uno dei suoi innumerevoli alter ego. Nella sua vita di eteronimi, era stato tutto – ma mai una donna.

Nelle domeniche di primavera, avevamo l'abitudine di andare a spassarcela in qualche vigna, villa o valle. Quella volta era giugno, e formavamo una comitiva variegata. C'erano due cari amici di mio padre: Testa di Ferro, un ebreo che si era convertito quando, mentre stava per gettarsi nel Tevere, gli era apparsa la Madonna, il quale venne con le figlie, e Arnesto, un cantante castrato, organista e buffone che, non potendone avere una sua, ci considerava la sua famiglia. Vennero le nostre nuove conoscenti delle Tre Colonne: Leonida, la vedova tudertina di un materazzaro, la cui stanza era separata dal nostro appartamento da una parete di gesso tirata su alla bell'e meglio, diventata

intima di mia madre, che portò il figlio Pietro, coetaneo
di Basilio e vittima designata dei suoi giochi crudeli; e la
meretrice a riposo Venera, già cortigiana onesta, ora at-
tempata e devota, di cospicuo peculio, benvoluta dal vicinato per la generosità con cui distribuiva in regali la fortuna che aveva accumulata praticando la sua professione.

Il carrettiere del secondo piano mise a disposizione un
trabiccolo per trasportare la merenda, i liuti, le maschere e
i fiaschi di vino; il ferracocchi del pianterreno una carrozza per le donne: la stava riparando, aveva tolto gli stemmi
e il proprietario era all'estero. I bambini s'arrampicarono
sulle stanghe del carretto, gli uomini e i ragazzi andavano
a piedi. Ma mio padre trascinava la gamba penosamente,
come uno sciancato, e prima ancora della salita di porta
San Sebastiano si rifugiò in carrozza. La gotta mi punge il
dito grosso del piede e pizzica assai, scherzò.

Sull'Appia ci siamo messi in coda. La domenica i romani
si trasferivano in massa sui prati e tra i boschi della valle
della Caffarella – e chi arrivava quando il sole era già alto
non trovava nemmeno uno spicchio d'erba per stendere
la tovaglia e uno sterpo per accendere il fuoco. Mia madre
e le donne si misero a raccogliere porrazzo per distillare
l'acquavite, mia sorella e le figlie di Testa di Ferro, Dolce e Ricca, andarono in cerca di fragole. Io non riuscivo a
trovare il mio posto. A dodici anni non mi sentivo a mio
agio con le ragazze, ed ero troppo cresciuta per la compagnia di Basilio e dei bambini. Gli uomini accordavano i
liuti e mi avvicinai a loro. La voce celestiale di Arnesto in-
tonò un madrigale e attirò subito un capannello di gitanti.

Esaurito il repertorio amoroso, cambiò genere e si mise
a cantare stornelli e canzonette comiche, che sfottevano
le femmine, i mariti, gli innamorati e i cornuti. Il pubblico apprezzò fragorosamente. A quel punto Testa di Ferro,
che durante la settimana faceva l'istoriaro urtista, cioè girava per i mercati a spacciare stampe popolari, scaricò dal
carretto un fascio di fogli e cominciò a venderli. Ogni fo-

glio costava un bajocco e conteneva il testo di una canzone. Testa di Ferro infilava le monete nella saccoccia, Arnesto cantava e ogni tanto strizzava l'occhio a mio padre. Sapevo che mio padre componeva canzoni. Ce le cantava, se era di buon umore. Ma non sapevo che le stampasse, e le facesse vendere dagli ambulanti.

Invece quelle sue bagatelle dovevano circolare parecchio, perché in nemmeno dieci minuti Testa di Ferro rimase a mani vuote. Un tizio, nel pubblico, apostrofò mio padre con confidenza e gli disse che alle canzoni preferiva le sue storie in ottava rima per la consolazione degli afflitti. Perché non recitava quella di Flavia imperatrice liberata dalle tribolazioni da Maria regina del cielo? L'aveva sentita un mercoledí, al mercato di piazza Navona, gli era rimasta impressa, ma non aveva piú potuto ritrovarla.

È una storia devota, si schermí mio padre. Non è adatta a una domenica di festa... Allora fateci il dialogo della zingara, s'inserí un giovanotto coi denti da coniglio. Ormai sono troppo vecchio per quella roba, sorrise mio padre. Non posso piú far credere di essere una bella mora! Ma il vanto del soldato, esclamò la moglie di un candelottaro, quello almeno, signor Briccio, regalateci il piacere di sentirlo ancora. No, no, no, strepitò una ragazza formosa che s'accompagnava a un chiavaro, fateci il giuramento sui maccheroni di Tiburzio!!! L'epitaffio di Zanni!!! Il testamento del capitano Strappafierro!!!

Tempestato di richieste, mio padre sorrideva, compiaciuto. Come posso negarvi qualcosa, bella dama, disse alla piú giovane delle sue ammiratrici, e benché si reggesse in piedi a stento, si raddrizzò e sentenziò, con Pantalone: «In quella casa dove non pissa femene, la letitia manca, la virtú marcisse, la bontae se tarma, le facultae se parteno, el diavolo ghe intra...» Era stupefacente come contraffacesse l'accento veneziano, lui che a Venezia non c'era stato mai. La sera prima s'era vantato, commosso, che a Carnevale, a Murano, una compagnia di dilettanti aveva rappresentato il suo *Pantalone imbertonao*. I veneziani avevano recitato nella lingua loro la commedia di un romano! Quale ulteriore riconoscimento poteva aspettarsi? Il teatro è una stupenda impostura... Ascoltando quel veneziano talmente falso da diventare autentico, non potevo non chiedermi chi fosse, davvero, mio padre. Avevo l'impressione di conoscere solo la minima parte di lui, e nemmeno la migliore.

Poi si rotolò a terra, e fingendosi ferito e prossimo alla morte dettò le ultime volontà del capitano Strappafierro. Adesso era un napoletano smargiasso e ignorante. «Piglia la coppola mia, e miettela con lo spennacchio into a na scattola indorata e mandala allo Gran Turco... la spada mia allo Prevete Janne... lo vestito mio allo re d'Inghilterra... la camisa all'imperatore persiano... lo cappuotto allo soldano de Babilonia, le scarpe poi le dongo a te». Ridendo, una voce dal pubblico anticipò la battuta di Zanni: «Bisognerà far question col beccamort, perche le vorrà lu».

Mi resi conto che quelle sue commediole, composte di notte, in fretta, scarabocchiate sul retro dei conti della spesa e sui margini della carta usata, erano davvero popolari. Alla Caffarella tutti le avevano ascoltate, almeno una volta.

Ormai intorno al Briccio che improvvisava i lazzi migliori del suo repertorio s'era formato un assembramento. Eterogeneo quanto i gitanti della Caffarella. Famiglie di facchini e pescatori venute a piedi, e di profumieri e avvocati venute in carrozza. Mio padre s'interruppe per ungersi il gargarozzo con un goccio di bianco di Castel Gandolfo – benché appena la sera prima avesse giurato solennemente a mia madre che, per evitare di trascorrere i prossimi mesi a letto, si sarebbe astenuto dal bere vino, dal mangiare legumi, pesce, carne di porco, formaggio e frutta, praticamente riducendosi a pan cotto, come un asceta. Ma riuscì a scolarsi appena un sorso della foglietta perché lo attorniò festosamente un gruppo di giovani – coi baffi a punta e gli abiti di raso. Ci riconoscete, signor Briccio? gli chiesero, con rispetto. Noi non vi abbiamo dimenticato!

Erano ex studenti del Collegio Clementino. Lo supplicarono con calore di recitare il monologo della *Siderea*, la commedia che aveva scritto per loro alcuni anni prima. Quanto era originale! Geniale, addirittura. Quanto si erano divertiti. Peccato che il tempo del collegio fosse ormai trascorso, altrimenti gli avrebbero chiesto di comporne un'altra.

Mio padre finse modestamente di non ricordare – una cosuccia, non valeva proprio la pena sprecare la saliva... –, poi, quasi l'avesse morsicato una tarantola, si guardò intorno in cerca di un rialzo, come un istrione brama il suo panchetto e l'attore le tavole di scena: balzò su un masso che affiorava dall'erba e forse era la base di un capitello antico, perché la valle era disseminata di rovine della Roma imperiale, e lo recitò, quel monologo, tutto d'un fiato.

Quando s'inchinò a ricevere gli applausi, gli ex studenti lanciarono in alto i berretti. Lo acclamavano e avrebbero voluto lanciare in aria pure l'autore. Ma dal pubblico si levò una voce. I furti che hai fatto a Raffaello d'Urbino te li hanno condonati, perché hai rubato a un morto. Rubare a un vivo però non puoi! Perché dici che è cosa tua, ladro di parole? Questi applausi non sono per te. La *Siderea* è opera di frate Maidalchini.

Gli spettatori si volsero verso l'intruso. Gli ex studenti lo rampognarono infastiditi. Ma come si permetteva? La commedia il Briccio l'aveva composta per loro, sei anni prima – sotto i loro occhi. Macché, insisté quello. Il domenicano Maidalchini l'ha pubblicata, è sua.

Un raggio di sole barbagliò dalla catena d'oro sulla camicia bianchissima dell'intruso. Sul pendaglio spiccava lo stemma della sua nobile famiglia. E alle sue spalle, pronti a intervenire, spintonavano i suoi sgherri – coi calzoni rossi e i nastri sui cappelli gallonati, e tutti con la spada al fianco.

Non roviniamoci la domenica, disse mio padre agli ex studenti del Clementino, smaniosi di difendere il suo onore. La merenda è pronta. Ciò che è stato è stato. Venite ad assaggiare i maccheroni di mia suocera, la porchetta della sora Leonida e il vino soave di Arnesto, che glielo ha mandato il duca di Mantova per convincerlo a seguirlo alla sua corte. E io l'ho pregato di rifiutare l'invito, perché è troppo sincero per fare il buffone di un duca, e questa storia andrà a finir male, ma l'amico mio parte domani alla ventura: godiamoci la sua voce per l'ultima volta!

Ma è il mondo alla rovescia! È il frate il ladro che vi ha rubata la commedia! protestò l'ex studente che lo aveva irretito. Ci chiese gli scartafacci con la scusa di imparare la sua parte, e li ha trascritti con l'inganno. Se fosse stato in buona fede non avrebbe cambiato titolo alla commedia. È stata una rapina. A Roma lo sanno tutti che la *Siderea* è vostra. Solo un cervello bizzarro come il vostro poteva avere l'ardire di ambientare una commedia tra le nuvole…

Mio padre non mangiò niente alla merenda. Non assaggiò il vino di Arnesto e nemmeno le fragole di Albina. Era pallidissimo, insolitamente taciturno. Si distese sull'erba, a fissare il cielo terso. Il sole già cominciava ad abbassarsi dietro le colline. Ma in realtà era la Terra a girargli intorno, e ad allontanarsi da esso. Quella teoria recente – e controversa tanto che la Chiesa aveva proibito di discuterne – lo aveva affascinato. Piú di tutto l'idea che il nostro pianeta fosse in cammino nello spazio, come l'uomo sulla strada. Che non fosse il centro del mondo, e che non fosse fisso. Se nemmeno la terra è immobile, nulla lo è. La portata di una scoperta simile era quasi inimmaginabile. Ma il suo significato era lampante. Se tutto si muove, tutto può cambiare.

È vera quella storia, signor padre? gli chiesi. Tutte le storie sono vere, Plautilla, rispose, soffiando una melodia su un filo d'erba. Ma allora, esclamai con veemenza, quando la vostra commedia uscí col nome di quell'impostore dovevate bastonarlo! Perché non l'avete fatto? Perché avete subito? Non siete un codardo!

Lui era un Maidalchini, e io sono solo il Briccio, Plautilla, rispose mio padre. Il cognato di sua zia è cardinale, suo padre è nobile e il mio materazzaro. Cosa avrei potuto fare? Denunciarlo al tribunale? Avrebbe pagato per testimoniare contro di me fino all'ultimo inserviente del Collegio Clementino. Avrei gettato denaro nella chiavica e ci avrei ricavato solo beffe. Sarei potuto finire addirittura in carcere. Ho visto troppe volte cagar la forza sopra la ragione. Ne ho scritte dieci altre, di commedie, da allora. Lui potrà stamparle e firmarle tutte. Ma non ne avrà scritta nessuna. Mi basta questa certezza.

E invece no! protestai. Ciò che è vostro è vostro. Niente è nostro, Plautilla, mormorò. Un artista, uno scrittore, non crea le sue opere per firmarle, ma per metterle al mondo.

La nostra comitiva s'era dispersa. I piú maturi riposavano, ronfando sui cuscini. I bambini rincorrevano la palla lungo il rivo d'acqua. I giovani ballavano la gagliarda sotto l'ombrello del pino accanto. Albina saltellava fra gli ex studenti del Collegio Clementino, le guance arrossate, eccitata e felice come mai l'avevo vista. Siamo rimasti a lungo in silenzio. Nuvole di cotone correvano sul filo dell'orizzonte, trasformandosi in draghi, aironi, montagne. Mio padre sembrava assopito, gli occhi chiusi sotto l'ombra del cappello. Non ho mai amato tanto quel padre sfuggente e imprendibile, inafferrabile come una bolla di sapone. Chi era, davvero, Giovanni Bricci?

Il pittore? Il falso prete maestro di coro? L'attore? Il paroliere di canzonette popolari? Il devoto compositore di musica da chiesa? Il frate che scriveva prediche di fuoco? Il matematico? L'astronomo che voleva conoscere il nome delle stelle? Il geografo che mappava la Terra? L'autore di commedie ridicolose, che sognava di aprire al teatro italiano una nuova via – perché fra la commedia dell'arte e la commedia dotta c'era uno spazio vuoto da colmare: far ridere senza volgarità, intrattenere senza annoiare,

raccontare storie non con le parole dei libri ma con quelle
che usiamo tutti i giorni? Avevo dieci padri, o nessuno?
Aveva usato innumerevoli pseudonimi, per iscriversi alle
varie accademie di cui era membro, ma in quale si riconosceva? Lo Spartito? Il Circospetto? Io avrei detto Il Di-
scordante. Non era mai d'accordo neanche con se stesso.

E io, chi ero? Una ragazzina silenziosa di dodici anni
che non si accontentava di aspettare un marito non scelto
da lei, e di non sapere nulla, non capire nulla, non contare nulla, essere una creatura anonima destinata a passare
su questa terra come una farfalla, senza lasciarvi neanche
un'impronta. Guardatemi, padre, volevo dirgli. Esisto. Ma
non poteva guardarmi. Aveva perso conoscenza.

Lo riportammo a Roma riverso nella carrozza. Rantola-
va. Dalle sue labbra usciva uno sfrigolio come di ferro incandescente immerso nell'acqua, che non ricordava in nulla
il respiro di un uomo. Mia madre gli teneva la mano e gli
ripeteva, in napoletano: lo so che mi senti, sciagurato, la
commedia t'è riuscita bene, ma ora piantala, non puoi scherzare per sempre. Però sapeva che non stava scherzando, e le
lacrime le colavano giú per le guance sulla faccia irriconosci-
bile di lui – stravolta da un ghigno. Non c'era posto per noi
sulla carrozza. Albina e io ce ne siamo tornate a piedi con
gli altri, temendo di non arrivare in tempo a rivederlo vivo.

Quando affannate abbiamo raggiunto la casa alle Tre
Colonne era stato già convocato un medico fisico di pro-
vata esperienza, che mio padre aveva conosciuto all'Accademia dei Taciturni. Il magnifico esaminava l'orina: scar-
sa, opaca e polverosa. Ciò era segno di un affaticamento
dei reni, avvelenati dal sangue stantio. Per questo lo stava
facendo salassare dal barbiere: gli aveva applicato mignatte sulle ascelle e sulla tempia – cosí voraci che il sangue
riempí presto due bacinelle; le mignatte, satolle, s'addor-
mentarono uncinate alla sua carne, e il barbiere dovette
staccarle di lí col coltello.

Il magnifico gli scrutò pupille e orecchie, gli tastò la pianta dei piedi, facendolo ululare di dolore, gli piegò le dita delle mani, sproloquiò in latino, poi sentenziò con forte accento bolognese che il colpo sofferto dal cervello derivava dalla pressione eccessiva del sangue velenoso, generata a sua volta dalla podagra che gli era stata diagnosticata già otto anni prima. Allora il Briccio aveva accolto con un sorriso la notizia, dicendosi onorato di soffrire della malattia dei ricchi. Ma c'era poco da ridere. Perché la malattia alle arterie seguiva il suo corso, purtroppo irreversibile. Se pure si riprendeva dalla goccia al cervello, non avrebbe piú potuto camminare come prima, perché le cartilagini dei suoi piedi erano distrutte, e col tempo la necrosi gli avrebbe mangiato l'osso. Meglio se rinunciava alle scampagnate in villa e alle passeggiate in libreria. Era prevedibile che nel giro di qualche anno sarebbe rimasto paralizzato.

Piansi tutta la notte. Disperata. Piangevano mia madre, Albina, la nonna, singhiozzava Basilio. Mi è sembrato che luccicassero pure gli occhi del Materazzaro. Che sarebbe stato di noi?

La gamba destra me l'ha azzannata il demonio, e i piedi se li sta magnando la podagra, ma le mani le muovo ancora, disse a mia madre il Briccio quando recuperò la favella. E anche se il corpo andrà in malora, il cervello mi resterà intatto nel cranio. Non moriremo di fame. E avrò tempo per quegli scimuniti dei miei figli. Ai miei amici il Signore Iddio ne ha dati tredici, diciotto, perfino venticinque. Io ne ho solo tre. Eppure li ho trascurati.

Fu cosí che il Briccio divenne il mio maestro. E io una pittrice.

Intermezzo

Quel palazzone meraviglioso e strano
(Roma, maggio 1849)

La Villa svetta sulla sommità del colle da un bastione di rocce frastagliate come una scogliera. Ma intorno non c'è il mare. Solo campagna, a perdita d'occhio – ondulata e verde smeraldo alla fine di maggio. Vigneti, pini, filari lussureggianti di agrumi, e piú a occidente campi di carciofi. È il periodo della raccolta: le foglie crespe e il frutto coriaceo hanno assunto un colore di cenere viola. Dietro la basilica di San Paolo, nella piana che digrada verso la foce del Tevere, c'è l'accampamento dell'esercito francese. Trentamila uomini, dicono. Leone riesce a distinguerlo senza binocolo. Invece la città, che è dall'altra parte, sotto la scarpata, difesa dalle brunite mura millenarie, è invisibile. Non si può neanche sospettarla: quassú il vento che ogni pomeriggio spira dal mare si porta via tutti i rumori. All'orizzonte, i colli Albani sono nebbiose ombre azzurre. Al tramonto, i raggi del sole che scompare tingono di rosa la facciata occidentale della Villa, e incendiano le finestre, che barbagliano come fossero in fiamme. La scruta perplesso dalla scalinata dell'edificio dove è accampato dalla notte del 20 maggio. È molto vicina, le due proprietà sono separate solo dalle mura di cinta.

Il comandante della divisione li ha spediti di guarnigione sugli avamposti, a difendere la prima linea delle fortificazioni, perché i soldati della compagnia Medici hanno già conosciuto la battaglia. L'esercito della Repubblica romana ha bisogno di esperienza, piú che di coraggio. Del resto in questo momento non ci sono altri militari in città.

Garibaldi ha infilato porta San Giovanni ed è uscito da
Roma con tremila uomini per inseguire le truppe dell'esercito napoletano mentre loro entravano dalla parte opposta.

Il buio aveva già inghiottito i contorni delle cose, e solo
il biancore della strada aveva fatto loro da bussola nell'ultimo miglio. Le sentinelle li hanno fermati a porta Salara,
col compito di scortarli a porta del Popolo. Ma quei giovani della Guardia nazionale si erano rivelati delle guide
improvvisate. Avevano vagato nell'oscurità, brancolan-
do lungo le mura e le torri che si stagliavano massicce e
spaventose nel riverbero rossastro delle fiaccole, e quando avevano finalmente raggiunto l'agognata porta era già
quasi mezzanotte. Eppure le fiamme trasformavano quel
corteo di spettri stracciati e rivestiti di polvere in un si-
nuoso, quasi sovrannaturale serpente di fuoco, e gli applausi, le acclamazioni, le urla di giubilo e perfino le note
gagliarde dell'inno alla bandiera li hanno investiti appena
hanno varcato la porta e sono sbucati nella vasta piazza.
Leone ha capito solo dopo perché i romani li hanno accolti con tanto entusiasmo e in loro onore hanno fatto perfino suonare le bande musicali. Affacciati ai balconi e ai
davanzali, o stipati lungo il Corso, tutti svegli nonostante
l'ora tarda, gli abitanti della città eterna hanno festeggiato i quattrocento cavalieri e le due batterie di artiglieria.
E soprattutto la fanteria. Sono questi quattromilacinque-
cento ragazzi magri e stravolti, coi visi scavati dalla stanchezza – scortati da un bracco bianco, di nome Pistoja, da
un piccolo maltese grigio di pelo, detto Goito perché lí ferito, nonché da una turba di cani randagi – che dovranno
difenderli. Anche se nessuno li considererebbe soldati se
non sapesse che lo sono, anche se hanno un aspetto poco
marziale, le scarpe rotte e le divise scompagnate – alcuni
con le tuniche nere come i dottori e i calzoni scuri bianchi
di polvere, altri vestiti come bersaglieri, o guardie nazionali, altri ancora con le camicie azzurre e i calzoni rossi.

Leone ha sfilato tra i primi. Il suo plotone – il 1° della 1ª compagnia – si è guadagnato il posto d'avanguardia. Mentre avanzava, mordendosi le labbra perché le vesciche ai piedi sanguinanti non lo facessero gemere di dolore, tra i bagliori delle fiaccole ha notato le macerie delle case demolite fuori dalle mura, e i materassi, le coperte, le travi che foderavano porta del Popolo. Gli hanno ricordato le barricate di Milano, l'anno scorso, e lo hanno fatto sentire a casa.

L'edificio in cui stanzia la compagnia Medici ha due nomi. I comandi lo chiamano casino Corsini, dal nome dei proprietari. I trasteverini che escono dalla porta di San Pancrazio e si spingono al di qua delle mura per vendere ai soldati carciofi all'olio cotti nel tegamino lo chiamano invece casino dei Quattro Venti. Perché, sulla sommità delle alture dietro il Gianicolo, è esposto a ogni brezza. La sera fa fresco, quassú, e Leone dorme raggomitolandosi nel cappotto nero e calandosi il cappuccio sugli occhi. Né la temperatura né la scomodità turbano il suo sonno. Ormai si è abituato. Per mesi ha dormito all'albergo della bella stella, sotto la pioggia, sull'erba bagnata o dentro una stalla, tra le zampe dei cavalli. Ha sempre amato i cavalli, anche se non ne ha mai posseduto uno. È anche colpa, o merito, dei cavalli, se adesso si trova qui.

Si è ricavato un giaciglio sulla paglia, in uno degli annessi della costruzione principale. Non ha la coperta e neanche un cuscino. Il suo bagaglio è andato perso durante la marcia che da Bologna, attraverso le Romagne, le Marche e l'Umbria, ha condotto la compagnia Medici a Roma. Lo aveva affidato agli artiglieri, agganciandolo al sedile di un cannone. Per orgoglio, aveva rifiutato di assaltare un traballante barroccio per guadagnarsi un posto sul veicolo, come avevano fatto senza vergogna i suoi amici. Si è alleggerito del peso del sacco e ha proseguito a piedi – gli sembrava piú dignitoso, piú eroico. Si è tenuto solo la penna col calamaio, e il fucile.

Non era abituato a marciare e invece – da quando, dopo la sfortunata campagna con la legione Thamberg e l'esilio livornese, si era unito alla Medici – non aveva fatto altro che trascinarsi sulle mulattiere sconnesse degli Appennini, e poi tra boscaglie di spine, sulle pianure brulle, sui pascoli pallidi arsi dal sole della Sabina, a tappe forzate, spesso senza niente da mangiare e da bere. I volontari non sono organizzati, non c'è nessuno che prepari il rancio. Preferiscono comprarsi il cibo nelle osterie e negli alberghi, o accontentarsi della cicoria scondita e amara, del cacio salato di capra, del lardo rancido e del vino acetato che rimediano dai pastori. Si considerano soldati di fantasia. Non essere inquadrati li fa sentire indipendenti, e liberi. Ma a Roma il suo bagaglio non è mai arrivato.

Leone si è chiesto se non sia un cattivo presagio. I volontari credono nei presagi. Durante la marcia sull'Appennino, mentre cantavano a squarciagola «Addio mia bella addio | l'armata se ne va | e se non partissi anch'io sarebbe una viltà», Vigoni – uno studente di Pavia di nome Pietro – si è interrotto bruscamente per annunciare agli amici della 1ª compagnia di avere un presentimento. Quando saremo in guerra, ha detto, quasi stupito, la prima pallottola sarà per me.

Leone diffida delle profezie, come delle superstizioni e della religione. Ma c'era tutta la sua storia, in quella sacca. Oggetti di poco valore, per gli estranei. Di valore inestimabile, per lui. La biancheria. Qualche libro. Le lettere di suo padre. La cassetta dei colori. Leone ha immortalato paesaggi, montagne, ragazze – ogni volta che ha avuto un momento libero. Ha studiato diritto. Ecclesiastico, privato, mercantile, commerciale, criminale, feudale, marittimo. Ottimi voti, anche se la laurea non l'ha presa. Alle scuole serali si è diplomato ragioniere. È – o forse ormai sarebbe piú giusto dire era – un impiegato. Prima di banca, poi delle assicurazioni di Trieste. Ma quella vita gli faceva orrore. E in realtà gli piacerebbe diventare pittore.

Le ore scorrono pigre. Il fronte è tranquillo. L'armistizio siglato dalla Repubblica romana con l'esercito francese regge. Molti si illudono che i francesi non siano sbarcati a Civitavecchia, non abbiano tentato di entrare a Roma e non si siano ammassati alle sue porte per restaurare davvero il potere temporale del papa. Le altre nazioni – l'Austria, il Regno di Napoli – sono nemiche. Ma la Francia no. E poi, forse, i soldati francesi rifiuterebbero di combattere contro la Repubblica. La storia di un popolo deve pur significare qualcosa.

I soldati della compagnia Medici potrebbero esercitarsi, fare manovre, addestrarsi meglio al mestiere delle armi. Ma nessuno glielo chiede. Sono volontari, non professionisti, e la disciplina è lasca. Alcune settimane prima, nella valle del Tevere, hanno protestato vigorosamente col loro capitano di aver dovuto correre per ore alla bersagliera sui poggi, a stomaco vuoto e con la bocca asciutta per la sete, e l'esercizio non è stato ripetuto.

Cosí l'indomani, allegro come fosse in vacanza, Leone si avventura a esplorare i dintorni. Alle spalle del casino dei Quattro Venti si estende a perdita d'occhio la proprietà

della villa Pamphilj, dove tra le grotte e gli specchi d'acqua sono accampati i bersaglieri del battaglione Melara e i doganieri romagnoli. Ma lui si dirige dalla parte opposta, verso quella Villa che si erge prepotente e altera fra il casino e la porta di San Pancrazio. Ottanta, forse cento passi dal primo, meno di quattrocento dalla seconda.

La Villa, che i comandi chiamano il Vascello perché il fabbricato imiterebbe la sagoma di una nave, a Leone sembra solo uno stravagante palazzone barocco. Ha ventisette anni, le cose vecchie gli mettono tristezza. Ammette però che le finestre, insolitamente numerose, hanno la stessa forma delle cannoniere.

Nel parco le fontane sono asciutte, una vellutata peluria verdastra è cresciuta sulla pietra. Leone si aggira tra le siepi di mortella, senza incontrare custodi né anima viva. Il viale è ingombro di rottami indecifrabili. Solo quando scavalca un cumulo di legni dorati si rende conto che si tratta delle zampe di un tavolo. Quelli che sembrano stracci furono invece un quadro. Leone solleva un brandello di stoffa. Cerca di capire di quale immagine dipinta sia l'ultimo resto. Ma non ci riesce. La pittura, incenerita, si stacca dalla tela e gli fiocca sulle mani.

La Villa è stata abbandonata, come tutti gli altri edifici dei dintorni – casolari, palazzi, osterie, perfino il convento dei frati. Le statue di marmo, disseminate a distanza regolare tra i viali e sui piedistalli, sono adesso i suoi soli abitanti. Ma alcune nicchie sono vuote, e a qualche erma manca il naso, una mano, le braccia. I proprietari devono essere fuggiti al tempo dei primi scontri coi francesi, il 30 aprile, quasi un mese fa. I visi inespressivi delle statue, le mutilazioni fresche e il biancore dello stucco ricordano quelli dei fantasmi e gli suscitano una fastidiosa inquietudine.

Leone s'arrampica sui gradini che conducono alla terrazza, e vede avanzare verso di lui, dal sentierino di ghiaia, una sagoma alta, con la sua stessa divisa – la blusa corta di panno azzurro cupo, col bavaretto nero ripiegato, i calzoni

neri listati di rosso chiaro e il kepí di cuoio nero con la tesa quadrangolare. Il soldato ha lasciato le armi all'accampamento. E la cintura di cuoio nero, che sul davanti deve
sostenere la cartuccera e di lato la bajonetta o la barcello-
na, rimbalza vuota. Non sembra un soldato, come non lo
sembra Leone, né nessuno dei loro compagni. Infatti non
erano soldati, fino a poco tempo prima. I volontari della
Medici hanno fama di essere tutti signori.

In qualche modo è vero. Sono borghesi delle migliori
famiglie della Lombardia, del Veneto, delle Marche, delle Romagne. Studenti dell'università, perfino aristocratici. Ci sono tra loro conti, marchesi e milionari. Edoardo
Kramer, nobile, è figlio di un industriale; Venezian di un
non meno dovizioso mercante di Trieste; anche il mantovano Bonduri è ricchissimo. Leone non ammetterebbe
mai di essersi aggregato alla 1ª compagnia Medici anche
per questo. Preferisce pensare che sia stato per la fama del
capitano – il carismatico Giacomo Medici, rude militare
allevato alla scuola dell'esilio ma gentile d'aspetto come
un principe, il che lo ha reso l'idolo dei giovani ribelli di
tutta la penisola. E poi è amico di Garibaldi, ammantato
di gloria per le sue vittoriose battaglie in Uruguay, e da
questi nel '48 mandato in Italia per preparare la rivolta
contro lo straniero. O perché la sua compagnia di militi
erranti si ispira a quella di Giovanni Medici dalle Bande
Nere e degli altri condottieri di ventura del Rinascimento. Compagnie di cui hanno ripreso usi e riti, ma non la
natura mercenaria. A differenza dei soldati di ventura,
ricevono una paga quasi simbolica e non combattono per
denaro: solo per la patria, o un'idea di patria. E anche
per la buona reputazione che quei giovani combattenti si
sono guadagnati alle Cinque giornate di Milano. Alle quali
avrebbe partecipato anche lui, se gli austriaci non l'avessero arrestato la prima sera e imprigionato con altri duecento al Castello. Quando finalmente hanno aperto la porta della cella, Milano si era già sbarazzata degli austriaci.

Però Leone ha scelto la compagnia Medici anche perché gli piacerebbe essere come i suoi compagni – che hanno ricevuto la stessa educazione, hanno gli stessi modi, gli stessi sogni. Perfino i polacchi della 3ᵃ compagnia del capitano Yauch sono forbiti e raffinati, e a Leone piace conversare con loro per migliorare il francese. Figli di esuli, nati in Francia, quasi tutti a Parigi, i cosiddetti polacchi parlano un francese perfetto, melodioso, musicale.

Il soldato lo raggiunge. È il fido Varesi. Si chiama Giuseppe, ma Leone lo chiama per cognome, come fossero all'università. Varesi però è diverso dagli altri. Non è un borghese o un nobile, non è neanche uno studente, un artista o un aspirante scrittore. È un operaio. Con le mani sa fare tutto: il sellaio, il cuoco, il falegname. È l'unico che sappia preparare una minestra e arrostire un capretto o una lepre allo spiedo. Gli altri lo tengono a distanza, perché la sua origine è oscura, la sua conversazione rude, le sue unghie spezzate e sporche. A Leone invece Varesi piace. Lo ha incontrato da poco piú di un anno eppure è già la persona che lo conosce meglio di chiunque altro. A volte si comporta con lui come un ufficiale col suo attendente. Varesi non se ne accorge, o non se ne dispiace. Si sforza di vedere sempre il lato positivo delle cose. Sa di essere lui a proteggere l'altro, e si accontenta di sapere che gli sarà utile – adesso e ovunque.

Si affacciano alla balaustra. Arrivando dal campo, non si sono resi conto che la Villa, a meno di duecento metri dalle mura e di quelle assai piú alta, è stata costruita a dominio della città. La bellezza di Roma – le pietre dorate dal tramonto, le cupole scintillanti nella luce tersa – li lascia tramortiti. Leone non vede l'ora di concludere il turno di guardia sull'avamposto e di scendere tra i vicoli. Il comandante li ha avvisati di fare attenzione e di non dimenticare che la loro presenza non è a tutti gradita. Può essere rischioso addentrarsi in certe zone, o in certe osterie. Un loro compagno, un mantovano, tale Morandi, ha avuto un diverbio, ed è stato accoltellato da un prete.

La compagnia si è acquartierata a palazzo Cenci. Un nome che faceva sognare gli studenti piú sentimentali, ed evocava la testa angelica della fanciulla Beatrice decapitata dal boia, e si è invece rivelato un cupo edificio massiccio come un carcere, in stato di abbandono, con le scale rotte, le stanze senza porte, le finestre senza vetri e senza persiane, ragnatele negli angoli e sui pavimenti matasse di polvere. Ma comunque Medici ha protestato con Mazzini e presto verrà loro assegnata una caserma vera. Leone spasima il momento in cui potrà infilarsi nelle botteghe del Tridente – gli hanno detto che gli artisti si ammassano dietro il Corso, intorno al Babuino – e spendere i diciotto bajocchi della paga per acquistare una nuova cassetta dei colori. E guardare le romane. Le popolane, quelle che chiamano le «minenti». Tutte in ghingheri, camminano a testa alta, ridendo. Fiere, sfrontate, ruvide, quasi scostumate, lo hanno turbato. Ma nei tre giorni che ha trascorso in città dopo l'arrivo, non ha avuto il tempo per abbordare le ragazze. Lo hanno spedito a presidiare ponte Mollo, e nell'unico giorno libero è andato a visitare San Pietro, il Campidoglio, il Colosseo. La maestosità delle rovine antiche gli ha fatto percepire la propria insignificanza. La Villa è deserta. Propone a Varesi di entrare.

Il sellaio esita, dubbioso. Da quando con enorme fatica è riuscito a possedere, a Milano, una propria casa, che varrà ventimila lire, ha sviluppato un profondo rispetto per la proprietà privata degli altri. Durante la marcia verso Roma, una notte in cui i suoi aristocratici compagni si sono comportati come briganti e sono andati all'imboscata per rubar cavalli, non si è unito al gruppo – ma nemmeno ha avvisato il capitano Medici della bravata e dell'indisciplina di cui si stavano macchiando. Le vicissitudini vissute per mesi fianco a fianco hanno ormai attenuato la differenza di ceto. Leone considera Varesi un amico, forse l'unico che abbia davvero nella compagnia. Varesi lo considera qualcosa di piú. Non ha padre né madre, né fratelli né parenti. Vivono insieme. Leone è la sua unica famiglia.

Entrando nell'edificio, Leone non ha l'impressione di violare l'intimità di qualcuno. La Villa sembra disabitata da tempo. Polvere e briciole d'intonaco svolazzano sui raffinati marmi bianchi e neri del pavimento. I saloni e le stanze sono spogli. I mobili accatastati in disordine, le suppellettili in frantumi. Calpestano cocci di ceramica, pezzi di legno, schegge di specchi. Curiosamente, riflettono immagini anomale, assottigliate, slargate, seriali. Dovevano essere specchi deformanti.

La devastazione colpisce piú Varesi che Leone. A lui è indifferente chi ne sia responsabile. Girano voci contrastanti. Alcuni sostengono che siano stati i romani: hanno saccheggiato tutto quando sono accorsi quassú il 30 aprile. Altri che siano stati i francesi. Altri ancora accusano i garibaldini. Hanno abbattuto gli alberi secolari del parco, usato i mobili e i letti per costruire le barricate. Ma forse lo insinuano i benpensanti che considerano tutti banditi i seguaci del generale coi calzoni rossi, Garibaldi. Li dipingono come comunisti calati a Roma per arrostire preti e bambini. Del resto, chiunque sia stato, ormai non ha piú importanza. Leone e Varesi intravedono nella fuga dei saloni altre tuniche nere. I loro compagni stanno raccogliendo qualcosa dal pavimento, infilano tutto nei sacchi e lo trascinano via.

Leone si intende di pittura, ma non presta attenzione ai dipinti che colorano le pareti e il soffitto della galleria. Quando a fine giornata si siede sul pagliericcio a scrivere al padre, e gli racconta dei suoi vagabondaggi tra le stanze desolate del Vascello, non li menzionerà. Eppure l'arte lo innamora, e ancora si rammarica di non avere con sé la sua cassetta dei colori e di non avere avuto il tempo di comprarne una nuova a Roma. Forse non ci fa caso. O sono troppo sbiaditi. Offuscati da una crosta di polvere. O, forse, Leone dimentica di menzionarli semplicemente perché ha troppe altre cose da dire.

Solo la sera, all'accampamento, quando il fuoco che arde sotto il calderone illumina l'oscurità, Leone si accorge che l'improvvisato cuoco sta usando come legna da ardere la spalliera di una poltrona dipinta di bianco e oro, e i pezzi delle cornici dorate che i compagni hanno raccolto sul pavimento del Vascello. È questa la guerra: devastazione, distruzione, barbarie.

La malinconia non gli impedisce di svuotare la ciotola della zuppa. Untuosa, scipita. È un peccato non avere una vivandiera, nella compagnia. Tutti gli altri ce l'hanno. I garibaldini una biondina lombarda che cantava in un caffè. Quei furbi del battaglione Melara una bula bolognese con due tette fenomenali. Ottolini, Sanromerio e altri ragazzi sono andati a spiarla. Ma i bersaglieri la custodiscono con cura. Hanno dovuto accontentarsi di mangiarsela con gli occhi.

L'indomani Leone torna al Vascello, si stende sulla scalinata a riscaldarsi al sole di maggio, rovista tra i mucchi di stracci e di cartacce in cerca di qualche soprammobile da tenere con sé come ricordo; mangia pane, salame e carciofi crudi raccolti nella campagna, seduto per terra tra le colonne di quello che un tempo deve essere stato il salone di rappresentanza; discute di politica coi compagni: si chiedono cosa faranno i francesi, cosa accadrà alla scadenza dell'ultimatum. Alcuni polacchi sono andati al campo francese, dove sono stati accolti amichevolmente. Hanno cercato di convincere i soldati a non credere alla propaganda del loro governo. Li stanno ingannando, li hanno trascinati in una guerra che non gli appartiene. Roma non vuole affatto essere liberata. Forse non combatteranno o passeranno dalla loro parte.

Poi, quasi fosse un gioco di società, provano a indovinare dove saranno fra un anno a quest'ora. Venezian annota le risposte su un quaderno. Cosí un giorno potrà verificare se la vita li ha delusi. Ricordano insieme i parenti e gli amici rimasti a Milano, a Monza, a Parma, a Cremona, a

Varese, a Bergamo, a Vicenza e in altre città del Nord e di
cui non hanno piú notizie. Nemmeno il sergente napoletano, Fanelli, sa qualcosa dei suoi. Il portabandiera Rocca
li esorta a cambiare argomento. È il piú vecchio del gruppo. Ha cinquant'anni, forse piú. Di tutti potrebbe essere
il padre, di qualcuno il nonno. Lui sa cosa significa non
poter tornare a casa. È stato compagno di Ciro Menotti,
è in esilio da Modena dal 1821. Sono passati ventotto anni. Leone è troppo giovane per immaginare che un destino
simile di sradicato potrebbe attendere anche lui.

Un pomeriggio si radunano sulla terrazza del casino dei
Quattro Venti per procedere con la votazione e nominare i graduati. La compagnia Medici è diventata legione, il
capitano tenente colonnello, ma il principio delle elezioni
democratiche resta. Sono i soldati ad assegnare i gradi, a
eleggere sottufficiali e ufficiali. Medici l'ha imparato dalle
cronache di storia del Rinascimento: si fa come facevano le
milizie fiorentine del Cinquecento. L'innovazione non ha
suscitato l'entusiasmo previsto. Nessuno vuole essere ufficiale, né sergente, e nemmeno caporale. Nell'urna, alcuni
votano il proprio cane – anche Pistoja e Goito ricevono
varie preferenze. Altri votano il gatto. Carlo Gorini – un
amico di Leone, studente di giurisprudenza a Pavia – viene eletto capitano. Sergenti diventano il piú giovane del
gruppo, Rasnesi, e il piú prestante, Venezian. Nessuno vo-
ta invece Leone, che rimane soldato semplice.

A volte l'umore si rannuvola. La luna piena, i superbi edifici vuoti, l'incertezza del futuro, il pensiero vago
e angoscioso che tra pochi giorni potrebbero essere tutti
morti danno a Gerardo Sanromerio, il don Giovanni dei
volontari, il coraggio di chiedere al comandante Medici il
permesso di arruolare una vivandiera. La presenza di una
bella ragazza aiuterebbe a tenere alto il morale della truppa… Dimenticandosi della malattia che gli infiamma gli

arti, gonfiandoli di siero, e che lo costringe a indossare ciabatte di tela e a zoppicare come camminasse sui vetri, Medici salta in piedi. Tenetevelo per detto una volta per sempre e ditelo anche agli altri, esclama secco, non voglio vivandiere nella compagnia. I ragazzi incassano il rifiuto in silenzio. Nessuno osa brontolare.

Però, appena il comandante si ritira, cominciano a lamentarsi della vigliaccheria di quelli che si sono subito imboscati. Alcuni volontari non sono venuti a fare i turni di guardia in prima linea: sono rimasti nella caserma di Roma. Se ci sarà da combattere, probabilmente non si faranno vedere. Molti di loro hanno solo diciassette anni e sono scappati di casa: ricevono lettere imploranti dai genitori, che li pregano di abbandonare questa idealistica follia e di non esporsi al pericolo. Qualcuno cederà. La signora Teresa, la madre di Kramer che aveva seguito per lunghe tappe la marcia della legione, era piombata poi a Bologna per portarsi via Edoardo. Nessuno aveva mostrato comprensione per quella donna, anche se era il suo unico figlio. Tanti si sono arruolati coi fratelli e adesso sono qui, insieme. Ci sono madri che ne perderanno due, di figli.

Poi, quando la conversazione si spegne, si mettono a cantare l'opera. Due di loro – tenore e basso – sono professionisti. Varesi ha raccontato a Leone che un altro era attore di teatro. In una compagnia di giro: erano in scena a Milano quando è scoppiata l'insurrezione. Il loro compagno, l'attor giovane, ha lasciato la spada di cartapesta per le barricate vere. A Leone piacerebbe chiedergli di recitargli la tirata di Alfieri contro la tirannide, ma teme di risultargli odioso. Se qualcuno chiedesse a lui del suo impiego alle assicurazioni, si offenderebbe. L'ha abbandonato, è una persona diversa, adesso.

Conoscono tutti la musica, e sanno modulare le voci per sopperire alla mancanza di strumenti. Amano Verdi. Intonano piú volte i cori dei *Lombardi* e del *Nabucco*. Poco piú di due anni prima, cantavano queste stesse melodie sulle

scalinate del Collegio Borromeo, a Pavia, ignari di tutto.
Il suono accorato di dozzine di giovani voci maschili si li-
bra nel silenzio della campagna. Leone cerca di imprimer-
si nella mente lo spazio, i volti, la luce. Un giorno dipin-
gerà questa scena. «Attesa della battaglia», intitolerebbe
cosí il quadro.

A meno che non l'abbia già dipinto l'altro pittore della compagnia, Alessandro Cattaneo. Leone però teme di
piú l'Induno. È il fratello minore di Domenico, allievo
di Hayez e pittore di una certa fama, ma col pennello se
la cava altrettanto bene. A ventiquattro anni, Girolamo
ha forse meno tecnica di Domenico, ma sicuramente piú
talento. Nei paesi che hanno attraversato, Leone e Girolamo si sono contesi le ragazze da dipingere. Pastorelle
e contadine di una bellezza stupefacente, abbigliate coi
pittoreschi costumi delle campagne, che apparivano fra
le pecore dietro il muro di un casolare o risalivano dal
fiume con un orcio sulla testa, e venivano loro incontro sorridendo, senza paura. Il solo fatto che andassero
a combattere a Roma li rendeva degni della loro fiducia.
Ridevano imbarazzate, arrossivano, ma poi accettavano
volentieri di posare.

Non che potesse davvero competere con Induno. Leone
è un autodidatta. Ha imparato a disegnare da solo. La
passione per i cavalli – che venerava ma che non si poteva permettere nemmeno di avvicinare – l'aveva portato a
iscriversi ai corsi di veterinaria. Il primo corso, superato
a stento e col voto minimo, era maniscalcheria. In un'offi-
cina da fabbro ferraio aveva dovuto imparare a forgiare i
ferri, a ferrare gli zoccoli e a tagliare le unghie degli equi-
ni. Il secondo corso era anatomia del cavallo. Esaminan-
do gli schizzi degli studenti, il professore aveva giudicato
passabili i suoi, e gli aveva proposto di preparare le tavole
anatomiche di un suo volume di prossima pubblicazione.
Leone aveva abbandonato tutto e per due anni, chiuso nel
gabinetto anatomico del professore, aveva disegnato teste,

crani, mascelle, vertebre, visceri, muscoli e scheletri. I pezzi a metà putrefatti di quei superbi animali emanavano un puzzo orribile. Il volume non è ancora uscito, ma comunque non gli procurerà troppa gloria. Quell'esercizio ingrato, però, gli ha insegnato un mestiere.

Nei primi duri mesi del suo esilio, a Livorno, mentre Varesi lavorava in una selleria, Leone si è guadagnato il pane facendo ritratti a lapis al caffè Americano. Riusciva a venderli per tre paoli l'uno. Forse gli avventori – marinai, capitani e lupi di mare dell'isola d'Elba – avevano pietà di quel profugo. O forse i ritrattini erano rassomiglianti. Certo, Induno è piú bravo. O solo piú abile. Fatto sta che le ragazze piú belle hanno scelto l'altro.

Leone torna al Vascello ogni pomeriggio. La scadenza dell'ultimatum si avvicina. Ma fino ad allora, i turni di guardia sugli avamposti del casino Corsini sono tranquilli: dal campo francese nella valle retrostante non giunge nemmeno l'eco di una fucilata.

Seduto sui gradini della terrazza, in compagnia delle statue (chi sono? cosa rappresentano?), Leone legge libri e scrive lettere a suo padre. Si è creato un'identità fittizia per ingannare la censura austriaca. Il suo nome di battaglia è Luigi Dini. E talvolta ha l'impressione di vivere davvero uno sdoppiamento di persona. Si è arruolato per combattere gli austriaci un anno fa. Dopo la disfatta di Novara – la notizia della quale lo ha raggiunto prima che potesse portare un contributo qualunque alla battaglia – si è trascinato a piedi e in sella a un mulo giú per gli Appennini. Ed è finito a Roma a difendere una repubblica giovane e inesperta come lui, e forse a combattere i francesi, che gli hanno insegnato tutto quello che sa. Le parole uguaglianza, libertà, fraternità, le ha scoperte nei loro libri.

Leone ha idee politiche nette e definitive. Si considera liberale, e repubblicano per necessità. Ma se ha ripreso il fucile, se è qui, è per l'onore. Vuole dimostrare agli stranieri che anche gli italiani sanno combattere e morire per il loro paese. Per le loro idee. E perciò meritano la libertà.

Quando l'inchiostro si asciuga sulla carta, Leone – o è Luigi Dini? – sale al terzo e ultimo piano dell'edificio, passeggia sulla terrazza, guarda il mare, a occidente, i monti a est, i francesi a sud, la cupola di San Pietro sotto di lui. Ormai conosce gli spazi – i saloni, la galleria, i loggiati, le camere, le scale. Il Vascello è una casa senza padrone. E lui è un padrone senza casa. Da quando gli austriaci hanno rioccupato Milano non ne ha piú una. Non ha piú una stanza, un letto, una patria. Non sa se potrà mai tornare nella sua casa – o se lo aspetta il destino dei patrioti: l'esilio. Questo, in qualche modo, è già un esilio. Ma se Roma tiene, se la Repubblica si salva, lui avrà ancora un futuro. Cosí per ora il Vascello è casa sua, e Leone si diverte a immaginare di essere il proprietario.

Chi è, o chi era? Un aristocratico di schiatta millenaria, che si vantava di discendere dagli antichi romani? Un nobile recente, usuraio o bottegaio che ha comprato il titolo in cambio di denaro? Un leccapiedi del papa? Mazzini dice che Roma è abitata solo da preti, servi, ciacchi che vivono su una candela, e trasteverini ignoranti soggiogati dalle cerimonie cattoliche – un popolo al quale bisogna insegnare di nuovo il proprio nome, una città da riconsacrare a se stessa e all'Italia. Leone non lo conosce, Mazzini, diffida della sua inesperienza come capo politico e del suo radicalismo. Ma quella specie di apostolo pallido, emaciato e visionario è la bestia nera del suo nemico, Metternich, e questo basta a guadagnargli il suo rispetto.

Come si viveva, quassú al Vascello? Rappresentavano spettacoli sui gradoni del terrazzo che sembrano la cavea di un teatro? Fantastica di damine incipriate, parrucche, crinoline, cicisbei. Non si spinge piú indietro, fino al tempo in cui la Villa è stata costruita. Alessandro Manzoni gli ha insegnato che il Seicento è il secolo della decadenza italiana. E quindi il secolo italiano per eccellenza. Non saprebbe cosa salvare di quell'epoca serva e oscurantista, priva di dignità e perciò ossessionata da un concetto di onore fasullo quanto una moneta di latta. Quei pomeriggi di pace al Vascello lo colmano di un sentimento – per lui del tutto inedito – di pienezza. Per la prima volta in ventisette anni ha la convinzione di essere nel luogo a lui destinato. Finora, l'ha braccato l'inquietudine. Studente di diritto, impiegato, assicuratore, ragioniere, veterinario, anatomista di cavalli, magazziniere dell'esercito, ritrattista da caffè: era sempre nel posto sbagliato. Nessuna delle esistenze che ha provato a vivere somigliava a lui. Si rende conto – ma con una felicità inattesa – che in questi spazi deserti finisce la sua giovinezza. E si riconcilia con se stesso, e con l'uomo che vorrà essere.

I bersaglieri del battaglione Melara arrivano a dargli il cambio mentre esamina, stupefatto, i geroglifici disseminati sulle piramidi, in giardino. Li hanno decifrati da poco piú di vent'anni, per quanto ne sa. Nel Seicento dovevano essere segni che non significavano niente. Eppure chi li ha fatti incidere nel marmo sembra averli disposti per formare una frase. In realtà non sappiamo niente del passato. Meglio cosí. Le cose egizie lo fanno pensare a Napoleone, e Napoleone ai francesi accampati là nella pianura. E non vuole pensarci adesso. Raccoglie in fretta il bagaglio. I superiori concedono alla 1ª compagnia la licenza di scendere in città.

Seconda parte

La zitella romana
(1629-1640)

Ho studiato con il rigore di un seminarista e la concentrazione di un prigioniero. Lezioni teoriche al mattino, fino all'ora di pranzo, pratiche nel pomeriggio, fino all'Ave Maria. Non potendo comprarli, mio padre compilò di sua mano i miei libri di testo. Trattati di aritmetica, geometria, musica. Trascriveva ininterrottamente quando non insegnava, riducendo il sapere universale a nozioni che anche una ragazzina di tredici anni avrebbe potuto comprendere.

Ogni trattato era un compendio «breve ma utile»: insomma, un manuale scolastico a mio uso e consumo, scritto in bella copia e «figurato», ovvero illustrato. I titoli dei capitoli li ricordo ancora a memoria, e possono rendere l'idea della fatica cui il Briccio sottopose se stesso e me. «Che cosa sia la geometria. Chi inventasse quest'arte. A che può servire quest'arte. Che cosa sia punto. Che cosa sia linea. Che sia angolo. Che sia superficie. Che cosa sia corpo. Del figurare geometrico. Come si figura il punto. Come si figura la linea». Oppure «Del numero, della natura dei numeri, delle proporzioni», e ancora: «Pratica dell'aritmetica: colonne, decine, centinaia, migliaia»… Un lavoro folle, destinato a non essere mai pubblicato, compiuto senza altro scopo che la mia istruzione. Oggi vorrei che non lo avesse fatto. Che avesse impiegato meglio gli anni che gli restavano da vivere.

Ho conservato finché ho potuto quei manoscritti. Quando ho dovuto accettare l'idea che nessuno di noi vi avrebbe più posato gli occhi, e che se li avessi tenuti sarebbero andati distrutti, li ho donati a chi forse potrà conservarli. Spero davvero che li abbia ancora. Se mai qualcuno un giorno dovesse vederli, capirà quanto il Briccio mi ha amata. Invece di dedicarsi alla grande opera che lo avrebbe riscattato, degna dello scrittore che avrebbe potuto essere, ha sacrificato il suo tempo a me, che tra i suoi discendenti ero l'unica che avesse l'età per diventare sua allieva – perché Albina era troppo grande, Basilio troppo piccolo e mio cugino Giovanni Battista troppo lunatico –, senza sapere nemmeno se ne fossi meritevole. Ho vissuto sessant'anni con questo rimorso.

Mio padre mi valutava con severità. A volte mi premiava, piú spesso mi puniva. Non mi ha mai lodata. Sopportavo con rassegnazione le ore noiose del mattino, in cui mi sforzavo di imprimere nel cervello nozioni di cui poco o nulla m'importava. Perfino la musica – che fino a quel momento avevo associato all'allegria delle canzoni e della chitarra – diveniva un'arida materia astrusa. Mio padre aveva compilato un *Trattato speculativo circa la musica* – di ben 43 carte, e illustrato. Ma quelle pagine non m'insegnavano a suonare il liuto o il manacordo, che ho sempre strimpellato senza troppa grazia, o a diventare una virtuosa del canto. Bensí come il suono potesse dilettare o ferire le orecchie, chi abbia inventato l'arte della musica, cosa sia l'armonia, la consonanza, la dissonanza, la sinfonia, cos'è il diapason, e perché solo l'uomo e gli animali cantino. E anche il trattato *Della pittura* (di carte sei, non figurato) spiegava soltanto in modo astratto «che cosa sia pittura», le «arti, scienze e condizioni appartenenti al pittore» e offriva «alcune osservazioni circa la pittura, che possono essere avviso per tutte le altre».

Tuttavia resistevo, perché nel pomeriggio la camera di mio padre si trasformava in una bottega, e finalmente la materia teorica diventava odore, colore, segno. Potevo osservarlo mentre disegnava e dipingeva, finché non riu-

sciva piú a muovere la mano, e allora dovevo sbloccargli
le dita, intrecciandole alle mie. Le sue articolazioni defor-
mate dalla chiragra mandavano un gorgoglio come d'acqua che sobbolle.

I lavori di pittura che riusciva ancora a procurarsi erano ormai povera cosa. Stemmi nobiliari, insegne di botteghe, vignette per statuti di confraternite e università
di artigiani, alberi genealogici, quadretti di devozione su
carta, ceste di frutta. Mio padre ci si affaticava come fossero pale d'altare.

All'inizio mi concesse solo di macinare la biacca, tirare
le tele sul telaio, dare l'imprimitura e la vernice. Dopo un
anno mi mise in mano i gessetti e i carboncini, perché im-
parassi a disegnare. E passarono altri mesi ancora prima
che mi prestasse i pennelli e mi lasciasse ritoccare le carte
geografiche che stava preparando per la famiglia Colonna. Il principe voleva appendere l'immagine dei suoi feudi
nella galleria del palazzo di Borgo. Per avere sempre sotto
gli occhi i suoi possedimenti – talmente tanti che rischiava altrimenti di dimenticarne qualcuno. Mio padre m'in-
segnò a colorare di verde la campagna, di ocra il castello e
i fabbricati, d'azzurro il fiume.

Ero un'allieva diligente, meticolosa come una miniatu-
rista. Per la maggior parte delle ore copiavo. Il mio repertorio svariava dai cartoni ormai sbiaditi del cavalier d'Arpino ai disegni di mio padre. Centinaia, perché li usava
per illustrare le sue commedie. Le pagine erano infatti in-
tervallate da xilografie con le figurette delle maschere di
Zanni, Pasquarello, Pantalone. Fino ad allora non mi avevano mai interessato quei libricini di minuscolo formato,
impressi su carta rugosa e scadente, che lui mandava in
stampa quasi solo per capriccio, perché non aveva la pretesa di essere riconosciuto come un vero scrittore. Almeno, cosí lo sentii affermare piú volte, mentre ne donava
una copia a qualcuno dei suoi conoscenti altolocati – professori, notai, giudici, avvocati.

All'inizio li aprivo solo per copiare la marca del frontespizio, o le vignette poste all'inizio di ogni atto, che raffiguravano la scena. Quei fondali generici di case, vicoli,
palazzi e portici, sono stati le prime architetture che ho
disegnato. Però, mentre copiavo capitelli, colonnati e volte, i miei occhi erano irresistibilmente attratti dalle battute dei personaggi. In romanesco, napoletano, spagnolo,
bergamasco, turco, latinorum, franzese. Una girandola di
lingue e dialetti, storpiati e parodiati, ma in fondo simili
a quelli che risuonavano per le scale del palazzo alle Tre
Colonne, nelle strade di Borgo Vecchio e di tutta Roma.

Le commedie di mio padre riciclavano le solite trame:
vecchi che s'intignano a sposare giovinette, innamorati
senza il becco di un quattrino, orfani che si rivelano figli
perduti o rubati di nobili, padri avari e figliole scaltre, villani arricchiti, soldati strafottenti, studenti perdigiorno,
pedanti e scrocconi. Ma comparivano anche personaggi piú
originali: fattucchiere, monelli, pittori e negromantesse.

Le leggevo di nascosto, la notte, nel letto, alla luce della candela. Spesso ridevo da sola, premendomi la mano sulla bocca per non svegliare Albina. Uscivo con mia madre solo per recitare le preghiere in chiesa o assistere alla messa, vivevo quasi reclusa, non avevo nessuna occasione di conoscere il mondo: sono stati quegli intrecci convenzionali a farmi scoprire che le ragazze possono ribellarsi alla volontà paterna, che possono farsi aiutare dalle serve e dalle vicine di casa, che gli uomini di cultura sono spesso otri gonfi di vento, i precettori piú ignoranti dei loro studenti, e che chiunque è predisposto al tradimento quando ha la pancia vuota. Nel finale prevaleva sempre la virtú, ma il modo in cui trionfava era crudele e spesso immorale. Insomma, il teatro di mio padre mi insegnava a diffidare dei suoi stessi insegnamenti e ad armarmi contro di lui.

Feci altre scoperte sorprendenti. Mio padre aveva dato il nome di mia sorella all'eroina di una sua commedia, la *Tartarea*: era pura e innocente, e il suo innamorato disposto a scendere nell'aldilà pur di ritrovarla. Non aveva dato il mio nome nemmeno a un personaggio minore. Mio padre assicurava di non dare troppo peso a quella sua produzione teatrale d'occasione, che concepiva involontariamente, scribacchiava in poche ore e stampava solo per sgravarsene, come una donna partorisce. Attribuiva l'impulso a comporle al suo cervello bizzarro, e quasi se ne scusava. Ma nei prologhi e nelle lettere dedicatorie sprecava la sua miglior prosa per giustificarla, spiegarla, valorizzarla. Diceva di non curarsene, ma riferiva le critiche feroci che gli aveva guadagnato e si ingegnava a demolirle. Insomma, dietro o dentro il Briccio che conoscevo, ce n'era un altro – ulcerato e scontento. Arrivai a chiedermi se la sua paralisi non fosse lo stigma del suo dolore. E non mi sembrava piú un caso che l'insulto del male lo avesse colpito proprio il giorno in cui in pubblico, davanti ai suoi lettori, era stato offeso come impostore.

Ma piú di tutto mi sorprese un dialogo che aveva scritto undici anni prima della mia nascita, quando era ancora un pittore scapolo e misogino. La commedia si intitolava *I difettosi*: mio padre l'aveva rappresentata a palazzo Altemps, grazie al duca Muti di Canemorto, per un pubblico scelto di gentiluomini, e gli aveva procurato una certa fama. Anzi, era stato a causa di quel successo che aveva proseguito la carriera parallela di autore teatrale.

Un pischello romano, Margutte, furbo e indisciplinato, viene mandato a garzone da un «pittorissimo», il napoletano Cola. La madre lo rimprovera perché dopo un anno trascorso dal maestro ha imparato cosí poco. Osservando i disegni del ragazzino, infatti, trova male eseguite le braccia e le gambe, la testa, i piedi e il naso della donna che Margutte ha copiato da un'opera di Raffaello: lei, giura, avrebbe fatto meglio. Poiché anche a me mio padre aveva assegnato come compito la copia della *Galatea* di Raffaello, e poiché anche io, dopo un anno di apprendistato, subivo da mia madre gli stessi commenti ironici, proseguii la lettura col batticuore.

Il pittore, Cola, detesta la saccenteria delle donne, le quali quando sentenziano gli sembrano tutte delle «satrapesse» e considera il sottoporsi al «sindacato delle femmine» la peggiore sventura del mondo. Tuttavia risponde cosí: «De mameta non soria meraculo ch'havisse imparato (stando però sotto la disciplina mea) pe che le femene hanno buona retentiva, anzi isse hanno la vera manera da maneare lo penniello, essendo solete con aco fare lavori, e recami».

Queste parole rispecchiavano il suo pensiero? Pure mio padre pensava che i lavori manuali delle donne, l'ago e il ricamo, potevano in qualche modo favorirci nella pittura, insegnandoci a maneggiare il pennello? L'illusione durò poche righe. Sí, diceva in sostanza il pittore, le donne sono predisposte all'aspetto meccanico della professione. Ma poi c'è lo studio. E allora non basta un anno di apprendistato. Ne servono molti, a volte un'intera vita. E le donne non hanno abbastanza cervello per coltivare questa seconda, e fondamentale, parte della professione. E perciò, anche se avessero imparato a disegnare e dipingere, non avrebbero capito mai nulla di pittura.

«E quando pure volesseno stimare quarche cosa nella pettura, – faceva dire mio padre a Cola, – siali concesso sulo circa l'attetudine di una femena in cucire, in dar latte, come vuonno stare le treccie, como se tene lo cocino fra le ienocchia; E da chisso in poi daraggio la resposta che dette Apelle allo sola chianelle, che havendo giudecato la chianella buolse aponere poi alla gamba, onde meritao chilla resposta Ne supra crepidam, cioè non chiú di chello ca fai».

Ne supra crepidam. Non piú di quello che fai. Calzolaio o donna: resta al tuo posto. Mi chiesi se mio padre mi stava istruendo per penitenza, per un esperimento, o per dimostrare a se stesso che non si era ingannato. E se era cosí, giurai che sarei riuscita a fargli cambiare opinione.

Le nostre lezioni private sono durate anni. Li ricordo come un solo, interminabile giorno. C'era lui, sempre piú rattrappito, con una tavola mobile sul letto a fargli da ripiano, e sopra la ciotola coi colori, i pennelli e la tavolozza – finché ha potuto reggerne il peso. E c'ero io, rannicchiata sulla sedia di cuoio, la treccia nera dietro la schiena, il camice grigio di tela grezza, le mani macchiate di colore, le guance sbaffate, pronta a porgergli il pennello fine, o quello a setole grosse. Non so se abbia mai avuto un vero talento per la pittura, Giovanni Bricci, ma è stato un grande maestro. Pretendeva molto da me, e non sembrava convinto che avrei potuto farcela: proprio per questo mi sfidava a smentirlo. Solo quando l'oscurità diventava troppo fitta, e la luce delle lampade a olio non bastava a dissiparla, reclamava la cena a mia madre, brontolando di aver fame.

Il nostro nuovo vicino venne a conoscere mio padre il giorno stesso del suo arrivo a Roma. Nel casamento delle Tre Colonne, oltre alla vedova Leonida, al ferracocchi e alla famiglia di un merciaro, abitava, con la moglie, la figlia, il marito di lei e i loro bambini, il signor Domenico Incarnatini di Massa Carrara. Era un pittore, ma doveva la sua «comodità» al commercio. Aveva sposato una donna di Viterbo, ed era stato amico di Pietro Discepolo, lo stampatore dei libri di mio padre. Amava il teatro e apprezzava le commedie facete. Mio padre lo blandiva da anni, perché Incarnatini era sensale di tutto, e anche di quadri, e sperava gli piazzasse qualche suo lavoro. Per accattivarselo gli aveva pure fatto dedicare dal Discepolo una sua operina, *La zingara sdegnosa*. Di solito gli scrittori dedicavano i loro testi a cardinali, vescovi, conti, marchesi e baroni, e non a un sensale di provincia. Incarnatini avrebbe dovuto sentirsene onorato. In realtà non so come l'abbia presa. *La zingara sdegnosa* era una sequenza di monologhi senza pretese, di una comicità plebea e a volte volgare. Proprio in quelle paginette ho letto per la prima volta insulti e parolacce che dovevo fingere di ignorare altrimenti mio padre m'avrebbe scorticato a sangue.

Alle Tre Colonne, Incarnatini abitava al nostro stesso piano – ci separava solo la porta che immetteva nella stanza della vedova del materazzaro. Il nipote arrivò nel 1629. Aveva diciannove anni. Incarnatini spiegò che aveva sempre vissuto a Viterbo, ma ormai la sorella, vedova di un sarto, non poteva piú mantenerlo. Veniva a Roma per apprendere il mestiere della pittura. Gli avrebbe fatto lui stesso da maestro. A suo avviso, aveva una buona predisposizione. Voleva il Briccio dare un'occhiata ai suoi schizzi?

Il ragazzo mosse un passo verso il letto su cui mio padre sedeva, la schiena poggiata ai cuscini, le gambe rigide sotto la coperta e sollevate in modo che il sangue circolasse meglio, ed entrò nel chiarore della lampada. Romanelli Giovan Francesco, onoratissimo di conoscerla, signor Briccio, bisbigliò, levandosi il cappello e accennando un inchino.

Per me fu subito e per sempre Giò. Era piccolo di statura e paffuto come un gatto, aveva gli occhi grandi e di-

stanti, rotondi come due nocciole, le labbra carnose om-
breggiate dal naso aquilino, sulle spalle gli ondeggiava una
criniera soffice di riccioli castani. Aveva gli stivali infangati
e il mantello spiegazzato dal viaggio. A me, che lo fissavo
dall'altro lato del letto, sembrò un cherubino coi boccoli.
Né mio padre né Incarnatini mi presentarono. Mi consideravano ancora una ragazzetta irrilevante.

Mio padre si fece consegnare le cartelle dei suoi disegni, lo invitò a sedere ai piedi del letto e lo interrogò sulle
sue predilezioni: quale artista ammirava di piú? Romanelli esitò. Avrebbe voluto compiacere mio padre, e indicare
il suo maestro cavalier d'Arpino, o lui stesso. Ma non era
un adulatore, e negli anni trascorsi a studiare coi gesuiti
non aveva ancora imparato a mentire. Balbettò qualcosa
a proposito di Zampieri, il Domenichino. A Viterbo, veniva considerato il primo pittore di Roma.

Anche i primi cadono in disgrazia – ignorati, rifiutati,
perfino perseguitati – quando il tempo di chi li ha esaltati è trascorso, lo ammoní paternamente mio padre. Aver
creato capolavori non conta, poterne creare altri può essere
perfino uno svantaggio. Nessuno possiede niente davvero,
perché tutto può essergli tolto. Non la virtú, né il talento
e nemmeno il genio basteranno a farti scudo dalle avver-
sità. Il tuo interesse per la pittura è davvero autentico? O
derivato dalla necessità? Ti fai pittore come avresti fatto
il sarto, o un lavoro qualunque?

Il mestiere della pittura offre buone opportunità in questo
momento per un giovane privo di mezzi come me, rispose
con modestia Giò. Il sommo pontefice promuove le arti, le
grandi famiglie non vogliono essere da meno, la corte risponde, gli stipendi salgono e le occasioni abbondano. Pittori
senza lavoro a Roma non ce n'è… Perciò sinceramente non
posso rispondere ancora alla sua domanda, signor Briccio.
Credo che, se riuscirò, amerò dipingere piú di ogni cosa.

Bada che bisogna avere forti motivazioni, un carattere
risoluto e una passione autentica per riuscire in un merca-

to come quello di Roma, insisté mio padre. Ti voglio raccontare una storia. Ti sarà utile.

Piú di venti anni fa, nel marzo del 1607, il suo maestro, il cavaliere Giuseppino Cesari d'Arpino, che lo aveva accolto nella bottega da ragazzo e gli aveva insegnato mestiere e maniere, era stato rovinato dal nipote del nuovo papa, Paolo V. Le guardie si erano presentate in casa sua per arrestarlo con l'accusa di aver fatto sfregiare da un sicario il pittore Pomarancio. A suffragare l'accusa non c'erano solo indizi, ma un movente: perché anche se Cesari e il Pomarancio si rispettavano, avevano lavorato negli stessi cantieri ed erano stati perfino amici, erano ormai divisi da una rivalità acerrima. Si contendevano la direzione dei mosaici della basilica di San Pietro: protetto dal favore di papa Aldobrandino, Cesari l'aveva strappata al Pomarancio, diffamandolo, ma alla morte del papa il Pomarancio aveva cercato di strapparla al Cesari, con lo stesso sistema. Insinuava che rubasse sugli anticipi, che dirottasse i fondi nelle sue tasche – cose cosí, sinistre e infamanti.

Fatto sta che una sera, mentre il Pomarancio camminava per gli affari suoi in Campo Vaccino, un uomo avvolto in un ferraiolo e col cappello calato sul viso lo aveva aggredito e sfregiato sulla guancia. Lo sfregio all'onore del Pomarancio era piú grave della ferita, pure lunga e profonda. Pomarancio sporse denuncia, riferí i suoi sospetti su Cesari, il fratello, il cugino, i lavoranti della bottega e i domestici – e monsignor Crescenzi, Auditor Camerae, mandò subito le guardie del suo tribunale a carcerare Cesari. Tanta sollecitudine si spiega perché monsignor Crescenzi era il protettore di Pomarancio, che aveva insegnato pittura a suo fratello Giambattista. Cesari scampò all'arresto perché non si fece trovare in casa, e si rifugiò latitante nel palazzo della Cancelleria, dal cardinal Montalto. Però durante la perquisizione le guardie gli avevano trovato in casa due pistole. Per chi detiene armi proibite c'è il bando capitale, la confisca dei beni e la pena di morte.

E intanto che l'Auditor Camerae istruiva il processo, la Camera Apostolica sequestrò la collezione di quadri, sculture, disegni e libri che Cesari aveva messo insieme con pazienza, gusto e grande spesa. La collezione piú bella di Roma, valutata l'enormità di 15000 scudi, sulla quale per sua sfortuna aveva messo gli occhi il nipote del papa, il cardinal Scipione Borghese. Che la voleva per sé.

La faccio breve. Il procuratore generale del papa, il migliore avvocato di Roma, quel Prospero Farinacci che comunque non ha salvato Beatrice Cenci dalla mannaia, fece da mediatore, guadagnandoci un suo ritratto di mano del cavaliere, e Cesari accettò di donare spontaneamente la sua collezione alla Camera Apostolica. Che la donò subito al cardinal Borghese. Il cuore della giustamente famosa collezione Borghese è frutto di una rapina legale, se posso permettermi. Con la rinuncia a rientrare in possesso della sua collezione e il pagamento di una multa, Cesari ebbe la grazia, recuperò l'onore e il favore del nuovo papa regnante e del nipote. Il cardinal Borghese lo arruolò a lavorare per la cappella di famiglia a Santa Maria Maggiore. Non era qualcuno cui si potesse dire di no. Per sottrarsi alle sue commissioni non richieste, Guido Reni se n'è dovuto fuggire a Bologna, e quando Domenichino ha provato a resistere, rifiutando di cedere al cardinale una *Caccia di Diana* che aveva dipinto per il predecessore Aldobrandino, il Borghese lo ha fatto imprigionare e il quadro se lo è preso comunque. Il cavaliere ha lavorato per il suo persecutore, e lavora ancora, per grazia di Dio. Dopo la sventura ha mantenuto la direzione dei mosaici di San Pietro e ha ripreso ad affrescare le stanze del Campidoglio: ma non è mai tornato quello di prima. Roma ti concede la gloria, e ti annienta con la stessa noncuranza. Raramente un artista dura piú del suo papa.

Perciò ricordati quello che ti ho detto, ogni volta che la cerchia degli intenditori esalta un nuovo pittore, concluse mio padre. Di Caravaggio parlava tutta Roma, pagavano

una testa sua piú di una storia di chiunque altro, e adesso
è quasi un'onta nominarlo. È morto di malinconia il Carracci, che pure pareva la reincarnazione di Raffaello col
cuore di Michelangelo e le mani di Tiziano e Paolo Vero-
nese; è venuto il turno del Domenichino. È riuscito a su-
perare la morte del suo papa, Gregorio XV, e a insinuarsi
tra i familiari del nuovo. Ma già altri pittori lo insidia-
no. Essere troppo moderni non giova. Meglio attenersi
ai modelli classici. Raffaello non smetterà mai di piacere.
    Grazie, signor Briccio, terrò a mente questa lezione di...
filosofia della pittura. O di etica... Mi piaceva molto studiare filosofia, confessò candidamente Giò. Roma è il piú
crudele dei mondi, aggiunse mio padre. I frati missiona-
ri che sono stati nelle Indie raccontano che solo in quelle
giungle infestate da tigri e serpenti la precarietà è – come
da noi – la prima legge della vita. A Roma il potere di chi
governa è immenso, sconfinato come quello di Dio. Lo Stato
ecclesiastico è una monarchia assoluta – ma elettiva, e non
ereditaria. Nulla dura, tutto passa. Sei giovane: ti sembrerà
un sistema che favorisce i rivolgimenti della sorte. Perché
chiunque a Roma, se sa scegliere, se sa cavalcare il vento,
può accumulare ricchezze esorbitanti, ascendere nella scala sociale fino ad altezze vertiginose. Ma ho vissuto piú a
lungo di te, e la vedo diversamente. Non illuderti. Il potere si sbriciola, le alleanze si dissolvono, le fortune svani-
scono. I nipoti del papa, i cardinali da lui nominati, i cortigiani suoi favoriti, i camerieri segreti, e perfino i maestri
di casa perdono titolo, ricchezze e privilegi dopo la morte
del pontefice regnante. E solo i piú spregiudicati riescono a cambiare cavallo. Non dimenticarlo se avrai fortuna.
    Giò aveva ascoltato educatamente, senza mai interrom-
pere, intimidito dalla vivacità di quell'uomo mezzo paralizzato ma piú loquace di un coro di rane. Mi sembrò impac-
ciato e ignaro del mondo. Aveva sognato Roma per anni,
e non si sarebbe mai lasciato convincere che non fosse il
paradiso dei pittori e degli uomini di qualche ambizione.

La saggezza malinconica e disincantata di mio padre gli scivolava addosso come le gocce di pioggia su un vetro. Un'ultima cosa, Romanelli. Se non trovi un padrone, sarai sempre come un cane randagio, libero, ma affamato, e chiunque potrà bastonarti. E se un padrone lo trovi, sarai cosa sua – ricco, sazio, al riparo da ogni male, da ogni morale e da ogni legge, e però con la catena al collo, prigioniero. Sappi che potrai scegliere. Si può sempre scegliere quale uomo si vuole essere. Benvenuto a Roma, ragazzo.

Incantevole, concluse Albina, che aveva spiato Romanelli mentre – provato da quel monologo di due ore, interrotto per sua fortuna dall'appetito di mio padre – attraversava la sala e finalmente poteva ritirarsi in casa dello zio. Lo pensavo anche io, e scoppiai a ridere. Ci prese a tutte e due quella ridarella irrefrenabile che da adolescenti ti fa sussultare fino alle lacrime.

Il pestifero Basilio, che pareva intento al suo gioco preferito – costruire un castello coi tocchetti di legno – si voltò col guizzo di una vipera e attaccò la cantilena derisoria che chissà dove aveva orecchiato: «O che ardenza e bruciacore, che martello dà l'amore!» Prima di fare la spia falla finita, topacchiolo, lo minacciò Albina, rifilandogli uno scappellotto, e mi trascinò in camera. È gentile, onesto, bene educato, cinguettò estatica: la freccia di Cupido mi ha già trafitto il cuore.

Ma io l'ho conosciuto per prima! protestai. E tu hai sempre detto che sposerai chiunque nostro padre sceglierà, fuorché un pittore. Che non farai mai la vita di nostra madre. Che preferisci uno scrivano, un computista qualunque. Per questo Romanelli è perfetto, rise Albina. Ha studiato in seminario e conosce il latino. Ma a differenza degli altri giovani che sanno di lettere e sono poco prestanti e noiosi come i confessori, lui ha il fuoco dentro. Già mi scotta.

Mi stavo sciogliendo la treccia, e mi cadde di mano il fermaglio, tanto ero incredula, perché mai mia sorella m'a-

veva parlato cosí. E poi il marito lo voglio bello, tagliò corto
Albina, spazzolandosi energicamente i capelli rossi. Altri-
menti, come si fa a sopportare un uomo per tutta la vita?
Meglio sarebbe murarsi in un convento e sposare Gesú.

Abbiamo giurato che nessun uomo potrà mai separarci,
e invece la prima volta che ne adocchi uno già mi schiac-
ci come una pulce, la rimproverai. Albina scosse la testa,
come volesse dirmi qualcosa. Ma non lo disse. Si contor-
se per inquadrarsi nel frammento di specchio conficcato
tra muro e davanzale – unica superficie riflettente di casa nostra, a quel tempo, a parte l'acqua nei bacili – e ciò
che vide la rassicurò. Con la pelle d'alabastro e i capelli
che le frusciavano sulla schiena come un drappo di fiamme, era bella, Albina, e sapeva di esserlo. La sua bellezza
la dava per scontata, come un fatto naturale, la indossava
con la stessa nobile indifferenza con cui calzava le logore
scarpe di tela troppo lunghe e gli straccetti stinti che erano appartenuti a nostra madre. Non ne avevo mai provato invidia, perché Albina era nata bella come io difettosa.
Non potevamo farci niente. Non potevo competere con
lei – insignificante al confronto come una margherita con
una rosa. Nascose i ricci sotto la cuffia da notte e prese a
districare i miei, per farsi perdonare. Non metterti strane
idee in testa, sarapica, disse con dolcezza, quasi mi com-
patisse. Tu sei la seconda figlia. Devi avere pazienza. Prima devo collocarmi io.

Mio padre rimase impressionato dai disegni di Giò. Imprecisi e immaturi, ma promettenti. Lo invitò a tornare a
trovarlo. Non intendeva fargli da maestro, Romanelli aveva già lo zio Incarnatini: ma avrebbe volentieri valutato i
suoi progressi. L'opinione di un estraneo vale piú di quella
di un consanguineo. Restare troppo a lungo coi parenti è
deleterio. Essi inevitabilmente finiscono per farsi imitare,
o per trattenerci e tarparci le ali. Un giovane invece deve
guardarsi intorno, fare paragoni, sceglersi da solo il suo

maestro e andare per la propria strada. Romanelli stimava molto la cultura sterminata di mio padre, il suo versatile intelletto e la sua franchezza: in un mondo di ipocriti, è un bene senza prezzo. Si proclamò onorato dell'attenzione e disse che sarebbe venuto senz'altro.

Fu di parola. Tutti i lunedí, dopo il riposino, Giò bussava alla porta della stanza di mio padre, e io gli cedevo il posto che nel resto della settimana era mio. La prima volta feci per sedermi dall'altra parte del letto, sullo sgabello, ma mio padre mi invitò a uscire. Voglio discorrere di proporzioni e scorci, disse, e per queste lezioni non sei ancora pronta. Va' a ripassare la *Storia naturale* di Plinio. Giò mi rivolse un sorriso incuriosito, ma non chiese nulla.

Trascorrevo quei lunedí ricamando davanti al camino con Albina. Al tavolo, mia madre correggeva le addizioni di Basilio e mio cugino Giovanni Battista. Applicava con loro le regole che avevano funzionato con noi, ma i due ragazzini non conoscevano la solidarietà, e lasciavano tranquillamente che lei bacchettasse l'innocente. Ore interminabili scandite dal crepitio dei ciocchi nel fuoco, dal ronfo della nonna Isabella – che declinava cosí come era vissuta, sperdendosi in una smemoratezza spensierata –, dal brusio delle voci di mio padre e Giò dietro la porta, dai colpi secchi della bacchetta sulle dita dei due scolari, dal gemito soffocato del punito e dalle risatine sataniche del colpevole.

Quando attraversava il salone per tornarsene in casa dello zio, gli occhi di Giò indugiavano sulla sagoma di mia sorella. Albina levava furtivamente il capo dal ricamo, e intanto leccava il filo per infilarlo nell'ago – la sua lingua insisteva sulle labbra, distrattamente. Non ha mai ricambiato il suo sguardo.

Dopo qualche mese, mio padre mi permise di restare in camera. Raccontò a Giò che studiavo anch'io pittura – ma da troppo poco tempo per poter capire cosa sarebbe venuto fuori da me. Mi avrebbe giovato il confronto con un ragazzo cosí dotato. Non gli disse che avevo l'inclinazione, nemmeno speciali qualità, e Giò prese la mia educazione artistica come uno dei tanti grilli del Briccio. Del resto ero appena una ragazzina e nemmeno attraente: a quasi quattordici anni ero ancora piatta come la tavola del bucato, non sapevo acconciarmi i capelli e avevo la carnagione spenta dai troppi giorni trascorsi in stanze prive di luce.

Giò si chinò sul foglio, seguendo la mano di mio padre che gli indicava la debolezza anatomica di un suo disegno. I tofi che la storcinavano lo distraevano: non riusciva a seguire le sue parole. Nemmeno io. Non potevo fare altro che guardarlo. La bocca carnosa, il naso aquilino, quegli occhi distanti. Sotto il camice, il cuore mi martellava nella cassa toracica fino a farmi male.

Mi era entrato in testa, e nulla poteva svellerlo da lí. Mi possedeva. Studiavo storia della pittura, e vedevo lui. Disegnavo, e vedevo lui. Copiavo, e vedevo lui. Vivevo nell'attesa del lunedí. Non avevo piú appetito, come se m'avessero attorcigliato lo stomaco con un nodo. Dormivo poco e male, e mi svegliavo di soprassalto, con la certezza che m'avessero piantato nel corpo – in quella parte che non si può neanche nominare – un chiodo incandescente. Mi appariva in sogno, mi prendeva la mano e mi diceva parole di zucchero che poi, al risveglio, tentavo invano disperatamente di ricordare. Cercavo ogni pretesto per fare il suo nome. Perfino ascoltarlo dalla bocca di Albina mi consolava. Lei però lo pronunciava di rado. Era molto piú furba di me.

Un lunedí mi toccò fermarlo sulla soglia di casa. La sera prima mio padre aveva patito un attacco – il dolore come al solito era partito dall'alluce, gonfio e rosso come un peperone, ma poi le articolazioni erano state prese una dopo l'altra, e ora aveva la febbre altissima: la nostra esperienza ci insegnava che non sarebbe stato meglio prima di almeno tre giorni.

Niente lezione, allora! esclamò Romanelli, per nulla

afflitto. Si stava ambientando a Roma, poteva già scegliere dove e con chi passare il suo tempo. Vacanza pure per voi. Sarete contenta, Plautilla. Per niente, balbettai. Come posso progredire se interrompo gli studi?

Non penserete sul serio di diventare pittrice, si stupí Giò. Le donne non capiscono di pittura. Dite cosí, signor Romanelli, protestai, perché siete di Viterbo e a Roma da troppo poco. Qui nella capitale del mondo succedono tante cose. Mio padre m'ha raccontato che la figlia di un pittore pisano suo vicino di casa al Babuino ha fatto molto parlare di sé, e gli dispiace che sia partita da Roma, perché mi sarebbe stata d'esempio. Bell'esempio, sorrise maliziosamente Giò, che doveva sapere sulla pittora molto piú di me. Poi m'afferrò per un braccio e mi sussurrò all'orecchio che la Gentilesca si faceva fottere da tutti, mentre io invece ero una vergine onorata. O no?

Corsi alla finestra, e lo vidi mentre sbucava dal portone. Levò lo sguardo: si aspettava di intravedere qualcuno, ma non me. Albina però – appena s'accorse che lui l'aveva vista – rovesciò in strada l'acqua della bollitura dei cavoli e gli chiuse l'impannata in faccia. Orientò la pignatta in modo che il getto lo sfiorasse, senza sporcarlo. Lui s'allontanò nel vicolo a passo svelto, tutto ammusato.

Mia madre – che di innamorati e cascamorti che fanno il girasole alle finestre delle belle ragazze ne aveva visti a dozzine – teneva accuratamente Albina lontana da Giò. La sorvegliava come un mastino e non le permetteva neanche di andare a confessarsi, senza di lei. Ma Albina si fidava di me e quando ritenne che la sua strategia – per attirarlo lo ignorava, gli era avarissima di sguardi, e non gli aveva mai permesso di incrociare i suoi occhi – lo aveva rosolato al punto giusto, mi chiese di consegnargli un biglietto, quando sarebbe tornato. Con prudenza: se nostra madre se ne accorgeva, addio vita – ci avrebbe rinchiuse, tutte e due.

Non devi, non puoi, dissi, afflosciandomi tutta smarrita

contro lo stipite della porta. Ma Albina m'abbracciò stretta, mordicchiandomi l'orecchio. E se un giorno fossi tu a chiedermi di fare altrettanto? rise. Dovrei dirti non devi, non puoi, Tilla? Cosí si comporta una sorella? Io non lo farei mai, non sono cosí, protestai. Tutte siamo cosí, sorrise Albina. Prima o poi un ladro ci ruba il cuore, e non siamo piú le stesse. Tutto quello che abbiamo giurato non vale piú niente, e chi ci vuole bene deve capirlo, e perdonarci. Tu mi ami, Tilla? La amavo, piú di tutto. Ma lei, mi amava? Glielo chiesi. Sfondami il cuore, prima di dirmi che di me non te ne importa, la avvisai. Mi importerà, concluse Albina, se mi farai felice.

Ho recapitato il biglietto. La vergogna m'imbarazzava al punto che glielo porsi senza spiccicare nemmeno una parola. Giò s'illuminò come un candeliere, e trionfante se lo infilò nel guanto.

Da allora, ogni lunedí dovevo passargli un biglietto, o riceverne uno da lui. Non ho mai saputo cosa le scrivesse, Romanelli. Cosa gli scriveva mia sorella lo so, perché ero io ad aiutarla a copiare dai romanzi quelle frasi. Una melassa di cuori identici, sospiri e promesse di eterna fedeltà. Ma tenne duro: continuò a non rivolgergli nemmeno uno sguardo e si voltava dall'altra parte se lui le sorrideva.

Le conversazioni artistiche di mio padre e Giò si interruppero troppo presto. A Roma, il nome del Domenichino era sulla bocca di tutti fin da quando aveva collocato l'*Ultima comunione di san Girolamo* nella chiesa di San Girolamo alla Carità, a strada Giulia. Prima della cresima, mio padre mi aveva portato a vederla, perché comprendessi l'importanza del sacramento: mi aveva trattenuto a lungo davanti all'altare, lodandomi la figura del santo. Nella chiesa troppo vicina al fiume, umida e buia, faceva molto freddo, e io non vedevo l'ora di uscire e tornarmene a casa. Ero una ragazzina ignara di pittura e quel quadro che appassionava mio padre mi pareva triste. Ma il Briccio, implacabile, mi indicava la parte sinistra della tela, dove accasciato sulle ginocchia e sostenuto dalle braccia di un giovane, Girolamo non ha la forza di reggersi in piedi e però brama di ricevere l'ostia.

A mio padre quel corpo di vecchio quasi centenario, che il drappo rosso disciolto intorno ai lombi faceva risaltare, pareva il nudo piú bello della pittura moderna. Facile incantare con un corpo di giovane, donna o uomo che sia non ha importanza. Arduo trasmettere la bellezza della carne frollata dagli anni, quintessenza della mortalità. E farlo senza disgustare né provocare. Non col naturalismo, tanto acclamato dalle masse popolari, ma con la compostezza dei classici. Non ebbi il coraggio di dirgli che non ero d'accordo. Quello di Zampieri, il Domenichino, era un quadro su un vecchio, e ai giovani la vecchiaia pare una disgrazia che mai li riguarderà.

Nel 1629 avevano eletto Domenichino principe dell'Accademia di San Luca e ancora in quei giorni il bolognese allievo e collaboratore del defunto Carracci godeva di universale consenso. Incarnatini trovò il modo di presentargli il nipote. Giò gli piacque tanto che il Domenichino gli chiese di accompagnarlo a Napoli: gli avevano proposto di affrescare la cappella del Tesoro, andava a conoscere la commissione giudicante e aveva bisogno di un assistente per il viaggio. A Romanelli, che non aveva neanche vent'anni, parve un'occasione imperdibile.

In realtà la proposta era rischiosa, perché i pittori napoletani erano disposti a tutto, perfino a uccidere, per impedire a pittori forestieri di dipingere la cappella a san Gennaro. E infatti né il cavalier d'Arpino né il Reni, contattati negli anni precedenti, avevano onorato il contratto. E il Domenichino, che pure era disposto ad accettare l'incarico, aveva paura. Giustamente, perché poi per dipingere quella cappella ci lasciò la vita. Non poté nemmeno completarla – lo avvelenarono prima – e alla fine se la prese Lanfranco. Però Giò non sapeva niente delle minac-

ce, degli attentati e dei rischi che correva il suo maestro
(e quindi anche lui), e quando venne a congedarsi da mio
padre per riferirgli la buona novella era raggiante.

Di lasciare le Tre Colonne, di accompagnare un artista
cosí reputato al quale veniva offerta un'opera cosí prestigiosa nella chiesa piú sacra della magnifica Napoli... A confronto col Domenichino, il Briccio era un simpatico relitto
del passato. Giò ringraziò mio padre per tutto quello che
gli aveva insegnato, sperava di dimostrargli presto che aver
perso tanto tempo a discorrere con lui era valsa la pena.
Mio padre gli chiese di restituirgli il trattato *Della pittura*.
Lui ormai non ne aveva piú bisogno, sua figlia – io – sí.
Giò assicurò che lo custodiva nello studiolo della sua camera, fra i suoi libri piú cari. Promise che me lo avrebbe
lasciato l'indomani, prima di uscire. Invece se ne dimenticò. Era il novembre del 1630.

La sua partenza fece franare qualcosa dentro di me.
Crollai di schianto, come un alberello colpito dal fulmine. Mi chiesi a quale scopo studiare, impegnarmi, faticare
tanto. Avevo ormai raggiunto una discreta padronanza del
disegno, sapevo comporre le figure nello spazio con una
certa grazia, distribuire armoniosamente i colori. Qualche
insegna di bottega, vignette dei manifesti che avvisavano
la cittadinanza della presenza di un orso ammaestrato che
si esibiva in un cortile al prezzo di due giuli, ceste di frutta, carte geografiche di regioni italiane e lo stemma dei
Colonna per la loro nuova carrozza li avevo già disegnati
e dipinti io, al posto di mio padre. Ma adesso mi sembrava che tutto ciò non sarebbe servito a nulla. A quattordici
anni vivevo come una monaca in una casa di Borgo Vecchio, e non avevo occasione di aggiornarmi, di capire dove
stava andando l'arte contemporanea. Anche solo vedere
un quadro in una chiesa era diventato un'impresa: dovevo trovare un uomo adulto che mi accompagnasse. A mio
nonno non avevo mai osato chiederlo, mio cugino Bene-

detto era ancora minorenne, e il sor Enea, il mio padrino, non ci frequentava piú da quando nella sua bottega di sarto s'accumulavano i quadri invenduti del Briccio.

Mio padre non poteva piú farlo. Ricordo con dolcezza e pena infinita le ultime nostre esplorazioni artistiche. I tendini e le cartilagini dei suoi piedi erano cosí distrutti che non riusciva piú a camminare, e per non restare prigioniero della sua stanza si era costruito una seggiola con le ruote. L'idea era molto semplice: aveva inchiodato due grosse ruote da carro alle zampe posteriori della seggiola, e segato quelle anteriori in modo che non toccassero terra. Poi ci aveva incastrato un'asse per poggiarvi i piedi. Girando a mano le due ruote, la sedia avanzava. Basilio mi aiutò a portarlo giú per le scale e il Briccio si issò sul suo stravagante destriero. Mentre passavamo davanti alle botteghe di Borgo Vecchio salutava tutti: voleva essere notato. Gli sarebbe piaciuto brevettare la sua invenzione e farsi rilasciare una patente dal papa. Di gente inferma era piena Roma, e tutti sognavano di evadere dal carcere dei loro letti. Ci potevamo diventare ricchi. Non so se abbia mai presentato la supplica, ma di certo la patente non l'ha avuta.

Il selciato di Roma mise a dura prova la tenuta delle ruote, che s'incastravano in ogni pertugio e a ogni sobbalzo minacciavano di staccarsi dalla sedia. Impiegando quasi mezza giornata riuscimmo in qualche modo a raggiungere la chiesa della Santissima Trinità, sulla sommità di Monte Pincio: gli affreschi erano un incanto, diceva, abbandonandosi alla nostalgia per la pittura felice di una volta, la soavità delle figure e dei cieli. Non sapevi dove guardare. Giulio Romano, Perin del Vaga, Daniele da Volterra, tutti avevano dato il meglio di sé su quelle pareti, con fatica e studio inestimabili. E in un lato della crociata c'era una *Coronazione di Maria Vergine* di Federico Zuccari che era tra le sue pitture piú belle. Un altro giorno ci siamo trascinati alla Santissima Trinità dei Pellegrini, perché mio padre voleva che ammirassi la pala di Guido Reni. Ma al ritorno, all'imbocco di ponte Sant'Angelo, una ruota volò via, e lui cadde faccia avanti, rischiando di rompersi il naso.

Bello spago ma niente di che, rise, tamponandosi l'emorragia che gli inzuppava la camicia, almeno si sarà accorciata la proboscide, del resto anche le statue migliori sono senza naso. Grave sarebbe se mi fosse volato via il cervello. E lo vedi tu per terra? Io no. Non guardarmi cosí scementita, falla scorta e sbrigati, che il sercio ha trovato una coccia piú dura della sua, è lui che s'è fatto male, mica il Briccio.

L'ultima volta conquistammo San Pietro. Era la «scuola delle arti» e mio padre voleva mostrarmi due opere recenti che avevano riscosso l'ammirazione degli intendenti. *Il martirio di sant'Erasmo* del Poussin, un pittore quasi sconosciuto favorito dal cardinale Francesco Barberini, nipote del papa, e la *Sepoltura e gloria di santa Petronilla*. Del Guercino, mio padre avrebbe voluto mostrarmi la *Maddalena* nella chiesa delle Convertite, ma ormai via del Corso era troppo lontana per noi. Il corpo nudo e muscoloso del santo dipinto dal francese mi impressionò, e ancor piú che si potesse inventare una composizione cosí armoniosa su un soggetto tanto brutale, ma nella navata m'incantai ad ammirare le gigantesche colonne che lo scultore del papa, Gian Lorenzo Bernini, fondendo il bronzo del soffitto del pronao della Rotonda aveva da poco innalzato nell'altar maggiore. Si torcevano su se stesse come candele, non sembravano neanche fatte di metallo, ma di materia vivente. Erano talmente colossali che lo spazio ne risultava trasfigurato.

Mio padre però mi esortò a spingere oltre la sedia. Era stato un sacrilegio disfare un tempio antico per innalzare questa specie di teatro. Piú che un altare, pareva che lo scultore volesse riprodurre in pietra un baldacchino pronto a essere portato in processione. Pellegrina invenzione, indubbiamente. Pacchiana, tuttavia. La meraviglia non può essere criterio di bellezza. Però gli sarebbe piaciuto ave-

re il Bernini come scenografo, ai tempi in cui allestiva le
commedie. Quel fiorentino non era solo nato scultore, era
un vero genio della finzione. E i teatri di legno che aveva
allestito per le canonizzazioni dei santi, proprio qui dentro, tanti anni prima, lo avevano lasciato a bocca aperta.
Ma stavolta non eravamo venuti a San Pietro per Bernini.

Era sfinito dalla fatica e del quadro del Guercino riuscí a commentare solo le dimensioni. Dipingere in grande
deve essere la tua ambizione, disse. Alle donne si chiedono solo quadretti da testa. Dovrai dimostrare di saper colorare una tela d'imperatore. Altrimenti sarai una pittrice
da ricamo, come tutte le altre.

Si asciugò il sudore che gli colava negli occhi. Non è mica tanto comodo però questo mio trono, sbuffò, con una
smorfia amara. Mi sfascia le chiappe. Non uscirò piú se
non per un capolavoro. Solo se Bernini scolpisce un'altra
Dafne potrà stanarmi. Ma non c'è pericolo, il papa gli ha
tolto lo scalpello per mettergli in mano il compasso. Lo ri-
portai a casa talmente disfatto, spingendo io la sedia con
le ruote sui sassi infami di Borgo, che non ho piú osato
chiedergli di accompagnarmi. Eppure, a quanto si diceva,
ogni mese Roma si arricchiva di nuove opere magnifiche.
Io però non potevo piú vederle.

Tutti esaltavano Bernini come il nuovo Michelangelo: morto Maderno, Urbano VIII lo aveva nominato, a
trent'anni, architetto della Fabbrica di San Pietro. Lo
studio di Santa Marta nel quale lavorava, col suo esercito
di scultori e assistenti, distava pochi isolati dalle Tre Colonne. Ma per me era come se fosse in un altro paese. Il
mio orizzonte era il muro del palazzo di fronte. Invece un
giovane come Romanelli poteva muoversi come voleva, vivere accanto al maestro che si era scelto, lavorare con lui
a progetti importanti, viaggiare al suo fianco, imparare a
comportarsi nella società dei signori, conoscere il mondo
e persone di valore, che un giorno sarebbero diventate i
suoi futuri patroni. Io disegnavo per gli occhi di mio padre,

dei miei parenti e di quanti, tra i suoi amici di un tempo, ancora lo frequentavano – sconosciuta, solitaria, ignota. Non c'era un futuro da pittrice per me.

Presi coraggio e dissi a mio padre che volevo interrompere le lezioni. Mi sarei dedicata piuttosto all'istruzione di Basilio. Mio fratello, di ormai nove anni, aveva un carattere permaloso e polemico, e mamma era troppo accondiscendente per fronteggiarlo; inoltre doveva assistere la nonna: se la perdeva d'occhio, in preda a una forsennata inquietudine, Isabella si precipitava fuori casa, infiocchettata e imbellettata come una sposina, e vagava per ore tra i borghi, senza sapere chi e dove fosse. Basilio sarebbe potuto diventare un artista, se ben guidato. Io no, ma la speranza mi faceva soffrire. Lo imploravo di liberarmi delle mie illusioni.

Mio padre mi fissò stupito, però disse che se quello era il mio desiderio, lo avrebbe rispettato. Il dovere di un buon padre è comprendere l'animo del proprio figlio. Anche se il figlio lo delude. E tu, Tilla, concluse, sei la mia delusione piú grande.

Albina e mia madre invece accolsero con sollievo la mia decisione. Lo studio e i sogni di gloria mi stavano allontanando da loro. Non partecipavo piú alle loro gioie, ai loro discorsi, ai loro progetti. Basilio, poi, ne fu entusiasta. Era sempre stato geloso di me. Con mia immensa sorpresa, l'unico che si oppose fu il nonno, il Materazzaro. Hai il cervello di una formica, Plautilla, biascicò, gettandomi in faccia il barracane. E siccome lo scrutavo senza capire, vestiti, zucca vuota, m'ordinò, ficcati un velo spesso sulla cocuzza e ai piedi scarpe buone, che devi seguirmi a Trastevere e non spreccheremo le monete per buscare un carrozzino. Mio nonno non m'aveva mai chiesto d'accompagnarlo da nessuna parte.

Lungo la strada, non mi disse una parola. Camminava a gran passi, senza curarsi di me, sbattendo il bastone sul lastricato. Ho ancora quel suono nelle orecchie – piú severo di un rimprovero. Tirava un vento gelido di tramontana, e avanzavamo curvi, rasentando i muri delle vigne, degli orti e delle ville che si susseguivano sulla riva del fiume. Il cielo bianco lasciava presagire la neve e la Lungara era quasi sgombra di passanti. Incrociammo una ronda di guardie, il carretto del venditore di legna da ardere che andava a scaricare al monastero della Scala, due mendicanti travestiti da prete e uno storpio che accattonava alla porta della chiesa: il nonno li scansò sprezzante, poveri finti che non erano altro, lui la sua carità la riservava ai poveri giusti e non a loro – vagabondi pitocchi trafficanti di finzioni.

Non sapevo dove mi stava portando e non osavo chiederglielo. Ho sempre avuto paura di lui. Mi facevano male i piedi, non ero abituata a camminare. Anche se lui aveva ottant'anni e io nemmeno quindici, arrancavo. Solo quando il nonno si fermò davanti a un edificio basso su cui sventolava la bandiera con la croce rossa in campo bianco, capii che mi aveva condotto alla sede della Confraternita dei Genovesi.

Sono sceso a Roma da Badalucco, un villaggio fra le montagne di Ventimiglia, mi disse il nonno, picchiando il bastone sull'uscio. Venni a tentare la ventura perché al villaggio sentii dire che la nostra nazione prosperava, da quando i genovesi facevano i banchieri del papa. Me lo avete già raccontato tante volte, signor nonno, lo interruppi, temendo che mi propinasse il solito monologo sulle nostre origini. Che ci importava se lui era calato da Ventimiglia? Non sapevo nemmeno dove fosse. E non ci sarei mai andata. E poi, che significava? La nonna Pazienza era di Lucca, la nonna Isabella napoletana. E allora? Cosa conta dove sono nati quelli che ti hanno preceduto? E comunque erano storie vecchie, successe alla metà del secolo scorso, noi eravamo romani. Tutti possono dirsi di Roma, se ci restano. È questo il bello di vivere nella capitale del mondo.

Avevo vent'anni: non ci ho pensato due volte, proseguí

il nonno, come non mi avesse sentito. Mi sono imbarcato su una nave che doveva approdare a Ripa Grande, ma invece ci fermarono a Civitavecchia e a Roma ci sono arrivato a piedi. Ho dormito sulla spiaggia e nei capanni dei pastori. Mi hanno inseguito i lupi. Ho mangiato i fichi sugli alberi e le more dei rovi. Quando ho varcato porta Angelica, ero in viaggio da tre mesi. Ero forte, e avevo voglia di lavorare, ma Roma era grande, violenta e cattiva, e mi sarei perso. Invece i genovesi arrivati prima di me mi hanno permesso di imparare un mestiere e di inserirmi nella nuova patria. Una decina d'anni dopo ho aperto la mia bottega, all'insegna della Lanterna, vicino al Babuino, poi mi sono sposato e ho messo su famiglia. La bottega andava bene. Nessuno faceva materassi migliori dei miei. Ne fittai una piú grande, dietro piazza Navona: dove, lo sai. Mi chiamavano il Genovese, anche se a Genova c'ero stato solo una notte, prima di imbarcarmi, e avevo dormito sul molo del porto, con lo stomaco che borbogliava per la fame. Mi sono nati i figli, alcuni mi sono morti. Come a tutti. M'è toccato un solo maschio, tuo padre. L'avevo chiamato Giovanni, come me. Tutti fanno cosí, tuo padre ha rotto la tradizione con voi – v'ha messo nomi che non significano niente per i Bricci. Se ne pentirà. Un figlio deve continuare la stirpe, è questo lo scopo della nostra esistenza. Giovanni doveva ereditare tutto ciò che era mio. A dieci anni gli ho messo in mano le tavolette fitte di chiodi per cardare la lana. Era tutto deciso.

Il portinaro salutò il nonno con molto rispetto: il Materazzaro era riuscito a diventare membro della Confraternita. Anche se ormai non frequentava piú le congregazioni, e non si vestiva piú di sacco bianco per la processione alla cappella Paolina del giovedí santo, si ricordava bene di lui. L'ingresso dimesso non lasciava intuire ciò che si nascondeva all'interno, e quando sbucammo nel chiostro rimasi colpita dalla vastità inattesa dello spazio: al centro del giardino, tra alberi d'arancio, limone e melograno, cespugli di lavanda, garofani e ciclamini, troneggiava un antico pozzo, incorniciato da colonne ioniche. Sul bordo zirlavano due merli infreddoliti. Ma piú ancora mi lasciò senza fiato la geometrica bellezza delle forme. Simmetria e variazione, combinate con sapienza. Il chiostro era su due piani. Al primo livello, dove eravamo noi, pilastrini ottagonali sormontati da capitelli corinzi scandivano il ritmo delle arcate; al secondo, dove si affacciavano stanze e uffici, i pilastri erano identici, ma di dimensioni piú piccole, e non sorreggevano piú le arcate, bensí il tetto di tegole dell'edificio, appoggiato su un fianco alla chiesa dei Genovesi: la riduzione di scala e la varietà dell'architettura basata però sulla ripetizione trasmettevano un senso di armonia e di ordine. Il chiostro dei Genovesi era la quintessenza del rinascimento.

Doveva averlo progettato un architetto di valore: la Confraternita era stata molto ricca. Chiesi chi fosse, ma il nonno non lo sapeva. Non mi intendo di squadra e compasso, sibilò. M'indicò invece una palma, con la chioma arruffata dal vento. È la piú antica palma di Roma, affermò con orgoglio. L'ha piantata un savonese. Io c'ero, quel giorno. Prima i romani sapevano solo che questo albero ha dato da mangiare a Gesú bambino mentre Giuseppe e Maria fuggivano in Egitto, ma non ne avevano mai visto uno. Adesso c'è una palma in ogni giardino.

Il portinaro infilò le chiavi nella serratura e aprí l'oratorio. Era lí che si riunivano i confratelli. Il piccolo ambiente, cui si accedeva dal vano delle carrozze, contrastava con l'eleganza quattrocentesca del chiostro. Era una costruzione assai piú recente, eppure piú malmessa. Ovunque c'erano bertesche e ponteggi. Il portinaro disse che stavano rifacendo il soffitto. Ci diluviava dentro, il tetto pareva una schiumarola. Le pareti erano decorate di affreschi. Dipinti da mani diverse – almeno due, forse tre artisti. Le scene raffiguravano le storie del santo patrono della Confraternita, Giovanni Battista, e di Gesú. Ma mi incuriosirono quelle sull'altra parete – le storie di Maria: la *Nascita*, l'*Annunciazione*, la *Presentazione al Tempio*, il *Transito*. Ogni storia era accompagnata da un cartiglio che spiegava il soggetto del dipinto, anche se ormai i caratteri si leggevano appena. I colori degli affreschi erano stati vivaci, ma il fumo dei ceri e la polvere li avevano offuscati. In qualche punto, l'acqua sgocciolata dalle fessure del soffitto li aveva distrutti.

Erano stati dipinti poco tempo prima – cinquant'anni, o anche meno, trenta forse. Eppure sembravano vecchissimi, superati. Li giudicai senza indulgenza, secondo i valori artistici che mio padre mi stava insegnando. Le figure erano state eseguite da una mano incerta: l'anatomia, i volumi e le prospettive imprecisi, i gesti dei personaggi impacciati. Mi piacque Elisabetta nel letto dove aveva partorito, il bacile in cui le domestiche lavano la piccola Maria, il cagnolino sulle scale del tempio di Gerusalemme. Il nonno m'indicò due stemmi sulla parete dell'ingresso. Un'iscrizione indicava la data in cui erano stati dipinti: 1603.

Il maggior peccato che possa compiere un essere umano è disprezzare la propria fortuna, mi disse severamente. Perché della fortuna non ha merito né colpa. Non gli appartiene. Gli è stata data da Dio. E deve averne cura. Tu disprezzi la tua, Plautilla. Puoi studiare, e non vuoi farlo. Tuo padre voleva studiare, e non ha potuto farlo. A undici anni, già si consumava le suole per seguirmi nelle case a rinnovare i materassi e lavorava in bottega fino al tramonto. Ha imparato a leggere da solo, non so come ha fatto. Era un genio. A Roma non c'era un cervello piú sveglio di quello di Giovanni Briccio. Sarebbe diventato un Aristotele, se avesse studiato. E invece è solo Giano Materazzaro. È cosí che lo chiamano gli scrittori, lui si ostina a considerarli i suoi colleghi, ma loro non gli perdonano di aver battuto la lana e imbottito materassi per guadagnarsi da vivere.

Giano Materazzaro. Lo ignoravo e mi dispiacque. Sape-

vo quanto mio padre avesse lottato e lottasse ancora per la
sua reputazione di scrittore. La definizione era sferzante,
ma appropriata. Giano guarda in due direzioni diverse.
Forse gli scrittori intendevano che mio padre guardava i
materassi e i libri. Lui invece avrebbe detto che guardava la pittura e la scrittura, e non aveva saputo decidere la
sua direzione.

Gli stemmi li ha dipinti tuo padre, m'indicò il nonno.
È stata l'unica cosa che ho fatto per lui. Raccomandarlo
ai confratelli perché gli affidassero quel lavoro. E gli affreschi? mormorai. A me le figure, i motivi e i colori sembravano familiari. Mio nonno alzò le spalle.

Ma se era un tale genio, chi ha commesso il peccato di
impedirgli di studiare? gli chiesi poi, mentre ci avviavamo
verso la Lungara. Ero confusa e provavo molta tristezza.
Quel nomignolo degradante continuava a ronzarmi in testa.
Se mio padre era Giano Materazzaro, io chi ero? E soprattutto chi sarei stata? La figlia di Giano Materazzaro? Per
sempre solo questo? La nostra origine bassa ci esiliava ai
margini dell'arte? Il nonno mi fissò dritto negli occhi e si
batté tre volte il palmo della mano sul cuore. Io, rispose.

Ce ne tornammo a casa lenti lenti. Il nonno rifiutò sde-
gnosamente di noleggiare una lettiga. Ma s'appoggiava spesso al bastone, ansando. Il suo respiro si fece affannoso, e
anche se il freddo era intenso il suo volto assunse il colore
paonazzo di un gamberone. Arrivati a piazza dei Travertini, volle sedersi sul bordo della fontana. Sono stanco,
Plautilla, disse, adesso mi devo riposare.

Mi distrassi a seguire l'andirivieni degli operai. La piazza
infatti era il punto di raccolta degli scalpellini che lavoravano i marmi alla basilica di San Pietro. Avevano sempre
qualcosa da fare, per quel cantiere infinito che non si riusciva a terminare – anche se forse, ora che l'architetto della Fabbrica era il Bernini, avrebbe finalmente compiuto la
facciata della prima chiesa della cristianità. Gli scalpellini

erano infarinati come fornai. Pure il selciato era bianco, e
dopo qualche istante quella polvere che turbinava nel vento stizzoso di gennaio ricoprí anche il mio viso.

Quando mi sembrò trascorso un tempo sufficiente a
farlo riprendere, scossi il nonno per un braccio, chiedendogli di fare un ultimo sforzo, perché casa nostra distava
solo pochi passi, e non dovevamo restare ancora all'addiac-
cio. Scivolò in avanti. Provai a sorreggerlo ma il suo corpo
massiccio pesava troppo: ruzzolammo a terra entrambi.

Provarono a rianimarlo gli scalpellini, che subito accorsero gettando a terra gli strumenti del mestiere. Un giovane
gli massaggiò il cuore, a lungo. Ma era una fatica inutile,
e io lo sapevo. Il Genovese era morto sul colpo. Mi misi a
pregare – in ginocchio fra i blocchi di marmo, i cavalli, i
curiosi. La morte improvvisa è la peggiore delle morti. Te
ne vai senza sacramenti, senza olio, senza viatico, senza
perdono. Porti con te i tuoi peccati. E il nonno m'aveva
appena confessato il suo piú grande.

Vada a chiamare il Briccio, madonna Plautilla, mi esortò il pizzicarolo che aveva la bottega sulla piazza, toccan-
domi delicatamente sulla spalla. Il Materazzaro ha lasciato questo mondo.

Dopo il funerale, mio padre e io siamo rimasti a vegliar-
lo nella chiesa di Santo Spirito, inginocchiati sulla panca
davanti alla tomba di Giovanni Battista Briccio Genovese. I ceri che avevamo acceso per la cerimonia si stavano
consumando e proiettavano una lugubre luce giallognola
sulla balaustra. La penombra aveva inghiottito la navata
enorme. Il rimorso mi opprimeva. Ma l'ho informato che
il nonno aveva voluto raccontarmi ciò che aveva fatto – o
meglio, non aveva fatto – per lui, il suo unico figlio maschio. E che era colpa mia se adesso era morto, perché il
dolore di quei ricordi lo aveva ucciso.

Mio padre disse che il Materazzaro aveva ottant'anni e
non dovevo dispiacermi se infine era tornato alla casa del

Padre. E poi si era comunicato a Pasqua, non sarebbe finito all'inferno. Gli avrebbe fatto dire tutte le messe che gli permettevano i suoi guadagni, per abbreviargli il soggiorno in purgatorio. Lui del resto non gli rimproverava niente. L'ostilità di suo padre lo aveva aiutato a maturare in fretta, e a contare solo su se stesso. Un privilegio, in fondo. Ma quello che il nonno mi aveva raccontato era vero.

Io non volevo fare materassi, Plautilla, ricordò. Se dico materasso, la gente colta pensa a quello strepitoso che Bernini ha scolpito nel marmo per l'eterno riposo dell'*Ermafrodito* del cardinal Borghese. Un oggetto lascivo che evoca il piacere. Ma i materassi veri raccolgono la sporcizia degli uomini, i loro succhi, lo smegma, le gocce dell'incontinenza, le traspirazioni delle loro angosce. E perfino le maledizioni, i sortilegi amorosi e le fatture di morte – perché su quei foglietti minuscoli che nascondono nell'imbottitura essi riversano la loro disperazione, l'odio, la speranza vana di essere felici.

Piangevo, quando seguivo mio padre nelle case dei suoi clienti, e trascinavamo nel cortile materassi acciaccati che puzzavano di sugna, sborra e sudore, mentre li battevo e la polvere mi entrava nelle narici facendomi starnutire, mentre li sistemavo sulle tavole per sventrarli. Piangevo, mentre cardavo e sfregavo la lana arruffata e ne scioglievo i nodi, mentre staccavo le cimici dai chiodi delle tavolette, le facevo cadere in un bacile e le sterminavo sotto lo sguardo severo di mio padre; piangevo mentre li imbottivo di nuovo con la lana cardata soffice come una ricotta, e lo osservavo mentre li ricuciva con l'abilità di un sarto, e mi costringeva a guardare ogni suo gesto perché un giorno, quando fossi diventato maestro, quel lavoro avrei dovuto farlo io.

Ma piangevo ancora di piú nei giorni che mi toccava restare nella bottega, che mi sembrava un ovile in cui avessero appena tosato un gregge di pecore, mentre mi esercitavo a infilare l'ago grosso nella stoffa, cosí dura che le mie dita di bambino si coprivano di vesciche e poi si piagavano, fino a sanguinare. A volte, per la disperazione, ero io stesso a conficcarmi l'ago nella carne. Mi bucavo i palmi da parte a parte per procurarmi le stimmate del mio sacrificio.

Avrei voluto imparare a leggere e scrivere, studiare come il figlio del nostro padrone di casa, un ragazzetto che aveva qualche anno piú di me, e invece il mio era solo un sogno, e ogni giorno quella certezza mi fermava il cuore. Tutte le mattine, un precettore nero come un corvo varcava la soglia del palazzo e veniva a fargli lezione, insieme ad altri ragazzini del vicinato. Saranno stati una decina di allievi. Quando entravano nel portone, e passavano davanti al panchetto su cui raspavo la lana, mi tiravano i sassi. Una volta che m'ero incantato a fissare il libro che uno di loro portava sottobraccio, un sercio mi colpí in fronte e mi spaccò il ciglio. Ho ancora la cicatrice.

Quel volume in formato reale rilegato in cuoio cordovano il ragazzino lo perse ai dadi all'osteria di via dell'Anima, quattro passi dopo la nostra bottega. Il soldato che lo aveva vinto avrebbe preferito monete, ma il ragazzino non ne aveva. Il soldato provò a vendere il volume, e nessuno lo voleva, perché gli avventori dell'osteria non sapevano leggere. Allora cominciò a girare nelle botteghe dei dintorni, offrendolo per due scudi. Gli ridevano tutti dietro e anche mio padre lo scacciò come un tafano. Stava discutendo con un cliente che non voleva pagargli il materasso perché, nemmeno due mesi dopo che l'aveva fatto rinfrescare dal Genovese, già brulicava di cimici. Il cliente gli spingeva sotto il naso le braccia nude, gli mostrava il collo e lo spicchio di torace che s'intravedeva dalla camicia aperta, perché il Materazzaro vedesse che aveva il corpo rosso di punture. Un prurito d'inferno, che nessun balsamo poteva lenire. E il Genovese pretendeva pure d'essere pagato!

Mio padre giurava che quando glielo aveva consegnato il materasso era perfetto: il cliente sarà andato a procurarsi

le cimici in casa d'altri, pur di non tirar fuori i soldi. Per il
materasso rimesso a nuovo avevano concordato due scudi,
e due scudi doveva dargli. Taccagnino avaraccio mascal-
zone, pagasse subito o andava a chiamare il bargello e lo
faceva carcerare per calunnia.

Il cliente protestava ancora piú infuriato, minacciando di
denunciarlo a sua volta per frode, e di far condannare a trenta colpi di frusta il maestro e alla berlina il garzone. E mio
padre ribadiva di volerlo querelare, perché nessuno poteva
azzardarsi a infangare l'onore del Genovese. E io non osavo guardare né l'uno né l'altro, perché sapevo che il cliente
non era un bugiardo. Nel materasso nuovo che gli avevamo
consegnato la cimice c'era.

Quando gli affari andavano male, e quell'anno la stagione era magra, tanto che passavano giorni senza che
s'intravedesse l'ombra di un cliente, il Genovese m'aveva
insegnato a lasciare l'uovo di una cimice nella lana – uno
solo, ben nascosto. Nel giro di qualche mese, gli insetti si
sarebbero moltiplicati, e il cliente avrebbe dovuto rifare
i materassi di casa di nuovo. Il predestinato era sempre
un forestiero, nuovo arrivato a Roma, insomma qualcuno
che non aveva ancora relazioni e non avrebbe pregiudica-
to la buona fama del Genovese. Era un trucchetto mise-
rabile, che offendeva la dignità nostra, e però ne ero già
stato complice.

Inseguii il soldato in strada. Te lo compro io, il volume, gli dissi, strattonandolo per la giubba. E con che me lo
paghi? rise quello, squadrandomi da capo a piedi. Dammi
un'ora e vedrai! Rientrai in bottega, mi scusai con mio padre e col cliente per la cimice: era colpa mia, ero un garzone principiante e forse non avevo fatto bene il mio dovere.
Mai avrei voluto rovinare la reputazione di quel maestro
onestissimo che era mio padre... Promisi al cliente che gli
avrei rifatto il materasso nuovo, subito. Insomma, tanto
mi umiliai e mi prosternai che il cliente – un bolognese
gioviale, segretario all'Annona al primo impiego – pagò.

Ribadí cordialmente la sua stima a mio padre, e mi seguí al bancone. Annotai l'utile sul quadernetto della contabilità, ma invece di infilare i due scudi nel tiretto, li portai al soldato e mi presi il volume.

Ho imparato a scrivere copiando le righe di quelle pagine, senza capirci niente. Non sapevo nemmeno se fosse italiano o latino. Poi ho cominciato a riconoscere le lettere, e infine hanno iniziato a combinarsi, a due a due, poi a tre a tre, ho capito il segreto, e a undici anni mi sono ritrovato a saper leggere.

Nella bella stagione, dalle finestre aperte nella casa del padrone le voci del precettore e degli allievi sgorgavano come l'acqua di una fontanella. Il precettore era un prete calvo, con la faccia glabra in cui fiorivano due sopraccigli inspiegabili. Amava la sua missione. S'infervorava, si dilungava, e gli allievi ripetevano la lezione svogliati, balbettando. Il precettore li colpiva con la bacchetta sulle dita – senza troppa forza, però, perché temeva i loro padri. Gli allievi lo sapevano e si facevano beffe di lui come di me. Io continuavo a battere la lana e cucire materassi, ma spostavo in avanti la panchetta, fin quasi sulla soglia, perché col tempo mi ero abituato a percepire le parole. Ho sempre avuto memoria. Ascoltavo le lezioni di grammatica, di retorica, di poesia. Ero prigioniero del pianterreno, ma quelle voci mi portavano nella bottega asfittica la vastità del mondo, del tempo, della storia.

Il figlio del nostro padrone di casa, Bernardino, era un asino. Non studiava e non imparava niente. Alla fine anche il precettore fu costretto a punirlo per la sua ignoranza: gli inflisse di ricopiare cento volte un canto della *Liberata*. Bernardino protestò e poi chiese al padre di intercedere per lui. Chi nasce in una famiglia potente sa di poter contare sul proprio nome. Una multa, una denuncia, perfino un bando e una condanna a morte i padri, i nonni o gli zii giusti potevano levartela.

Invece il signor Teofili fu inflessibile. Era un avvocato famoso, già conservatore di Roma, e aspirava a diventare Governatore, la massima carica pubblica cui poteva accedere un patrizio che non si fosse fatto chierico. Non poteva permettersi un figlio incolto come genìa di villani. Doveva diventare avvocato pure lui, un giorno. Bernardino doveva ubbidire al precettore, o quest'anno non gli avrebbe permesso di assistere alla corsa dei cavalli barberi.

La corsa era il momento più atteso del Carnevale: i romani di ogni classe ed età adoravano quei cavalli che senza cavaliere e senza briglie, drogati da erbe eccitanti, galoppavano da porta del Popolo fino a palazzo Venezia urtandosi e travolgendo ogni ostacolo – malcapitati passanti o improvvide carrozze; scommettevano una fortuna sperando di indovinare il vincitore, e per i ragazzi era prova di coraggio e di velocità sfidarsi rincorrendoli lungo via del Corso. Bernardino avrebbe fatto di tutto per non mancare la gara.

Lo stanzino con la seggetta nella quale i padroni espletavano le funzioni corporali aveva un finestrino sulla corte interna del palazzo, dove sbucava anche il retrobottega. Aspettai che Bernardino si chiudesse dentro e poi con la fionda ci lanciai dentro un chiodo. Nel chiodo avevo infilzato un foglio, e sul foglio avevo trascritto il canto del Tasso. In fondo c'era un invito: Rivolgersi a Giovanni, il figlio del Materazzaro.

Ci siamo messi subito d'accordo. Io avrei copiato il canto, e in cambio Bernardino m'avrebbe prestato i suoi libri. Funzionò a meraviglia. Lui prese un voto alto, e io mi lessi in una notte la storia della fondazione di Roma. Tornò a cercarmi la settimana dopo. E quella dopo ancora. Il mese seguente venne col suo amico Taddeo. Fino alla fine dei corsi, feci tutti i compiti del figlio del signor Teofili e di Taddeo, e da ottobre, alla ripresa della scuola, anche quelli di altri compagni.

Il rendimento scolastico di tutti migliorò sensibilmente. Il precettore sgamò subito il trucco, ma fece finta di niente. Conveniva anche a lui che il suo datore di lavoro lo ritenesse un bravo maestro. Il signor Teofili, però, faceva l'avvocato, ed era abituato a inventare complotti e raccontare bugie, e non si faceva ingannare da quelle degli altri. Fui convocato dal servitore al piano di sopra. L'illustrissimo signor Teofili, disse con sussiego a mio padre, desidera conferire con Giovanni.

Mio padre m'interrogò duramente, convinto che avessi rubato qualcosa. Siccome non confessavo, mi gonfiò di botte pestandomi con la mazza con cui batteva la lana. Quando bussai alla porta del molto illustre avvocato Teofili avevo uno zigomo tumefatto, e la palpebra, violacea, chiusa sull'occhio destro come un'impannata.

Il salone del piano nobile affacciava su piazza Navona. Dalle bancarelle, là sotto, saliva un odore di caldarroste, salsicce alla brace e zucchero filato. Gli antenati della famiglia, i cui ritratti si susseguivano sulle pareti, mi fissavano ostili. Il signor Teofili era sbracato in una poltrona simile a un trono e m'avvicinai tremando.

Fece poche domande, e non mi ascoltò nemmeno, tanto sapeva già le risposte. Lo implorai di perdonarmi e dissi che non avevo mai avuto intenzione di ingannarlo, ma solo di aiutare suo figlio, e me stesso. Non potevo restituirgli soldi perché non ero mai stato pagato in denaro, ma poteva chiedermi qualunque cosa, perché i debiti si pagano.

Il signor Teofili mi offrí un'aranciata, e disse bonariamente che non solo non voleva punirmi, ma anzi premiarmi. A gennaio, dopo l'Epifania, alla ripresa delle lezioni, sarei entrato in classe col figlio. Grazie signore, sussurrai, siete generoso, che Dio possa ripagarvi. Sono a vostra disposizione, obbligatissimo. Ma mio padre non lo permetterà mai. Col Genovese me la vedo io, rise Teofili, tu vieni puntuale. Signore, dissi, non potrò mai ricambiare un favore cosí grande. Non ho fretta, disse l'avvocato, con tutt'altro tono. Ora era minaccioso come nelle aule dei tribunali, e il suo viso incuteva soggezione. Sei troppo giovane, Giovanni Briccio. Ma considerati al mio servizio. Un giorno ti chiederò di rimborsarmi il debito.

Non avevo nemmeno dei vestiti decenti per salire a lezione. Il figlio del signor Teofili mi prestò i suoi, che non gli andavano piú. Erano usati ma in buono stato. Però Bernardino aveva tre anni piú di me, pesava quasi il doppio, e dentro quei vestiti sembravo uno spaventapasseri. La conchiglia dei calzoni mi calava alle cosce, e le braccia mi sparivano nelle maniche del giubbone tanto che sembravo mutilato. Ma i miei compagni di classe non risero. Mi ero guadagnato il loro rispetto.

Mi soprannominarono Aristotele, e non mi fecero mai bersaglio di scherzi e canzonature. Non mi fecero ingoiare i gessetti della lavagna, non mi tinsero i capelli con l'inchiostro e non mi cacarono sui quaderni. Mi ascoltavano in silenzio quando recitavo la lezione: col passare del tempo mi illusi quasi che mi ammirassero. Io cercavo di non farmi notare. Non alzavo mai la mano. Inserivo sempre qualche errore negli esercizi, per non prendere il premio per il voto piú alto. Non volevo che i miei compagni capissero che a me non costava niente apprendere quelle nozioni che loro non riuscivano a cacciarsi in testa.

Il precettore invece lo sapeva. Ci scambiavamo sguardi d'intesa, in silenzio. Alla fine credo abbia fatto lezione soprattutto per me. Una volta mi suggerí di farmi prete. Se volevo continuare a studiare, e avrei dovuto, non c'era altra via. Lui era oratoriano alla Vallicella. La congregazione nuova di Filippo Neri amava i ragazzi, soprattutto i ragazzi poveri. Mi avrebbe aiutato a entrare in religione. Giurai che ci avrei pensato.

L'anno dopo, a Natale, il signor Teofili mi convocò di nuovo nel salone e disse che era venuto il momento di saldare il mio debito. Signore, quanto vi devo? mi affrettai a dire. Cominciavo a guadagnare qualcosa: non in bottega, dove mio padre si tratteneva ogni mio compenso, ma a scuola, perché i miei compagni mi pagavano le dissertazioni. Mi devi una ventina di pagine, spiegò Teofili. A Carnevale darò uno spettacolino a palazzo, allestiremo il teatro proprio qui. Una cosuccia edificante, per le mie figlie. Sono molto pie, e dopo Pasqua le manderò in convento. La Bibbia è piena di belle storie di donne coraggiose. Ho saputo che te la cavi bene a scrivere in versi, inventati qualcosa.

Per tre giorni non ho dormito, angosciato dalla paura che non mi venisse in mente nulla. Invece poi le parole mi salirono sulla penna quasi senza la mia volontà. Ho scritto due operine bibliche in una notte. A Carnevale davvero Teofili le rappresentò nel salone di casa sua. Le figliole apprezzarono, e cosí le mogli dei loro amici. Io non ero stato invitato. Ma non capita a tutti di debuttare in teatro a tredici anni. È cosí che mi sono messo in testa di diventare scrittore.

I ceri si erano spenti e nell'oscurità della chiesa solo la lastra bianca e anonima della tomba del nonno emanava un chiarore lattiginoso. Eravamo scossi da brividi di freddo. Dovevo serrare le mascelle per impedire ai miei denti di sbattere con troppo rumore. Si era fatto tardi, era ormai ora di cena e nella chiesa di Santo Spirito erano rimasti solo due vagabondi, che si apprestavano a dormirci per ripararsi dal freddo. Ma non volevo andarmene. Per nulla al mondo avrei interrotto mio padre. Non mi aveva mai parlato della sua storia. In realtà non avevo mai immaginato che anche lui fosse stato ragazzino, e figlio. Ma allora perché sei diventato pittore, invece? gli chiesi.

Ogni anno, alla fine dei corsi, mi spiegò, i migliori studenti si iscrivevano ai collegi. Continuavano gli studi, fino alla laurea. Io non avrei mai potuto. E non volevo farmi prete. Al mio precettore avevo detto che avrei servito meglio Gesú scrivendo inni e sacre rappresentazioni piuttosto che rasandomi la corona sul cranio. Se avevo una vocazione, era un'altra. Il sapere che accumulavo non aveva uno scopo. Era il segno della mia appartenenza al genere umano, perché tutti gli uomini per loro na-

tura tendono al sapere. Era un tesoro che non avrei mai
potuto spendere.
   Invece di pittura si può vivere. Taddeo, l'amico del
figlio di Teofili, si vantava sempre di essere nipote di un
pittore celebre. Siccome era stolido come un bue, nessuno gli credeva. Del resto, all'inizio, il nome di questo
zio, Federico Zuccari, non mi diceva niente. In casa nostra imperava una devota ignoranza: l'arte si riduceva al
quadretto della Vergine col Bambino che ciuccia la zinna davanti al quale mio padre teneva accesa una candela
in ricordo della sua defunta moglie, mia madre. Ma poi,
conversando col precettore, scoprii che lo zio di Taddeo
era davvero famoso. Anzi a Roma, in quel momento, nessuno era piú famoso di lui.
   Per recuperare rispetto nel gruppo, Taddeo portò in
classe certi fogli disegnati dallo zio. Li aveva sottratti alla bottega dove, sosteneva, se ne impolveravano migliaia.
Raffiguravano dee pagane che forse al signor Zuccari erano servite per dipingere qualche favola profana, ma che
per noi ragazzi erano solo donne nude. Alcuni praticavano
già le puttane dell'Ortaccio, che però certo non avevano
quelle poppe perfette e quei sederi a forma di liuto. Io invece non avevo mai visto una donna nuda. Mia madre era
morta e mia sorella Marta, timorata d'Iddio, nonostante
le mie preghiere non mi aveva mai mostrato nemmeno il
triangolo del pelo. Agli altri quelle femmine nude Taddeo
le vendeva in cambio di soldi per giocare a dadi o andare
al bordello. A me, in cambio delle versioni di latino e delle dissertazioni di storia e filosofia. Fu cosí che mi ritrovai
in casa, io, il figlio del Materazzaro, dei disegni bellissimi
di Federico Zuccari, pittore dei papi e dei re.
   Li contemplavo giorno e notte, stupefatto che un carboncino, o un semplice lapis, potessero evocare tanta bellezza. Mi misi in testa di copiarli. Mi ha sempre pungolato il demone dell'emulazione. A forza di farli e rifarli, mi
stufai, e cominciai ad aggiungere delle variazioni, a gira-

re una testa, rovesciare le figure, spostare una gamba. Mi
sembrò che mi riuscissero bene. Allora chiesi a Taddeo di
portarli allo zio, e di chiedergli cosa ne pensasse.

Taddeo ghignò che suo zio era un tipo collerico e astio-
so. Tutti i giorni dozzine di imbrattacarte gli recapitava-
no i loro scarabocchi. Lo zio manco li guardava. Odiava
i giovani perché ormai era diventato vecchio: insomma,
non mi illudessi che li avrebbe mai guardati. Non avrei
nemmeno riavuto indietro la carta, per disegnarci sul retro. Lo zio era avaro, non buttava neanche un osso di
pollo e le carte degli aspiranti pittori le usava per accendere il fuoco.

Invece, qualche tempo dopo, Taddeo mi riportò i miei
disegni. Quasi non li riconobbi, coperti com'erano di segni,
ricalchi e annotazioni. Federico Zuccari, il primo principe dell'Accademia di San Luca, si era degnato non solo di
guardarli, ma di correggerli. Mi indicava dove avevo sbagliato e cosa dovevo migliorare. Ne feci degli altri. Glieli
mandai, me li corresse. E cosí via. Finché Taddeo venne
a dirmi che lo zio gli aveva chiesto di portarmi da lui. Gli
serviva un copista. Come compenso offriva il minimo sulla
piazza, ma ci saremmo senz'altro messi d'accordo.

Quella fortuna inattesa mi rese disperato. Ero minorenne. Mio padre aveva concesso al signor Teofili di mandarmi a lezione al mattino, ma in cambio avevo dovuto
continuare a lavorare in bottega e nelle case dei clienti il
pomeriggio. Invece se andavo dal signor Zuccari avrei dovuto abbandonare il lavoro da materazzaro. Inoltre, come
tutti gli ignoranti, mio padre aveva un certo rispetto per
la cultura. I libri lo intimorivano. E forse per questo aveva ceduto e mi aveva permesso di ricevere un'istruzione.
Invece disprezzava la pittura e i pittori. Artigiani come
lui, gente di bassa estrazione e origine oscura, che si gon-
fiavano come zampogne e una volta arricchiti dal favore
di qualche cardinale diventavano piú prepotenti dei baroni. Inoltre di Zuccari non aveva forse mai visto nemmeno

un'opera, ma certo aveva sentito parlare delle sue disav-
venture. Anni prima, il pittore si era permesso di offendere il papa, ed era stato costretto all'esilio. Qualunque
cosa pensasse di un papa, e spesso pensava assai male, il
Genovese mai gli avrebbe mancato di rispetto. Aveva un
innato senso della gerarchia e della sottomissione. Non mi
avrebbe mai permesso di accettare.

Io però mi guardai bene dall'avvisarlo, mi feci prestare
un cappello con la piuma dal figlio di Teofili, e dal signor
Zuccari ci andai lo stesso. Rimasi sbalordito. Il pittore
aveva comprato un terreno, su Monte Pincio – proprio
accanto alla Trinità dei Monti – e aveva appena iniziato
a costruirsi una casa. Sul pendio a quel tempo pascolava-
no ancora le pecore, e l'erba era disseminata di pallottole
di sterco. Ma piú mi avvicinavo, piú strabuzzavo gli occhi. Il signor Zuccari non si stava costruendo una casetta
di campagna. Un palazzo, invece. Alto come quello di un
cardinale, e infinitamente piú bello.

Il signor Zuccari non somigliava in nulla all'idea che avevo di un pittore. Vestiva di velluto, con l'abito luccicante
di bottoni d'oro, e aveva le dita cariche di anelli come un
principe – quale in effetti ormai era, perché il re Filippo II
l'aveva fatto nobile di Spagna, e i senatori di Roma patrizio. Parlava prolisso come un oratore. Era ricco, Plautilla.
Piú ricco di chiunque avessi fino ad allora conosciuto. Var-
cai la soglia del cantiere ridendo. Perché vedi, Plautilla, il
Genovese capiva una sola lingua. Quella dei soldi. Se un
pittore poteva diventare ricco come il signor Zuccari, allora mi avrebbe permesso di lavorare per lui. È stato cosí
che a quattordici anni sono diventato apprendista pittore.

Ma il nonno si sbagliava, ricco non sei diventato mai,
gli dissi. E mi dispiaceva davvero che il Genovese si fosse ingannato. Che devo dirti, Plautilla, sorrise mio padre,
per diventare ricchi bisogna amare i soldi. Non il lavoro
che ti permette ti guadagnarli, ma proprio i soldi. Il rumore delle monete, l'odore dell'argento, il luccichio degli

scudi... E a me dei soldi non m'è mai importato niente.
Quando ho preso il mio primo stipendio li ho consegnati
subito a mio padre. Erano il prezzo della mia libertà. Se
fossi rimasto da Zuccari avrei almeno imparato a metterli
da parte. Lui non spendeva un giulio senza essere sicuro
di incassarne, quel giorno, almeno tre. Ma ci sono rimasto
poco. Non aveva molto da insegnarmi. Al lavoro manuale
preferiva ormai quello intellettuale, e passava il tempo a
comporre libri di teoria dell'arte. E allora ero troppo giovane per interessarmene.

Zuccari era spilorcio, come raccontano tutti. Ma fu
generoso, con me. Mi raccomandò a Giuseppino Cesari.
Allora era il pittore piú reputato di Roma. «Primo, eccellente e squisito», scrivevano i suoi committenti nei contratti. Papa Aldobrandini, Clemente VIII, lo colmava di
cortesie e qualche anno dopo lo nominò cavaliere della croce. Per questo sarò sempre grato al signor Zuccari, il mio
primo maestro. La sua pittura non mi piaceva nemmeno.
Era stecchita e arida, come lui. Tecnicamente, inarrivabile. Ma senz'anima. Era come se gli mancasse il fuoco.
Cesari invece lo aveva. Viveva per la pittura, era posseduto dai colori.

Eravamo in tanti, dentro la sua bottega alla Torretta,
in quel periodo. Forse troppi. Ma dal papa lui riceveva talmente tante richieste che non sapeva come fronteggiarle,
perché si era già impegnato a dipingere soffitti nelle cappelle private delle chiese – e gli assistenti non gli bastavano mai. I conservatori di Roma gli affidarono la decorazione della sala principale del palazzo del Campidoglio,
firmò un contratto favoloso. I soldi gli grandinavano letteralmente in testa. Cinquecento scudi d'anticipo qua, trecento a saldo là, ottocento, duecento, altri cinquecento.
E piú spendeva, piú guadagnava. Perché i soldi attirano
i soldi, è cosí che funziona. Qualche tempo dopo si comprò un palazzo al Corso e se lo fece ricostruire da un architetto famoso, Flaminio Ponzio, manco fosse un cardi-

nale. Ma anche prima di avere un palazzo col salone e col teatro, in casa sua aveva sempre tavola imbandita, e tutte le sere c'era qualcuno che faceva musica o recitava versi. Giuseppino se ne infischiava dei suoi ammiratori potenti, li lasciava cuocere mesi e anni, e non completò neppure una delle opere che il papa gli aveva commissionato per il giubileo del 1600. Preferiva la compagnia dei suoi pari. Era allegro, accogliente, dolce come le immagini che dipingeva. Ognuno dipinge se stesso, diceva Leon Battista Alberti, e in qualche modo è così.

A Carnevale recitavamo le commedie che scrivevamo noi stessi, dopo il lavoro. Ci siamo divertiti. Formavamo una famiglia, ma anche una compagnia di ventura. Dovevamo difendere l'onore del maestro, rintuzzare gli attacchi degli altri pittori gelosi, sventare i complotti che architettavano per diffamarlo, sperando di guadagnare meriti per conquistare i suoi favori e attirare l'attenzione dei suoi protettori. E un giorno poterci mettere in proprio, ed elevarci anche noi alla sua fama e alla sua fortuna. Ma la complicità e il sentimento di appartenenza che ci serravano contro gli altri come una falange potevano dissolversi tra le pareti della bottega. L'amicizia non escludeva l'invidia, il tradimento. Dovevamo lottare l'uno contro l'altro per accaparrarci l'attenzione del maestro, per conquistarci un posto sui ponteggi nei cantieri pubblici o ai mosaici della basilica di San Pietro, e non restare confinati alle pitture su cavalletto.

Mi sono rotto una caviglia perché – grazie alla mia bravura d'attore, temo – il maestro m'aveva spedito sulle impalcature della cappella Contarelli, a San Luigi dei Francesi, dove da tempo avrebbe dovuto terminare la decorazione del soffitto. Il secondo giorno gli assistenti piú grandi – fu all'inizio, ero ancora un fanello – m'hanno scaraventato giú. Mi torcevo sul pavimento, e loro, guardandomi dall'alto, si smascellavano dalle risate. Guarda dove metti le fangose, Briccio, tu soffri di vertigini!

Ma non mi riusciva di combattere per dipingere la testa di un guerriero romano invece che un mazzo di fiori o un grappolo d'uva. Giuseppino mi voleva bene, e mi è bastato. Facevo quello che serviva, ma non ho mai capito cosa mi piacesse davvero. È andata cosí.

Mio padre si è rassegnato a perdermi. Non ci siamo parlati per anni, anche se so che seguiva i miei progressi, e si augurava che mi facessi un nome. Me n'ero andato a stare a Ripetta col mio amico Matteo Pagano, pittore pure lui nella bottega del cavalier d'Arpino, specialista di mosaico e spolveri di fontane. Pure lui scriveva, e si divertiva a comporre canzoni e commedie. Recitavamo insieme, ognuno era protagonista nelle storie dell'altro. Ma quando il mio amico ha seguito in Francia il cavaliere, che accompagnava il cardinale Aldobrandino, ho chiesto a mio padre, rimasto solo dopo il matrimonio di Marta, di venire a vivere con me, e mi sono inflitto notti scorbutiche, di preghiere e silenzio. Dovevo ricambiarlo. Mi aveva raccomandato alla confraternita della sua nazione perché mi affidasse la decorazione dell'oratorio. Credeva di favorirmi, in realtà mi ha distrutto, perché non ero pronto per un lavoro cosí impegnativo. E ho fallito. Ci legavano il rancore e un amore immenso. Non puoi capirlo. Quando mi sono sposato l'ho tenuto con me. Io e Chiara non ci siamo goduti neanche una notte, da soli. Io l'ho perdonato, mio padre, che Dio ora perdoni lui. E un giorno possa tu perdonare me.

Appresi dalla figlia di Incarnatini la notizia del ritorno di Giò da Napoli, ma lui non venne a salutarci. Molto occupato, tanto occupato, gongolava lo zio. Il Domenichino gli aveva consigliato di entrare nella bottega del Berrettini, che avrebbe potuto valorizzare meglio di lui le sue qualità, e glielo aveva presentato. La grazia delle figure era valsa a Giò la stima dell'ispido Berrettini, che lo aveva soprannominato Raffaellino. E lo aveva accolto nella sua bottega. Il Berrettini: Pietro da Cortona! La familiarità con cui si pronunciava quel nome in casa nostra stava lasciando il posto a una stupefatta ammirazione.

Mio padre lo aveva conosciuto poco dopo il suo arrivo a Roma, quando era un ragazzetto stralunato, sempre alle calcagna del maestro suo, un toscanaccio di scarso talento, uno di quei pittori che nessuno ricorda, il quale lo aveva impiegato a disegnare le antichità di Roma, e non poteva offrirgli nessun futuro, perché non ne aveva lui stesso. Neanche un indovino avrebbe potuto immaginare di quanta fantasia fosse invece capace il suo allievo, il giovane Pietro. Che una decina d'anni dopo era sbocciato come un tulipano. Mio padre lodava sempre i suoi affreschi nella chiesa di Santa Bibiana: tra le prime opere che Berrettini aveva realizzato a Roma, e tra le ultime che il Briccio aveva potuto vedere coi suoi occhi. Quelle che aveva realizzato dopo, per i potentissimi Sacchetti, le aveva solo sentite lodare. Pietro da Cortona aveva molti estimatori nella cerchia di papa Barberini: Romanelli non poteva trovare maestro migliore per completare la sua formazione.

Sono stata sinceramente felice del successo di Giò. Avrei solo voluto che si ricordasse di noi. Invece lui, pur continuando ad abitare dallo zio, trascorreva sempre meno tempo nella casa delle Tre Colonne. Non potevo fare altro che spiarlo da dietro l'impannata quando, al mattino, usciva per recarsi alla bottega del maestro, dall'altra parte del fiume. Sempre più elegante, disinvolto, raffinato. Pietro da Cortona gli aveva rifatto il guardaroba e comprato abiti nuovi e più consoni alla sua nuova posizione. Giò aveva cambiato pettinatura, modo di camminare, di muovere le mani, di rivolgersi alle persone. Non aveva più niente del ragazzo timido uscito da un seminario di provincia. Ormai sembrava uno che Roma l'aveva capita e avrebbe saputo pure conquistarla.

Albina constatò con disappunto che Romanelli ci evitava. A forza di frequentare la gente ricca doveva essersi riempito la testa di fregne. Ma chi si credeva di essere? Non aveva ancora combinato niente di buono, e magari non l'avrebbe combinato mai. Quanti sono stati a bottega da celebri maestri e sono spariti dal mondo come la neve di primavera... Continuò ad appostarsi alla finestra per qualche mese, finché, esasperata, non mi supplicò di consegnargli un bigliettino. L'ultimo, giurava. Era stufa di restare fra coloro che son sospesi.

Mi vergognavo da morire, quando fermai Romanelli sulle scale e gli porsi il biglietto, senza guardarlo. Siete cresciuta molto, Plautilla, commentò, sorpreso, ma non esagerate, troppa statura non si addice a una donna... Inavvertitamente, mi spostai sul gradino inferiore, perché non notasse che ero già più alta di lui. A differenza delle altre volte, Giò non s'infilò il biglietto nel guanto. Lo aprí e lo lesse sul pianerottolo, davanti a me. Sarei voluta fuggire, ma lui mi tratteneva per il gomito, perché voleva darmi subito la risposta.

Di' a tua sorella che non m'aspetti al solito posto, bisbigliò lasciandomi il braccio. Quella rivelazione mi ha frastornata: si incontravano, avevano un luogo segreto – ma dove? come facevano a darsi appuntamento? Il mio maestro non vuole che mi comprometta, aggiunse, sono troppo giovane. Il signor Pietro non intende sposarsi. L'arte non si concilia col fardello del matrimonio. Il mio maestro sta lavorando nel nuovo palazzo dei Barberini e ha scelto me come aiuto. Mi concede perfino il privilegio di dipingere alcune stanze. Farò io le decorazioni della gallerietta e della cappella della principessa Colonna, la cognata del cardinal Francesco. Sua Eminenza m'ha preso in simpatia. M'ha promesso di iscrivermi nei ruoli. Sapete cosa vuol dire? Che riceverò uno stipendio. Dieci scudi. Ogni mese.

Complimenti! esclamai, impressionata, perché davvero Giò stava scalando la montagna della fortuna con una rapidità che lasciava sbigottiti. Questo cambia tutto, Plautilla, concluse. Divento pittore del cardinal padrone, devo adeguarmi. Sua Eminenza non mi permette di frequentare la figlia di Giano Materassaio. Vuole fare di me un gentiluomo. Non devo vederla piú. E manterrò la promessa. Io, Plautilla, ho una sola parola. Poi mi aprí la mano, poggiò il biglietto di Albina sul palmo e vi richiuse le mie dita. Dai suoi guanti di capretto si levava un profumo dolce di ambra e gelsomino.

Ho riferito il messaggio senza omettere niente. Temevo che Albina si disperasse. Alle volte cuoce piú una paroletta condita di veleno che una stoccata in faccia. Ma lei stracciò il biglietto, se lo ficcò in bocca e lo inghiottí, dicendo che era meglio mangiarsi pane e sputo anziché essere innamorata di quell'arrivista presuntuoso e ingrato di Giovan Francesco Romanelli. Giurò solennemente che d'ora in poi non gli avrebbe mai piú rivolto un pensiero. Soffriva, era umiliata e col cuore sfranto, ma non l'avrebbe mai ammesso né mostrato. Albina non era nata per struggersi. Al contrario di me, era refrattaria alla malinconia.

Mea culpa, concluse. Una zitella non deve scegliersi il marito. È il padre che deve farlo. Cosí si è sempre fatto, e cosí si farà sempre, perché è giusto. Sposerò l'uomo che il Briccio sceglierà per me. Sarò felice, Tilla. Avrò tanti bambini. E insegnerò a mia figlia a fidarsi di me e di suo padre.

Non le ho confessato la mia speranza che non si sposasse tanto presto. Era mia sorella, ma anche la mia unica amica, e l'amavo cosí com'era – volubile, capricciosa, ingiusta –, l'amavo in ogni istante, anche quando mi tradiva. La casa senza Albina sarebbe stata silenziosa e triste, come la gabbia senza il canarino che mia madre si ostinava a tenere accanto alla finestra della cucina, sperando che un giorno il suo uccelletto, fuggito anni prima, sarebbe ritornato.

Ma quel momento era invece imminente. Mio padre aveva presentato la supplica alla Confraternita dell'Annunziata, che assegnava doti alle zitelle – purché fossero vergini, povere, oneste, di buona fama, nate a Roma o qui cresciute, di onesti parenti e oneste sorelle, e purché non fossero serve o massare, non andassero ai pubblici lavatori, a vendemmiare, a zappare, a cavar cicoria e a far compere nelle osterie. La figlia del Briccio possedeva i requisiti ed era stata registrata. Se le indagini – che i visitatori deputati della Confraternita erano tenuti a effettuare ogni due anni – confermavano la sua moralità, Albina avrebbe ottenuto il contributo. Sommato al denaro che mio padre poteva aggiungere di suo, avrebbe formato una cifra sufficiente perché il Briccio trovasse un buon marito per la sua primogenita. Del resto doveva affrettarsi. Albina aveva compiuto vent'anni.

Eppure, nonostante quello che mi aveva detto Giò, continuavo a sperare che tornasse a frequentarci. Non potevo credere che ci avesse dimenticato. Eravamo stati, a Roma, i suoi primi amici. Ogni tanto pensavo: il pretesto per vederlo ce l'ho. Vado a chiedergli indietro il trattato

Della pittura. Ma non trovavo mai il coraggio di farlo. Me ne pentii amaramente, perché qualche mese dopo Incarnatini venne a dirci che Berrettini si era portato il nipote nel suo paese, a Cortona. Era ormai il suo favorito, tra i giovani assistenti. Benché avesse appena trentacinque anni, lo guidava quasi come un figlio. Non ne aveva di suoi. Nemmeno Giò aveva un padre. Quei due erano fatti per stare insieme. Lo zio non sapeva quando sarebbe tornato.

La processione della Confraternita dei Sartori partiva al tramonto, da San Giovanni dei Fiorentini, di là dal fiume. Si camminava dietro il baldacchino di sant'Omobono fino alla chiesa della Consolazione, alle pendici del Campidoglio. Una sgambata lunga, ma ci andavamo sempre tutti, da quando il sor Enea era il mio padrino. Vestito di sacco, Defensi incedeva orgoglioso nelle ultime file, tra quelli che avevano qualche carica nel sodalizio. Benché avesse il cappuccio in testa, lo riconoscevamo dall'andatura: sembrava una papera zoppa. Da piccole, mia sorella e io correvamo dietro ai putti del Laterano e agli orfanelli con le torce accese. I figli di nessuno avevano il privilegio di sfilare davanti al baldacchino del santo protettore, e in quei momenti anche noi avremmo voluto essere orfane.

Albina, Basilio, mio cugino Giovanni Battista, che viveva con noi ormai da alcuni anni, e mia cugina Costanza, che ci raggiungeva nei periodi in cui la zia vedova non riusciva a badare a tutti i suoi figli e che da poco, dopo la morte di lei, si era trasferita stabilmente a casa nostra, s'infilarono i mantelli di tela cerata e uscirono schiamazzando, incuranti della molesta pioggia di novembre. Mia madre venne a chiamarmi per l'ultima volta.

Davvero non ce la fai? mi chiese, delusa, chinandosi sul letto dove giacevo, apparentemente inferma. Proprio no, dissi, simulando la voce nasale del raffreddore. Mi dispiace. Ma tanto il braccio di sant'Omobono l'ho visto anche l'anno scorso, aggiunsi, incauta. Un osso rinsecchito, che pareva un legno corroso dalla salsedine. Mentre lo fissavo, arrampicata sui ruderi antichi intorno alla Consolazione, dove la processione si scioglieva in un caos di voci e di lanterne, non avevo potuto impedirmi di pensare che lo avesse fabbricato il nostro Toccafondo. Sospetti forse condivisi nelle alte sfere, visto che ultimamente la Chiesa incoraggiava la venerazione di reliquie piú recenti e piú sicure – come il braccio di sant'Eligio e il cuore di san Carlo Borromeo. È per incontrare il sor Enea che andiamo, s'impennò mia madre. È parecchio che non si fa vedere. Si è scordato di te, e non possiamo permetterglielo.

Non me la sento, davvero, mormorai, ricadendo sui cuscini. Portategli i miei omaggi. Mia madre mi scrutò, dubbiosa – già dalla sera prima mi lamentavo di avere la febbre, che lei però non riscontrava –, ma poi uscí. In realtà andava alla processione soprattutto per vedere gli stendardi. Li aveva dipinti un pittore famoso, se ne dicevano mirabilie e mio padre l'aveva pregata di dare un'occhiata. Aveva sempre sperato che li affidassero a lui. Mi tirai la coperta sul viso e aspettai che mia madre chiudesse la porta di casa.

Attesi qualche minuto, immobile. Il cuore mi sbatteva nel petto, scatenato. E se Albina tornava indietro? E se Costanza voleva restare con me a farmi compagnia? Mio padre scriveva nella sua camera, raggomitolato sullo scrittoio mobile, circondato di stampe, libri, fogli. Sapevo che quando era concentrato sui suoi manoscritti nemmeno il terremoto l'avrebbe distolto. Uscii in punta di piedi, scalza, e m'infilai le scarpette sul pianerottolo.

Avevo indossato un abito di Albina, e tra i capelli uno dei suoi nastri. Nel frammento dello specchio m'era parso che quel rosso scarlatto mi donasse. Bussai tre volte, risoluta. Il giorno prima avevo sentito la Incarnatini chiedere a mia madre di spargere voce per trovare un pigionante. Le si liberava una camera. Dopo il ritorno da Cortona Giò si era sistemato ai Banchi, nello studio che il signor Pietro aveva messo a sua disposizione, ma aveva lasciato le sue robe da loro. Ora invece se ne andava davvero: si trasferiva a palazzo della Cancelleria, dal cardinal Barberini. Sgomberata la stanza non si farà piú vedere alle Tre Colonne, aveva sospirato sua zia. Ormai non gli siamo piú necessari. Neanche per mangiare. Il cardinale gli darà pure la cucina di casa... Plautilla! esclamò Giò quando m'aprí la porta. Che ci fai qui? Ero cosí agitata che non m'accorsi che m'aveva dato del tu.

Ho bisogno del trattato *Della pittura*, farfugliai, temendo che me la richiudesse sul viso. Invece, dopo un'esitazione che durò il tempo di battere le ciglia, mi prese la mano – con dolcezza, come nei miei sogni notturni – e mi guidò in casa di suo zio.

Non c'era nessuno, perché anche gli Incarnatini erano andati alla processione dei sarti. Lo seguii in un'oscurità ingombra di casse, cornici senza quadri e quadri senza cornici. Non avrei mai immaginato che il signor Domenico ne commerciasse tanti. Ce n'erano centinaia, appoggiàti ai muri e ai mobili, lungo le pareti del corridoio. Alcuni già contraddistinti da un cartellino che diceva: Venduto. L'odore di cera d'api, di colori e di lacca mi dava alla testa. Giò mi condusse nella sua camera e richiuse la porta.

Le tende verdi del letto, incassato nell'angolo, erano aperte, la trapunta di damasco in disordine sulle lenzuola stropicciate. Dalla biancheria esalava un profumo di muschio e mandorle dolci. In mezzo alla stanza c'erano due bauli già chiusi, ma sparpagliati a terra e sullo schienale della seggiola c'erano calze e indumenti. Non sapevo dove guardare perché mi sembrava di profanare lo spazio inviolabile della sua intimità. Piú di tutto mi colpí la quantità di agrumi accumulati sui ripiani, sul pavimento, in cassette di legno. Arance, melangoli, bergamotti, limoni. Un foglio col disegno di un cedro, semicancellato dalle correzioni, era attaccato alla finestra. Il cavalier Dal Pozzo sta progettando un libro scientifico che illustri ogni aspetto della natura, spiegò, notando la mia curiosità, il signor Pie-

tro mi ha chiesto di partecipare e preparare qualche tavola. Ha coinvolto i migliori pittori di Roma. Non ho potuto
dire di no. Saprete che il cavaliere è stato il mentore del
cardinale Francesco e ora è un po' il ministro della cultura
dei Barberini, entrare nelle sue grazie è difficile, ma chi
ci riesce è come se avesse vinto il palio. C'era un pittore
francese, Pussino, credo si chiami Poussin, prima di incontrarlo crepava di fame e s'arrabattava vendendo Veneri
discinte, e ora il cavaliere lo mantiene e se lo cova come
una chioccia. In verità non credo di essere portato per le
cose naturali, aggiunse con modestia. Preferisco le figure.
    Poi restammo in silenzio, per un tempo che mi sembrò
infinito. Il cedro disegnato sul foglio, con la buccia bitorzoluta e i semi nella polpa bianca, a me pareva magnifico,
e migliore di quello vero. Non glielo dissi, non ero nessuno per giudicare la qualità del suo lavoro.
    Non mi ricordo dove l'ho messo, il tuo trattato, disse
alla fine Giò, aprendo un tiretto dello studiolo, e poi un
altro. Non stare là come uno stoccafisso, Plautilla, siediti, potrebbe volerci un po' di tempo. Saranno anni che
non lo vedo, il trattato. È meglio che aspetto in sala, signor Romanelli, obiettai, ma non riuscii a muovermi.
Avevo le gambe di pietra. Non ti mangio, siediti, insisté
Giò allegramente, senza voltarsi. Sembrava sapere che
lo avrei fatto.
    Il palazzo alle Tre Colonne era deserto e nei tanti appar-
tamenti c'era solo mio padre. Soltanto lo sgocciolio della
pioggia e il tubare di due piccioni cadenzavano l'innaturale silenzio di quella sera. La finestra affacciava sulla via ed
era aperta perché il camino di Giò non tirava bene e faceva
molto fumo. Ma neanche in strada passava nessuno. Non
un carretto, un ambulante che vendeva castagne o luma-
che, nemmeno un pellegrino. Il vicolo delle Tre Colonne
era vuoto come una scena di teatro. Lo sgabello era occupato dai suoi vestiti, la cassapanca dalle sue cartelle, sull'u-
nica seggiola della stanza, davanti allo studiolo, era seduto

Giò. Mi appoggiai sul bordo del letto, perché non volevo
che pensasse che avevo paura di lui. Era un gentiluomo,
e mio amico. Non mi avrebbe mai mancato di rispetto.
Mi dava le spalle, ma a un tratto capii che non stava
cercando niente. Faceva finta. Prendeva tempo. Al riverbero delle fiamme, i suoi capelli ricci sembravano ardere. Indossava solo una camicia. Forse era a letto, quando
avevo bussato. Ripeteva gli stessi gesti. Non capivo che
intenzioni avesse. Avrei dovuto alzarmi, ma non potevo. Era come se m'avesse fatto l'incantesimo e resa di
sasso. Le campane dell'Ave Maria mi fecero sobbalzare.
La giornata finiva, era tardi. Non avrei dovuto essere in
camera di un uomo.

Giò mi venne vicino allungando le mani, vuote. Non
ho niente da darti, Plautilla. Il trattato non l'ho piú. L'ho
prestato, l'ho perso. Non me lo ricordo. Mi dispiace. È una
cosa brutta, ma è successo. Ti prego, non dirlo a tuo padre.

Sedette vicino a me e con la massima naturalezza m'infilò una mano nell'apertura del corpetto e la richiuse intorno al mio seno sinistro, sfruculiandolo finché divenne
duro come un chiodo. Nonostante il freddo di quella sera piovosa di novembre, le sue dita erano calde. Rimasi
cosí sbalordita che per un istante non riuscii a reagire, e
quando lo feci, m'aveva già allungata sul materasso e mi
scostava una ciocca di capelli dal viso. Mi disse parole che
nessuno m'aveva detto né mi disse piú. Sei tutta sbagliata,
Plautilla. Le proporzioni di naso, fronte, bocca, occhi non
sono come dovrebbero essere. T'ho guardata mille volte,
e ogni volta volevo correggerti qualcosa. Per questo non
t'ho mai disegnata. Perché da me vogliono figure che non
esistono. Finte. Ideali. Vedono la bravura nella perfezione, e non nella verità. Sto diventando il pittore dei sogni
degli altri. Tu invece sei vera.

Sua Eminenza, il tuo cardinal Barberini, non vuole
che pratichi la figlia di Giano Materassaio, gli ricordai,
cercando di scansarlo. Lo so, lo so, sorrise Giò, sfioran-

domi le guance con quelle dita calde come pane. Ma il
cardinale non lo sa che Giano Materassaio ne ha due, di
figlie. E te ti praticherò, Plautilla. Per me sei la ragazza
piú bella di Roma.

Cercai di liberarmi delle sue mani, della sua bocca e
della sua lingua, ma mi ritrovai dappertutto le une e le altre. Non capivo se dovevo piangere per la vergogna, o per
la gioia, se mi stava umiliando o seducendo. Mi dava del
tu, come a una bambina. Mi toccava con familiarità, come una cosa sua. Mi baciava con furia, come un amante.
Lottavo con me stessa e con lui, divisa fra il desiderio di
liberarmi e quello di abbandonarmi, la sua bocca sapeva
di mentuccia, la sua pelle di sudore e olio di cedro. Il suo
corpo aderiva al mio – soffice, eppure duro dove premeva
sulle mie gambe. Ma quando mi allargò le cosce e mi sollevò la veste, mi spensi.

La camera era piombata nell'oscurità. Il camino s'era
quasi spento. Al chiarore rugginoso delle ultime braci, intravidi Giò, prono sul letto, il gomito sinistro sul cuscino
e un foglio sotto il mento. Nella mano stringeva un carboncino. Stava disegnando. Sul foglio riconobbi la mia
testa, la bocca socchiusa, i capelli sciolti, il braccio destro
sollevato, la veste scomposta. Sobbalzai, con orrore. Ma i
laccetti del busto erano chiusi, le calze di filo bianco tirate fin sopra le ginocchia. I fiocchetti li avevo stretti cosí,
io? Dov'erano le scarpe? Cosa mi aveva fatto? Ti sei addormentata, disse Giò, sornione come un gatto. Non ho
voluto svegliarti.

Mi tirai a sedere sul letto, ma non potevo scendere,
perché c'era lui, fra me e il bordo del materasso. La vergogna mi faceva girare la testa. La paura che fosse accaduto
qualcosa di irreparabile mi strizzava le viscere. Mi sentivo
sbattuta e pesta, avevo male dappertutto – testa, gambe,
cuore, niente era al suo posto. Non sapevo cosa aveva visto. Cosa aveva fatto, cosa avevo fatto io. Durante, dopo.

Come era stato? Albina diceva che certe volte cascavo giú
dritta, con la faccia bianca inespressiva di un calco di gesso.
Altre volte era come se lottassi per non perdere conoscenza, e mi torcevo sul pavimento come un'indemoniata. In
quei casi lo spettacolo era piuttosto impressionante. Dopo
una di queste crisi violente, mia madre aveva insistito per
contattare un esorcista, ma mio padre non aveva voluto.
Secondo lui avevo qualcosa che dal cuore mi frizzava fino al cervello. Un giorno la medicina avrebbe trovato un
rimedio. Avevo la fortuna di essere nata nel secolo della
scienza nuova.

Mi hai spaventata, aggiunse Giò. Sei diventata rigida e
sei crollata. Ma sei caduta in avanti e la colonna del letto
t'ha rallentato. Non avrei fatto in tempo a prenderti. Volevo chiamare aiuto. Credevo fossi morta. Poi ho sentito
che respiravi e t'ho lasciata dormire. Eri serena, rilassata.
Sembravi santa Cecilia.

Tenevo gli occhi inchiodati sul cielo dipinto del baldacchino, e non osavo guardarlo. Ero rossa in viso, mi bru-
ciavano le guance, e tutto il corpo mi andava a fuoco. Mi
aveva toccata? Mi aveva tolto l'unico mio bene? Vi prego,
non ditelo a nessuno, bisbigliai.

È quella malattia? sei obsessa spiritibus immundis?
chiese Giò, rialzandosi e mettendo via il foglio. Non lo so,
sussurrai. Non mi ha mai visitata un dottore.

In realtà tre anni prima mia madre, all'insaputa del
Briccio, m'aveva fatta accompagnare dal cavalier Permanente. Un banditore aveva notificato in tutti i rioni
l'arrivo di questo professore. L'avviso attaccato sul muro dell'osteria delle Tre Colonne vantava la sua capacità
di guarire con vari e diversi secreti medicamenti i sotto-
scritti mali: caduco, della luna, humori frenetici o pazzi,
humori melanconici, tisici e idropici, asma e catarri, dolori di stomaco con vomito, flussi di corpo, tutte sorte di
piaghe, cancheri, fistole di occhi lacrimabili, pietre, re-
nelle et altri mali abbandonati e non conosciuti. I poveri

li visitava gratis e per carità, a mia madre estorse cinque giuli. Il cavaliere mi somministrò un clistere al giorno e mi fece ingurgitare per un mese una bevanda emetica. In effetti in quel periodo non ebbi episodi di sonno. Ma per settimane vomitavo anche solo a odorare il cibo ed ero cosí debole da non riuscire ad alzarmi dal letto. Abbiamo interrotto la cura.

Che dicono i preti? s'incuriosí Giò. Questa cosa che ti tormenta non sarà mica il diavolo? Ti sei fatta scongiurare? I preti non lo sanno, sussurrai. Era cosí umiliante parlare di questo proprio con lui. Male, disse Giò, potrebbero benedirti, farti bere qualche acqua santa, e liberarti. Hai qualcosa dentro. L'ho visto. T'è uscito dalla bocca come un'ombra.

Mi sono messa a piangere. Non ci sono riuscita a trattenermi, nemmeno mordendomi a sangue le labbra. Volevo sparire, morire. Dài, su, m'ha detto, porgendomi un fazzolettino di seta, tutte le spiritate si possono liberare, i demoni escono e non tornano piú. Ti capita spesso?

Solo quando mi sento sopraffatta, quando sono troppo triste, o la felicità mi schianta il cuore, avrei voluto dirgli. Ma non avevo confidenza con lui. Lo amavo. Avrei voluto essere la figlia di un nobile, ricca, bella, sana, per stare sempre con lui. Mi piaceva il suo garbo mellifluo, ma anche la sua foga sorprendente, la sua caparbia ambizione. Mi dispiace di avervi spaventato, dissi. Perdonatemi.

Io invece ringrazio il Signore Iddio che sia successo, mi contraddisse lui. Non avrei potuto riparare all'errore. Non sarei mai il tuo errore, Giò, bisbigliai.

Questo lo tengo per me, mi disse, infilando il foglio nel tiretto dello studiolo. Non lo vedrà nessuno. Cosí mi ricorderò sempre come sei, Plautilla.

Non sarei piú voluta uscire da quella stanza. Lo conoscevo, ormai, piú di chiunque altro. E lui conosceva me. Non dovevamo dirci piú niente. Immaginavo fosse questo, l'amore.

Ma Giò volle riaccompagnarmi a casa e mi sospinse lungo il corridoio, tra i quadri e le casse. Aveva paura che mi sentissi di nuovo male e che ne fosse ritenuto responsabile. La processione doveva essere finita da un pezzo, ormai, ma mia madre, i miei fratelli e cugini non erano ancora tornati. Il nostro appartamento era freddo, buio e silenzioso. Non ti serve il trattato *Della pittura*, Plautilla, disse quando mi voltai a salutarlo. Ti serve un maestro.

Tuo padre mi fa vedere le tue cose. Non vuole che tu lo sappia e gli ho giurato che non te lo avrei mai detto. Invece te lo dico. La settimana scorsa sei andata alla messa in suffragio della tua povera zia Marta e lui mi ha chiamato per un parere sulla *Madonna con Bambino* che non riesci a finire. Dice che ti sei bloccata perché non ti viene la faccia. Gli ho detto che secondo me è pronta. Devi solo fare meglio il chiaroscuro della guancia, ritoccare le ombre, dare rosso alla bocca.

Era vero che mi ero messa a dipingere una *Madonna con Bambino*. Avevo cominciato seguendo pedissequamente un modello di mio padre, ingrandendolo in scala con la quadrettatura sul disegno, come m'aveva insegnato, ma poi avevo modificato la colomba dello Spirito Santo e l'espressione dei serafini, cambiato la posizione del Bambino, ruotato la testa della Vergine, e a un tratto non ero riuscita piú ad andare avanti. Ne avevo dipinte altre, di Madonne, ma questa era di un formato diverso, e il viso doveva essere a grandezza naturale. E non mi sentivo capace di completarlo. Stava da mesi sul cavalletto, incompiuta. L'avevo coperta con un drappo perché non sopportavo nemmeno di vederla.

Per avere appena sedici anni sei brava, mi ha detto Giò prima di lasciarmi. Io all'età tua non sapevo neanche preparare i colori. Di' a tuo padre di permetterti di frequentare la bottega di un pittore vero. Lui ti ha dato tutto quello che aveva. Un maestro che prenda una femmina si troverà. Io invece devo occuparmi di me. E poi non potrei mai

dimenticare che sei una ragazza. E che mi piaci. Non ho
niente da insegnarti.

Poteva insegnarmi a vivere. Ma non l'ha fatto. Dopo
quella sera, Romanelli mi ha tenuta a distanza. Dividevamo un segreto, disonorevole per entrambi. E ciò, invece
di unirci, ci ha separato.

Il perfetto amante deve possedere quattro qualità: giovinezza, bellezza, ricchezza e virtú. Il fidanzato di Albina, Cosmo Macconi, non ne aveva nessuna. M'è subito venuto in puzza, ma ho dovuto dissimulare quella avversione immediata e definitiva. Mio padre infatti era assai compiaciuto di essere riuscito a collocare la figlia da un uomo che non lavorava con le mani – un artigiano, insomma. Negli ultimi tempi l'assillo dell'origine bassa minava l'orgoglio plebeo che aveva invece sempre ostentato. Durante la mia infanzia, derideva le aspirazioni aristocratiche del Materazzaro, che vantava la nobiltà dei Bricci del Piemonte e la nostra presunta parentela col ramo patrizio dei Bricci liguri. Ma forse tentava solo di adeguarsi a un mondo che l'aveva escluso.

Lui e Macconi avevano già firmato dal notaio il contratto dello strumento dotale quando lo presentò al resto della famiglia. Barbetta da capro, spalle forti, narici prominenti, da cinghiale: la fisonomia naturale apprezzava questi connotati virili. Ma il Macconi aveva anche occhi simili a quelli delle vacche, che denotavano animo vile; naso grosso: ottuso ingegno; bocca piccola: pusillanimità; e tendenza alla grassezza: seme freddo e poco adatto alla generazione. La sua conversazione, in un micidiale accento fiorentino, si rivelò misera: non s'intendeva d'arte, non leggeva libri, non sapeva suonare manco la chitarra, ignorava i progressi della scienza e in politica orecchiava le opinioni altrui senza averne una propria. Mi ero ormai rassegnata a perdere Albina, ma credevo che mi avrebbe preso la sorella un uomo di valore.

Non giovane né bello, Cosmo Macconi non era nemmeno ricco. Orfano di padre e privo di relazioni a Roma, era copista in un ufficio di Zecca con uno stipendio modesto. Mi auguravo che almeno fosse un uomo onesto. Ma il Briccio non aveva potuto trovare di meglio. Per la dote di Albina, grazie all'eredità del Materazzaro, era riuscito a racimolare duecentocinquanta scudi. Una somma poco appetibile per un celibe con una posizione sociale migliore. Sei anni dopo la bellissima figlia di un avvocato concistoriale portò a Gian Lorenzo Bernini duemila scudi. La figlia di un mercante ne portava tremila, la figlia di un banchiere almeno cinquemila. In quegli stessi giorni Giulio Mazzarino procurò alle sorelle una dote da diecimila scudi ciascuna. Albina dovette accontentarsi, e pure ringraziare la Confraternita dell'Annunziata che gliene promise altri cinquanta.

In estate, dopo due anni, come da prassi, erano tornati i deputati della Confraternita a interrogare il vicinato sui costumi di Albina per verificare se si portava bene e se era ancora una «onesta giovane». Qualcuno dovette spifferare malignità – a casa nostra gironzolavano molti uomini perché mio padre conosceva tutta Roma, oppure mia sorella si era fatta scoprire mentre conversava col giovane pittore viterbese che era stato suo dirimpettaio: fatto sta che prima di confermare la grazia della dote i visitatori tornarono con la sora Tisbe.

La comare era una vecchia gobba, dura come un ciocco di legno. Albina s'impaurí, perché non sapeva cosa fosse venuta a fare – di solito aiutava le partorienti – e mi chiese di restarle vicina, ma la Tisbe permise solo a mia madre di assistere e mi scacciò. I visitatori attesero in sala, impassibili.

Prego la Madonna che tu non debba mai subire un'umiliazione simile, Tilla, mi disse poi Albina. Da due ore si crogiolava nuda nella tinozza e non mostrava di volerne uscire anche se l'acqua era ormai fredda, e lei aveva la pelle d'oca e i polpastrelli raggrinziti. Appena la comare e gli ispettori se n'erano andati aveva vomitato. Non aveva neanche fatto in tempo a chinarsi su una concolina. Prego la Madonna che quando dovrai sposarti tu, fra tre, quattro anni, papà sarà diventato abbastanza ricco coi suoi libercoli da non dover chiedere l'elemosina alla Confraternita dell'Annunziata né a nessun'altra, sibilò: continuava a strofinarsi la spugna fra le gambe, con rabbia, fino a scorticarsi la pelle. Possa grigliarsi all'inferno con un serpente in bocca e uno nella natura, quella grima pezzuta. Gliel'avevo giurato che sono vergine come Maria.

Non ho osato chiederle cosa le avesse fatto la comare Tisbe. A diciassette anni, anche se non avevo mai visto un uomo senza vestiti, sapevo disegnare un nudo maschile, perché studiavo l'anatomia sui disegni dei pittori: ma ignoravo quella del corpo delle donne, e mio. Sarei arrostita per l'eternità fra i dannati se avessi osato guardarmi o toccarmi. Suppongo sia stato per via di quella ispezione che ad Albina piacque tanto Cosmo Macconi. Avrebbe sposato un pidocchio per riscattarsi dai pettegolezzi e dimostrare al vicinato che lei era *davvero* una giovane onesta.

Mio padre versò l'acconto della dote e con Macconi s'accordarono per celebrare il matrimonio il piú presto possibile. Per ragioni diverse, avevano fretta entrambi. Fissarono la data in febbraio. Mancavano meno di due mesi. Non essere troppo triste, Plautilla, cercava di consolarmi Albina. Ormai in Costanza hai un'altra sorella. E verrai a trovarmi quando vuoi. Non cambierà niente. Andremo a stare a Borgo Novo, sono cento passi, ci vedremo tutti i giorni. Cosmo lo sa che sposando una Briccia sposa tutta la famiglia. E l'idea gli piace, lui una famiglia non ce l'ha. Era tutto vero. Eppure avrei fatto qualsiasi cosa per mandare a monte le nozze.

Cosmo Macconi abitava a Borgo Novo e lavorava alla
Zecca. Eppure lo incontrai due volte sull'altra riva del Tevere. In quel periodo, scortata da Basilio, che mio padre
m'aveva piazzato alle costole come all'agnello il cane del pecoraro, ogni settimana mi recavo dal cavalier d'Arpino nel
suo palazzo di via del Corso. Giuseppino Cesari era ormai
un uomo diverso dal maestro allegro e faceto di mio padre.
Non aveva neanche settant'anni ma era afflitto da una fosca
malinconia. La sua maniera non era piú seguita da nessuno,
la sua pittura suscitava derisione, quando non era aborrita.
Non aveva piú adulatori e il palazzo era diventato troppo
grande per lui, tant'è che poco dopo comprò un'altra casa,
meno appariscente, a via dei Serpenti, alla Suburra.

A quel tempo stava completando gli affreschi della stanza
del palazzo dei Governatori, in Campidoglio, che gli avevano commissionato quasi quarant'anni prima, quand'era
all'apice della fama. Il soggetto, il *Ratto delle Sabine*, gli
era congeniale, ma il pennello gli era diventato pesante.
Si ostinava a salire sulle impalcature, per colorare quelle
figure di sua mano, sosteneva di averne ancora le forze,
e di essere talmente gagliardo da meritare il soprannome
di Gamba di ferro. Ma quell'impresa ha affrettato il suo
declino e la consapevolezza della propria fine artistica lo
ha ucciso. L'opera è riuscita debole, e sorpassata. La pittura aveva cambiato strada, e lui lo sapeva. Credeva però
di poter ancora trasmettere qualcosa, e non gli pareva piú
cosí degradante insegnare a una femmina.

Il cavaliere aveva già regalato a mio padre alcuni cartoni
che gli erano serviti a dipingere i suoi affreschi. Per generosità o per riconoscenza, perché nei mesi della disgrazia il
suo ex allievo non si era unito alla muta latrante pronta ad
azzannare il cervo ferito. Ignorava, o fingeva di ignorare,
che il Briccio aveva riprodotto le sue figure nelle vignette dei libri o negli emblemi delle confraternite, che aveva
venduto copie dei suoi lavori di gioventú a un prezzo cosí

basso che anche un acquaiolo poteva comprarle. Altri ne regalava a me, con noncuranza. Prendeteli, madonna Plautilla, diceva, non mi servono piú. Lo compiaceva che invece io li usassi per esercitarmi. Quando Basilio e io uscivamo dal palazzo di via del Corso coi rotoli infilati nei tubi di latta, i figli pittori di Cesari ci disapprovavano come ladri. Una bottega può campare di rendita per decenni, coi disegni di un maestro, sia pure decaduto.

La prima volta Macconi scarpettava con passo prescioloso lungo il Corso, e quando svoltò in via Ferratina quasi si scontrò con me, che gli venivo incontro. Ma rimuginava qualche paturnia, e mi oltrepassò senza notarmi. Nemmeno io avrei considerato rilevante l'incontro se poche ore dopo non fosse venuto a cenare alle Tre Colonne, per «affiatarsi» con la fidanzata, come diceva mio padre. Era pensieroso e irritato, parlò pochissimo con Albina, ignorando l'acconciatura nuova che s'era fatta arricciandosi per ore i capelli coi ferri, e se ne andò appena satollo, lamentandosi del mal di testa che lo stordiva: ho copiato numeri in ufficio tutto il giorno, mentí.

La seconda volta imbruniva, e Basilio e io saremmo dovuti rientrare subito a casa. Gli accordi con mio padre prevedevano che non saremmo mai restati fuori dopo il calar del sole. Ma il cavaliere Cesari quel giorno s'era perso a discorrere delle storie della Vergine, che aveva dipinto qualche anno prima nel coro di Santa Maria di Loreto. Due tele pagate 400 scudi, ma valevano molto di piú. Reputava la *Natività* migliore di tutte le pale sopravvalutate che si facevano adesso. Cesari aborriva l'arte contemporanea e sospettava che tutti i nuovi maestri volessero nuocergli. Ma ci aveva incuriosito, e Basilio e io avevamo deciso di dare un'occhiata.

Cominciavo a intendermi col mio fratellino. La sua presenza, che all'inizio mi era parsa afflittiva, mi regalava invece una inattesa libertà. Basilio era onorato di farmi da accompagnatore, ascoltava assorto le mie conversazioni col cavaliere, si abbeverava delle sue parole e in strada mi teneva saldamente sottobraccio. Dovevamo essere buffi, io e il mio accompagnatore – piccolo di statura, grassottello, coi piedi piatti e il moccio al naso, che ostentava la dignità di un adulto. Ma se qualcuno rideva di noi non me ne sono mai accorta, perché tenevo gli occhi bassi ed evitavo di incrociare lo sguardo degli estranei.

Era l'ora in cui tutti, al termine del lavoro, sciamano verso casa. Per evitare l'ingorgo del Corso, abbiamo deciso di tagliare per le vie traverse. Ci facevamo largo a fatica, scansando l'esercito degli spazzacamini neri di fuliggine che si ritiravano nelle loro tane, gli armati che pattugliavano la residenza dell'ambasciatore di Spagna e i servi assembrati attorno al venditore di polvere velenosa per i sorci, i lupi e i cani. Basilio voleva assistere alla dimostrazione, perché da tempo lamentava il trepestio dei topi sulle travi, e avrebbe voluto sterminarli affinché non mangiucchiassero le carte di nostro padre, ma io lo strattonai e tirai dritto. Macconi ci camminava davanti, accanto a una donna.

Ci precedevano, quindi non la vidi in viso. Lei avanzava lentamente, e lui rallentava il passo per non affaticarla. Si fermarono proprio dove via Ferratina sbuca in piazza della Trinità. L'arrotino che stazionava all'angolo doveva conoscerlo bene perché lo salutò cordialmente, chiamandolo signor Macconi. Il fidanzato di mia sorella estrasse dal ferraiolo un mazzo di chiavi e aprí il portone. Si fece da parte, per lasciar passare la sua accompagnatrice. E mentre lei scompariva nell'androne la sua ombra enorme si proiettò sulla parete. Era incinta.

Non siamo mai arrivati a Santa Maria di Loreto. Ci siamo fermati alla fontana appena costruita da Bernini, e siamo tornati indietro. Quella fontana era meravigliosa, e ogni volta che la guardavo mi emozionava profondamente. Rappresentava una barca, una vera barca, col cassero e i cannoni (sebbene questi sparassero acqua), che emergeva a metà dal piano della strada – e non si sarebbe potuto dire se stava affondando o solcando il mare. Era una nave di sasso, un vascello. Ma quella sera non le ho potuto dedicare nemmeno uno sguardo. Non ti ci ammuinare, Tilla, mi stava dicendo Basilio, l'abbiamo agguantato col sorcio in bocca, ma gliela faremo passare la gnagnera. Sferrò un calcio al torsolo di una pera, scagliandolo nella vasca. Aveva le labbra contratte, e un luccichio feroce negli occhi.

Dobbiamo indagare, magari non è come sembra, fratellino, ho cercato di placarlo. È sempre come sembra, ha sibilato lui. A Roma vanno tutti a santa Passera, ci sono troppe femmine disoneste.

Marciavamo a testa bassa, coi pugni serrati, furibondi entrambi. Sapevamo solo una cosa. Dovevamo vendicare l'onore di Albina e di tutti i Bricci. Ma come? Rimpiangevo di non avere la forza per aggredire Macconi: avrei voluto scorticarlo con le mie mani come si fa con le rane. Mi sembrava un'azione giusta, nobile e perfino necessaria. Invece chi doveva compierla? E come? Con un agguato plateale per strada o una bastonatura segreta? Non avevamo un servitore che potesse sporcarsi le mani al posto nostro. Dovevamo pagare qualcuno per l'incombenza, ma come avvicinarlo? E quanto ci sarebbe costato? Inoltre Albina non doveva saperne niente. Però come sarei riuscita a nasconderle che il suo fidanzato praticava un'altra donna, e che tutto ciò che le prometteva era una menzogna? A nostra sorella rodeva il cuore la voglia di essere sposa, contava i giorni – al matrimonio ne mancavano ormai meno di trenta – e non pensava ad altro. Le sue speranze cosí mal riposte mi facevano bruciare gli occhi. Ma non avevamo il diritto di distruggere il suo sogno. E di coinvolgerla in un reato.

Ero cosí giovane, non sapevo niente della vita. Ricordavo solo gli insegnamenti dei filosofi, che sui libri m'erano sembrati tanto sensati. Agire d'impulso è l'errore dei bruti. Il ragionamento, insieme alla capacità di ricordare, l'attitudine a imparare e valorizzare l'esperienza, sono le qualità che distinguono gli uomini dalle bestie. Dovevamo tenerne conto. Basilio e io ci siamo accordati per ponderare bene la nostra mossa e per tenere fuori da questa storia il Briccio. Pure nostro padre s'era imbozzolato in un mondo tutto suo, e il gran teatro del mondo che aveva tanto amato lo incuriosiva ormai poco. Dava lezioni di pittura e matematica a Basilio, traduceva dall'ebraico, componeva enigmi musicali, e nel tempo che trascorreva con me dettava. Ormai non riusciva piú a dipingere, ma l'ultimo anno aveva dovuto smettere anche di scrivere. Le sue mani deformi non riuscivano piú a stringere la penna né a temperare la punta. M'aveva pregato di fargli da scrivana.

Ma non scriveva versi, né commedie, né trattati scientifici o musicali. Ormai quasi solo relazioni di fatti di cronaca accaduti altrove, e di cui raffazzonava informazioni di terza mano. Il Briccio aveva cominciato a vendere notizie quasi per divertimento, molti anni prima: si era messo in società con un libraio che aveva la licenza per stampare lunari e listini delle carni, e avevano tentato di inserirsi in quel nuovo mercato. All'inizio fu poco piú di una scommessa. Se non avesse funzionato, avrebbero smesso.

Di gazzettieri – o menanti – a Roma ce n'erano centinaia. Pagati dalle corti di tutto il mondo per sapere cosa succedeva nella capitale. Ma mio padre non era al servizio di nessuno. Era troppo indipendente per farsi benvolere e troppo bizzarro per farsi dettare gli argomenti da altri. E poi non scriveva per i cortigiani. Quelli volevano solo relazioni di canonizzazioni e beatificazioni di nuovi santi, pompe funebri di personaggi illustri – descrizioni dei teatri effimeri costruiti nelle chiese per le cerimonie e le feste cui per qualche ragione non avevano potuto presenziare. Invece lui sosteneva che di gente che sa leggere ce n'è piú di quanta credono i signori. I laureati sono pochi, ma non esistono solo i chierici, i notai e i dottori. Il fatto è che per essere capiti da tutti bisogna scrivere come si parla.

La gente vuole leggere le novità, e lo farà se qualcuno le saprà raccontare in modo semplice, chiaro e accattivante. Mio padre e il socio si buttarono all'avventura senza dire niente nemmeno alle rispettive mogli. Pubblicavano le notizie in fogli volanti che davano da spacciare agli ambulanti, per le strade, ai mercati e nelle osterie. Ogni foglietto costava pochi bajocchi. La qualità della carta era pessima, ingialliva subito e si sbriciolava in pochi mesi, e pure l'inchiostro, che corrodeva la carta oppure evaporava. Siccome la velocità era tutto – una notizia vecchia è una notizia morta –, la stampa era piena di refusi e strafalcioni. Ma non potevano pagare un correttore di bozze. L'impresa però rendeva, soprattutto se si verificavano stragi, terremoti, eruzioni, omicidi in serie e sgozzamenti. I due soci avranno stampato centinaia di foglietti volanti. Ne vendevano fino a duemila copie di ognuno.

Il maggiore successo di mio padre fu un romanzo criminale in ottava rima: *La sciagurata vita e la vituperosa morte di Arrigo Gabertinga, assassino da strada, il quale ha ammazzato un'infinito numero di persone, con sei suoi figlioli, nel Territorio di Trento*. L'ho letto solo molti anni dopo la sua morte, mentre riordinavo le sue carte, e confesso che quella storia truculenta era avvincente: non avrei mai immaginato che si potessero raccontare con tanta libertà il rapimento e lo stupro di una vergine, nonché gli infanticidi dei suoi sei bambini. Ma piú di tutto m'è rimasto impresso il personaggio del gigantesco cane inglese, Perromoro, che Gabertinga aveva addestrato a mangiare carne umana. Da allora, temo i cani piú dei fulmini.

Il ricavo di quella produzione era modesto, ma costante. Credo che tutti i regali che Basilio e io abbiamo ricevuto nella nostra infanzia il giorno dell'Assunzione di Maria li abbiano pagati i morti ammazzati, i banditi e i martiri della fede cattolica. Noi però ignoravamo questa attività semiclandestina di nostro padre. Scrivere di fattacci, omicidi e scannamenti e ricavarne denaro era un'attività poco onorevole. Se qualche comare del vicinato portava a mia madre uno di quei foglietti, per farselo leggere da lei, mio padre lo stracciava, ostentando un nobile disprezzo per quella robaccia.

La malattia lo aveva costretto a rivelarsi a me per ciò che era: un'umiliazione insopportabile, perché avrebbe voluto che continuassi a considerarlo un grande pittore incompreso e il geniale commediografo che un giorno sarebbe stato accolto, come meritava, nella buona società letteraria. Voleva essere il Lope de Vega romano. O lo Shakespeare del Tevere – i professori del Collegio dei Britanni gli avevano magnificato quel tale: dicevano che la trama di una sua commedia che aveva deliziato la corte d'Inghilterra pareva presa da una delle sue.

Quando il nome di Giovanni Briccio era apparso tra quello dei letterati della Roma di Urbano VIII, nelle *Api urbane*, il volume di Leone Allacci, bibliotecario di Francesco Barberini, si era commosso. Non poteva piú dipingere, non poteva piú scrivere. Tutto ciò che gli restava era la convinzione della sua intelligenza superiore, del suo intuito, della sua capacità di comprendere il carattere degli uomini. Rivelargli che si era fatto coglionare come un babbuasso da un impostore sarebbe stato come pugnalarlo.

Teresa piombò in casa nostra ansimando e a testa nuda perché nella corsa la cuffia le era caduta. Singhiozzava che gli sbirri si erano portati via Benedetto. Lo avevano fermato mentre girava con la sua merce, gli avevano dato il pisto. Mia cugina non aveva capito di cosa fosse accusato. Un fatto di sangue, comunque.

Mia madre non si scompose, convinta che fosse un equivoco e che si sarebbe chiarito tutto. Benedetto Mansueti era un ragazzone di vent'anni, grosso come un orso, innocuo come una coccinella, ma riflessivo e posato come un vecchio saggio. La morte di suo padre quando aveva appena undici anni, e poi di sua madre, che lo aveva reso capofamiglia a diciannove, lo avevano maturato presto. Non avrebbe mai fatto nulla che potesse danneggiare l'avvenire delle sorelle ragazzine, di cui si occupava con la sollecitudine di un padre.

Sono entrati a fare la perquisizione, avevano il mandato, hanno confiscato i rasoi di papà, balbettava Teresa, che Benedetto manco li sa usare, non è barbiere, gridavo, è bicchieraro, vende i calici per il vino, gli ho fatto vedere il canestro, i birri sghignazzavano e l'hanno rovesciato, hanno fracassato tutti i bicchieri e le tazzettine, che mo' come li ripaga al padrone?

Basilio ascoltò il racconto confuso di nostra cugina senza muovere un muscolo. I suoi occhi, però, lampeggiavano di una gioia selvaggia, e quando Albina trascinò Teresa al camino, per costringerla a bere qualcosa di caldo e calmarla, mi spinse nella nostra camera e sbarrò il catenaccio. Non preoccuparti per Benedetto, bisbigliò, gli daranno qualche tratto di corda e non gli caveranno una parola dalla bocca, lo rilasceranno, è pulito, lui serviva solo a fare impressione perché è grosso, non l'ha manco toccata.

Toccata? Perché usava il femminile? Non era Macconi il colpevole dell'oltraggio e la nostra vittima designata? Cominciai a scuotere mio fratello per la spalla, temendo che m'avesse mancato di parola. Che hai fatto? dimmi la verità, che hai fatto? Basilio sollevò il materasso del suo letto e mi indicò un involto di canapa. Non lo dico per vantarmi, sorrise orgoglioso, ma dove lo trovi un altro che a dodici anni e tre mesi è capace di agire da uomo?

Mi tremavano le mani quando sciolsi il fiocco della cordicella. Il rasoio che gli sbirri cercavano in casa di Benedetto era lí, sotto il materasso di mio fratello, ancora sporco di sangue.

Si chiamava Marta Castiglioni. Era più giovane di quanto immaginavo, appena due anni più di me. Aveva gli occhi arrossati e le palpebre abbottate di pianto. La garza annodata dietro la nuca le copriva interamente la guancia destra e le rendeva difficoltoso parlare. La riga gialliccia del siero che trasudava dalla ferita indicava la lunghezza dello sfregio. Dall'orecchio fin quasi all'angolo della bocca: il dito indice di un uomo. Le macchioline rosse – che dovevano corrispondere alle crosticine di sangue rappreso – seguivano invece i ricami dell'ago del chirurgo. La cicatrice a forma di saetta sarebbe rimasta indelebile. Il volto è lo specchio dell'onore. Una femmina con lo sfregio sulla guancia: era marchiata, per sempre.

Per introdurmi in casa sua m'ero preparata a recitare la parte della forestiera in cerca di alloggio, e avevo provato anche l'accento francese, ma la povertà del suo rendeva la mia bugia ridicola. Marta Castiglioni viveva all'ultimo piano, sotto il tetto, in una stanzuccia quasi priva di mobili ma ingombra di panni, rocchetti e ceste da cucito: doveva guadagnarsi la vita come sarta.

Le vuasin m'ont dit sta sciose, on lue una sciambre danle soffitte, balbettai comunque, non sapendo come altro giustificare la mia presenza. La Castiglioni si stupí perché non ne sapeva niente, ma mi invitò a entrare: avevo fatto cosí tante scale che non poteva lasciarmi andare senza rifocillarmi. Si scusò del disordine, l'avevano trattenuta per la medicazione, e non aveva avuto tempo di rassettare. Oh, non dovevo farmi una cattiva opinione, aveva spiegato tutto, solo uno stupido incidente, era tiritombolata sulle forbici del cucito.

Volle offrirmi un bicchiere d'orzata e una pastarella. Io non riuscivo a distogliere lo sguardo dal suo ventre, tondo come un cocomero. Manca poco, partorirò a marzo, mi disse mentre sgranocchiavo il dolce – rancido, sapeva di cartone –, è la prima volta e ho uno spago che me moro... Si accorse che mi guardavo intorno a cercare i segni della presenza di un uomo e s'affrettò a dire che suo marito, fiorentino, era andato dai parenti per sistemare alcune faccende di eredità, ma sarebbe tornato, per il parto. La

fretta con cui pronunciò queste parole, il tono difensivo di
chi già sa di essere stata denunciata al Tribunale del Governatore e potrà essere carcerata come donna disonesta
tradiva la menzogna. Sembrava stesse provando anche lei a
recitare la sua parte, senza convinzione, o senza speranza.

Provai ribrezzo per le sue copule, la gravidanza illecita,
la sua bugia. Ma, quasi mi vergogno ad ammetterlo, anche
dispiacere. Il controllo della società su di noi era cosí opprimente da farmi sentire, non meno di lei, già prigioniera.
E l'idea che una donna possa essere carcerata e marchiata
per sempre in seguito alla denuncia astiosa di un vicino, di
una rivale, di chiunque, l'idea che Basilio avesse compiuto su di lei, e non sul fidanzato di mia sorella, la vendetta del nostro disonore, mi indignava e mi indigna ancora.

Macconi frequentava davvero la stanza di Marta Castiglioni. Sul chiodo alla parete era agganciato il suo cappello.
Ma soprattutto, sul tappeto davanti al camino, riconobbi
la cesta di castagne foderata con drappo rosso e guarnita
da un nastro d'oro. L'aveva confezionata Albina, con le
sue mani, e gliel'aveva regalata tre giorni prima.

Siete sposata da molto? chiesi, sforzandomi di vincere
il mio disagio. Avevo dodici anni quando l'ho conosciuto,
disse Marta. Non aveva risposto alla mia domanda. Eppure mi aveva detto piú del necessario. Rimasi in silenzio,
mentre immagini disgustose e vaghe di accoppiamenti di-
suguali – un maiale e una scrofetta di dodici anni – mi ba-
lenavano davanti agli occhi. A un tratto mi afferrò la mano, vellicò la pelliccia di agnello che sporgeva dal guanto,
e arrossendo mi pregò di portarle qualcosa da ricamare, sistemare uno zinale, degli scarfarotti, biancheria, insomma
permetterle di guadagnare qualche giulio. Era una brava
sarta, e io non una forestiera in cerca di alloggio, ma una
signora. L'aveva capito dai miei scarpini, di tela di cosí
buona fattura, lei invece sempre con delle pianelle di legno che la facevano zoccolare come una cavalla.

Sono orribili i miei scarpini, protestai, sono piú vecchi

di me, perché erano di mia sorella e prima ancora di mia madre, non tengono il freddo e si inzuppano quando piove, e a dire la verità adesso non mi sento piú le dita: ma lei era disperata e non mi lasciò parlare. Era vero che l'aveva conosciuto a dodici anni, il padre di suo figlio, e si erano dati la mano, e lui l'aveva sposata, ma non davanti al prete, coi testimoni e le carte. Glielo aveva solo promesso. Quando si mise a piangere, asciugandosi gli occhi con la manica del vestito di panno, provai tristezza per lei come per mia sorella. Non so dire nemmeno ora chi, tra loro due, fosse piú ingannata e tradita.

E adesso l'aveva abbandonata, proseguí, per una che la dote ce l'aveva davvero. Trecento scudi! Non come lei, che non aveva un cane al mondo, e poteva contare solo sui cinquanta promessi dalla Confraternita dell'Annunziata, e nemmeno li avrebbe avuti perché non era piú onesta. E ormai, concluse, non poteva piú nasconderlo. Pensavo alludesse alla panza. Invece, desolata, si tastò la garza appiccicosa.

Col rasoio del mio buon zio, io avrei marchiato la guancia di Cosmo Macconi. L'avrei costretto a portare in giro tutta la vita il ricordo del suo tradimento. Ho capito a diciassette anni, nella soffitta di Marta Castiglioni, che la legge degli uomini non sarebbe stata mai, veramente, la mia. Ma nell'ufficio del fidanzato di mia sorella mi sono presentata disarmata. Non volevo il sangue del fiorentino. Volevo Albina.

Macconi s'attaccò a santa Nega. Negò di avere una moglie, una sposa cui aveva dato la mano, un'amante, e perfino di conoscere una zitella romana di nome Marta Castiglioni, figlia del defunto Caprio, sarto. Negò tutto, con sussiego e fastidio. Tuttavia era fuori di sé, il viso affegatato e distorto dalla rabbia, e se non ci fosse stato, nello stanzino accanto, il copista intento a trascrivere un documento, m'avrebbe strozzata. Ma quando gli dissi che allora non mi restava altro da fare che denunciarlo al Tribunale del

Governatore per bigamia, rise. Stupida sninfietta sacciuta, la parola di una femmina non vale niente. Se credeva di intimidirmi, però, si era sbagliato.

Infatti sarà mio padre a denunciarvi, gli annunciai. E se non avete promesso le nozze alla Castiglioni tanto peggio per voi: avete deflorato una impubere e il boia vi impiccherà a piazza della Trinità davanti alla casa della vostra vittima. State certo che il giorno della giustizia i Bricci saranno sotto il palco a pregare per la vostra anima.

Macconi mi scagliò contro il calamaio. Non credo volesse colpirmi, ma l'ho schivato a stento. Non l'ho sposata, giurò sul codice delle leggi e sul Vangelo, né intendo sposarla, non sono legato a lei da nessuna promessa. E non l'ho sverginata, è una landra sfondata, la Castiglioni, che suo padre becco cornuto vendeva già da bambina. Non l'ho impregnata, avrà concepito il bastardo con qualcun altro, quella zozza fregna poltrona.

Ho sempre pensato che la vigliaccheria sia piú riprovevole di una menzogna. Provo una certa simpatia per i bugiardi, ma mi ripugna chi non ha il coraggio di affrontare le conseguenze delle sue azioni. Come si comporterà con la moglie un uomo che rinnega cosí la sua amante e madre di suo figlio? Mai, mai un lombrico simile avrebbe sposato la mia diletta sorella Albina. Se non volete la querela, rompete il fidanzamento, gli ho suggerito. Trovate un pretesto qualunque.

Vostra sorella sarà comunque danneggiata, constatò Macconi, riprendendo il controllo di sé. Posso assumermene la colpa, ma nessuno ci crederà. Tutti penseranno che Albina Briccia ha una magagna. Non troverà un altro marito. E nemmeno voi. Il disonore di una macchia tutte le femmine di casa.

Peccato, dissi svelta. Dovrò rinunciare alle nozze. E Albina forse resterà zitella, ma almeno si risparmierà le corna. Restituite subito l'anticipo della dote a mio padre. E sparite: Roma è grande, non sentiremo piú parlare di voi. Ma se vi azzardate a farvi rivedere alle Tre Colonne, mio fratello vi farà vedere di cosa è capace un Briccio e vi appenderà al collo i coglioni.

Credo di aver rubato le battute, le parolacce e le ingiurie ai personaggi di mio padre. Io, che non osavo aprire bocca davanti agli estranei, che mi credevo debole come un moscerino, avevo parlato con sicurezza sfrontata, come fossi un'altra. Non ero quell'altra. Ma potevo farlo credere. Me ne andai a testa alta, impressionata da me stessa. Mentre mi scapicollavo giú per le scale, perché non volevo dare a Macconi il tempo di raggiungermi, mi ripetevo che a me nessun uomo m'avrebbe mai trattata come Albina, o come Marta Castiglioni. Non mi farò ingannare da promesse, sorrisi, regali, e nemmeno da parole d'amore. E se per farmi rispettare dovrò farmi temere, ne sarò capace.

Ma Cosmo Macconi aveva ragione. La rottura del fidanzamento, sancita davanti al notaio il 15 gennaio del 1634, fu una tragedia – per Albina e per mio padre. Nessuno dei due ha mai saputo le vere ragioni di quell'abbandono improvviso, sgarbato, irrevocabile. Basilio e Benedetto Mansueti hanno mantenuto il segreto, e anch'io. Cosí il padre ha considerato responsabile del disastro la figlia, e la figlia il padre, ed entrambi hanno continuato a stimare il Macconi e a rimpiangere di avere perso un ottimo genero e un perfetto marito.

La Confraternita dell'Annunziata li ha dati a Marta Castiglioni, i cinquanta scudi della dote. È venuto fuori che glieli aveva promessi nel 1622, quando era davvero una bambina povera e onorata. Il giorno in cui la Confraternita glieli ha consegnati, Marta ha fatto scrivere nel registro del notaio di essersi sposata con Cosmo Macconi quell'anno.

Macconi ha preso quella manciata di monete, ha traslocato oltre Tevere, è andato a vivere con Marta e ha riconosciuto il figlio. L'hanno chiamato Carlo. Col passare del tempo, la Castiglioni non ha avuto piú bisogno di rovinarsi gli occhi e le dita a ricucire calze e sottane. Erano diventati una famiglia come tante.

Quindici anni dopo, si sono trasferiti nello stesso palazzo in cui abitava mia sorella. Lei non sapeva chi fosse, la sua vicina, ma io ho riconosciuto Marta dalla cicatrice – la pelle della guancia aveva ceduto, regalando alla sua faccia un sorriso perenne, e involontario. Si era dimenticata di me. Era col figlio. Carlo studiava e poi è diventato anche lui copista di curia. A volte penso che la deve a me, quella vita. È come se, in qualche modo, lo avessi messo al mondo. Carlo Macconi è il primo dei figli che non ho avuto.

Non ho mai visto il volto di suor Eufrasia della Croce. L'ho conosciuta quando già viveva tra le mura del monastero di San Giuseppe. La incontravo nel parlatorio: le carmelitane scalze di Capo Le Case, comunità giovane di monache fervide, seguivano per loro volontà la regola piú rigorosa e i ghirigori delle grate di ferro che ci separavano formavano un reticolo cosí fitto da renderla meno reale di un'ombra.

Aveva mani piccole, color del latte, che spuntavano dalle maniche nere della tonaca, né so altro del suo corpo. La donna che doveva diventare la mia piú cara amica è rimasta un fantasma. Non l'ho mai abbracciata, né guardata negli occhi. I forellini nelle grate erano disposti in modo tale che lei non potesse distinguere i miei lineamenti e le mie forme, né io i suoi. Ignoro se fosse alta o minuta, bruna o bionda, corpulenta o consumata dai digiuni. La sua voce profonda pareva raggiungermi dal fondo di un pozzo. Quando arrivavo era già alla grata, quando andavo via restava là dietro, assorta, come volesse prolungare il colloquio.

Eufrasia era capace di infiniti silenzi. Non aveva studiato né letto libri, non aveva frequentato nessun altro oltre ai genitori e lo zio prete, era uscita raramente di casa, e di Roma, dove era arrivata adolescente, conosceva appena la chiesa della sua parrocchia, ma la sua semplicità invece di ottunderla l'aveva resa di tutto curiosa, come una bambina. Eppure, la prima volta che sono andata a farle visita aveva già compiuto trentotto anni.

In seguito ho appreso che, a differenza di quasi tutte le sue consorelle, entrate in monastero ragazzine per ricevere un'educazione, e poi rimaste, lei ci era entrata a ventisette anni e aveva preso i voti l'anno dopo. Ma della sua vita precedente non so nulla, perché lei la considerava irrilevante. Ho cominciato a esistere, mi ha detto una volta, solo quando Gesú mi ha concesso la grazia di amarlo e di abbellire la mia anima facendo sí che il mio cuore diventasse la stanza in cui può riposare per sempre – insomma, quando il portone del monastero si è richiuso dietro di me.

Mi sono accomodata sullo sgabellone dei visitatori e suor Eufrasia mi ha chiesto d'avvicinarmi. Ancora, ancora, insisteva, finché ho poggiato la fronte sui ferri. Sapevo che non poteva vedermi, ma cercava di ricomporre nella sua mente i contorni della mia figura, come nel gioco in cui un bambino deve unire i puntini numerati per scoprire l'immagine nascosta. Avete il volto severo e nobile di un'imperatrice romana, Plautilla cara, ha concluso, non so in base a quale ispirazione. Credete anche voi che il volto rispecchi il carattere, e il destino? ha azzardato, affrettandosi subito a precisare che il nostro intelletto, che è divina partecipazione, per sua natura libero, non può essere violentato né dalla forza delle stelle, né da alcuna colleganza con la materia del corpo: forse, tuttavia, la fisonomia naturale potrebbe aiutarci a trarre congettura sulla nostra inclinazione... Ma non mi ha dato il tempo di formulare una risposta. Mi ha pregato di togliermi i guanti. Voleva vedere le mie mani.

Temevo che sui polpastrelli o nelle unghie fosse rimasta qualche crosta di colore e ho esitato. Però poi ho fatto come mi ha chiesto. Avevo la vaga sensazione che mi avesse convocata per un esame, e che se l'avessi superato me ne sarebbe venuto del bene. Suor Eufrasia mi ha invitata a poggiare i palmi sulla grata. Lei ha fatto altrettanto. Le nostre mani non si toccavano. Le sue erano tozze, con le unghie cortissime. Il confessore le aveva detto che mio pa-

dre aveva illustrato il libro di Ingegneri, la *Fisonomia naturale*. Lo avevo letto? Ricordavo cosa diceva sulle mani?
Sono rimasta interdetta. Mai mi sarei immaginata una
domanda simile da una suora carmelitana. La Chiesa con-
dannava le intenzioni divinatorie della fisionomica e tol-
lerava quella teoria solo se al servizio della medicina degli
umori: per mio padre le illustrazioni di quel volume avevano rappresentato una perdita di denaro e una fonte di guai.

Suor Eufrasia sosteneva di ricordarsi di me bambina:
ci eravamo già incontrate, i nostri padri si frequentavano, entrambi avevano servito i banchieri Costa e i principi Colonna. È possibile che avesse ragione, ma io non ne
avevo memoria. Del resto suo padre aveva lavorato per
molti banchieri e principi, mentre il mio aveva scritto la
relazione delle nozze di un rampollo dei Costa e dipinto
stemmi e alberi genealogici per i Colonna soltanto una
volta. E anche se i Benedetti venivano da un borgo della
Sabina piú remota e si erano stabiliti a Roma da poco piú
di vent'anni, e noi Bricci venivamo dal cuore di Roma, i
Benedetti avevano rapporti con la corte, coi cardinali e
coi papi ed erano diventati abbastanza ricchi da cancella-
re la loro origine oscura, e i Bricci no – e ciò, nel mondo,
sarebbe bastato a dividerci.

Mi dispiace, sorella Eufrasia, ho ammesso, confusa. L'ho
letto, il volume dell'Ingegneri, ma tanti anni fa. Ricordo
che il vescovo di Capodistria dedicava moltissime pagine ai
capelli – al loro colore e alla loro mancanza, alle rughe,
ai denti, anche alla barba delle donne. Ma delle mani parlava di sfuggita e solo in relazione alle braccia. Le braccia
lunghe, cioè quelle nelle quali le mani arrivano alle ginocchia, rivelano un ingegno acuto, arrogante, ambizioso. Le
braccia corte un ingegno timido, bramoso del male altrui.

Le mie braccia sono corte, ha sospirato suor Eufrasia,
e le mie dita brevi come quelle di un bambino. Ma non vi
ho rivolto questa domanda per conoscere la predisposizione della mia natura. Dio la conosce meglio di me, e ne farà

buon uso. Bensí per sapere se si può dipingere anche con le dita cosí corte. O se ai pittori si richiedono lunghe e agili, come ai suonatori di cembalo e ai ricamatori… Il corpo non ha molta importanza, ho risposto, sempre piú confusa. Purché sia in buona salute. Il mestiere della pittura è molto faticoso. Si macinano i colori, si sta in piedi, si tiene il braccio alzato per ore. La debolezza sí, può essere di ostacolo. Le dita basta che siano dieci. Benché io abbia conosciuto anche pittori, amici di mio padre, monchi o offesi dalla goccia, che dipingevano con cinque soltanto, o anche meno, e uno di loro teneva il pennello fra l'alluce e il dito indice del piede, e riuscí meglio di tanti altri.

Suor Eufrasia è scoppiata in una risata argentina, puerile. Non credo le capitasse molto spesso. Spiegò che avrebbe dovuto dichiararmi subito il motivo per cui m'aveva fatta chiamare. Già da un anno, o forse piú, non ricordava esattamente, aveva sentito parlare di una zitella tredicenne, che stava dipingendo una Madonna e non riusciva a completare la faccia… Ho sussultato, perché ho capito subito dove sarebbe finita la nostra conversazione. Dovevo interromperla, ma non sono stata capace di distrarla.

Fin dalla prima volta in cui le era giunta notizia di quel fatto, ha proseguito Eufrasia, aveva desiderato conoscere la zitella cui Maria Vergine aveva concesso tanta grazia. Ma aveva impiegato del tempo a scoprire il suo nome. La Briccia, la figlia del Briccio… Mi confessò, con schiettezza, di avermi invidiata a tal punto da non dormire piú la notte. Per questo si era impedita di cercarmi – per punirsi. Spogliarsi della propria volontà, rinunciare a ogni piacere, proibirsi le cose che piacciono, è un obbligo per una suora carmelitana. Aveva vinto quel suo peccato, schiacciandolo come la testa del serpente, ma ancora lo espiava, e ogni sera dopo le preghiere si sottoponeva alla disciplina. Le lacerazioni alla schiena che non riuscivano a cicatrizzare si erano infettate e la priora l'aveva rimproverata per la durezza con cui puniva il suo corpo. Dio detesta gli eccessi.

Le carmelitane scalze di San Giuseppe potevano frustarsi
solo una volta alla settimana.

Ma ora non mi invidiava piú. Voleva anzi essermi amica. Le concedevo questo privilegio? Suor Eufrasia della
Croce, ho cercato di minimizzare, non merito la vostra
invidia e nemmeno una delle vostre lodi. Quando ho dipinto quella Madonna non avevo tredici anni, ma sedici,
e non... Vi sbagliate mia cara, s'affrettò a correggermi. Le
lodi di una povera peccatrice ingrata come me sono lo sputo di un tisico per un'artista che Maria Vergine ha eletta
a sua messaggera.

L'imbarazzo mi annodava la lingua. Avevo la bocca secca e non riuscivo neanche a deglutire. Avrei voluto con-
fessarle tutto, e anche giustificarmi, perché non era stata
una mia idea. L'avevo subita, come tante altre cose. Non
l'avevo contrastata abbastanza, forse, comunque non avevo potuto impedirla.

Non ricordo niente di quello che ho fatto dopo che Giò,
la sera della processione di sant'Omobono, si è congedato
sulla soglia di casa. Solo di essermi lasciata cadere sul pavimento della mia camera. Era come se fossi precipitata
in un abisso. Niente m'importava piú, perché avevo intravisto la mia felicità, e l'avevo perduta. La vita che avrei
voluto mi era negata. Ho pregato Dio che mi uccidesse in
quel momento. Non mi aspettavo niente dal futuro, e non
volevo viverlo.

Devo avere trascorso la notte in uno stato di torpore,
che non era né sonno né veglia. Non avevo percezione di
me. Il mio corpo, il cuore, il sangue, gli organi interni, pro-
seguivano il loro lavorio meccanico, ma era come se io non
mi appartenessi piú. Riuscivo a vedere me stessa – ma da
molto lontano. La ragazza che era stata Plautilla era rag-
gomitolata sul pavimento, con le ginocchia contro il seno
e la guancia premuta sui mattoni. Ma io ero assente. Non
potevo raggiungerla. Ero la fiammella che agonizzava nella

lampada, ero il tarlo che picchiettava nella trave del soffitto, la goccia di pioggia che rotolava sull'incerata della finestra.

Non so quanto è durato. L'indomani mia madre m'ha trovata con la febbre alta, e stavolta non era una mia invenzione. Due giorni dopo, o saranno stati tre, quando mi sono ripresa, ho sistemato le mie cose: erano in gran disordine. I pennelli umidi, il porfido in cui macinavo incrostato di blu, sulla tavolozza i mucchietti di colore ancora freschi. Il drappo che ricopriva il cavalletto, scostato, lasciava intravedere l'angolo destro della tela. Quella tela, la mia *Madonna con Bambino*.

Il viso c'era. Soavissimo e rifinito. Le guance soffuse di rossore, la bocca color carminio, atteggiata in un sorriso. La luce arcana e invisibile che proveniva da destra proiettava un'ombra tenue sul collo di Maria e del Bambino.

Ho sempre negato di averla completata io, la Vergine, e in effetti non ho coscienza di averlo fatto. Basilio sostiene che l'ho dipinta in sogno. Albina è convinta che l'abbia dipinta mio padre, per favorirmi, anche se non potrebbe essere piú lontana dal suo stile.

Quel quadro mi ha sempre creato disagio. Avrei voluto tenerlo voltato contro la parete, nascosto da quel drappo scolorito. Mio padre però se n'è innamorato e lo ha voluto sopra il letto. Ci ha messo sotto un vaso di fiori e un lumino – come fosse un altare. La sua stanza era sempre in penombra, e gli amici che venivano a visitarlo non l'hanno mai nemmeno notato.

Poi una sera è venuto frate Plauto, il pittore carmelitano della Traspontina. Lui e mio padre si sono messi a discutere del tema del giorno: gli oroscopi e i presagi. Non si parlava d'altro, a Roma, da quando si era scoperto che perfino il papa prestava credito alla teoria degli influssi astrali sugli individui, e si faceva indicare la posizione dei pianeti prima di prendere qualunque decisione. Dalle costellazioni alle meteore fino alla stella cometa, il discorso è scivolato sulle epifanie sovrannaturali del divino, e infine sulle immagini acheropite. Cioè quelle non dipinte da mano umana.

Roma vanta la piú impressionante. La custodiscono nel Sancta Sanctorum, alla Scala Santa, perché è il palladio di Roma, il suo talismano: Roma esisterà finché esisterà quell'icona. È una tavola di legno come tante altre, in apparenza. Rappresenta il Santissimo Redentore, ma ormai si vede solo il viso. Il resto del corpo è sepolto in un sarcofago d'argento tempestato di pietre preziose, e i piedi li hanno consumati i balsami, gli unguenti e i baci dei fedeli. Gli occhi di Cristo sono cosí grandi e tristi che danno a chi li incrocia l'impressione di essere guardato da Dio, creatore immalinconito dalla nostra imperfezione. Mio padre ci ha sempre portati alle processioni in cui si espone l'icona del Santissimo Redentore, e noi ogni volta abbiamo fissato gli occhi in quegli occhi, tremando. Mio padre sostiene che sia un autoritratto di Dio.

Forse è stato in quel momento che gli è venuta l'idea, o forse ci pensava già da tempo. Fatto sta che ha buttato là sbadatamente, senza darle troppa importanza, la storia del volto della Vergine della mia tela che si era dipinto da solo. Se stava scherzando, la sua voce, seria, non lo lasciava intuire. Frate Plauto ha abboccato all'amo come un pesciolino affamato. Mostratemelo, ha supplicato, e mio padre lo ha esortato ad alzare lo sguardo.

Non so cosa abbia visto frate Plauto in quegli occhi dolci e in quel viso di madre, identica a tante altre. Si è commosso, e ha voluto benedirmi, segnandomi con la croce. Deve aver raccontato quella storia ai suoi confratelli, e i confratelli ai fedeli che assistevano, all'ospedale e nelle strade di Borgo. Tempo dopo, una vedova ha bussato alla porta chiedendo della Madonna miracolosa. Mia madre l'ha invitata ad andarsene e quella ha offerto una moneta per poter pregare davanti all'immagine. Mia madre, interdetta, ha rifiutato, farfugliando che noi siamo gente devota, non ciarlatani venditori di fumo.

Mi sono precipitata da mio padre, furente. Gli ho chiesto se la Madonna avrebbe potuto perdonarlo, e perdonarmi, e lui ha risposto che ci aveva già perdonati. La Vergine doveva aiutarmi, perché lui non poteva piú farlo. Era sicuro che quel prodigio mi avrebbe permesso di farmi un nome. Lasciamo che monti la curiosità, che tutti desiderino vederla, la Vergine dipinta da una vergine bambina e completata da lei stessa. Farà schiamazzo. Plautilla, si deve pur iniziare, in qualche modo.

E adesso quel fantasma di monaca mi restituiva la sua meraviglia, con una tenerezza cui non ero preparata. Non avrei mai voluto mentire a una donna cosí. Eufrasia era intera, indivisa, un'anima candida come un fiocco di neve, noi Bricci siamo solo attori. Non sappiamo e non possiamo fare altro che recitare una parte. L'unico nostro vanto è di essere anche gli autori del copione. E io non ero nemmeno questo.

Da quando è cominciata questa commedia vivo nella paura di essere smascherata come un impostore. In un certo senso lo desidero. Siete voi, suor Eufrasia della Croce, la persona che vorrei scegliere per farlo. La mia Madonna di cui tutti parlano l'ho rifatta da un'incisione del Briccio, che l'aveva copiata da un disegno del cavalier d'Arpino. Non la volevo dipingere e infatti non ci riuscivo. Me l'aveva assegnata mio padre, come una prova: quando concludono l'apprendistato i garzoni devono essere in grado di inventare e dipingere un quadro di formato medio, o grande. A me, come femmina, non sarebbe mai stato chiesto. Eppure la prova dovevo superarla ugualmente: un giorno dovevo poter pennellare su un'opera mia le parole INVENIT - PINXIT se volevo essere davvero pittrice. La tela è stata sul cavalletto per mesi. L'ho completata solo perché mi ha ben consigliato il giovane pittore di cui avrei voluto essere amante, e lo sarei diventata, se soltanto non mi fossi addormentata prima, come la vittima di un incantesimo.

Ma non ho detto niente a suor Eufrasia. Forse me lo ha impedito il suo entusiasmo. Oppure la presenza nel parlatorio della folla ciarliera dei parenti e dei benefattori delle carmelitane, o piú ancora la consapevolezza che non eravamo sole, ma che l'ascoltatrice, una suora anziana scelta tra le piú zelanti, le sedeva accanto, anche se io non potevo vederla, assaporava ogni nostra parola, la memorizzava ed era pronta a riferirla alla priora. È stato per vergogna, o per malizia, ancora non lo so.

Nel nostro primo incontro Eufrasia mi ha trattato con cortesia esagerata, considerando la mia età e la mia posizione sociale, inferiore alla sua. Si preoccupò perfino di Basilio, che m'aveva accompagnata, ma che non era stato autorizzato a entrare nel parlatorio perché a quasi quattordici anni rappresentava per le monache un pericolo mortale. San Giuseppe è ai piedi di Monte Pincio, dietro il Corso: mio fratello era certo andato a curiosare nelle botteghe dei pittori. Nel rione ce n'erano dozzine. Speriamo non abbia preso un'infreddatura, si dispiacque Eufrasia. Dobbiamo vegliare sui nostri fratelli minori... La campanella annunciava già la chiusura del parlatorio quando, con la voce ridotta a un sussurro, confessò che anche lei avrebbe voluto dipingere.

Era sempre stato il sogno suo. Cosí strano, innaturale e vergognoso che mai aveva osato parlarne. Né in famiglia né in monastero. Se l'avesse rivelato, l'avrebbero relegata all'infermeria, a preparare gli oli, i medicamenti e le chine che le monache fabbricavano e vendevano per sostentarsi. Ero io, la favorita di Maria, la persona che aveva prescelto per confessare quel suo segreto. Mentre mi diceva cosí, ho capito di aver perso la mia occasione. Lei mi aveva aperto il suo cuore, io glielo avevo nascosto. Non potevamo diventare amiche, la nostra relazione si fondava su un'asimmetria che non avrei piú potuto colmare. Ero mortificata: nessuno prima aveva mai scelto me. E io ripagavo

male lei, che lo aveva fatto. Mi dissi che non sarei mai piú
tornata al parlatorio.

Mi pregò di fornirle un repertorio utile alla sua istruzione. Purtroppo suo padre, che pure era iscritto all'Accademia di San Luca, non le aveva trasmesso le sue conoscenze sul disegno, né le aveva mai permesso di guardarlo
ricamare. E in clausura non aveva la possibilità di prendere lezioni. A San Giuseppe, ogni monaca era forzata ad
accettare le cose contrarie al suo senso e al suo gusto. Per
questo – bisbigliò talmente piano che dovetti schiacciare
l'orecchio sulla grata – lei fingeva di odiare le immagini.
Conoscendo la sua fanatica avversione per la pittura, la
priora le avrebbe concesso di tenerne qualcuna nella sua
cella. Anzi, l'avrebbe costretta a farlo.

Quel ragionamento mi faceva girare la testa. Ma ero lu-
singata che si fosse rivolta proprio a me: ancora non osavo
considerarmi un'artista. Forse mi aveva offerto la possibilità di farmi perdonare. Le promisi che le avrei prestato
il mio album di disegni. Copie di Raffaello, Guido Reni,
Arpino, Pietro da Cortona. Glielo avrei portato la settimana prossima.

Meglio di no, s'affrettò a dirmi lei, non mi siete parente carnale, e siete zitella. Non siete ammessa ai colloqui, la
priora già ha fatto un'eccezione, non vi concederà di tornare in parlatorio tanto presto. Le regole qui sono molto
rigide. Fatemi la cortesia di lasciarlo a mio fratello.

È stato lí, alla grata del parlatorio di San Giuseppe, che
ho sentito nominare per la prima volta Elpidio Benedetti.
Siamo molto amorevoli, sospirò Eufrasia con voce sognante,
ci confidiamo tutto. Ci siamo sempre aiutati. Non riesco
ancora ad abituarmi all'idea che non lo abbraccerò mai piú.

Il signor Andrea Benedetti, suo padre, che col passare
degli anni era divenuto bacchettone fin quasi al delirio,
l'aveva cresciuta nel terrore dell'inferno, di cui ogni giorno le illustrava i castighi. Le aveva inculcato la convinzione che il mondo, corrotta macchina di peccati, sia già

un'anticipazione dell'inferno e ogni azione che vi si compie può condurre a quello vero. Per questo lei il mondo lo aveva lasciato volentieri. Ma Elpidio no. Elpidio avrebbe voluto portarlo nella clausura, con sé. Minore di tredici anni, lo aveva coccolato quasi come una madre. Durante il noviziato, per rompere la sua volontà come previsto dalla regola, le superiore l'avevano privata delle sue cose piú care, impedendole di vederlo, ma lei pativa ancora la sua assenza. Non poter carezzare i suoi capelli, non potergli stringere la mano, avvicinare la guancia alla sua fronte per sentire se aveva la febbre... A volte si svegliava ancora di soprassalto, nel cuore della notte, con l'impressione pungente dei suoi riccioli sulle labbra.

Quando era entrata a San Giuseppe aveva rinunciato alla sua eredità per dare ai fratelli Elpidio e Gaudenzio e al loro padre la possibilità di vivere meglio. Finché era vissuta in casa l'avevano fatta sentire un peso, e tale Eufrasia si era sempre considerata. Pur recalcitrante, anche Gaudenzio era entrato nel monastero di Sant'Onofrio al Gianicolo per farsi frate, e per la stessa ragione. Cosí Elpidio, prediletto dal padre, aveva potuto proseguire gli studi, e un giorno avrebbe potuto sposarsi e perpetuare il nome e il sangue dei Benedetti. Suor Eufrasia era certa che Elpidio sarebbe diventato qualcuno, e la riuscita di lui avrebbe dato valore alla sua rinuncia.

Avete un'anima nobile! esclamai, ammirata, sono certa che vostro fratello ve ne sarà riconoscente. Non mi deve nulla, mi ha corretto lei, la «renunciatio et donatio» l'ho fatta di mia volontà. Era il 17 aprile del 1628, mi ha raccontato, e don Giovanni Paltrinieri, fratello della madre e suo padre spirituale, l'aveva accompagnata dal notaio. Si considerava già suor Eufrasia, ma non aveva ancora recitato la professione, era spaurita e aveva solo fretta di tornare a San Giuseppe. Il notaio leggeva, e lo zio prete, sapendo che ignorava il latino, le biascicava le formule, di cui lei aveva capito solo che affermava di entrare in monastero per zelo di religione, e il concetto che la sua rinuncia era perpetua e irrevocabile. Ricordava però ancora a memoria il passaggio in cui affermava di aver fatto questa donazione «ex pura mera et vera liberalitate mea». Il notaio le aveva fatto firmare un documento di tre pagine di cui lei non aveva letto neanche una riga. La sua grafia era incerta e tremolante, e tra quegli uomini dotti si era vergognata della sua ignoranza.

Nella voce di Eufrasia non c'era rancore né rassegnazione, anzi vibrava una tale gioia da insinuare nel mio rispetto per lei un senso di soggezione. Io non avrei saputo sacrificarmi per Basilio. Anche se sarebbe stato quello il mio dovere. Ma sono troppo orgogliosa, e finché la salute mi ha assistita e la vecchiaia non mi ha tolto la possibilità di lavorare e di mantenermi, non ho mai potuto considerarmi un peso.

Vi prego, mi disse, incontrate voi Elpidio per me. Guardatelo bene, e imprimetevi nella mente ogni particolare del suo viso. E poi disegnatemi a lapis un suo ritratto. Sono già otto anni che ci separa la grata, era ancora un ragazzo quando l'ho visto l'ultima volta, sarà cambiato. Ma non portategli i vostri disegni a casa. I miei genitori disapproverebbero questa mia passione per la pittura. Mia madre penserebbe a un capriccio, mio padre a un peccato. Non è cosí, ma preferisco non parlarvene ancora. Perdonatemi. Ho davvero bisogno del vostro aiuto. Elpidio si è appena laureato e non deve piú seguire i corsi all'università, potrà venire da voi quando vi è piú comodo.

A quel punto fui io a dirle che non potevo giustificare a mio padre la visita di un giovane come Elpidio Benedetti, e suor Eufrasia si affrettò a proporre un appuntamento in un luogo che non compromettesse nessuno di noi. Poco distante da porta del Popolo, all'imbocco del Babuino, nel convento dei carmelitani scalzi di Monte Santo c'era una chiesuola. Il suo confessore era uno di quei padri. Potevo andare lí, venerdí prossimo, un'ora prima dell'Ave Maria, e se qualcuno me ne chiedeva il motivo, dire che cercavo padre Camillo. Che invece sarebbe sicuramente stato via, perché appena partito per la Sicilia. Non dovevo temere di compromettermi: il colloquio sarebbe durato pochi istanti, giusto il tempo di consegnare il mio album a suo fratello e di memorizzare i tratti del suo viso.

È stata per la comune mancanza di libertà mia e di sua sorella che Elpidio e io ci siamo conosciuti al di fuori di ogni regola e convenienza. E non siamo piú potuti tornare indietro.

Benedetti m'è venuto incontro a passi felpati, cauto, già contrito di commettere un'azione illecita. Aveva una cartella di libri sottobraccio. Dovevano pesare parecchio perché la scaricò con sollievo sul banco. Mattoni di giurisprudenza, spiegò, con un sorriso. Aveva denti bellissimi, grandi, bianchi e regolari.

La teoria fisonomica mi aveva insegnato che i denti, frutto del mescolamento delle parti umide con le parti secche, sono il fondamento del corpo, esattamente come le fondamenta lo sono delle case che gli architetti costruiscono. I denti grandi, spessi e robusti rivelano un uomo forte di corpo e ardito di animo, di complessione gagliarda come i leoni, fiducioso, privo di sospetto e predisposto ad atti magnanimi.

Molti anni dopo ho conosciuto una principessa parigina assai intenditrice della materia, e mi ha spiegato che un uomo non è mai brutto quando ha bei denti. È l'unica bellezza che sia utile. Lo avessi saputo prima, mi sarei vergognata meno di trovarlo attraente.

Sono il primo dei Benedetti a completare il corso degli studi, esordí, per impressionarmi. Dovrei essere felice. Invece sono l'insetto piú miserevole della terra. Perché adesso dovrò trovarmi un impiego, e la mia giovinezza è finita. Flavia, voglio dire Eufrasia, cioè suor Eufrasia della Croce, vi avrà detto che laurearmi m'attraeva come spararmi un'archibugiata in testa. Ma non si può scegliere, no?

Si può sempre scegliere che uomo si vuole essere, dissi, ripetendo la lezioncina morale sulla lettera di Pitagora che mi aveva impartito mio padre – ne aveva scritto in un opuscolo esaurito in pochi giorni, e ne andava molto fiero: mi aveva imposto di impararla a memoria. Della mia petulanza di quel primo incontro mi sono sempre vergognata.

Voi avete studiato, signor Benedetti, conoscete il greco. Avrete visto la lettera ypsilon. È la piú importante dell'alfabeto. Ha un piede solo, ma si divide poi in due parti. La parte destra è sottile e ripida e nella sommità ha un piano, la parte sinistra è grossa ma finisce torcendosi all'ingiú come una foglia di palma. Pitagora la usava per significare le due strade che nella vita ci vengono continuamente poste davanti. Una è stretta e scomoda da percorrersi, richiede fatica, sacrificio, travaglio, ma poi spiana; l'altra è larga, comoda e facile, ma poi s'incurva e non conduce a niente. Ognuno ha sempre davanti a sé queste due strade. È libero di scegliere la propria. Intendo dire, precisai, voi uomini potete sempre scegliere.

Elpidio Benedetti mi scrutò incuriosito. A venticinque anni era lungo e secco come un burattino; vestito di nero, nero di capelli, aveva qualcosa del cormorano. E i lineamenti irregolari, come se il suo disegnatore avesse assemblato diversi modelli, abbozzando identità differenti: il naso corto di un piviere, le orecchie triangolari e sporgenti, da volpe, gli occhi di un grigio malinconico, ravvicinati, piccoli e sospettosi di un uccello, la mascella dura e gli zigomi sporgenti da soldato, le labbra tumide, da meretrice, il sorriso scaltro, da cortigiano – o forse da prete. L'Ingegneri gli avrebbe attribuito animo lussurioso, grosso ingegno, molta loquacità, lunga vita.

Ypsilon, ypsilon, me ne ricorderò, ripeté, divertito, mentre afferrava con destrezza l'album che gli porgevo. Capii che desiderava aprirlo, ma non lo fece. Si limitò a fissarmi, con quegli occhi grigi penetranti. Mi chiesi cosa gli avesse detto Eufrasia di me.

La figlia del Briccio! Che fortuna, un padre scrittore! esclamò poi a voce troppo alta, tanto che il converso intento a spazzare la chiesetta si voltò, infastidito. Siete il primo che la pensa cosí, signor Benedetti, sorrisi, stupidamente rincuorata. Tutti gli altri conoscenti ritenevano che la grafomania del Briccio fosse la nostra croce. Benedetti deve avermi considerata ingenua, perché non ho capito che si stava prendendo gioco di me.

Lo leggo da quando avevo ancora in bocca i denti da latte, ha spiegato con un sorriso sardonico. Ma purtroppo non posso proprio dire di essere un suo lettore. Il Briccio è stato il mio castigo. Se peccavo, mio padre mi costringeva a leggere libri edificanti. Sempre e solo scritti da religiosi. Una volta che avevo tardato alla messa in suffragio della buona memoria di mio nonno, mi fece imparare la parte di Giuda nella *Schiodazione di Cristo dalla Croce* e una volta che fui ingiusto con mia sorella mi inflisse *Il martirio di santa Christina vergine*. L'autore era un frate. O cosí credevo. Che fossero entrambe opere del Briccio, sotto pseudonimo, me lo hanno rivelato i miei compagni, al Collegio Romano. Si passavano di nascosto le sue zingarate, le commedie, i racconti criminali... Mi dispiace dirvi che io però non ne ho letto nessuno. Dovevo imparare a comporre orazioni nello stile di Cicerone, relazioni nello stile di Tacito, conformarmi alla sintassi dei legulei e dei prosatori d'oggi, che elaborano concetti astrusi e agitano il turibolo sotto il naso dei potenti. La prosa vivace di vostro padre avrebbe potuto trasmettermi un'insensata aspirazione all'indipendenza. L'ultima cosa di cui ho bisogno, se non voglio rovinarmi la vita.

Non vi siete nemmeno affacciato al mondo della corte, dissi, irritata dal tono fatuo con cui aveva condannato l'opera e la vita intera di mio padre, e siete già un cortigiano inginocchiato. Mi adeguo, sorrise Benedetti, non ho abbastanza denaro per permettermi di ragionare col mio cervello. Posso sperare d'essere impiegato come segretario da qualche cardinale. Se sospettasse che nel mio cranio si agita un pensiero, sarei licenziato il giorno dopo.

Siete molto impertinente, signor Benedetti, lo rimproverai. Dovreste solo ringraziare Iddio se un cardinale vi concederà uno stipendio. Ma non credo che vi aspetti una simile fortuna. Non sapete tenere la lingua tra i denti, ed è gran difetto, a Roma. Nelle corti, o si applaude o si tace.

In realtà l'imprudenza di Elpidio mi divertiva, e sarei rimasta volentieri a battibeccare con lui. Mio padre m'aveva insegnato che gli uomini sono come i vasi vuoti: non si può sapere se sono fessi se non li si sente parlare. Ma non potevo fermarmi oltre. I frati di Monte Santo mi avrebbero notata, anche se mi ero camuffata calcandomi in testa, fin quasi a coprirmi il naso, un cappellaccio di feltro a cilindro. Me ne andai senza aggiungere altro. Sentivo lo sguardo di Benedetti sulle mie spalle, sulla nuca, sulle caviglie. Quando sulla porta della chiesa mi voltai per farmi il segno della croce, Elpidio era ancora lí nel banco, a fissarmi.

Mi raggiunse mentre, superata a testa bassa l'osteria del Moro, davanti alla quale ciondolavano screanzatissimi biscazzieri, attraversavo la terra di nessuno davanti a porta del Popolo. Per qualche passo mi pedinò, muto. Siete piú interessante della vostra Vergine, esclamò poi, goffamente. Ho sentito dire che è antiquata, se non fosse stata la Madonna a completarla non avrebbe alcun pregio. Secondo me potete fare di meglio.

L'ho già fatto, replicai, avvampando per lo sdegno. Come si permetteva quel neolaureato in legge di giudicare il lavoro di una pittrice senza nemmeno conoscerlo?

Ne dubito, disse Elpidio, che mi sembrò compiaciuto di aver fomentato la mia collera, le donne sono poco portate per l'arte. Come del resto per la musica e la filosofia. Per quanto m'insegna la storia, non ne è esistita una che possa stare alla pari coi maestri.

Potreste ricredervi. Il mio studio è a Borgo Vecchio, alle Tre Colonne, sopra l'osteria, gli ho detto bruscamente, offesa. Chiedete dei Bricci, ci conoscono tutti. Faccio quadri di piccolo formato, perfetti per arredare le cucine, vasi di fiori, ceste di frutta, mele, pere, grappoli d'uva, visciole, castagne, secondo la stagione, anche uccelli e fagiani morti sopra panni bianchi, e per devozione privata tutti i santi e tutte le Madonne, in cielo, in maestà, ma preferibilmente col Bambino, ideali per camere da letto e studioli. Per il prezzo potete trattare con mio padre, è il Briccio che mi fa da agente.

Benedetti non s'aspettava di sentirmi parlare di pittura con tanta sgarbata praticità, e ancora meno un invito cosí diretto. I gesuiti gli avevano insegnato che nel nostro secolo chi non sa mascherare la verità non sa vivere: inoltre aspirava a entrare a corte, dove la dissimulazione è il requisito preliminare, e la verità solo un segreto che ha un prezzo. S'imporporò, come se fosse stata una femmina di malaffare a proporgli un appuntamento. Non sapeva dove posare lo sguardo – i suoi occhi grigi vagavano dalle mie mani alla mia bocca.

Non m'intendo di pittura, Plautilla Briccia, ammise. L'ho disprezzata perché la associo alle fatiche di mio padre, che ha perso il lume degli occhi per ricamare piviali ai preti, e io non lavorerò mai con le mani, come un muratore, ma con l'intelletto, come un signore. Se potessi scegliere che uomo diventare, come dite voi, prenderei il lato destro della lettera di Pitagora, la strada piú difficile, e sceglierei di essere uno scrittore.

Non v'intendete neanche di scrittura, purtroppo, tagliai corto affrettando il passo. Tirava vento, e non avevo intenzione di indugiare per strada con quell'insolente. In un sacchetto appeso alla cintura tenevo le monete per pagarmi il passaggio del Tevere sul traghetto, ma nei giorni precedenti c'era stata l'inondazione, e avevo timore che non partisse. Il ponte Sant'Angelo era troppo lontano per-

ché potessi raggiungerlo prima del buio. E comunque non
potevo passare nei vicoli tra San Rocco e il fiume, dove
tutte le donne praticavano il meretricio.

Benedetti saltò a bordo quando il traghettatore stava già
mollando la cima. Avrei voluto protestare perché m'aveva
seguita, ma non volevo che gli altri passeggeri credessero
che m'accompagnavo a un uomo. Sul barchino stracarico
riuscii a sedermi solo sul banco di poppa. Benedetti mi raggiunse sgomitando, ancora affannato. Non doveva essere
abituato a rincorrere una preda.

L'umidità che saliva dal fiume si condensava in una
nebbia d'argento. L'acqua torbida ribolliva di tronchi, ra-
maglie, seggiole, cuscini. La piena era stata cosí potente
che il Tevere straripando aveva sventrato i magazzini di
legname e le casupole dei quartieri bassi, strappando loro
i pochi mobili e arredi. Parecchi abitanti dei piani terreni
erano morti affogati. Le onde facevano sussultare la barca
tanto che sembrava quasi di essere in mare.

Che felice circostanza! Gli incontri sono talvolta volu-
ti dalle stelle, si giustificò Benedetti, benché non gli avessi
detto nulla. Approfittava della mancanza di spazio per ad-
dossarsi a me, la mia coscia era stretta fra le sue ginocchia.
Provavo una sensazione piacevole, ma dovevo reagire. I de-
boli non hanno migliore scusa che far finta di non accorgersi
di ciò che gli urge, lo provocai. Era imbarazzato. Goccioli-
ne di sudore gli imperlavano il labbro. Possiamo opporci ai
sentimenti del corpo, ma non è in nostro potere scacciare
dalla mente i pensieri che ci affliggono, filosofeggiò Benedetti, solleticando con la punta delle dita la parte interna
del mio polso, l'unico spicchio di pelle nuda che spuntava
dalla manica del vestito. E quali sarebbero, questi pensieri?
gli chiesi, simulando indifferenza. È uno solo, rispose, af-
ferrandomi la mano e portandola alle labbra, siete voi. Ma
il suo volto cambiò subito colore, come se avesse visto un
fantasma. Con gli occhi sbarrati, fissava qualcosa, dietro di

me. Mi voltai. Sull'acqua color fango, di un biancore ab-
bacinante, galleggiava un oggetto oblungo, che terminava
con quello che sembrava un piede. Era infatti una gamba.
Filò via, inghiottita da un gorgo. E subito dal fondo
del fiume balzò fuori, come spinta da una molla, un'altra
forma non meno orripilante. Una testa umana adorna di
capelli crespi, da cui pendevano filamenti di carne, come
tentacoli. Medusa, mi dissi, distogliendo lo sguardo.

L'inserviente gridò qualcosa al traghettatore, e spinse
via col bastone un cadavere – integro, questo – che puntava dritto sul barchino. Riuscí ad allontanare quello, ma
non un groppo di membra che avanzava verso di noi con la
velocità di un proiettile. Quella massa, che pareva un lin-
gotto di sapone, urtò contro lo scafo e ci inclinò su un fianco, facendoci cadere uno sull'altro, e il canapo sfuggí di
mano al traghettatore. Neanche il tempo di dire un amen
e la corrente ci trascinò al centro del Tevere.

Ero schiacciata sul fondo della barca, con la zimarra di
Benedetti sul viso. Per non cadere s'aggrappava alle mie
ginocchia. Gli altri passeggeri, avvinghiati al bordo, o a
loro volta distesi, ci impedivano di districarci. Sentivo le
sue mani sui muscoli delle gambe, un'intimità oltraggiosa
e inevitabile. E intanto volavamo via, sballottati sull'acqua
come un truciolo. Già sopra di noi si stagliavano i cipressi
che incoronano il mausoleo di Augusto, e i cornicioni di palazzo Borghese, speravamo di arenarci alla curva, e invece
già ci lasciavamo alle spalle le torri dietro piazza Navona.
Urlavamo tutti, di terrore. Sapevo bene cosa ci attendeva
piú avanti, lungo la riva sinistra. E proprio là correva la
barca senza guida. La mola spiccava imponente nella luce
del crepuscolo: saremmo finiti negli ingranaggi della ruota, stritolati, senza poterlo impedire. L'acqua bullicava di
morti. A pezzi, o interi, putrefatti, tutti nudi, saltellava-
no sui mulinelli, s'inabissavano nei gorghi che li rimbalzavano fuori, si decomponevano sotto i nostri occhi. Era
come essere sulla barca di Caronte, risucchiati all'inferno.

Questa è la punizione divina per la mia bestemmia, gemette Benedetti, conficcandomi le unghie nella carne. Mio Dio, perdonami e abbi pietà della mia anima. La ruota del mulino ad acqua ormai ci sovrastava, ne sentivamo lo scricchiolio sinistro, sempre piú vicino, poi uno scroscio viscido ci innaffiò, la ruota strappò dallo scafo quel groppo di carne e lo sollevò, schiantandolo.

Il barchino passò oltre. La corrente ci depositò, piú avanti, indenni, su un monticello di fango, fra grovigli di tronchi, sotto l'arcata di ponte Sant'Angelo. Le nostre grida richiamarono i soldati di Castello, che scesero a recuperarci. Buttarono una passerella di tavole, perché potessimo scendere. Puzzavamo di melma, fradici come gatti. Elpidio e io, mortificati dalla colpa di sentirci attratti l'uno verso l'altra, e di esercelo perfino confessato, non osavamo guardarci.

Sarà stato anche un monito divino. Ma i fiumaroli diedero un'altra spiegazione. Qualche giorno fa per la piena s'è rotta una tomba, riferí prosaico il traghettatore all'ufficiale, scrollandosi di dosso con noncuranza un ciuffo di capelli brizzolati che gli era piovuto sulle spalle. Ne ho pescati dieci sabato, e quindici ieri. Gli altri cadaveri se li è portati via l'acqua. Li recuperano dappertutto, fino alla foce.

La spiegazione ci bastò. Benedetti mi strinse la mano nella sua, e il suo viso non serbava la minima traccia di pentimento. Nella confusione, gli era caduto il cappello. E non solo. Quelli che avevo creduto capelli neri erano solo una parrucca. I suoi erano castani, tagliati corti, e rasati a tondo sulla sommità del cranio. Aveva ricevuto la tonsura. Sapeva che l'avevo notata. Non poteva piú nasconderla. Elpidio si calcò ugualmente il cappello in testa. Una cascata d'acqua torbida gli si rovesciò sul viso. A quindici anni mio padre m'ha fatto assegnare dal piú eminente fra i suoi clienti un beneficio di San Pietro, mi sussurrò Benedetti. Doveva essere la mia dote per proseguire gli studi. Avrei ricevuto svariati scudi ogni mese, per sempre. M'hanno assicurato che il beneficio potevo comunque restituirlo. Che in cambio di tutto ciò dovevo solo portare l'abito ecclesiastico e la tonsura patente, impiegare i proventi del beneficio nel mio onesto mantenimento, e se un giorno le rendite avessero superato i miei bisogni impiegarle a vantaggio dei poveri. Che mi si chiedeva solo di non essere eretico, irregolare, infame, mentecatto, furioso, simoniaco. E di vivere nel celibato. A quindici anni le uniche donne che conoscevo erano mia madre e mia sorella, e credevo fossero tutte come loro – preghiera, contrizione, pentimento: una compagnia non troppo desiderabile, tutto sommato. Ho accettato felice il beneficio perpetuo, e fino a oggi sono stato convinto di averci fatto gran guadagno. Dovevo incontrarvi, Plautilla Briccia, per capire a cosa mi hanno chiesto di rinunciare.

Non sarò il peccato che vi inquinerà le fonti della salvezza, gli dissi, con una malizia che sorprese me per prima. Sono felice di scoprire che non credete nel diavolo, disse. Ci credo, ma non lo temo, gli risposi. Sorrise. Sapeva, come sapevo anche io, di avere incontrato qualcuno che sarà importante. Una convinzione che non avremmo saputo spiegare – eravamo solo due giovani inesperti e solitari – eppure assoluta, come una predestinazione.

Verrò sabato prossimo, Plautilla, promise. Fuggii sulla passerella cosí in fretta che il mio guanto gli rimase fra le dita.

Avevo trascorso con lui meno di un'ora. Tutto ciò che aveva detto mi aveva infastidita. La sua singolare bruttezza mi metteva a disagio. Il suo talento per dire sempre la cosa sbagliata, irriguardosa e offensiva per l'interlocutore, era quasi fenomenale. Non avevamo fatto altro che bisticciare e offenderci. Una legione di morti aveva salutato l'alba dei nostri sentimenti. E per colpa sua, che non l'aveva trattenuto, il mio prezioso album, coi miei migliori disegni, frutto della fatica di anni, era caduto nel Tevere. Peggiori presagi non avrebbero potuto salutare l'inizio della nostra amicizia. Tuttavia, o proprio per questo, non vedevo l'ora che arrivasse.

A mia sorella annunciai la visita di un beneficiato di San Pietro interessato a comprare uno dei miei quadretti. Un chierico! esclamò Albina, con una smorfia di disappunto. Preti, frati, vescovi, cardinali, abati, tonache dappertutto, Maria avvocata aiutaci tu! Che disgrazia essere una donna onesta a Roma... Albina rideva, ma purtroppo diceva il vero. Il sessanta per cento degli abitanti della nostra città erano maschi, ma nonostante fossimo in minoranza eravamo sempre troppe, i monasteri non bastavano a contenere le eccedenti, e quasi ogni famiglia custodiva le sue zitelle. Gli abati, i preti, i frati avevano bisogno di meretrici, o di donne sposate – non di ragazze perbene.

Questo tuo beneficiato è un chierico secolare, un sacerdote o un laico che veste solo l'abito ecclesiastico? s'informò comunque Albina. Risposi che non lo sapevo. Benedetti non sembrava particolarmente timorato d'Iddio, non indossava la tonaca e portava la parrucca, infrazioni che potevano costargli la scomunica. Be', reverendo o sacerdote, non faceva molta differenza, sospirò Albina. Era pur sempre un chierico. Cioè – per una zitella – il piú pernicioso e inutile degli uomini.

Albina volle comunque migliorare il mio aspetto – trascurato, a suo dire. Tracciò col pettine una scriminatura perfetta sulla sommità della mia testa, acconciò col ferro due riccioli perché migliorassero la forma del viso e a forza di spille e ritocchi m'adattò il piú elegante dei suoi tre vestiti. Non conosceva neanche un beneficiato che avesse rinunciato al titolo per una donna. Il denaro prevale sempre sul cuore. Però, chi può davvero conoscere il futuro?

Ma Elpidio Benedetti non venne.

La proposta prevedeva unicamente adesione entusiasta e gratitudine imperitura. Dal giorno della laurea del figlio, il signor Andrea Benedetti baciava mani riverentemente genuflesso nelle anticamere dei cardinali e dei prelati titolari di un ufficio qualunque di curia, ai quali in passato aveva ricamato manti e pianete, offrendo i servigi del figlio – brillante studente di retorica, filosofia e diritto, dalla mente prensile e dal carattere docile, provvisto insomma di tutte le qualità che avrebbero fatto di lui un segretario perfetto. Inutilmente, però, perché Roma pullulava di giovani come Elpidio, né preti né laici, disposti ad abbracciare l'uno o l'altro stato secondo le convenienze, romani o forestieri, nobilucci o borghesi, ma raccomandati con piú robusti argomenti. Il signor Benedetti era ormai nel baratro dello scoramento quando il maestro di casa del cardinal Barberini lo reclamò con urgenza a palazzo.

Lassú in alto il signor Benedetti non aveva finora ottenuto udienza, e quel giorno dal cardinal padrone s'aspettava solo rimostranze per qualche difetto che guastava il piviale da lui consegnato poco tempo prima. Presunto, certo – forse una figuretta dissimile dal modello approvato da Sua Eminenza. Ciò sarebbe stato forse il pretesto per ritardare il pagamento. Le spese dissennate dei munifici Barberini finivano per ripercuotersi sui saldi infimi degli artigiani meno necessari.

Andrea Benedetti trovò il cardinal Francesco agitato da un parossismo sorprendente, ed estraneo alla sua natura flemmatica, che gli sarebbe rimasto del tutto incomprensibile se prima di introdurlo il maestro di casa non lo avesse avvisato che Sua Eminenza temeva per la sorte del pittore Romanelli. Il viterbese assistente del signor Berrettini lo serviva con tanto zelo da essersi quasi ammazzato di fatica. Da settimane giaceva a letto, stremato dalle febbri. Barberini si era coltivato quel giovane come un fiore raro, s'era esposto per innalzare la sua reputazione, e non poteva concepire di perderlo. Lo nutriva con le prelibatezze cucinate dal suo cuoco, e lo faceva accudire come un parente.

Il cardinal nipote incaricò Benedetti di provvedergli quanto prima una coperta ricamata a filo d'oro, per poter avvolgere il Romanelli nell'abbraccio della croce. I rimedi prescritti dal suo medico personale si erano infatti rivelati vani e solo la fede poteva salvare il giovane.

Benedetti lodò mellifluo la stupenda magnanimità di Sua Eminenza, che s'adoperava per un semplice pittore. Il cardinale rispose sdegnoso che lui aveva caro il suo creato come tutti i giovani della sua famiglia. Benedetti non si lasciò sfuggire l'occasione e s'affrettò a dire che ciò era notorio: sapesse, il cardinale, che un altro giovane, il suo diletto figliolo Elpidio, sospirava per mettersi al suo servizio.

Il cardinal Francesco si era dimenticato di Elpidio – uno fra i tanti figli dei suoi clienti che aveva beneficato – e diffidava del padre: il ricamatore papale infatti era stato coinvolto anni prima in un sordido processo per sodomia, da cui era riuscito a farsi assolvere presentandosi come vittima e non come complice del misfatto, ma il sospetto macchiava ancora la sua reputazione agli occhi di Barberini che aspirava alla santità. Poteva perciò servirsi di entrambi ostentando di favorirli. Quel pedante di Benedetti capitava a proposito.

Il vostro figliolo cerca un impiego? s'informò, rianimandosi all'improvviso dalla prostrazione. Benedetti annuí, impenetrabile, celando magistralmente la speranza che gli tumultuava in cuore. Provo un sincero affetto per il vostro figliolo, proclamò il cardinale, e sono certo che riuscirà un cameriere fedele. Si consideri assunto. Venga a iscriversi a ruolo nel pomeriggio e sottoscriva le carte. Si presenti poi domani all'alba, con abiti da viaggio e un solo baule. Partirà domani stesso da Ripa Grande, se il fiume è navigabile dopo tutta questa pioggia. Altrimenti attenderà a palazzo col resto del seguito.

Partire? balbettò Benedetti, stupito. Il figlio Elpidio non aveva mai lasciato Roma se non per recarsi, d'estate, nel borgo di Poggio Mirteto dove la famiglia Benedetti aveva ancora delle proprietà, la cappella in chiesa e – soprattutto – la tomba. Deve andare all'estero, tagliò corto il cardinale. Starà via a lungo. Conoscerà il suo padrone all'arrivo. Garantirò io per lui.

Benedetti si prostrò in un inchino cosí profondo che riuscí a risollevarsi a stento. Sono suo servo umilissimo, borbogliò, cercando di dominare il dolore che si irradiava dalla sua schiena. Non osò domandare quale fosse lo stipendio, né le mansioni, né il nome del padrone di cui Elpidio sarebbe divenuto cameriere. Preferiva non sapere né gli uni né l'altro. Perché Elpidio avrebbe dovuto accettare comunque l'impiego offerto dal cardinale. A Roma funzionava cosí.

Rinculando per non voltare le spalle a Sua Eminenza era arrivato quasi sulla soglia, quando Barberini pronunciò quel nome. Sputò dalle labbra le sei sillabe con tale malevolenza che Benedetti comprese all'istante di essere caduto nella trappola. Il posto doveva essere vacante perché nessuno era stato cosí stolto da mettersi nelle condizioni di accettarlo. Il santo cardinal Barberini non odiava nessuno con la sorda acrimonia con cui odiava l'uomo al cui servizio aveva appena condannato Elpidio. Credendo di favorirlo, il padre aveva fottuto il figlio. La carriera di Elpidio alla corte di Roma era già stroncata. Francesco Barberini era l'uomo piú potente di Roma dopo il papa, e non per celia veniva definito cardinal padrone: chi avrebbe piú assunto il cameriere del suo avversario?

Il signor Benedetti riferí a Elpidio solo di avergli trovato un lavoro da cameriere. Bisognava che corresse subito dal sarto a farsi allungare le tonache – magro e lungo com'era pareva un asparago – e dal barbiere a rasarsi meglio la tonsura, e poi preparasse in fretta e furia un baule, portasse il meno possibile e solo qualche libro – perché le carrozze del convoglio del nunzio erano già sature e sulla nave non potevano accettare altro carico. Baule? Nave? Nunzio? s'incuriosí Elpidio. Il nunzio straordinario di Sua Santità, il protonotario apostolico monsignor Giulio Mazzarini, precisò il signor Benedetti. Lo raggiungerai a Parigi per ricondurlo nella sua sede, ad Avignone. In Francia.

Ah! esclamò Elpidio, stupefatto. Accidenti, mai avrebbe immaginato al suo primo impiego di trovare un posto nella cerchia del vero potere. I giovani laureati di solito finivano a copiare processi per abigeato e furto di candelieri in chiesa e scrivere l'elogio della pulce per qualche cardinale povero, referendario di segnatura. Giulio Mazzarini, Mazarino, Mazzarino, o come diavolo si chiamava, era invece in quel momento l'uomo piú chiacchierato di Roma.

Elpidio lo conosceva di fama fin da quando, a sette anni, era entrato al Collegio Romano, dove non passava giorno senza che i preti rievocassero agli scolari le imprese del loro predecessore. Perché anche Mazzarino era stato allievo dei gesuiti, e se lo ricordavano tutti. Con nostalgia e insieme dispetto. Mazzarino era il piú dotato della classe, ma utilizzava il sapere come uno sgabello, e non come la scala verso la conoscenza. E col passare degli anni, attorno a lui si era infittito un alone di mistero. La sua famiglia aveva qualche terreno e proprietà in provincia, ma non era ricca, eppure lui viveva come un principe. Pari in tutto al giovane Gerolamo cui i Colonna l'avevano messo accanto fin da ragazzino, per fargli compagnia e per sorvegliarlo. Siccome entrambi indulgevano in tutti i vizi di Roma, li avevano spediti in Spagna per proseguire gli studi, laurearsi e depurarsi nel rigore del costume iberico: erano tornati piú scapestrati di prima, e contagiati dai vizi di Spagna. La grandezza, l'ostentazione. Mazzarino spendeva in una notte piú denaro di quanto il padre, intendente dei Colonna, avrebbe guadagnato in un anno. Giocava d'azzardo migliaia di scudi e vinceva sempre. Se non era un baro, cosa che in realtà tutti ritenevano certa, era l'uomo piú fortunato di Roma.

Elpidio l'aveva visto solo una volta, da lontano. Nel marzo del 1622, durante le cerimonie per la canonizzazione di Ignazio da Loyola, i gesuiti avevano organizzato uno spettacolo teatrale. All'ultimo momento avevano chiamato Mazzarino a interpretare la parte del protagonista. Il suo talento per la recitazione era risultato sbalorditivo. Come un attore nato, aveva fatto venir giú il Collegio dagli applausi. Elpidio aveva appena dodici anni, e quel ventenne, bello come il cavaliere di un romanzo, gli era apparso il modello cui ispirarsi. In seguito, cercando di non tradire la sua infatuazione, perché in effetti Mazzarino era stato il suo primo amore, aveva assillato tutti i conoscenti chiedendo cosa ne fosse stato del fascinoso Ignazio da Loyola. Ma Mazzarino non era piú a Roma.

Dopo la laurea, in cerca di impiego proprio come Elpidio, aveva tentato la carriera delle armi. La piú inadatta alla sua natura mondana e conciliante: eppure l'improbabile capitano dell'esercito pontificio era stato cosí abile da cavarsela senza ferite e senza disastri, da riuscire a congedarsi per farsi assumere come segretario del nunzio apostolico di Milano, il cardinal Sacchetti, e da diventargli talmente indispensabile da farsi nominare nunzio ad interim al suo posto quando quello era stato richiamato a Roma. In quell'incarico improvvisato e superiore alle sue competenze aveva rivelato insospettate abilità diplomatiche, riconciliando l'esercito francese e quello spagnolo, che s'affrontavano sotto le mura di Casale. Quella guerra nuoceva assai alle ambizioni del papa, che s'ostinava a sognare per Roma – uno stato senza esercito, senza industrie e quasi senza economia – un ruolo di grande potenza europea. Ma l'aver fatto firmare la pace a Francia e Spagna, invece di guadagnare a Mazzarino la riconoscenza di Urbano VIII, glielo aveva reso sospetto. Perché quel giovane senza blasone si era procurato un protettore piú potente dei Colonna o dei Sacchetti: Richelieu, primo ministro del re Luigi XIII. Il quale aveva osato addirittura candidarlo per il posto di nunzio apostolico in Francia, costringendo il papa a esporsi, e a rifiutargli la nomina. Mazzarino ci era andato lo stesso, in Francia, e se la spassava alla corte di Parigi, coccolato da Richelieu quasi fosse il suo figlioccio. Ora il papa e il cardinal nipote lo temevano, e volevano sbarazzarsene prima che fosse troppo tardi. Urbano VIII lo aveva richiamato ad Avignone per tarpargli le ali. La nunziatura straordinaria, che lo obbligava a risiedere in Provenza e lontano dalla corte del re, era una specie di esilio.

Il cardinal Barberini ti affida una lettera di padre Passavanti, la leggerai in viaggio perché contiene eccellenti consigli per salvarti l'anima. Ma prima che tu parta voglio che ti confessi e ti purifichi, perché dovrai essere forte, e resistere alle tentazioni: purtroppo il tuo padrone, figliolo, gli rivelò accigliato Benedetti, è un peccatore.

Elpidio annuí gravemente, per nascondere al padre la gioia di entrare al servizio di un uomo poco piú che trentenne, e non di un cucco decrepito, non meno peccatore ma sobillato dal timore della morte prossima a recitare a beneficio del mondo la propria contrizione. Elpidio aveva venticinque anni, convivere con un padrone vecchio sarebbe stata una pena.

E poi dei peccati di Mazzarino sapeva già piú del signor Benedetti. Occhi di velluto, capelli lunghi inanellati, stivali lustri e spadino al fianco, nastri e merletti inamidati attorno al collo, i farsetti piú eleganti di Roma, parlantina fiorita, sempre pronto a elargire regali squisiti e costosissimi, Giulio – come lo chiamavano familiarmente i gesuiti, che aspiravano a farne uno dei loro, mentre lui li rifuggiva – pareva predestinato a perdere l'anima di chiunque incontrasse. Seduceva col denaro: suscitando uno scandalo clamoroso aveva appena maritato le sue sorelle a principi romani, con doti favolose, incurante dell'ovvia deduzione che se ne sarebbe tratta – una tale ricchezza di ignota provenienza non poteva che essere alimentata da sorgenti illegali. Seduceva col fascino, tutti: dame, prelati, paggi, cantanti. Aveva completamente soggiogato Antonio, il nipote giovane del papa, pure lui – quando aveva appena vent'anni – eletto cardinale dallo zio. Il quale Antonio voleva prenderselo a palazzo, e nominarlo maestro di casa, e solo l'opposizione del fratello Francesco e del papa stesso gli aveva impedito di arruolarlo nella sua famiglia. Insomma, Giulio Mazzarino o era la reincarnazione di Lucifero, l'angelo prediletto del Signore, destinato alla caduta, oppure il nemico stesso dell'uomo: Satana.

Tutti quei pettegolezzi, però, non solo non scoraggiavano ma anzi affascinavano Elpidio. Se Giulio Mazzarino era riuscito a scampare al destino mediocre di suo padre, perché non poteva riuscirci lui? Col signor Benedetti ostentò scrupoli e timore per il suo nuovo lavoro, e appena rimase solo si lanciò in una danza folle, saltando e piroettando su se stesso come un saltimbanco. Questa è la mia opportunità – si diceva. Se sarò abile, non vivrò in orizzontale per scansare l'invidia d'essermi arricchito col lavoro manuale, come mio padre. Non dovrò farmi prete, non morirò ignoto. Io sarò.

Elpidio aveva appuntamento con me, quel pomeriggio. Invece andò a confessarsi per non partire in disaccordo col padre; poi esaminò la lista che Mazzarino, intento a con-

quistarsi l'amicizia di parigini e parigine, gli aveva fatto
recapitare, con l'ordine di procurarsi in questa e quella
bottega di Roma confetti, ventagli, scatole, oli profumati,
libri e galanterie, e lui s'affannò a obbedire per non partire in disaccordo col suo padrone, che ancora nemmeno
conosceva e cui voleva piacere, temendo invece di esserne preventivamente odiato come una spia, perché a lui
imposto dal cardinal Barberino, che lo mandava a Parigi
per costringerlo a tornare ad Avignone – aristocratica, ma
sonnolenta e provinciale e certo per lo scalpitante nunzio
straordinario attraente come una prigione.

E cosí prima della sua partenza non ci siamo incontrati.
Elpidio mandò un ragazzino, che mi consegnò un biglietto
scritto a precipizio, con l'inchiostro sbavato.

«Mi tuffo nell'oceano periglioso della corte, mia nuova
amica. Del tutto impreparato. Mi ricordo di quello che mi
avete detto. D'ora in poi ascoltate con indulgenza le chiacchiere che vi giungeranno su Giulio Mazzarino, perché
io dovrò stare dalla sua parte finché mi stipendia. Lascio
Roma piú felice di un re, ma con un rimpianto acerbo che
porta il vostro nome. Il vostro amico Elpidio Benedetti».

Ho cominciato allora a interessarmi alla Francia. Fino
alla partenza di Elpidio, per me era solo il paese da cui proveniva il piú supponente dei nostri pigionanti, che arrotava
la erre e accentava sull'ultima sillaba tutte le parole; era
il nome di una nazione che determinava, come la Spagna,
la vita della mia. Era un'entità astratta, uno stato che sapevo retto da un sovrano e amministrato da una corte. Lo
ritenevo non troppo dissimile dal nostro.

Ma da quando sapevo che Elpidio si trovava lí, ho cercato di informarmi, leggendo tutto ciò che potevo. Mio
padre aveva disegnato carte geografiche e mappe di tutto
il mondo, aveva scritto relazioni di fatti accaduti ovunque.
Ma la Francia non compariva mai nelle sue pagine. Era al
di là del nostro orizzonte.

Ho frugato tra i volumi della nostra biblioteca, cercando nelle pagine ingiallite qualche parola che potesse guidarmi fino a lui, che mi aiutasse a immaginarlo nel suo nuovo mondo, tra quella gente alta che me lo aveva portato via. Non ho trovato niente. Ma non volevo dimenticarlo. Non potevo, del resto. Era come se il nostro concerto fosse stato interrotto dopo le prime note. La frase musicale intonata dalla viola e dal clavicembalo era rimasta sospesa. E io la completavo dentro di me. Finí agosto, cominciarono le piogge, poi vennero i giorni azzurri di ottobre, e i crepuscoli malva dell'autunno. E piú passavano le settimane, piú avvertivo la sua presenza accanto. Lo rivedevo sempre cosí come mi aveva lasciata, sotto l'arcata del ponte, mentre mi stringeva la mano nella sua, con le guance schizzate di limo e gli occhi accesi dallo stupore di una gioia senza nome.

Suor Eufrasia mi aveva pregato di disegnare il suo ritratto, ma io non avrei saputo come giustificare a mio padre l'apparizione di un viso maschile sul mio album, e dopo qualche tentativo di travestirlo da santo o da martire ho abbandonato l'impresa. Ho potuto dedicarmici solo di notte, in camera da letto, quando Albina dormiva e nessuno poteva sorprendermi.

Mio padre m'aveva insegnato a cominciare sempre da un dettaglio, e io ho scelto la bocca. Le sue labbra carnose, cosí inadatte a un chierico. E poi i denti, regolari e bianchi. Mentre sfumavo con le dita i tratti disegnati a carboncino, mi sembrava di toccarlo.

Cosí le ore rubate ai miei sogni, nella tenebra della stanza schiarita appena dalla fiammella di una candela, sono diventate le piú attese del giorno – era come se ogni notte avessi un appuntamento con lui. La mia vita era ferma, alla luce non succedeva niente, ma l'oscurità era nostra.

Ho impiegato mesi a ricostruire nella mia mente e poi sul foglio i lineamenti strani del suo viso, e a trasmettere a quell'immagine fissa la vivacità della vita. La vibrazione del pensiero e del sentimento. Ma quando alla fine l'Elpidio

Benedetti del mio disegno è divenuto cosí rassomigliante
a quello del mio ricordo da sovrapporsi a esso, ho capito
che non avrei mai potuto dare a suor Eufrasia quel ritratto. Non era suo fratello, quel giovane che sorrideva – ironico e divertito – dal foglio di carta, fissando i suoi occhi
da falco in quelli che lo osservavano. Era diverso, perché
ero io che lo vedevo cosí. Era un uomo, ed era il mio.

Ho nascosto il disegno nel materasso, e nei mesi successivi mi sono dedicata a un'operazione che a chiunque
sarebbe parsa insensata. Ma non lo era affatto. Lo impic-
colivo via via, finché fosse diventato talmente minuscolo da poterlo chiudere in un medaglione, un ciondolo, un
amuleto da tenere sotto la camicia.

Allora, anche se Elpidio Benedetti non fosse mai tornato dalla Francia, anche se non fosse mai venuto all'appuntamento, io lo avrei portato sempre con me.

A dicembre suor Eufrasia riuscí a farmi ammettere nel
parlatorio per un altro colloquio. Mi disse che appena arrivato in Francia, a Rueil, nel castello di Richelieu vicino
a Parigi dove risiedeva Mazzarino, ancora stravolto dal
lungo viaggio, il suo amato fratello Elpidio era stato ricevuto da sua maestà: lo aveva accolto con benevolenza in
quanto cameriere del Mazzarino da lui tanto apprezzato.
Non le ho creduto. Mi sembrava una vanteria improbabile.
Elpidio Benedetti, cosí imbranato e incapace di spicciare
una sola parola in francese, davanti a Luigi XIII! Una scena che non riuscivo neanche a immaginare.

Il suo incarico ufficiale era «cameriere di camera». Un
ruolo subalterno nelle grandi famiglie, che lo posponeva al
maestro di casa, al maestro di camera, all'aiutante di camera, allo scalco e al cuoco segreto: era meno dell'auditore, del
cappellano, del bibliotecario, dello spenditore e del dottore, ma piú del trinciante, dello scopatore, del credenziere e
del maestro di stalla. Il suo stipendio era appena superiore
a quello dei paggi e dei palafrenieri. Ma in realtà le deno-

minazioni contavano poco e servivano solo a contenere il salario: Elpidio era il segretario di Giulio Mazzarino.

Cosa facesse il segretario di un nunzio straordinario lo ignoravo allora e lo ignoro ancora adesso. Elpidio m'ha detto una volta di avere imparato proprio da Mazzarino che al primo impiego bisogna innanzitutto capire il padrone e soltanto poi svolgere il compito che ci è stato assegnato: è cosí che si diventa necessari. Anche se non si può mai essere abbastanza sicuri del favore di un grande.

A Parigi, con suo immenso dispiacere, rimasero poco. Il papa gli aveva assegnato il compito di ricondurre Mazzarino ad Avignone, e lui dovette assolverlo. Non era andato in Francia a ricevere un favore, ma a cercare di meritarlo. Mazzarino in verità rimandò la partenza finché poté, con un pretesto o con l'altro. Ai francesi non voleva dare l'impressione di essere rimosso per negligenza, e alla corte di Roma di perseguire i propri interessi a svantaggio del papa. L'indugio generò malumori, chiacchiere, insinuazioni – a Roma come a Parigi. Ma infine dovettero partire.

Ad Avignone Mazzarino cadde in uno stato di cavernosa malinconia: si consolava dalla noia dando feste e ricevimenti affollati di belle dame spiritose e dissolute, cui purtroppo però non si degnava di invitare Elpidio. Lo interpellava soltanto per giocare nel salone convertito in bisca: ma dopo un'ora già si stancava, mentre lui sarebbe rimasto al tavolo fino a notte, fissando, piú che le carte, ostinatamente avverse, le grazie della briosa Madame d'Empus, che giudicò espugnabile, ma a cui l'inesperienza e l'esiguità del denaro a sua disposizione impedirono di avvicinarsi (anni dopo, si divorò il fegato apprendendo che la bella signora era diventata l'amante di un altro collaboratore di Mazzarino, premiato peraltro per il suo servizio con il titolo di vescovo di Fréjus, nomina che lasciò ognuno stupefatto, e piú di tutti Madame). Oppure gli chiedeva svagatamente consiglio su una commedia che gli era venuto in mente di allestire, ispirata a quelle che lo avevano divertito a Parigi:

la storia di una pastorella che s'innamora di un cieco, di cui
però non riuscí a scrivere nemmeno una riga.

Il cameriere-segretario alloggiava nello spettacolare palazzo del nunzio apostolico, aveva uno studio e perfino
un proprio servitore, ma veniva convocato raramente dal
padrone, e informato solo delle sue attività piú insulse.
Mazzarino in apparenza s'affannava a giustificarsi col papa; negava di aver avuto a Parigi comportamenti poco appropriati che gli avevano meritato il richiamo ad Avignone, e di avere perso al gioco somme eccezionali: sosteneva
di avere giocato solo per divertire Richelieu. Corrispondeva col suo amico Paolo Maccarani; implorava Antonio
Barberini di intercedere presso lo zio per farlo tornare a
Roma – ma per quattro mesi non ottenne risposta, e il silenzio del giovane cardinale, nel quale riponeva le sue speranze, lo gettava nello sconforto. Scriveva queste lettere in
cifra, ed era proprio Elpidio a tradurre le parole in numeri.

Ma in segreto, e a sua insaputa, Mazzarino confidava ai
suoi amici di Parigi l'imbarazzo per aver lasciato 106 000
lire di debiti, per garantire i quali aveva dato in caparra
tutti i gioielli e l'argenteria, nonché contratto altri debiti. E cercava disperatamente qualcuno che gli prestasse
almeno 52 000 lire per rimborsare l'agente del cardinale
di Savoia, il quale le pretendeva entro maggio. L'enormità di quelle somme lasciava Elpidio smarrito: non sapeva
nemmeno quantificarle.

Inoltre Mazzarino si sperticava in adulazioni di Richelieu,
arrivando a scrivere a un amico del ministro che avrebbe
preferito essere il giardiniere di Rueil, anche se avesse dovuto badare tutto il giorno alle fontane eseguendo gli ordini del conte di Nogent, perché almeno quel grand'uomo lo
avrebbe vezzeggiato con qualche nomignolo affettuoso: un
personaggio che bisognava non averlo incontrato se non lo
si voleva adorare. Ed Elpidio – che quella corrispondenza
di cui avrebbe dovuto essere ignaro divorava come un romanzo – pensava, afflitto: che capolavoro di sottomissione,

di arguzia, di cortigianeria. Ebbene, potrei dire lo stesso. Se questo mio padrone fosse un giardiniere, io preferirei sempre essere il suo rastrello piuttosto che Elpidio Benedetti in casa di mio padre a rione Ponte. Bisognerebbe non averlo incontrato, per non amarlo.

Mazzarino in verità si spingeva anche oltre. Negli stessi giorni in cui simulava col finto sordo Antonio Barberini di voler tornare a Roma, tramava con Richelieu per farsi richiamare a Parigi e mettersi al servizio del re e della regina Anna.

Per quanto a Roma si sminuisse la loro confidenza, davvero pochi anni prima Richelieu aveva presentato Mazzarino ai sovrani di Francia: la coppia di monarchi peggio assortita d'Europa. Pio, allergico alla femmina e impotente lui, sensuale e prepotente lei, bionda con gli occhi azzurri, spagnola di nascita e di lingua ma chiamata dai cortigiani francesi «la vacca», Luigi XIII e Anna d'Austria si odiavano, si evitavano e non dormivano insieme da decenni, se pure mai l'avevano fatto, tant'è che non avevano concepito eredi. Il fatto che Mazzarino li avesse sedotti, entrambi, con la dolcezza e il garbo che lo contraddistinguevano, era stato un autentico capolavoro. Di diplomazia, di fascino, di lungimiranza.

Ma se il nunzio dettava al negletto segretario le lettere dirette a Roma, gli nascondeva quelle dirette a Parigi, temendo che ne riferisse al cardinale Francesco.

Elpidio impiegò qualche settimana a scoprirle, e non sapeva come rivelargli che non solo avrebbe taciuto quelle manovre al Barberino, ma che sperava andassero a buon fine. Era disposto a seguirlo. Anzi, lo avrebbe scongiurato di portarlo a Parigi con sé. La Francia lo aveva conquistato fin dal primo giorno. Belle le donne, liberi i discorsi, dolce il paesaggio, musicale la lingua, scostumati giovani e vecchi, ecclesiastici e laici, tutti superbamente esperti di faccende d'amore e di sesso. Per lui, cresciuto all'ombra della croce, costretto alla verginità per poter proseguire gli studi, la Francia fu subito il giardino dell'Eden.

Non mi scrisse mai. Mi dimenticò subito. Gli uomini della mia vita hanno potuto scoprire altrove il segreto della felicità. Io non ho mai lasciato Roma. E ho dovuto consumare un'esistenza per capirlo.

Elpidio era partito da quasi due anni quando, un mattino di aprile, ricevetti un invito da Romanelli. Il biglietto recava il sigillo dei Barberini: le api. Il tono era formale. Mi invitava nel suo studio, a palazzo della Cancelleria, per «un'accademia artistica». Me l'avesse mandato prima, quel biglietto mi avrebbe sconvolta. Non aspettavo altro. M'avesse proposto di incontrarlo in una vigna, o in una locanda malfamata, sarei andata. Invece lo lessi stupita, ma indifferente. L'ho stracciato. Chi era ormai Romanelli per me? Perché immaginava che sarei accorsa scodinzolando al suo richiamo?

Ma poi ci ho ripensato. Mi sono consultata con Albina, chiedendole oscuramente cosa avrebbe fatto lei se Romanelli fosse ricomparso e le avesse chiesto di rivederlo. Ci andrei subito, ha risposto mia sorella, senza esitare. Perché non l'amo piú. E non c'è vendetta piú dolce.

Nemmeno io lo amavo piú. Cosí chiesi a mio padre il permesso di uscire. Lui me lo diede, lusingato che il favorito del Barberino si ricordasse dell'allieva del suo mancato maestro, e mi presentai a palazzo della Cancelleria – un edificio che a tutti i romani incuteva timore perché quella mole massiccia e impenetrabile piantata come una fortezza nel cuore di Roma era il simbolo stesso dell'autorità, del potere, e della irrilevanza di tutti noi. Non solo non ci ero mai entrata prima, ma neanche mi ero avvicinata alle sue mura.

Giò mi accolse nel suo studio, ospitato al piano terreno. Era vasto e luminoso, e le statue antiche disposte sui piedistalli o nelle nicchie sembravano osservare le tele che, a vari livelli di lavorazione, attendevano di asciugarsi, di essere rifinite o completate sui cavalletti o contro le pareti. C'erano anche cartoni – per gli affreschi dell'appartamento della contessa Matilde in Vaticano, e per gli arazzi che gli aveva commissionato il cardinal Barberini, intenzionato a metter su una manifattura capace di competere con quelle lionesi. La quantità e le dimensioni di quelle opere mi rivelarono quanta strada avesse fatto in pochi anni l'amico della mia adolescenza.

Ero intimidita ma lui mi salutò con confidenza, come se m'avesse lasciata il giorno prima. Mi offrí un gelato, che rifiutai perché avevo la gola serrata da un groppo che non sapevo se fosse di soggezione o di nostalgia, e allora mi condusse verso la parete di fondo. Un drappo scuro copriva quella che sembrava una tela. È il cartone della sovrapporta per la basilica di San Pietro, mi spiegò. Sono due anni che ci lavoro e ormai devo consegnare. I cardinali della Congregazione della Reverenda Fabbrica mi pressano perché mi sposti in basilica per trasferirla sulla muraglia. La dipingo a guazzo. Non mi ci vorranno troppe giornate. La scopriranno con una cerimonia fra qualche mese, spero, ci sarà molta gente. Ma sei tu la prima persona che deve vederla.

Io? mi stupii. Romanelli che mostrava il suo lavoro per San Pietro alla Briccia? A quale scopo? Lo coccolava il papa, lo adorava il cardinal padrone, lo apprezzava il tirannico cavalier Bernini, senza il consenso del quale nessun artista poteva affermarsi a Roma. I suoi dipinti erano delicati, le composizioni classiche, le figure perfette, di un'eleganza ineguagliabile. Non aveva bisogno di me.

È la commissione piú importante che mi sia capitata, disse con sorprendente malinconia, e non avrei mai creduto che mi avrebbe attirato tanto odio. Non ho piú un amico, da quando s'è saputo che avrei dipinto in San Pietro. Il mio maestro si è risentito, considera un oltraggio che mi sia stato concesso un onore simile. Che non merito perché sono troppo giovane. Lui che ha sempre goduto del favore dei potenti non sopporta che questo possa adesso rivolgersi a me, e da discepolo trasformarmi in suo rivale. La verità è che i professori temono che non ci sia piú spazio per dipingere in San Pietro, e che sarò l'ultimo pittore ad avere questo onore. La metterò dopo la cappella Gregoriana, di fronte alla *Crocifissione di san Pietro* del Passignano, sopra la porta. La collocazione è piuttosto prestigiosa, se piacerà diventerò un maestro indipendente. Diventerò il piú grande. Il rischio di fallire altissimo. Mi aspettano tutti con le pistole puntate. Ma il soggetto mi era cosí congeniale che non ho esitato un istante. Mi strapagano. Ottocento scudi, ci credi? Eppure lo avrei dipinto anche senza compenso.

Ma io cosa c'entro? gli ho chiesto, stupita, perché davvero non capivo. Tu devi solo guardarlo, proseguí lui, giocherellando con la nappa della cordicella. Tu saprai se è fasullo o autentico. Io capirò. Non ti chiedo altro.

Che ti importa del mio parere, Giò? gli ho detto. Sono solo una dilettante di vent'anni e il mio giudizio vale quanto quello del calzolaio di Apelle. Nec supra crepidam… Romanelli non mi ha risposto, ha tirato la cordicella e il drappo si è ritirato come una tenda. La composizione era semplice, i colori chiari e luminosi, come in tutti i suoi dipinti. Aveva studiato bene Raffaello, e mio padre avrebbe apprezzato. Ma un'ombra scura spiccava sul pavimento, a lambire il piede di una giovane donna scarruffata. La proiettava il corpo di san Pietro, che le stava accanto, senza neanche toccarla. Quell'ombra bastava a liberarla dai suoi demoni. Lei era l'energumena. La posseduta, l'ossessa, la spiritata. Ero io.

La giovane donna sarebbe caduta a terra se non fosse passato san Pietro, ma il pittore non l'aveva dipinta nella contorsione delle membra, come avrebbe fatto chiunque altro, per enfatizzare la presenza demoniaca. Per gli artisti, le possedute sono sempre un'occasione per dimostrare la propria abilità agli altri pittori e suscitare negli spettatori il terrore del diavolo. Solo la veste in disordine, i capelli scarmigliati e gli occhi revulsi rivelavano la crisi. L'aveva colta nell'istante della caduta: il corpo si scioglie da ogni tensione e lo spirito che la tormenta la abbandona. Quell'ombra la protegge e la guarisce. La salva.

Il quadro era superbo. Non avevo visto nessuna delle opere che Giò aveva realizzato da quando aveva lasciato le Tre Colonne, ma non avrei immaginato che potesse dipingere cosí.

Mi dispiace di averlo finito e di separarmene, ha detto Giò. Ma ormai non c'è altro che posso aggiungere. Non posso migliorarlo, solo guastarlo. Se chiudo gli occhi, mi ricordo, ti ricordo. Anche io quella sera mi sono avvicinato a te, e la mia ombra ti ha accarezzata. Non so dove vagava il tuo spirito – mentre dormivi. Avrei voluto raggiungerti, ma niente poteva toccarti. Eri libera. È stato un istante di mistero e di grazia. Non ne vivrò un altro cosí. Non staremo mai piú insieme, Plautilla. Non ci sarà concesso. Questo è il mio omaggio per te.

Forse col tempo diventeremo due estranei. Ma l'affresco sarà lí, lo vedranno tutti, e ci passeranno davanti migliaia, centinaia di migliaia di pellegrini, e leggeranno nelle guide *San Pietro libera la spiritata* di Giovan Francesco Romanelli, e cercheranno di ricordarsi dove hanno letto l'episodio – negli *Atti degli Apostoli*? Non è un vero miracolo, non è nemmeno una guarigione, è un'epifania del mistero della presenza, del bene che esercitiamo gli uni sugli altri, al di là delle parole e del contatto dei corpi, e tu mi hai fatto del bene, e io ho fatto del bene a te, e conosco solo un modo per dirlo, e nessuno saprà mai che questa immagine parla di noi, e quando tu e io non ci saremo piú, essa ci sarà ancora, e allora anche noi saremo sempre giovani e innocenti, e la mia ombra ti toccherà, e farà fuggire i tuoi demoni e tu sarai libera.

Sono rimasta accanto a lui davanti al cartone, in silenzio, perché non c'erano parole che potessi dirgli. L'ho guardato finché ogni forma e ogni dettaglio si sono impressi nella mia mente. Non gli ho fatto i complimenti per la riuscita dell'opera, né l'ho ringraziato per un dono senza prezzo e senza pari che non avrei mai potuto ricambiare. Mi sono asciugata gli occhi col fazzolettino che ho pescato nella borsetta, e ho lasciato che lui vedesse quelle lacrime. Doveva solo trasferire il suo quadro sul muro, e andare dove la vita l'avrebbe condotto. Lontano da me.

Mio padre era riuscito a pubblicare l'ultima opera nel 1632: quelle cui si era affannato a lavorare in seguito – fra dolori atroci, che gli strappavano urla e gemiti talmente angoscianti da costringerci a tapparci le orecchie con la cera – s'accumulavano, manoscritte, sul tavolo. Il Briccio non poteva piú andare a caccia di notizie e fatti strani, e altri gazzettieri lo avevano soppiantato. A mia madre diceva di avere le energie solo per una cosa: prepararsi a morire. Ma prima doveva sistemare le figlie e Basilio. Non poteva andarsene con questo rimorso.

E non si rivelò facile né una cosa né l'altra. Basilio, che era insicuro come un topolino, aveva però un'altissima considerazione di sé e rifiutava di andare a bottega da un maestro che non fosse un virtuoso. Disprezzava artigiani, muratori ciavattoni e soffittanti – fra i quali pure avrebbe dovuto annoverare anche nostro padre. Aspirava a Pietro da Cortona e giudicava con sussiego perfino Romanelli, che spinto dal favore del cardinal Barberino, e dagli intrighi di Bernini, cresceva di fama e di compensi giorno dopo giorno. Ma un maestro virtuoso non gradiva un apprendista come Basilio, malmostoso, suscettibile e permaloso piú di una scimmia. Mio fratello non durava con nessuno manco due settimane. Attaccabrighe, s'azzuffava coi suoi pari; oppure, ad appena quindici anni, si permetteva di contestare il maestro. A sentir lui, il mondo intero congiurava per impedirgli di fiorire. Destino del genio.

Mio padre ci aveva ripetuto mille volte il proverbio che recita: accasare il figlio quando si vuole, e le figlie quando si può. Ma non aveva abbastanza soldi per sposare entrambe le sue. Poteva riuscire a collocarne una sola e si ostina-

va a puntare su Albina. Albina però non voleva nessuno
e nessuno voleva lei. Inoltre i celibi da accalappiare erano
rari come mosche bianche. Quanto a me, aveva rinunciato
a cercarmi un marito, e io lo avevo capito.

Non aveva supplicato per me la dote alla Confraternita
dell'Annunziata, né a nessun'altra. Quando Albina glielo
rimproverava, rispondeva che avevo quel male segreto, e
non avrei sopportato le fatiche di un matrimonio. E se Albina protestava che non cadevo piú con la frequenza di un
tempo, e che la mia salute era ormai perfino migliore della sua, obiettava che il miglioramento era dovuto alla vita
ritirata che conducevo, e all'assenza di passioni e dolori.
Giurava di volermi proteggere. Forse lo credeva davvero. E
forse aveva perfino ragione. Eppure io sentivo che non mi
avrebbe mai lasciata andare. Non solo perché gli ero necessaria, e mi voleva accanto. Mi aveva creata. Ero la sua nuova
identità. Doveva tenermi con sé, per continuare a vivere.

Per questo i miei sporadici successi lo rincuoravano. Era
fondamentale che riuscissi a vivere del mio mestiere, visto
che lui stava ormai intaccando i suoi risparmi, strangolato,
come tutti i romani, dalle tasse che i Barberini imponevano per finanziare la corte, gli spettacoli, la costruzione del
loro palazzo e delle loro chiese. Soldi ne giravano sempre
meno e il suo lavoro non ce ne avrebbe procurati piú. Le
commedie del Briccio venivano continuamente ristampa-
te, ma a Venezia, cosí le vendite non fruttavano nemmeno
uno scudo all'autore. Inoltre a Roma i suoi nemici avevano
posto la pietra tombale sulla sua reputazione.

Venni a saperlo per colpa di Elpidio, o per suo merito,
sul finire del 1637. Avevo continuato a frequentare la sorella, suor Eufrasia. La regola delle carmelitane scalze non
era poi cosí rigida come lei stessa, entrando nel monastero di San Giuseppe, aveva sognato. Erano sempre tenute
al silenzio, ma in realtà molte chiacchieravano volentieri,
frequentavano poco il coro ed evitavano il refettorio. Dovevano vestire sempre di panni grossi, ma qualche mona-

ca era riuscita a introdurre nella cella un capo d'abbiglia-
mento meno sgraziato, un'altra un cagnolino, un'amica di
Eufrasia addirittura *Il pastor fido* e qualche romanzo. Cosí
anche io, zitella e di giovane età, avevo ottenuto l'autorizzazione a incontrarla nel parlatorio. Ci andavo una volta
al mese. Lei mi aspettava ansiosa, trepidando – come fossi
la figlia, o l'innamorata.

Era una donna strana, Eufrasia Benedetti, diversa da
tutte quelle che frequentavo o di cui sentivo parlare dai
miei conoscenti. Nei nostri colloqui, febbrili e vagamente esaltati, parlavamo quasi sempre di pittura. Amiamo la
stessa cosa, mi disse una volta, ciò fa di voi la mia anima
gemella. Non si può amare davvero chi non ci comprende.

Ma i nostri non erano solo discorsi teorici. Le carmelitane intendevano decorare alcune stanze del monastero.
Nella parte delle monache, riservata alla clausura, quindi
non volevano che nessun uomo vi entrasse per realizzarle.
Nemmeno lo stimatissimo Andrea Sacchi, pittore di casa
del cardinal Antonio Barberini, che pure aveva dipinto
una commovente *Santa Teresa in preghiera mentre sogna il
Paradiso* sulla porta del convento e che aveva una sorella
monaca tra quelle mura. La priora aveva perciò autorizzato suor Eufrasia a dipingere le stanze lei stessa.

Prona con la faccia sul pavimento, suor Eufrasia aveva
finito per confessare la sua passione per la pittura durante
il capitolo delle colpe. Era stata punita, flagellata, rinchiu-
sa nella cella, costretta per mesi a cucinare e confezionare
medicamenti, e poi assolta. Cosí quando si era avventata-
mente candidata come pittrice del monastero, per amore
di Gesú, della Madonna e di santa Teresa d'Avila, i superiori glielo avevano concesso. A quel punto aveva dovuto
ammettere di non avere alcuna esperienza di pittura. La
priora aveva risposto che le immagini erano riservate alle
monache e alla loro edificazione, e che non le si chiedeva
bellezza ma persuasione. Alla sottomissione e a Dio. La
sua fede ardente sarebbe bastata.

Suor Eufrasia ha impiegato decenni a dipingere una decina di immagini. A parte *La Natività* sulla porta della chiesa, io non le ho mai viste. Ne abbiamo parlato talmente tanto, però, che so tutto della posa del *Gesú al pozzo con la Samaritana*, dell'*Estasi di santa Teresa*, dell'espressione della *Maddalena penitente*. So che sono ingenue, scorrette, che avrebbe dovuto dipingerle a fresco e non a olio sul muro, e che non ha potuto farlo per ignoranza della tecnica e debolezza fisica: una donna non regge la fatica di pennellare in ginocchio sulle impalcature, o in piedi, per dodici ore di seguito perché un frescante non deve lasciar asciugare l'intonaco. So che le proporzioni sono errate, e che i colori e la luce potevano essere piú efficaci. Ma so anche che quando mangiano in refettorio, quando ricevono la comunione o passano nel camerone dirette alle loro celle, le monache siedono o meditano sotto quei dipinti. Le immagini di suor Eufrasia della Croce devono guidarle nella loro vita e lo fanno. Ed è una funzione sublime e nobile, che nessuna delle mie pitture, per quanto di certo infinitamente migliori, avrà mai.

Quella mattina, però, non parlammo di pittura. Quattordici mesi dopo la sua partenza, Elpidio era tornato a Roma, con Mazzarino. Il quale aveva invano sperato di ottenere la nomina a nunzio di Francia ma ancora una volta era stato deluso da Urbano VIII. Mazzarino non aveva tenuto Elpidio al suo servizio e allo scadere del contratto non glielo aveva rinnovato. La motivazione ufficiale fu che si trasferiva in casa del cardinale Antonio Barberini e non poteva portarsi dietro un cameriere, tantomeno un segretario. Elpidio era rimasto disoccupato, perché Francesco Barberini lo riteneva ormai sodale dell'ex padrone, ora per giunta maestro di casa dell'odiato fratello suo rivale, e Mazzarino non si fidava ancora della lealtà del cameriere a lui imposto da Barberini. Sospetto a entrambi, non aveva nessuna prospettiva di trovare un altro impiego. Lo zio prete ogni giorno lo esortava a prendere i sacri vo-

ti – perché a Roma tutti i cardinali vogliono essere papi, e
tutti i prelati cardinali, e tutti i cortigiani prelati, e se lui
voleva progredire non poteva restare impantanato in mezzo
al guado. Elpidio nicchiava, ma sempre meno convinto di
avere un motivo per resistere. Da me non era mai tornato.

Secondo Eufrasia, il fratello era posseduto da umori
freddi e malinconici. Disilluso dagli intrighi della corte,
sognava il deserto, la campagna, la solitudine e passava il
tempo chiuso in camera sua a leggere. Aveva appreso cosí
il tremendo insulto inflitto a mio padre, che altrimenti io
avrei ignorato. Devo all'indiscrezione di Elpidio uno dei
giorni piú tristi della mia vita.

Mio fratello ha molto a cuore la vostra reputazione artistica, mi disse dolcemente suor Eufrasia, sfiorando con le
sue dita di ghiaccio le punte delle mie, e vi prega di perdonarlo se si permette di farmi messaggera di un suo consiglio.

Me ne stupisco, m'irritai subito, perché vostro fratello
non sa nulla di ciò che dipingo né s'interessa di pittura.
È un letterato, ribadí lei, e vi suggerisce di trovarvi uno
pseudonimo. Per invogliare committenti nella cerchia dei
gentiluomini, avete bisogno di un nome accattivante, colto,
aristocratico. Urania Eumenia, Polinnia Europia, Mirtilla
Siringa... Il vostro cognome potrebbe nuocervi.

Suor Eufrasia non volle spiegarmi il motivo di quel consiglio stravagante e offensivo. Sussurrando, mi invitò a
guardare tra i merletti che m'aveva fatto consegnare dalla
monaca ruotara: nascondevano un libro, e c'era una foglia a
segnare la carta. Mi pregò di leggerla solo quando fossi stata sola e di non rivelare a nessuno da chi l'avessi ricevuta.

Era un libro satirico intitolato *Eudemia*, circolato a lungo manoscritto, poi stampato alla macchia in Francia e vietato a Roma perché assai sgradito alla corte e al papa, che
minacciava di farlo bruciare insieme al suo autore, se solo
avesse scoperto chi fosse. Era uscito sotto lo pseudonimo
di Nicio Eritreo. Eudemia era Roma. L'autore sommerge-
va con una valanga di fango la crapuloneria dei frati e del

basso clero, ma anche i vizi dei berretti purpurei ricattati
dai ragazzini nei cui orti avevano piantato i ravanelli, la vanità degli accademici, dei letterati e dei pedanti – insomma
diceva male di molti, di quasi tutti in verità, ma lo diceva
con tale acuminata eleganza che anche chi cercava di farlo
condannare finiva per citarlo. L'*Eudemia* stava alla corte di
Barberini come il *Satyricon* di Petronio a quella di Nerone.

Provai a leggere la pagina nella vettura che prendevo
a nolo per tornare a casa, poggiandola contro il vetro del
finestrino, perché era un cupo novembre, e le lettere,
stampate in un raffinato elzeviro, si confondevano nella luce grigia. La scena, tratta dal libro VII, si svolgeva
nella bottega del libraio Thaumante. Un certo Pterotius
subisce gli insulti di uno dei presenti, che poi è l'autore
del libro. Ma dopo qualche riga dovetti arrendermi. Era
scritta in un latino troppo lambiccato per me.

Ancora oggi mi rimprovero di averla portata a mio padre.
Sapevo che quella pagina parlava di lui, eppure proprio a
lui ho chiesto di tradurmela. Forse l'ho fatto perché l'avevo
amato troppo, il Briccio, e avrei voluto liberarmi della sua
oppressione. Forse per amore, invece. Perché sono stata l'u-
nica a rispettarlo. Tacendogli ciò che tutti sapevano, lo avrei
ingannato. Non meritava la mia pietà. Era un grand'uomo.

Mio padre inforcò gli occhialini tondi, li calcò sulla sella
del naso e scandí con fermezza le parole: «Non ti sei vergognato di unire ai nomi di uomini cosí illustri il nome di
Giano Materassaio?» Leggendo il proprio nomignolo, la
sua voce non s'incrinò. Mi spiegò anzi che doveva trattarsi
di un libro a chiave, tutti i personaggi travestiti con nomi
latini esistevano realmente ed erano riconoscibili ai lettori. Thaumante per esempio era di certo il libraio del Sole,
a piazza Navona, e lo scrittore Pterotius Leone Allacci.

«Non avesti scrupolo di aggiungere alle opere di sí chiari
autori le cantilene plebee d'un idiota, che si cantano nei trivi
e nelle osterie, e si scribacchiano sui ventagli? Forse perché

t'ha cucito gratis un materasso, tu l'hai fatto degno d'esser messo in un mazzo coi dotti? Va', va', togli il mio nome dall'albo di quei tuoi letterati... preferisco esser considerato digiuno di lettere piuttosto che trovarmi accanto a Giano».

Ho provato vergogna per lui, rabbia verso Elpidio, odio per lo scrittore che insultava protetto dall'anonimato. Mio padre disse di aver capito chi fosse, quel Nicio Eritreo. Un tempo teneva sermoni nelle pie confraternite, scriveva oratori e sacre rappresentazioni, comprava cariche puramente nominali, come quella di «commissario all'acqua Marana», per non avere nessun potere, nessuna responsabilità, nessun lavoro, ma tanti titoli come un marchese. Un tipo di spavalda incoerenza. Belava panegirici pur biasimando di vivere nel secolo degli elogi, nel quale gli uomini mediocri hanno tacitamente pattuito di incensarsi a vicenda per imporsi di forza alla fama. Si era ritirato dalla vita attiva e abitava in una villa di Monte Mario, e da lassú, come una rana appiattata in un pantano, gracidava tanto contro il popolo indolente, parassita e beota, per distinguersi dal quale rifiutava di usare l'idioma italiano, quanto contro i banchetti e le orge della corte, e la corruzione di una società bacchettona di cui però aveva tentato disperatamente di far parte. Un avvocato apatico, un cortigiano istupidito dalla lunga servitú, un religioso bigotto e senza fede, un uomo incapace di affetti: in una parola, un fallito – grande scrittore, tuttavia. Non un Plutarco, ma capace come pochi di raccontare le vite degli uomini. Anche le piú corrotte e vergognose. Godeva di vasta stima in Europa.

Si può criticare uno scrittore, la satira è legittima, osservai. Ma non si può tollerare l'insulto alla persona. È troppo facile distruggere l'onore altrui senza pagarne il prezzo. Dovete scrivere un epigramma altrettanto sferzante, padre, lo esortai, cosí si pentirà di aver scritto queste parole e dovrà rettificarle.

È vero che le mie cantilene si cantavano nelle osterie,

e si scrivevano sui ventagli, osservò mio padre, restituendomi il libro. Ed è vero pure che ho conosciuto lo scrittore della Vaticana, l'erudito signor Allacci, quando tuo
nonno gli ha imbottito un materasso. Non c'è nulla di disonorevole in questo.

Vorrei dire che gli promisi di vendicarlo. Perché in qualche modo l'ho fatto. Ma non sono riuscita a dire niente.
Sono rimasta seduta sul bordo del suo letto, con quel libro
fra le mani. L'errore è restare crocifissi al proprio passato,
disse a un tratto la voce fievole di mio padre. La gente crede di sapere chi sei, mentre invece puoi essere tanti altri.
Non sono piú il giullare delle canzonette e delle zingarate.
Che ne pensi di «Saturno Millenotti?» Il prossimo libro lo
firmo cosí. Nella vita bisogna regalarsi la libertà di ricominciare sempre daccapo. Se il giovane sapesse e il vecchio potesse, tutto sarebbe possibile. Ecco, mi tengo la mia senili-
tà, e mi riprendo la mia giovinezza. Cambio nome, e posso
tutto. Divento Saturno Millenotti. Uno scrittore di chiara
origine, che vive nell'otium, recluso nella sua villa. Come
lui. Scriverei cose nuove. Nessuno saprebbe mai chi sono.

Bell'idea! lo incoraggiai. Fatelo, signor padre. Saprò tenere il segreto. Dovevo pensarci prima, sospirò il Briccio con
mestizia. Quando la testa mi tumultuava di storie e le parole
mi sgorgavano sulla penna senza passare dalla mente. Ora
tutto mi costa fatica. L'angelo della parola mi ha abbandonato. E forse nemmeno tornerà a dettarmelo, un altro libro.

Non avevo mai firmato un quadro. Il mio nome lo avevo nascosto sul retro della tela della mia *Madonna*. Solo io
sapevo che era lí. Ma dopo quella notte l'ho sempre pen-
nellato in caratteri grandi, in modo che si leggesse bene.
Mi ero vergognata molte volte di mio padre, nei miei primi
ventun anni. Avrei voluto un padre diverso, piú valente,
piú onorato. Da allora, ho voluto che tutti sapessero che sono la figlia di Giano Materassaio. Io sono Plautilla Briccia.

La processione scendeva lungo la strada della Madonnella, seguendo il feretro di Tommasa, la moglie di mio cugino. La cassa, coperta da un drappo di raso viola, ballonzolava davanti a me, ora nascondendomi ora rivelandomi il luccichio delle pozzanghere sul selciato. Ero stata felice che Benedetto, dopo tante disgrazie, fosse riuscito a prendere moglie. Insieme, lui grosso come un albero e buono come il pane, lei un soldo di cacio tutta pepe, suscitavano tenerezza. Il giorno del loro matrimonio Albina e io avevamo pensato che in fondo sposarsi può anche essere una cosa bella.

Tenevo fra le mani un cero, ma la pioggerella mista a nevischio che vorticava nel cielo di novembre e sgocciolava dalle insegne delle botteghe, dai cornicioni e dai davanzali dei palazzi rischiava a ogni istante di spegnerlo. La distanza che ci separava dalla chiesa dei Santi Vincenzo e Anastasio, in piazza di Trevi, era breve, ma avanzavamo lentamente: la strada della Madonnella, che viene giú da Monte Cavallo, è ripida e sdrucciolevole, e il piscio dei cavalli unto dalla pioggia diventa viscido come sapone.

Quando i portatori si fermarono per assestare sulle spalle la cassa da morto, che per inesperienza non riuscivano a tenere in orizzontale e oscillava paurosamente, mi trovai accanto ad Albina e Costanza. Per un istante ci siamo guardate. Pensavamo tutte la stessa cosa. Sospirare tanto per un marito. Trovarlo, alla fine, e avere la fortuna di amarlo. E andarsene al primo figlio. Era questo il destino di tutte noi? Nella bara di legno di castagno poteva esserci Albina. Potevo esserci io.

A poco a poco noi Bricci ci eravamo dispersi. Per primo ci aveva lasciati mio cugino Giovanni Battista, chiedendo perdono a mio padre se non era riuscito a diventare pittore, come lui avrebbe voluto, ma non ne aveva mai sentito il desiderio: si arruolava nell'esercito del papa, confidando – e quanto si sbagliava – che non gli sarebbe mai toccato prender parte a una battaglia. Poi se n'era andata Costanza. È dovere del primogenito mantenere le sorelle minori. Appena Benedetto era riuscito a guadagnare abbastanza col suo lavoro di bicchieraio e aveva affittato una casetta sopra il forno della Madonnella, aveva ripreso con sé Teresa, cresciuta con altri parenti. Mio padre gli aveva raccomandato di lasciare Costanza con noi: era ormai come una figlia, per lui, e Benedetto doveva pensare prima a sistemare se stesso. Invece l'aveva portata via. E qualche mese dopo si era sposato. Il suo padrone di casa, l'illustrissimo signor Paolo Maccarani, aveva simpatia per quella famiglia di ragazzi, e a volte pazientava nel riscuotere l'affitto.

Anche se eravamo in pochi a partecipare al funerale, la fila serpeggiava da un isolato all'altro. Le torce guizzavano lingue di luce sui muri e i vestiti bianchi degli orfani, che in cambio di qualche bajocco aprivano il corteo cantando, zuppi di pioggia s'incollavano alle membra gracili di quei bambini denutriti, diffondendo un chiarore angelico nell'oscurità. Ma le loro voci flebili si confondevano col gorgoglio dell'acqua. Fissavo la bara, e rivedevo Tommasa, cerea nel letto, incosciente. La moglie di mio cugino non si era ripresa, dopo il parto. La febbre l'aveva consumata in venti giorni. Tommasa era stata sposata nove mesi. Non aveva avuto il tempo nemmeno di dare il latte a suo figlio. Il piccolo Tommaso era stato dato subito a balia da una vicina che aveva perso il suo, ma non ce l'aveva fatta. Tommasa era morta senza saperlo. Ora andavamo a ricongiungerli.

La febbre aveva prosciugato la moglie di mio cugino, la sua bara era leggera. A portarla bastavano Benedetto, Andrea, il suo garzone sedicenne, Basilio e il fratello minore di Tommasa, Michele, pure lui un ragazzetto di sedici anni col viso tarlato dal vaiolo. Eravamo tutti giovani. Parenti, amici dei cugini e delle cugine: era un funerale di ragazzi e chiunque ci vedeva passare si commuoveva.

All'improvviso ci hanno investito un fragore di ruote e di zoccoli, lo schiocco secco della frusta, e le ingiurie degli staffieri che sedevano davanti al cocchiere di una carrozza: urlavano di dare strada e di levarci dai coglioni, ché i signori andavano di prescia. D'istinto ho abbracciato Teresa, e ho cercato di sgombrare la via, schiacciandomi contro il muro del palazzo. Albina ha fatto lo stesso con Costanza. Ma la strada della Madonnella era troppo angusta, e la carrozza non è riuscita a passare. I due cavalli del tiro hanno urtato il feretro, che è caduto sul selciato, con un tonfo. I cavalli non sono riusciti a fermarsi e proseguendo la corsa lo hanno sospinto in avanti. La cassa scivolava sul pendio bagnato come lo slittino dei bambini quando fa la neve.

Quando finalmente la carrozza si è bloccata, avevo lo sportello a pochi centimetri dal viso. Aveva cominciato a piovere a dirotto e le gocce di pioggia zampillavano sullo stemma. Lí per lí non sono riuscita a riconoscerlo. La bandinella si è sollevata e i miei occhi si sono incrociati con quelli del passeggero seduto accanto al finestrino: una bella brunetta tutta rinfazzonita.

Gli staffieri sono saltati a terra, imprecando. La cassa da morto, cadendo, si era aperta e quasi rovesciata. Pioveva sul viso di Tommasa, e sulle sue mani giunte. Le comari del rione le avevano infilato le maniche piú belle e Albina il piú elaborato dei colletti ricamati da lei. Bisognava richiudere subito la cassa, ma il coperchio era rimasto piú indietro, incastrato sotto le ruote. Il cozzone che seguiva a cavallo la carrozza ha abbattuto lo scudiscio sulla schiena di Benedetto e temevo volesse schiacciarlo sotto gli zocco-

li; gli urlava lèvati che sennò ti caccio un occhio e ci piscio
dentro, mentre lui, in ginocchio fra le pozzanghere, accarezzava le guance madide di pioggia della moglie e la pregava di perdonare quell'ultimo insulto, come se lei potesse sentirlo. All'interno della carrozza una stridula vocetta
femminile gracchiava: non avranno mica pistato qualcuno?
Che jella, maledizione! E un'altra voce, maschile, garba-
ta, rassicurava che quel timore era insensato, no, no, l'ur-
to non era stato cosí violento: quando si rompe, l'osso di
un uomo schiocca come legno secco... La mia torcia si era
spenta, ma una folla di ombre in livrea s'affannava avanti
e indietro agitando le fiaccole, e ho riconosciuto lo stemma. Era la carrozza di Giulio Mazzarino.

I cavalli innervositi nitrivano, s'impennavano e dime-
nandosi sbatacchiavano la carrozza come volessero ribal-
tarla. Le finestre dei palazzi che incombevano su di noi si
aprivano, la gente faceva capolino dai portoni. La notizia
dell'accaduto divampava come fuoco. Il nome di Mazzarino sussurrato da dieci, venti labbra, rimbalzava come
un'eco. Tutti gli abitanti della strada sembravano desiderosi di godersi lo spettacolo. I genitori di Mazzarino vive-
vano da quelle parti. Il padre, Pietro, era noto per il carattere borioso e violento. L'ascesa sociale del figlio l'aveva
reso intrattabile. Se era il signor Pietro, il passeggero in
carrozza, qualcuno si sarebbe fatto male.

Su avanti, che aspettate, disse ai servitori una terza voce, il concerto sta per iniziare, fate liberare la strada, subito. Dite a quei pezzenti che Malagigi è atteso da Sua Eminenza il cardinale Antonio. Intralciare il soprano significa
offendere i Barberini. Conoscevo quella voce.

Il cocchiere ha perso la pazienza, ha iniziato a mulinare
la frusta – sulla schiena dei cavalli, di mio cugino, di mio
fratello e dei due ragazzi che portavano la cassa, i quali si
erano piazzati al centro della strada e non volevano muoversi, temendo che i cavalli del tiro finissero per calpestar-
la. Malagigi: Marc'Antonio Pasqualini. Tutta Roma sapeva

chi fosse. La cugina di mia madre, la cantatrice ora a riposo con una confortevole rendita elargita dal suo ex padrone, sosteneva che avesse la voce di un angelo, migliore perfino di quella di Loreto Vittori. E sospirava di essere stata fortunata a nascere prima che i capponi rubassero la scena alle vere donne. Da quando l'anno prima Vittori era caduto in disgrazia per aver rapito, col consenso di lei, la moglie di un pittore, suscitando la collera del papa e del cardinal Francesco – che avevano esiliato il cantante e volevano costringere la donna a ritirarsi in convento visto che non era nata per vivere castamente col marito –, era Malagigi, il nuovo favorito del cardinal Antonio. A Roma si diceva che erano diventati inseparabili come san Rocco e il cane. Chiunque voleva assicurarsi la protezione del nipote giovane del papa tesseva lodi sperticate, gli dedicava versi, lo adulava. Malagigi imperversava come se fosse il padrone di Roma.

Tra i servitori di Mazzarino e i miei parenti era scoppiato un parapiglia. Nell'oscurità si confondevano improperi, bestemmie e gemiti. La campana della chiesa già chiamava per la messa funebre. Anche noi eravamo in ritardo. I cantori e i preti non ci avrebbero aspettato a lungo: avevamo già pagato per la cerimonia. Senza di loro, Tommasa sarebbe andata sottoterra in silenzio, come una poveretta. Lo sportello si è aperto bruscamente, urtandomi, e mi sono ritrovata davanti al viso un paio di stivali lucidi: poi il terzo uomo della carrozza è saltato giú, ed era Elpidio Benedetti.

Si era fatto crescere i capelli e i lunghi boccoli castani gli traboccavano sulle spalle. Il pizzetto e i baffi invece li portava sottili, e appuntiti. Un nastro di velluto rosso gli cingeva la gola. Si vestiva come Mazzarino, e voleva sembrare identico a lui, anche se somigliava piuttosto a uno spaventapasseri o al manichino dei suoi indumenti. Mi ha riconosciuta subito e mi ha sorriso. I suoi denti erano ancora bianchi e perfetti.

Il luccichio impertinente che gli ha acceso le pupille mi

ha rivelato che era sorpreso e in altre circostanze sarebbe
stato felice di quell'incontro. Stava per dire qualcosa, e
aveva già aperto le labbra. Poi si è rabbuiato. Doveva rivelare al signor Mazzarino e al soprano del cardinale Antonio che conosceva una dei pezzenti che con quel maledetto corteo funebre bloccavano la strada e rischiavano di
rovinargli la serata? Dovette calcolare la convenienza e il
rischio in un istante. Chi vuol fare strada nel mondo deve
frequentare solo i suoi superiori.

Si diresse verso i servi. Ordinò loro qualcosa, con tono pacato. Quelli non gli diedero retta. Allora raggiunse
mio cugino, e gli disse, con studiata autorevolezza, come
se recitasse le battute di un copione, che la carrozza non
sarebbe tornata indietro neanche di un palmo. Ciò vietavano il decoro e l'onore. Gli ordinava di spostare il feretro
e sgombrare la strada. Assicurava che, se avesse consentito
a cedere il passo, i servitori dell'Eccellenza Colendissima
monsignor Giulio Mazzarino non lo avrebbero molestato
ulteriormente. Altrimenti lo avrebbe fatto arrestare.

Benedetto era troppo mortificato per reagire. In pochi
giorni aveva perso il figlio e la moglie, e i suoi sogni. Annuí. Mentre il garzone e il fratello di Tommasa striscia-
vano sotto le ruote e liberavano il coperchio, raddrizzò
la bara e la appoggiò contro una rientranza del muro. Poi
premette il suo corpo contro quello della moglie morta,
perché non cadesse.

Mazzarino – perché era lui il secondo passeggero – si
limitò a sporgere la testa dal finestrino, sussurrò qualcosa
ai servitori e subito si ritrasse. Quelli tacquero immediatamente, come gli avesse strappato la lingua. La tendina
era rimasta semiaperta e intravedevo i cuscini di velluto
cremisi, le passamanerie, le dorature lucenti e il profilo
di Pasqualini – che in preda a una crisi di nervi piangeva,
tremava e malediceva il passante che s'era fatto sfragnere
come l'uva. Ci vollero parecchi minuti prima che le parole di conforto che Mazzarino gli sussurrava lo calmassero.

Non ho mai visto Giulio Mazzarino piú da vicino di quella sera alla Madonnella. Mi sembrò gentile, affabile e dotato di un impressionante autocontrollo. E ho capito che sarebbe diventato ben piú di ciò che era: il maestro di casa di Antonio Barberini. Solo gli insicuri sbraitano, e si agitano. Chi sa usare il potere non ha bisogno di alzare la voce.

Impassibile sotto la pioggia battente, con l'acqua che dalla falda del cappello gli ticchettava sul bavero della pelliccia, Elpidio seguí le operazioni e non si mosse finché la strada davanti alla carrozza non fu libera. Allora tornò indietro e mi passò davanti.

Quei pezzenti, reverendo signor Benedetti, lo apostrofai, con rabbia, e trattenendomi a stento dallo schiaffeggiarlo, vanno a seppellire una creatura che merita rispetto come e quanto il famoso soprano Malagigi, e forse di piú, perché non avrà mai applausi per aver fatto il suo dovere.

Voi sapete che lo so, furiosa Plautilla, sussurrò Elpidio, e vi prego di perdonarmi. Ma quando voi dipingete, non v'importa per chi, curate solo di fare del vostro meglio. Il mio lavoro stasera è questo. Siete tornato al servizio di Mazzarino? ho esclamato, sorpresa. Ci sto provando, amica mia, dipende anche da voi. Non fatemi fallire proprio stasera.

Eravamo ancora in chiesa, storditi dall'incenso e dalla tristezza, quando mi sono accorta che sulla soglia, col cappello in mano, arruffato come un gatto, c'era Elpidio. Non so da quanto fosse lí. Doveva aver fatto l'ultimo tratto di strada a piedi, perché attorno ai suoi stivali s'allargavano laghetti d'acqua melmosa. Si accodò per fare le condoglianze al vedovo. Poi gli porse un sacchetto, da parte di monsignor Mazzarino. Tintinnava. Per questo è tornato, mi sono detta. Il suo padrone gli ha ordinato di risarcire i pezzenti per l'incomodo. Ho saputo solo piú di trent'anni dopo che quelle monete venivano dalla sua borsa. Non era riuscito a escogitare miglior pretesto per rivedermi.

Ma quella sera non potevo immaginarlo e cosí quando mi è passato davanti l'ho trafitto con una sguerciata velenosa, e quando m'ha rivolto la parola l'ho strapazzato. Mi dispiace per la signora Mansueti, cominciò, cerimonioso, ma nello stesso tempo sono sollevato. Quando vi ho vista dietro la cassa, cosí affranta, ho temuto che il funerale fosse quello di vostro padre.

Il Briccio è vivo e vegeto, replicai, acida. Ringrazio il cielo! esclamò Elpidio, a Roma si dice il contrario. Anzi, se devo dire la verità, tutti credono che sia già morto da tempo. Poi si rese conto della sua goffaggine, e arrossí. Gli divennero di fuoco anche le orecchie.

Basilio, sospettoso, si avvicinò a gran passi. Non mi avrebbe certo lasciato conversare con uno sconosciuto. Tuttavia lo salutò per primo, ammettendo la superiorità della sua posizione nel mondo. Basilio Bricci, per servirla. Abate Benedetti, rispose Elpidio. Posso fare qualcosa per sua signoria? chiese Basilio, scrutando ora lui ora me, come se potesse capire cosa mai avevamo da dirci. Certo che no! disse Elpidio. Sono io che posso fare qualcosa per voi. Mi permetto di offrire ai vostri familiari un passaggio con la carrozza di monsignor Mazzarino. Grazie, ne prenderemo una a nolito, si schermí Basilio. Era già orgoglioso come un hidalgo e mai avrebbe accettato un favore da chi lo aveva umiliato. Forse non lo sapete, ma sta nevicando, flautò Elpidio, con un sorriso languido, fra poco le strade diventeranno impraticabili e non la troverete neanche se la cercate tutta la notte.

Saliremmo volentieri sulla vostra carrozza, se ne aveste una, dissi io, dura. Ma non saliremo su quella che ha profanato il corpo di Tommasa. Presi sottobraccio mia madre e mia sorella, e quasi le trascinai verso la porta della chiesa.

L'emissario di Mazzarino è stato galante, e la carrozza ci serviva, ci prenderemo tutti un malanno, perché sei stata cosí sgarba con lui? mi sussurrò Albina. Mi porta sfortuna, risposi. Ogni volta che vedo Benedetti o sento parlare di

lui, succede qualcosa di brutto. Bugiarda! rise Albina, incuriosita, tu sei troppo scienziata per essere superstiziosa.
Mi hai rimbambita per spiegarmi che la sfortuna non esiste.

Nevicava davvero e la vettura non siamo riusciti a trovarla. Abbiamo vagato invano nei vicoli di Trevi, ma nei
trivi e nelle piazzette dove sostavano di solito le carrozze a
noleggio non c'era nemmeno il focherello di un conducente
che s'era assentato. Basilio s'affacciò a chiedere nelle osterie, e non ne trovò uno ancora in servizio o disposto a prendere una corsa. Faceva molto freddo e mia madre tossiva,
si lagnava per i dolori alle ossa, malediceva il mio brutto
carattere, la mia cattiva educazione, e incolpava mio padre,
che m'aveva intossicata col fumo della gloria, e mi credevo
chissà chi, tanto da offendere un abate al servizio di monsignor Mazzarino, il maestro di casa di Antonio Barberini,
il nipote del papa. Snocciolava la gerarchia che incatenava
Elpidio Benedetti a Urbano VIII sicché pareva che avessi insultato il papa stesso. Albina taceva, ma io sentivo lo
sfarfallio dei suoi pensieri, e sapevo che si stava chiedendo come mai non si fosse accorta che avevo continuato a
pensare a quell'abate Benedetti di cui tanto tempo prima
le avevo annunciato la visita, e che non era mai venuto.
Sbucammo sul Corso tutti e quattro ormai cosí ghiaccia-
ti e fradici che quando la carrozza di Mazzarino si accostò
e lo sportello si aprí, non ho osato protestare. Mi ritrovai
seduta sui morbidi cuscini di velluto, che ancora esalavano
il profumo dolciastro del soprano, stretta tra mia madre e
mia sorella, con le ginocchia puntute di Elpidio che trapanavano le mie. Era un uomo senza carne, tutto ossa. Non
riuscivo a impedirmi di fantasticare come dovesse essere
toccare un corpo cosí.
Elpidio non mi guardò neanche una volta e parlò con
mia madre per tutto il tragitto, che non fu breve a causa
della neve che s'ammonticchiava sulle strade, e faceva scivolare i ferri dei cavalli. La sommerse di domande sulla

salute del Briccio, i progressi del suo male, le ricadute, le cure. Te l'ho detto che porta scarogna, bisbigliavo ad Albina, indispettita, è come quei vecchi che parlano soltanto di malattie finché non crepano.

Ma io non ci capisco niente, signor abate, secondo mio marito ho il cervello di un'oca e a metterlo sul piatto di una bilancia peserebbe meno di un seme di cocomero, cicalava allegramente mia madre, insinuandomi un gomito nel fianco. Dovrebbe chiedere queste cose a mia figlia Plautilla. È lei la sapientessa di casa. Legge tutto, sa tutto. Potrebbe prendere la laurea in medicina.

Smettetela, sussurrai, ma mia madre ormai era lanciata. Credo che avesse deciso di accalappiare Benedetti e attirarlo in casa nostra. Con due figlie ancora nubili, un dipendente celibe di monsignor Giulio Mazzarino le pareva una preda irresistibile. Per raggiungere lo scopo sarebbe passata sul cadavere del suo amato Briccio. E in qualche modo lo fece, spiattellando a quell'estraneo i fatti nostri, anche i piú intimi.

Da quando il mio povero marito si è aggravato, tanti anni fa, raccontò, Plautilla cerca un rimedio per guarirlo. Era ancora bambina, pensate, signor abate. Si sarà letta non so quanti trattati sulla chiragra, sulla podagra, sugli umori pituitosi e flemmatici che cadono sulle giunture... È Plautilla che discute di spagirica con lo speziale, e di mignatte col barbiere. Glielo cava dalla fronte e pure dalle orecchie, nemmeno il sangue l'impressiona. Noi donnette sveniamo solo a vedere una goccia. Plautilla prende in mano quegli insetti abominevoli e li schiaccia nel catino come fossero zanzare. Dovrebbe vedere, esplodono: il sangue schizza come dalla zinna di una vacca.

Madre, tacete, state disgustando l'abate, protestò Albina neanche sottovoce. No, affatto, assicurò Elpidio, mi interessa, mi interessa enormemente. Ed era vero, ma io credevo che fingesse, e m'indispettivo sempre piú. Dite, signora Plautilla, mi chiese Elpidio, compunto, dal primo manifestarsi dei sintomi, quanti anni sono passati? E quale medicamento è risultato piú efficace per contrastare il dolore?

Signor abate, questa conversazione è troppo deprimente in un giorno di lutto, lo gelai. Elpidio, imbarazzato, ancora una volta arrossí fino alle orecchie. Fu Albina a soccorrerlo, impietosita dal suo disagio. Benché l'avessero ingannata, tradita e umiliata, prendeva sempre ancora, d'istinto, le parti degli uomini. Era incorreggibile. Perdonatela, quando mia sorella è triste mozzica come un gatto arrabbiato. Venite a trovarci fra qualche giorno, quando le lacrime saranno asciutte, lo allettò. Vedrete che risponderà a tutte le vostre domande, e anche a quelle che non le avrete fatto. Mia sorella sa davvero tutto. È un genio, come mio padre. Noi la chiamiamo Aristotele. Elpidio mi fissò, confuso. Sostenni il suo sguardo.

Cosí è stato grazie a un funerale e a una malattia che la porta di casa Bricci si è aperta per l'abate Benedetti. Non so ancora valutare se quell'uomo è stato la mia fortuna, o la mia disgrazia. Entrambe le cose, temo.

Il mio rapporto con Elpidio è nato sotto una cattiva stella, e se avessi creduto ai presagi lo avrei troncato prima che mettesse radici. Ma i lutti che mi avevano perseguitato durante la mia infanzia, e poi il calvario di mio padre, mi avevano insegnato a credere piú nella medicina che nelle preghiere, piú nei farmaci che nella provvidenza. Leggevo davvero trattati sulla chiragra per apprendere come alleviare le sue sofferenze, e avevo davvero imparato a preparare impiastri e cataplasmi. È per questo che sono stata utile a Elpidio. Lui ha fatto qualcosa per me, io per lui. Da soli, saremmo rimasti due giovani ambiziosi e frustrati, ricchi di sogni e privi di mezzi per realizzarli. Solo insieme siamo stati qualcosa.

L'abate Benedetti si è presentato in casa nostra una dozzina di giorni dopo, carico di costose galanterie: imitava la strategia di Giulio Mazzarino, che si era accattivato cosí la riconoscenza di mezza città, la quale altrimenti per invidia avrebbe cercato di strappargli la sua fortuna. Una scatola guarnita da un nastro rosso conteneva una gabbia con un usignolo da canto per mia madre; un'altra, infiocchettata con un nastro verde, un paio di guanti di pelle di volpe, foderati di pelliccia e profumati di cinnamomo e acqua di rosa, per Albina; un rotolo di cartone, una stampa antica di Avignone per mio fratello e un cofanetto marocchino di legno di rosa intarsiato di madreperla, polvere di tabacco per mio padre.

Lo annusano tutti, assicurò Benedetti, è la mania del momento. Aprono ogni giorno locali in cui non si fa altro che fiutare quell'erba americana, essiccata si può masticare o inalare e produce effetti benefici. Gli avevano garantito che il nome non mente: ab hac herba salus – il tabacco è molto indicato per ogni malessere. Lui stesso lo aveva sperimentato. Con rispetto parlando, è astringente, usato prima di coricarsi evita la minzione notturna, favorisce lo starnuto e modera l'impulso sessuale.

A me aveva portato una prima edizione delle *Vite* del Vasari, stampata a Firenze nel 1550. Non avrei voluto accettarla. Una ragazza non dovrebbe mai lasciarsi corteggiare da un abate. Aborrivo quegli uomini né liberi né casti, che non fanno alcun mestiere se non quello di andare a spasso e alle donne non possono dare altro che soldi non guadagnati né meritati. Ma quell'edizione delle *Vite* era davvero preziosa, e ho finito per tenerla.

Ho scoperto quel giorno che Elpidio poteva essere paziente come un ragno. Ha reso omaggio al malato, accomodandosi accanto al letto di mio padre e ignorando eroicamente le sue mani ripugnanti devastate dai tofi. Gli ha insegnato a sistemare il tabacco sul polpastrello e ad aspi-

rarlo nella narice. Gli ha perfino sorretto la ciotola per
sputarlo. Quindi ha sgranocchiato il pasticcetto di mela
cotogna con zucchero cannellato appena cucinato da mia
madre, simulando di trovare squisito quello e avvincenti
i suoi elogi sperticati ai lavori di ago di Albina, maestra
del punto frullano e del punto reale, dell'orlo crespo e
dell'orlo alla spagnola. Lui avrebbe potuto valutare le sue
doti meglio di ogni altro, lo lusingava, suo padre Andrea
Benedetti, ricamatore papale, aveva bottega a Ponte, tante
volte lei aveva ammirato le meraviglie create dal suo ago…

Albina, Albina, Albina, parlava solo di mia sorella: per
mia madre la figlia maggiore, ancora senza marito a ventisette anni, era il chiodo conficcato nel cuore, che non la
faceva dormire la notte.

L'abate ha definito con garbo Albina una vera artista
del merletto, e si è rammaricato che il padre avesse ormai
chiuso l'ago nell'astuccio e liquidato la bottega, altrimenti avrebbe potuto raccomandargliela. Ha finto di interessarsi alle prove di Basilio, che ci teneva a mostrargli i
suoi disegni, e ha subito con un sorriso serafico anche le
spacconate di mio fratello, il quale nell'indifferenza della famiglia pianificava da mesi la decorazione dei palazzi
vaticani: una complessa iconografia basata sull'astrologia,
ogni stanza dedicata a un segno dello zodiaco secondo l'o-
rientamento rispetto ai punti cardinali, ai pianeti e alle
costellazioni nel giorno del solstizio d'estate. Aveva sentito dire che il papa confidava negli oroscopi e intendeva
presentargli il progetto per rinnovare la sua residenza.

Elpidio era frastornato, e dobbiamo essergli sembrati irrimediabilmente folli, tutti quanti. Ma quando infine
siamo rimasti soli, uno davanti all'altra sulle seggiole di
cuoio, io rigida come una statua, lui che si sforzava di trovare confortevole la temperatura artica della sala, cui noi
ormai eravamo abituati, ma che a lui aveva fatto diventare
paonazze le orecchie, ha estratto dalla cartella un foglio, il

calamaio e la penna d'oca e mi ha bisbigliato: ditemi tutto quello che sapete sulla podagra, scriverò ogni cosa e ve ne sarò grato per sempre.

Dovreste farvi insegnare da monsignor Mazzarino come rivolgervi a una giovane donna, l'ho rimbrottato, offesa, perché il vostro è il modo meno poetico per cominciare una conversazione.

Ma voi, madonna Aristotele, non siete come le altre, ribatté, e non dovete sprecare il vostro geniale intelletto ad ascoltare le scempiaggini degli uomini; inoltre noi non dobbiamo cominciare una conversazione, ma un'amicizia.

Avevamo avuto un solo appuntamento, ormai piú di tre anni prima: eppure l'abate Benedetti mi parlava con una sconcertante mancanza di forma. Poiché la mia stima per voi supera quella che ho per me stesso, proseguí, non starò a rintontirvi lodando la vostra bellezza ateniese – nel senso di Atena, bellicosa e inespugnabile –, le vostre labbra color dell'amarena, i vostri occhi neri e lucidi come more mature. Oh, potrei andare avanti fino a notte a gragnolare metafore. Il nostro tempo, però, purtroppo è breve, perché non ne siamo noi due, ahimè, i padroni, e devo risparmiarvele. Peccato, qualche verso del poema in vostro onore già mi frizza sulla bocca. Un'intellettuale che schiaccia sanguisughe, che ha sale in testa e miele sulle labbra, quante rime nuove potrei scrivere sulle vostre mani di ragazza e di barbiere... Ma vengo subito al punto.

Negli ultimi mesi monsignor Mazzarino mi onora con l'affidarmi qualche lavoretto. Non pretenderò di farvi credere che sono al suo servizio. Mi sta mettendo alla prova, diciamo cosí. Ha molto da fare per il cardinale Antonio, il quale soffre della malattia della ricchezza: la noia. Monsignor Mazzarino deve inventarsi ogni giorno qualcosa per divertirlo e rallegrargli la vita. Vi sembrerà strano, ma chi piú ha meno crede di avere. Deve organizzargli una festa dopo l'altra, spettacoli, concerti, banchetti. Non avete nemmeno idea di quanto denaro gettino entrambi per pagare musicisti, cantanti, attori e ballerini. Ce ne sarebbe da eliminare per sempre la miseria di Roma. Ma non possiamo giudicare chi ci governa. Possiamo solo farci testimoni del loro operato. Credo di avervi già detto che da ragazzo avrei voluto diventare uno scrittore. Ho capito subito che sono nato troppo tardi o troppo presto, e che non mi sarà permesso. Finirei imprigionato, se non impiccato o arso, perché solo in una città libera le lingue possono non essere schiave. E se anche fuggissi finirei profugo, in miseria, e capite che non posso desiderarlo.

Monsignor Mazzarino mi ha assegnato un incarico che potrebbe sembrare umiliante. E in effetti lo è, considerando che sono laureato e non l'inserviente di un ospedale, e che potrei aspirare a ben altro che assistere una donna anziana malata di gotta. Ma la verità non è ciò che appare. Non ci somiglia nemmeno. Ricordatevene. Infatti è un compito principalissimo. È come se mi avesse dato le chiavi del suo cuore. Perché Mazzarino non ama – e credo di poter dire che non amerà – nessuno come quella donna. È la signora Ortensia Bufalini, sua madre.

Qualche tempo fa ha avuto un attacco violento, e le hanno diagnosticato la gotta. Soffre molto. Lui teme che ne muoia. Il Briccio patisce lo stesso male da dodici anni. Eppure è ancora vivo. Voi ve ne prendete cura e avete qualche merito della sua resistenza. Aiutatemi ad aiutarla.

Non lo sapevo, signor Ypsilon, che la signora Bufalini fosse vedova, commentai. Il tono ironico e sarcastico che Benedetti aveva usato con me mi stimolava a proseguire sullo stesso registro. Credevo avesse un marito che può prendersi cura di lei. Ahimè, sospirò Elpidio, sull'atroce signor Pietro Mazzarino non si può contare. Quasi mai i mariti sono afflitti dalle malattie delle mogli. La vostra visione del matrimonio è alquanto cinica, lo rimproverai. Temo sia solo realistica, ribatté Elpidio, sorridendo.

Mi chiese quando poteva tornare per approfondire il

nostro discorso. Purtroppo aveva indugiato troppo a lungo in questa piacevole visita familiare, e doveva appunto tornare dalla signora Bufalini. Stamattina si era levata con un cruento male di stomaco, e lui non poteva mancare al consulto medico. Finsi di essere molto occupata e di dover consultare il mio quadernetto per indicargli una data libera. Elpidio attese, cincischiando il cappello tra le mani, senza riuscire a dissimulare l'impazienza. Una settimana mi sembrava poco, un mese troppo. Decisi di farlo aspettare quattordici giorni. Scarabocchiai qualcosa sul foglio e dissi, senza guardarlo, per me va bene il 14 dicembre 1641. Fra tre anni? esclamò Elpidio, stupito. Vi prendete gioco di me? Poi il luccichio che gli accese le pupille mi rivelò che aveva capito. Una donna non può parlare liberamente, e deve misurare le parole, velarle di allusioni e metafore. Solo cosí potevo permettermi la sfrontatezza di confessargli che da tre anni lo aspettavo.

Nel camerino che era stato lo studiolo del Briccio e adesso era il mio e di mio fratello, ho tirato giú dalle scansie i trattati di medicina che da anni leggevo di notte, al capezzale di mio padre quando, dopo un attacco, giaceva febbricitante e delirava invocando di essere roborato con l'olio santo. Nessuno dei miei si era mai interessato a quei libri. Albina li circumnavigava col piumino, quando spolverava. Ho scelto il piú recente, di Matteo Soriano, stampato in quarto a Palermo nel 1635. Era stato tirato in pochi esemplari e per procurarmelo avevo dovuto sacrificare una cinquecentina della biblioteca.

Elpidio trovò poco promettente il titolo: *Trattato curioso. Discorso utilissimo del male della podagra, o chiragra, gotta calda, fredda e mista & sue specie.* Invece l'autore, medico stipendiato dal granduca di Toscana, anche se come tutti saccheggiava i trattati di Galeno, Avicenna e Mercuriale, aveva una certa esperienza empirica. Solo di quella mi fidavo ormai. Nella seconda parte infatti il trattato conteneva ricette pratiche di pillole e cataplasmi. Indicava i componenti e anche le dosi. Seguendo le istruzioni io stessa le avevo potute fabbricare.

Ho aperto il volume. Elpidio si era seduto nella seggiola davanti allo scrittoio, mentre io avevo preferito restare in piedi, perché mi auguravo che la posizione verticale accrescesse la mia autorevolezza. Abbiamo saltato dedica, sonetti celebrativi, introduzione. E anche la discussione sulle cause della malattia – se proceda dalle sostanze del cervello, dalle parti interne del corpo (polmoni, fegato, milza) o se si produca tra la pelle e l'osso della testa. Le cause non ci interessano: non possiamo cambiare i fatti già successi, mi ha detto, invitandomi ad andare al punto. Ma questo capitolo è interessante, ho protestato. Spiega come la sostanza fluida si distilla dal nostro cervello e attraverso il naso scorre fra le parti muscolose e la pelle fino alle giunture. Andate avanti, Aristotele, mi ha sorriso. Detesto i preliminari.

Cosí ho iniziato a leggergli il capitolo IV. *Come gli escrementi dello stomaco son purgati per lo budello.* Quei brani non mi erano mai sembrati cosí disgustosi. Elpidio però ascoltava attento, giocherellando con gli anelli che esibiva alle dita. Il capitolo successivo era dedicato agli escrementi delle vene e delle arterie. A pagina 17 mi sono interrotta. Mi vergognavo di sentire la mia voce esprimere concetti cosí rivoltanti proprio all'uomo che, sebbene non sapessi spiegarmene il motivo, abitava da cosí tanto tempo i miei pensieri e che finalmente mi ritrovavo accanto.

Dunque questo escremento che per essere di una sostanza cosí minuta non si può vedere a occhio nudo si chiama escremento fuligginoso, mi sorprese Elpidio, che stava seguendo con religiosa attenzione. Vi prego, proseguite.

È meglio che leggiate voi stesso, gli ho detto, chiudendo il libro. Ora si parla di purgazioni e vomito. Preferirei che non mi associaste a queste azioni. Leggete, Aristotele, ha sussurrato. La vostra voce è per le mie orecchie

una melodia celeste. Non vi ascolterei con maggior piacere se queste pagine fossero un romanzo d'amore.
I suoi occhi grigi erano fissi sulle mie labbra. La testa
mi è diventata pesante, mi si chiudevano le palpebre. Ho
sentito arrivare il sonno e mi sono indurita come una roccia. In qualche modo, aggrappandomi al tavolo, sono riuscita a restare in piedi. L'ho pregato di andarsene subito,
perché non mi sentivo bene. Lui, incerto, cercava di capire cosa mi stesse succedendo. Recitavo la perdita dei sensi, per potermi arrendere ai suoi baci? Le donne dovevano
fare cosí. Devo essergli sembrata una brava attrice. Ma la
mia testa era davvero un macigno, non riuscivo a tenere
aperti gli occhi e il peso del corpo mi trascinava verso il
basso. Elpidio si è dovuto alzare di scatto, per sorregger-
mi. Era piú spaventato di me. Che gli sarebbe capitato se
mia madre o mio fratello lo avessero sorpreso mentre mi
teneva fra le braccia?

Poi con insospettabile rozzezza mi costrinse a sedere e
tentò di sgattaiolare verso la porta, raccomandandomi di
preparare per la signora Bufalini quel cataplasmo del dottor Soriano cui gli avevo accennato. Avrebbe mandato un
domestico di Monsignore a ritirarlo: se compilavo una ricevuta mi avrebbe saldato quanto prima. Non vi permetterò di pagarmi, ho farfugliato, offesa. Il mio sapere non
è in vendita, e nemmeno io. Elpidio ha sorriso, ma non ha
fatto in tempo a scusarsi per l'ennesima goffaggine. Gli
sono crollata addosso – esanime.

Lui giura di avermi fatto una promessa, mentre giacevo con la faccia contro i bottoni della sua tonaca e lui mi
schiaffeggiava senza riguardi per farmi rinvenire prima che
arrivasse mia madre. Se il cataplasmo funziona, tornerò. E
se non funziona tornerò lo stesso. Se non potrete curare la
madre di Mazzarino, curerete me. Sono malato di solitudine. Il mio deliquio invece non lo turbò per niente. Ha
pensato che soffrissi del male piú dolce e piú incurabile,
per noi – il desiderio.

Il cataplasmo di foglie di cavolo tritate, uova, olio e aceto, messe a bollire nella pignatta, nella quale veniva immerso un panno di lino poi applicato caldo sui piedi colpiti dalla gotta della signora Bufalini, è stato efficace. O forse no. Quell'inverno, Elpidio e io abbiamo letto insieme tutto il *Trattato* di Soriano. Mio padre gli aveva offerto di portarsi a casa il volume, ma lui aveva risposto cerimoniosamente che non voleva privarlo di un'opera cosí preziosa per la sua salute, e aveva detto che preferiva copiarlo, col mio aiuto. Mio padre, che aveva copiato decine di manoscritti e libri stampati nelle biblioteche dei nobili di Roma, non ci trovò niente di strano.

Ma non abbiamo copiato neanche una riga. Io fingevo di dettare, e leggevo lentamente, senza mai interrompermi perché il silenzio avrebbe attirato nello studiolo mia madre, mia sorella o Basilio. A Elpidio bastava un cenno per comunicarmi che dovevo ricominciare daccapo. I sette capitoli sul vomito – nei quali se ne teorizzava la necessità e l'utilità, e si insegnava a provocarlo, con le dita o con la punta di una penna spinta nella gola – ci causavano una selvaggia beatitudine.

Ma a Carnevale, quando sono iniziate le commedie vere, la nostra si è interrotta. Mazzarino, travolto dall'organizzazione degli spettacoli per il cardinale Antonio, reclamò Elpidio per sbrigare qualche commissione. Il culmine dei festeggiamenti sarebbe stata la replica, a palazzo Barberini, di *Chi soffre speri*, un melodramma composto anni prima da un musico della famiglia di Antonio. Elpidio diceva che il cardinale Antonio pagava il musicista il triplo di quanto il cardinale Francesco pagava il bibliotecario, e che ciò dimostrava quanto la cultura fosse meno redditizia del talento artistico. Perciò un giorno, io, pittrice, avrei potuto mantenere lui, laureato.

Le scene erano di Gian Lorenzo Bernini, ed Elpidio approfittò dei modesti incarichi che gli affidava Mazzarino per curiosare nello studio dell'artista che preparava i fondali e poi nel teatro di palazzo Barberini per godersi le prove. Bernini aveva sempre creato le scene per le commedie che scriveva lui stesso e che rappresentava in casa sua o nella Fonderia Vaticana, ma adesso che poteva crearle per i Barberini disponeva di mezzi infinitamente superiori, e spendeva anche mille volte tanto. Ogni altro lavoro dello studio si era fermato già da prima del Natale, perché tutti gli assistenti – scultori e pittori, fino all'ultimo garzone – erano impegnati a fabbricare macchine, quinte, costumi.

Elpidio ancora si rammaricava di aver mancato alla rappresentazione dell'*Inondazione del Tevere*, lo spettacolo con cui l'anno prima Bernini aveva sconvolto gli spettatori radunati nel teatro di casa sua, simulando lo straripamento e innalzando le barriere solo un istante prima che l'acqua li travolgesse, e non si sarebbe mai perso gli artifici di questo. I Barberini sarebbero riusciti a stipare nel loro teatro tremilacinquecento persone. Lui fece di tutto per essere una di quelle. Mi disse scherzando che sarebbe stato disposto a manovrare le funi e accendere le micce dei fuochi artificiali, pur di esserci.

Mi raccontò poi che il libretto di Giulio Rospigliosi era garbato, la musica e le voci dei cantanti divine, ma cinque ore di melodramma rischiano di rappresentare una purga bassa per chi non è proprio un patito del teatro musicale, e al terzo atto lui si era addirittura assopito. Fra l'altro era raffreddato, russava e l'incidente poteva nuocere alla sua reputazione, perché i padroni di casa non potevano concepire che qualcuno non apprezzasse i loro spettacoli. Ma fortunatamente gli intermezzi di Bernini l'avevano riscosso, perché non aveva mai visto niente di simile. Bernini aveva ricostruito la Fiera di Farfa, coi mercanti che mentre cantano vendono merci vere, aveva fatto entrare in scena una carrozza, e dei cavalli veri, aveva fatto tramontare il sole, e aveva anche scatenato una tempesta, con tuoni, fulmini

e saette. Lo stupore suo – e di tutti – era stato immenso.
La serata era stata giudicata memorabile dagli intendenti:
una pietra miliare nella storia del teatro musicale, se ne sarebbe parlato per decenni. Peccato che non avevo potuto
esserci. Non ho mai potuto esserci, gli ho risposto. Dicono tutti che viviamo in una «mirabile congiunzione» del
tempo, ma io non me ne sono accorta.

Il Carnevale del 1639, però, è stato memorabile anche
per me. Ma a Elpidio non l'ho mai detto. La pittrice per
la quale immaginava imparruccati clienti della corte e che
avrebbe voluto invitare a palazzo Barberini non poteva me-
scolarsi alle feste della plebe, e ho dovuto nasconderglielo.
    Qualche settimana prima da mio padre si era presenta-
to un pittore di Napoli, con gli occhi blu e la pelle nera di
un africano. Lo chiamavano Salvatorello, ma il suo nome
era Salvator Rosa. Avrà avuto ventott'anni. Era tornato
a Roma da poco piú di un anno e voleva a ogni costo far
parlare di sé. Aveva sentito dire che Bernini si vantava di
essere un grande attore. Be', lui era molto meglio. Intendeva sfidarlo. Propose al vecchio Briccio di aiutarlo a preparare un divertimento di cui avrebbe parlato tutta Roma.
    Lusingato dalle attenzioni di quel giovane cosí brillante,
Giano Materassaio accettò. Si rintanarono nella sua camera a improvvisare, e le battute dovevano essere divertenti
perché le loro risate ci raggiungevano mentre in cucina noi
donne, come ci avevano richiesto, preparavamo i barattoli.
    Travestito da Pasquarello, Rosa – che a Roma nessuno
ancora riconosceva – si mescolò alla folla che sciamava di
piazza in piazza per godersi lo spettacolo delle maschere
o per assistere alle corse. Poi i suoi complici – fra i quali,
con mia grande invidia, aveva arruolato mio fratello – sistemavano il panchetto, Rosa saltava su, fingeva di essere un ciarlatano, e recitava il monologo appena scritto da
mio padre, per spacciare una ricetta miracolosa per la felicità. Gli ingredienti erano assurdi – benché oggi, ripen-

sando ai lassativi al cumino, all'hermodattilo e al piretro
di Soriano non mi sembrino piú tali – e la ricetta comica,
ma il pubblico si lasciava attirare e comprava quei barattoli di unguenti – che Albina, mia madre e io avevamo riempito di zedoaria, genziana e segatura. Poi scappavano
tutti, e montavano il palco in un'altra piazza. La sfida era
riuscire a replicare la vendita fino al martedí grasso, e poi
distribuire al popolaccio le monete guadagnate grazie alla
sua credulità.

La prima sera Basilio rientrò cosí eccitato dalla burla
che lo supplicai di unirmi alla compagnia di attori. Il papa
quell'anno non aveva rinnovato i bandi contro le maschere
delle donne, e se Francesco Barberini allestiva una sopo-
rifera rappresentazione delle sofferenze di san Bonifacio
a palazzo della Cancelleria, il cardinal Antonio pretendeva libero divertimento e impunità per sé, i suoi amici, le
sue donne, i suoi buffoni e i suoi banditi: imperava una
gaia indifferenza e a scendere in strada la settimana gras-
sa si rischiava solo di rovinarsi il vestito e la faccia per un
lancio di uova (benché le conseguenze di quei lanci sconsiderati potessero essere serie e c'era chi aveva perso un
occhio, per le ferite causate dai gusci rotti). Cosí mi sono
mascherata da garzone che si mascherava da servetta, e al
Corso ci sono andata anch'io.

Rosa era davvero un attore eccezionale, il suo accento napoletano – verace e non simulato, visto che era nato
all'Arenella – faceva sganasciare. E tutti si accalcavano
sotto il palco per ascoltare la ricetta ridicola del balsamo
miracoloso. Quando all'ultima replica, il martedí grasso,
s'inchinò a ricevere l'applauso e disse che la ricetta ridicola del balsamo miracoloso era di Giovanni Briccio Romano, avrei voluto che mio padre potesse sentire le risate
del pubblico. Lo avrebbero ripagato delle ultime amarez-
ze. Ma avrei voluto anche che la conoscesse davvero, la
ricetta per la felicità.

Solo dopo esserci cosparsi il capo di cenere, alla prima
messa del mercoledí, all'inizio della Quaresima, Elpidio
e io abbiamo potuto riprendere le nostre letture. Peni-
tenziali agli occhi di tutti, fuorché ai nostri. L'inverno
trascolorava in un tripudio rosato di fiori di mandorli e
chicchi di grandine. Avrei voluto che il *Trattato* di Soriano non finisse mai. Conoscevamo ormai a memoria tutti
i capitoli, i paragrafi, perfino i refusi. E ognuno, come
l'avesse esaminato con una lente d'ingrandimento, i particolari piú intimi del viso dell'altro. Le ciglia, i capillari,
l'attaccatura dei capelli, la forma delle narici. La conti-
guità sopperiva all'assenza di camino, aumentava la temperatura nella stanza, meglio di un braciere. Andavamo
letteralmente a fuoco. In quei mesi, non ci siamo mai
nemmeno sfiorati.

Albina si era sposata il 26 febbraio. Avevo temuto quel
giorno per anni, e invece l'ho accolto con sollievo. L'ho
acconciata per le nozze come una principessa, le trecce a
formarle una corona sulla testa, fili d'oro con le perline
intrecciate nei capelli. Era bellissima, e noi tutti eccitati
e chiassosi: per una volta abbiamo ignorato riserbo e discrezione. Affinché tutti i vicini la vedessero, mia madre è
voluta scendere con lentezza esasperante e impettita come
un pavone giú per la scala sdrucciolevole del palazzo delle Tre Colonne a braccetto con la consuocera, Margherita Gioviali. Una matrona con la puzza al naso, che pareva
considerarli tutti zotici bifolchi.
Alla faccia vostra, sibilava Basilio, stringendo le mani dei dirimpettai, ipocriti che ostentavano di rallegrarsi
per Albina. Increduli, si rosicavano il fegato, perché alla
fine, chissà come, quel diavolo del Briccio l'aveva rac-
cattata la pantofola che stava bene al piede della figlia
maggiore, ormai da tutti infamata come una zitella av-
vizzita: e non era un vedovo gobbo, uno scrivano fallito

o un poveraccio, come Bartolomeo, il figlio del fornaio
di San Nicola in Carcere, che nemmeno un mese prima
aveva sposato mia cugina Costanza.

Rutilio Dandini non aveva ancora trent'anni. Massiccio come una rupe, moro come una pantera, gli occhi di
smeraldo da gatto e il naso aquilino del sommo Dante. Del
resto il padre era fiorentino come Alighieri. Spalluto e forte tanto da piegare come un guanto il ferro di un cavallo.
Insomma, era prestante. Anzi, il maschio piú notevole che
mia sorella e io avessimo mai visto. Purtroppo era la sua
unica qualità. Ma in quel mattino di febbraio del 1639 non
potevamo immaginarlo.

Durante la cerimonia non ho pianto, e nemmeno Albina. Quando mio padre le aveva proposto il Dandini per
marito, aveva accettato senza neanche consultarmi. E cosí
poi aveva preferito non indagare sul reale scopo delle visite podagriche dell'abate Benedetti. La notte prima delle
nozze abbiamo dormito insieme, abbracciate, per l'ultima
volta. Sarà strano svegliarmi con un altro corpo accanto, ha
osservato Albina. Da quando mamma ha smesso di allat-
tarti, non c'è stata una notte in cui non eri nel mio letto.
Ventitre anni, ti rendi conto? Chissà se dormirò ventitre
anni con Rutilio, o se sarai stata tu la mia sposa piú fedele.

Io mi sono chiesta se avrei mai dormito con qualcun altro, nella mia vita. Se avrei mai conosciuto un corpo cosí
come conoscevo quello di mia sorella. Le sue braccia bianche, i capelli lunghi sparsi sul cuscino che si aggrovigliavano
alle mie dita, la treccia della spina dorsale, le natiche sode
come pesche di maggio, le cosce morbide, i piedi freddi. È
grande un materasso per una persona sola.

Mi manchi già, Albina, le dissi, sfiorando con le labbra
la sua spalla tornita. Il peso del suo corpo aveva scavato un
avvallamento nell'imbottitura, senza di lei ci sarei caduta
dentro. Mi sarei rannicchiata nella sua assenza. Dovrò tenermi la camicia da notte anche d'estate? rispose distrattamente Albina, che già pensava ai giorni futuri. Non po-

trò piú dormire con le imposte aperte. Tu li conosci i miei difetti, le smagliature, i nei, le cicatrici, ma morirei di vergogna se li scoprisse Rutilio. Per lui vorrei essere perfetta. Li amerà come li amo io, dissi. Supponevo che l'abitudine favorisse l'affetto, perché il naso storto dell'abate, i capelli da carciofo, i suoi zigomi ossuti cominciavano a piacermi piú dei lineamenti regolari delle statue antiche, degli angeli dei quadri, degli uomini considerati affascinanti. E l'odore. Mi capitava di voltarmi per strada, se un passante mi rimandava il suo.

Non avevamo piú niente da dirci e siamo rimaste in silenzio, le mie braccia intorno alla sua vita, il mio seno sulla sua schiena, le gambe contro le sue, ognuna a fantasticare sulle notti che non avremmo piú diviso. Ho sentito il suo respiro farsi lento, e i muscoli contrarsi e poi rilasciarsi con uno scatto, e solo allora mi sono addormentata. Quando mi sono svegliata, lei già non c'era piú. Il letto era vuoto e dalle impannate trapelava la luce algida dell'alba.

Alla fine della messa, però, ci siamo commosse. Abbi cura di te, Tilla, mi ha sussurrato all'orecchio, non fare niente che non sia degno della donna che vuoi essere. Anche tu, Albina, le ho detto, mentre il marito già ci raggiungeva e l'abbrancava, vociando. Ormai gli apparteneva. A lui avrebbe dovuto chiedere il permesso di vedermi. Forse Rutilio me l'avrebbe dato. Mi chiamava già sorellina. La sua risata gorgogliante echeggiava nella navata della chiesa. Stringeva mani, e assestava caracche sulle spalle di Basilio, come fosse già il suo assistente. Perché era pittore, il Dandini. Come suo padre.

Il signor Cosmo aveva lavorato per i Medici, a Firenze, prima di trasferirsi a Roma. I suoi figli erano nati qui. Anche se lui non aveva mai deciso di mettervi radici, e ogni tanto tornava a Firenze. Nella sua casa romana, dietro via Giulia, nel rione dei toscani, aveva aperto una specie di accademia. Ma piú che altro era una locanda. Alloggiava pittori di passaggio, o appena arrivati in città,

studenti della Sapienza, pellegrini che dopo essersi consumati i piedi nel giro delle sette chiese si fermavano per
acquistare qualche ricordo – immaginette di santi, vedute
dell'Urbe, imitazioni di pitture famose. Cosmo Dandini
li indirizzava alla bottega del figlio maggiore Giuliano,
rivenditore di quadri, e dopo si spartivano il guadagno.
Era un tipo esuberante e ingegnoso, e quando il barbiere Bessi lo presentò a mio padre si piacquero immediatamente. Firmarono il contratto per le nozze dei rispettivi
figli pochi giorni dopo.

Per una settimana non l'ho piú vista, mia sorella. Volevo andare a trovarla, ma aspettavo il suo invito. Venne
lei, raggiante. In presenza di mia madre e mio fratello si
limitò a raccontare della stanza che lei e Rutilio stavano
allestendo nell'appartamento di Dandini padre. Non avete
idea della caciara, raccontava. Nove ospiti, quattro gatti,
due canarini, il fattorino, le lavandaie che vanno e vengono con le ceste del bucato, c'è animazione fino alla quinta
ora di notte. È una casa in cui non si dorme mai. Ma appena restammo sole chiuse la porta e mi fece un segno con
le mani. Le sue dita formavano un numero.

Sette volte! bisbigliò, tenendo chiusa col peso del corpo la porta alle sue spalle. Non si sazia mai. È come volare in paradiso. Non dar retta a quello che ti dice nostra
madre, a quello che ti diranno le serve e i confessori. Vale la pena. È l'unica cosa al mondo per cui vale la pena.
Non si può rinunciarci. Sarebbe come non avere vissuto.
È inimmaginabile, l'estasi.

Mia sorella aveva usato la stessa parola che suor Eufrasia
mi ripeteva ogni volta che cercava di descrivermi la beatitudine che provava quando pregava fino a dimenticarsi di
sé, perduta in un'ebbrezza che non sapeva piú se nascesse
dal corpo o dalla mente. Estasi. Entrambe le donne a me
piú care la conoscevano. Nessuna delle due aveva saputo
spiegarmela.

La signora Ortensia Bufalini sposata Mazzarino ha sviluppato prima una benevola simpatia, poi un sincero attaccamento per Elpidio. Gli permetteva non solo di assisterla, ma di farle compagnia. Rifuggiva il marito, che detestava e da cui si stava separando, e ormai le figlie, che grazie alle principesche doti procurate loro da Giulio, si erano accasate con esponenti dell'alta aristocrazia romana, dovevano occuparsi della loro pletorica prole. Benché abitasse a palazzo Mancini, dalla prediletta figlia Gerolama, si sentiva spesso sola. Per anni, e fino alla morte di lei, Elpidio ha trascorso piú tempo con la madre di Mazzarino che con la propria.

Quel segretario senza contratto, tuttofare premuroso e sempre a disposizione, le era diventato indispensabile. Elpidio si prestava a scriverle lettere in stile cortigiano, le sceglieva i gioielli dagli orafi al Pellegrino, confezionava i pacchetti dei regali ai compleanni dei nipotini. Le figlie della signora ne sfornavano uno dopo l'altro. Elpidio si era organizzato per non dimenticarne nessuno commissionandomi il disegno dell'albero genealogico delle varie famiglie, con tutte le date di nascita e i santi patroni. La signora Ortensia credeva che avesse una memoria prodigiosa. Spesso Elpidio faceva anche da messaggero fra i coniugi, consegnando biglietttini al truce marito che s'attardava in casa d'altri, e recapitando poi le risposte. Il signor Pietro mi tratta come un servitore, confessò Elpidio una volta. Mi sta intaccando al punto che io stesso credo di non valere piú nulla.

Ci incontravamo nelle librerie di piazza Navona, col pretesto di informarci sulle nuove pubblicazioni di trattati di medicina. Non ne avevamo altri. Ogni volta dovevo inventarmi un complicato castello di bugie, per uscire da sola. Basilio ormai aveva diciott'anni, non m'avrebbe mai retto il gioco. Il mondo gli assegnava il ruolo di custode del mio onore e lui lo prendeva cosí sul serio che stava diventando geloso di me come un fidanzato. Mi spiava, mi impediva di avvicinarmi alla finestra, s'infuriava se conversavo con gli amici di mio padre – anche se erano tutti vecchi cadenti. Diceva infatti che il gatto vecchio vuole il sorcetto tenerello. Non so quali altri divieti avrebbe escogitato se fossero stati giovani: ma Salvator Rosa non si era piú fatto vedere. Eccitato dal successo del Carnevale, si era avventurato ad allestire uno spettacolo vero a vigna Mignanelli. Aveva osato offendere Bernini, gli amici di Bernini avevano offeso lui, erano sorti dei livori che era stato impossibile appianare, si era messo contro Bernini, Romanelli e tutti i barberiniani, e ormai doveva lasciare Roma.

Quando non sapevo piú cosa inventarmi, mi soccorreva il nome di suor Eufrasia della Croce. Lei, dal convento di San Giuseppe cui né mia madre né mio fratello avevano accesso, non poteva smentirmi. Spero che là in paradiso, dove certo dimora, possa perdonarmi se ho usato la sua clausura, la sua mancanza di libertà, come moneta per pagarmi la mia.

Pochi minuti uno accanto all'altra in quelle botteghe odorose di inchiostro, poche parole sotto lo sguardo interrogativo dei librai e degli altri clienti – letterati sfaccendati, inevitabilmente religiosi, che ci scrutavano incuriositi. Perché io, sapendo che quanto piú vuoi passare inosservato tanto piú vieni notato, avevo cominciato a vestirmi in modo eccentrico, come per ostentare di non aver nulla da nascondere, mentre Elpidio quando veniva in libreria indossava il cappello verde con le nappe che nascondevano i suoi boccoli e la tonaca nera. Nessuna intimità, nessun contatto. Ma ero consapevole della presenza dei suoi capelli, e riuscivo a sentirli con un'intensità tale da avvertirne il solletico sulla guancia. Avrei voluto baciare le sue mani, le lunghe, ossute dita che tamburellavano sul ripiano, vicinissime e però proibite. Passarle sul mio collo, lasciarle scivolare lungo i fianchi. Ma solo per qualche istante, mentre il libraio ci indicava i titoli sul catalogo, le nostre spalle si sfioravano, e le nostre scarpe aderivano sotto il bancone. La pressione lieve del suo piede sul mio mi faceva arrossire.

Dicono che un uomo e una donna non dovrebbero essere amici, che dovrebbero nascondersi le miserie quotidiane per mostrarsi l'uno all'altra migliori di quanto non siano e potere, così, essere amati. Ma Elpidio le sue battaglie le ha condivise con me. Forse, mi dicevo poi, stupita, perché in realtà non mi ama. Il signor Pietro ha sviluppato nei miei confronti un malanimo che mi preoccupa, si sfogava. Cerca di danneggiarmi in ogni modo. Al figlio mi dipinge come un intrigante idiota che mai, mai, deve prendere al suo servizio. Monsignore non dà gran peso alle parole del padre, perché ne conosce l'inettitudine, l'avidità, la spilorceria e la mancanza di giudizio, troppe volte ha dovuto soccorrerlo per tirarlo fuori dai guai: una volta l'ha levato di prigione, perché era così squattrinato da dover traslocare continuamente, non pagava l'affitto e alla fine il padrone di casa lo aveva fatto carcerare, un'altra ha dovuto fargli da avvocato difensore in un processo per omicidio – ma prima o poi il siciliano s'inventerà qualcosa e non avrò più speranza. Comincio a temere che la vita che sogno non verrà mai. Siete l'unica favilla nel mio buio, amica mia.

Lo era anche lui nel mio, ma ho dovuto fingere di non aver sentito, e ho acquistato senza neppure contrattare il costosissimo volume di botanica per semplicisti che il libraio mi magnificava come il titolo più ricercato all'ultima fiera di Francoforte. Mi sentivo mortificata per il rispetto che Elpidio mi manifestava. Non mi era dovuto. Era più in alto di me, poteva avermi. Temevo non mi volesse davvero. Forse non gli piacevo abbastanza. Avrei voluto essere una zingara, o una donna libera, perché potesse amarmi.

Un'altra volta mio fratello, cui la mia assiduità a Capo Le Case cominciava a sembrare eccessiva – volevo forse farmi monaca? – volle assolutamente accompagnarmi fino alla porta del convento. Dovetti aspettare che se ne

andasse, fremendo nel parlatorio, scrutata malignamente
dalla suora portinara, e poi dare una moneta a un ragazzino perché chiamasse Elpidio nella libreria in cui avevamo
appuntamento. Avevo sentito dire che facevano una giustizia all'oratorio del Crocifisso, vicino alla chiesa di San
Marcello, si stava radunando molta folla, e potevamo trovarci lí. Nessuno avrebbe badato a noi.

Era il tre agosto, Roma attanagliata dall'afa, e stretta
nel busto mi sentivo soffocare. Mi vergogno di ammettere che ho ringraziato l'atroce lentezza del rituale, perché
ha dato a Elpidio il tempo di raggiungermi.

Ce ne siamo rimasti all'ombra del palazzo d'angolo,
mentre il boia accoppava il condannato, assestandogli la
mazzata sull'osso del collo con una precisione impeccabile,
e poi, con altrettanta abilità, gli tagliava le canne della gola. Il popolo salutò il colpo con schiamazzi e fischi di accla-
mazione – a ogni botta gridava Dàgli all'assassino! –, perché il suo delitto enormissimo meritava il castigo. Quel
tizio, un certo Carlo Filippi, aveva scannato una cortigiana e l'aveva derubata. Qualche anellino e vestiti che non
valevano niente. L'uomo veniva fatto morire davanti alla
casa della donna in cui aveva commesso il delitto. Elpidio
e io non abbiamo mai guardato verso il palco di tavole.
Ci guardavamo l'un l'altra: i nostri incontri erano sempre
provvisori, minacciati, rari. È tremendo ascoltare le urla di un uomo che muore, ma ci sforzavamo di ignorarle,
perché avevamo troppe cose da dirci e troppo poco tempo
per farlo. Basilio sarebbe tornato al monastero prima del
rintocco della campana.

Elpidio lamentava di non riuscire piú a pensare né a scrivere, aveva sempre male alla testa. Perché viveva stritolato
in una tenaglia. Da una parte mio padre bigotto, che mi
assilla perché prenda i sacri voti perché altrimenti non farò mai carriera a corte, dall'altra il padre assassino del mio
padrone, che mi mortifica affinché rinunci alla mia unica
occasione. Poi s'interruppe perché il boia prese gli attrezzi

per squartare il cadavere. Vorrei incontrarvi in un salotto, disse amaramente, o in una amena villa sulle colline, ballare con voi mentre le fiammelle fremono nei candelieri d'argento, e guardate dove siamo, in piazza, tra la plebe, a respirare l'odore del sangue. Quando il boia affondò la mannaia nella spina dorsale, le ossa del morto scricchiolarono, ed entrambi abbiamo dovuto reprimere un conato.

La colpa piú grave che ha commesso, ho divagato, per distrarre Elpidio, non è tanto l'omicidio in sé, quanto il fatto che abbia ucciso la donna dopo esserci andato a letto. Questo mi pare davvero imperdonabile. Ma che potete saperne voi, Aristotele, dell'ingratitudine degli uomini, ha sospirato Elpidio. Non potete neanche immaginare di cosa sono capaci. Parlate come se non foste un uomo, ho osservato.

A volte temo di non esserlo, ha ammesso, fissando i quarti di carne ancora sgocciolanti che gli inservienti del boia innalzavano sulle picche. Sarebbero rimasti a putrefare davanti a quella casa, perché il papa non aveva concesso al reo la giustizia segreta e la rapida sepoltura. La voleva esemplare. Furti, stupri e omicidi si moltiplicavano, Roma non era mai stata tanto violenta, e i delitti restavano quasi sempre impuniti, perché bastava che i colpevoli si proclamassero al servizio di un ambasciatore o si appellassero ad Antonio Barberini, per ottenere la grazia del perdono.

È umiliante a trent'anni vivere ancora in casa del proprio padre, senza la prospettiva di guadagnarsi uno stipendio, se non sopportando le angherie e i dispetti di una persona che disprezzo. Mi sembra che arriverò a disprezzare me stesso. E vi perderò. Vorrei essere un altro, per avere il diritto di chiedervi di avere fiducia in me.

Non sapevo cosa opporre a quello sconforto. Anche io vivevo in casa di mio padre senza la prospettiva di guadagnarmi uno stipendio, perché anche a me una carriera pareva preclusa. Dipingevo sí, ma niente che potesse essere visto in pubblico, niente di mia invenzione. La novità della mia giovinezza, che mi aveva attirato simpatia e incoraggiamenti, stava sbiadendo. Quanto alla mia *Madonna*, ormai pochi sapevano chi ne fosse l'autrice. La trovata di mio padre non aveva funzionato. Per tutti ormai la *Madonna* si era dipinta da sola. Quella storia m'aveva lasciato in eredità solo la fama della verginella devota, e nient'altro. Mi avviavo a diventare uno dei tanti oscuri pittori di Roma, che s'arrangiano a dipingere quadretti di genere per le cucine e per le stanze della gente qualunque, messi in vendita a poco prezzo da commercianti senza scrupoli, e che s'affannano a imitare i maestri famosi, senza lode e senza premio. Ma temevo che Elpidio non avrebbe capito. Non volevo sentirgli dire che la nostra situazione era diversa perché io ero una donna. Voi siete già quell'altro, mormorai. Soltanto che adesso solo io lo so.

Quell'estate Elpidio mi ha portata a palazzo Mancini. Aveva incuriosito la signora Bufalini su di me, dicendole che realizzavo accuratissime copie di opere famose. A differenza di quanto avevo creduto, Elpidio aveva una certa competenza di pittura, perché quando era ragazzo suo padre commerciava quadri, e gli erano passati per le mani anche capolavori di Guido Reni e d'altri maestri. Ma alla signora Ortensia preferí riferire l'opinione di intendenti ben piú autorevoli di lui, come il sempre onorato cavalier Giuseppino Cesari, il signor Pietro da Cortona, la stella piú splendente del firmamento romano dopo lo svelamento della volta del salone di palazzo Barberini, e il viterbese Romanelli, tanto favorito dal cardinal Francesco che addirittura gli aveva fatto assegnare una pala d'altare nella basilica di San Pietro a ventotto anni. Secondo costoro avevo un bel tocco di pennello. Rapido, fresco, felice.

La madre di Mazzarino era una donna perspicace e capí che il tuttofare del figlio le stava chiedendo un favore. Quale fosse, però, non lo ha capito subito. Mi ha ordinato un piccolo quadro di devozione, una *Madonna con Bambino* da tenere accanto al letto da cui temeva di non alzarsi piú.

Sono tornata a consegnarle il quadro un pomeriggio di dicembre. Indossavo il mio abito migliore, in verità l'unico presentabile che avessi, color lampone: la sbiancatura dei merletti mi era costata un debito con mio fratello. Era stato lui a osservarmi mentre mi agghindavo, e a valutare la pettinatura. Mi mancava il parere di Albina. Forse in effetti dovresti farti monaca, concluse, serissimo, hai qualcosa che spaventa. Sembri mansueta, ma sei come il Tevere, quando si scatena può travolgere tutto. Ringrazio la Madonna che ti ha voluta per sé. Ti accompagno? Declinai.

Sepolta sotto una trapunta di damasco viola, la signora Bufalini era pallida come un'anima. Dolorante, disfatta. Ho temuto che stesse per morire. Ma in realtà non era la malattia a consumarla. Non ho mai saputo se le sia piaciuto, il mio piccolo quadro, non ha neanche sollevato la testa per guardarlo: di punto in bianco, atona, mi ha chiesto se ero fidanzata o promessa.

La virtuosa Plautilla, si è affrettato a rispondere Elpidio, si è consacrata alla verginità. I ministri di Dio e quanti scelgono di servire in politica non si sposano. Anche la professione della pittura e la dedizione all'arte sono come una religione, inconciliabili col matrimonio. Il suo discorso è stato cosí pronto da sembrarmi preparato. Ma certo mi sbagliavo. Avevo cosí poca esperienza della conversazione dei grandi.

La signora Ortensia piantò su di lui i suoi occhi da vespa. Vi ingannate, don Benedetti, esalò, con voce sepolcrale. Ma siete ancora abbastanza giovane per avere il tempo di comprenderlo. So quanto amate mio figlio, ma non imitatelo. Giulio è posseduto dalla sua intuizione. Capisce gli uomini, e li domina. Riuscirà in tutto ciò che intraprende. Diventerà ministro, cardinale, diventerebbe re, se si potesse salire al trono per i propri meriti. Voi no, povero Elpidio. Lasciate che vi parli con sincerità. Non siete fatto per la vita religiosa, perché non sapete destreggiarvi a corte, siete troppo maldestro per guadagnarvi un vescovado o tantomeno la berretta da cardinale. Potreste aspirare al massimo a un'abbazia, ma poche danno rendite certe e abbondanti, e non le assegneranno a voi. Rischiate di restare sempre abate di nulla. Rinunciate al beneficio. Vi garantisce parecchi scudi ogni mese ma non vi farà ricco. Trovatevi un impiego sicuro in qualche castello di provincia, e prendetevi una moglie piú giovane. La vostra posizione le impedirà di trovarvi brutto. Perpetuate il vostro nome.

Nella stanza, riscaldata da un camino monumentale, si soffocava. La mia pelle era rovente come i carboni nel braciere. Avrei voluto urlare che la bruttezza è un luogo comune, e rimediare all'offesa che la signora, con l'indelicatezza dei potenti, gli aveva fatto, dicendo semplicemente la verità, per una volta: che l'amore non ha niente a che fare con la bellezza, la grazia, l'età, i soldi. E che Elpidio non aveva bisogno di cercare altrove, perché quell'amore, lui, lo aveva trovato.

Anche Elpidio sudava e cercava di detergersi la fronte con un fazzoletto senza farsi vedere dalla sua protettrice e da me. La sua mancanza di disinvoltura era quasi commovente. Ho evitato di incrociare il suo sguardo, ma sentivo i suoi occhi sul mio viso. E ho capito quanto mi stavo sbagliando. Ci aveva già pensato, di sposarsi. Ma non con me.

Quanto a voi, virtuosa Plautilla, aggiunse la signora Mazzarino, se non intendete farvi monaca, sarebbe bene che cominciaste a cercarvi un marito. E non crediate, perché artista, di essere condannata alla verginità. Mia madre, Francesca Bufalini, era poetessa, eppure ha avuto marito e figli. E i suoi versi non sono diventati peggiori. Se ne ho ancora una copia, vi presterò il volumetto delle sue rime e potrete verificarlo voi stessa. Invece una donna sola è debole, e Roma non perdona. Qui è un miracolo se una donna muore prima di aver fatto una pazzia. Tra gli intendenti dei Bufalini, nei nostri possedimenti in Umbria, ci sono alcuni bravi uomini di nascita onorata che sarebbero lieti di imparentarsi con un'artista romana. Provvederei a fornirvi di una dote adeguata. Fatelo finché siete ancora abbastanza fresca da non dovervi accontentare. Il matrimonio talvolta è infelice, atroce come essere condannati in una segreta, per sempre. Ma i mariti passano e i figli restano. E sono l'unica cosa che conta.

Siete fortunata, sospirò Elpidio mentre salivamo nella carrozza che la signora Mazzarino gli prestò per riaccompagnarmi a casa. Le ho detto della mia amicizia per voi, le ho chiesto di favorirvi, ma non osavo sperare tanto. Accettate, ve ne prego.

Dalle scuderie di palazzo Mancini sbucò il carretto dello stabbiarolo carico di escrementi freschi. Diffondeva un odore di erba e di campagna, derisorio per quei cavalli che trascorrevano tutta la vita rinchiusi, aggiogati, coi paraocchi a impedirgli di scartare dalla strada prevista per loro. Mi sono seduta sui cuscini ricamati con iniziali estranee. Non volevo abituarmi a quella comodità. Soprattutto non volevo desiderarla. L'idea che Elpidio avesse chiesto alla sua protettrice di trovarmi un marito mi faceva pizzicare gli occhi. Valeva cosí poco, per lui, il sentimento che provava per me? E se valeva qualcosa, come poteva sopportare di nascondersi tutta la vita dietro un altro uomo? Avevo appena ventitre anni. Il mio matrimonio poteva durarne altrettanti. Non sposerò un intendente dei Bufalini, ho detto, mentre lui si accomodava davanti a me. Mai.

Ho sentito Elpidio ordinare sottovoce al cocchiere di dirigersi verso gli orti di Termini, dietro il piazzone. Dalla parte opposta di casa mia. Ma quando ha bloccato lo sportello non ho protestato. L'ultima immagine che ho visto è stata la palanca allestita su via del Corso, nello slargo di San Marcello, sulla quale un venditore infreddolito esponeva la porchetta appena arrivata da Ariccia, la testina arrosto e le zampette – poi Elpidio ha tirato la tenda.

Ci siamo baciati per la prima volta in quel cubicolo con
le pareti di vetro, tra gli scossoni e i sobbalzi, accompa-
gnati dallo zoccolio dei cavalli e dalle voci dei passanti, in-
colonnati tra il carretto dello stabbiarolo e il convoglio di
un cardinale spagnolo che tornava dal Sacro Collegio con un
seguito di cinque carrozze e cinquanta domestici in livrea.
Era come se Roma intera ci stringesse nel suo abbraccio.

Non potevo sapere che gli ondeggiamenti della carrozza
lo cullavano nell'illusione di essere in mare, sulle onde vere,
e se mentre mi stringeva non ha mai aperto gli occhi è stato
perché tentava di prolungare il suo sogno. Mi ha spogliata senza cautela, finendo per strappare il corpetto del mio
prezioso vestito color lampone, con frenesia e quasi con
rabbia, come volesse dimostrare a se stesso che aveva un
buon motivo per restare a Roma. Perché invece – perfino
mentre tentava inutilmente di districarsi tra le mie sottane,
perdendo vigore tra gli impedimenti dei lacci, i fiocchi, il
busto e i bottoni – avrebbe voluto essere altrove.

Da mesi, Mazzarino stava progettando il trasferimento
in Francia. Il papa non lo avrebbe mai lasciato partire, e
tantomeno il cardinale Antonio, ma lui aveva già organizzato tutto. A giugno aveva preso la cittadinanza francese:
intendeva raggiungere Richelieu a Parigi e mettersi al servizio del primo ministro di Francia.

Ormai si fidava di Elpidio, che era a conoscenza del
piano. Elpidio lo supplicò di prenderlo con sé. E temendo
che non volesse farlo, si buttò in ginocchio e gli spianò un
baciamano sulla punta delle dita. Era disposto a lasciare
il padre, la madre, la sorella, la città, la lingua, e me come
tutto il resto.

Ma Mazzarino non ha voluto. Cosí l'affetto della signora Ortensia ha finito per nuocergli. E quando è stato
il momento di partire davvero, Mazzarino ha deciso che
avrebbe dovuto restarle accanto e prendersi cura di lei,
delle sue sorelle – della sua famiglia, insomma – poiché

lui non avrebbe piú potuto farlo. Sapeva che non sarebbe
mai tornato indietro. E lo ha condannato a Roma, e a me.
Mazzarino era partito quella notte, il 13 dicembre del
1639. Elpidio lo ha accompagnato fino a Civitavecchia, ha
pianto quando la nave, con le vele gonfiate dal vento, si
è staccata dal molo e la prua ha puntato verso Marsiglia,
poi è tornato a Roma, ha nascosto nelle soffitte di casa
sua le casse di gioielli e gli scrigni traboccanti di scudi che
Mazzarino gli aveva affidato, si è spogliato, si è fatto un
bagno caldo, si è infilato la zimarra di vaio sopra la tonaca
ed è venuto con me dalla madre di Monsignore. Entrambi
fingevano di essere all'oscuro di quell'addio, perché ancora la notizia non era stata resa nota. Se l'avessi saputo,
le parole di quella madre disertata mi sarebbero sembrate
meno importune, e mi avrebbero ferita di meno. Elpidio
era disperato, e si aggrappava a me con l'egoismo di un
naufrago. Allora non ho capito che mi aveva tradito per
la prima volta.

Non mi ha mai chiesto scusa né per il progetto matrimoniale, né per quell'assalto scomposto e indecoroso – e
nemmeno per il fallimento. Temeva che ridessi di lui, e mi
ha odiata. Cosí poco mi conosci, avrei voluto dirgli, ma
non l'ho fatto perché mi ha zittita con una battuta greve,
sibilata a denti stretti. L'amore di donna è come il vino del
fiasco, buono la mattina e la sera guasto. Preferisco restare
astemio. Addio. Ha aperto lo sportello, è saltato giú nell'erba, e ha pagato il cocchiere per tacere e ricondurmi a casa.

Abbiamo traslocato sotto il sole alto, una mattina di febbraio: le casse della biblioteca, gli oggetti e i reperti dello
studio del Briccio, i cavalletti, le ciotole, gli attrezzi del
mio lavoro, i mobili, i quadri e i cassoni della nostra biancheria occupavano ormai tre carri, tirati da robusti cavalli.
Ce ne siamo andati da Borgo Vecchio senza lasciare debiti. Mio padre adagiato su una lettiga, dolorante. Questo è
l'ultimo trasloco, Chiara mia, ha detto a mia madre, sfor-

zandosi di sorridere. Quante volte l'hai giurato, Briccio,
ha risposto lei, con noncuranza. Stavolta è vero, ha insistito mio padre. La prossima casa la lascerò freddo nella
cassa da morto. Poi ha chiuso gli occhi, perché in fondo
gli dispiaceva andarsene dalle Tre Colonne.

Se avesse potuto, avrebbe rifiutato l'offerta di Cosmo
e Rutilio Dandini. All'età sua, dopo aver lottato tutta la
vita per conquistarsi una posizione, finire da pigionante
in casa d'altri gli sembrava una sconfitta. Ma i Dandini
la presentavano come un'opportunità. Le nostre famiglie
ormai diventavano una sola. Mia madre avrebbe trovato
nella signora Margherita, sua coetanea e, come lei, vissuta accanto a un uomo inquieto, originale e inconcludente,
l'amica che non aveva mai avuto. Basilio avrebbe trovato
una bottega in cui lavorare davvero, e anche a me la convivenza con un pittore avrebbe giovato. Il fratello di mio
cognato avrebbe venduto anche i miei quadri, se avessi
saputo adeguarmi ai gusti dei pellegrini e dimostrare le
uniche qualità che contano in quel mercato: rapidità d'e-
secuzione e capacità di replicare all'infinito i modelli piú
ricercati. Mio padre era rassegnato ad andarsene presto, e
voleva lasciarci in buone mani.

L'appartamento dei Dandini, fra via Giulia e i Banchi,
era enorme, anche se scuro e freddo come una grotta. La
parte riservata a noi era separata dall'altra da un arco senza porta, difesa solo da una tenda. Dormivo in una stanza
in fondo a un corridoio ingombro di statue, cassapanche,
armature, corazze ed elmi, perché la bottega dei Dandini,
che faticava a trovare un proprio spazio nell'affollato mercato dell'arte romano, tentava di specializzarsi in battaglie:
la parete confinava con quella della camera di mia sorella
e di suo marito. Di notte, li sentivo amarsi furiosamente,
anche se lei era incinta e stava per partorire.

La loro prima figlia, Giustina, è nata un mese dopo. Era
piccola, rosea, delicata. Quando l'ho presa in braccio, era
cosí leggera che mi sembrava di non tenere niente. Mi sono

ricordata delle mie sorelline, e ho pregato che a mia nipote fosse concesso sopravvivere. Non è stato poi cosí terribile, ha commentato Albina, che giaceva tra le lenzuola come uno straccio. Le era salita la febbre, e aveva perso tutti i suoi magnifici capelli. Preferivo non guardarla, perché stentavo a riconoscere in quella donna spelacchiata dall'alopecia la mia bellissima sorella. Promettimi che se muoio la terrai tu. Voglio che Giustina sia una Briccia, come noi. La febbre ti passerà, Albina, l'ho rassicurata. Ma forse rassicuravo me stessa. Mi sono affrettata a restituirle la neonata, che aveva iniziato a sgnavolare. Da bambina, avrei voluto essere la madre delle mie sorelline. Ma la gravidanza e poi il parto di Albina mi avevano suscitato un'invincibile ripugnanza – e nelle settimane seguenti i pianti della piccola, lo spettacolo animale dell'allattamento, le camicie di mia sorella inzuppate dallo sgocciolio dei capezzoli, i rigurgiti, i ruttini, i pannicelli di lino zozzi di diarrea ammucchiati nel mastello mi facevano quasi stare male.

Ero stata strappata alla mia solitudine, precipitata in un groviglio di relazioni ed esperienze non mie – sesso, baruffe domestiche, riconciliazioni, cicli in ritardo, nausee, gravidanze – da cui cercavo di fuggire rifugiandomi nelle stanze degli uomini, nel tumulto dei pittori, o aspiranti tali, i quali, come cognata del loro maestro e capo bottega, non trovavano strano che avessi il cavalletto nella stanza in cui dipingeva anche lui, né che assistessi alle loro discussioni sull'esecuzione delle commesse che riuscivano a procurarsi. Ho imparato molto, ascoltando quelle liti a volte furibonde, che si prolungavano fino a notte fonda, sulla divisione dei compiti, su questioni di tecnica, pigmenti, soldi, competenze.

Dandini non mi ha coinvolto mai in nessuno dei loro lavori: del resto si trattava per lo piú di decorazioni a fresco di palazzi e ville, una tecnica che non padroneggiavo e che alle donne non è concessa. Rutilio lavorava perciò spesso fuori casa. Dormiva in cantiere, per giorni non si cambia-

va la camicia, non si rasava nemmeno la barba e quando
rientrava puzzava di sudore. Per lavarsi a fondo andava
alla stufa ma prima, chino sul mastello, si strofinava e si
strigliava come un cavallo. E poi girava nudo in corridoio,
coprendosi a malapena i lombi con un asciugatore. Le gocce d'acqua restavano impigliate nei peli irsuti del petto,
e brillavano. I suoi passi facevano tremare il pavimento.

Quando c'era, non potevo ignorarlo. I nostri cavalletti
si fronteggiavano, nascondendoci l'uno all'altra. Mentre
intingeva il pennello nella ciotola dei colori e poi lo stru-
sciava sulla tela, si dava il ritmo cantando. Aveva una voce tonitruante. Era un uomo superficiale, irruento, pigro
come un felino e – scoprii presto – con pochissima voglia
di faticare. Alla pittura preferiva le donne, il gioco e il vino. Spendeva il doppio di quanto guadagnasse. Fatalista,
fiducioso nella provvidenza, non pensava al futuro ma a
godersi l'istante presente. Insomma, era del tutto inadat-
to a gestire una bottega. Dissipava spensieratamente l'e-
redità professionale del padre, bruciandosi uno a uno, per
una mancata consegna o mancata restituzione dell'anticipo, i contatti e le relazioni che come una ragnatela Cosmo
Dandini aveva tessuto con trent'anni di pazienza.

Ma era divertente, spiritoso, spandeva battute sboccate
come abitudine dei toscani. La parola lombarda cazzo gli
saliva continuamente sulle labbra, dandogli evidente soddisfazione. Non me ne scandalizzavo nemmeno, da quando avevo saputo che la usava anche il papa, perché rendeva piú incisivo il discorso. Rutilio non si preoccupava di
niente e spargeva buon umore intorno a sé. Mi ha detto
fin dal primo giorno: tu non ridi mai, sorellina. Invece in
questa casa c'è un solo divieto. Essere tristi. Tutto il resto è permesso.

Era vero. Dandini viveva senza sensi di colpa e senza rimorsi. Senza morale, in fondo, e l'ho invidiato per questo.
Amava appassionatamente la vita, amava Albina, amava
le donne tutte, avrebbe amato anche me. Se mi incrocia-

va nella penombra del corridoio, non riusciva a impedirsi
di allungare una mano e di tastarmi il sedere, e proseguiva
poi verso la sua camera, fischiettando. Tu ti sprechi, snin-
fia, mi diceva certe volte, comparendomi alle spalle mentre lavoravo, e abbrancandomi impudicamente il seno che
pure curavo di nascondere sotto lo zinale. Scacciavo le sue
zampacce con una manata, e lui m'afferrava per la vita e
mi faceva piroettare su me stessa, riacchiappandomi prima
che m'allontanassi e pressandomi contro il suo petto. Non
c'è niente di piú patetico di una rosa non colta, sorellina.
Ma non ti basta zappare il tuo giardino? protestavo io, di-
vincolandomi. Il mio giardino è il mondo intero, rideva
Rutilio. Però si rimetteva quieto al suo posto, e come nulla
fosse stato riprendevamo a dipingere. Devo sforzarmi di
ricordare la spensierata allegria di quei nostri anni insieme, perché ciò che è accaduto dopo non l'offuschi. Non
sono mai riuscita a odiarlo. Albina è stata felice, con lui.
Anche se alla fine l'ha uccisa.

Cosí sono rimasta l'unica a non essersi sposata. Subito dopo Albina si era accasata, con un artigiano originario delle Marche, anche mia cugina Teresa, piú giovane di
me di cinque anni. L'ultimo, nel 1640, è stato Giò. Non
ci ha invitate al suo matrimonio. Del resto le nozze si sono celebrate nella sua città natale, Viterbo.

La sposa si chiamava Beatrice Tignosini: di famiglia
altolocata, gli ha portato una congrua dote. Gliel'aveva
scelta il cardinale Barberino suo protettore, tra le figlie
dei suoi dipendenti. A quel tempo, la «famiglia» Barberini contava centinaia di persone. Nemmeno a Romanelli, come all'abate Benedetti, Sua Eminenza aveva chiesto
il parere. Al cardinale, Giò doveva tutto. Lo aveva fatto
eleggere principe dei pittori all'Accademia di San Luca a
nemmeno trent'anni, quando era ancora quasi solo l'assistente di Pietro da Cortona. Lo aveva imposto perché
dipingesse per la basilica e per il palazzo vaticano. Poi lo

aveva fatto iscrivere nel patriziato romano. Francesco Barberini è stato il padrone anche della sua vita.

Albina e io abbiamo ascoltato il resoconto del suo fa-
stoso matrimonio dalla bocca della zia, nella cucina di casa Dandini, fra i vagiti di Giustina e il rimbombo dei pe-
stelli che i garzoni, nell'altra stanza, rigiravano nei mortai.
Giovan Francesco era diventato un vero barone, peccato
che non avevamo potuto vederlo! La Incarnatini, estasia-
ta, descriveva le pietanze del banchetto, ostriche, conchi-
glioni, confetture innaffiate con acqua di coriandoli, piccioni farciti di animelle, grasso di vaccina, midollo, salame
grattato, e cervello di vitella, starne bollite ricoperte di ca-
volfiori, fagiani arrosto lardati alla francese, pernici siste-
mate sui vassoi d'argento come fossero vive e sul punto di
volare o correre via, e noi trattenevamo il riso fissando gli
asparagi selvatici colti sulle ripe del lago di Bracciano che
bollivano nel paiolo.

Mia sorella e io abbiamo cercato di immaginarlo, il nostro Giò, nel giorno del suo trionfo, ma non ci siamo riuscite. A quel tempo nessuna di noi aveva mai messo piede nel giardino di una villa patrizia, mai partecipato a un
banchetto, mai visto i giochi d'acqua e le fontane che il
Bernini s'ingegnava a ideare per le feste e gli spettacoli
dei Barberini. Ne costruí di effimere anche per Giò. Lo
sosteneva da tempo, con l'intento di elevarlo ai danni del
suo maestro, Pietro da Cortona, di metterglielo contro per
danneggiare l'unico artista che, nella corte di Urbano VIII,
gli sembrava un temibile rivale. Romanelli, intossicato da
un'ambizione smisurata e inconfessabile, lo aveva asseconda-
dato e si era guastato col signor Pietro. Un tradimento che
in casa nostra non gli è mai stato perdonato.

Quando, poco tempo dopo il suo matrimonio, Elpidio
lo ha contattato su richiesta di Mazzarino, per invitarlo
ad andare a Parigi insieme col Cortona, Giò ha rifiutato
di partire dicendo di non voler essere subordinato a nessuno. Intendeva: di non voler sembrare subordinato al suo

maestro. Ma nonostante tutto non è riuscito a eguagliar-
lo. È rimasto sempre un passo indietro. La sua pittura ha
avuto molti estimatori, è stata pagata somme spropositate, e quando poi a Parigi ci è andato ha dipinto per il primo ministro e per una regina, ha imposto la sua maniera
raffinata in un altro paese, tanto che in Francia lo imitano ancora, eppure non ha mai fatto sognare e oggi il suo
nome si confonde nella schiera degli emuli. Solo io, forse,
conosco l'artista che avrebbe potuto essere, e non è stato.

Ho visto qualche volta la moglie di Romanelli, quando
per un anno, lasciato palazzo della Cancelleria, sono venuti
pure loro a vivere dietro la chiesa di Santo Stefano in Piscinula. Era una donna di carattere. So da Elpidio che le
era molto legato. Quando poi ci è andato, a Parigi, Mazzarino lo ha fatto accogliere dal re e dalla regina di Francia
con tutti gli onori, ma lui dopo pochi mesi ha cominciato a
smaniare il ritorno, perché gli mancava la moglie, ha concluso piú in fretta che poteva il lavoro, e ha rinunciato a
diventare pittore di corte per lei. So che gli ha dato dieci
figli. Uno, Giò lo ha battezzato Urbano, in onore del pontefice e della sua famiglia, cui deve tutto. Dipinge anche lui,
ma non potrà mai raggiungere il padre, e nemmeno imitarlo. L'arte si può insegnare, ma il talento non è ereditario.

Non l'ho piú incontrato. Ha vissuto poco a Roma, e
comunque lontano da me. Se avevo nostalgia dell'amico
della mia adolescenza, andavo nella basilica di San Pietro, e mi inginocchiavo davanti alla porta sormontata
dalla sua – e nostra – *Spiritata*: era sempre identica, eppure cambiava, e le crepe dell'intonaco e la fuliggine che
offuscava i colori mi raccontavano il precipizio degli anni, e la nostra distanza. La vista di quell'ombra e di quel
corpo sofferente cui però nulla di male poteva piú accadere mi rassicurava, e credevo che sarebbe stato sempre
cosí, perché le pitture le creiamo affinché durino piú a
lungo di noi.

Ma dopo la morte di Alessandro VII hanno fatto dei lavori in quella zona della basilica, perché Bernini doveva costruirci il sepolcro di papa Chigi: l'architetto ha sacrificato la cappella con tutti gli ornamenti, ma il cardinale Francesco Barberini non ha voluto che andasse distrutta. E per salvare la memoria del suo creato, nel 1672 ha pagato di tasca sua centinaia di scudi perché i muratori rimuovessero la sopraporta con tutta la muraglia. Pare abbiano sperimentato una tecnica nuova, e che nello strappo non si sia guastata. L'hanno sistemata sulla porta della sacrestia, ma non so se sia ancora lí. Romanelli non piace piú come una volta.

Una sera del 1655, al ritorno dal suo secondo soggiorno a Parigi, ci siamo ritrovati a casa Benedetti. Aveva dipinto delle sopraporte per l'abate, Europa e Galatea, due figure femminili bellissime e svestite, senza chiedere il compenso esagerato che ormai pretendeva da tutti. Per gratitudine, perché quando il suo mondo è crollato solo Elpidio lo ha aiutato. Non ha fornito i disegni per farli poi dipingere alla bottega, ma due quadri di sua invenzione e interamente dipinti dalla sua mano. Sarebbe morto poco dopo, a soli cinquant'anni, ma non potevo immaginarlo.

Romanelli era venuto solo. La moglie serbava a Elpidio un tenace rancore. Mazzarino lo aveva incaricato di convincerlo a tornare a Parigi e la Tignosini non voleva lasciarlo partire: ogni volta che lui si presentava in casa loro, lo accusava di voler fare di lei una vedova e dei loro figli degli orfani – incapace com'era un abate di comprendere l'indissolubilità di un matrimonio. E quando Elpidio giurava che Luigi XIV avrebbe vezzeggiato Romanelli come Francesco I Leonardo, e la regina Anna l'avrebbe inclusa fra le dame di compagnia, perché i sovrani erano disposti a invitare anche lei, scuoteva la testa. Non ci credeva o non le importava. Beatrice Tignosini non ha voluto accompagnarlo e alla fine, dopo mesi di estenuanti trattative, ha permesso al marito di andare solo quando Mazzarino le ha concesso un indennizzo di migliaia di scudi in cambio della sua assenza.

Se non avessi saputo che era proprio Giò, non lo avrei riconosciuto. Appesantito, col ventre prominente e le guance flaccide, aveva il colorito itterico e una parrucca troppo scura, per proteggere il cranio nudo, su cui germinavano ciuffi radi di peli grigi come la cenere. Io invece ero ancora snella come la Dafne del cardinal Borghese, non avevo nemmeno una ruga, e non sapevo cosa fosse la tintura. Dimostri sempre diciott'anni, Plautilla! ha esclamato, sorpreso. Sei una ragazza infinita.

Non è una buona cosa, Giò, gli ho risposto. Si vede che non ho vissuto.

«Les italiens ne se battent pas!»
(Roma, giugno 1849)

Lo squillo delle trombe lo sveglia di soprassalto nel cuore della notte del 3 giugno. Leone, che aveva avuto il sabato di riposo, dorme beatamente nella caserma Sora, a Monte Citorio. Il generale francese Oudinot ha fatto sapere che denuncia l'armistizio e che attaccherà lunedí 4 giugno. Dunque Leone si è spogliato con sollievo degli abiti che non ha ancora avuto il tempo di far pulire e che cominciano a emanare un odore selvatico, li ha piegati con cura, si è sdraiato sul saccone e ha spento la lampada convinto di approfittare dell'ultima notte di pace – e poi ha ronfato per ore, indifferente al solletico dei fili di paglia che spuntano dall'imbottitura logora, al crescente trambusto, al trapestio di passi, alle voci via via piú eccitate, perfino al rombo del cannone. Intontito dal sonno, fatica a capire quel che urla il fido Varesi, sconvolto. E poiché lui non reagisce lo scuote per un braccio, sbatacchiandolo come un pupazzo.

I francesi hanno attaccato a tradimento alle due di notte, prima della scadenza dell'ultimatum. Hanno attaccato con due colonne di diecimila uomini dove erano attesi, sugli avamposti della linea difensiva. A villa Pamphilj le sentinelle del battaglione Melara dormivano o non erano nemmeno al loro posto. Le hanno travolte e sopraffatte in pochi minuti. Villa Pamphilj, villa Valentini e il casino dei Quattro Venti sono caduti. L'ordine a tutti i soldati della legione Medici è di radunarsi al piú presto e salire a porta San Pancrazio per supportare la resistenza e andare al contrattacco. Ma bisogna fare in fretta, o tutto sarà perduto.

Leone salta nei calzoni, infila gli stivali, cerca di recuperare la cartuccera coi proiettili. Dove l'ha messa? Nemmeno per un istante gli viene la tentazione di disubbidire. Non ha il tempo di pensare, e non pensa. Capirà solo piú tardi che l'eroismo non è una scelta. Si agisce come si è. Solo mentre si calca in testa il berretto della divisa gli attraversa la mente un vago ricordo di suo padre. A differenza di quelli degli altri, non lo biasima perché si trova a Roma. Anche Giovanni Paladini ha combattuto contro la reazione in nome della libertà. Ha ricevuto da Napoleone la croce di ferro di Wagram. Poi ha sacrificato i suoi ideali in cambio dell'utile o della famiglia – il che in fondo è la stessa cosa –, è diventato un ligio impiegato della burocrazia austriaca. Non vorrebbe vedere il figlio prigioniero o sconfitto.

Ma gli altri sono piú lenti, o piú riluttanti. Ci vuole piú di mezz'ora prima che i soldati si mettano in marcia, e altrettanto finché riescono a trovare, nel dedalo dei vicoli di una città che non hanno ancora imparato a conoscere, la strada per ponte Sisto, e non di meno per risalire l'erta che conduce al Gianicolo, e sono già le quattro e mezzo del mattino, la notte è meno scura e il tuono del cannone è diventato assordante quando raggiungono porta San Pancrazio.

Li dispongono lungo le mura e li impegnano a sistemare sacchetti di sabbia nelle feritoie. Il fragore della battaglia che infuria al casino dei Quattro Venti lo sveglia definitivamente. Lo stupisce la sinfonia di schianti sibili urla e gemiti che risuonano nell'aria con un ritmo spezzato, come strumenti di un'orchestra senza direttore. Le orecchie fischiano, il cuore tempesta. La costruzione – sul punto piú alto della collina – sembra dipinta su un fondale di scena. E dalle mura si domina il campo di battaglia come il palcoscenico dal loggione della Scala. Grano, vigneti, ville, pini secolari crepitanti, in fiamme, da cui gocciano scintille di fuoco, turbini di fumo bianco e nuvole di polvere che a tratti nascondono ogni cosa, e poi si disperdono, rivelando il balenio metallico delle sciabole e un brulichio frenetico di uomini che corrono, puntano, cadono, si rialzano, giacciono. Ma non sono solo fanti appiedati. I nitriti e lo zoccolio di cavalli sbucati da chissà dove che si avventano sulla salita annunciano uno squadrone al galoppo. Lo guida, quasi prono sulla criniera del suo cavallo, il colonnello Masina. È la terza volta che prova a riconquistare il casino occupato dai francesi. Quell'assalto di cavalleria lo entusiasma come uno spettacolo di teatro. La guerra è ormai faccenda di balistica, calibri, un carnaio di artiglieria e bajonette: non credeva di poterne mai piú vedere uno.

La tentazione di assistere vince la volontà di rendersi utile. Leone si ritrova sugli spalti, stretto fra Varesi e una moltitudine di volontari, guardie nazionali e semplici cittadini romani accorsi sul Gianicolo dopo le prime cannonate. Ragazzini, nobili, borghesi, musicisti, perfino un pittore – con l'uniforme della guardia civica, ma forse straniero, a giudicare dalla carnagione lunare – che disegna imperturbabile quella inedita veduta. È solo un istante, ma Leone lo invidia. Poi riprende a incitare e al colonnello Masina grida Avanti, avanti!, come potesse sospingerlo.

Sbalordito, ammirato, osserva il temerario cavaliere azzurro col fez rosso in testa mentre sulla scalinata si difende a sciabolate dai francesi che lo hanno attorniato – finché non cade, col suo cavallo, fulminato dai proiettili. Ma non è l'opera, questa. Il sangue sciorina sui gradini un maestoso e tragico tappeto rosso. Dozzine di cadaveri giacciono scomposti tutto intorno, come marionette infrante. Il cuore di Leone si strugge per quel magnifico animale morente.

A mezzogiorno, la legione Medici – 1ª, 2ª, 3ª compagnia e compagnia di polacchi – riceve l'ordine di uscire dalle mura e dare il cambio alle truppe esauste della Legione italiana che combattono dalle due di questa notte. Leone segue il comandante giú dal bastione e fino alla porta di San

Pancrazio, barricata con coperte e materassi. Strappati ai letti dei conventi di monaci e suore, non sembrano poter offrire una protezione efficace contro le palle del cannone. Ma impediscono il rimbalzo delle pallottole.

Ammassati nel vano della porta, nel caldo soffocante, vedono sfilare in direzione contraria barelle, feriti che fortunosamente sono riusciti a percorrere a ritroso la stretta via di San Pancrazio, fiancheggiata dai muri delle ville circostanti e battuta dal fuoco dei fucili francesi. Le mani mozze grondanti di sangue, le ossa frantumate che sporgono bianchissime dalle divise squarciate, gli arti che solo brandelli di carne sfilacciata tengono attaccati ai corpi, i gemiti dei moribondi e le disperate invocazioni alla madre, all'Italia, alla patria che echeggiano nell'aria fetida, gli infondono insieme terrore ed esaltazione, rabbia e angoscia.

A due a due, assordati dal frastuono, oltrepassano la batteria – due fumanti pezzi d'artiglieria sistemati davanti alla porta e intenti a martellare il viale e la facciata del casino dei Quattro Venti. Una palla di cannone colpisce una ruota e l'esplosione uccide un artigliere. Si può morire senza saperlo, pensa. Ma spesso senza saperlo si vive. E non sa cosa è peggio. Il principe don Michelangelo Caetani, che aveva simpatizzato per le riforme, è venuto sugli spalti in abito di gala a godersi lo spettacolo della battaglia. Sussulta. La guerra non è affatto divertente, constata disgustato, e si dilegua. In quella macelleria, il suo bastone da passeggio appare incongruo come un fucile in un salotto.

C'è un uomo in divisa che inveisce e urla come un forsennato, tanto che i soldati sono costretti a saltargli addosso per tenerlo fermo e poi a rinchiuderlo finché si calma. La situazione deve essere perfino peggiore di come sembra, perché quello è Calandrelli, il comandante dell'artiglieria romana. I francesi ci insultano, bisbiglia a Leone un garibaldino, gli fanno perdere la ragione.

Voltano a destra, e attraverso una trincea sbucano su una piazzetta riparata dal muro di un giardino e da una

casa. Là fuori, col cappello di feltro nero a punta ornato
di piume di struzzo, col poncho bianco sulla giubba rossa
che lo farebbe riconoscere a chiunque, c'è Garibaldi, in
sella al suo cavallo. Bianco pure questo, quasi maestoso.
Coraggio, figlioli, gli dice. È la prima volta che Leone vede il Generale a Roma.

Molti diranno che sembra piú il capo di una tribú india-
na che un generale. Biasimano la mancanza di decoro della
divisa sua e dei suoi uomini, lo scudiscio da gaucho, i modi
da capobanda. E disapprovano che si faccia accompagnare ovunque da un gigante d'ebano nero, che in battaglia
rotea il lazo e tira giú di sella i nemici accalappiandoli e
trascinandoli nella polvere come bestie. Ma le vittorie che
ha riportato il 30 aprile respingendo l'attacco dei francesi
e a maggio nella campagna contro i napoletani, fermando
i primi e costringendo i secondi a ritirarsi, combattendo
contro eserciti molto meglio armati e assai piú numerosi,
gli hanno conferito già l'aura mitica del salvatore. E nessuno possiede il suo carisma. Sa come motivare i suoi uomini. La voce calma e ipnotica rassicura i ragazzi sgomenti.

Leone segue il camminamento scavato nella trincea, e
si ritrova nel giardino e poi al pianterreno della Villa del
Vascello. Non ha neanche il tempo di stupirsi, che già ha
ricevuto l'ordine di prendere posto. Le truppe cui vengono a dare il cambio si trascinano al riparo. Nei loro occhi,
una vitrea assenza. Leone si dice che presto saprà se ha
davvero coraggio. Disorientato, per un istante si chiede
cosa ci fa lui, cosa ci fanno tutti loro, nel salone di quella
villa. Si erano arruolati per combattere gli austriaci, non i
francesi. Leone però non ha mai combattuto.

Nel 1848, in Tirolo, il suo contributo alla legione
Thamberg è stato poco militare: magazziniere in seconda, si è limitato a distribuire pantaloni, camicie e scarpe
offerte dai cittadini e a montare la guardia qualche volta,
di notte. Tuttavia ha piú esperienza del mondo dei suoi
compagni – studenti vissuti nel privilegio e nella ricchezza.

Ha sopportato la fatica bovina di tenere i libri contabili in un ufficio, l'umiliazione di un tirocinio non pagato, e retribuito solo come premio dal padrone banchiere – che il primo giorno del secondo anno gli ha elargito l'elemosina di 40 zwanziger (34 franchi) –, si è guadagnato uno stipendio vero di 50 lire milanesi al mese annoiandosi a stipulare polizze e indennizzi per la compagnia di assicurazioni triestina, ha avuto il coraggio di abbandonare quella vita odiosa, si è arrangiato a campare da profugo, si è scelto un compagno per il viaggio nella vita. Ma non ha ancora compiuto le due azioni che fanno di un ragazzo un uomo. Non ha mai fatto l'amore. Non ha mai ucciso.

Medici cerca volontari per una incursione al casino dei Quattro Venti. Si toglie gli occhiali azzurri coi quali si protegge gli occhi infiammati dalla stessa malattia che gli gonfia i piedi, e li fissa uno a uno: tra le palpebre cispose le sue pupille sono due braci rosse. Leone sostiene quello sguardo di fuoco. Lo scopo della missione è incerto, né Medici lo spiega. La logica dice che riconquistare il casino dei Quattro Venti è impossibile. Forse bisogna solo capire dove sono annidati i francesi. O rendersi conto di ciò che è davvero successo. Cominciano a circolare voci allarmanti. Uno dei garibaldini che è riuscito a scamparla ha riferito che laggiú è stato un massacro: i francesi hanno fatto le barricate coi cadaveri, il cannone romano li ha fatti a pezzi, mucchi di membra umane sporgono dai detriti. A un cadavere la palla di cannone ha vuotato il petto e incastonato gli intestini sul muro: i calcinacci piovuti dal soffitto gli hanno imbottito il ventre. Bisognerà portarli via, quei cadaveri. Ma chi potrebbe farlo? Forse però in guerra la logica non conta, e non bisogna farsi troppe domande. Comunque sia, e qualunque cosa lo attenda, Leone alza la mano.

E quando Medici inforca di nuovo gli occhiali e sulle labbra gli si disegna un sorriso, lui si rende conto che tutto il primo plotone della 1ª compagnia – il suo plotone – ha fatto lo stesso. Dovrebbe rallegrarsene ma non ci riesce. All'una di una magnifica giornata di giugno, segue il capitano Gorini verso la porticina che si apre sul fianco della Villa. Leone Paladini, alias Luigi Dini, volontario, esce sotto il fuoco.

È notte fonda quando si sdraia sul pavimento di un salottino del Vascello. Degli avvenimenti di quella domenica gli resterà un ricordo vivido, indelebile e insieme stranamente confuso. La successione dei fatti interrotta, le sequenze staccate l'una dall'altra e aggregate come a caso. Ha corso sotto gli spari, verso le canne dei fucili dei francesi che, nascosti fra i tralci di una vigna, hanno tirato su di loro come i cacciatori ai piccioni, colpendo per puro caso i compagni al suo fianco, e non lui. Ha rischiato di calpestare il Vigoni di Pavia: se lo è ritrovato quasi tra i piedi, fulminato al cuore. La prima pallottola, come misteriosamente aveva già presentito, era stata davvero per lui.

E Bonduri, trafitto al deretano, si è accasciato mugolando di dolore. Anche Malvisi e Cattaneo sono rimasti

feriti, però li ha visti correre zoppicando, a perdifiato, per
mettersi in salvo.

Ed eccolo senza ordini e senza sapere cosa fare, esposto
a una tempesta di pallottole, senza riparo: non può andare
avanti e non può tornare indietro; si è tuffato nel campo di
grano insieme all'inseparabile Varesi, e i fusti delle piante
e le spighe hanno deviato i proiettili e lo hanno salvato. È
tornato al Vascello senza sapere come, è uscito di nuovo
per un secondo inutile tentativo di riconquista, è tornato
ancora al Vascello, si è appostato dietro una finestra, ha
puntato il fucile verso il casino – avrebbe voluto essere un
tiratore migliore; è uscito per la terza volta, con le gambe
fiacche, le orecchie che ronzavano e le labbra screpolate
dalla sete, e ha montato la guardia nella casetta del giardiniere dei Quattro Venti, che è stata occupata dai difensori, a ottanta passi dai francesi. Ha lottato col sonno che gli
chiudeva le palpebre finché gli hanno permesso di lasciare
la postazione e riposare il resto della notte. Il pavimento
è duro, il boato della guerra assordante. Ma la stanchezza
è tale che si addormenta di schianto.

Solo il 5 giugno, martedí, a mezzogiorno, lascia il Vascello ai bersaglieri lombardi di Manara e scende a Roma.
Leone Paladini se l'è cavata. Ma il bilancio della battaglia è pesantissimo. Diciannove ufficiali sono morti, 32
ricoverati negli ospedali. Tra morti e feriti, 500 soldati
sono fuori combattimento. Della sua compagnia sono rimasti vivi e abili in 95. Escludendo le perdite dovute alle fughe e all'abbandono, hanno avuto nove feriti e due
morti. Bonduri purtroppo non ce l'ha fatta, la pallottola è
penetrata nell'osso sacro, è spirato all'ospedale. Leone ha
una contusione al polpaccio, dovuta al colpo di una palla
– smorzato dal provvidenziale rimbalzo contro il cancello
dei Quattro Venti.

Ma la ferita che ha ricevuto al Vascello non potrà ri-
marginarsi. I francesi hanno sparato su di loro – sui difen-

sori della Repubblica. Lui ha sempre considerato i francesi i suoi fratelli. Non li odia, li considera i suoi maestri di libertà. Il papa e i preti, invece, li consideravano figli del diavolo: e adesso invece proprio dai francesi Pio IX spera di essere restaurato al potere. La disillusione, il disinganno e l'amarezza fanno piú male della contusione al polpaccio. Ieri notte, ben protetti dietro il muro del casino dei Quattro Venti, i francesi li hanno sbeffeggiati per ore. Gridavano Fottetevi, italiani porci.

Trascorre al Vascello tutto il mese di giugno. Ogni quattro o cinque giorni, scende a Roma per riposarsi qualche ora. Trova la città sotto assedio per nulla rassegnata, vitale e orgogliosamente indifferente alle cannonate che diroccano le case di Trastevere, sfondano le volte delle chiese, sbriciolano affreschi e pavimenti di porfido, e alle bombe che guizzano in cielo come meteore e poi scendono sempre piú veloci, fischiando e sibilando, e cadono qua e là sui palazzi e nelle strade. I monelli romani hanno scoperto che trascorrono dieci secondi, talvolta dodici, prima dello scoppio. E allora si precipitano sulla bomba e spengono le micce con gli stracci bagnati e l'argilla con cui si sono impiastricciati le mani. L'artiglieria – che ne ha bisogno per riutilizzarle – gli paga uno scudo ogni bomba. Ma non lo fanno per soldi. I piú sfrontati strappano le micce con le unghie, e se ne vantano, con la sbruffoneria ironica che pare la dote naturale degli indigeni. E che non dismettono nemmeno quando alcuni ci lasciano le falangi e la vita.

Le botteghe sono tutte aperte, al Caffè delle Arti non si trova un posto a sedere e deve leggere in piedi sul bancone i giornali stranieri, contendendoli agli altri volontari che come lui vi cercano qualche notizia veritiera per capire cosa stia davvero accadendo; tra piazza del Popolo e piazza Venezia s'ingorgano le carrozze, le bande suonano nei chioschi, le minenti sorridono ai soldati e la sera tutti i balconi sono illuminati. Nelle strade non si incontra neanche un prete: sembrano spariti tutti, anche se dovrebbero essere almeno cinquemila. Ma forse, proprio come i bacarozzi – cosí, con questo epiteto sgarbato li chiamano i romani –, si sono solo rintanati, e spunteranno fuori appena sarà finita la loro notte. Prima di risalire sul Gianicolo, Leone passa sempre a salutare Varesi, nel suo laboratorio dietro Monte Citorio.

Qualunque cosa accada, non saranno come Achille e Patroclo, come Eurialo e Niso. Il suo amico ha ricevuto dal comandante l'ordine di non tornare in prima linea, per restare a dirigere la selleria – e riparare scarpe, approntare cinture e bretelle per i fucili. Medici vuole inoltre farsi fabbricare dei sacchi di cuoio identici a quelli che aveva visto in Uruguay. Mentre sette o otto della compagnia si erano subito affrettati a offrirsi come volontari per quel lavoro sicuro nelle retrovie, Varesi aveva tentato di rifiutare. Il sellaio ha coraggio. E non deve dimostrarlo. Lo sanno tutti che nel 1848 è stato tra i piú attivi sulle barricate di Milano e ha contribuito alla presa di porta Tosa. Non è uno che si tira indietro. Medici però vuole preservare le capacità artigianali del Varesi. La sua filosofia è che ognuno deve dare il suo contributo: cioè faccia ciò che sa fare meglio. E la presenza di quell'operaio nobilita la sua compagnia. I papalini hanno raccontato agli stranieri che la Repubblica romana la difendono solo i socialisti e i comunisti di Mazzini, mestatori politici, utopisti, sognatori bislacchi di tutte le nazioni e giovani teste calde – studenti figli di papà, artisti e briganti di altri stati italiani e perciò da loro considerati stranieri. Non i romani né il popolo: questi vorrebbero il ritorno del papa. Varesi è la prova delle loro menzogne, e deve vivere per dimostrarlo.

Leone indugia fra le tavole del laboratorio, su cui s'ammucchiano suole, tomaie, cinghie e barattoli pieni di chiodi, respira l'odore amichevole del cuoio e della colla, osserva Varesi – magro ma vigoroso – mentre manovra con sorpren-

dente gentilezza le forbici e rifila le cinghie. Gli piacerebbe
saper usare le mani con l'abilità del suo amico. Invece come maniscalco è stato un disastro, e come veterinario non
è riuscito neanche a estrarre un feto dal ventre di una cavalla. Fino a pochi mesi fa le mani non gli sono servite ad
altro che a stringere una matita o sfogliare le pagine di un
libro, e le esercitazioni col fucile gli hanno subito coperto
di vesciche le dita. In quei minuti nel cortile della selleria
lui e Varesi non si dicono mai niente, e si salutano con un
cenno del capo. Nessuno dei due trova dignitoso parlare
di sentimenti, di speranza, di paura. Ci vediamo, butta
là Leone alla fine, e si allontana in fretta. Varesi lo segue
con lo sguardo finché sparisce nella via – magrolino, con
le spalle strette e i capelli strinati che avrebbero urgente
bisogno di un bravo barbiere – e poi torna a chinarsi sul
tavolo da lavoro, a disagio.

Leone ritorna nella Villa, che è diventata la sua vera
casa romana. Sgattaiola curvo, quando passa davanti alle
finestre: i francesi tirano su ogni cosa che si muove. L'ordine di Garibaldi è: tenere il Vascello – costi quel che costi. È l'unico edificio fuori dalle mura di Roma rimasto
nelle mani dei difensori. Garibaldi, che litiga con il governo, minaccia quasi ogni giorno le dimissioni a Mazzini,
considera inetti e nocivi tutti i comandanti militari della
Repubblica, si fida solo delle qualità belliche di Medici:
per questo ha assegnato al suo antico compagno d'armi
quel compito.
Medici si è sistemato in uno dei salottini a pianterreno,
attigui alla gran sala centrale, sostenuta da due colonne di
marmo e occupata da altre singolari colonne di pane: centinaia di pagnotte dalla crosta nera, unica riserva di viveri
che si è riusciti a trasportare al Vascello. Leone dorme sul
pavimento, in una stanza o nell'altra, con la testa su una
di quelle pagnotte rinsecchite e dure come un francescano
cuscino di sasso. Anche se la Villa brulica di soldati, lo spa-

zio non manca. A volte, quando apre gli occhi, il comandante è là in piedi che lo sta fissando: con quelle scarpe dalla suola di corda, cammina leggero come un fantasma. Leone prega tra sé che non gli ordini di salire sul terrazzo.

Su quel magnifico terrazzo a dominio della campagna e dell'orizzonte, ha trascorso ore felici, fino a pochi giorni prima. Adesso il turno di sentinella lassú è una tortura. Il corpo è del tutto esposto alle fucilate delle sentinelle nemiche. E il parapetto è cosí basso e i mattoni cosí friabili che nemmeno le gambe sono al sicuro. Si sta come a un duello, davanti all'avversario, lo ha informato Cadolini, che il suo turno l'ha già fatto. Ma tanto, ha aggiunto, con la noncuranza spavalda dei suoi diciott'anni, riesci a sentire il sibilo della palla e a scansarti. Le sentinelle francesi hanno una mira schifosa. I duelli tra sentinelle li ha vinti tutti lui. Leone non saprebbe dire se Cadolini sia un ragazzino molto fortunato o molto coriaceo. Se il coraggio nasca dalla spensieratezza di chi ignora la morte o dalla consuetudine con essa.

Non lo ha seguito quando, col dolce e timidissimo Rasnesi, suo inseparabile compagno, è andato a raccogliere frutta e carciofi nella terra di nessuno fra i due schieramenti. Chini nel campo, indifferenti alle pallottole che li sfioravano e sollevavano spruzzi di zolle intorno a loro, hanno riempito le gamelle di fragole – rosse, succose e mature al punto giusto. Prima di assaggiarle, Medici, cui le hanno offerte con devozione, ha voluto sapere dove le avessero raccolte. Cadolini ha indicato senza esitare il campo, e come per giustificarsi ha osservato che sarebbero marcite, se nessuno le avesse raccolte. Medici li ha rimproverati aspramente di aver rischiato la vita per una frivolezza. Li avrebbe anche puniti se i visi imberbi e raggianti dei due adolescenti non lo avessero indotto all'indulgenza. Invece ha consentito che venissero distribuite fra i volontari di turno. Le fragole sono sparite nel giro di pochi minuti. Alla fine anche Medici se n'è portata una alla bocca, e l'ha assaporata con lentezza. Cadolini e Rasnesi sono troppo giovani per capire che non mangeranno mai piú fragole cosí dolci.

I francesi sono a meno di cento passi. Hanno sistemato la batteria numero 10 al casino dei Quattro Venti, praticamente a tiro di carabina. Quando il cannone tace, Leone li sente parlare, ridere, scherzare. Ma l'artiglieria non riposa a lungo. Appena parte il colpo da 36 mm, il pavimento del Vascello e le mura tremano, come durante un terremoto. Le palle di cannone sorvolano la Villa, per schiantarsi sulle mura, contro la porta di San Pancrazio, o nel sottostante quartiere di Trastevere. Oppure crivellano di buchi le pareti del terzo piano. Leone ci si è abituato, e non si impressiona piú. Ormai conosce tutti i suoni della guerra. Distingue i proiettili dal rumore. Ogni arma ha una voce. Le palle delle carabine rigate fischiano come le rondini, quelle delle carabine ordinarie come il vapore che esala dalla locomotiva. Le palle di cannone rugghiano come ferro rovente nell'acqua, e quando cadono stridono come un catenaccio arrugginito. Le schegge delle bombe ronzano come calabroni.

A volte dai difensori sulle mura parte un'insensata scarica di mitraglia, o un colpo dell'artiglieria romana sbaglia traiettoria e cade nel giardino della Villa. Protetto dal fuoco nemico ma non da quello amico. Qualche compagno di Leone viene ferito. Ma lui resta sempre intatto. Col passare dei giorni comincia a sviluppare la convinzione folle che prima o poi mina tutti i soldati: credersi invulnerabile.

A metà mese, si ritrova a sgranocchiare un panino al salame guarnito con cipolle raccolte nei campi circostanti, nel giardino sul lato posteriore del Vascello, che è nella zona cieca, ovvero al riparo dai colpi dell'artiglieria francese. Mastica tranquillamente, anche se ha mangiato salame il giorno prima, e il giorno prima ancora: è diventato difficile portare altri rifornimenti in prima linea. Soprattutto mangia con gusto, indifferente al tanfo di putrefazione che si leva dai cadaveri disseminati nel limitrofo giardino del casino dei Quattro Venti. Nessuno ha potuto rimuoverli, né seppellirli, e dalla notte del 3 giugno sono ancora lí – a decomporsi sotto il sole già estivo, gonfi come annegati e neri come il carbone.

Ma proprio mentre assapora il salame si accorge di essersi assuefatto a quel puzzo atroce. E allora lo assale lo scoramento. Nei primi giorni, lo hanno infastidito i commenti degli ufficiali dei bersaglieri lombardi, che sostenevano di essere arrivati a Roma troppo tardi, e solo per assistere al finale di una commedia. Non è una commedia, protestava, non lo è mai stata. Ma ora che sta diventando un dramma, e forse una tragedia, ha l'impressione che questa battaglia, quanto piú diventa epica, come fosse un nuovo assedio di Troia, tanto meno abbia senso. Che la libertà, la patria, perfino la gloria, siano solo parole – utilizzate dai profeti per abbindolare gli idealisti stolti, o dai furbi, per mandare i ribelli alla morte o all'esilio, e godersi le proprie rapine.

E lui ci ha creduto. Si è lasciato illudere – o ingannare? Gli balena davanti agli occhi il viso volpino del fratello, scenografo alla Scala. Chissà se in questo momento sta montando i fondali per la nuova opera di Verdi. E lui invece è qui a Roma, stupido aspirante eroe, pronto a morire per delle chimere, come un don Chisciotte qualunque.

Smozzica l'ultima fetta di pane, si pulisce le dita sui calzoni e si alza. Lo faccio, pensa, ora glielo dico. A gran passi s'inoltra nelle sale del Vascello e chiede del comandante. Dov'è Medici? Devo parlargli. Vuole annunciargli le proprie dimissioni. Sarà breve, secco, deciso. Dirà: lascio qui il fucile, scendo in caserma, mi tolgo la divisa, rinuncio alla paga della settimana, addio.

Però, quando finalmente individua Medici che, in fondo alla galleria, sta spiegando qualcosa a uno dei suoi com-

pagni, si blocca. Il ragazzo gli porge quel che sembra un
filo di ferro – l'ha trovato, dice, sul cadavere di uno dei
caduti del 3 giugno. Non devo farmi distogliere, si ripete, non devo ascoltare. Ma le parole secche di Medici si
propagano in quella sala vuota. Gli Chasseurs de Vincennes usano cartucce piú lunghe di quelle normali, e ognuna
ne contiene altre piú piccole, spiega il comandante, senza
enfasi, quasi sommesso, si chiamano pallottole a catena.
Le due pallottole sono fissate tra loro con un filo di ferro
arrotolato a forma di spirale. Dopo che il fucile le spara,
si allontanano una dall'altra di una trentina di centimetri,
compiendo un movimento rotatorio, per cui il filo di ferro sega tutto quello che incontra. È contro tutte le con-
venzioni, una barbarie, sospira il ragazzo. Il comandante
non gli dà la soddisfazione di deplorare quell'espediente.
È compito dei politici e dei diplomatici. Ma è troppo arduo per un militare stabilire cosa è lecito in una guerra.
   Leone si sforza di non pensare a quella ghigliottina vo-
lante, cui è scampato senza saperlo. Cerca altre parole, migliori, piú incisive (forse dovrebbe parlargli della sua improvvisa sfiducia nella possibilità di realizzare l'ideale?) e
Medici, che si è accorto di lui, gli lancia uno sguardo in-
terdetto: da quando gli hanno riferito che nella domenica
tragica si è distinto per il sangue freddo e l'esattezza con
cui ha eseguito i doveri piú difficili, il comandante ha preso
in simpatia quel soldato milanese né prestante né esperto,
taciturno e modesto, e gli dimostra una fiducia illimitata.
Allora lui scuote la testa, si volta e si allontana. Se la parola diserzione è appropriata a un coscritto, non si addice
a un volontario. Risponde solo a se stesso e alla propria
coscienza: eppure non c'è superiore piú severo. Per questo
un volontario non può tirarsi indietro.

   La sera una staffetta gli porta una lettera del padre: invece di biasimarlo o chiedergli di mettersi in salvo, lo inco-
raggia e si dice orgoglioso di quel figlio lontano, che rischia

la vita per contribuire al bene degli altri, e non al proprio. Leone non ne è per niente sicuro, ma pensare che altri lo credono lo rafforza. Cosí rimane. Se gli toccherà morire, sarà il suo destino. Altri continueranno le sue convinzioni e realizzeranno le sue speranze.

I francesi – avanzando le batterie sui bastioni del Gianicolo – hanno modificato il tiro dell'artiglieria e ora coi proiettili da 26 o 36 mm riescono a colpire la città anche in quartieri che prima si ritenevano al sicuro. Tirano sempre sul Campidoglio, dove è riunita in permanenza l'Assemblea, ma sono cadute bombe sull'Aracoeli, ai Prati, ai Catinari, ed è rimasta danneggiata anche l'*Aurora* di Guido Reni, nel palazzo di fronte al Quirinale. Ne sparano trecento ogni giorno. Di notte, la pioggia di bombe illumina il cielo come i razzi dei fuochi d'artificio.

È proprio quel chiarore a rivelare un formicolio frenetico sul fianco sinistro del Vascello. Di sentinella, a una finestra del piano superiore, c'è Barabba, un facchino milanese. Tarchiato, collo taurino e occhi da bove, nessuno sa come si chiami veramente. Non è della sua compagnia, Leone non ci ha mai parlato. Si è chiesto piú volte, inutilmente, quali reati abbia compiuto prima di arruolarsi, per essersi meritato quel soprannome. Si è impedito di domandarglielo, però. Magari si chiama davvero cosí, e solo perché non è nobile né studente gli sospetta un passato da criminale. Gli ripugna scoprirsi contagiato dalla malattia inguaribile del classismo. La biasima negli altri, in se stesso lo offende.

Barabba lo scavalca, come fosse un mucchio di stracci sul pavimento, e raggiunge Medici che nel salottino accanto è intento a cambiarsi le fasciature ai piedi. Perdono liquido come se li avesse immersi nell'acqua. Comandante, allarme, s'affanna a spiegare, impappinandosi perché non è abituato a esprimersi in italiano, i francesi stanno costruendo un terrapieno, sono a buon punto, se completano stanotte domani riescono a entrare. Non si può impedirlo, risponde Medici, senza interrompere nemmeno la delicata operazione. Si limita a mandare una dozzina di soldati al piano inferiore, per rinforzare la vigilanza, e gli ordina di andare a riposarsi.

Barabba obbedisce, deluso. Ma quando gli ripassa davanti esplode. Cazzo! i francesi sono qua sotto, a dieci passi, ce li abbiamo quasi dentro il cú! Scuote con la punta dello scarpone il compagno che dorme raggomitolato accanto a Leone. Tentiamo la sortita. Chi viene con me? Il compagno – chi è? Ciabattini, il falegname aretino? Romanelli, lo storto? – mugugna, e si gira dall'altra parte. Leone si tira la giacca sugli occhi. Non parteciperà a nessuna azione scriteriata. Chi viene con me? insiste Barabba. Dobbiamo solo fare in silenzio. Niente spari finché non arrivano alle canne. Gli saltiamo addosso e li scanniamo tutti. Passa un dito sulla lama della bajonetta, e con l'altra mano fa il gesto di tagliare la gola. Che vi prende? Siete diventati conigli? È inutile, borbotta Leone, hai sentito che ha detto il comandante? Datti pace. Barabba però non si rassegna. Deve essere riuscito a convincere qualche compagno – insonne forse, o animoso quanto lui. Leone sente lo scalpiccio dei loro passi perdersi tra le stanze del Vascello.

È quasi l'alba e Leone presidia una breccia del muro, col fucile carico infilato nella crepa, quando Barabba si trascina nella stanza e si lascia cadere sul pavimento, stremato. Ha la barba incrostata di sangue e la giacca rotta priva di una manica. Fa prillare tra le dita una moneta d'oro. Non l'ho rubata, dice a Leone, notando che la sta osservando. Non la volevo nemmeno, non sono mica un mercenario. Me l'ha data lui, dice, accennando al comandante, che nel salottino accanto è ancora nella stessa posizione della notte, con la schiena contro il pilastro, a sfasciarsi i piedi, perché le garze sono di nuovo zuppe di siero. Ormai deve cambiarle ogni poche ore. Eppure ha appena trentadue anni, Giacomo Medici. Si sta decomponendo anche lui, come la Villa, come ogni cosa qui.

Li ho fatti scappare, riferisce Barabba, pure se Leone non gli ha chiesto niente. Tutti. Potevamo ammazzarli. Invece quando sono saltato giú in mezzo ai francesi, mi sono ritrovato solo. Sei fortunato che non ti ha fucilato per insubordinazione, commenta Leone.

Macché, il comandante m'ha elogiato, invece, dice Barabba. Sa che era la cosa giusta da fare. Scorribanda, guerriglia, si chiama cosí in America del Sud. Stai rintanato, esci, colpisci e fuggi. Medici e Garibaldi saranno pure esperti capibanda e pessimi generali, come dicono quei signorini dei bersaglieri lombardi, aristocratici che a Roma sono arrivati spinti piú dalle circostanze che dalla volontà, in vapore e non a piedi, come noi, ma la guerriglia casa per casa, pietra per pietra si fa cosí. Ha dato lui l'ordine di non sparare finché i francesi non erano sulle canne.

Le canne di giunco! Le hanno gettate qualche giorno fa tutt'intorno all'edificio, secche, a manciate, perché crocchiando sotto i passi di chi le calpesta ne rivelino la presenza prima ancora che lo faccia la luce. Poveri stratagemmi senza tempo di tutti gli assediati... E poi, a quella distanza, hai la certezza che i colpi non vanno sprecati. Me l'ha data Medici, la moneta, insiste Barabba. Gli ho detto di riprendersela. M'ha detto: tienila, per cambiarla con la medaglia.

Ma da dove sei passato? si incuriosisce Leone. L'azione dissennata e solitaria di Barabba gli suscita insieme ammirazione e fastidio – perché non ha avuto lui, l'idea di attuarla. Dal giardino, risponde Barabba, come fosse la cosa piú naturale del mondo, appostarsi in quei viali esposti a ogni colpo. Mi sono accucciato dietro il vaso dei limoni. Benedette piante. Ma le hai guardate bene? Certe foglie, grosse come la mia mano. Sono stupende. A Milano non ci sono degli agrumi cosí. Pensa, Paladini: con tutte le bombe e i proiettili che gli sono piovuti addosso, con la polvere e l'arsura che l'assetano, quel limone ha ancora i frutti appesi. Ne avrò contati quaranta. Maturi, gialli che facevano luce come fanali. Limone eroico, davvero.

Per un istante, Leone si abbandona al pensiero di quanto sia assurda la guerra. Un facchino di Milano sta per saltare su un terrapieno per scannare dei coetanei i quali non aspettano altro per scannare lui, e trova il tempo di meravigliarsi per la bellezza di un albero di limone, e di contare i frutti sui rami. Lo scruta, di sottecchi per non distogliere lo sguardo dalla porzione di fronte sotto la sua sorveglianza. Incrostato di sangue e irsuto come un cinghiale, Barabba estrae dalla tasca dei calzoni uno di quegli eroici limoni, lo affetta con la lama della bajonetta e se ne strizza sulle labbra screpolate il succo agro: socchiude gli occhi e deglutisce, grato.

La mattina del 21 giugno Medici dà l'ordine di minare il Vascello. Nella notte, i francesi hanno cercato di impadronirsi del piccolo avamposto di casa Giacometti. Una casupola che dista meno di cinquanta passi dal casino dei Quattro Venti, bruciata durante gli scontri del 3 giugno. I ragazzi avevano ammucchiato nella soffitta i cadaveri dei compagni caduti e hanno rischiato di morire tutti affumicati per tirarli fuori. Giovanni Cadolini, che era là dentro al momento in cui sono divampate le fiamme, ne è rimasto impressionato. Morire per salvare un compagno ferito è quasi un dovere ovvio, per un soldato. Morire per salvare un cadavere è un atto gratuito, di una nobiltà che supera ogni parola. Nei giorni di tregua dopo la battaglia, con l'aiuto dei popolani e dei carcerati di Roma, hanno scavato una trincea per collegare quel rudere prezioso alla Villa. Se i francesi fossero riusciti a prenderlo, grazie alla trincea avrebbero fatto irruzione al Vascello in pochi minuti. Ma le sentinelle li hanno avvistati e uccisi alla bajonetta.

Non senza perdite. I difensori hanno lasciato a terra un capitano e tre soldati. I francesi però hanno stretto la morsa, ritenteranno. Medici ormai è consapevole che non potrà resistere ancora a lungo. Ma la sua filosofia non concepisce la ritirata. Piuttosto che consegnare il Vascello al nemico, lo farà saltare in aria dalle fondamenta.

Nella compagnia c'è un ingegnere mantovano. Si chiama Borchetta. Medici gli ordina di procurarsi molti barili di polvere da sparo. Deve collocare la cassetta coi fornelli per la polvere alla base di ogni pilastro agli angoli dell'edificio.

La sera, quando rientra dal turno di sentinella sui bastioni, Leone assiste stranito alle manovre del Borchetta. Non dorme da tre giorni, crede di sognare. Invece è vero. Dunque saranno proprio loro a radere al suolo il Vascello. Dell'originale palazzone barocco non potrà restare una pietra.

Terza parte

La virtuosa Plautilla
(1640-1656)

Abbiamo imboccato la strada corta della ypsilon, Elpidio e io. Ciascuno per suo conto, ma nello stesso momento. Non l'abbiamo scelto veramente. Forse non abbiamo riconosciuto il bivio. Ma l'altra strada non abbiamo potuto percorrerla.

I carmelitani mi hanno interrogata tre volte. Ho ripetuto sempre ciò che aveva detto mio padre a frate Plauto. Mi ero sbagliata nell'ombreggiare alcune parti della faccia della Vergine, perché non avevo mai dipinto in grande, e una mattina l'avevo ritrovata miracolosamente perfezionata. Avrei potuto cambiare versione, correggere il fraintendimento. Frate Plauto era morto nel 1637, non mi avrebbe smentita. Oppure avrei potuto rivelare il mio segreto – soffrivo di assenze, avevo un'ombra dentro. A volte ero un'altra. Ma esiste davvero chi dipinge? Di chi è la mano che si muove sulla tela?

Quei buoni frati temevano che vivessi la loro inchiesta come un'inquisizione e per non spaventare la timida verginella volevano che fossero presenti i miei genitori: Chiara e il Briccio assistevano muti, ma la loro agitazione mi faceva balbettare. Lui mi fissava impenetrabile, lei si umettava ansiosamente le labbra, si mordicchiava le pipite delle unghie, si spostava, come fosse seduta su un puntaspilli, da un lato all'altro dello sgabellone di legno dipinto color noce (la verniciatura cominciava a scrostarsi, rivelando la misera finzione). Col passare degli anni, i miei si erano aggrappati a quella storia miracolosa da loro stessi inventata: per mia madre era questione di fede, per mio padre non so. In un certo senso, era il suo capolavoro. Una cosa falsa in cui credi diventa vera. Me lo aveva pur detto. Confermavo ogni volta con le stesse parole. Non sapevo ancora dire di no. I miei doveri, i miei studi, il mio destino, i miei desideri, perfino i miei piaceri: altri li avevano decisi per me e io avevo sempre accettato tutto. Ho imparato solo con la maturità il potere sovversivo del rifiuto.

All'inizio del 1640 mio padre ha donato la *Madonna con Bambino* ai padri carmelitani di Monte Santo, che la desideravano da sempre. L'appesero sull'altare della loro minuscola chiesetta del Babuino, insignificante e priva di arredi e fino ad allora frequentata solo dai frati.

Ma la strada Paolina che iniziava dopo il portone era una delle piú animate del Tridente, ci transitavano a ogni ora del giorno romani, forestieri, pellegrini, e a tutti prima o poi veniva la curiosità di dare un'occhiata alla pala dell'altare, perché quella del viso di Maria completato dalla mano divina era ormai diventata una delle tante storie meravigliose di Roma, di cui nessuno conosceva piú l'origine, e che ripetuta di bocca in bocca invece di sfumare nella leggenda si trasformava in un fatto irrefutabile.

Le donne del rione cominciarono a chiederle la grazia, come fosse un'icona antica e venerabile. È anche possibile che abbiano prediletto la mia Vergine per il suo sorriso benevolo, o perché semplice e ingenua come loro. A volte vorrei non avere dipinto quel quadro. Ma non avrei mai conosciuto suor Eufrasia della Croce, e la mia vita sarebbe stata diversa.

Mio padre amava Gesú e Maria almeno quanto la pittura e la letteratura, e a forza di studiare i testi sacri era diventato un teologo, capace di dissertare per ore sulla natura del male che affliggeva la Maddalena (intendeva dimostrare che non era posseduta) o sull'etimologia del-

la parola Nazzareno: ma non eravamo bigotti e noi due,
ormai, nemmeno molto devoti. L'inverno non era piú il
tempo delle devozioni – trascuravamo Ognissanti, l'otta-
vario e la veglia dei Morti, la novena dell'Immacolata, la
novena di Natale, le Quarantore, le preghiere riparatrici
del Carnevale... Ci limitavamo a fare il nostro dovere di
buoni cattolici: digiunavamo in Quaresima, io andavo anche per lui a messa tutte le domeniche e i giorni di festa
e mi comunicavo a Pasqua. Ma ormai ci appassionavano
di piú la matematica, i numeri, l'astronomia, il cosmo, la
natura, e credevamo nella necessità di investigare i misteri del creato per giungere alla vera conoscenza. La Chiesa, invece, alla nuova scienza provava a sbarrare la strada.

Una decina di anni prima, dopo la morte del principe
Cesi, il cardinale Barberini aveva rifiutato di soccorrere
l'Accademia dei Lincei, e l'aveva fatta morire. Il Briccio
collezionava iscrizioni alle accademie minori, e mai sarebbe stato ammesso in quell'eletto nucleo di asceti del sapere – le menti, diceva, piú eccelse del secolo: peraltro era
sposato, e già questa condizione sarebbe stata sufficiente
a escluderlo. Ma guardava all'Accademia dei Lincei come
all'ideale Repubblica delle Lettere che aveva sempre sognato. Un paese senza confini, senza territori e dogmi da
difendere, popolato di ingegni e armato solo di idee. E il
Barberini, che pure ne era stato sostenitore, quella Repubblica aveva voluto distruggere. Per far tacere le voci contrarie alle autorità, fermare gli studi, seppellire le scoperte
degli scienziati nel silenzio delle carte.

Ma ancora piú grave del tradimento del cardinale, era
stato per mio padre quello di Urbano VIII, in cui aveva
riposto tanta «espettatione». Il papa aveva isolato Galileo
Galilei, lo aveva fatto processare e poi condannare. In casa
nostra la notizia clamorosa dell'abiura non era stata com-
mentata, ma le sue scoperte non erano state dimenticate.
Quando al principe Cesi, per vedere «le cose minime», lo
scienziato aveva regalato l'occhialino, che poi Giovanni

Faber battezzò microscopio, il Briccio aveva sollecitato
i suoi conoscenti perché gliene mandassero il disegno, e
aveva cercato pure di fabbricarsene uno. Non saprei dire
se la lente che aveva ingegnosamente montato su un cannello di latta fosse davvero un microscopio. Ma so che la
sistemammo davanti al dente della balena di Santa Severa, e ci si svelò un altro mondo. La materia si tramutava
in un tessuto poroso simile al favo dove le api depongo-
no le uova e il miele: forme che pullulavano di organismi
minuscoli, pulsanti, animati da un'energia invisibile. Fu
come essere percossi dal fulmine. Dunque ciò che appare
non è che un riflesso, nemmeno fedele, di ciò che siamo
davvero dentro.

E se le cose vicine custodivano tanti misteri, quanti piú
ne nascondevano quelle lontane. Gli astri, i pianeti, le co-
mete… Cosa c'è, al di là del cielo, oltre ogni orizzonte?
Avevo visto mio padre studiare il *Nuncio* e il *Saggiatore*,
lambiccare calcoli sul moto del sole e della Terra, scrutare
le stelle dal tetto del palazzo delle Tre Colonne e fissare il
sole schermandosi gli occhi con un vetro affumicato. L'ho
fissato anche io. Un cerchio ardente, un globo di fuoco,
come nelle visioni dei profeti.

I Barberini hanno gettato la maschera, mostrando il volto ripugnante del potere, borbottava mio padre. Sperpe-
ravano il denaro dello stato per innalzare se stessi. Quella
che sostenevano non era piú arte, ma retorica. Urbano VIII
aveva osato far scolpire a Bernini al posto della vite della
Bibbia il suo albero emblematico, l'alloro, sul baldacchino
di San Pietro, nella chiesa del primo apostolo: si poteva
immaginare vanità mondana piú deleteria, da parte di un
pontefice? Perfino Pietro da Cortona s'era fatto ape ope-
raia dell'arnia barberina, e il suo infido gregario Romanelli
appresso a lui. L'arte moriva nel momento in cui sembrava
rifulgere del massimo splendore. Ma la ricerca scientifica
non riusciranno a fermarla. Migrerà altrove, di là dalle Alpi,
e Roma diventerà la provincia della scienza. Per sempre.

Queste tirate – riservate alle orecchie di Basilio e mie perché a dire certe cose agli estranei si finiva al Sant'Uffizio e poi ginocchioni col cero in mano – si concludevano in un biasimo apocalittico per l'ipocrisia del nostro tempo, e non risparmiavano il clero, degenerato in una combriccola di bacarozzi crapuloni, venali e atei. A chi, dopo che la mia *Madonna* fu appesa in chiesa, gli consigliava di farmi vestire monaca, mio padre rispondeva che un monastero romano è il luogo meno appropriato per servire il Signore Iddio. A Roma si pecca come se non ci fosse Dio, perché tanto il papa concede l'indulgenza. Non suscitava troppa riprovazione perché minato dalla chiragra. Il povero Briccio – lo si compativa – ha i tofi sulle orecchie, nelle cartilagini e sulle mani. Avrà i tofi anche nel cervello.

Qualcuna di quelle donne è stata esaudita. Sotto la mia Vergine Maria cominciavano ad accumularsi doni di ringraziamento. Medagliette, disegni, lamine d'argento, bigliettini, rosari, indumenti da bimbo, manine di cera, monete. Ho cominciato a chiedermi se la grazia dipendeva davvero dalla figura dipinta, o addirittura da me. Non sapevo cosa credere. Ho cominciato a dubitare. Gabriel Naudé, il parigino bibliotecario di Mazzarino, ha scritto che l'Italia è piena di atei, libertini e gente che non crede a niente, e Roma – la capitale della cristianità – la città meno spirituale del mondo. Le sue parole hanno indignato tutti. Ma erano, e sono, vere.

Eppure la Madonna di Monte Santo i miracoli li ha fatti, e continua a farli. Chiamiamo pure miracoli ciò che la scienza non spiega e la ragione non chiarisce. Col tempo ho smesso di turbarmene, e ne ho provato conforto. Quando suor Eufrasia ha varcato i cancelli del cielo, ormai quasi trent'anni fa, credeva ancora che Maria avesse scelto me. Oggi so che se non ho disilluso lei e tutti gli altri non è stato per mancanza di coraggio.

Una mattina – sarà stata la fine del secolo, avevo ormai

piú di ottant'anni – è venuta a riverirmi una lavandaia. Anziana pure lei, aveva tutti i capelli bianchi. Si gettò ai miei
piedi, e nonostante io cercassi di rialzarla riuscí a baciarli.
Poi mi porse un fagotto odoroso di latte. La figlia, di poche settimane. Nata per intercessione della Madonna – la
mia Madonna – dopo trentacinque anni di matrimonio sterile. Mi supplicò di chiederle qualunque cosa, perché me
l'avrebbe data. Non credeva che il quadro l'avesse dipinto
la Vergine stessa. Attribuiva a me il potere taumaturgico.

In quel momento ho capito. Non ho scacciato la lavandaia, e anzi ho donato alla bambina tutti i gioielli che mi
restavano. Qualunque artista sogna di cambiare il mondo,
di migliorare la vita e l'anima degli altri, con le proprie
opere. E io, a modo mio, l'avevo fatto.

Avevo un quadro mio in una chiesa. Cosí, nel 1640, sono diventata ufficialmente una pittrice. Nei momenti felici
capiamo chi davvero ci ama. Rallegrarsi per un altro – ho
scoperto in quella occasione – è piú difficile che consolarlo
nel dolore. Né Albina né mia madre né Basilio mi hanno
festeggiata – lui per gelosia, loro per indifferenza. Il cavalier d'Arpino, cui restavano pochi mesi da vivere, si sarebbe
forse almeno congratulato se non fosse stato ossessionato dal
compenso ricevuto per la sua ultima pala d'altare – m'hanno pagato con una cassa di guanti, sei forchette, cucchiai
e coltelli col manico d'argento, una pezza di seta, due vasi
di fiori, un cesto di marzapane e ciambelle, a me, signora
Briccia, che ero il primo pittore di Roma, ripeteva amareg-
giato. Pensava solo all'altalena della gloria e a quel punto
l'ho lasciato recriminare e me ne sono andata. Il signor Pietro da Cortona se n'era andato a Firenze a dipingere per
i Medici, e Romanelli nei palazzi vaticani, assorbito dagli
affreschi della sala della contessa Matilde: tutti e tre, comunque, non avrebbero considerato rilevante esporre un
quadro in una chiesa. Era un traguardo minimo per un pittore. Non avrebbero capito cosa poteva significare per me.

Cosí l'unica persona che ha condiviso la mia gioia è stata suor Eufrasia, addirittura entusiasta che una pittrice, e giovane per giunta, avesse l'onore di un suo quadro su un altare, in una chiesa di Roma. Ero forse la prima?

No, no, mi sono affrettata a correggerla. A Santa Sabina il quadro dell'altare tra le due colonne di alabastro è di Lavinia Fontana. Che ha dipinto anche alla basilica di San Paolo. Nella chiesa di Santa Lucia alle Botteghe Oscure tutte le pitture le ha dipinte la signora Caterina Ginnasi, su disegno del Lanfranco. E i fiori intorno al quadro di Andrea Camassei sull'altare di san Gaetano di Thiene a Sant'Andrea della Valle sono di Laura Bernasconi. E forse ne esistono altre di cui non so. Ma queste sono certe. Le ho viste coi miei occhi. Quando ho iniziato lo studio della pittura, mio padre ha voluto mostrarmele, perché avessi fiducia nella possibilità di emulare quelle artiste.

Non sono poi cosí tante, considerando la quantità di dipinti che imbrattano le chiese di Roma, ha osservato suor Eufrasia, delusa. Tre sole pittrici per migliaia di pittori... Comunque, era sicura che non sarebbe rimasto l'unico mio quadro pubblico, e che avrei sbalordito il secolo. Riscattando il mio sesso e la metà derisa del mondo. Sappiate, mia cara Plautilla, volle aggiungere, che vi sarò sempre accanto, e sosterrò come posso la vostra avventura. Voi siete anche me stessa. Lasciate che sia il vostro angelo custode.

Elpidio invece mi mandò una scatola. Dopo quel convegno brutale nella carrozza non ci eravamo piú incontrati. Imbarazzo, vergogna, rivalsa, o semplicemente vite troppo diverse, ormai. Ma come lui era il mio primo pensiero al risveglio e l'ultimo del giorno, anche io dovevo vagare ancora nei suoi pensieri. La scatola conteneva il mio guanto che cinque anni prima era rimasto fra le sue mani. Nel biglietto di accompagnamento, solo due righe. Non voglio l'involucro se non posso avere ciò che si trova dentro.

Mi stavo chiedendo se interpretare quelle parole sibilline come un addio o come un invito, quando mi accorsi che mia madre si era infilata il guanto. Figlia mia, mi disse, affabile, la vita è una sola, ed è breve, credimi. Non voglio sapere come e quando glielo hai dato. Non dovevi farlo, perché hai lanciato una sfida che un uomo è obbligato a raccogliere, chiunque sia. Ma solo Dio può giudicarti. Non ho ancora capito se l'abate Benedetti è un letterato disadatto al mondo o un perfetto cortigiano. In entrambi i casi, il tipo d'uomo piú dannoso per te. Non so se lo ami, se ne sei amata, e non te lo auguro nemmeno, perché l'amore garantisce infelicità e si guasta alla prima ammaccatura, come una mela, mentre l'interesse può avvincere per sempre. L'abate Benedetti poteva esserti utile, quindi ho chiuso un occhio, e poi tutti e due. Ma adesso le cose sono cambiate. Tu sei la vergine scelta da Maria, cosí hanno voluto tuo padre e la Madonna. Non permetterò che ti sfiori il minimo sospetto. Finché il Briccio respira su questa terra, finché tu sarai una femmina giovane e lui un maschio travagliato dalle passioni, l'abate Benedetti non lo incontrerai mai piú.

Mia madre non si era mai curata troppo di me. Aveva scelto Albina, e poi Basilio. Non mi capiva, non mi accettava. Ero la creatura di mio padre, la Briccia. All'inizio aveva deriso i miei sogni e cercato di fiaccare la mia volontà di farmi pittrice, ma poi ci aveva rinunciato. Si limitava a criticare con ironia le mie opere, a commentare i miei insuccessi, a minimizzare i miei successi. Io però non le ho mai serbato rancore. Mia madre è la donna piú piacevole che abbia mai conosciuto. La sua ostentata stupidità le permetteva di esercitare la sua perfida intelligenza; la sua superficialità artefatta la riparava da dolori e rimpianti. Non avrei mai voluto essere come lei, ma la ammiravo. Non m'aveva mai chiesto né imposto nulla. M'aveva lasciata libera di essere diversa da lei. Se avrò una figlia, avevo pensato, vorrei essere capace di fare altrettanto. Ho acconsentito.

Elpidio era entrato al servizio di Mazzarino. Ora che erano lontani ottocentottantaquattro miglia, il loro rapporto, accidentato e minato dalla diffidenza, si trasformò in un vincolo indissolubile – per il quale non riesco a trovare la parola. Padrone non basta, amico nemmeno. Il lessico amoroso sarebbe il piú adatto, ma esito a usarlo. Dirò che Elpidio divenne il complice e il compagno invisibile di un viaggio che nessuno aveva mai intrapreso. La politica non è una scienza, ma una conquista. E a Parigi, nel giro di pochi mesi, Mazzarino divenne uno degli uomini piú influenti d'Europa – braccio destro del cardinale Richelieu, amato dal re Luigi XIII e ancor piú dalla regina Anna.

Ma per i francesi quel personaggio misterioso e ambiguo restava uno straniero di origini oscure, l'italiano (credendo, chissà perché, di denigrarlo ulteriormente, lo definivano anche «il siciliano»). L'aristocrazia, che odiava Richelieu, disprezzò lui – ricambiata: Mazzarino non stimava nessun nobile piú dei suoi valletti. Cosí l'aristocrazia gli aizzava contro il popolo, e lo infamava, accusandolo di ladrocinio e di lussuria, propalando che fosse l'amante di entrambi i sovrani. Mazzarino sapeva di dovere alla fortuna l'essere stato condotto nel posto in cui si trovava, e di poterlo mantenere solo grazie alla virtú, cioè al suo valore. Osteggiato dai francesi, aveva bisogno di poter contare, a Roma, su alleati leali. Nello sbigottito dispetto di tutti, l'abate Benedetti divenne uno di quei pochi.

Fu cosí che già nel luglio del 1640 il goffo figlio di un ricamatore sodomita disceso dalla provincia dei lupi si ritrovò designato ad accogliere i nobilissimi signori di Chantelou, ambasciatori di Francia, ospiti di Mazzarino, inviati a Roma per condurre a Parigi il pittore lí piú ammirato, il riluttante Poussin. Li scortò come un anfitrione in giro per le rovine di Roma, li accompagnò a palazzo Farnese ad ammirare le pitture di Carracci e a palazzo Barberini quelle di Pietro da Cortona; a visitare le collezioni di quadri, sculture e antichità nelle ville Borghese e Ludovisi e nel palazzetto di Cassiano dal Pozzo; mostrò busti e statue in vendita e di sua iniziativa tenne loro accuratamente nascosti i pezzi migliori che voleva riservare a Mazzarino (il monsignore apprezzò lo stratagemma); li invitò in casa sua ad ascoltare un giovane suonatore di liuto e di chitarra e poi organizzò, espressamente per loro, un concerto della cantatrice Leonora Baroni e del soprano Pasqualini: riuscí a farseli concedere entrambi dal cardinale Antonio, e doveva aver trovato argomenti convincenti (si sospettarono gioielli favolosi o centinaia di scudi), perché il cardinale era estremamente possessivo e, in quel periodo, totalmente in balia di Malagigi.

L'attaccamento del giovane Barberini per il castrato aveva suscitato inizialmente stupore – poiché nota era la sua preferenza per le belle signore, le quali, si mormorava, spartiva con Mazzarino –, poi, dopo la partenza del suo procacciatore, inquietudine, e ormai dileggio. Ma Antonio non se ne curava, e anzi gli stava facendo fare dal suo pittore di casa, Andrea Sacchi, un ritratto allegorico in cui veniva incoronato nientemeno che da Apollo. E il potere di un Malagigi qualunque sul nipote di un papa scandalizzava sommamente la corte.

Elpidio non aveva nemmeno un carrozzino per servirli: i signori di Chantelou avrebbero preferito un accompagnatore di ben altro rango, e lo scrissero. A Parigi la fama dell'intruso precedette l'abate Benedetti e lo avviluppò in una nebbia di diffidenza e discredito. Non è mai riuscito a dissiparla.

Mazzarino nominò Elpidio suo agente. Gli affidò non solo i suoi gioielli, la sua famiglia e i suoi ospiti, ma anche i suoi affari. Lasciò che maneggiasse il suo denaro, consegnandogli col passare del tempo somme sempre piú ingenti, favolose, spesso superiori alle capacità aritmetiche e contabili di Elpidio. Mazzarino sapeva che non vince la partita chi non azzarda. Un giocatore lascia sempre credere di avere in mano le buone carte, e fa la puntata piú alta. Scommise sulla sua imminente nomina a cardinale, confidando che Urbano VIII avrebbe dovuto arrendersi alla volontà del re di Francia e concedergliela. Perciò, ancor prima di essere cardinale, decise di acquistare un palazzo degno di un membro del Sacro Collegio. Permise a Elpidio di fargli da intermediario.

In verità di quella visionaria follia si occuparono in molti, perché i suoi amici e agenti romani gareggiavano per prendersi il merito di trovarglielo, ma fu proprio il meno accreditato di loro, Elpidio, a proporgli il palazzo del cardinale Bentivoglio. Quell'edificio superbo, affrescato dal divino Reni, sulla sommità di Monte Cavallo, a poca distanza dal palazzo del papa, era in vendita.

Mazzarino se lo assicurò spendendo la somma esagerata di 75 000 scudi – che non aveva: incaricò quindi Elpidio e gli altri suoi agenti di prendere il denaro in prestito. Si indebitò con banchieri e cardinali, anche se non aveva intenzione di abitarci, né allora né mai: quando i lavori furono conclusi vi si insediò, come un barone, il padre. Mazzarino – che a Parigi si costringeva alla discrezione e alla pazienza – volle invece sbattere sul grugno dei romani il suo nuovo potere, e ordinò di arredarlo con la massima magnificenza. Elpidio si ritrovò a pellegrinare nelle librerie, per allestirgli una biblioteca (Francesco Barberini possedeva 31 000 libri e 11 000 manoscritti? il suo padrone doveva averne altrettanti), e nelle botteghe di scultori, falegnami, intagliatori, doratori. Mazzarino rimase soddisfatto, e incaricò Elpidio di procurargli arredi e quadri anche per la nuova casa di Parigi, e infine di contattare i pittori e gli scultori perché vendessero le loro opere a Richelieu. Si era incaricato di arredargli il castello nel Poitou, ma non intendeva spendere somme sconvenienti per opere che sarebbero finite in provincia: affidò a Elpidio le trattative e la scelta. E cosí lui, ad appena trent'anni e senza nessuna esperienza di intermediazione d'arte, si arrogò il diritto di

giudicare quale prezzo meritassero i dipinti dei maestri piú
reputati – giudicò esagerata la richiesta di Claude Lorrain
di 300 scudi per una tela – o quale pittore, fra i giovani di
belle speranze, valesse la pena di lanciare. Dimostrò un certo intuito, perché scelse Grimaldi e Romanelli. Giò fu uno
dei primi artisti che raccomandò a Parigi. Segnalò come sue
doti la facilità e la rapidità con cui eseguiva gli incarichi.

Mazzarino apprezzava la capacità di Elpidio di risparmiare sul superfluo, ma sapeva anche di dover largheggiare
sul necessario. Lo spedí dall'artista massimo, il «padrone di
Roma». Elpidio si presentò nello studio di Bernini, a Santa
Marta, dietro San Pietro, e consegnò un ritratto di Richelieu
con la richiesta che scolpisse il suo busto in marmo. Bernini,
sollecitato anche da Antonio Barberini, che si fregiava del
titolo di cardinal protettore di Francia, non poté sottrarsi,
anche se detestava dover lavorare su modelli di cui riceveva un ritratto, un medaglione o una maschera funebre. Non
voleva inseguire la rassomiglianza, ma la verità. E Richelieu
lo aveva intravisto, di sfuggita, solo quando nel 1638 era
venuto a Roma a prendere il cappello da cardinale dal papa.

La lavorazione andò per le lunghe, perché Bernini – pres-
sato da Urbano VIII – era alle prese con la costruzione dei
campanili per il completamento della facciata della basilica
di San Pietro. Ma Elpidio apprezzò quel ritardo, perché
gli dava la possibilità di tornare nello studio con la scusa di verificare l'avanzamento del busto. A ogni visita, lo
colpivano nuovi particolari: la barbetta del cardinale, la
mozzetta, l'onorificenza appesa alla sciarpa, la gran croce dello Spirito Santo, la gracilità della struttura ossea, il
volto scarnito, gli occhi sgranati, le ciocche di capelli fini
e fragili, un po' in disordine. Trovava portentoso come
l'artista riuscisse a catturare la personalità degli assenti.
Al Richelieu di marmo – ma per l'opalescenza traslucida
sembrava di alabastro – mancava solo la parola. Quando,
nel 1641, il busto fu finito, Elpidio aiutò Bernini a scrivere la lettera di accompagnamento dell'opera, un capolavo-

ro retorico di sottomissione. Bernini, che sapeva scrivere satire sferzanti e si divertiva a mettere in caricatura i cortigiani come l'abate, non gli nascose la sua disistima. Anche se i francesi non lo trovarono poi cosí rassomigliante e riluttavano a riconoscere il genio del nuovo Michelangelo, a Bernini il busto fu ben pagato.

Gli altri artisti di Roma cominciavano a sperare che l'abate Benedetti venisse a cercare anche loro. Il nome – e i soldi – di Mazzarino scardinavano ogni resistenza, ed Elpidio divenne un frequentatore abituale degli studi di Bernini, Pietro da Cortona e Algardi, che sarebbero rimasti serrati per un semplice abate. Non si può essere schizzinosi con chi gode del favore di un grande. Finché lo gode.

Mazzarino divenne cardinale nel dicembre del 1641, anche se non tornò mai a Roma a prendere la berretta, per non umiliarsi davanti a Urbano VIII. Ma presto divenne molto di piú. Richelieu morí l'anno dopo, designandolo suo successore. E nell'aprile del 1643 il moribondo re di Francia arrivò al punto di fargli fare da padrino all'erede al trono, Luigi, nato dopo ventitre anni di matrimonio infruttuoso – a lui, un italiano non di sangue reale né nobile. E nel maggio del 1643, dopo la morte di Luigi XIII, la regina Anna lo nominò primo ministro – lui, un italiano non di sangue reale né nobile. La regina si spinse oltre: gli affidò la tutela e l'educazione del re bambino – insomma mise il regno di Francia nelle sue mani.

E quanto piú Mazzarino proseguiva a Parigi la sua stupefacente ascesa, tanto piú Elpidio gli diventava necessario a Roma. Era lui a commissionare quadri mitologici e paesaggi, contrattare i compensi, selezionare di fatto i pittori da mettere in rapporto col cardinale e far partire per la Francia. La sua attività, mirata alla sottrazione dei talenti, istigò gelosie e timori, e pure Pasquino si espresse in proposito. «Vuoi ch'io ti dica, questi oltramontani | sono una mala razza di persone. | Dio ci liberi dalle loro mani | E rimandi ciascuno al suo paese, | sicché l'Italia resti agli Italiani».

Elpidio acquistava sarcofagi e statue antiche di collezioni in via di smembramento, che faceva restaurare, completare o falsificare da scalpellini e scultori. Organizzava carichi, imballaggi e trasporti, corrompeva funzionari allungando loro mazzette e tangenti, eludeva i controlli doganali per far uscire dallo Stato ecclesiastico reperti archeologici di cui era proibito l'espatrio – Mazzarino gli chiedeva qualunque cosa, perché solo l'abate Benedetti, tra i suoi vari agenti romani, poteva spingersi al di là della legge e del consenso; solo l'abate, non avendo un nome o beni da perdere, era disposto, com'era stato lui stesso, a rischiare la denuncia, l'impopolarità, il disonore. In sostanza, Mazzarino gli chiese – o gli impose – di diventare la sua ombra. In cambio, Elpidio dovette annullare se stesso. E lo fece.

A noi, invece, all'improvviso, mancò tutto. Il pane, l'olio, il vino, la farina, che rincaravano sempre di piú, i soldi per comprare la carta, le tele e i colori. Mi era stata richiesta una miniatura per un progetto intitolato: *Ogni cosa soggiace al fascino della ricchezza*. Il committente, un giovane e colto gentiluomo nipote dello scalco del papa, voleva fabbricarsi un museo in forma di mobile: uno stipo nel quale ogni scomparto e cassettino sarebbe stato dipinto da un artista. Aveva contattato pittori stranieri e romani, celebri e oscuri, esponenti di ogni tendenza artistica. Avevamo accettato tutti perché il signor Antonio degli Effetti aveva fama di essere ricchissimo, appunto: il che lo autorizzava a biasimare l'idolatria della ricchezza, ma anche a pagare – e bene – gli artisti che dovevano raffigurarla.

A me aveva assegnato il *Banchetto di Cleopatra*. La storia era questa: la regina ha fatto una scommessa con Marco Antonio – vincerà chi spenderà piú denaro possibile in un solo pranzo. Munazio Planco le suggerisce il modo: sciolga nell'aceto una perla di valore favoloso e la beva. Cleopatra accetta. Io dovevo rappresentare il momento in cui Marco Antonio, vinto dalla magnificenza della regina, ferma la sua mano destra, impedendole di sciogliere nell'aceto quella fortuna. Il tutto doveva essere minuscolo – poco piú grande del palmo della mia mano. Può sembrare un soggetto fiabesco, eppure ne percepivo acutamente la verosimiglianza. Da quanto raccontavano camerieri e trincianti, ai banchetti dei Barberini non accadevano cose troppo diverse. Lo spreco è l'immagine del potere. C'era qualcosa di paradossale nel pennellare quella scena di grandioso sprezzo per il denaro imbacuccata nella coperta e con le mani rovinate dai geloni perché dovevamo risparmiare sulla legna, nel rifinire i bracciali d'oro della regina Cleopatra e la tovaglia candida del banchetto e intanto saltare la cena perché o compravo il miglior azzurro di Spagna e la lacca di grana fine o riempivo la dispensa. Ma la famiglia capiva l'importanza della posta: dovevo usare solo colori di altissima qualità, e consegnare ad Antonio degli Effetti un lavoro perfetto come il *Banchetto di Policrate*, simmetrico al mio, già ultimato dal famoso miniatore tedesco Guglielmo Bauro. Un giorno forse saremmo stati tutti ricompensati.

Del resto la maggior parte dei romani non se la passava meglio di noi. Alla fine di settembre del 1642 la guerra – che sembrava dovesse durare pochi giorni – si avvicinò a Roma fino al punto che si scatenò il panico. Chi aveva le vigne fuori porta a nord della città se le vide atterrate. Spianarono le case fuori dalle mura da porta Angelica a Monte Mario. Chi aveva roba di pregio da nascondere la seppellí nelle cantine, chi aveva soldi al Monte di Pietà o nei banchi andò a ritirarli, chi poteva fuggire scappò. I profeti di sciagura preconizzavano un nuovo sacco. Monache e vergini iniziassero a nascondersi, perché i soldati del Farnese ne avrebbero fatto scempio.

Il papa non s'immaginava che la sua invasione dell'insignificante staterello di Castro avrebbe scatenato un conflitto nazionale. Invece i fiorentini e i veneziani, già infastiditi dalla sua politica e dalle sue ambizioni, aspettavano

solo un pretesto, e temendo che dopo il ducato di Castro
Urbano VIII volesse fagocitare anche il ducato di Parma
e Piacenza, arrivando a minacciare i loro stessi stati, si di-
mostrarono pronti a difendere il duca Farnese e gli offri-
rono alleanza. L'esercito pontificio, comandato dal nipote
di Urbano VIII, Taddeo Barberini, si sciolse ai primi spari
come la pece sulla fiamma. Quando le truppe di Odoardo
Farnese arrivarono a marciare su Acquapendente, a due
giorni di cavallo dalle mura aureliane, il papa – spaventato dalla piega imprevista che aveva preso il conflitto –
s'affrettò a stipulare una tregua. Ma non si era davvero
rassegnato a rinunciare al feudo che era stato del figlio di
papa Farnese, piantato nel corpo dello Stato pontificio come uno spillo e nella morale cattolica come un'eresia. Per
annientare Castro, la capitale di un principato già morente, spopolato dalla malaria e dall'isolamento, arrivò quasi
a distruggere Roma. Urbano VIII, che era stato l'Apollo
vaticano e il mecenate del nuovo rinascimento, si inoltrava
nel suo declino come uno scriteriato capitano di ventura.

Rinnegava se stesso e la sua famiglia, cui aveva, scanda-
losamente, distribuito tutto ciò che non era suo – ma dello
stato: cariche, potere, ricchezze. Arrivò a definire i suoi tre
nipoti dei buoni a nulla: un generale che non sa fare la guerra, Taddeo; un cardinale che non crede in Dio, Antonio;
un santo che non sa far miracoli, Francesco. Ma nel suo
accecamento non se la prese solo con loro. Ci impoverí, ci
tolse il benessere e ogni certezza. I romani – che lo avevano tanto esaltato – gli auguravano ormai solo la morte.

Il rancore verso i Barberini cresceva come un'onda di
piena, e travolgeva tutti. Anche il cardinal padrone Francesco, fino ad allora rispettato per la santa vita; il cardinale Antonio, prima vezzeggiato per le sue frivolezze; i loro
creati, gli artisti e i cantanti, ma pure i segretari, i ministri,
gli esponenti del suo partito e perciò – essendo stato Mazzarino una loro creatura ed essendo ancora il loro alleato
alla corte del re di Francia – anche Elpidio.

Suor Eufrasia mi disse che Sua Eminenza il cardinal
Mazzarino aveva chiesto al fratello di invitare a Parigi Pietro da Cortona o un pittore di equivalente valore, ed Elpidio si adoperava affinché accettasse, per poterlo accompagnare. A Roma si sentiva in pericolo. Aveva chiesto al
cardinale di aiutarlo a prendere la cittadinanza francese.

Lei era rimasta esterrefatta dalla notizia. Se il fratello fosse partito, lo avrebbe perduto per sempre. Avrebbe
fatto come Mazzarino, che a Roma non tornava: non lo
smuovevano né il suo obbligo di cardinale, di prendere il
cappello dal papa, né il suo dovere di figlio – la signora
Bufalini, moribonda, voleva salutarlo per l'ultima volta. E
poi considerava eccessivi i timori di Elpidio: l'odio per il
Santo Padre era per lei un fatto esecrabile e inconcepibile.

Ma io avevo capito che quando un papa dura troppo
a lungo, il popolo comincia a odiarlo comunque: la stabilità del potere spegne le speranze di quanti non l'hanno e che potrebbero ottenerlo solo per un mutamento
di governo, perché è l'instabilità ad assicurare i rivolgimenti della fortuna di cui quasi tutti hanno bisogno per
migliorare la propria condizione. Già anni prima otto
persone erano state costrette all'abiura per aver eseguito
un rito di magia nera con lo scopo di sopprimerlo. Avevano sacrificato due bambini, rapiti allo scopo di procurarsi il sangue da impastare alla cera con cui fabbricare una statua del papa: poi, invocando i demoni, avevano lasciato struggere il simulacro sul fuoco. Il nipote
di un cardinale era stato decapitato in Campo de' Fiori, e impiccati e arsi un frate e il negromante – ma solo
dopo essere stati portati sul carretto in giro per tutta la
città, affinché nessuno ignorasse il loro destino. Il corpo del nobile mandante rimase esposto tutto il giorno.

Alla triplice esecuzione avevano assistito ventimila
persone: praticamente, escludendo i bambini, le suore di
clausura e gli ammalati, in piazza, alle finestre e sui tetti
c'era tutta Roma. C'ero anche io, perché mio fratello non

perdeva una giustizia e quella agli attentatori del papa si
annunciava memorabile. Il cadavere senza testa del nipote
del cardinale mi ha ossessionato a lungo in sogno, ma ciò
che non ho potuto davvero mai dimenticare è l'odore della carne arrostita. Per anni, anche una salsiccia sulla brace
o la pelle sbruciacchiata di un tacchino mi ha dato il voltastomaco. La spettacolare punizione tuttavia non aveva
dissuaso altri dal progettare, senza maggior fortuna, nuovi
tentativi di omicidio.

Urbano VIII non aveva fatto nulla per scansare quell'o-
dio. Ormai, quando appariva in concistoro o si concedeva
alle anticamere del martedí e del venerdí (alle cerimonie
pubbliche partecipava sempre piú di rado), i romani esaminavano freddamente la sua cera. Una smorfia di dolore
denunciava la recente espulsione di un nuovo calcolo ai
reni o l'ennesima purga, la strascicata zoppia una flussione podagrica, un accesso di tosse una flussione catarrale;
poi l'indiscutibile paralisi del braccio, il linguaggio scurri-
le e gli improperi, cosí sorprendenti in un pontefice tanto
raffinato, fecero infine sperare nel decorso letale della sua
malattia. In tutte le case, compresa la nostra, si sussurrava: non la scampa, non la scampa.

L'ultima volta che si era mostrato, incapace di profferi-
re verbo, per impartire la benedizione, non alla loggia ma
alla finestra di una stanza del suo appartamento, la plebe
arrivò a dire che Urbano VIII era già morto, e che la notizia era stata tenuta nascosta dagli avidi nipoti Barberini.
Quel genio del Bernini, con una delle sue spettacolari magie teatrali, aveva animato il cadavere – trasformandolo
in una marionetta automatica.

Ma Urbano VIII non schiattava. E voleva vincere la sua
guerra insensata. Il suo era stato un pontificato glorioso,
lunghissimo, felice. Il ritorno del secolo d'oro a Roma, che
grazie a lui e ai suoi aveva mutato volto, arricchendosi di
chiese, opere d'arte, palazzi. Non poteva concluderlo con
una sconfitta. Riprese la guerra. Per finanziare l'esercito

e le spese belliche svuotò le casse dell'erario. Le gabelle, che negli ultimi tempi aveva imposto, raddoppiato e moltiplicato, al punto che i romani gli appiopparono l'epiteto di «Papa Gabella», non bastavano piú – anche perché in parte si rivelavano inesigibili. Né poteva bandire un altro giubileo o un'indulgenza straordinaria, per inventarsi una nuova tassa. La Dataria non aveva piú un soldo e allora venne a prendere i soldi nostri. Nel giugno del 1643, per poter coniare moneta, il papa emanò un editto in cui obbligava le famiglie a consegnare l'argenteria di casa: dovevamo portarla a Castel Sant'Angelo, dove gli argentieri l'avrebbero tagliata e fusa – pagavano dieci scudi la libbra.

I banditori diffusero l'editto attaccando i foglietti e proclamandolo con la tromba per tutti i quattordici rioni di Roma, perché nessuno, col pretesto di non saper leggere, potesse ignorarlo. Accidenti agli editti, a chi l'inventa, chi li fa, chi li stampa, chi l'attacca e chi li legge, protestò mia madre. Poi mi chiese di fare due conti, scoprí che in realtà ci si rimetteva, e lasciammo cadere l'offerta. Il papa però ripropose l'editto a settembre – e di nuovo senza risultato, perché come noi tutti i romani avevano fatto bene i calcoli. L'11 uscí un terzo editto. Bisognava consegnare entro otto giorni, altrimenti si sarebbe proceduto per inquisizione, e gli argenti si sarebbero presi per forza.

In casa nostra si tenne un consiglio segreto dei capifamiglia: il signor Cosmo, visto che l'aria di Roma si faceva tossica per i fiorentini, se n'era saggiamente tornato a Firenze con la moglie, perciò ne discussero Rutilio Dandini e mia madre.

Si trovarono subito d'accordo nel non consegnare neanche una forchetta d'argento. Il loro conciliabolo dovette essere comico, anche se sembrava drammatico. In realtà, di argenteria in casa nostra non ce n'era affatto. Dandini si era venduto la sua per pagare i debiti di gioco, e mia madre si era venduta la nostra per pagare gli abiti di taffetà che ci facevano ancora sembrare comodi. Ma ognuno dei due doveva fingere con l'altro di difendere la propria. E motivare con ragioni politiche o religiose la mancanza di patriottismo.

Gli sbirri del rione si presentarono di mattina presto. Dandini e Chiara non ebbero difficoltà a recitare la parte: non abbiamo argento, siamo rovinati... Dicevano il vero fingendo di dire il falso. Gli sbirri non ci credevano, perché tutti i romani – che nei loro confronti non si vergognano di ostentare un'avversione irriducibile – ripetevano la stessa cosa, e avevano nascosto candelieri, vassoi e posate nei materassi, nelle soffitte, nelle rimesse, perfino nelle mangiatoie dei cavalli. Gli sbirri cercarono di tranquillizzarci spiegando che non avevano l'ordine di ritirare l'argento. Soltanto di vederlo, per quantificare le risorse della città.

Ma da vedere non trovarono proprio niente. Albina, che li tampinava temendo che sottraessero di soppiatto qualche moneta per rimpinguare i loro magri salari, peraltro non pagati da mesi, scoprí i credenzoni e gli scrigni vuoti. Il marito si era venduto i suoi gioielli: tutti – pendenti, orecchini, braccialetti, non le aveva lasciato manco la catenina con la croce. Era incinta per la terza volta in quattro anni di matrimonio, e cominciava a essere grossa perché entrava nel quinto mese di gravidanza: ciononostante gli balzò addosso come un'acrobata, graffiandogli la faccia a sangue e facendolo capitombolare. Rutilio reagí scagliandole contro un campanello di bronzo, che la colpí alla tempia, spaccandole il sopracciglio. Si stavano ancora azzuffando quando la perquisizione si spostò nella mia stanza.

Avevo nascosto nel materasso gli stuzzicadenti e gli spilloni d'argento per i capelli perché, se uno pesava troppo poco per attizzare le brame degli sbirri, tutti insieme rappresentavano forse un buon bottino: ma non mi ero curata delle cianfrusaglie. Sullo scrittoio, attorcigliato alla colonnetta, luccicava il ciondolo col medaglione.

Lo sbirro lo prese, piú per curiosità che per cupidigia. Protestai, perché avevano appena giurato di non poter sottrarre niente nelle case dei privati. Tantomeno oggetti personali. Fece scattare la minuscola serratura. All'interno, il ciondolo conteneva la miniatura dell'abate.

L'effigie era piú piccola del polpastrello di un mignolo, ma accurata come se l'uomo ritratto fosse vivo, ridotto di dimensioni da un misterioso incantesimo: una delle mie miniature piú perfette. Lo sbirro sghignazzò, allampandomi lascivamente. Fece per restituirmelo, ma mia madre – che pure dondolava fra le braccia Andrea, il piccolino di mia sorella – fu piú lesta. Non mi ero accorta che mi avesse seguita. Credevo fosse accorsa a difendere Albina, che di là ancora si accapigliava col Dandini in un fragore di urla e piatti rotti, o a tranquillizzare mio padre, che dal suo letto continuava a strillare, allarmato, che passa, che passa? Scoprí che portavo ancora la miniatura dell'abate Benedetti appesa al collo, vicino al cuore.

È riuscita bene, mi ha detto. È stato l'unico apprezzamento che Chiara abbia rivolto a un mio lavoro. Poi l'ha buttata nel fuoco.

Per quasi due anni non ho preso in mano il pennello. Non solo mi sono privata dell'unica persona al mondo che aveva intravisto la donna che avrei potuto essere. Ho lasciato anche la pittura, la mia vera amante. Potevo disubbidire a mia madre, come tutte le figlie hanno sempre fatto. Ma al Briccio no. Non potevo ingannarlo e non volevo tradirlo. Finché mio padre fosse stato vivo, non avrei mai potuto essere me stessa.

Un pensiero amaro, doloroso e a volte lancinante, perché implicava la consapevolezza che avrei preferito perderlo. Che avrei voluto accelerare la sua morte e che solo l'amore immenso che gli portavo mi impediva di farlo. Ogni giorno suo era sottratto a me, ogni suo miglioramento prolungava la mia dipendenza.

M'aveva spiegato che il motto dell'Apollo di Delfi, «Conosci te stesso», ha insegnato ad Agostino ad avvicinarsi

a Dio. Dobbiamo leggere nelle tenebre della nostra anima, senza timore. E io l'ho fatto. Per questo ho dedicato
quegli anni di carestia e tristezza a mio padre. Quando, la
sera, troppo stanchi per lavorare ancora, restavamo in silenzio, ci guardavamo finché l'olio nella lampada non era
tutto prosciugato. Impazienza, dolore, tenerezza. Nulla
che potesse essere detto.

Mi sono annullata in lui. Mesi e stagioni a scrivere
sotto dettatura le sue ultime opere: un trattato religioso-
cabalistico sulla Passione di Cristo, e un romanzo nero
sull'assassinio di un bambino. Scarabocchiavo in fretta,
poi cancellavo e correggevo finché il testo era perfetto
e lo ricopiavo nella migliore grafia. È stato un esercizio
spirituale di obbedienza perché il Briccio briccone che io
avevo amato non esisteva piú. A quel padre perduto sa-
crificavo gli ultimi anni della mia giovinezza, ma l'artista
scanzonato, l'uomo libero come un'allodola che viveva in
armonia con ogni essere di questo mondo, era diventato
un predicatore detestabile, tirannico nella sua intransigen-
za – simile ai tanti moralisti di cui mi aveva insegnato a
diffidare. Chi componeva erano i suoi ultimi alter ego. Il
teologo eremita e l'inquisitore fanatico – che si contendevano quel che restava di lui.

Il trattato è rimasto manoscritto, frutto non commesti-
bile di un sapere ingurgitato famelicamente, senza metodo,
nel quale l'esegesi piú accurata si perdeva nella divagazione
numerologica piú delirante. Assillato per anni dal pensiero
della morte, mio padre aveva finito per essere ossessionato
da quello della morte dell'umanità: il giorno del Giudizio.
Finalmente era convinto di avere scoperto la data segreta
dell'Apocalisse. Perché, altrimenti, l'apostolo prediletto
dal Maestro, Giovanni, e solo lui, scrive che nella rete di
san Pietro vennero catturati 153 pesci? L'universo è matematica, il numero è la parola di Dio. I 153 pesci sono le
153 generazioni cui il Signore ha concesso di vivere sulla

Terra – da Adamo fino alla fine del mondo. Si può calcolare perciò che questo durerà 7000 anni. Ne sono trascorsi 6843. Ne restano 157. Nell'anno Domini 1801 l'umanità che conosciamo non esisterà piú. Quell'opera era in un certo senso il sigillo del suo fallimento.

Il martirio di san Simone fanciullo di Trento è invece notevole. Mio padre era nato narratore. Le scene gli venivano fluide, i personaggi ben caratterizzati, il miscuglio linguistico di vocaboli italiani ed ebraici nuovo e coraggioso. Ma nonostante ciò quel racconto sulla Pasqua di sangue era pernicioso, tanto che nemmeno dopo la sua morte ho mai cercato di darlo alle stampe. Cosí violento che mi chiedevo perché mai il Briccio, che studiava la cabala reputandola il vertice dell'arte magica e che a causa dell'amicizia per Testa di Ferro a Carnevale aveva sempre impedito a Basilio di andare al Corso ad assistere al palio degli ebrei nudi, ritenendolo uno spettacolo di medievale barbarie, avesse lasciato la parola a quest'altro se stesso, ostinandosi in un'impresa che rinnegava le convinzioni di una vita. Ho capito tardi che la letteratura può essere una maledizione, e per questo lui l'aveva corteggiata, e fuggita, fino alla fine. Che tutto ciò che scriviamo finisce per avverarsi, come una profezia malefica.

Era il 19 marzo del 1644. Avvolto in una vestina bianca, difeso da una barriera di candele, sul letto dei genitori giaceva Andrea, il primo maschio di Albina. La comare lo aveva lavato, pettinato e agghindato con la veste bianca, ma non aveva potuto riparare lo squarcio sulla fronte. Non abbiamo mai saputo cosa sia successo al piccolo Dandini.

Sparí un pomeriggio, nella confusione di una casa in cui entrava e usciva troppa gente, come ero sparita io quella sera ormai lontana in cui finii all'osteria della Fontana. Albina ninnava Cosmo, il figlio di pochi mesi, Rutilio era accampato nel cantiere di un palazzo in cui dipingeva i fregi del salone, mia madre era fuori per compere e Giustina a quattro anni era troppo piccola per prendersi cura del fratellino. Andrea era prudente e tranquillo; gli piaceva intrufolarsi nello studiolo e giocherellare con le penne d'oca, la boccetta dell'inchiostro, il dente della balena. Forse Albina lo aveva lasciato lí con noi, e ad Andrea avremmo dovuto badare proprio io e mio padre.

Lo abbiamo cercato ovunque, ai Banchi, in via Giulia, nella chiesa di Santo Stefano, che era ancora aperta, sulle scale, negli androni, nelle stalle, nelle rimesse delle carrozze. È stato ritrovato solo la mattina dopo, a quattro isolati di distanza, in un deposito di legna vicino al fiume, sotto una catasta di ciocchi – rannicchiato come un passero.

E adesso era sul letto, tra le candele, mentre le tre pagine con la scena della tortura che i rapitori infliggono al piccolo Simone, annotata in fretta mentre mio padre dettava, aspettavano ancora d'essere messe in bella copia sul mio scrittoio. Nel racconto i carnefici, descritti come mostri, dai tratti caricaturali, strappano al protagonista la pelle della coscia con le tenaglie, lo trafiggono con gli spilloni e lo fanno a pezzi. Anche Andrea era stato fatto a pezzi. Il carrettiere che lo trovò aveva sguazzato nel suo sangue. Per questo ho perdonato mio padre per quelle pagine infami. E non le ho distrutte.

Gli assassini di Simone, scoperti, vengono tanagliati, franti nella ruota, arrostiti e gettati in pasto ai cani. Invece l'indagine sulla morte di Andrea non ha portato a nulla – nessuno lo aveva visto caracollare giú per le scale di casa nostra, o esserne portato via in braccio, né confabulare con uno sconosciuto, o allontanarsi lungo la strada. Eppure era un bambino che non passava inosservato. Rosso di capelli come Albina, con gli occhi di lapislazzulo e la pelle d'avorio. Sembrava un serafino.

All'inizio abbiamo sospettato che a portarlo via e a ucciderlo fosse stato uno dei vicini di casa – il sarto Cianci, nostro dirimpettaio, o uno dei suoi figli; uno dei molti lavoranti del falegname Palmerin, al piano di sotto, o ancora

i garzoni di Ottini, che aveva il magazzino di vino al piano
terra. Poi pensammo ai soldati, che da febbraio pullulavano nelle strade di Roma. Da mesi non ricevevano la paga
e morivano di fame. Perciò rubavano di tutto – e uscire
col buio non era mai stato cosí pericoloso.

Alla fine cominciammo a temere che potesse essere stato qualcuno dei nostri. I lavoranti a giornata di Dandini,
imbianchini della pittura attaccabrighe e disposti a tutto
per soldi; il nostro fattore Giuseppe Ventura, mite colosso
di cinquant'anni senza moglie né altri al mondo che i Dandini, per i quali sgobbava come un somaro, o addirittura
uno dei preti della parrocchia di Santo Stefano che quel
giorno giravano per le case a raccogliere il numero delle
anime per il censimento della Pasqua.

In altri tempi, avremmo traslocato il giorno dopo il
funerale. Ma non potevamo piú permetterci neanche di
scappare al tramonto, caricando le masserizie su un mulo.
Siamo rimasti in quella casa maledetta, tutti insieme, ma
il piacere della convivenza si era dissolto. I sospetti non
ci hanno mai lasciato. Rutilio non si è perdonato la morte
del primogenito maschio e ha cominciato a stordirsi di vino. Mia sorella non l'ha mai perdonata a noi.

Ha trascorso la primavera a letto, piangendo il bambino morto e trascurando il bambino vivo. Quando il piccolo
Cosmo è morto non si è alzata neanche per il suo funerale.
Pochi giorni dopo, il 28 luglio, è morto Urbano VIII. Disperato, come gli aveva annunciato la profezia, tanti anni
prima. A Roma è stata festa grande: perfino il giorno del suo
trapasso avevano pubblicato tre nuove gabelle – sulla carne
di vacca, sul vitello e sul sale. Il mio tempo è finito, Plautilla, è stato l'epitaffio di mio padre. Possa iniziare il tuo.

Il conclave si è trascinato per trentotto giorni, perché
i cinquantasei cardinali del Sacro Collegio erano divisi, il
partito filospagnolo e quello filofrancese non riuscivano
a trovare la maggioranza né l'accordo per eleggere il nuo-

vo papa. Le votazioni non portavano a nulla. Il cardinal
Barberini dichiarò di essere disposto a restare in conclave
un anno intero, tanto non pativa né caldo né freddo, mangiava due uova e gli bastava una foglietta di vino. Il cardinal Montalto per non annoiarsi si fece portare il cembalo.

Elpidio ha vissuto brutti momenti. Si sparse la voce che
aveva cercato di corrompere i cardinali offrendo ventimila
lire da parte di Mazzarino a chiunque votasse per il partito francese. È possibile che sia una calunnia fatta circolare dagli spagnoli, ma temo invece che fosse vero. I voti
dei cardinali si compravano, a Roma, come tutto il resto.

Mentre tornava a casa, fu riconosciuto da una frotta
di muratori che languivano sulle impalcature dei cantieri
fermi. Cominciarono a rumoreggiare, insultandolo come
privilegiato della ciurma infinita degli scrocchi che li aveva
rapinati. Il domestico che lo accompagnava riuscí a tornare indietro appena realizzò che quelli sapevano chi fosse il
suo padrone e ce l'avevano proprio con l'abate Benedetti.
Elpidio fece per seguirlo, ma altri sbucarono dal cantone
e gli sbarrarono il passo.

La prima a scagliargli contro una monetina di rame però fu una donna che tornava mogia dal forno in cui non
aveva potuto comprare neanche una pagnotta: poi partí
una gragnuola, da cui lui non è riuscito ripararsi. I bajocchi gli rimbalzavano sul naso, s'impigliavano nelle nappe
del cappello. Quando cercò di scappare gli furono addosso
e cadde. Uno sgherretto coi calzoni di porpora gli stam-
pò una sputata in faccia. Un altro lo sospinse in avanti sul
selciato a calci in culo, sbattendolo come una pilotta. Elpidio gattonava, gemendo che avevano sbagliato persona,
lui non faceva parte della casta, era l'ultima ruota del carro
dei Barberini, solo un letterato che si sudava onestamen-
te uno stipendio da fame: ma quelli gli rispondevano che
la peggio ruota del carro è quella che strilla, e lui a ogni
calcio si chiedeva fino a che punto intendevano spingere
il supplizio. Finché un terzo gli si piantò davanti, mise le

mani sulla fettuccia delle braghe e gli soffiò: mo' mi caco in mano e me la pulisco sul grugno tuo.

Prima che potesse attuare la rivoltante punizione, però, dal portone vicino accorsero a salvarlo i servitori di un vescovo. Elpidio si rinchiuse nella sua stanza, annientato dalla sconvolgente certezza di avere infine capito il segreto della politica. Chi comanda non agisce mai direttamente, ma si serve di un intermediario, sul quale si possa scaricare l'odio dei colpiti. Lui non voleva essere la vittima che permetteva al suo padrone di sembrare innocente. Ma era quello il suo compito. Tremava solo all'idea di affacciarsi alla finestra.

E pure noi quell'estate siamo rimasti confinati dentro casa, come la maggior parte dei romani durante ogni sede vacante. Perché non c'è periodo piú pericoloso dell'intervallo fra la fine di un potere e l'inizio di quello nuovo. In realtà – a parte gli omicidi nei tumulti scoppiati intorno a San Pietro quando fu esposto il cadavere del papa, che il primo giorno già puzzava, cosa che scoraggiò l'afflusso di popolo – non ci furono particolari disordini. Il caldo tremendo di agosto fiaccò anche i facinorosi. I soldati di Colonna, circondando il palazzo con un cordone di armati, avevano impedito l'assalto e la distruzione della statua di Urbano VIII, collocata, abbastanza sconciamente, sul Campidoglio, e l'odio per Barberini si sfogò in una sborrata di canzoncine denigratorie, serenate, invettive e componimenti satirici.

Alcuni arrivavano in casa nostra e ne erano autori nostre conoscenze, che da Urbano VIII avevano ricevuto benefici e denari, e improvvisamente si professavano uomini liberi. Uno degli epigrammi piú riusciti recitava: «Questo d'Urban si scriva al monumento | ingrassò l'api e scorticò l'armento». Chiesero rime anche a mio padre, ma lui non si uní al coro.

Il 15 settembre pure i cardinali Barberini e i seguaci del loro partito hanno fatto confluire i voti sul candidato dell'opposizione, sperando di guadagnarci l'impunità e il perdono. La scelta è caduta su un cardinale nominato da Urbano VIII – del resto la moria di cardinali che aveva spopolato il Sacro Collegio subito dopo la sua elezione gli aveva permesso di rinnovarlo insediandovi tutte sue creature – ma fuori dalla cerchia dei suoi satelliti. Il suo merito era di esserne privo, era un avvocato concistoriale senza qualità e senza storia: Giovanni Battista Pamphilj.

Romano di Parione però, nato a piazza Navona. Ha scelto il nome di Innocenzo X. Nello stemma araldico della famiglia figurava una colomba. Dopo le api pungenti di Barberini, un uccello di pace, simbolo di bontà. Non un cattivo presagio, in fondo.

L'annuncio è stato festeggiato coi soliti fuochi artificiali, la girandola di Castello, i mortaretti, i colpi di artiglieria, e i romani piú diligenti hanno acceso i lumini fuori dalle finestre: ma a dire la verità l'elezione non è stata accolta con particolare giubilo dal popolo – il quale a Innocenzo X chiedeva solo di estinguere subito le sessantatre gabelle di papa Barberini. E neanche dagli scrittori e dagli artisti. Il nuovo papa, quasi settantunenne ma in ottima salute, robusto e forte, bianco di capelli e torvo nel viso, era noto per la taccagneria e l'avversione per le belle lettere (i poeti, gli oratori e gli storici lo infastidivano) e per l'arte. Indifferente alla pittura, si mostrava acceso detrattore dell'architettura e della scultura moderna, perché le associava a Bernini, il dittatore artistico di Roma tanto sostenuto dal suo predecessore. Non farà costruire nemmeno la seggetta per defecare, ha commentato Rutilio.

Soltanto mio padre si dimostrò eccitato dall'elezione, perché fiutava la possibilità di guadagnarci qualcosa. Voleva pubblicare la solita relazione con la biografia del nuovo papa, anche se la vita di Giovanni Battista era stata priva di eventi, e s'affrettò a dettarmela – con tanto di ritratto, benché Panfilio/Pamphilj non l'avesse mai visto neanche in effigie. Gli riuscí piuttosto fiacca, ed escogitò solo un gioco di parole sul cognome: panem filio, il papa porterà pane...

E quando poi, ben due mesi e otto giorni dopo, Pamphilj

LA VIRTUOSA PLAUTILLA (1640-1656)

si rassegnò ad andare a prendere possesso della sua basilica, San Giovanni in Laterano, promise allo stampatore una relazione sulla cavalcata. Per il popolo di Roma la passerella dal Vaticano a San Giovanni era la vera e unica festa inaugurale di un nuovo pontificato. Dalla magnificenza con cui il nuovo papa la organizzava, dalla quantità di monete che faceva piovere durante il tragitto o dalla loggia della benedizione, si capivano tante cose. Uno dei primi atti di Innocenzo X era stato imporre alle cortigiane di contrassegnare le carrozze, in modo da non potersi confondere con le donne onorate. Si annunciava un pontificato mortificante: per la cavalcata Pamphilj non intendeva spendere piú di venticinquemila scudi.

Mio padre però non si alzava piú dal letto da anni, e cosí ha chiesto a me e a Basilio di seguirla. Ne sarebbero uscite altre, di relazioni, e nessuno degli autori sarebbe stato presente – perché la mancanza di scrupoli dei gazzettieri è inimmaginabile. Solo la sua, invece, sarebbe stata autentica.

Ma non posso andare, padre, gli ho detto. Le signore staranno alle finestre e le popolane in piazza. Né le une né le altre saranno ammesse in chiesa. Tu sí, ha detto, è l'ultima cosa che farai per me, Plautilla.

È stata la prima volta che ho indossato la tonaca da abate. L'abito – nero, austero, mangiucchiato dalle tarme, spelato e trasparente come una tela di ragno – era quello che mio padre aveva usato per dirigere il coro. Ero alta come lui, e non ho dovuto nemmeno accorciarlo. Mio padre mi ha guardata uscire travestita senza nascondere la soddisfazione. Alla fine, l'aveva realizzato il suo sogno: ero diventata il Briccio.

Basilio e io siamo riusciti a intrufolarci nella basilica confondendoci nella ressa dei segretari e dei cortigiani. Dei quarantacinque cardinali del Sacro Collegio presenti a Roma, ne erano venuti trentatre, assenti solo quelli impe-

diti dalla vecchiaia o dalla malattia, perché chi non bacia il
piede al papa a San Giovanni il giorno del suo possesso si
condanna immediatamente alla disgrazia. C'erano perciò
i cardinali filospagnoli che lo avevano votato e i fedeli di
Barberini che avevano lottato per eleggere il cardinal Sacchetti, in continuità col pontificato di Urbano VIII, e che
gli avevano dato il voto unicamente per tentare di salvare
i loro privilegi. E gli indecisi, gli intriganti, i venali. Era
la prima volta che osservavo la corte. Il gioco delle prece-
denze, degli inchini, dei sorrisi e degli sgarbi mi affascinò
come una recita a teatro.

Innocenzo X ricevette le sacre vesti pontificali e la mi-
tria ingioiellata, e prese le chiavi dall'arciprete della basilica, il cardinale Gerolamo Colonna. Era l'amico di gioventú di Giulio Mazzarino, il suo compagno di studi, di
gioco, d'amori e d'avventura. Fu il primo a inginocchiarsi
per baciare i piedi del papa. Il tempo cambia gli uomini
fino a mutarli in estranei a se stessi. Mi chiesi se sarebbe
accaduto anche a me. E se da qualche parte, là dentro, c'e-
ra anche l'abate Benedetti.

Mentre i cardinali s'inginocchiavano uno dopo l'altro
per baciare i piedi del papa, mentre questi benediceva l'incenso e lo sistemava nel turibolo, mentre – con espressione
annoiata e quasi allarmata – vagava fra le navate, gli alta-
ri e le cappelle, sballottato dai palafrenieri vestiti di rosso sulla sedia gestatoria secondo l'arcano itinerario della
cerimonia, cercavo tra i piviali, le pianete, le tonicelle e
le piume dei pavoni bianchi che frusciavano sui ventagli,
tra gli abati e i beneficiati di chiesa la figura allampanata
di Elpidio. Non lo vedevo da quasi cinque anni. Mi chiedevo chi era diventato, come stava, come viveva quel ri-
volgimento della storia. Per il partito filofrancese di cui
costituiva l'estrema propaggine, l'elezione di Innocenzo X
era una sventura.

La benedizione dalla loggia è stata sbrigativa, Pamphilj
non era un grande oratore e non sapeva, né forse intende-

va, accattivarsi la folla. Alcuni hanno scritto che, come i suoi predecessori, lanciò monete d'oro sulla folla assembrata in piazza, ma io non l'ho visto e so che non è accaduto. Pamphilj era troppo avaro per sperperare le sue ricchezze personali, e nelle casse dello stato non aveva trovato un quattrino. I Barberini le avevano svuotate.

Basilio e io ce ne siamo tornati a casa delusi, ma non saprei dire da cosa. Non ci aspettavamo niente da questo papa. Non conoscevamo nessuno dei suoi clienti, dei suoi protetti. Anzi, uno dei suoi parenti, frate Maidalchini, nipote della potente cognata donna Olimpia, era stato il ladro dell'opera di mio padre, e il suo calunniatore.

La relazione l'ho scritta io, il Briccio l'ha corretta, Basilio l'ha fatta pubblicare e col ricavato Dandini ha pagato i debiti. Mi raccomando, ci ha esortati il Briccio, ringalluzzito dal discreto successo della nostra impresa collettiva, restate insieme. Fate società, fate famiglia. Da soli, né tu, Plautilla, né tu, Basilio, né tu, Rutilio, combinerete niente. Insieme, potete essere una forza.

La *Cerimonia fatta solennemente nella chiesa, overo Basilica Lateranense, il giorno che la Santità di Nostro Signore Innocenzo Decimo Pontefice Massimo pigliò il possesso di quella, che fu il dí 23 di novembre 1644, descritta con tutte le particolarità da Gio. Briccio Romano*, stampata in Roma, presso Francesco Cavalli – un opuscolo di due paginette, per un totale di quattro fogli – è stata l'ultima opera uscita col suo nome. È stata anche la nostra ultima avventura.

Mio padre si è spento l'8 giugno del 1645. Piú della podagra, ha potuto il caldo intollerabile che gravava su Roma. Boccheggiava, nell'afa della stanza, lucido fino all'ultimo istante. Ero seduta sul letto col ventaglio in mano per scacciare le zanzare dal suo viso, e mi ha chiesto di pregare – perché a lui mancava il respiro. Ho scelto le sue stesse parole: mi seguiva muovendo le labbra. «O Gesú Cristo Nazzareno, – ho intonato, a voce alta, – o Dio, sacra carne, ostia vera, luce del mondo, o del celeste padre verbo, eterna sapienza, infinita bontà, tu sei la pietra, tu l'arca sacrosanta, ti adoro o mio Signore, ti credo, osservo e amo, e perdono ti chiedo dei miei peccati, e in olocausto ti consacro il cuore, e mentre sono in via ti prego che mi guidi nel seno di Abramo».

Non aveva paura, desiderava anzi ardentemente smettere di soffrire, ed è stato felice di ritornare a Dio. Né la scienza né la malattia lo avevano mai indotto a dubitare della sua esistenza. Non vado a mani vuote, sai, Plautilla, ha mormorato quando io ho taciuto, gli occhi sul crocifisso d'avorio che gli avevo poggiato sul petto. Ti porto, o unico Signore del mondo, le sole cose che tu nella tua immensità non hai: l'ignoranza, i rimpianti, i difetti, la colpa, il male. Ma anche la cosa piú bella, che tu non puoi conoscere, perché possiedi tutto: la speranza. Poi m'ha messo il dente della balena fra le dita, e mi ha lasciato.

I Barberini sono fuggiti da Roma come ladri. E tutti ormai li ritenevano tali. Il primo a dileguarsi è stato il cardinale Antonio, alla fine di settembre. Pare temesse, piú dell'inchiesta sulle ruberie che Innocenzo X aveva fatto istruire contro i cardinali nipoti di Urbano VIII, e piú delle annunciate confische, la punizione per i delitti della sua gente e suoi, per i quali non poteva piú ottenere l'impunità. Si è allontanato senza il permesso del papa: un comportamento fuori dai canoni per un cardinale.

A corte la fuga ha suscitato riprovazione, tutti l'hanno stigmatizzata come un'infamia indelebile. Ma noi non ci siamo stupiti troppo. Antonio non era nato per vivere da cardinale, e per fuggire ha solo replicato un trucco del teatro che amava tanto. Ha fatto preparare le carrozze di campagna, spargendo voce che intendeva ritirarsi nei suoi possedimenti di Monte Rotondo: invece dal suo servo piú fedele s'è fatto accompagnare al porto, e travestito da marinaio, con una barchetta, ha raggiunto le feluche francesi che lo aspettavano a Fiumicino per farlo uscire dallo Stato ecclesiastico. Si è saputo solo qualche tempo dopo che Mazzarino lo aveva felicemente accolto a Parigi.

Il cardinal Francesco ha presentato le sue scuse al papa, che non le ha accettate, e ha rifiutato di passare a lui la carica di camerlengo detenuta dal fratello. Valeva una rendita di quattordicimila scudi l'anno. Si è arroccato a palazzo della Cancelleria, esponendo sulla facciata le insegne della monarchia di Francia, per mettersi sotto la protezione della corona. Lo stesso ha fatto Taddeo sulla facciata di palazzo Barberini. Noi romani non sapevamo se interpretare questo affronto come un segno di superbia o di debolezza. I Barberini salvavano cosí il palazzo di famiglia, sottraendolo alla confisca, ma il tradimento ha ulteriormente esacerbato gli animi contro i «partitanti» di Francia. Ormai li chiamavano cosí, gli amici e i creati dei Barberini. In un'udienza privata, il cardinal Francesco ha capito che Innocenzo X non si sarebbe lasciato fermare. Perfino lui, abilissimo a simulare e fingere, davanti ai cortigiani in attesa nella seconda anticamera non è riuscito a mascherare lo scontento.

Il papa infatti ha ordinato di processare i Barberini, con capi d'imputazione diversi per ognuno, ma tutti per l'appropriazione indebita di denaro pubblico. Li ha chiamati a restituire alla Camera Apostolica dodici milioni di scudi, sperperati in soli diciotto mesi durante la guerra di Castro. Dicono che i Barberini potessero giustificarne al massimo cinque, per il mantenimento dei trentamila soldati, i carriaggi e le vettovaglie. Il resto se lo erano semplicemente preso. Cosí la Camera Apostolica ha confiscato i luoghi di Monte, le proprietà, i feudi – tutto. All'inizio di gennaio Taddeo non aveva piú uno scudo per pagare i domestici, e li ha licenziati.

Il cardinal Francesco è fuggito qualche giorno dopo. Pure quel sant'uomo prestandosi a recitare una commedia dozzinale. I due fratelli Barberini e i tre figli maschi di Taddeo (le femmine sono rimaste a Roma con la madre, Anna Colonna) sono usciti a piedi dalla Cancelleria, di notte, travestiti da cacciatori, e si sono imbarcati al porto di Ripa. Lo speziale il mattino dopo è andato a visitare il cardinale, e i camerieri non lo hanno fatto entrare nella stanza, dicendogli che era a letto. Hanno guadagnato due giorni. La notizia della fuga si è diffusa solo il giovedí, quando il cardinal Francesco non si è presentato alla consacrazione della Tribuna di San Pietro, nella basilica di cui era arciprete. Ma a quel punto era già sul vascello, in mare aperto, e veleggiava verso la Francia. Se non li avesse aiutati Mazzarino, da Parigi, nessuno sa cosa sarebbe stato dei Barberini.

Nel momento della disgrazia i romani hanno sempre rinnegato i loro antichi padroni. Poche settimane dopo, a Carnevale, come ogni anno Bernini allestí uno spettacolo scritto da lui e da lui stesso interpretato, insieme al fratello e ai suoi aiutanti e collaboratori. Quella volta però la commedia satirica andò in scena non nel cortile di casa sua o nella Fonderia Vaticana, ma nel palazzo di donna Olimpia Pamphilj: Bernini, che Urbano VIII aveva fatto cavaliere e padrone di Roma, sbeffeggiava i cardinali suoi nipoti. Il pubblico – in cui si mescolavano cardinali e cortigiani – era stomacato ma doveva ridere, perché rideva la nuova padrona di Roma. Siamo un popolo di ingrati.

Ma anche la fedeltà non sempre è una scelta. Dalla caduta dei Barberini Romanelli non lavorava piú. Appena ha saputo da Elpidio dell'arrivo del cardinal Francesco a Parigi, lo ha pregato di dargli la possibilità di raggiungerlo. È impossibile, eminentissimo signore, gli aveva scritto, che chi è vissuto finora sotto il patrocinio sí degno di Sua Eminenza e ha ricevuto tanti favori come me possa vivere lontano dalla Eminenza Vostra. L'abate Benedetti ha fatto in modo di accontentarlo e gli ha organizzato il viaggio. Ha chiesto a Mazzarino il permesso di accompagnare il pittore a Parigi. E ancora una volta, Mazzarino glielo ha negato.

Elpidio ha sempre evitato di parlare del periodo seguito
alla morte di papa Barberini. Anni horribiles. Le minacce,
le ingiurie, gli oltraggi e la tensione continua gli hanno causato l'ulcera e svariati collassi. Non ho mai saputo se abbia
svolto qualche ruolo nella fuga del cardinal Francesco. È
possibile che abbia accompagnato a Civitavecchia il suo
primo padrone, nello stesso porto in cui aveva accompagnato Mazzarino. Che si sia assicurato che si imbarcasse
col suo seguito sulla nave che lo avrebbe condotto in Francia, e lo abbia seguito dalla riva finché svaní all'orizzonte.
Non mi ha mai detto nemmeno che avrebbe voluto fuggire anche lui. Me lo ha taciuto, come mi ha taciuto le cose
piú importanti, fino alla fine.

Però, come sei anni prima, quando si è ritrovato a Roma solo e senza avvenire, ha cercato me. Si è presentato
nella casa di Santo Stefano in Piscinula, l'ultimo mio in-
dirizzo conosciuto, e non mi ha trovato, perché dopo la
morte di mio padre non abbiamo mantenuto la promessa
e ci siamo separati. Dandini, Albina e la figlia Giustina si
sono spostati in una casa piú piccola, ai Banchi; mia madre, Basilio e io in un'altra, nell'isola di palazzo Vecchiarelli, all'inizio di via Giulia.
Si è occupata di tutto Chiara, perché da quando mio
padre si era ammalato era stata lei, la sventata spregaccio-
na dalle cui mani i quattrini sfuggivano come i sorci dal
gatto, a gestire l'economia della famiglia. E a poco a poco
era diventata un'accorta donna d'affari. Aveva convinto
i banchieri conoscenti del Briccio a investire in luoghi di
Monte al 5 per cento i magri risparmi di mio padre – che li
teneva come i poveri nell'imbottitura del materasso. Con
quell'eredità mia madre ha scelto un appartamento grande, ha fatto dare a Basilio una mano di intonaco alle pareti e ha subaffittato tre stanze: a una vedova e a un sarto,
che aveva moglie e tre figli. Con l'affitto dei pigionanti,

secondo lei, avremmo sempre potuto mantenere un certo decoro. Con Dandini, invece, saremmo finiti a chiedere la carità, con una mano davanti e una di dietro.

Rutilio lavorava sempre meno e beveva sempre di piú, sicché mia sorella aveva cominciato a vendere i suoi ricami alla bottega di un commerciante che riforniva i guardaroba delle famiglie patrizie. Se le sette famiglie papali, le otto d'antichità romana e le novanta di tri e bisecolare nobiltà si rifornivano altrove, le cento di nobiltà recente erano sue clienti e il lavoro non le mancava. Ma mia madre non intendeva permettere che Basilio e io ci riducessimo a farci sfruttare da un bottegaio.

Proponeva solo contratti di dodici mesi, perché non sai mai chi ti metti in casa. E in effetti cambiavamo pigionanti ogni anno: sono passati in quelle stanze orefici, avvocati, giudici, preti – con le mogli rissose, le suocere incontinenti, a volte i loro servi. Famiglie mutile di donne sole, discrete o invadenti, oneste o ruffiane, zitelle e ragazzini, uomini celibi casti e uomini sposati bavacchiosi. Li ignoravo, perché la loro presenza mi ricordava ogni giorno che la mia professione – la mia «virtú» si diceva allora – non mi permetteva di mantenere mia madre e me stessa.

L'abate Benedetti ha chiesto in giro, ma siccome una donna onorata non deve farsi vedere fuori casa, nessuno sapeva dove fosse finita la Briccia. Nemmeno suor Eufrasia. Avevo creduto di esserle amica, e di amarla per ciò che era, come lei amava me. Invece non facevo altro che abusare del suo affetto perché mi parlasse del fratello e mi tenesse al corrente della sua vita. Quando me ne resi conto, mi sembrò un comportamento indegno di me: avevo smesso di andare a trovarla.

Un pomeriggio, protetta dalla mia tonaca da abate, sono andata in piazza San Pietro con Basilio. Sarà stata la fine di maggio. Da settimane osservavamo un frenetico movimento di carri diretti verso la basilica – vuoti al mattino, tornavano indietro straboccanti di detriti edilizi. Ha mosso mari e monti, scomodato tutti i berretti di porpora, ma non ce l'ha fatta a bloccare la demolizione, il papa non si è rimangiato la parola, il campanile lo stanno davvero tirando giú, ci aveva informato Dandini. A giorni finiscono di smantellare il secondo livello. Mio cognato conosceva qualcuno che poteva farci salire sul tetto dalla scaletta interna, e vedere quel pazzesco deposito. Valeva la pena. Non si sapeva quanto quel museo a cielo aperto sarebbe rimasto lí.

Non riuscivo a credere che fosse vero. Il campanile aveva suscitato malumori fin dall'inizio, e le discussioni sui problemi – estetici e strutturali – che creava alla stabilità della facciata andavano avanti da anni. Si commentava in tutte le botteghe degli artisti, e anche Rutilio e mio fratello ci si accapigliavano. Dandini interpretava la fenditura che, ora visibile a occhio nudo, crepava l'architrave e serpeggiava sulla facciata della basilica dell'apostolo Pietro minacciandone la rovina, come la dimostrazione irrefutabile di quel che succede quando un artista che non ha la minima idea di come fabbricare si fa accecare dall'ambizione e si convince di poter fare l'architetto – già quando aveva montato le colonne del baldacchino dell'altar maggiore si era fessurato il pavimento, tanto che quasi quasi faceva venir giú il cupolone –, mentre Basilio sosteneva che le critiche nascevano solo dalla gelosia dei colleghi, e che la fessura era dovuta non a un difetto di progettazione ma alla cattiva qualità del terreno su cui poggiavano le fondamenta, perché la creta vergine, mista a sabbia vulcanica e limo, verso sud finiva e diventava fanga intrisa d'acqua, tanto che proprio in quel punto erano già crollati il circo di Nerone e poi la basilica di Costantino, e pure Maderno quando aveva tirato su la facciata lí aveva dovuto scavare piú a fondo, piantarci dei pali, aggiungere pietra e rinforzare le fondamenta con una base di travertino.

Io non sapevo nulla di architettura, ma mi sono appassionata al destino del campanile, e ho seguito il lento processo che ha portato alla sua distruzione. Ho imparato che estetica e politica si alimentano, e a volte confliggono. E l'una dipende troppo dall'altra per salvarsi da sola. La Congregazione della Fabbrica di San Pietro si era riunita piú volte, i cardinali competenti si erano espressi, gli altri avevano ascoltato il parere dei migliori architetti di Roma. Anche il papa aveva voluto assistere e li aveva convocati al Quirinale. Le perizie avevano dato esiti contrastanti. Alcuni architetti ritenevano che si potesse intervenire e limitare i danni con qualche modifica, altri che bisognasse agire subito e ricostruire il campanile dopo un nuovo concorso. Ovviamente presentavano disegni per aggiudicarselo.

La perizia piú drastica fu quella di Francesco Borromini, antico collaboratore dell'autore: la torre di altezza sproporzionata – tripla rispetto al progetto originario del Maderno, suo maestro – aveva un peso sei volte superiore a quanto la sottostante facciata poteva sopportare. L'errore era evidente, l'abbattimento necessario. Il papa si era preso il suo tempo per decidere, ma poi si era concesso la rivincita sul suo predecessore, che quel campanile aveva commissionato, e sull'artista da lui favorito, e il 23 febbraio aveva firmato il decreto di demolizione.

Il campanile, sul lato sud della facciata – una torre spropositata di duecentonovanta palmi, che avrebbe dovuto essere simmetricamente affiancata, sul lato nord, da un'altra, identica –, mi era diventato familiare. Lo avevo visto crescere in altezza anno dopo anno: abitavo ancora a Borgo mentre i pesantissimi carri carichi di legni per il soffitto, e poi di travertini per le colonne e la cuspide, tirati dalle bufale risalivano lenti dalla riva del fiume. Mi ero abituata alla sua presenza. Senza il campanile, mozzata dall'altezza della balaustra degli Apostoli, la facciata bassa e lunga della basilica di San Pietro sarebbe rimasta orfana.

Non c'era messa, né cerimonia, né benedizione, ma un'umanità eterogenea si pigiava comunque nella piazza

che allora, ancora sghemba, disarmonica e priva del colonnato che oggi sembra debba essere sempre stato lí, si
apriva all'improvviso tra le casupole di Borgo. Fin dall'o-
belisco, si doveva avanzare tra sfaccendati, preti e garzoni
delle botteghe di tutta la città, che continuamente si incan-
tavano, fissando a bocca aperta i moncherini della torre,
ingabbiata dai ponteggi – perché era quello lo spettacolo.

I romani mugugnano e sfottono, ma non si espongo-
no, aspettano sempre che sia qualcun altro a disarcionare
il cavaliere, e poi amano infierire su chi è caduto. E quella – che avveniva ogni giorno, da mesi, senza interruzione – era in fondo un'esecuzione capitale: la decapitazione
pubblica di uno che era stato potente come un dio, e veniva spogliato, come la torre dei suoi marmi e dei suoi ornamenti, dei privilegi, dell'onore, della gloria.

E anche dei soldi. Rutilio ci aveva appena detto che gli
avevano confiscato i «monti» – a garanzia delle perdite su-
bite dalla Camera Apostolica. Tra marmi di Carrara, trasporti, e giornate di lavoro, il campanile è costato 70000
scudi. Se gli chiedono di restituirne anche solo la metà,
è finito. La rovina economica dell'architetto colpiva mio
cognato piú di quella artistica. In quel periodo circolava
con la lama nella cintura, perché lo braccavano i creditori.

L'uomo di cui si celebrava quel funerale senza cadavere era l'artista che Basilio e io ammiravamo come un modello inarrivabile – per la maestria tecnica, l'inventiva, la
versatilità in ogni campo dell'arte, la pittura, la scultura,
la scenotecnica, il teatro, l'architettura: Bernini. Pietro
da Cortona potevo considerarlo il mio maestro, e Salvator Rosa aveva forse uno spirito affine, ma Bernini era un
genio universale.

E adesso l'uomo che era stato il padrone di Roma – Roma
è fatta per lui, e lui per Roma, aveva fatto dire Urbano VIII
a Mazzarino, negandogli il permesso di partire per la Francia, che il cardinale gli aveva chiesto tramite Elpidio – poteva essere impunemente spernacchiato dalla plebe. Nessuno

tra quelli che si godevano la scena sapeva quanto pesassero
48 pilastri o 24 colonne corinzie di travertino, tantomeno
su quale superficie si debba scaricare il peso di un edificio,
o in che modo scavarne le fondamenta: eppure come corvi
che gracchiano alle carogne commentavano i difetti della
costruzione del campanile quasi fossero tutti architetti e
ingegneri strutturisti. La supponenza degli ignoranti può
lacerare la reputazione di un artista piú dell'invidia dei
colleghi e del giudizio dei competenti.

Ma in realtà il campanile di San Pietro – che là sotto
tutti ora si affrettavano a stroncare come brutto, malriu-
scito e nocivo – era solo un pretesto. Il popolo rinfacciava
a Bernini la fortuna, l'amicizia del defunto papa, i titoli
che gli aveva generosamente concesso (lo aveva fatto cavaliere a ventitré anni, e a trenta architetto della Fabbrica di
San Pietro benché fosse del tutto innocente di architettura), ma soprattutto gli stipendi principeschi e le spese che
erano costate le sue opere a Roma: prima per farle, e ora
per disfarle. Fiumi di denaro coi quali si sarebbero potuti
finanziare ponti, strade, chiaviche, scuole.

Le impalcature brulicavano di operai – ne contammo
almeno novanta –, gli argani cigolavano senza sosta. Della
cuspide in forma di piramide che coronava il terzo livello
non restava già nulla. Marmi e statue venivano imbragati
e calati sul tetto. Dallo scheletro di quello che era stato il
secondo livello della torre, fluttuava nel cielo terso una colonna bianchissima. A vederla dal basso, sembrava una
piuma – diafana, quasi priva di peso. Ma nell'aria alitava
un pulviscolo farinoso, e di tanto in tanto a terra precipi-
tavano scaglie grosse come mattoni. Mi chiesi se Bernini
fosse mai venuto ad assistere a quello scempio. Non riuscivo a immaginare cosa potesse provare. Creare qualcosa
di bellissimo e poi non poterne impedire la distruzione.

Mio cognato si fece largo tra la folla di pittori, scultori,
architetti, ammiratori di Bernini e denigratori, scalpellini,
muratori e scontenti di ogni ceto accalcata davanti al cor-

done che delimitava il perimetro del cantiere, aggirando i carri che aspettavano lo scarico dei calcinacci. Ci siamo insinuati fra le code dei cavalli e i crocchi dei conducenti, finché abbiamo raggiunto l'ingresso della basilica dove Rutilio si fermò a salutare un signore coi capelli giallicci come stoppa scatarciata.

L'architetto Soria, bisbigliò Basilio: proprio a lui Bernini aveva chiesto aiuto per il disegno del campanile; era Soria che aveva realizzato i modelli in legno, e il cavaliere, quando si era accorto di aver fatto troppo grande la piramide, aveva strapagato i suoi operai esperti perché la finissero, pur di non confessare al papa di non essere in grado di farla da solo.

La scala a lumaca, incassata tra le pareti della chiesa, si avviluppava in un'oscurità umida e soffocante. Arrancavo dietro Basilio e a tratti dovevo schiacciarmi contro il muro perché incrociavamo i muratori che salivano e scendevano senza sosta. Il caldo, l'angoscia e la fatica mi facevano ansimare. Ma ciò che mi ha tolto davvero il fiato è stato lo stupore, quando sono uscita sul tetto. Lungo il perimetro della terrazza si susseguivano decine di colonne, basamenti, statue, architravi, blocchi di marmo. Camminavo fra i resti di quel sogno svanito come in un cimitero.

Non sapevo dove guardare. C'erano i delfini, le chiavi, la croce, il conchiglione, le api e le volute dei festoni, i capitelli corinzi, le colonnette della balaustra, le statue di stucco.

Ma per ragioni professionali Dandini era piú interessato agli ornamenti della piramide. Voleva mostrare a mio fratello che alcuni elementi erano stati dipinti (gli angoli dovevano sembrare di travertino), e altri dorati, perché dovevano sembrare lastre di piombo, come il piccolo piedistallo che sorreggeva il globo d'oro. Non avevo interesse per la tecnica della doratura, e mi sono lasciata attirare dalla piramide.

Non avevo fatto in tempo a vederla sulla torre del cam-

panile, perché Urbano VIII l'aveva fatta smontare subito
dopo l'inaugurazione, e solo per pochi giorni aveva troneg-
giato sul pinnacolo, altissima su Roma. Mi sono inoltrata,
sola, lungo il bordo della terrazza. Camminare sul tetto
della basilica di San Pietro era stupefacente. Dalla piazza
gremita, là sotto, non saliva neanche un suono. Le strade
e i vicoli parevano disegnati, il fiume dipinto: Roma sembrava il modellino di se stessa.

Per raggiungere la piramide mi sono dovuta arrampicare
su una colonna, che giaceva riversa, come abbattuta da un
cataclisma. Mi protendevo in precario equilibrio per tastare
le facciate – di legno, coperte con uno strato di gesso – cercando di capire come avessero fatto ad assemblarle, quando
una grandine di sassolini mi zampillò sulle spalle. Qualcuno,
molto piú in alto, gridò qualcosa che non capii: un blocco
di marmo precipitò dal ponte superiore della torre e con
un fragore che mi fece trabalzare si schiantò vicino a me,
sbriciolandosi in una nuvola di polvere. Mi investí, mi in-
globò, e sparii dentro di essa, come per un trucco di teatro.

Tossivo, accecata. Mi stavo strofinando gli occhi quando l'ho visto. Era a pochi passi. Ricoperto di pulviscolo
bianco dal cappello fino alla punta delle scarpe, sembrava
una statua. Non mi ha riconosciuta subito. Anche io dovevo sembrargli di gesso.

Ed eccoci uno davanti all'altra, increduli. Elpidio mi
chiede se sono reale, io allungo una mano e gli sfioro il viso. Sei troppo magro, vorrei dirgli, stai bene? Lui istintivamente si volta. La nuvola di polvere si sta dissipando – di-
ventiamo visibili come attori sul palco.

Mi ha aiutata a scendere dal piedistallo, abbiamo sca-
valcato la colonna e ci siamo riparati dietro un ammasso di
putti volanti. Non so di quale decorazione facessero parte,
erano stati eseguiti dai migliori mastri di Roma. Ho saputo
solo dopo che Elpidio era venuto a curiosare sul tetto perché

pensava di proporre a Mazzarino alcuni di quei resti: le statue
di stucco erano buone e forse Innocenzo X – disperatamente bisognoso di far cassa – avrebbe messo tutto in vendita.
Ma non aveva importanza. Eravamo lí, entrambi. Schiac-
ciati uno contro l'altra, al riparo dietro quel turbinio pietri-
ficato di piume e di ali, sussurravamo i nostri nomi segreti, Aristotele, Ypsilon, Aristotele, Ypsilon, come fossero
parole magiche, capaci di colmare la distanza che ci aveva
separati. Tutti questi anni, sussurrava, spolverandomi le
guance, ogni volta che venivo nelle botteghe intorno a casa tua a comprare per lui guanti, orologi, medicamenti per
la carie, pensavo dov'è, che cosa fa, e non potevo cercarti. Come ho potuto stare senza di te, amica mia. Ma come
posso stare con te? ho detto io.
    Non potevamo.

Pochi isolati e la barriera di palazzo Ricci dividevano
le nostre case, ma alla luce del giorno la distanza non era
piú breve di quella che separa il sole dalla luna. Elpidio era
fuori fino al vespro, a sbrigare gli affari di Mazzarino. Non
potendo permettersi una carrozza, nemmeno di seconda
mano, correva di qua e di là per conto del padrone, dai notai, dai commercianti, dai banchieri, dagli artisti, dai cardinali, senza poter dedicare un attimo a se stesso. Rientrava
solo per cenare coi suoi vecchi. Viveva ancora coi genitori.
    Tracannava in fretta l'ultimo bicchiere, poi si ritirava
nelle sue stanze a sbrigare la corrispondenza. Scriveva a
Mazzarino almeno una lettera alla settimana, la vigilia della partenza del corriere per Parigi, ma anche piú spesso, se
gli affari del cardinale lo richiedevano. Nelle settimane di
quiete, però, congedava il domestico e la serva impicciona,
e spediva il segretario ad appendere un biglietto sulla porta
del magazzino di vini, al pianterreno di palazzo Vecchiarelli.
    Nevio veniva da Gualdo di Norcia, sui Sibillini, e non
aveva ancora vent'anni. Era un giovane introverso, ruvido
come i monti del suo villaggio. Attaccava il biglietto alla

porta del magazzino, tornava a casa e s'infilava subito a letto. A differenza dei camerieri e dei mozzi di stalla, i segretari degli abati romani non si scambiavano confidenze sui segreti dei loro padroni, perché erano la garanzia della durata dei loro contratti. Sul biglietto c'era scritto: Barili pronti. Era il segnale. Dovevo lasciar vuotare tre volte la clessidra, e raggiungerlo.

Elpidio si era procurato le chiavi del magazzino acquistando dal rivenditore barili e barili di vino. A tre scudi il barile il vino di Albano, 18 giuli quello di Genzano, 20 quello di Castel Gandolfo. Sosteneva di custodirlo là per poi inviarlo a Mazzarino, a Parigi, ma in verità io e lui aprivamo le botti e lo lasciavamo defluire nello scolo. Respiravamo quell'odore che ci inebriava, fino a farci girare la testa.

Lo raggiungevo passando dalla corte del palazzo – perché abitavo lí, al terzo piano: dal finestrino della cucina vedevo lo spicchio destro del portone del magazzino. Intuivo il biancore del foglio prima ancora di vederlo. Un espediente grossolano, da teatro di strada, imparato nelle commedie di mio padre. Ma non ne avevo trovato nessun altro. Però ogni volta che Elpidio si lamentava del chiasso e delle immondizie che gli incivili del vicinato scaraventavano dalle finestre e ammucchiavano agli angoli, fregandosene degli editti e delle sanzioni, e smaniava di trasferirsi in un rione piú signorile e consono a un agente di Mazzarino, pregavo che Andrea Benedetti, benché offeso da un attacco apoplettico che gli aveva lesionato la facoltà di parola, restasse abbarbicato alla vita e ai suoi beni, impedendo cosí al figlio di mettere le mani sull'eredità. Io ero rimasta prigioniera della malattia di mio padre, adesso pregavo che si prolungasse quella del suo.

Non osavamo accendere nemmeno un lumino. Ci trovavamo nell'oscurità, brancicando. Poche ore, piú spesso pochi minuti, rubati a esistenze che non avrebbero dovuto incrociarsi. Preludio di un godimento che non avremmo mai conosciuto – perché quella soglia non l'avremmo mai varcata. Anni prima, quando eravamo ancora liberi, non era accaduto, e ormai era troppo tardi. Non ce lo siamo mai detto, non è stato necessario. Siamo arrivati molto lontano, ma non arrivammo mai in fondo.

Abbracci scomodi, spiati dai topi, sorpresi dalla nostra intrusione. Nel freddo di un locale privo di qualunque conforto, su rozze sedie di paglia sfilacciata, cassapanche troppo corte per diventare un letto, sul pavimento nudo, disseminato di chiodi e cocci di bottiglie. La prima volta mi sono ferita la schiena che Elpidio mi premeva sui vetri. Mi faceva male, e non me n'è importato, perché eravamo lí, e la prima volta prevede una ferita. Quando mi sono rialzata, il sangue mi rigava la schiena. Questo è l'unico tuo sangue che verserò, ha sorriso, con tristezza, ma ha bisogno di possedere solo chi teme di non essere, e noi siamo – e poi ha dovuto estrarmi i frammenti dalla pelle uno per uno, trovandoli coi polpastrelli, coi denti e con le unghie.

I nostri vestiti effondevano nel magazzino un odore incongruo di cedro e di muschio. I capelli si coprivano di polvere. Separandoci, dovevamo sempre frugare a tastoni sul pavimento, nel terrore di lasciarci dietro qualcosa – un bottone, un orecchino, un fazzolettino, un ago per capelli. Parlavamo poco – i nostri nomi, qualche sussurro, parole sorde, riferite alle cose che avevamo intorno, nell'assenza assoluta del mondo là fuori –, e comunque sempre sottovoce, per paura di essere uditi. Ci impedivamo di fare rumore, di manifestare il piacere e la gioia. Solo ai nostri corpi era permesso dirsi tutto.

Momenti che ora sembrano formare la trama di una storia, e invece erano scollegati fra loro, si ripetevano a intervalli irregolari, tutti uguali e tutti diversi, ma senza sommarsi, anzi, eludendosi. Momenti sempre attesi con ansia e sgomento, vissuti con un'intensità che ci lasciava stremati. Avevamo tutto da perdere, entrambi. Niente da guadagnare, perché nessuno poteva allora far qualcosa per l'altro.

Elpidio si era illuso che il suo potente padrone potesse assicurargli un futuro luminoso, in cui anche io avrei avuto una parte, anche se non sapeva quale, e invece quel mondo di fortuna e privilegio era stato demolito, come il campanile di San Pietro, lasciandolo in un campo di rovine che non sapeva come utilizzare – e ora, in quanto agente del cardinale considerato a corte il peggior nemico del papa, doveva solo cercare di sopravvivere in un ambiente diventato ostile, e io nel mio, che ostile lo era sempre stato.

La sua devozione cadaverica a Mazzarino, la mia fama di verginità onorata, erano la nostra unica risorsa per il futuro, se mai ne avremmo avuto uno. E la mettevamo a repentaglio ogni volta, solo per starci accanto. Per questo era come se fosse sempre l'ultima, e l'unica. E ci separavamo con un dolore che diventava fisico, straziante.

Una notte mi ha parlato del fratello, Gaudenzio. Molti anni prima suor Eufrasia mi aveva accennato alla sua esistenza: sapevo che era mio coetaneo, che si era vestito frate nel convento di Sant'Onofrio, sul Gianicolo, sacrificandosi a Elpidio, come lei – ma in seguito nessuno dei due lo aveva piú nominato: i religiosi rinchiusi nei conventi non hanno storia.

Eufrasia non aveva mai mostrato attaccamento verso il fratello minore, appena ragazzino quando lei era entrata a San Giuseppe. Mi ricatta, mi ha confidato Elpidio, come se fossi al corrente di tutto, è un essere spregevole. Mi ha sempre odiato. È lui che m'ha spaccato il naso con un pugno, quando aveva appena dieci anni, voleva sfigurarmi perché nessuno dicesse che i miei lineamenti erano piú regolari dei suoi. Mio padre avrebbe dovuto mandarlo in galera, invece che affidarlo a Dio.

Seppi cosí che Gaudenzio Benedetti aveva abbandonato il convento e già nel 1640 era scappato in Francia per mettersi al servizio di Mazzarino. Lo aveva svaligiato o imbrogliato, comunque aveva commesso una serie di bestialità, e da Venezia, dove si era rifugiato, prometteva di tornare a Roma per rientrare in possesso di quanto riteneva gli spettasse: la sua parte di eredità. Ha avuto la sfacciataggine di scrivermi che vuole querelarmi, disse Elpidio. Non so con quale pretesto. Forse mi fa spiare. Ne è capace. Dovrei farlo sopprimere da un sicario. Ma gli darei la soddisfazione di rovinarmi la vita.

Cosa può farti? gli ho chiesto, sorpresa. Prendermi tutto quello che ho, mi ha detto, disgustato. Non desidera altro. Elpidio era cosí agitato che non ho provato nemmeno a farlo ragionare. Avrei voluto dirgli che non ci trovavo niente di strano. Finora era stato lui a prendere al fratello tutto quello che aveva. Potevano accordarsi.

Gaudenzio Benedetti divenne un pericolo costante, per Elpidio – che aleggiava su di lui, benché fosse lontano. Ma era anche un esempio e – paradossalmente – una guida. La prova che pure lui poteva fare come il fratello e rinunciare alla tonaca nera. Con un gesto di pacificazione repentino quanto inatteso, Innocenzo X aveva archiviato il caso dei Barberini: già nel settembre del 1646 erano stati reintegrati.

La situazione di Elpidio, però, non era migliorata. Mazzarino, che lo aveva fatto esporre troppo nel partito antispagnolo, doveva ora cercare di riconciliarsi col papa, perciò gli aveva proibito di ingerirsi di politica, e fra i suoi agenti lo aveva emarginato. Saper vivere alla corte di Roma è un'arte sopraffina, e lui non l'aveva ancora imparata. Era ancora piú avversato e detestato di prima. Nessuno gli dava udienza. Aspettava ore in anticamera, come l'ultimo postulante. Nella Quaresima del 1647 era cosí scoraggiato da illudermi che avrebbe potuto rinunciare a quella vita senza prospettive. E inventarsene un'altra. Con me.

Ma cosa sarebbe stato di lui? Che avrebbe potuto fare, senza la protezione di Mazzarino e senza il beneficio di San Pietro che gli garantiva un'entrata fissa ogni mese? Non

scrivere, come avrebbe voluto, non insegnare, non fare
l'avvocato, né vivere di rendita – perché il padre, che pure
gli aveva destinato tutta l'eredità, negandola a Eufrasia e
a Gaudenzio, non aveva guadagnato abbastanza. Mazzarino pretendeva da Elpidio una servitú esclusiva e lo stesso
sacrificio che aveva compiuto lui stesso. Non gli avrebbe
mai permesso di farsi una famiglia.

Il primo dei nostri addii me lo ha detto pochi mesi dopo. Parto all'alba, amica mia. Ho già chiuso i bauli. Perdonatemi. Vado in Francia. L'ho rimproverato di non aver-
melo annunciato prima. Perché addolorarci anzi tempo?
mi ha risposto, quasi stupito, slacciandomi il corpetto. Ci
saremmo guastati i nostri pochi incontri, cosí preziosi. Invece facciamo come se questa fosse una qualunque delle
nostre notti. Stiamo insieme, e separiamoci poi come se
dovessimo rivederci domani.

Ci ho provato, a fingere di non sapere. A immaginare che
non fosse la nostra ultima notte, ma la prima. Quando – il
cielo, là fuori, cominciava a sbiancare – si è infilato il mantello, però, la recita s'è interrotta, e la realtà m'è precipitata addosso – nel suo squallore feroce. Le donne abbando-
nate piangono, si disperano, maledicono. Spesso si umilia-
no. Sono disposte ad accettare compromessi, a rinunciare
a quasi tutto per salvare quasi niente. L'ho fatto anche io.

Portami con te, Ypsilon, mi sono sorpresa a pregare.
Segnami a ruolo nella tua famiglia. Pittrice di casa, maestra di casa, cameriera, una dipendente qualunque. Fammi
partire, fammi andar via da qui. Voglio scoprire cosa c'è
fuori dalle mura aureliane. Voglio vedere Parigi. Ho visto
il mare solo una volta, nessun fiume piú ampio del Tevere, i colli solo quelli di Roma, della campagna appena le
vigne fuori porta, le montagne solo dipinte, non sono mai
stata neanche a Napoli, non conosco niente del mondo.

Credimi, non ci sarebbe niente di piú bello che godere
la dolcezza della Francia con te, ha mormorato. Ma non

posso farlo. Non vado in viaggio di piacere. Avrei scelto
una compagnia piú appropriata. Invece parto per confermare al cardinale la mia servitú accurata e diligente. Scorto
i suoi nipoti – una Martinozzi e tre Mancini. Anna Maria,
Vittoria e Olimpia fra gli undici e i nove anni, e Paoluccio, di dieci. Viziate, capricciose e insopportabili le femmine, delicato e cortese il maschio, il figlio che il cardinale
avrebbe voluto – che ogni uomo avrebbe voluto. Mazzarino non avrebbe affidato a nessun altro le ragazzine e il
nipote prediletto. Di Paoluccio Mancini del resto Elpidio
si occupava da tempo: era stato lui a trovargli il precettore.
   Sarebbe stato un lungo viaggio. Forse si sarebbero fermati ad Avignone, per far adattare i nipoti al loro nuovo
mondo, e chissà quanti mesi dopo sarebbero arrivati a Parigi. Le ragazzine partivano per restare, Mazzarino voleva
introdurle alla corte di Francia. Chiamando a sé i nipoti
sceglieva di recidere i suoi legami con Roma. Appena cresciuto il resto della tribú di figli della sorella preferita, Gerolama Mancini, avrebbe richiamato anche loro. La nuova
generazione dei Mazzarino sarebbe stata francese.
   Gli ho chiesto se lui sarebbe tornato. Se mi sarà concesso, non tornerò, ha risposto con una sincerità che m'ha
tramortita. Ma farò ciò che mi sarà ordinato. Non sono
padrone della mia vita. Ho insistito. Proprio non poteva
trovare un posto per me, nella delegazione? Sarei stata di-
sposta a fare da maestra di disegno alle ragazzine. Olimpia
e Vittoria Mancini e la loro cugina non dovevano solo imparare il francese, a ballare e a fare riverenze, ma pareggiare
le aristocratiche loro coetanee, e le femmine sono istruite,
a Parigi: me lo aveva raccontato, incredulo e ironico, lui
stesso. Non ricordo con quale scusa ha giustificato la sua
impossibilità di domandarlo al suo padrone.

   Elpidio ha scritto migliaia di lettere a Mazzarino. La
sua corrispondenza col cardinale occuperebbe decine di
volumi di un archivio. Gli ha scritto di tutto. Politica, ar-

te, soldi. Gli ha chiesto di rado favori, eppure lo ha fatto. Gli ha chiesto espressamente, per una volta sbarazzandosi del suo stile arzigogolato e criptico, di levargli di torno Gaudenzio Benedetti e di mandarlo alla guerra verso la Fiandra, affidandolo alla fortuna: e Mazzarino lo ha subito esaudito, arruolando il fratello nell'esercito francese, impegnato nella cruenta guerra con la Spagna, affinché si compisse il desiderio di Elpidio, per nulla celato, che quel fratello disonorevole crepasse. (Gaudenzio però ha disertato subito, e si è salvato la vita).

Gli ha scritto di affari di stato e di cavalli, di nomine, prestiti, ventagli e pettegolezzi. Anche di sesso, piú spesso di quanto si immagina essendo il mittente un abate e il destinatario un cardinale. Le copule altrui attraevano irresistibilmente Elpidio, che si ingeriva senza ritegno nelle erezioni e nelle eiaculazioni del signor Pietro. Il padre di Mazzarino si era risposato subito dopo la sospirata morte della signora Ortensia Bufalini, e tentava invano di procreare un erede per perpetuare il nome della famiglia. Di quei coiti quasi disperati Elpidio teneva scrupolosamente il conto. Non ha mai – mai una sola volta – menzionato il mio nome.

Il soggiorno francese di Elpidio è stato piú breve di quanto avesse sognato. Aveva atteso per anni quel viaggio, e quando finalmente gli è stato concesso di effettuarlo era troppo tardi. Il gruppo dei nipoti si installò presso lo zio, e Mazzarino rimase particolarmente contento della bellezza delle ragazzine – Olimpia, in particolare. Erano un tesoro, le carte buone che fanno vincere la partita. Se le sarebbe giocate sul mercato matrimoniale, e gli avrebbero permesso di imparentarsi con l'alta nobiltà di Francia e d'Europa. Ringraziò l'abate Benedetti per aver compiuto cosí diligentemente la sua missione.

Elpidio provò a convincerlo a farlo restare presso Paoluccio. Il piccolo Mancini era abituato a vederselo accanto, sarebbe stato meglio che gli restasse vicino finché non si fosse ambientato nella nuova città. Aveva trascorso molto tempo con lui. Il 16 agosto lo accompagnava sempre a vedere il palio delle barche sul Tevere, e a Carnevale alla corsa dei barberi: era lui a fargli scudo col proprio corpo perché non finisse travolto dai cavalli, correndogli davanti lungo il Corso fino a farsi scoppiare il cuore. Era stato per Paoluccio una figura protettiva – cameriere, padrino, zio, padre: il piccolo gli era affezionato.

Dei suoi sentimenti invece non parlò. Non erano previsti. O non erano importanti. Lo amava, però. L'ho visto commuoversi quando il bambino aveva ricevuto un bel voto, quando lo avevano eletto magister della classe, e anche per qualche affettuosa frase puerile che gli aveva rivolto. Lo amava come avrebbe amato suo figlio.

Il cardinale disse che Paoluccio avrebbe avuto i migliori precettori di Parigi, doveva diventare al piú presto francese – non avrebbe piú avuto bisogno di lui. Elpidio riprese mestamente la strada di Roma.

Ha sempre accusato la sua perfida stella, che lo rendeva fortunato come i cani in chiesa – ma in realtà il cardinale lo fece partire anche per proteggerlo: la sua posizione traballava. L'aristocrazia, della quale stava erodendo i privilegi per costruire il potere assoluto del re, gli aveva votato un'ostilità letale. Inondava Parigi di libelli infamanti, accusando il ministro italiano di essere un comico capace solo di far ridere, come gli istrioni suoi compatrioti. Nonostante l'ammirazione per i nostri artisti, agli occhi dei francesi un italiano resta una figura ridicola, che non riescono a prendere sul serio e dal quale non accettano di essere governati. Lo soprannominarono «Trivellino». Nomignolo davvero insultante per chiunque conosca le maschere della commedia dell'arte, perché Trivellino è uno zanni. Trivellino era dunque solo un servo – intrigante e imbroglione.

Le cose sono precipitate in fretta, e poco tempo dopo il ritorno di Elpidio a Roma il Parlamento di Parigi si è

ammutinato. Ha messo una taglia di 50 000 scudi, promet-
tendoli a chi avrebbe assassinato Trivellino. E quando nel
gennaio del 1649 le truppe ribelli hanno posto l'assedio a
Parigi, Mazzarino ha mobilitato l'esercito a lui fedele ed
è riuscito a resistere, ma l'anno dopo è dovuto fuggire in
esilio al di là della frontiera, e la regina Anna e il re Luigi
dalla parte opposta del paese. Anche se il termine con cui
i francesi hanno chiamato quell'epoca, la «fronda», suona
quasi frivolo, non si è trattato di una semplice sommossa,
ma di una guerra civile. Si sparava a Parigi, si uccideva,
si versava sangue vero. Paoluccio Mancini è morto negli
scontri alla porta del faubourg Saint-Antoine. Aveva appena sedici anni.

Al biglietto di Elpidio che mi annunciava il suo ritorno
ho risposto accludendogli la chiave del magazzino. Se voleva una donna a sua disposizione, si prendesse una puttana:
non intendevo tornarci mai piú. Dopo qualche settimana,
dentro uno scrigno, ho ricevuto una serratura. Lucida, appena ultimata dal fabbro. Nel biglietto c'erano poche parole. Solo voi, anima mia, possedete la chiave del mio cuore.

Nella rimessa di palazzo Vecchiarelli, in un andito difeso da un cancello privo di cardini, c'era una carrozza,
destinata a essere smontata: avevano staccato gli stemmi,
schiodato le statuette e le decorazioni, ma nessuno dei fa-
migli di Monsignore era stato pagato abbastanza per terminare il lavoro. Non sarebbe mai piú andata da nessuna
parte. L'avevo individuata io, curiosando – le cose rotte,
antiche, inservibili, mi hanno sempre appassionato. Una
mattina sono riuscita a forzare lo sportello e sono salita.
Faceva molto freddo, e il mio fiato ha appannato subito
i vetri, già velati da una crosta grigia di polvere. Tutto è
sparito. La rimessa, il palazzo, la città. Avrei potuto essere ovunque – anche in mezzo al mare.
Era quella la nostra casa – la nostra alcova, la nostra

nave. Fermi, saremmo partiti verso la nostra Francia, compagni di un viaggio che non doveva portarci da nessuna parte. Abbiamo ricominciato a vederci.

Nessuno ha saputo di noi. Abbiamo corso qualche rischio, ma la provvidenza ci ha sempre protetti. Una notte di dicembre, la nostra carrozza è stata travolta dalla piena del Tevere. Pioveva da giorni, e piazza Navona, Sant'Andrea della Valle e le Botteghe Oscure erano già allagati, ma non immaginavamo che l'onda sarebbe arrivata fino alla nostra isola. L'Orso, Ripetta e Tordinona andavano sotto, ma quella parte del rione veniva considerata «asciutta». Invece a un tratto il muro del giardino, dalla parte del fiume, è venuto giú di schianto, uno scossone ci ha fatto sobbalzare, e poi l'acqua ha sollevato dalle ruote l'abitacolo, lo ha strappato dalle stanghe, l'ha ghermito e capovolto, sbattendoci contro il muro del palazzo.

Era tutto buio, non vedevamo nulla, ma sentivamo quel tremendo sciacquio – un fragore sordo in cui si mescolavano schianti, grida e scricchiolii. L'acqua scrosciava contro lo sportello, e saliva: raggiunse il vetro. Ci sommerge, moriamo affogati, ha detto Elpidio, spaccandolo con un pugno, dobbiamo uscire.

E cosí ci siamo ritrovati immersi in un gorgo di fango torbido, percossi da colpi cui non potevamo opporre difesa – pezzi di legno, mobili e attrezzi strappati dalla piena alle mole, alle case, alle botteghe – aggrappandoci l'uno all'altra mentre la corrente ci trascinava verso il cancello divelto che immetteva nell'androne. L'acqua ci avrebbe separati se prima Elpidio non mi avesse legato il polso al suo col nastrino della nappa del suo cappello da abate. Un cordoncino sottile, e però resistente come una catena di ferro. Mentre stringeva il nodo avevo pensato ai carcerati, quando li portano dalla prigione alla galera incatenati a due a due. Se devo morire, ho pensato, è bello cosí.

Ci siamo ritrovati fuori dal palazzo senza accorgercene.

Siamo stati sospinti e sbattuti in un vicolo, senza poterci fermare, e piú avanti ancora, finché l'onda si è smorzata nella piazzetta davanti a Santa Maria della Vallicella. La corrente ci aveva strappato di dosso le pellicce e le maniche, e a me anche la sottana, e la biancheria zuppa ci si incollava alla pelle. Eravamo mezzi nudi.

Ma non abbiamo avuto neanche il tempo di consolarci dicendoci che eravamo compromessi ma vivi, perché ci siamo resi conto che c'era tutto il rione, per strada, nelle stesse nostre condizioni. Per isolati e isolati, fin quasi a palazzo Farnese, il Tevere aveva invaso i primi piani e raggiunto i secondi. Per non annegare come topi, gli abitanti di via Giulia si erano buttati dalle finestre, giú dal letto – svestiti, come noi. Parecchie case erano crollate. Donne e uomini gridavano i nomi dei loro parenti. Si cercavano nel buio, disperati.

Ci furono tanti morti, e ancor piú dispersi, nella piena del dicembre 1647, e nessuno ha fatto caso a un abate e a una signora in camicia che, nell'acqua fino alla vita, legati per i polsi perché l'acqua aveva stretto indissolubilmente il nodo, sguazzavano verso l'altura di Monte Giordano. Tremavano di freddo, spaventati e però anche inteneriti, perché proprio l'acqua li aveva gettati uno sull'altra, tanto tempo prima. Per quel fiume dal cattivo carattere, capriccioso e indomabile, che ogni tanto, liberandosi, disordinava l'immagine di Roma, provavano una misteriosa riconoscenza.

Elpidio non ha abbandonato il suo padrone, anche se l'esilio del cardinale lo ha lasciato senza occupazione e senza guadagni proprio nel momento in cui a Roma infuriava la carestia e i prezzi erano talmente saliti che mangiavamo tutti le frattaglie un tempo destinate ai gatti. Il pane puzzava. Ma la situazione finanziaria di Mazzarino era talmente drammatica da non permettergli di preoccuparsi di quella del suo agente. Però, proprio nei mesi in cui si nascondeva in una cittadina tedesca, temendo che il suo ospite finisse per estradarlo in Francia e consegnarlo ai suoi nemici, quando nella solitudine e nella malinconia contemplava la profondità del baratro in cui stava precipitando, lui che aveva raggiunto la cima piú alta del potere, si è reso conto di poter contare sulla devozione dell'abate Benedetti. Per la prima volta lo ha incaricato di un negozio importante, riconoscendogli l'abilità di occuparsene. Informarsi a corte, e anche direttamente presso Innocenzo X, di quali diritti avrebbe acquisito prendendo gli ordini sacri. Gli premeva sapere se sarebbe rimasto privo di voce attiva in conclave, o se avrebbe avuto diritto di eleggere il nuovo papa.

Elpidio ha finito per parlarmene perché le anticamere inconcludenti e gli incontri per venire a capo della faccenda – difficili da ottenere e ancor piú da condurre, con discrezione e fastidiosa insistenza – ci hanno separato a lungo. Vuole prendere gli ordini sacri? gli chiedevo. E in realtà mi chiedevo cosa sarebbe successo se l'avesse fatto. Li avrebbe presi anche Elpidio? Anni prima mi aveva detto di non volerli prendere per potersi sposare, se l'avesse voluto. E di non volersi sposare per poterli prendere, se l'avesse voluto. Su quell'indecisione – che ora capivo essere del padrone oltre che sua – si erano fondati i nostri giorni.

Il cardinale è poi tornato a Parigi, ha recuperato le sue funzioni e i suoi beni – anche se il magnifico palazzo era stato saccheggiato dei suoi tesori d'arte. Non ha preso gli ordini sacri. E nemmeno l'abate Benedetti.

Rutilio aveva agganciato Borromini, l'architetto che aveva ristrutturato palazzo Pamphilj a piazza Navona. Perché Innocenzo X aveva smentito la sua profezia, e appena eletto papa – forse pungolato e costretto dalla prepotente cognata donna Olimpia, che lo comandava come un cavallo – aveva deciso di ingrandire il palazzo di famiglia, inglobando palazzo Teofili, proprio dove era stata la bottega del Materazzaro. Borromini però stava completando

anche la fabbrica della Sapienza. Dandini era riuscito a
farsi impiegare nella squadra di decoratori impegnati sulla
volta del tempietto. Passò settimane sui ponteggi, ad altezza siderale, a dorare la gloria dello Spirito Santo e dare
lo smaltino turchino nel resto del campo.

Francesco Borromini viveva con la serva, nel nostro
rione, modestamente, in una casa priva di arredi e ricca
solo di quadri e di libri. Un tipo scorbutico, misantropo e
ipocondriaco. L'opposto del cavalier Bernini, il quale del
resto lo detestava e ne era geloso; dopo aver utilizzato le
sue competenze tecniche per la costruzione del baldacchino
di San Pietro l'aveva liquidato pagandolo una miseria, l'a-
veva fatto nominare direttore della fabbrica della Sapienza
per tenerlo lontano dai cantieri dei Barberini, e in seguito
aveva fatto di tutto per danneggiarlo. I giudizi negativi che
stroncavano l'architettura del Borromini come un'aberrazio-
ne, un'eresia, l'aborto del gusto, li aveva inventati lui. La
morte di Urbano VIII, però, che aveva sostenuto Bernini
come Giulio II Michelangelo, aveva schiuso allo schivo Borromini l'inaspettata possibilità di erigere le sue fabbriche,
e non piú chiesette minuscole e appartate di ordini religiosi
poveri, che aveva eseguito senza compenso. Per il giubileo
del 1650 Innocenzo X gli aveva affidato perfino il rinnova-
mento della basilica di San Giovanni in Laterano.

Il ticinese era un datore di lavoro esigente e scrupoloso.
Protestava aspramente per imprecisioni, ritardi ed errori e
maltrattava Dandini e tutte le maestranze. Li sorvegliava
come un bargello, vigilava anche sulle operazioni piú infime – e stava sulle corna di tutti un architetto che si inca-
gniva a spiegare al muratore come manovrare la cazzuola,
allo stuccatore il cucchiarotto, al falegname la sega, lo scalpello al tagliacantone, la martinella al mattonaio, la lima
al fabbro ferraro e il pennello al pittore. Disinteressato al
denaro, impediva di derubare i fornitori e i committenti,
aggiungendo ore e giornate di prestazioni mai svolte – mal-
costume alquanto diffuso nei cantieri romani, su cui gli

altri architetti chiudevano entrambi gli occhi, perché essi stessi lo praticavano. Borromini invece presentava querele, e licenziava.

Dandini, di carattere esplosivo come un barile di polvere da sparo, che difendeva il suo onore con la spada, coi pugni e col vetriolo, sopportava mansueto i rimbrotti, le invettive e perfino gli insulti dell'architetto. Piú di quanto avrebbe mai ammesso, ammirava quell'uomo integerrimo e perfezionista, diverso da lui come la notte dal giorno.

Finí per portarci i disegni di Sant'Ivo alla Sapienza. Per copiarli li aveva dovuti rubare, perché Borromini non li mostrava a nessuno. I disegni sono i miei figli e non li mando a mendicare per il mondo. La pianta della chiesa era elaborata sulla base di semplici elementi geometrici: due triangoli equilateri, sistemati in modo da formare una stella a sei punte – il simbolo della Sapienza. La facciata era concava, e l'interno un gioco di pareti spezzate, fra sporgenze e rientranze, convessità e nicchie. L'altissimo lanternino con rampa a spirale che coronava la cupola – disprezzato dal volgo come il ricordo di una cattedrale gotica e dagli eruditi come la torre di Babele – sembrava invece il faro di Alessandria, che svettava sui tetti di Roma per diffondere la luce della verità. Terminava infatti con una fiamma, che sostiene la croce. Progetto straordinariamente complesso, eppure disegnato con un semplice compasso – cosí originale che ci lasciò senza fiato.

È pazzo, disse Dandini. Solo un pazzo può pensare di costruire una cosa del genere dentro un palazzo di Della Porta. Sfidare cosí la classicità. Fu studiando quei disegni stravaganti e coraggiosi, che Basilio si mise in testa di diventare architetto.

Mio fratello non andava d'accordo con nessuno. Aveva un carattere risentito e polemico, spregiava tutti ed era reputato un seccatore. A trentadue anni, nessuno lo considerava un artista. A basso livello, il mestiere della pittura gli

appariva degradante, e aveva sempre rifiutato di sfornare
quadretti per i mercanti. Non si rassegnava ad arruolarsi
nella disperata falange dei mediocri e degli infimi. L'arte
non è commercio, un quadro non è una salsiccia. Senza
un pensiero che lo anima, un pittore è un muratore qualunque, pagato in proporzione alla superficie. L'ingegno
non si vende, la bellezza non si compra. Si dona al mondo, o a Dio. Sognava un mecenate, ma non sapeva come
procurarselo. Le piante di quella chiesa gli avevano fatto
cadere il velo dagli occhi.

Finiamola coi quadri, cominciò a dirmi. La pecorile stol-
tezza del pubblico fa sí che oggi chiunque possa dipingerne
uno. Non significano piú niente. Sono tutti uguali – vuoti, predicatori e inutili. Invece costruire un palazzo, una
chiesa, un oratorio, significa cambiare il volto di una città, e appartenere a essa. Per sempre. Noi stiamo sparen-
do, Plautilla.

Alla fine di maggio del 1654, il corriere dell'Accademia di San Luca mi ha informata che la mia domanda di iscrizione aveva superato il secondo scrutinio. Il principe, il segretario e la commissione mi attendevano per l'attento esame dei miei meriti artistici e la valutazione delle mie qualità personali. L'appuntamento era fissato il 1° giugno. Non c'è un messaggio per mio fratello Basilio? ho chiesto, titubante. Il corriere ha frugato nel fascio di lettere che stava consegnando nei vari rioni della città e ha scosso la testa. None, per Ponte i signori accademici gli avevano dato una sola lettera, per la signora Plautilla Briccia.

Non ho comunicato la notizia, quasi fosse un segreto vergognoso invece che un traguardo atteso da anni. Perché Basilio no? Avevamo assemblato insieme la documentazione, e insieme presentato la domanda. A pranzo, seduta davanti a lui, mi nascondevo dietro il vapore delle lenticchie, per non guardarlo. Giustina si è accorta che fremevo. Mia nipote ormai rappresentava l'elemento di equilibrio della nostra famiglia. Ci osservava, si intrometteva nei nostri litigi, e benché avesse solo quattordici anni trovava sempre una parola di buon senso. Ma quando mi ha chiesto che cosa mi preoccupasse, ho dovuto tacere.

Cosí il primo con cui mi sono confidata è stato Rutilio. L'ho trovato allo scrittoio, nel suo studio: disegnava sull'album teste di putti. A giorni attendeva la nascita del suo settimo figlio. Si augurava un parto rapido e senza complicazioni, e un figlio maschio in buona salute. L'ultimo,

Massimo, gli era vissuto appena due mesi. Si è congratulato con me, fragorosamente, perché sapeva quanto quel passaggio fosse essenziale. Lui, dopo anni di manovre accanite quanto infruttuose, era riuscito a entrare all'Accademia di San Luca nel 1650, quando era principe l'architetto Giovanni Battista Soria – lo stesso che avevamo incontrato quel giorno di maggio alla demolizione del campanile di San Pietro. Per questo poi l'avevano assunto nella squadra del lanternino della Sapienza. Essere registrati significava protezione e lavoro – visto che grazie alla bolla di Urbano VIII l'Accademia aveva diritto a ottenere appalti pubblici e ad assegnarli ai suoi soci. Per me, significava ancora di piú: il riconoscimento del mio valore e della mia esistenza. Le donne ammesse erano infatti pochissime.

Devo chiederti un favore, Rutilio, gli ho detto, scrutando la testolina del putto. Sarebbe stato un notevole disegnatore, Dandini, come tutti i pittori fiorentini, se solo avesse avuto la pazienza di esercitarsi. Accompagnami all'esame. Una donna non può presentarsi da sola, e non posso domandarlo a nessun altro.

Perché non ci vai con Basilio? si è stupito Dandini, staccando il carboncino dal foglio. Credo lo abbiano rifiutato, e non so come dirglielo, ho mormorato. Sarò lieto di farti da marito, ha riso Dandini, ma ricordami per tempo l'appuntamento. Devo farmi inamidare il collare. Fatti rifilare anche la barba, ho scherzato io. Sembri un cavernicolo.

La mattina del 1° giugno Dandini non si è presentato, cosí – in ansia per l'esame e irritata per la sua mancanza di puntualità che m'avrebbe fatto arrivare in ritardo – sono andata a prelevarlo a casa sua. Vengo, vengo! ha gridato dal corridoio, ho avuto un felice imprevisto. Intanto va' a salutare tua sorella, si è appena scaricata.

Albina aveva compiuto quarantatre anni eppure sembrava mia madre. La sua impertinente bellezza era svanita. I lutti, le responsabilità e le gravidanze l'avevano pro-

sciugata. Il volto scavato, la pelle secca, le braccia scheletriche come rami – solo la pancia, sotto il lenzuolo umido,
intorcinato e rosso di sangue, promineva come una collina.
Supina sul letto sconvolto, faceva pensare al cadavere di
un'annegata pronto a essere spaccato sul tavolo anatomico. Non ha ricambiato il mio sorriso.

Le nascite non erano piú un momento di festa per lei.
In dieci anni, aveva perso uno dopo l'altro quattro figli.
Andrea, Cosmo, Massimo e Teodora: morti a poche settimane di vita, pochi mesi, o prima di compiere l'anno. Devo
avere qualcosa che non va, mi aveva detto a novembre, il
giorno del funerale di Teodora, la sua terza femmina, vissuta appena otto mesi. Albina aveva seppellito la piccola
senza versare neanche una lacrima. Ho un cuore di sasso o
l'animo diabolico: li metto al mondo solo per farli morire.

Aveva appena capito di essere già incinta di nuovo, e mi
disse che quest'altro avrebbe voluto cavarselo dal corpo,
e buttarlo nel Tevere. Ingurgito erbe convulsive e funghi
velenosi, mi schiaccio con lo stennerello, mi rovisto con
gli aghi del ricamo, niente: m'ha piantato dentro la radice, mi succhia il sangue, mi divora, e senza scopo, perché
anche questo figlio morirà.

Ti prego, non bestemmiare, non è colpa tua, le avevo
sussurrato. Abbracciandola, cercavo di dissimulare il ribrezzo che quel discorso m'aveva suscitato, ma lei si scansò, non sopportava piú di essere toccata. C'è sempre stata
una causa clinica, lo hanno detto i dottori, è stata la punta,
il vaiolo, il catarro ai polmoni, m'arrabattai, riesumando
le mie conoscenze mediche – i bambini hanno meno difese dalle malattie, sono piú fragili di noi. E poi comunque
non è vero. Giustina è venuta su forte, e anche Margherita non ha mai preso neanche un'infreddatura. La sua seconda figlia avrebbe compiuto cinque anni fra poco piú di
un mese. Stando alle statistiche, era quasi fuori pericolo.

Sei fortunata tu, Plautilla, mi interruppe, la voce graffiata dall'acredine. E dire che ti ho compianta, che ho ac-

cusato nostro padre buona memoria di crudeltà perché non
ha voluto darti un marito. La sacrifichi per egoismo, gli
rinfacciavo, l'ho tormentato fin quasi al suo ultimo giorno. Invece era tua la parte migliore. Chi non ha figli non
conosce veramente il dolore.

Avrei voluto dirle che lo desideravo invece, un figlio.
Sentirlo dentro di me, a completare il mio corpo vuoto.
Tenerlo fra le braccia, respirare il suo odore, consolare il
suo pianto, nutrirlo, parlargli, crescerlo, dirgli tutto ciò che
so, dargli tutto ciò che ho. Ma non potevo permettermelo.
Né mai avrei potuto. Che piangevo ogni mese al ritorno
della luna, per lo spreco della mia vita, che si scioglieva in
quei fiotti di sangue, puntuali, inesorabili. Ma Albina non
sapeva piú niente di me, e io non sopportavo la donna infelice e invidiosa che era diventata. Era un'estranea, ormai.

Adesso se ne stava supina nel letto, coi capelli grigi
scarmigliati sul cuscino e i piedi nudi che spuntavano dal
lenzuolo, come una salma. La infastidivano i vagiti del
neonato che la levatrice, la vedova Marta Fantes, dopo
averlo sciacquato nell'acqua tiepida del catino, faceva tenere fermo sul tavolo da Giustina. Non guardò mentre gli
suturava con dita esperte la ferita del cordone ombelica-
le. Nemmeno quando Giustina le ripeté, eccitata, che era
un pischello con un gingillo che pareva il putto pisciatore,
mia sorella mostrò la minima gioia. Il nome, Filippo, lo
scelse Dandini, e lei disse che non le importava. L'avesse chiamato Stuzzicone demonio, sarebbe stato lo stesso.

Sto andando all'esame di ammissione all'Accademia di
San Luca, Albina, le ho detto, sono le stelle ad aver voluto questa coincidenza. Realizziamo insieme ciò per cui ci
sentiamo nate, ti ricordi? Era questo che volevamo. Ed è
successo.

Non bisognerebbe mai compiere i propri sogni, osservò, fissandomi con uno sguardo privo di benevolenza. Ci
si rende conto di aver desiderato la cosa sbagliata, ed è
troppo tardi per tornare indietro. Se mi ammettono, scri-

veranno il mio nome nell'albo, proseguii, fingendo di non aver sentito. Plautilla Briccia. La figlia di Giano Materassaio, ci credi? Vorrei che nostro padre potesse vederci. Sei tu che devi vederti, disse Albina. Non sei lui. Sei molto piú brava. Il Briccio non c'è mai riuscito a farsi ammettere all'Accademia. Manco quando era principe il suo maestro. È per tuo merito che sei arrivata lí, non per il suo. Non devi a nessuno quello che hai. Non al prestigio della famiglia, non a tuo padre, non a Rutilio, non al Cortona, a Romanelli, e se ti sei meritata la protezione di qualcuno, non l'hai fatto sottoponendoti a lui sul materasso. È cosa rara, di cui potrai sempre vantarti. Avevi delle carte schifose, e te le sei giocate bene, ora vinci la tua partita. È un giorno grande per te.

Anche per te, Albina, dissi, sedendomi sul bordo del letto. Le strusciai la pezza sulla fronte sudata. Benché mancassero ancora tre settimane all'inizio dell'estate, il caldo era già insopportabile. La sua pelle era in fiamme. È un angioletto grosso, Filippo, è ben fornito, cercavo di rallegrarla, scalcia come un torello, non ha niente che non va. Albina voltò la testa verso il muro e girò le spalle al neonato, e a me.

Vattene, Plautilla, disse, la Fantes deve ricucirmi, perché l'angioletto mi ha lacerata come uno straccio, e deve attaccarmelo alle zinne, perché impari a ciucciare, sono cose da donne, e tu non le sai. Va' dai tuoi pittori. Va' a farti lodare. Va' a cercarti uno sgabello nella storia. Non è il tuo posto, qui.

Nella cripta dei santi Luca e Martina – sede dell'Accademia da quando Pietro da Cortona aveva ultimato la costruzione della chiesa – ero l'unica donna in un consesso di uomini di mezza età vestiti di nero, tutti con la barba rigogliosa, la pappagorgia e le parrucche abboccolate, strangolati nelle gorgiere candide: benché avessi consegnato solo lavori approvati da Pietro da Cortona cui li avevo sottoposti prima di presentarli, mi sentivo di vetro. Il corpo massiccio di mio cognato, l'odore acre, vagamente animalesco, che trasudava dalla sua pelle nonostante si fosse innaffiato di acqua di rose, mi confortava.

Il principe uscente, il pittore fiammingo Ludovico Cousin, passava al principe in carica, Pietro Martire Neri, la cartella coi miei disegni e i miei schizzi. Quest'ultimo, allievo del grande mantovano Fetti, reso esigente dalla sua modestia aveva annunciato grandi cambiamenti nella gestione dell'Accademia: severità, severità, severità. D'ora in avanti, solo pittori, scultori e architetti di sicuro valore sarebbero stati ammessi. Quando l'avevamo saputo, Rutilio e io avevamo sorriso. Coi suoi criteri, perfino Neri stesso sarebbe stato escluso.

Cousin invece era stato per tre anni un principe accondiscendente. Mi sono chiesta spesso se gli devo il passaggio al primo scrutinio. Se aveva favorito la presenza di una donna all'ultima sessione cui avrebbe partecipato. Non ci eravamo mai incontrati. Fissò i suoi acquosi occhi celesti sul mio viso. I documenti lo avevano preparato a esaminare una signora di trentotto anni. Ne dimostravo quindici di meno. Alta, esile, strizzata dal busto in un abito di seta color petrolio, i capelli scriminati in due bande da una riga impeccabile e raccolti sulla nuca, non sembravo né una matrona né una monaca. Rutilio mi aveva detto che il fiammingo sarebbe corso dietro anche alla fica di sua madre, e a causa di ciò aveva distrutto il suo patrimonio e stava gettando via la sua carriera. Rutilio se ne compiaceva. La sregolatezza dell'altro lo assolveva dalla sua.

Una cesta di frutta, una *Madonna con Bambino*, due teste di santi, il ritratto di Chiara e un paesaggio. Dipinti su rame, carta e tela, la Madonna ricamata su seta. Davanti alla parete rivestita di ricchi marmi di diversi colori era stata allestita la piccola galleria dei miei quadri. Una dimostrazione della mia capacità di destreggiarmi fra i generi della pittura. Non avevo presentato nudi e disegni di modelli dal vero perché l'anatomia era il mio punto debole. Notai quell'assenza come una limitazione, lo stigma della mia natura. A noi donne è vietato studiare corpi nudi. Solo la Gentilesca ha avuto la possibilità di farlo. E l'ha pagata a caro prezzo.

La valutazione prevedeva una liturgica solennità. Il segretario la sottolineò con un discorso enfatico sulla missione della pittura – la piú nobile tra le arti meccaniche, e invero degna di stare a pari con le arti liberali – e sulla moralità dell'artista. Le relazioni sulla mia condotta erano state eccellenti, particolarmente apprezzata la grazia ricevuta dalla Madonna di Monte Santo. La fama della mia virtú, concluse infine il principe Neri, unita ai miei meriti artistici, mi rendeva degna di essere accolta. La commissione dava all'unanimità parere favorevole. Benvenuta nel nobile cenacolo dell'Accademia di San Luca, signora Briccia.

Ho ringraziato la commissione, promettendo che avrei dimostrato di valere. Ma ero intimidita dalle opere dei miei predecessori, che incombevano su di noi dalle pareti della chiesa inferiore, trasformata in galleria. Tiziano, Rubens, la *Madonna di san Luca* di Raffaello. Inimmaginabile pensare di appartenere alla stessa famiglia di quei giganti. Eppure ora avrei dovuto realizzare un autoritratto e donarlo all'Accademia. Tutti i membri dovevano farlo. Non me ne sentivo capace, non amavo guardarmi. Mi voltai a scrutare Dandini, che se ne stava nel banco di prima fila, assorto. Non aveva ancora consegnato il suo.

La mediocrità di Rutilio avrebbe dovuto ridimensionare la gioia per la mia ammissione. Ormai in questi anni all'Accademia hanno fatto entrare pure la pecora piú rognosa del gregge, aveva lamentato Basilio, stizzito, quando aveva appreso di essere stato ignorato. Mio fratello intendeva farsi registrare comunque dal notaio, perché sosteneva di possedere i requisiti, e che la sua mancata iscrizione era frutto di un lurido intrigo – aveva denigrato svariati commissari, in questi anni – e non intendeva subirla. Per puntiglio, però, perché considerava gli accademici una congrega di mercenari disposti a vendere l'ammissione al primo commerciante di quadri che li avesse pagati abbastanza: ignoranti che di arte capivano tanto poco da confondere il cazzo col paternostro.

Sono come i cozzoni che cavalcano dietro alla carrozza del principe, propugnano le idee piú stantie, il conformismo piú emetico, predicava. Adesso quella nullità di Neri strombazza che stringerà le maglie, che irrigidirà i criteri, ma ormai i buoi sono scappati dalla stalla. Una conventicola di parrucconi avidi, ecco cos'è diventata la società dei pittori sognata da Federico Zuccari.

Basilio era nello stesso tempo sincero e bugiardo. E come san Paolo quando cascò da cavallo disse tanto volevo scendere, lui disprezzava quei parrucconi e voleva essere uno di loro. Puoi scrivere «pittrice accademica di San Luca». E allora? Non hai raggiunto nessuna meta, ti hanno solo legittimato a correre il palio. Ma dove vuoi andare, devi capirlo da sola.

Aveva ragione, il mio polemico fratello. La compagnia nella quale ero entrata era davvero una banda di maneggioni resi presuntuosi dal favore dei potenti. Eppure quel giorno sono stata felice – per me, ma anche per l'uomo grosso e disfatto che mi stava accanto. Mia sorella non era l'unica ad aver perso quattro figli, Dandini però non aveva mai potuto piangerli. Si era sempre mostrato fiducioso nella divina provvidenza, sicuro che alla fine il suo seme avrebbe prosperato.

Invece lo avevo sorpreso a singhiozzare nello studio, si premeva sulla bocca la cuffietta da notte di Massimo. Sul pavimento c'era un carratello di vino, vuoto, e lui cosí stordito dall'alcol non si era neanche accorto della mia presenza. Avevo raccolto da terra i fogli dell'album, ma ormai le macchie scarlatte avevano guastato i disegni. Non se ne curava. Il suo lavoro non gli aveva mai portato soddisfazione. L'anno prima, per la decorazione del tempietto della Sapienza, l'avevano pagato meno del muratore.

La sede dell'Accademia, ai piedi del Campidoglio, distava piú di un miglio da casa nostra. Eppure ce ne tornammo insieme passeggiando, in quella calda sera di giugno. Il sole era tramontato dietro il Gianicolo, ma un'incandescente luce rosata incendiava ancora le colonne antiche, le muraglie, le rovine e le cupole delle chiese di Roma. La bellezza della nostra millenaria città mi emozionava, come se anche io ne avessi qualche merito. Perché sentivo adesso che avrei fatto qualcosa, che avrei potuto aggiungerle una nuova bellezza.

Dovresti avere qualche riguardo per Albina, accennai. Per lei ormai è sempre piú difficile riprendersi dopo ogni parto. L'anno scorso l'hai messa incinta dopo un mese. Rutilio si fermò bruscamente, spingendomi contro la staccionata di un giardino. Mi accarezzò le labbra, e le sfiorò con le dita. Poi affondò il naso tra le rose che m'avevano donato all'Accademia. Una composizione monumentale, degna di essere dipinta. E infatti, consegnandomela, il principe Neri m'aveva raccomandato di immortalarla. Credeva che quello fosse il genere di pittura a me destinato. Fiori e bambini, solo in quello possono competere, ed eccellere, le donne. Invece io cominciavo a odiare la mollezza dei petali e a sognare la pietra, e quel mazzo avrei voluto scaraventarlo nella chiavica. Plautilla, Plautilla, sospirò, non insegnarmi come devo amare mia moglie.

All'angolo con palazzo Sacchetti trovai Muzio, il nipote di Rutilio, che gli faceva da garzone. Era agitato, disse che era venuto a cercare me e lo zio fino al Campidoglio, ma evidentemente ce ne eravamo andati a spasso. Venite subito, signora Plautilla, e dite a vostra madre di preparare Giustina e Margherita. La signora Albina ha la febbre altissima. Sta perdendo conoscenza. Le figlie devono salutarla l'ultima volta.

Ho attraversato piazza Sforza cosí com'ero, con la per-
gamena in una mano e il mazzo di fiori nell'altra. Mi sono
appizzata per le scale, ho fatto irruzione nella stanza senza
neanche bussare – ma Albina già non c'era piú. Balbettava
parole senza senso, e quasi senza suono. Rutilio s'inginoc-
chiò sul pavimento e affondò il viso nel materasso. Albina,
mi sono messa a gridare, Albina, Albina! Non potevamo
separarci cosí, lasciando fra noi quelle parole amare, senza esserci riconciliate.

E invece quelle accuse insultanti sono state proprio le
ultime che mi ha rivolto la mia adorata sorella. Albina è
morta di febbre puerperale tre giorni dopo, il 4 giugno,
senza mai riprendere conoscenza.

Mia madre ha ingaggiato una donna che aveva appena
perso il figlio e mi ha chiesto di consegnarle Filippo. Giustina gli ha annodato il pannolino e lo ha vestito, Margherita ha preparato le fasce, e i visetti angosciati delle mie
nipoti mi hanno rivelato che avevano già una familiarità
sconcertante con la morte. Ti aspettiamo, Pippo, ha cante-
rellato Margherita, mettendogli nella culletta un pupazzo
di pezza, torna presto. Con un filo di voce, Giustina mi ha
chiesto se le avrei dato il permesso di andare a trovarlo, il
fratellino che le aveva portato via la madre.

La balia abitava in un vicolo della parrocchia dei San-
tissimi Vincenzo e Anastasio, proprio dietro l'abside della
chiesa, e mentre bussavo alla porta non ho potuto impedirmi di pensare a Tommaso, il figlio di mio cugino. Erano passati sedici anni, e la storia sembrava ripetersi, con
una lugubre mancanza di fantasia. Albina era morta dopo il parto, come Tommasa. Ma Filippo non doveva morire come Tommaso. Avrebbe reso insensato il sacrificio
di mia sorella.

Sposami, mi ha detto Dandini nella chiesa dei Santi
Celso e Giuliano, la sera del funerale di mia sorella. L'a-
vevamo parata di drappi neri e viola, ricoprendo tutte le

pareti, e le colonne, sperperando due borse di monete per accendere le torce intorno al catafalco. Abbiamo voluto che Albina avesse esequie da gran dama, poiché da gran dama non aveva potuto vivere neanche un giorno. Le torce di cera bianca, la piú pregiata, erano alte come il braccio di un bambino. Riverberavano sul viso sbattuto di Rutilio una luce chiara, diurna.

Te lo chiedo davanti al Crocifisso, l'ornamento piú prezioso che ci sia qua dentro, perché anche tu lo sei. Io non so stare senza una donna. Le mie bambine hanno bisogno di una madre. Meglio che sia tu. Anche Albina sarebbe contenta.

Era vero, ma non per le ragioni che immaginava Dandini. Mia sorella mi odiava, alla fine. Cedermi il suo posto sarebbe stata la sua vendetta. Ho allungato la mano verso la torcia e ho lasciato che la fiamma mi bruciasse le dita. E non gliel'ho permesso.

Basilio mi ha accompagnata alla mia prima congregazione generale dell'Accademia. La mia presenza non è stata registrata, perché le donne non hanno diritto di parola e non contano. Non ricordo di cosa si discusse. Ho smesso presto di ascoltare, e mi sono limitata a guardarmi attorno. Brandi, Gagliardi, Grimaldi, Cesi, Chiari, Cozzi, Galestruzzi, Viotti: erano miei colleghi, adesso, quei pittori che si accaparravano le migliori commissioni a Roma. Basilio si era fatto segnare negli elenchi degli accademici dal notaio, e si comportava come se all'esame di giugno fosse stato approvato lui, e non io. Nessuno ha notato la sostituzione. Se quel 23 settembre in Santa Martina c'era una presenza incongrua, abusiva e irrituale, era la mia.

Alle congregazioni successive è andato solo. Benché si fosse fatto iscrivere come pittore, si comportava come un architetto, propugnava la costruzione di una nuova città, mostrava disegni di chiese e palazzi, oratori e fontane, invitava gli accademici a convincere il papa a edificare non nella desolata campagna romana ma negli sterminati spazi vuoti che si aprivano tra le mura aureliane una nuova Pienza, una nuova Castro – insomma, a fare di Roma intera la città ideale del XVII secolo. Interveniva, protestava, dimostrava di volersi impegnare per risollevare il prestigio dell'istituzione. Tornava ingalluzzito. Mi riferiva di avere fatto colpo, di averli stecchiti.

Filippo è morto il 4 ottobre. Lo hanno seppellito ai Santi Vincenzo e Anastasio, grazie alla licenza dell'arciprete: con sua madre non è rimasto insieme neanche da morto. Rutilio si è risposato all'inizio dell'anno con Virginia Polizzi, una ragazza del vicinato, bella e frizzante com'era stata mia sorella Albina, e quasi trent'anni piú giovane di lui. Gli ho fatto gli auguri, e le congratulazioni per la scelta della sposa, ma non sono andata al suo matrimonio. Nemmeno Basilio. In quegli stessi giorni era impegnato: col favore del principe Neri, che l'aveva preso in simpatia, era riuscito a farsi eleggere segretario dell'Accademia di San Luca. Se n'è vantato a casa, come di un suo personale trionfo. Gli ho fatto notare che la nomina non era regolare. Siamo tutti impostori, noi Bricci, mi ha rinfacciato, pungente. Per natura e per necessità. Non possiamo ottenere niente nei modi consueti.

Rutilio e Virginia hanno avuto otto figli, uno dopo l'altro – femmina la seconda, gli altri tutti maschi. Rutilio li procreava con allegria e li seppelliva con dispiacere, come aveva sempre fatto. Ma aveva poco da offrire ai superstiti. Gli era rimasto solo il cognome. Che però ormai era una moneta fuori corso. Il padre se n'era da tempo tornato a Firenze, e gli amici di lui, i pittori Lorenzo Gonzalez e Angelo Bronconi, che avevano contato qualcosa all'Accademia di San Luca, o erano venerabili vecchi a riposo oppure polvere, cenere e nulla; il fratello Giuliano, il mercante di quadri, si era ammalato e aveva ceduto la bottega al genero Gioia, e lui non lavorava quasi piú. Disegnò frontespizi architettonici per i volumi di qualche istituzione pia, ma Borromini lo mise al bando e non lo accettò in nessuno dei suoi ultimi cantieri.

Il suo protettore piú titolato, monsignor Giovanni Battista Spada, già governatore di Roma, e poi vescovo e patriarca di Costantinopoli, era caduto in disgrazia coi Barberini suoi patroni, e papa Pamphilj lo aveva spedito in provincia, lontano dalla curia – quando al suo ritorno, nel 1649, aveva accettato di far da padrino a sua figlia Margherita, non aveva incarichi a corte e non gli fu di aiuto. Anche dopo che riuscí a farsi riabilitare e ricevette la berretta di porpora, Spada – omonimo ma non parente dei cardinali ricchi protettori di Borromini – rimase un cardinale povero, piú preoccupato di preservare la sua modesta fortuna che di sovvenzionare il compare pittore o la sua pupilla. Né in seguito mai lo introdusse alla corte della regina Cristina, che pure frequentava assiduamente. Si limitava a chiedere a Rutilio di giocare a bocce con lui nel giardino del suo palazzo: il cardinale era un campione e per i suoi pari era inconcepibile lasciarsi sconfiggere. Ma nemmeno quelle avvilenti partite in cui Rutilio lanciava deliberatamente fuori campo la sua sfera, e si prestava a subire i cachinni di Sua Eminenza, procurarono a lui un lavoro e a Margherita una dote.

Basilio, mia madre e io ci siamo presi cura delle figlie di Albina. Rutilio non ha mai pagato gli alimenti né ha contribuito in nessun modo alla loro educazione. Il mondo non lo ha biasimato perché in realtà i padri facevano tutti cosí: ai figli dedicavano una parte straordinariamente esigua delle loro energie, e alle figlie nessuna. Mio padre era stato un'eccezione, anche se l'ho capito solo allora. Giustina ha finito per considerare Dandini un estraneo molesto. Ci disapprovava se gli prestavamo dei soldi. Non li avrebbe mai restituiti, li avrebbe fatti sparire – come la dote di Albina. Dandini traslocava ogni dodici mesi, tirandosi dietro la moglie sempre incinta, i marmocchi frignanti e masserizie via via piú sgangherate. Si impoveriva di anno in anno, proprio mentre noi, di anno in anno, salivamo.

Ho il rimorso di non avergli affidato un lavoro quando avrei potuto farlo. E di avergli nascosto, proprio come Borromini, i miei disegni. Ma era capace di venderseli o di appropriarsene per spillare soldi a qualche potenziale committente, e io non potevo sciupare la mia occasione. Negli anni Settanta, quando ero all'apice della fama e lui ormai nel baratro, divenne imbarazzante ricordare ai miei nuovi protettori la nostra parentela, e ho cominciato a evitarlo.

Abitava sempre a pochi isolati di distanza da noi, per uno o due anni addirittura nello stesso palazzo, e lo vedevo spesso, davanti all'osteria della Testa, a berciare coi muratori dei cantieri dei dintorni. Trasandato, con la barba ispida, gli occhi annebbiati, il corpo, che era stato magnifico, gonfio e in rovina.

Se lo avessi sposato, sarei finita come lui, che nel 1679, quando è morto, all'improvviso, ha lasciato a Virginia solo debiti e figli, e neanche uno scudo per la messa funebre – l'hanno seppellito nella chiesa dei Fiorentini senza canti, gratis, per carità. Eppure ripenso quasi con malinconia alla sera del funerale di Albina, al suo corpo capace solo di un amore selvatico e istintivo, però leale, e ai suoi occhi da cane mentre mi chiedeva di sposarlo. Avrei voluto che fosse un uomo migliore. Ma anche io, qualche volta, avrei voluto essere solo una moglie.

Il 20 dicembre del 1655 Elpidio mi ha annunciato che aveva intenzione di regalarsi un palazzetto degno di un abate – perché prima o poi glielo avrebbero assegnato, un titolo abbaziale, no? Mazzarino si era comprato il palazzo da cardinale prima d'aver ricevuto la berretta? Lui avrebbe fatto lo stesso.

In realtà non lo possedeva nemmeno, un palazzo. Dopo il ritorno da Parigi, aveva traslocato davvero in una zona piú signorile – sistemandosi in un bell'edificio incastrato fra la chiesa di San Giovanni in Ayno e il palazzo dei Rocci, nella parte finale di via di Monserrato, poco prima che questa sbocchi in strada Giulia – un'isola prestigiosa del rione Regola, abitata solo da cardinali, banchieri e titolari degli uffici piú costosi della curia. Però i Benedetti ci erano andati in affitto: il palazzetto era dei ministri degli Infermi e nemmeno dopo la morte del signor Andrea, quattro anni prima, e l'incasso della sospirata eredità, Elpidio aveva potuto acquistarlo.

Il palazzetto era di gradevole aspetto, ma alquanto malmesso. Le sconnessioni del tetto lasciavano filtrare la pioggia nelle stanze del secondo piano, gli intonaci pregni d'acqua si squamavano, porte e infissi marcivano, il giardino era inselvatichito, i camini non tiravano. Elpidio aveva avviato la ristrutturazione alla fine di ottobre e il capo muratore lo aveva avvertito che i lavori non sarebbero finiti prima di un anno. Le ingenti spese previste non parevano impensierirlo. Gli ho chiesto dove avesse trovato i soldi per iniziare i

restauri, ed Elpidio mi ha ripetuto sorridendo la frase prediletta di Mazzarino quando, pur non avendo mai saldato
i precedenti, lo mandava a cercare nuovi crediti: «a uomo
splendido, il cielo è tesoriere». Gli ho fatto notare che solo
i grandi non onorano i loro debiti. La gente comune finisce
in prigione. Ti porterò le arance, gli ho promesso.

Ricordo la data perché coincise con un evento sensazionale. L'ingresso della regina Cristina di Svezia che, dopo
l'abdicazione, l'abiura e la conversione al cattolicesimo,
veniva a Roma – come la pecorella smarrita che ritrova
il suo pastore. O cosí ci fu raccontato. Papa Pamphilj era
morto, nell'indifferenza del popolo, che non lo aveva mai
amato, e dei suoi creati, che si affrettarono a voltargli le
spalle. Nessuno dei parenti, che pure aveva smisuratamen-
te arricchito, volle occuparsi del funerale, e il suo cadavere – in rapida decomposizione – giacque per dieci giorni
nel ripostiglio dei muratori, in un anfratto della chiesa di
famiglia, a piazza Navona, brulicante di topi. Per questo
forse, appena eletto, il suo successore Fabio Chigi, anche
se era piuttosto giovane e in buona salute, si fece costruire
una cassa da morto e la sistemò sotto il materasso.

Gli artisti apprezzarono la scelta dei cardinali del Sacro Collegio: di politica e diplomazia non capiva niente,
ma si diceva che Chigi fosse un architetto dilettante, che
sognava di rifare Roma. Magnifica come quella imperiale,
con vie e piazze spaziose, prospettive superbe – una capitale moderna, insomma. Voleva demolire, abbattere, edificare. Eravamo certi che lo avrebbe fatto. Aveva scelto il
nome di Alessandro VII. Era stato il tessitore occulto della
conversione della regina Cristina, e appena sei mesi dopo
la sua elezione la accolse con una magnificenza mai vista.
La notizia che una regina aveva rinunciato al suo regno in
cambio della fede cattolica eccitava le conversazioni dei
cortigiani e la fantasia del popolo. Il papa volle celebrare
in modo memorabile il suo arrivo, perché il trionfo della
regina avrebbe moltiplicato la gloria di Roma.

Fece ristrutturare da Bernini la porta del Popolo sotto cui sarebbe passata, e ci fece incidere un'iscrizione che testimoniasse per sempre l'evento. Poi obbligò i residenti lungo il percorso che la regina avrebbe compiuto per recarsi in Vaticano e, dopo il banchetto in suo onore, dal Vaticano nella sua dimora, a sospendere ogni attività, chiudere gli uffici, i tribunali, le botteghe, spostare carri e carretti, liberare le strade, parare le case con arazzi e le finestre con portiere o panni di qualità. Mercoledí, fin dal tramonto, tutti gli abitanti delle strade fra Borgo Novo e palazzo Farnese dovevano inoltre esporre un lanternone a ogni finestra. Ci toccò mandare il nostro servitore, Giuseppe, a comprarli.

Contagiata dall'entusiasmo, mia nipote Giustina aveva ricamato il nome della regina Wasa su una coperta di velluto turchino, ed era scesa tre volte in strada, per verificare che la scritta fosse leggibile. Durante i preparativi ostentavo indifferenza, perché non sapevo ancora chi fosse, questa regina senza piú trono, e non capivo cosa venisse a cercare, a Roma. Io da Roma sarei fuggita, se avessi potuto. Ma quando ho sentito farsi piú vicini il fragore delle ruote, i nitriti dei cavalli e le acclamazioni, mi sono lasciata vincere dalla curiosità. Affacciata alla finestra, ho visto sfilare il corteo che la riportava a palazzo Farnese. Cristina di Svezia alloggiava lí, e per l'occasione erano state srotolate sulle facciate decorazioni di pitture, imprese e iscrizioni che le coprivano da terra fino ai cornicioni. La strada era ingombra di carrozze, cavalieri, paggi, trombette, nera di folla che applaudiva al suo passaggio. Cristina – assisa su una seggiola turchina, sorretta dagli staffieri del papa – aveva in testa un cappello a cilindro di foggia maschile, ed era vestita con semplicità. Le torce bianche che gli staffieri levavano verso il cielo illuminavano la sua figura – minuta e però ieratica. Non alzò mai lo sguardo.

Roma vale piú del suo regno del Nord? ha chiesto inge-

nuamente Giustina. La Svezia era per lei una terra di neve
e foreste, eretici e solitudini. Glielo avevo insegnato io stessa, leggendole le ingiallite relazioni polari di mio padre, che
un tempo era stato sedotto dal mondo artico come da tutto
ciò che restava al di là del suo orizzonte. Ma ormai sapevo che era anche un regno con un esercito potente, capace
di saccheggiare il castello di Praga e imporre con la forza
delle armi la pace agli Asburgo, mentre Francia e Spagna
continuavano a dissanguarsi in una guerra interminabile.
Cristina stessa aveva firmato il trattato di Osnabrück che
aveva sancito la sua vittoria sull'Impero e sul cattolicesimo, e condannato Roma all'insignificanza politica.

Ognuno trova la libertà dove la cerca, ha risposto mia
madre, sventolando la mano in segno di saluto. Libertà.
Non avevo mai pensato che una donna potesse cercarla
proprio a Roma.

Elpidio sospese i lavori fino a dopo Carnevale. Alessandro VII aveva indetto tre mesi di festeggiamenti, la
corte fremeva, i cardinali facevano a gara per intrattenere
Cristina e i Barberini avrebbero allestito una rappresentazione teatrale e un carosello nel cortile del loro palazzo. Il nuovo papa era stato un protetto di Urbano VIII, e
i due Barberini (pure Antonio era tornato dalla Francia)
avevano riacquistato le loro ricchezze – anche se non l'antica supremazia. Elpidio si era accampato nell'anticamera
del cardinal Francesco, in cerca di un invito perché, fra i
tanti eventi in onore della regina di Svezia, alle feste dei
Barberini non poteva mancare.

Il capomastro, il falegname, il vetraio, il fabbro avrebbero intanto fornito le materie prime – il legname, le tegole, i mattoni. Mi stupii che per la ristrutturazione non
avesse assoldato nessun architetto. Grazie a Mazzarino,
Elpidio era ormai in contatto non solo con Bernini e Borromini, ma con quasi tutti gli architetti di qualche fama
che operavano a Roma. Quei signori sono troppo esosi, mi

rispose, e poi non ne ho bisogno. Sono un uomo universale. Sarò io stesso l'architetto della mia casa.

Ti intruppi anche tu nel gregge vanesio e pretenzioso dei dilettanti? lo canzonai. Mi rispose che la parola gli piaceva. Chi si diletta gode, e il diletto dovrebbe essere il fine dell'esistenza. Di idee ne aveva anche troppe. Mutuate dai palazzi dei cardinali e degli ambasciatori che ormai da anni frequentava, occhieggiate negli studi degli artisti in cui discuteva i prezzi delle opere e cui proponeva viaggi in Francia. Gli serviva solo qualcuno che le mettesse in pratica. Era cosí convinto di poter fare da solo che si spinse a mostrarmi degli schizzi di sua mano, scarabocchiati con la penna d'oca a margine del taccuino su cui annotava le spese, pure le piú infime, dei lavori. Capitelli, pilastri, cornicioni.

Il disegno è buono, osservai, perplessa. Ma le misure? Quanto devono essere alti, i pilastri? Quanto misura l'aggetto dei cornicioni? Questi schizzi sono troppo vaghi, mostrateli al capomastro e vi dirà che sono ghiribizzi da chierico, astratti, metafisici quasi... Vorrà dire che mi aiuterete voi a restare coi piedi per terra, mia cara Aristotele, ha risposto lui, divertito. Sarebbe la prima volta che un abate e una signora diventano architetti.

Scherzava, posso giurarlo. Eppure quelle parole lasciate cadere per gioco, nell'intimità, hanno continuato a riverberare dentro di me all'infinito. Anche le passioni piú ardenti si smorzano, e finiscono per estinguersi se non le alimenta una nuova scintilla. Noi avevamo già vissuto tutto. Niente di nuovo potevamo aspettarci dal futuro.

Perché no? mi chiedevo mentre, nel mio studio, mi guastavo gli occhi sulla mia ultima *Madonna con Bambino*. Il destinatario di quel raffinato quadro su seta, peraltro di dimensioni ragguardevoli, era il cavalier Cassiano dal Pozzo. Anche se ufficialmente era rimasto solo il coppiere del cardinale Francesco Barberini, era stato il massimo

intenditore d'arte a Roma, e il piú influente. Mecenate di
talenti come Poussin e Sacchi, che aveva contribuito a lanciare, aveva orientato il gusto di una generazione di amatori e di artisti, condizionando le scelte degli uni e lo stile
degli altri: aveva accumulato un'eccezionale collezione di
quadri e disegni, che perfino Mazzarino gli invidiava. Il
cavaliere era stato il primo privato cittadino, nemmeno
provvisto di una particolare fortuna, a poter competere
con papi e cardinali. Dopo la caduta dei Barberini aveva
perduto risorse e potere, ma nemmeno un'oncia del suo
prestigio. Viveva appartato nel suo palazzo museo di via
dei Chiavari, e aveva praticamente smesso di accrescere
la sua collezione. Che m'avesse fatto sapere di essere interessato a un quadro mio, sia pure su seta, era un fatto
quasi eccezionale. Mi dedicavo a quel ricamo con tale attenzione che per realizzarlo al meglio ho impiegato piú di
un anno. E il cavaliere non l'ha mai visto, perché quando l'ho consegnato la peste l'aveva già accompagnato a
miglior vita. Il fratello commendatore non ha ritenuto di
dovermelo pagare. La *Madonna* gliel'ho donata. Non ho
mai saputo se l'ha tenuta nella collezione o l'ha venduta,
come tutto il resto.

Ma l'opera in sé cosa mi avrebbe portato? Nel migliore
dei casi, altre commissioni analoghe. Per quanto fosse la piú
bella che avessi mai compiuto, era l'ennesima variazione
su un tema che non consentiva invenzioni né esperimenti.
Diventare architetto, invece… Trasformare un disegno in
pietra, un pensiero in qualcosa di solido, perenne. Tirar
su una casa. Scegliere le tegole del tetto e il mattonato del
pavimento. Immaginare facciate, cornicioni, architravi,
logge, scale, frontoni, prospettive, giardini. Per quanto
ne sapevo, una donna non l'aveva mai fatto. Non esisteva
nemmeno una parola per definirla.

Quella sera chiesi a Basilio di prestarmi il tomo del
matematico Ottavio Fabri, un manuale che insegnava
l'uso della squadra mobile, ingegnoso strumento a due

braccia da lui inventato. Anche se negli ultimi trent'anni Bernini, Cortona e Borromini avevano cambiato il modo di costruire, i trattati teorici erano rimasti fermi alle tecniche del Cinquecento. Nella biblioteca di mio padre c'erano Vitruvio, Palladio, Serlio e Scamozzi, ma cercavo qualcosa di piú pratico: quel volume, pure se già vecchio di quarant'anni, circolava ancora negli studi di tutti gli architetti.

Cosa studiate, Plautilla? mi chiedeva Giustina, che era rimasta sorpresa dall'apparizione sul mio scrittoio di oggetti nuovi come due compassi d'ottone, un tiralinee, un punteruolo, e adesso fissava basita un elenco di equazioni. Imparo a calcolare quante dita fanno un palmo e quanti palmi fanno un piede, per misurare altezza, distanza e profondità, le rispondevo, senza distrarmi. Mia nipote non capiva a quale scopo. Era la diligente scolara di Basilio, ma aveva poca memoria: le lezioni di pittura, poesia e matematica che lui pazientemente le impartiva da quando era venuta a vivere con noi svanivano dal suo cervello come l'acqua nella sabbia. Torceva il collo per scrutare il volumetto di Fabri aperto sul leggio: le illustrazioni mostravano omiciattoli intenti a tendere fili in un campo. Voi sapete già tante cose, se cominciate a studiarne di nuove vi sembrerà di non sapere nulla, osservò. Ma è proprio questo il punto, Giustina. Imparare ciò che non so mi restituisce la giovinezza. Voglio aggiungere vita ai giorni, e non giorni alla vita.

Nella primavera del '56 non si è parlato che di Cristina di Svezia. Dominava le conversazioni dei cortigiani e dei cavalcanti, dei cardinali e degli artisti – nella curia, nelle stalle e nelle osterie. Il suo solo nome generava fermento, e sgomento. Tutto in lei, dagli abiti ai gusti alimentari, musicali e artistici, dalla conversazione fino al modo di andare a cavallo – montava come un maschio – era nuovo, sconcertante, inaudito. Una principessa che aveva rifiutato il matrimonio, il destino e il ruolo che la nascita le aveva assegnato, e aveva deciso, da sola, del suo regno e della sua vita. Una donna che parlava come un uomo e spendeva come un papa destava il rispetto intellettuale di uomini che non avevano mai rispettato nessuna donna tranne, e neanche sempre, la loro madre. A Roma non si era mai concepito niente di simile.

Vorrei conoscere la regina Cristina, ho detto a Elpidio. Seduti nella nostra carrozza, avevamo sprecato il poco tempo che potevamo concederci a disegnare i pilastri che dovevano sorreggere la loggia. Li voleva né moderni né antichi, né leggeri né severi. Cercavo di convincerlo che quelli disegnati da lui non potevano funzionare. Questione di spinte, controspinte, insomma. Col dito, nella polvere che offuscava il vetro, gli avevo corretto le misure della base, e scarabocchiato i calcoli del peso delle pianelle del tetto. Tutti quei numeri l'avevano infiacchito, non m'aveva neanche sciolto i capelli.

Perché non cerchi l'occasione di farmi presentare? Elpidio l'aveva incontrata, la regina – sebbene, nella sarabanda mondana di palazzo Barberini, non l'avesse potuta avvicinare. Giovane è giovane, ma è la femmina meno attraente della città, se femmina si può considerarla, perché pare sia hermafrodito benché si professi donna, l'aveva liquidata. Naso esagerato, occhi da triglia, bocca striminzita, nemmeno il cortigiano piú zelante riuscirebbe a trovarle qualcosa di bello. Della sua tanto lodata intelligenza non aveva potuto accertarsi.

E poi a quale scopo vorresti conoscerla? ha divagato subito, sospettoso. Di regina per l'abate Benedetti ce n'era una sola – Anna d'Austria, la madre di Luigi XIV. Quest'altra era una spina per la sua vanità. La svedese era estremamente selettiva. Amica dei filospagnoli, nemmeno il nome di Mazzarino aveva reso interessante l'abate ai suoi occhi. Non ti mettere in testa chimere irrealizzabili, mi ammoní. La regina Cristina i quadri non li comprerà certo da te. Dal castello di Rodolfo di Praga si è presa Tiziano e Raffaello, e la lettiga per farsi portare a Roma se l'è fatta disegnare da Bernini. Non ti conviene nemmeno proporti di farle il ritratto, è troppo brutta, non riusciresti in nessun modo a soddisfarla. E poi è nemica dell'effeminatezza. Le donne la annoiano. Non riceve nemmeno le principesse, e quando proprio deve le umilia, facendole sedere su uno, due o tre cuscini a seconda del rango. Preferisce la compagnia degli uomini. Dimenticala. Mentre mi parlava, Elpidio sorrideva. Il pensiero che non avrei mai potuto avvicinare quella donna eccentrica lo rassicurava.

I muratori avevano appena scavato i canali di scolo e scoperchiato il vecchio tetto, separando le tegole rotte da quelle buone che si sarebbero potute riutilizzare, quando, mentre per curiosare passeggiavo sotto il palazzetto di via di Monserrato, mi colpirono i caratteri insolitamente grandi dell'editto appeso sul muro della chiesa, là accanto. Era il 24 giugno. Una folla stranamente silenziosa vi si accalcava davanti, e mi sono avvicinata. Il Governatore di Roma ordinava – sotto pena capitale – che venissero ricercate e denunciate alcune persone che, pochi giorni prima, si trovavano in un'osteria, nella contrada Monte Fiore.
Sapete leggere, Signora? che significa? m'apostrofò il cocchiere dei Rocci, grattandosi nervosamente il barbozzo. Significa che la peste, che questo aprile era a Malta, e a maggio a Napoli, è arrivata a Roma, ho risposto. Dov'è Monte Fiore? s'inquietò la venditrice di fragole, una campagnola di Nemi appena entrata in città. Da quando il Regno di Napoli era stato bandito per peste, e chiusa la frontiera tra i due stati, anche le porte lungo le mura aureliane erano state serrate. Ne avevano lasciate aperte solo cinque, ma per superarle bisognava sottoporsi ai controlli minuziosi dei soldati. Roma era praticamente sotto assedio. La fragolara aveva dovuto fare un giro lunghissimo, fino a porta San Paolo. Monte Fiore è vicino al porto di Ripa, davanti

alla chiesa di San Crisogono, dall'altra parte del fiume, a
Trastevere, ho spiegato con sollievo. Trastevere allora mi
pareva lontanissima.

Non è peste, mi tranquillizzò Elpidio, appena gli riferii
la notizia. Sono al corrente. In quell'osteria, ai primi del
mese si è ammalato un tale Antonio Ciothi, pescivendolo
arrivato da Napoli, pare dopo aver ammazzato qualcuno.
Sono sbarcati a Nettuno in quattro, con parecchie casse
di roba, e hanno corrotto i soldati della torre di San Giovanni. Pare che la donna e uno degli uomini siano morti
in campagna, prima di arrivare a Roma. Il terzo, il marinaio, era morto di male sospetto, cosí il pescivendolo lo
hanno portato subito all'ospedale di San Giovanni, dove
però non è risanato. Ma i medici che hanno ispezionato il
cadavere hanno escluso segni brutti.
    E l'ostessa di Monte Fiore? gli ho chiesto. La cuoca del
banchiere Vivaldi aveva sentito dire che si era ammalata pure
lei, e aveva un carbonchio sulla coscia destra, e dopo di lei
la madre che l'aveva assistita: erano morte tutte e due. Ma
l'aveva assistita anche una parente, e questa parente abitava
di qua dal fiume, non si sa dove, pare proprio a Ponte. Era
sparita. Forse era lei che gli sbirri stavano cercando. Elpidio
scrollò le spalle, imperturbabile perché la fonte delle sue informazioni era un suo amico chierico, come lui beneficiato
di San Pietro, segretario dei memoriali di Barberini: ebbene,
il cardinal Francesco era titolare di San Crisogono, pastore
delle anime di Trastevere e perciò il piú interessato di tutti a conoscere la verità. Lo aveva rassicurato. Non è peste.
    Ma il nastro di seta? ho insistito. Mia madre aveva sa-
puto dalla trinarola di piazza Sforza che il pescivendolo
poi morto all'ospedale, prima di partire, a Napoli, aveva
ricevuto dalla moglie un anello e degli ornamenti coi nastri di seta, e una fettuccia gli aveva attaccato la peste. Mi
stupisco che proprio tu, Aristotele, dia retta a queste ciar-
le da serve! m'ha rimproverata Elpidio.

Non sono chiacchiere da serve, ho ribattuto, piccata.
La seta c'entra. Il nostro pigionante, il procuratore Severini, conosceva il ventagliaro della Scrofa, dietro l'albergo dei Portoghesi. Teneva nella bottega due casse di
ventagli di seta appena arrivati da Napoli. È morto. Ah,
che ridicolaggini! è sbottato Elpidio. La peste è un castigo di Dio, come può passare attraverso un ventaglio o un
nastro di seta?

Pure il castigo di Dio deve trovare un veicolo per pro-
pagare l'epidemia, ho obiettato. Per punire gli ebrei Dio
mandò i serpenti, e per punire l'umanità il diluvio. I medici
professori insistono con la teoria dei miasmi, ma i medici fisici l'hanno accantonata, perché la pratica conferma
che il contagio esiste. Adesso accreditano le teorie del
Fracastoro e parlano di semi contagiosi, di corpuscoli, organismi vivi – nessuno sa bene cosa siano ma i fomiti piú
letali si sono rivelati i materassi, i lenzuoli di lino, le coperte di lana, i peli dei gatti, i vestiti di seta. Quindi questa della fettuccia non è una diceria stupida né un timore
superstizioso. Nasce dall'esperienza, dall'osservazione, è
cosí che la scienza progredisce.

Per carità, non t'immischiare di nuovo con le teorie
strampalate dei medicastri! ha borbottato Elpidio. Sono
peggio dei ciarlatani. Non hanno nemmeno ancora capito
come curare la podagra! E comunque, ribadí, una commissione aveva ispezionato pure i cadaveri dell'ostessa e della madre. Erano tanti dottori, famosi. Tranne uno, tutti
hanno escluso la peste.

Invece era peste. E i cardinali della Congregazione di
Sanità lo hanno compreso prima dei dottori. Sloggiarono i
frati di San Bartolomeo e fecero allestire il Lazzaretto all'i-
sola Tiberina, ordinarono di trasportare i morti in barca,
via fiume, per non contaminare la città, e di seppellire i
corpi infetti fuori dalle mura, nei prati davanti alla basilica di San Paolo. Quella stessa notte, in poche ore, l'archi-

tetto Domenico Castelli fece montare lunghe cancellate di legno tutto intorno a Trastevere: la Congregazione pretese che i cardinali titolari delle chiese del rione distribuissero soldati a piedi e a cavallo, piazzò ai varchi guardie armate che avevano l'ordine di sparare a chiunque avesse tentato di entrare e uscire, e ci chiuse dentro i seimila abitanti.

La mattina dopo le autorità sbarrarono i collegi e mandarono in vacanza gli studenti, ordinarono ai monasteri di fare provviste per venti giorni, e proibirono agli orfanelli di accompagnare i morti. La domenica sospesero le attività dei tribunali, vietarono riunioni e assembramenti. Lunedí il papa proclamò che era pronto a morire a Roma – martire della peste, se questa era la volontà del Signore Iddio.

Il dottor Jakob Gibbs, un medico inglese che a Roma chiamavamo Ghibbesio, era stato nominato capo dei nosocomi per l'internamento degli appestati. Stavo lavorando per lui. Mi aveva commissionato due dipinti su cuoio, a forma di mezzaluna. Una volta terminati, avrebbero dovuto incorniciare le porte del suo appartamento, nel Collegio di Sant'Ivo dei Britanni.

Non erano di mia invenzione: aveva commissionato i disegni a Pietro da Cortona. Dal suo pittore preferito Gibbs si era fatto ritrarre e mostrava il disegno a lapis a tutti i visitatori, appeso sopra il diploma conferitogli dall'Università di Oxford, del quale era sommamente orgoglioso. Ma Pietro da Cortona, troppo impegnato a dirigere il cantiere della galleria di Alessandro VII nella residenza di Monte Cavallo e a progettare la facciata della chiesa di Santa Maria della Pace, non aveva tempo di realizzare quadri d'arredo, e Gibbs aveva dovuto far dipingere quei disegni a un altro pittore.

Però il maestro aveva arruolato nella decorazione del Quirinale tutti i suoi allievi e collaboratori – e nessuno di loro avrebbe potuto accettare l'incarico. Ma Gibbs non ha mai voluto considerarmi un ripiego, e sosteneva di avermi scelta fra i tanti emuli suggeriti dallo stesso Cortona perché in casa sua – la casa di uno scapolo votato allo studio e alla castità – mancava la presenza di una donna. Il suo unico convivente era il fratello del suo servitore, Benedetto, un ragazzino povero che aveva dimostrato grande ingegno e al quale pagava gli studi affinché un giorno diventasse, come lui, medico. Una pittrice può dipingere bene come un uomo gli stessi soggetti e nello stesso modo, sosteneva, ed era appunto ciò che facevo io, e che lui stesso mi aveva chiesto. Voleva infatti dei Pietro da Cortona.

L'eccentrico dottore era un uomo coltissimo, componeva versi in greco e in latino, scriveva epigrammi, orazioni, epopee, e sapeva tutto di tutto. Dipingere per un committente cosí mi aveva iniettato una timida speranza. Forse finalmente stavo riuscendo a farmi conoscere nei circoli degli intenditori.

Il dottor Ghibbesio aspettava con ansia le sue portiere e voleva preservare la mia salute. Mandò Benedetto a sollecitarmi di non sottovalutare le prescrizioni della Sanità, perché il morbo era lo stesso che vagava nel Mediterraneo dal '52 e aveva infettato per anni la Sardegna: era di natura cattiva e ostinata, e la mortalità altissima. Anche se, a causa del suo ruolo, non gli sarebbe stato piú possibile avere contatti diretti con me, potevo avvalermi dei suoi consigli.

Gli serbo sincera gratitudine: il nostro medico di famiglia era già scappato. Fu uno degli ultimi a riuscirci, perché poi la Congregazione precettò gli altri, obbligandoli a mettersi a disposizione della Sanità, pena la vita.

Il 29 giugno la festa dei patroni Pietro e Paolo non si è celebrata. Niente cavalcata della chinea, niente girandola né spari di Castello, niente cappella papale. Sotto la finestra del mio studio ormai sfilavano gli sbirri che scacciavano i passanti con un bastone: ricoperti di tela cerata, precedevano i carri con le bare che scendevano alla riva del fiume. Nel giro di una settimana, il Tevere si popolò di barche addette al trasporto dei cadaveri. Le chiamavamo le barche brutte. È iniziata cosí – sull'acqua, in silenzio – la strana danza macabra che avremmo potuto chiamare il Trionfo della bruttezza. Definivamo «brutto» tutto ciò che la peste toccava: brutte le barche, brutti i medici, brutti i corpi.

Tante malattie potevano colpirci e ci avevano colpito, i nostri cari erano morti di febbre, di tifo, di canchero, di gotta, di apoplessia, ma la peste era diversa – suscitava un orrore ancestrale. Non esisteva, infatti, una cura. La peste era invisibile fino al momento in cui si manifestava, e allora era già tardi.

Mia madre cercava di infondere ottimismo: Basilio e io eravamo troppo giovani per ricordarlo, ma lei non dimenticava che nel 1630 la peste aveva fatto strage dovunque, in Italia, e però, grazie al cordone sanitario predisposto da papa Barberini, si era fermata al confine dello Stato ecclesiastico. Stavolta era arrivata a Trastevere. E si sarebbe fermata lí. Trastevere per lei non era davvero Roma. La sorveglianza non era mai stata cosí rigida, papa Chigi aveva insediato gente competente nei posti chiave, tutti i provvedimenti possibili erano stati presi. Con l'aiuto di Dio, ci saremmo salvati.

E però non riuscivo piú a concentrarmi sulle portiere del dottor Ghibbesio. Dipingere mi pareva un'attività tremendamente futile. Le grida degli «schiavi», i galeotti costretti a servire al Lazzaretto, che guidavano i carretti coi quali trasportavano i malati sospetti sull'isola Tiberina – scansate sinnò mori – superavano la fragile barriera delle finestre, e mi facevano rabbrividire. Sovrastavano la cantilena familiare degli ambulanti che offrivano cerase, ravanelli, aglio e ossa di prosciutto, gli schiocchi delle fruste, il rintocco delle campane. Il colore si rapprendeva sulla tavolozza. Avevo paura. Cincischiavo il pennello nel grumo azzurro, ma la mano mi tremava, mi assillava un sentimento di impotenza che mi costringeva a chiedermi ogni istante: e se morissi domani, Plautilla, cosa resterebbe di te?

La peste cambiava tutto. I suoni, le abitudini, gli odori, il paesaggio. Le imposte dei palazzi dei duchi e dei baroni si serravano. Giorno dopo giorno, Roma si svuotava. Chi aveva proprietà e feudi in provincia, senza clamore, si procurava le patenti e spariva. Correva voce che all'inizio del mese di luglio fossero fuggiti già in diecimila. In una città di poco piú di centodiecimila abitanti, era un numero enorme. Dovevamo partire anche noi, prima che ci rinchiudessero tutti. Ma non avremmo saputo dove andare. Noi Bricci eravamo gente di città, in vigna ci andavamo solo la domenica, per spassarcela al sole.

Il 19 luglio Cristina di Svezia prese la comunione dal cardinale Francesco Barberini e partí. Diretta in Pomerania, via Marsiglia. Ufficialmente per sistemare i suoi affari e ottenere dalla Svezia le rendite che le avrebbero concesso di continuare a vivere da regina. Ma anche per allontanarsi da una città nella quale ormai i focolai del morbo s'appiccavano ovunque. Ho sperato che un giorno sarebbe tornata, anche se non ero destinata a conoscerla: Roma aveva bisogno di lei.

Elpidio se n'è andato subito dopo. Voleva mettere la signora Lucia al sicuro nelle proprietà dei Benedetti, a Poggio Mirteto. Ha promesso che si sarebbe fermato in Sabina solo il tempo necessario per sistemare la madre. Nel frattempo i restauri al palazzetto di via di Monserrato non potevano fermarsi. Bruscamente, senza preamboli, mi ha incaricato di sostituirlo.

Perché io? gli ho chiesto. Perché una pittrice virtuosa dell'Accademia di San Luca, che ha lavorato per Antonio degli Effetti, per il cavalier Dal Pozzo e per il dottor Ghibbesio ormai può assumerla anche l'abate Benedetti. E poi perché nessun altro in questo momento accetterebbe. Dovresti contare fino a dieci prima di parlare, gli ho consigliato. Dici sempre la cosa sbagliata. Dico sempre la cosa vera, Plautilla Briccia, ha sorriso lui, almeno a te.

Non so se mi ha sorpreso di piú quella proposta o l'annuncio della sua partenza. Ero sicura che avrebbe imitato il suo primo padrone, il cardinal Francesco Barberini. Il quale si prodigava con coraggio: era tornato a Trastevere per stare in mezzo al suo gregge anche se il suo segretario dei memoriali, l'improvvido amico di Elpidio, era morto. In seguito si sarebbe fatto sequestrare per tre volte dalla Sanità senza appellarsi al papa, senza blaterare di disonore, come tanti altri nelle sue condizioni. Che supplicavano di risparmiare ai loro palazzi l'infamia del cartello della Sanità, e vedevano come un insulto inconcepibile al loro rango l'essere semplicemente sottoposti alla legge.

Il comportamento di Barberini suscitava il rispetto anche di chi in passato aveva brindato alla sua rovina e non aveva mai digerito il suo ritorno. La fuga di Elpidio invece poteva sembrare una diserzione. Un cortigiano non abbandona mai il suo posto. Ho capito la mattina della sua partenza che la peste ci trascinava in una terra incognita: era come se avessimo varcato la frontiera di un paese straniero, nel quale le regole di sempre non valevano piú. Prima di colpirci, di sfigurarci e di annientarci, la peste ci strappava le sicurezze. L'identità, il dovere. E però, in un certo senso, ci liberava di noi stessi. La peste liberò l'abate Benedetti. E avrebbe liberato anche me.

La signora Briccia pittrice, brontolò sgarbatamente alla madre di Elpidio la serva dell'abate, squadrandomi sospettosa. Fin dal primo momento ha diffidato di me, e io di lei. Avrà avuto cinquant'anni, era vissuta in casa Benedetti fin da ragazzina, aveva visto nascere e crescere Elpidio e considerava il «giovane» padrone, suo coetaneo, cosa sua. L'ho trafitta con la mia indifferenza. Era finito il tempo in cui anche una cameriera mi intimidiva.

La signora Lucia Paltrinieri era un gracile mucchietto di ossa, vestita di nero, con gli occhi da gufo e le mani da bambola, si premeva sul viso un fazzolettino intriso d'aceto e scattò indietro come una molla quando le porsi la mano. M'ha toccata? strillò inorridita alla serva, che annuí, per compiacerla, sebbene non l'avessi neanche sfiorata. La Paltrinieri lasciò ricadere la mano lungo il fianco, tenendola discosta dall'abito. Anche per la madre di Elpidio sono stata, da subito, motivo di inquietudine.

Non si scusò della sua scortesia, anzi mi biasimò perché non mi attenevo ai consigli che ormai davano perfino i preti – di evitare conversazioni e contatti con gli estranei. Avrei voluto dirle che a Roma, per suo figlio, non c'era persona meno estranea di me. Mentre si strofinava la mano contaminata nel fazzolettino umido, mi garantí che avrebbe pregato per me. Non le dissi che potevo contare sulle preghiere di sua figlia. Non sapevo se suor Eufrasia le avesse mai parlato della nostra amicizia.

L'abate mi venne incontro ossequioso, recitando davanti al cameriere e i segretari la parte del padrone che ha convocato un dipendente. Mi sono chiesta se uno di quei due giovani fosse il fantasma che appendeva il foglio sul magazzino dei vini, ma nulla nel loro atteggiamento mi permise mai di scoprirlo. Portavano entrambi gli occhiali. Ci seguirono muti mentre Elpidio mi svelava la topografia del palazzo. Era su tre livelli, il piano nobile una sequenza di sale identiche l'una all'altra. Ne contai dieci. Mi chiesi a cosa gli servissero. I Benedetti erano solo in due, e considerando che i segretari, la serva e il cameriere alloggiavano di sopra, ci sarebbe stato spazio per almeno un'altra famiglia. Per tutti noi, per esempio.

Mi condusse nel salone dove aveva ammucchiato i quadri. L'abate di Mazzarino sarebbe sembrato uno zotico se non avesse esibito nella galleria almeno cinquanta quadri e di buona mano. I pittori cui comprava i dipinti per inviarli al cardinale e ai nobili della corte di Francia gli regalavano schizzi, bozzetti e copie – perché rispetta il cane chi vuole avvicinarsi al padrone. Altri li aveva ereditati dal signor

Benedetti, altri ancora ne avrebbe acquistati. Dovevo esaminarli, dividerli, scegliere le giuste pareti per valorizzarli
e raggrupparli nel modo piú armonioso ed efficace.

Non riuscivo a distogliere lo sguardo dalle marine, dai
ritratti, dalle tempeste. Onde spumose, cardinali dalle vesti
rosse, nubi temporalesche squarciate da un raggio di sole,
pecorai tra le rovine antiche, uomini illustri dagli sguardi
corrucciati. Erano questi paesaggi, questi volti, che Elpidio vedeva ogni giorno, quando apriva gli occhi, quando
faceva colazione, quando leggeva. Lo frequentavo da ventun anni, conoscevo ogni spigolo delle sue ossa, l'odore
del suo respiro, dei suoi capelli, dei suoi umori, il sapore
della sua saliva, e ignoravo tutto della sua vita.

In cucina mi presenta al capocantiere, al falegname, al
mastro vetraro, al fabbro e al muratore indoratore che di-
pingerà i fregi nelle stanze. La signora Plautilla Briccia,
pittrice di San Luca, dice, e loro annuiscono, abbassando
gli occhi. Comprendo subito cosa pensano. Questi accademici del cazzo sono il flagello dei cantieri.

La clandestinità è finita cosí, in una mattina afosa di
luglio, in una cucina qualunque ingombra di piatti di sta-
gno e di mattoni, mentre un raggio di sole fa scintillare
una padella bucherellata per cuocere le castagne. Siamo
nella stessa stanza, uno accanto all'altra, alla luce. Avevo
quasi quarant'anni.

Battista Ferrari, Francesco Umiltà, Vinovo della Valle,
Jacopo Vitangelo, Giuseppe Ferro. Avrei imparato solo in
seguito i nomi di quegli artigiani che mi fissavano, conte-
gnosi. Elpidio ha ordinato loro di eseguire le mie indica-
zioni – perché la signora Briccia parlava con la sua voce.
Poi il segretario di nome Carlo lo ha sollecitato, la carrozza era pronta, dabbasso, la signora madre era già salita, e
i cavalli si stavano innervosendo. L'ho accompagnato alla
porta, come se fossi in casa mia e lui un ospite di passaggio.

Sii prudente, mi ha pregato, consegnandomi una palla odorifera che conteneva la teriaca – un farmaco talmente costoso che non avrei mai potuto comprarlo. Perché mi raccomandi la prudenza nel momento in cui mi chiedi di essere imprudente? gli ho risposto.

Voleva aggiungere qualcosa, ma il cameriere lo aveva già raggiunto. S'è calcato in testa il cappello. Era pallido, e aveva paura. Di non vedere mai finito il palazzo che avrebbe fatto di lui l'uomo che pretendeva di essere. Che io non fossi in grado di farmi rispettare dai mastri, che avrebbero fatto di testa loro – nei cantieri romani circolava una battuta: «Areggete muro, finché te vorto er culo», che rende l'idea di quanto malamente si eseguissero i lavori appena architetto e padrone volgevano le spalle. Che la madre gli chiedesse perché mai, fra i tanti artisti che conosceva a Roma, avesse affidato la supervisione dei lavori proprio a una donna. Ma anche la paura inconfessabile di commettere un errore piú grande – di separarsi, di perdermi. Abbi cura di te, Aristotele, mi ha sorriso, e m'ha messo tra le mani le chiavi della sua casa. Te l'ho scritto una volta, ha bisbigliato, che solo tu avresti posseduto quelle del mio cuore.

Intermezzo

L'unico e ultimo baluardo
(Roma, ultima settimana di giugno, 1849)

Il Vascello è squassato dalla tempesta. Le macerie cadute dai soffitti e dalle mura sventrate creano angosciosi corridoi, colline aguzze di detriti, ma anche rifugi e spazi di confortevole intimità. Il comandante Medici abita ancora nel salottino al pianterreno, attiguo alla sala adibita a cantina, Leone in un camino, dietro la scala, la morte ovunque. I romani hanno ribattezzato la Villa il Macello.

Si muore tra quelle pareti per caso o per fatalità, in qualunque momento. Sulle majoliche, sulle pareti, sui monconi delle statue e i capitelli delle colonne restano schizzi e arabeschi di sangue, grumi di cervello. Finché qualcuno non li rimuove, negli angoli giacciono i cadaveri. Il 19 giugno, in un passaggio bersagliato dai proiettili, cade Tavolacci, Carlo, perugino, capitano dei pontonieri del Genio. Leone ha appena smontato. Alla fine di ogni turno, lasciano il Vascello ai fanti dell'Unione, ai bersaglieri lombardi di Manara, ai bersaglieri bolognesi di Melara, alle Guardie di Finanza. Ogni gruppo smonta meno numeroso. Li stanno falcidiando, uno dopo l'altro. I turni della legione sono di quattro, cinque giorni, gli altri si fermano dodici o sedici ore. Si alternano rapidamente, scambiandosi appena un cenno di saluto. Cedono il posto con sollievo.

Stavolta però non scenderà a Roma. Lo spediscono sui bastioni di sinistra, verso porta Portese. Non gli hanno detto il perché. Ma i comandi sanno che i francesi hanno approfittato della tregua per demolire le mura e aprire una breccia, e loro devono restare di guardia per impedire l'invasione. Non che possano far molto: le prime sentinelle restano subito ferite, e devono mettersi al riparo dai colpi dell'artiglieria. Per tre giorni e due notti veglia, rannicchiato dietro il terrapieno, sussultando ogni volta che il cannone francese centra il parapetto, frantumandolo. Quando la sera del 21 la fanteria Unione viene a dare loro il cambio, s'incammina verso il Vascello con la paradossale euforia del condannato. Se deve dilaniarlo una bomba, meglio accada nella villa che è la sua casa.

Quando allunga le gambe intorpidite sul pavimento, pregusta una notte di riposo. Ma la notizia lo sveglia già alle quattro. I francesi hanno sgominato le sentinelle dell'Unione, sono penetrati dentro le mura della città. Lo sconforto, le recriminazioni, le accuse di tradimento e codardia incrinano ulteriormente il morale, e acuiscono le divisioni fra i comandi, ma non è tempo di analisi e processi. Leone non riesce a riprendere sonno.

La mattina del 22 Garibaldi chiama la 1ª compagnia a villa Spada. I volontari sono stanchi, affamati e intontiti dal sonno. Ma si mettono subito in marcia – ormai la disciplina è diventata ferrea: agli ordini non si disubbidisce piú. Non si esita né si protesta. Quando un soldato di un'altra compagnia va a lamentarsi di essere stato comandato di sentinella sul terrazzo durante la notte, pur avendo trascorso in servizio anche quella scorsa, Medici, che sta bevendo un caffè con alcuni studenti della Universitaria, lo ignora, ingolla un altro sorso, e poi, in tono ironico, quasi derisorio, ancora con la tazza fra le mani, gli chiede se preferisca essere fucilato o andare di guardia. Preferisco la seconda, risponde il soldato, affrettandosi a sottrarsi alla sua vista. Il tono di voce di Medici era cosí fermo che tutti i presenti hanno compreso che se il soldato avesse indugiato ancora lo avrebbe fucilato lí per lí, nel salottino.

A villa Spada ricevono l'incarico di rioccupare villa Barberini. È caduta nelle mani dei francesi stanotte, ma viene considerata un presidio decisivo per la difesa della città.

Al capitano Gorini assicurano che i francesi dopo l'incursione si sono ritirati, e perciò il compito che affidano a lui e ai suoi ragazzi è di consolidare la postazione. Non si può permettere ai francesi di stabilirsi lí: villa Barberini è dentro le mura aureliane, è già Roma.

Si dispongono in una trincea, a picco sul precipizio che incombe su Trastevere. Quando sono stati distribuiti gli incarichi e alcuni hanno saputo di dover partecipare all'azione, Giuseppe Magni di Milano, lo smilzo – e perciò detto il Magnino –, ha osservato che il 3 giugno sono morti capitani e caporali, il 22 moriranno i sergenti. Leone è soldato semplice. Il sergente Magnino invece è uno dei migliori tiratori della compagnia.

Avanzano tra i cespugli e le erbacce, costeggiando la scarpata. Era una villa elegante, lo si capisce ancora, nonostante le lesioni dei bombardamenti. Bajonett cann, ordina Gorini, e si addentra per primo nell'edificio. Pare sia minato: l'ufficiale si sente in dovere di sperimentarlo, e di non affidare quel compito ai suoi soldati. Schiacciato contro il tronco di un pino, in un giorno d'estate che è un tripudio di sole e di cicale, Leone osserva Rasnesi, il viso bianco come la neve, l'espressione spaurita. Ha il nome di un santo martire, Bartolomeo, e i suoi modi soavi hanno qualcosa di angelico. Il sergente ragazzino odia il sangue, l'idea di affondare la bajonetta nella carne di un uomo gli ripugna. Finora è riuscito a evitarlo.

Villa Barberini non è minata. Nei fornelli non c'è polvere da sparo. La prima squadra può entrare. Leone inspira a fondo, confida nelle capacità divinatorie del Magnino e si fa coraggio. Lo sfortunato sergente è morto poco dopo aver condiviso coi suoi compagni la profezia. Aveva sparato una schioppettata sulla trincea francese e colpito un ufficiale. Il comandante, che gli era arrivato alle spalle e seguiva il tiro col cannocchiale, ha realizzato che il caduto è un ufficiale di alto grado. Bravo! lo ha lodato, un altro colpo simile e ti pago una bottiglia di champagne. Accettato, ha risposto il

Magnino, sorridendo, e ha preso di nuovo la mira. Ma non ha fatto in tempo a sparare, perché una pallottola francese l'ha centrato fra il naso e l'occhio destro, uccidendolo sul colpo. Aveva ventidue anni.

All'interno di Villa Barberini regna un silenzio cimiteriale, si sentono i loro ansimi, e i calcinacci crocchiare sotto gli scarponi. Dei francesi è rimasto solo un vago odore di piedi e di orina stantia. Leone scova una scaletta che dal terrazzo conduce al piano superiore, avanza fra stucchi che rappresentano api giganti, sotto un malconcio soffitto di legno a cassettoni, si inoltra in una galleria dominata da un cielo dipinto di azzurro, fra le pareti ancora affrescate di saloni enormi e vuoti, protendendo davanti a sé la bajonetta. Strano destino, il suo. Andare alla guerra, a uccidere e a morire, nelle ville barocche, costruite sulle colline di Roma per diventare luoghi di piacere e di delizie... Il crepitio della fucilata gli sbalza il cuore in bocca. Non riesce a placarne il battito. Ha un cuore difettoso, Leone, due volte piú grande del normale. Lui ha sempre cercato di tenere sotto controllo le emozioni, per timore che esploda.

Gli zappatori francesi non si erano affatto ritirati, solo nascosti nelle cantine e in soffitta, e riemergono all'improvviso. Combattere in uno spazio chiuso, correndo fra porte e corridoi di un luogo di cui si ignora la topografia, fa sentire impotente come un topo in una scatola. Colpisce, si dibatte. Ritrova la scala senza sapere come. Nelle stanze e sulla terrazza di villa Barberini, fra gli spari e i corpo a corpo alla bajonetta, pare che Leone Paladini si comporti eroicamente. Salito fra i primi, sceso per ultimo, ha tenuto testa ai temibili Chasseurs de Vincennes, veterani addestrati dalle guerre feroci contro gli arabi dell'Algeria.

È quanto riferiscono i superstiti ai suoi superiori, e quanto garantisce l'attestato che Medici gli consegnerà dopo lo scioglimento della legione, con la nomina onoraria a sergente per i suoi meriti in battaglia.

Perché lui non ricorda molto, e ciò che ricorda non è forse neppure vero. Il suo corpo agisce d'istinto, contraddicendo la mente che mulina pensieri d'odio e di rabbia – il braccio regge il fucile ma non disattiva il cervello. E mentre lui para colpi e ne assesta maledice l'assenza di comunicazioni coi comandi, le informazioni false o non verificate – i francesi si sono ritirati! Ma chi li ha visti? Chi ha controllato? –, l'assurdità degli ordini ricevuti, la mancata coordinazione dei movimenti, l'inesperienza dei volontari, sbarbatelli cresciuti sui libri, inadatti e disabituati alla fatica, privi di vigore fisico e forti solo di buone intenzioni. Gli Chasseurs de Vincennes li hanno sopraffatti subito. Se Gira non avesse atterrato il granatiere che guidava la carica, il quale cadendo col corpo ha ostruito la porta, non sarebbero piú riusciti a scamparla.

I francesi gli sparano in faccia da tre metri con le loro carabine di precisione a palle da due once, capaci di colpire fino a un chilometro e mezzo di distanza: eppure, chissà come, lo mancano. È sorprendente la quantità di proiettili che vanno perduti in guerra. Spaccano però il polmone del sergente Venezian, il prestante Giacomo, figlio di mercanti ebrei e laureato a Pisa, che invece di godersi a Trieste le ricchezze di famiglia è andato a combattere coi Cacciatori delle Alpi, e poi è finito sulla terrazza di villa Barberini. Quando stramazza a terra, Leone lo perde di vista, e saprà solo molti giorni dopo che l'ambulanza l'ha portato ancora vivo all'ospedale di San Giacomo al Corso: ma il sergente non ce la fa a riprendersi e la contessa Marianna Antonini di Udine che lo ha vegliato deve andare incontro nella corsia alla madre, che lo sta cercando disperatamente per tutta Roma, per dirle che non è arrivata in tempo, Giacomo è morto.

Uccidono Casati Enrico di Milano, cui uno zappatore francese spacca il cranio con un colpo di scure, e un altro volontario di cui Leone non ricorderà il nome. Massacrano con ventisette colpi di bajonetta il pittore Induno, facendolo ruzzolare giú per la scalinata colpo dopo colpo finché precipita oltre il parapetto; circondano il giovanissimo caporale Guastalla e il vecchio Fanelli che tentano di strapparlo alle loro mani; feriscono Trotti, Carini e Morandi che, per mancanza di uniformi, combatte in borghese, col cappello a cilindro; feriscono al braccio sinistro e alle reni il capitano Gorini, che minimizza il danno, farfugliando ai suoi soldati inorriditi che non è nulla, nulla, sono appena ferito, coraggio. E colpiscono lo spensierato Cadolini di Cremona, che fino a quel momento non ha conosciuto la paura. Trafiggono in fronte con un colpo di bajonetta il sergente Rasnesi. Il soave Bartolomeo si accascia proprio accanto a Leone. Per vendicarlo, Leone punta la canna del fucile contro il petto del francese che ha infilzato il ragazzino, tira il grilletto, e il cane fa cilecca. Il colpo non parte. È pessima la qualità dei loro fucili, scarti dell'Arsenale di Firenze. Un altro francese accorre a difendere il compagno e gli si avventa contro con la bajonetta. Ma s'impiglia nella manica della sua tunica. Rasnesi, ferito, potrebbe infilare la sua nel corpo del soldato. Ma esita. L'altro no. Rasnesi non riesce a parare la lama, che gli perfora il polmone.

In qualche modo, Leone se la cava. Corre alla disperata come una capra giú per il costone, scivola sul pendio ripido e precipita a valle graffiandosi il viso e le mani. Non lo prendono nemmeno prigioniero, come capita ad altri due compagni. Dei venticinque comandati a quell'assalto sconclusionato, solo in tre sono rimasti illesi: Israele Levi, Eugenio Gira e Leone.

Quando i superstiti tornano al Vascello sono accolti da un silenzio raggelante. Dove sono gli altri? sembrano chiedere gli occhi dei compagni. Loro scuotono la testa, tremando. Sanromerio si avventa contro il comandante Medici. Lancia accuse durissime, urla che non si può mandare i soldati cosí allo sbaraglio e poi abbandonarli senza rinforzi! Si dispera per i compagni morti, per i feriti gravissimi che non potranno salvarsi. Che sperpero, che delitto. Ottolini scoppia a piangere. Era amico del Magnino, avevano giurato che sarebbero rimasti sempre insieme, e invece deve seppellirlo: se riuscirà a salvarsi, potrà solo portare una ciocca di capelli biondi grommati di sangue alle sue sorelle... E Induno, che poteva diventare un grande pittore! E Rasnesi! Un ragazzino di diciassette anni...

Medici lascia sfogare Sanromerio, e non punisce la sua ribellione. Gli consente anzi di andare all'ospedale dell'Annunciatina a trovare i feriti. Il capitano Gorini perderà l'uso del braccio, Cadolini avrà bisogno di qualche mese di convalescenza: un po' di settimane e si rimetteranno in piedi. Le bajonettate inferte a Girolamo Induno hanno causato tagli superficiali, ma non leso organi vitali: ricucito abilmente dal chirurgo, si riprenderà. Il giovanissimo Rasnesi invece soffre atrocemente, il polmone perforato non lo lascia respirare, e in poche ore soffoca nel suo sangue.

Nel salottino bombardato del Vascello, Medici cerca di calmarsi accarezzando la schiena di Goito, con dolcezza, per non fargli male. Ma questo guaisce, debolmente. Anche il cane è rimasto ferito da una fucilata e il pelo bianco si è ormai tinto di un sanguigno color ruggine. Medici non abbandona mai la Villa, come il cane non abbandona lui. Gliel'hanno affidata, e Medici è di quei militari con una sola parola. La custodirà fino alla fine. E sa che i ragazzi della sua legione faranno altrettanto. L'eroismo è diventato un'abitudine.

Adesso il Vascello è sotto il fuoco continuo dell'artiglieria francese: l'ordine è di demolire la Villa pezzo a pezzo. Finché i difensori resteranno lí asserragliati, i francesi non potranno infatti collocare le batterie per attaccare porta San Pancrazio, aprire la breccia, sventrarla ed entrare finalmente in città. Perché è quella del Gianicolo che hanno scelto: la porta di Roma. Tenere il Vascello è indispensabile. La sua posizione strategica fa della Villa l'ultimo baluardo della Repubblica. Eppure è una resistenza insensata. Il 22 giugno

Mazzini ha scritto una lettera a Manara. Gli ha detto che poteva farla leggere a Garibaldi, e quello l'ha fatto. Cosí anche Medici ha saputo. Contiene una frase che li legittima ad abbandonare la Villa. «Considero Roma come caduta». Invece sono ancora lí. E salutano gli assalti con un'orchestra di fucilate che scoppiano da tutti i piani, mentre dalle mura le cannonate spazzano inutilmente la via.

Leone si rintana a scrivere le memorie del combattimento a villa Barberini, la schiena contro un pilastro del pianterreno, in un angolo dell'edificio rivolto verso il casino Corsini – piú esposto al fuoco, però anche piú solido, perché le mura su quel lato sono piú spesse. Il pianterreno è ormai l'unica parte del Vascello in cui si possa stare. Il resto è pericolante, ogni angolo pericoloso. Mentre scrive, la luna proietta la sua ombra sui calcinacci bianchi. Un'immagine fantastica, che non potrà dimenticare.

Ma la vedranno anche i francesi. Con le divise nere, nel biancore delle rovine, i volontari della Medici sono visibili come bersagli. I francesi possono perfino contarli. Leone continua a scrivere, mentre intorno a lui cadono le bombe del cannone. Fra il 23 e il 26 giugno, segna 200 colpi.

I tiri sono metodici, sistematici. I francesi sono partiti dall'alto. Abbattono un pezzo di muro dopo l'altro, smangiando la facciata, le pareti. I rottami del palazzo hanno formato barricate naturali, che nessuno pensa di rimuovere. Serviranno, se si dovrà combattere corpo a corpo. A ogni cannonata cadono calcinacci, scaglie di intonaco, volano pezzi di travi. La polvere intasa i polmoni, incipria i capelli, condisce il salame. Del resto si mangia solo per restare vivi, con lo stomaco serrato e conati di vomito che salgono dalla gola. Il tanfo di putrefazione è nauseabondo. Mentre Leone e i volontari della legione erano sulla breccia di porta Portese, è crollata una sezione dell'edificio. Uno scroscio immane di legni, tronchi, marmi rotti. Si è levata una nuvola di polvere che ha oscurato le stelle. E il boato si è sentito in tutta

Roma. Il peso immane di quella montagna di macerie ha spaccato le volte del terreno. E ha schiacciato i soldati di un altro corpo di turno in quel momento. Volontari toscani, arrivati in linea da poche ore.

Quando Leone è rientrato al Vascello, quei ragazzi erano tutti morti, né si poteva disseppellirli. Non si sentivano voci, da là sotto, hanno raccontato i testimoni del crollo, neanche i cani hanno fiutato la loro presenza. Devono essere morti sul colpo. Sono rimasti sotto le macerie, a disfarsi nel calore dell'estate. Il fetore dei cadaveri ricorda la loro presenza. Leone non ne conosce i nomi, né sa quanti fossero. Dicono una ventina. Non verranno mai contati nel numero dei caduti.

Restare là dentro è una follia. Ormai non c'è piú tetto nè schermo – di giorno ai raggi del sole, di notte all'umidità. Ma Medici ribadisce che non abbandonerà mai questo mucchio di sassi. Anzi, autorizza un tentativo disperato. Scorribanda sudamericana, direbbe Barabba. Alcuni volontari hanno esplorato i tunnel dell'acquedotto che scorre sotto la Villa: i condotti la collegano al casino dei Quattro Venti. Propongono di piazzare una mina e far saltare il casino e i francesi che ci sono dentro. Si calano giú il muratore detto il Pittore, ideatore del piano, e altri soldati. Ma i francesi devono averli sentiti scavare. Ripristinano il rubinetto delle acque, che hanno manomesso da giorni, il fiotto li investe violentissimo. Tre garibaldini che dormivano nella vasca vuota del Fontanone, a San Pietro in Montorio, rischiano di morire annegati.

Il 27 giugno, mentre Leone è appiattato nella trincea esterna, gli ultimi monconi dei piani superiori del Vascello crollano di schianto. L'ultima colonna del piano terreno ha ceduto. Le macerie seppelliscono e soffocano cinque soldati che bivaccavano là dentro. Stavolta erano compagni, quasi amici. Ma non vengono pianti da chi si rallegra di essere rimasto vivo. Anche la morte è diventata un'abitudine.

Dalla trincea, la visione di ciò che resta del Vascello è sublime – di una grandiosità raccapricciante. Dei piani alti non resta traccia. Del piano nobile, il muro tutto squarciato lascia vedere anche da lontano le statue, i saloni eleganti, perfino i pavimenti. Gli architetti, dice un soldato che studiava belle arti, chiamano questo tipo di sezione lo «spaccato». Chi vuole costruire case deve provarcisi, prima o poi.

Se una palla di cannone colpisse uno dei pilastri minati, dando fuoco alla polvere, salterebbero tutti in aria. Eppure Leone si corica proprio con la testa contro il pilastro. E dorme perfino quando le pallottole che penetrano dalle finestre sventrate crivellano quel che resta del muro. Quel sonno stregato gli risparmia di assistere alla decimazione dei suoi compagni. Ippolito Fantini, medico, arriva da Venezia per ricongiungersi al fratello Carlo e fa appena in tempo ad abbracciarlo che una pallottola gli trafora la gola. Carlo muore di notte, il conte Moggiali di Modena in un'ora imprecisata: nessuno era con lui in quel momento. Ogni giorno, sono sempre di meno.

Ma il Vascello resiste. Per due notti gli assalti improvvisi dei francesi vengono vanificati dalla nebbia – fitta nella campagna romana alla fine di giugno come a novembre nella pianura del Po. Quando la foschia si solleva, il terreno sconvolto è seminato di morti e di moribondi. Venti, forse – ma ormai nessuno si mette a contare i nemici né a soccorrere i feriti. Le cariche della fanteria francese si infrangono piú volte contro il muro di cinta del giardino che fronteggia il casino dei Quattro Venti. Davvero il basamento della Villa è un baluardo solido come una scogliera.

L'ultima volta, il 28 giugno, l'orologio di San Pietro in Montorio ha rintoccato la mezzanotte e metà dei legionari dormono, sdraiati qua e là sul pavimento, uno sull'altro negli unici spazi liberi dai rottami. Il cannone stranamente tace e in quel silenzio cosí insolito da risultare ormai quasi sinistro si leva il concerto stravagante del russare dei soldati. L'altra metà dei volontari presidia le feritoie, e Medici è sempre dietro quella da cui controlla la postazione francese, col cannocchiale puntato: la luminosità della polvere bianca rende visibile ogni movimento su quel che resta della strada. Si avvicinano – sussurra, e le sentinelle si precipitano a svegliare i dormienti. Pur insonnoliti e costretti a muoversi nel buio, i legionari di riposo riescono ad alzarsi e a prendere posto senza fare il minimo rumore.

All'inizio è solo un mormorio, ma poi si rivela come il passo cadenzato dei soldati francesi che avanzano – anche loro sforzandosi di non fare il minimo rumore. A ogni passo, emergono piú distintamente dall'oscurità, finché sembrano una lunga serpe nera che si contorce sulla strada bianca. Sotto quel che resta del muro del Vascello si fermano, loro sentono con chiarezza gli ufficiali dare l'ordine di schierarsi in semicerchio. Per un istante c'è solo silenzio sospeso. Attesa. Della fine, forse.

Eppure c'è piú speranza che paura, in quegli istanti. Qualunque cosa accada, sarà finalmente la liberazione.

C'è un volontario dietro ogni traversa del soffitto crollato, ogni pezzo di muro, dietro ogni squarcio creato dal cannone, e chi non ha trovato un riparo si è fatto una barricata coi corpi degli amici uccisi. E poi dalla linea francese si leva una voce – educata, quasi cortese: Hallò! Y a-t-il quelqu'un là dedans?

Che razza di domanda, in guerra, durante un assalto! Ma forse i francesi non riescono a credere davvero che possa esserci ancora qualcuno, in questa casa di morti. Ci siamo sí! vorrebbero gridare tutti. Ma risponde solo Medici, con lo stesso tono urbano. Certainement, que voulez-vous?

Rendez-vous! Vous êtes entourés, intima la voce. La risposta non è verbale. Da ogni buco, crepa, feritoia, parte una scarica. La massa scura che sta loro davanti ondeggia, si frange, sbanda, quindi si ricompatta e si slancia su di loro.

Poi è tutto un cozzare di bajonette, un groviglio di lame e brandelli di stoffa, un tumulto di corpi fra i quali è difficile capire chi sia amico e chi sia nemico. Si colpisce al buio, ci si insegue fra travi crollate che sembrano pennoni di navi, pareti pericolanti, cadaveri. La notte è meno densa quando i francesi si ritirano.

Ormai non ci sono piú mura. I volontari si riparano dietro cumuli di rovine. Sono in uno stato di continua e lieve
ebbrezza, perché da quando i francesi hanno tagliato l'acquedotto bevono solo vino. Qualcuno è riuscito a sgattaiolare
lungo le trincee, a scendere in città e tornarne con un pezzo
di bue. Dopo giorni di pane e salame – dieta che ha irritato
gli intestini e provocato dissenterie – potranno finalmente
mangiare carne. È Leone a offrirsi di arrostirlo sulla brace.
Le lezioni di cucina di Varesi gli avranno pure insegnato
qualcosa. Tutti i lombardi e i milanesi implorano però un
bollito. Ne stanno quasi dimenticando il sapore. Leone accetta. Ma prima deve andare a spillare qualche goccia d'acqua
da un'apertura del condotto sotterraneo dell'Acqua Paola.

Si intrufola in quella galleria angusta in cui riesce appena a stare in piedi, avanza per un centinaio di passi,
spingendo davanti a sé il calderone come una strega del
Macbeth. Deve trovarsi sotto l'accampamento francese,
adesso. Sopra di lui sente lo scalpiccio dei passi e un'eco
di risate. L'acqua sgocciola lenta dalle pareti. Impiega un
quarto d'ora a riempire il paiolo. Poi, con quel che resta
dei legni e delle cornici raccattate tra le macerie, Leone
accende il fuoco e prepara la minestra coi pezzi di bue per
i settanta compagni.

È l'ultima cena della legione. E l'ultima notte del Vascello. Forse è anche la loro ultima notte. I francesi hanno giurato che dei difensori del Vascello il pezzo piú grosso che rimarrà sarà l'orecchio. Per sfregio, o come ultima
goliardata degli studenti che furono, i ragazzi si dividono
l'orecchio del bue – tagliato a quadrettini. Un boccone per
uno, e viva la vita.

Alle quattro del pomeriggio del 29 giugno i francesi
lanciano l'offensiva finale, e stavolta i difensori per respingere l'attacco impiegano due ore. Alle sei, Medici
spedisce Leone giú a Roma, per richiamare nei ranghi

tutti i volontari della legione dispersi in città. Perché io? vorrebbe chiedergli. Scegliendolo per quel compito, gli sta salvando la vita o la salute. Ma in realtà conosce la risposta. Perché so che tu ritorni, gli direbbe Medici. È come se gli avesse appuntato sul petto una medaglia e per un istante gli viene da piangere.

Trova la città preda di una frenesia che all'inizio lo stupisce. Poi gli spiegano che il 29 giugno Roma celebra la festa dei santi patroni, Pietro e Paolo. Sui cornicioni e sulle finestre di tutte le case sono stati sistemati i lampioncini per le luminarie. Stasera, appena scenderà il buio, si farà l'illuminazione straordinaria del Cupolone. A dispetto della catastrofe imminente, per ostinata volontà del Governo i festeggiamenti infatti si terranno lo stesso, come al solito, come sempre, da centinaia di anni. Molti però mugugnano: la Repubblica non doveva piegarsi ai riti della liturgia cattolica. Nella Repubblica laica le religioni saranno tutte uguali e tutte benvenute, come le nazioni – lo scriveranno nei principî della Costituzione. La Costituzione... Sono mesi che i deputati rinchiusi in Campidoglio l'annunciano, ancora non s'è vista, e ormai non c'è più tempo. Ma pare che proprio Mazzini abbia insistito, per rispettare il popolo. I romani hanno sacre le feste più dei santi.

Leone imbocca ponte Sisto e non incrocia neanche un'anima, perché ormai i civili non possono più passare a Trastevere: quando sbuca a via Giulia si accorge che i romani ritardatari s'affrettano verso piazza San Pietro. Sciamano in massa, allegramente – donne, ragazzini, vecchi. Anche molti uomini di mezza età con la divisa della Guardia nazionale, e parecchi soldati che non sono sugli avamposti. Uno di essi lo saluta – anche se lui ha dimenticato il suo nome e il suo viso, l'altro lo riconosce, sa benissimo chi è. Peccato che non sei potuto venire in piazza San Pietro a vedere i pompieri che sistemavano le luci. Dovevi raccontarlo a tuo fratello! Per sistemare i lampioni sulla facciata della chiesa, fanno scendere, con le pulegge, certe corde grosse come gomene. Calano un pompiere a cavallo di un bastone fissato a uno dei capi della corda, ma il cornicione sporge, quindi per arrivare alla facciata il pompiere deve dondolarsi, come su un'altalena, lassú, altissimo che pare una formica, finché riesce ad arpionarsi al muro. Spettacolare, sinceramente. Altro che scenografi della Scala...

Leone non ha tempo per chiacchierare (la sola allusione al teatro della Scala gli causa un crampo alla bocca dello stomaco), saluta in fretta e si dirige al laboratorio di Varesi a Monte Citorio. Riferisce seccamente l'ordine: domani devono tutti raggiungere la compagnia, al Vascello. Varesi si rallegra di poter tornare a combattere, ma una manifesta ostilità rabbuia i visi degli altri lavoranti della selleria. Le forze nemiche sono soverchianti, la Repubblica è spacciata, Roma cadrà – domani al piú tardi. L'idea di riprendere il fucile proprio adesso che tutto sta per finire sembra loro una punizione assurda. Leone non li giudica. Li capisce, forse gli assomiglia. Uno era chierico sagrestano in una chiesa di Milano, l'altro prete a Cremona. Hanno già dato molto, tutto ciò che potevano. Non si sono arruolati per combattere, ma per cambiare vita.

Il sole comincia a declinare. Si nasconde tra nubi dalle forme chimeriche, riemerge per qualche istante, e di nuovo si tuffa tra le nuvole, ricamandone i contorni con un merletto di fuoco. Un fronte temporalesco minaccioso e compatto avanza in direzione sud. Viene inesorabilmente verso la città. Non c'è un filo di vento, l'aria è afosa, immobile, come prima di un terremoto o di una catastrofe. Fra qualche ora pioverà. Leone pensa ai compagni privi di riparo, nella Villa senza piú soffitto. Mancano quasi dodici ore all'alba, non ha niente da fare e la cena di ieri gli ingombra lo stomaco come una pietra. Varesi però ha fame e lo invita in un'osteria dietro piazza Colonna. Ai tavoli non c'è neanche un cliente e il cameriere li avvisa che la cucina è chiusa, può rimediargli solo gli avanzi del pranzo. I romani sembrano spariti: aspettano tutti di godersi l'illuminazione del Cupolone. Potrebbe essere il loro ultimo spettacolo. Non ha appetito. E poi si può combattere con la pancia piena? C'è ancora luce ma Leone vuole già andare a letto. Varesi gli propone di dividere con lui la stanza che ha affittato in un palazzo, proprio qua dietro. Una stanza? gli chiede, sorpreso. Ero stufo di buttarmi per terra, sulla paglia fracida, e poi la caserma è infestata. Tutti quelli che scendono dalla prima linea hanno le divise piene di pidocchi. Lí posso dormire in un letto, è grande, ci si sta pure in tre, risponde sornione l'amico. Ma alla vigilia della battaglia decisiva, per rispetto dei compagni che trascorreranno insonni la notte nel mattatoio del Vascello, Leone rifiuta di dormire su un materasso. Varesi si rassegna a dormire anche lui alla selleria, stanotte, cosí saliranno in linea tutti insieme. Prima però deve prendere le sue cose e pagare la padrona di casa. Dovesse morire, niente debiti.

Il palazzo, dietro la Rotonda, è maestoso e sconquassato dal tempo. Nell'androne delle carrozze è accampata una famiglia di sfollati. Quanto sono alti i palazzi romani, e quanto la gerarchia sociale è inversamente proporzionale al numero di gradini che gli abitanti devono salire ogni giorno. Al piano nobile abitano i ricchi e gli aristocratici nullafacenti, a ogni piano le rendite diminuiscono e i mestieri diventano sempre piú umili e faticosi. La stanza di Varesi è al quarto piano: il marito della padrona di casa sarà stato uno spazzino. È una vedova bruna, coi lineamenti fieri delle romane. Leone si chiede se l'amico dormisse con lei mentre lui rischiava di morire schiacciato sotto le macerie del Vascello.

Solo una rampa di scale li divide dal terrazzo. La vedova sta salendo, perché nulla – neanche il giovane operaio milanese – potrebbe impedirle di vedere i fuochi di San Pietro, Varesi le va dietro e Leone li segue, senza volerlo. Non sono soli, sopra i tetti di Roma. Centinaia di teste nereggiano fra i comignoli e sui terrazzi. Sono tutte rivolte nella stessa direzione. Contro lo sfondo del cielo ormai di un blu scuro che vira alla notte spicca il profilo della basilica, e i contorni dell'edificio, il colonnato, le finestre, i cornicioni, sembrano dipinti col fuoco.

All'improvviso la campana di San Pietro rintocca due colpi. E nello stesso istante, come per una magia, altre centinaia di luci fioriscono tra quelle che già brillano. Nell'aria immobile senza vento il suono, potente e grave, raggiunge perfino lui, che è distante qualche chilometro. L'immensa cupola diventa un globo incandescente – e dal tetto dell'edificio in cui Leone si trova sembra un sole che tramonta.

Il riverbero fantasmagorico dei fuochi di bengala che ardono nel piazzale barbaglia sulla facciata della basilica i tre colori della bandiera – bianco, rosso, verde. Quella visione è cosí inattesa che gli azzanna il cuore. Dal Vascello, anche i suoi compagni potranno vederla. E pure i francesi, dalle alture del Gianicolo. Poi le luci si affievoliscono, e lo spettacolo sembra finito. Stanno già scendendo giú per le scale quando li raggiunge un brusio, il suono attutito della banda. Sul tetto qualcuno comincia a cantare e a un tratto riconosce la melodia. È l'inno della bandiera, qualcosa di molto simile all'inno di una nuova patria.

Scuoti, o Roma, la polvere indegna
Cingi il capo d'alloro e d'olivo
Il tuo canto sia canto giulivo
Di tua gloria la luce tornò.
Quel vessillo che Felsina invia,
È di pace l'augurio beato:
È il segnale di un patto giurato
Che il fratello al fratello donò.
Viva!
Delle trombe guerriere lo squillo
Di Quirino la prole destò.
Salutiamo il fraterno vessillo
Che superbo sul Tebro s'alzò...

Quel primo verso, sulla polvere indegna, continua a risuonargli dentro mentre scendono, quasi al buio, un'infinità di scale. In strada corrono tutti, ma il temporale preoccupa i passanti piú del bombardamento annunciato. Il cielo è ormai d'inchiostro, ghirigori di lampi saettano sopra i palazzi, e i tuoni sono cosí vicini da sembrare a loro volta cannonate. Le prime gocce – grosse come grani di rosario – gli zampillano sul naso mentre s'infila nel cortile della selleria. Dal selciato si leva un odore acre. A Roma lo chiamano l'odore della febbre. Perché dal giorno dopo la gente comincia ad ammalarsi, e la città non è piú salubre.

Quando Leone si getta bocconi su uno dei tavoli da falegname del laboratorio, già il vento fa sbattere le imposte, rovescia i barattoli, fa tintinnare i chiodi, e rabbiosi scrosci di pioggia tempestano ai vetri. Eppure quel fragore d'acqua lo culla, e si insinua in un sogno gentile di cascate alpine – ricordi confusi, felici.

Di nuovo, come il 3 giugno, alle due di notte lo sveglia il tuono del cannone. Sono tre colpi, uno dietro l'altro. Violentissimi, fanno tremare i vetri della finestra, e vibrare le pareti. Segue una pioggia di bombe: che però non vengono dal Gianicolo, la direzione dalla quale erano attese, ma dalla parte opposta, i monti Parioli. L'esplosione è stata vicinissima. Nel vortice roteano tegole, comignoli, persiane.

Di nuovo Leone si alza nel cuore della notte, di nuovo raduna i compagni e affannosamente li esorta a far presto. Ma con minor convinzione dell'altra volta, perché gli sembra insensato correre al Gianicolo mentre i francesi hanno attaccato dall'altra parte. Leone è ormai abilissimo a calcolare le traiettorie e i calibri: i colpi del cannone francese cadono sul Pincio, e sopra porta del Popolo. Non ha modo di parlare col comandante. Non sa cosa fare. Si deve obbedire a un ordine anche se quello non ha piú senso? In quell'indecisione sprecano minuti, forse ore preziose. Senza dirselo, indugiano, sperando che intanto si plachi la tempesta. Che invece poi si intensifica, e stavolta proprio dove era temuta. Bombardano il Gianicolo. I loro compagni sono stati di nuovo attaccati. Devono andare. Vado di sopra a prendere le mie armi e le munizioni, dice Varesi. Leone non ha il tempo di chiedergli perché non lo abbia ancora fatto. Sbrigati, gli dice, perché adesso ha il rimorso di avere esitato. Io mi avvio. Vai, ti raggiungo, dice Varesi.

Di nuovo Leone impiega piú tempo del necessario a orientarsi tra i vicoli dietro piazza Colonna e a trovare – sguazzando in torbidi torrenti d'acqua e pozzanghere – la strada per ponte Sisto nel buio opprimente della città, oscurata stavolta dal coprifuoco rotto solo dalle fiammelle che ai trivi ardono sotto le immagini della Madonna, e spreca quasi un'ora per salire sul Gianicolo e raggiungere i giardini dell'Arcadia, dietro il Fontanone di San Pietro in Montorio. Devono scavalcare le barricate che bloccano la salita. Il buio rende i movimenti impacciati, si arrampicano a fatica sull'ingombro che hanno collocato loro stessi per rallentare i nemici. Intorno alla chiesa trasformata in ospedale c'è un formicaio di barelle e di feriti gementi. Stavolta, Varesi non è al suo fianco. Senza di lui, silenzioso e sempre vigile, Leone si sente privo di protezione, come nudo. Lo cerca in ogni sagoma che gli ansima al fianco – lo riconoscerebbe dal passo, dal respiro. Ma non lo trova. Non sa dove sia finito.

Dalle mura, nella direzione opposta alla sua, scende giú per l'erta scivolosa un'interminabile fila di feriti, soldati di tutti i corpi, con tutte le divise, una confusione che è quasi una rotta. A Leone sembra di riconoscere anche Victor, il ragazzo fiammingo della Legione italiana che, ha scoperto pochi giorni fa, prima della guerra era assistente pittore. Il suo maestro sfornava ritratti. Ehi, lo afferra per la giacca, che sta succedendo? Non lo possiamo piú difendere il Vascello. All'alba il comandante Medici ha dato l'ordine della ritirata.

Piú facile a dirsi che a farsi, sussurra un giovane strac-

ciato, con la faccia completamente travisata dal fango.
L'accento e il timbro della voce gli ricordano Vismara. Un
calzolaio milanese che ha combattuto come una tigre nelle
stalle del casino Barberini. Se è lui, quel fantasma di fango, è davvero tutto finito.

Leone arriva alle mura ai primi bagliori del giorno. Fra-
dicio, con la divisa incollata alla pelle e l'acqua che gli sgocciola lungo la spina dorsale. Ma ormai ha smesso di piovere
e la luce è tersa, quasi crudele. La bandiera tricolore della
legione – con la scritta DIO E POPOLO – conficcata sulle macerie del Vascello non sventola piú. È stata ammainata. I
suoi compagni non sono piú lí.

Il comandante Medici, con un drappello dei suoi e un
reggimento di linea romana, sta difendendo il tetto della
porta di San Pancrazio per impedire il passaggio dei francesi. Leone non può raggiungerli né unirsi a loro: il suo
fucile è rimasto al Vascello. Quando se ne procura uno –
sfilandolo a un morto – è dello stesso calibro, dovrebbe
riuscire a usarlo – si sistema accanto agli altri sulle mura,
prende la mira e spara sui francesi che tentano di infilarsi
nella porta. Probabilmente uccide.

Si combatte nelle prime ore del mattino del 30 giugno,
disperatamente, lungo il perimetro delle mura, tra le macerie delle ville e quel che resta delle osterie, dei giardini,
dei recinti – finché l'artiglieria romana viene annientata
e non resta piú nulla da fare. Crepitano ancora gli ultimi
colpi quando Leone salta giú dalle mura. Non chiede il
permesso a nessuno, del resto non saprebbe neanche a chi.
Semplicemente, scende.

Imbocca a ritroso la strada che porta in città. Scavalca
le barricate che nella notte gli sono sembrate insuperabi-
li, e sono una misera catasta di inginocchiatoi, banchi di
chiesa, letti di ferro, credenze e sgabelli da osteria, alta
poco piú di lui. Non saprebbe spiegare perché prenda la
direzione del Campidoglio. Non lo confesserà a nessuno,

per decenni. Da quando è arrivato a Roma, non c'è mai andato nemmeno una volta. Ha sempre ostentato una superiore indifferenza per l'Assemblea costituente. Alle dieci Mazzini ha riunito a palazzo Corsini i capi di tutti i corpi e i generali. Si mettono ai voti tre opzioni: capitolare, difendersi in città all'estremo, anche a costo di seppellirsi sotto le sue rovine, uscire da Roma ed esportare la guerra altrove. Garibaldi annuncia che Roma è indifendibile. A meno che non si decida di evacuare sulla riva sinistra tutta la popolazione di Trastevere, forse trentamila persone, far saltare i ponti, portare la guerra in città e combattere casa per casa. Ma le barricate, pure approntate da giorni, non servirebbero, ora che i francesi possono cannoneggiare le strade dall'alto. Sarebbe un massacro.

La decisione spetta all'Assemblea. Leone siede nei palchi del pubblico, che dominano l'aula. Sono quasi tutti vuoti. L'Assemblea invece è al completo. Il segretario – per ironia della sorte un Bonaparte, cugino del presidente della Francia che sta per invadere Roma – e tutti i deputati sono nei loro scranni. Si comportano con dignità, consapevoli del proprio ruolo. Nella confusione di quel momento cruciale, Leone trova confortante la loro disperata fermezza. Non ha mai provato, prima d'ora, rispetto per gli uomini politici. Ma non assiste alla votazione: l'Assemblea vuole deliberare in segreto, perché ognuno si esprima nella massima libertà di coscienza. Il pubblico viene invitato a uscire, e Leone si ritrova sulla piazza del Campidoglio. Saprà solo piú tardi che l'Assemblea ha respinto la proposta di Garibaldi. Mazzini si dimette, i deputati decidono di restare al loro posto. In aula. Non ci sarà resa, perché la Repubblica non riconosce diritti all'esercito francese. Semplicemente, si cessa la difesa.

I vivi si cercano, si incontrano per le strade, mentre vagano senza sapere dove andare, si contano, rintracciano i feriti negli ospedali. Il caporale Perocco è rimasto strop-

piato, il Merlotti, che aveva perso un occhio alle Cinque
giornate, ha perso pure l'altro: vagava a tentoni fra i ruderi del Vascello dicendo bona noce, dum smorzà i ciar!
Solo i milanesi lo capivano: hanno spento i lumi, buona
notte – non stava scherzando e nessuno ha riso.

Ma gli assenti sono troppi. È morto a ventiquattro anni il milordino Luciano Manara, il gaudente figlio di un
avvocato di Milano diventato eccellente stratega militare
e comandante dei bersaglieri lombardi; è morto trucida-
to sulla barella che lo trasportava ferito il diciannovenne
Emilio Morosini; sono morti due terzi dei volontari della
1ª e 2ª compagnia della legione. Qualcuno dice che è morta
la Repubblica, la democrazia, il sogno di costruire un'Italia nuova giovane e diversa. Qualche altro che è il contrario, è come se tutto cominciasse adesso: la difesa di Roma
contro i francesi è stata la sanguinosa affermazione della
volontà e del diritto degli italiani a risorgere a nazione libera e indipendente. Combattendo e morendo alle mura
di Roma, il meglio della gioventú italiana ha consacrato
tale volontà e tale diritto. Manara lo ha scritto poche ore
fa: affinché il nostro esempio sia efficace, dobbiamo morire. Solo la loro morte darà compimento e farà vincere la
rivoluzione del 1848.

I corpi militari sono sciolti ma il generale Garibaldi ha
dato appuntamento a tutti i difensori della città. Non alla
caserma dei garibaldini, nell'ex convento di San Silvestro:
in piazza San Pietro, davanti al colonnato, nel cuore sacro
di Roma. Leone vi si dirige quasi senza volontà, in uno
stato di coscienza labile, come un sonnambulo, lasciandosi trascinare dalla fiumana di folla che da ogni strada del
centro converge verso il piazzone, accalcandosi sul ponte
Sant'Angelo e nei Borghi. Una marea disordinata di militari in divisa e ragazzini, ufficiali, soldati, volontari, studenti e popolani, madri e padri di combattenti e anche
gente qualunque, curiosi, e tante donne – che seguireb-

bero il generale biondo all'inferno, se glielo chiedesse. È sorprendente il carisma che emana quell'uomo sul cavallo bianco. Tra la folla che lo acclama, Garibaldi avanza lentamente, a fatica, e impiega un'eternità a raggiungere l'obelisco. Leone immagina cosa dirà. Chi vuol seguirlo con le armi, si unisca a lui: tenteranno di sconfinare nel Regno di Napoli, per sollevare il popolo contro i Borboni, oppure raggiungere Venezia e continuare la rivoluzione.

Soltanto in quel mattino di caos e lutto, nella ressa, madido di sudore, ancora incrostato di polvere e fango, mentre a spintoni, gomitate e calci cerca di avvicinarsi allo stato maggiore del generale – dov'è il comandante Medici? –, Leone si rende conto che la sua guerra è davvero finita. Non morirà giovane, vergine e innocente. Potrà vivere – per ricordare, e raccontare. Col pennello, con le parole. Non diventerà un eroe. Non gli dedicheranno monumenti, né quadri. Il cognome «Paladini» non intitolerà strade, scuole, piazze. Nessuno si ricorderà di lui. Tuttavia, preferisce essere vivo.

Già si allungano le ombre della sera, e la città – insolitamente silenziosa e buia, e perciò sinistra – attende l'arrivo dei francesi, quando Vittore Ottolini racconta a Leone ciò che è accaduto nella notte del 29, quando Medici ha ricevuto da Garibaldi l'ordine di evacuare il Vascello. Erano circondati, non potevano piú tenerlo. Medici però pareva Pelopida coi suoi Tebani alla battaglia di Tegira e non voleva venir via. Garibaldi gli ha intimato una seconda volta la ritirata. Enrico Guastalla, il piccolo caporale ebreo, ha dovuto quasi trascinarlo. Lo sorreggeva, perché Medici, un po' per i piedi gonfi, un po' per l'avvilimento, non ce la faceva a camminare. Ripeteva che avrebbe preferito morire là dentro. Però un uomo di guerra non disobbedisce.

Siamo riusciti a venir fuori dal Vascello non si sa come. Non me lo dimenticherò mai. Non potrò vivere un momento peggiore. Sembravamo spettri di polvere. Piangevamo tutti.

Eravamo cosí frastornati che ci siamo dimenticati la bandiera. Quando se n'è reso conto, quel vecchio pazzo di Rocca è tornato indietro. C'erano già i francesi, in tutti i cunicoli e i passaggi. La bandiera non è uno straccio, però chi avrebbe rischiato la vita per un simbolo, ormai? Credevamo che non potesse farcela e che avesse scelto un modo eroico per suicidarsi. Invece c'è riuscito, è tornato stringendola al petto, si è messo sull'attenti e l'ha consegnata al comandante. Non ha sprecato invano trent'anni d'esilio. Ha vissuto in Francia, parla perfettamente francese: quando lo hanno fermato, gli ha detto non tirate su di me, sono dei vostri. Gli hanno creduto.

E il comandante l'ha fatto saltare in aria? chiede Leone. Quando è venuto giú dalle mura, nel fumo che ancora aleggiava sul campo di battaglia, non è riuscito a individuare la sagoma del Vascello. Le macerie erano cosí alte, là fuori, che faticava a riconoscere il paesaggio. Gli è rimasta, dolorosa, l'impressione che quel palazzone meraviglioso e strano non sia piú dov'è sempre stato. Ha dato l'ordine, sí, risponde Ottolini. Con gli occhi, perché non aveva la forza di pronunciarle, quelle parole. Troverò i fornelli nelle cassette della polvere, comandante, si è offerto Guastalla. Accenderò io le micce.

Quarta parte

L'architettrice
(1656-1669)

Da un giorno all'altro mi sono ritrovata padrona del palazzetto a Monserrato. I segretari e la serva erano partiti coi Benedetti e solo il cameriere, Mario, presidiava la proprietà. Ma era come non ci fosse perché – per timore del contagio – se ne stava rintanato nella sua stanza. Uscí solo una volta. Sbalordita, osservai quello zerbinotto in livrea di seta mentre pesava con le mani inguantate la sbarra di ferro che sarebbe servita per forgiare i chiodi, i paletti e le bandelle. Senza scomporsi, il fabbro annunciò di chiedere sei bajocchi per ogni libbra, e scrisse diligentemente il numero che Mario gli comunicò: 67 libbre.

Lo fanno tutti, a volte i padroni stessi in persona, mi disse poi, rassegnato, mentre il cameriere filava via, lesto come una faina. Temono che rubiamo sui materiali. E hanno ragione? mi incuriosii. Si vede che non avete mai restaurato la vostra casa e speso i vostri soldi, Signora, sogghignò mastro Vitangelo. Le chiavi da fabbricare erano quelle della credenza. Nelle case dei padroni, anche il cibo veniva difeso con le serrature. Quante cose dovevo imparare. Noi Bricci non avevamo mai chiuso a chiave nemmeno la porta di casa.

Quell'estate molti dei miei colleghi pittori accademici di San Luca – Pietro da Cortona e il suo allievo Ciro Ferri, Grimaldi e Miel, Salvator Rosa e Courtois, Lazzaro Baldi e Carlo Cesi, Maratta e Lauri, Colombo, Murgia, Schorr, Gaspar Duguet, Mola, Canini e Chiari – si rifugiarono nel palazzo del papa al Quirinale. Stavano affrescando la galleria di Alessandro VII e Chigi concesse loro asilo. Anche Bernini – tornato il favorito del pontefice regnante – era lí, e trascorreva le serate a discutere progetti col papa. Fu Alessandro VII, piú di Urbano VIII, a dargli la possibilità di fare Roma a sua immagine e somiglianza. Fu lui che lo incaricò di costruire il colonnato nella piazza di San Pietro, la cattedra nella basilica, la sua stessa tomba. Da lui si fece completare il palazzo di Castelgandolfo e costruire la chiesa. E a differenza di Barberini, lo difese sempre.

Rimasero tutti a Roma, i miei colleghi, ma sopra di essa: piú in alto dei tetti, delle cupole e delle nuvole di fumo che esalavano dai roghi degli spurghi, oltre i miasmi dei mesi torridi, i nugoli di zanzare, gli squittii dei ratti di fiume. A Roma, ma al sicuro dietro una barriera di guardie armate, che proteggevano l'ingresso del palazzo del papa e filtravano merci e visitatori. Anche il cibo che mangiavano era stato verificato. Il mio rifugio invece fu il palazzetto di Elpidio.

Ci ho trascorso giornate intere. Sfuggivo cosí alle conversazioni con mia madre, che avevano un unico argomento. Quale casa era stata serrata, e quanto lontana era dalla nostra – se conoscevamo gli abitanti, e ovviamente li conoscevamo, perché nel rione eravamo poco piú di undicimila anime, e prima o poi avevamo incontrato tutti. E allora se ci avevamo parlato, e quando, se eravamo entrati nella loro bottega o se gli avevamo toccato la mano quando gli avevamo pagato la carta, i pennelli o i colori. Quanti morti si erano contati al Lazzaretto, quanti sospetti vi erano stati trasportati il giorno prima, se la polvere che un alchimista napoletano al servizio del duca di Bracciano aveva sperimentato su stesso aveva davvero effetto preservativo. Mia madre del resto non aveva altro da fare, non poteva nemmeno andare a messa perché nelle chiese avevano levato i banchi e tolto l'acqua benedetta, non si celebravano nemmeno le festività e il prete della nostra parrocchia

di San Biagio, spaventato dalla falcidia dei suoi colleghi,
chiedeva ai fedeli di praticare le devozioni in casa propria
e di non confessarsi.

Quanto a Basilio, mio padre sarebbe stato orgoglioso
di lui. Investigazione scientifica e divulgazione popolare.
Andava a caccia di notizie, ficcava il naso dappertutto.
Fuori porta del Popolo, per assistere all'impiccagione dei
ladri sorpresi a rubare nelle case sequestrate o a rivendersi
le robe infette portate agli spurghi, e al ponte dei Quattro
Capi, per assistere alle frustate e alle bastonate inflitte agli
inservienti del Lazzaretto che non rispettavano gli ordini
della Sanità. A curiosare intorno ai rastelli di Trastevere
e nei prati davanti e dietro la basilica di San Paolo, tutti
sottosopra a causa delle continue inumazioni. Rimase sconvolto dalle fosse comuni. Scavate dai galeotti, profonde,
cupe. Solo i nobili dentro la cassa di piombo, tutti gli altri
li buttano dentro nudi, nella terra nemmeno consacrata,
insieme, maschi e femmine, senza cerimonie e senza preghiere, senza segni che ricordino chi sono stati, miserabili e poveri, per lo piú, perché muore soprattutto la gente
bassa, ma anche gli altri. È una morte brutta, Plautilla.

Mio fratello disegnava accuratamente barche, carret-
toni, cadaveri e dottori con la bacchetta bianca in mano.
Intendeva dare alle stampe la cronaca della peste. Non era
l'unico, ma voleva essere il primo. Le attività artigianali si
stavano fermando una dopo l'altra per mancanza di materie
prime e di acquirenti, non c'era piú commercio e – a parte
il vino, che le autorità, per non far collassare l'economia,
lasciavano entrare dai Castelli evitando di bandire quei
territori fino alla fine della vendemmia – cominciavano a
scarseggiare pure i generi alimentari: ma tipografi e stam-
patori lavoravano giorno e notte. Pubblicavano opuscoli
e foglietti, orazioni e preghiere, riciclavano pure vecchi
trattati che offrivano rimedi ad altre pestilenze. Basilio
progettava fogli illustrati – ogni incisione con la sua di-
dascalia –, una pagina la settimana, immagini veritiere,

informazioni rigorose, stampa di media qualità, carta scadente, prezzo per tutte le tasche. Voleva mettersi in società con Bartolomeo Lupardi, libraio alla Pace in piazza Navona. Almeno, se devo rendere l'anima a trentacinque anni, senza essere diventato famoso né aver fatto nulla per essere ricordato, osservò, ci avrò guadagnato qualcosa e vi lascerò dei soldi.

Era una buona idea, ma non ha funzionato, perché lui e il suo amico non ottennero la licenza di stampa. Le autorità volevano controllare le informazioni, e diffidavano delle iniziative indipendenti. La censura non era mai stata cosí invadente. Basilio era anche in questo l'erede di mio padre: un visionario ricco di idee e incapace di realizzarle.

Io invece, proprio mentre la situazione precipitava, ho assaporato una felicità materiale, concreta, quasi tangibile. Mi aggiravo nel mio regno effimero, fra i muratori che demolivano tramezzi, montavano travi, trapanavano le pareti e ne erigevano di nuove. Mi piaceva tutto, del cantiere. Il colpo dei picconi sui muri e lo stridore delle seghe nel legno, il cigolio dei telai quando vengono fissati alle finestre, il tonfo del martello mentre rimbandella una porta, l'odore dei trucioli e della calce umida, anche i gesti dei muratori, esatti come in una coreografia, la tensione dei muscoli delle loro braccia, le canzoncine sconce che fischiettavano a mezza bocca, interrompendosi appena il fruscio dei miei vestiti annunciava il mio arrivo. Una signora non avrebbe dovuto rivolgere la parola ai muratori, e meno che mai nell'agosto del '56. Erano persone come loro a seminare la morte nelle stanze dei padroni. I lavoratori erano diventati la nostra nemesi.

Gli abitanti di Trastevere e gli ebrei del Ghetto erano ancora sigillati nei loro serragli, ma i cartelli con la scritta SANITÀ spuntavano anche sui palazzi del nostro rione. Smentivano la convinzione iniziale di tutti noi che la vigilanza avrebbe circoscritto il contagio ai tuguri maleodoranti e sovraffollati della gente bassa, agli stracci dei mendicanti, ai letti delle locande. Quando avevano serrato l'osteria del Paradiso, a Campo de' Fiori, perché era morto il figlio dell'oste, ci eravamo detti che noi non frequentavamo le osterie, e l'unico nostro maschio che avrebbe potuto farlo, Basilio, rifuggiva gli ubriachi, i giocatori e le meretrici. Poi si erano ammalati i maniscalchi e gli stallieri dei palazzi nobiliari dei dintorni: ma noi non avevamo cavalli. Però eressero lo steccato anche intorno a palazzo Orsini, a Montegiordano. Al Babuino era morta la madre di uno dei lacchè, e anche lui si era ammalato.

Il morbo si insinuava nelle stanze dei signori. Entrava dalle stalle e dalle cucine, dai corpi dei domestici e dei cocchieri. I ricchi cominciarono a temere i loro servitori. A provare un'avversione irriducibile per coloro che gli lavavano i panni, gli accendevano il camino, gli aprivano lo sportello del cocchio, li pettinavano, li profumavano, li servivano a tavola, gli facevano lume o solo compagnia. Non avevano mai concepito di vivere senza che ogni loro azione fosse facilitata da qualcun altro. Invece i principi e i cardinali rimasti in città congedarono tutti quelli che avevano famiglia, dormivano in casa propria e frequentavano estranei. Tennero solo la servitú di casa. Una sera mia madre ci avvisò che dovevamo fare altrettanto.

A quel tempo avevamo un solo pigionante, che lavorava nello studio di un avvocato, ai Banchi. Anche se l'ufficio era chiuso e il procuratore usciva solo per pregare davanti alla Madonna di San Celso, di cui era devotissimo, mia madre avrebbe voluto sfrattarlo. Ma gliene mancò il pretesto, e poi non poteva rinunciare al suo affitto. Il nostro servitore, Giuseppe, viveva invece con noi. Sbrigava le nostre faccende, comperava nelle botteghe, portava su la legna, buttava le immondizie, e ci era ormai talmente indispensabile che ci stupivamo di aver potuto vivere senza un domestico per tanti anni. Era un colosso col cuore di zucchero, fedele alla famiglia come un cane.

Ti affido alla provvidenza, va' col buon Dio, gli comunicò mia madre, pagandogli la settimana. Giuseppe si
appellò alla sua misericordia. Aveva vissuto anni coi Dandini, prima che Rutilio, che non poteva piú pagarlo, lo
cedesse a noi, non aveva piú parenti in città, né un posto
dove andare: eravamo noi la sua famiglia. Mia madre disse che la legge del sangue le imponeva di preservare i suoi
figli e la nipote. Se fossimo scampati, lo avrebbe ripreso
al nostro servizio.

Giuseppe piegò la sua casacca di riserva, i calzoni della
domenica e la palandrana invernale, li involtolò in un fagotto e lasciò la nostra casa incredulo. L'ultima volta che
l'ho visto si aggirava allocchito col sacco sulla spalla in
piazza Sforza, dove di notte si radunavano i mendicanti
scappati alla reclusione ordinata dal papa. Lo sogno ancora. Siamo tutti responsabili della sua morte.

Poi mia madre si rinchiuse, di sua volontà. Vietò a Giustina di uscire, comprava il pane, la frutta e il cacio calan-
do un cestello dalla finestra. Ma non riuscí a rinchiude-
re Basilio né me. La peste non ci rendeva uguali, e anzi
evidenziava le differenze – di classe e di sesso. Ma nello
stesso tempo apriva spazi impensabili di libertà a chi era
disposto a correre il rischio. Sono stata una di quelli. Non
avevo paura di morire, ma di non avere vissuto.

Quando, la mattina presto, scendevo in strada, e mi
avviavo – tutta sola – verso via di Monserrato, cercavo di
sbirciare il mio riflesso in ogni superficie. La pozzanghera
d'acqua sporca rovesciata dalle finestre del primo piano,
la chiazza dorata dell'orina dei cavalli, una lamina di ottone, le lastre di vetro accatastate nella bottega chiusa del
vetraro. Mi osservavo, e pensavo ogni volta a un episodio
che m'aveva raccontato suor Eufrasia.

La mattina di Natale era di obbedienza in cucina. Mentre il cappone sfrigolava nella padella, lei tagliava a rondel-
le le zucchine e le tuffava in un grosso paiolo di rame e a

un tratto si era accorta di una suora, riflessa nel metallo. Pure l'altra affettava zucchine. Grata dell'aiuto, le aveva chiesto chi fosse, perché non le sembrava di conoscerla. Forse si era unita da poco alla comunità di San Giuseppe provenendo da un altro convento? Ma la suora non aveva risposto. Con chi parlate, sorella? le aveva domandato, interdetta, la conversa. Suor Eufrasia le aveva indicato la suora silenziosa che, stranamente, nello stesso istante aveva puntato il dito verso di lei. Siete voi quella, sorella Eufrasia! aveva esclamato, stupita, la conversa. Ero proprio io, sapete, Plautilla, rideva Eufrasia, ma non mi ero riconosciuta. Non ho uno specchio a San Giuseppe Capo Le Case. Non vedevo me stessa da quasi trent'anni.

Nelle pozzanghere e nella lastra del vetraro, invece, io vedevo ogni mattina la solita Plautilla. Capelli, abito, colori, era tutto identico. Eppure nemmeno io riconoscevo piú me stessa.

Restavo tutto il giorno al cantiere, sgranocchiavo una pagnotta seduta sui gradini del pozzo, tornavo a casa tardi, a volte quando già rintoccavano le campane luttuose della sera, in strada non circolava piú nessuno e mi accompagnava solo il ticchettio dei miei passi. Entravo in camera di Basilio e chiudevo a chiave la porta. Ormai, grazie a mastro Vitangelo, sapevo tutto delle serrature. Esse sono maschio e femmina, come noi.

Poggiavo subito la guancia sulla sua fronte, e lui sulla mia. Il dottor Ghibbesio ci aveva spiegato che la malattia si manifesta con febbre alta, sete ardentissima e lingua arida. I piú gravi hanno subito vertigini, mal di testa e stordimento, e infine delirio. Quelli che non risanano, hanno emorragie e perdono sangue dalle narici. Muoiono piú donne che uomini, piú giovani e adulti che vecchi e bambini. Noi due rientravamo nella fascia piú colpita. Per questo ci toglievamo subito i vestiti, li mettevamo a bagno nella tinozza e ci ispezionavamo a vicenda.

I carboni neri macchiano tutto il corpo, ma i bubboni spuntano nell'inguine, dietro le ginocchia, sotto le ascelle. All'inizio si vede solo un alone rosato. Si può provare a medicarlo con emollienti e cerotti, ma per lo piú non serve. Nel giro di pochissimo tempo si gonfia e al centro si forma un bocciolo, color ciliegia, come un capezzolo. A quel punto non c'è piú tempo. Diventa subito grande come un pisello, un cece, perfino una noce. I bubboni piú superficiali si possono tagliare con le forbici. Altrimenti bisogna incidere col fuoco vivo, scarificare e provare a far cicatrizzare con medicamenti che impediscano la putredine.

La prima volta in cui Basilio si è sciolto la fettuccia delle calze e mi ha chiesto di guardargli dietro le ginocchia, dove sentiva prurito, ho provato piú imbarazzo che vergogna. Ho dovuto simulare ritrosia, come non avessi mai visto cosí da vicino il corpo di un uomo. Mi sono inginocchiata, e ho avvicinato il naso a quelle gambe tornite, coperte da una peluria scura – ma dietro le ginocchia, glabre come il sedere di un bambino. Non c'è niente, Basilio.

Poi è toccato a me. Mio fratello ha sciolto la fettuccia, la sottana è caduta. Mi ha tastato la carne, seguendo coi polpastrelli il serpeggiare azzurro della vena. Le sue mani erano impacciate, madide di sudore. Il motivo per cui mio fratello non si risolveva a prendere moglie mi si è rivelato con una chiarezza dolorosa. Non per mancanza di denaro, come ripeteva a mia madre. E nemmeno perché non voleva imporre a me e Giustina i capricci di una padrona. Ho capito mentre quelle mani mollicce riluttavano al contatto con la mia carne perché Basilio frequentava la spiaggia malfamata della Cesarina, dove i ragazzi si bagnano a fiume nudi. E perché Dandini l'aveva ammonito di tenersi lontano dai cunicoli di Monte Alto e dai tavolati di Campo de' Fiori – dove uno sbirro del governatore Spada, per il quale a quel tempo Rutilio stava lavorando, in confidenza lo aveva avvisato che qualcuno sosteneva di aver riconosciuto suo cognato. E come mai l'inflessibile Basilio aveva mostrato tanta comprensione per il giudice pigionante dell'anno scorso, che a un certo punto aveva smesso di pagare l'affitto. Il vicinato sosteneva che s'era fatto adescare da un ragazzaccio che poi lo aveva ricattato e lo aveva pelato al punto da costringerlo a scapparsene da Roma. Benché avessimo urgente bisogno dei suoi soldi, Basilio non lo aveva denunciato e gli aveva voluto concedere una dilazione. Non è lí che devi toccare, vai piú su, ho dovuto esortarlo.

Scusami, si è giustificato con un risolino, non sono pratico. E allora? Vedi qualcosa? ho tagliato corto. Niente, Plautilla, pure tu sei a posto. Che spreco, però, ha commentato, mentre mi coprivo. Hai i fianchi di un puledro. Sei fatta per essere amata.

L'odore dell'aceto impregnava le lenzuola, i capelli, le mani, la pelle. Lo usavano anche agli spurghi, dove portavano a disinfettare le robe dei sospetti. Quella precauzione riuscivo a capirla. Con l'aceto, varie volte avevo liberato dai pidocchi i capelli di mia nipote Margherita. Per qualche ragione che ignoravo, sterminava quegli insetti fastidiosi. E gli insetti sembravano aver qualcosa a che fare con i semi vivi del contagio. Pur senza poterlo spiegare, lo sostenevano in parecchi, e fra loro il mio Ghibbesio. E io mi fidavo del dottore inglese.

Umiltà, il falegname – tra tutti gli artigiani del palazzo a Monserrato il piú mordace –, mi fece notare che Roma andava a scatafascio. Morivano le puttane e scampavano le monache, i segretari si cucinavano l'arrosto con le mani loro, e una signora come me puzzava come una zucchina a scapece. Non avevo mai riso tanto.

Non solo non evitavo la compagnia degli operai, ma li pedinavo mentre spicconavano e arricciavano i muri. Li subissavo di domande, e ascoltavo attenta le risposte. Perché il parapetto della scala che portava al piano nobile era di legno di castagno e gli scalini invece di tavole di olmo?

Che differenza c'è tra i due legni? E quale costa di piú? E
perché la scala a lumaca aveva proprio ventotto gradini? In
base a cosa si calcola l'altezza della pedata? La distanza fra
un gradino e l'altro doveva essere sempre uguale? La loro
esperienza era piú preziosa delle teorie che avevo studiato sui libri di mio padre. Quegli operai atticciati, rosolati
dal sole, con le mani callose e le unghie bianche di calce o
nere per la limatura di ferro, sono stati i miei professori.

Il capocantiere, Battista Ferrari, era piú restio a sve-
larmi i segreti della professione. Si stupí quando gli chiesi
perché risarciva le crepe del muro della camera da letto di
Elpidio invece di demolirlo. È un muro portante, spiegò,
col tono che avrebbe usato con un bambino sciocco. E la
calce, perché aveva questa sfumatura di grigio? Non era piú
gradevole bianca? E il peperino, che posavano alle porte e
alla bocca del forno, da quale cava proveniva?

Siete la prima donna che si interessa di mattoni, commentò. Ferrari era di Como, ticinese come quasi tutti i muratori
e i capimastri di Roma. Non ho mai saputo perché. Il suo
accento era ostico, i suoi modi furastici come quelli di un
randagio. C'è sempre qualcuno che fa qualcosa per la prima
volta, è solo questione d'abitudine, gli ho risposto. La conoscete la storia della prima vedova romana che si risposò?

Non la conosceva, era una leggenda nostra. Me l'aveva
raccontata mio padre, per convincermi a studiare la matematica. La vedova romana si era innamorata di un nobile,
ma il mondo non avrebbe accettato la sua relazione. Allora ebbe un'idea. Fece scorticare vivo il suo cavallo, e lo
affidò ai servitori, ordinando loro di portarlo in giro per le
sue campagne. Lo spettacolo di quell'animale scarnificato,
con le ossa sporgenti e i fasci di muscoli che s'intrecciava-
no agli organi come rampicanti suscitò spavento, orrore,
indignazione. I contadini tralasciarono le loro occupazioni
e non parlarono d'altro. La vedova ordinò ai servitori di
tenere in vita il cavallo, e di ripetere la passeggiata il giorno dopo. I contadini riconobbero il cavallo e interruppe-

ro il lavoro. Poi però, quando fu passato oltre, ripresero le zappe e ricominciarono. Il terzo giorno non sollevarono nemmeno la testa dai solchi. Era sempre lo stesso cavallo, in fondo. Dopo il quarto giorno, del cavallo scarnificato non si parlava piú. La vedova sposò l'amante.

È cosí che succede con le cose nuove, aveva sentenziato mio padre. All'inizio c'è scandalo, poi fastidio, infine indifferenza. Ciò che sembra impossibile diventa normale. I costumi sono fondati sulla quantità di opinioni. Le leggi e le consuetudini cambiano quando quelli mutano. Bisogna solo avere coraggio.

A dirla franca, commentò mastro Battista, le vedove che si risposano mi danno ancora disgusto. Ma il mondo va sottosopra, aggiunse, piú impensierito che ironico. Dove andremo a finire? Succedono cose da non crederci. I cardinali vanno in carrozza chiusa, senza staffieri, come gente qualunque. A Roma abbiamo un papa che ha dichiarato di voler fare l'inserviente al Lazzaretto. Abbiamo avuto una regina, un fatto inconcepibile nello Stato ecclesiastico. Una femmina che dorme cinque ore per notte, mangia poco, beve solo acqua gelata, legge qualunque cosa, si intende di pittura, scultura e medaglie piú degli uomini.

A goccia a goccia s'incava la pietra, ho obiettato. Anche a Roma. Cosa vuole che me ne importi del futuro, Signora? sospirò il capocantiere. L'altro ieri sono morte settanta anime, e ieri cento. Duecento li hanno portati al Lazzaretto. La fruttarola da cui mia moglie compra le cocozze è dentro la fossa, e magari stasera tocca a noi. Il mio futuro non va oltre domani mattina.

Nemmeno il mio, avrei voluto dirgli. Ma proprio questo infonde ai nostri potenziali ultimi giorni un'euforia incontenibile. Non mi ero mai sentita cosí viva.

Una mattina di settembre non sono potuta rientrare a casa. All'angolo di via Giulia ho incrociato un inserviente del Lazzaretto con una torcia a vento, precedeva uno sbirro e questi un carretto: sul materasso giaceva un morto – avvolto in una coperta, perché ormai le bare non bastavano piú. Palazzo Sacchetti era serrato: si era ammalato un cocchiere, tutto l'isolato era sotto sequestro. Il cartello sul portone recava la scritta funesta: SANITÀ.

Inizialmente ho pensato a uno scherzo. I romani cinici e disobbedienti non si smentiscono nemmeno davanti alla morte. Di notte i ragazzi si divertivano a staccare i cartelli dalle case sigillate e a distruggerli, o a spostarli su quelle sane. Era già successo, a Panico e ai Lautari, e di quell'insolenza sfottente Basilio e io avevamo perfino riso. Si rischiava l'impiccagione, per una bravata del genere, e però nemmeno la pedagogia del terrore fermava lo sfregio. Ma i cartelli campeggiavano su tutti i portoni dell'isolato, e i sigilli erano autentici.

Mi sono fermata in piazza, incerta. Se avessi detto che abitavo lí, mi avrebbero costretta a salire? O deportata? Ma dove? I nobili avevano il diritto – anzi il privilegio – di trascorrere la quarantena in casa, e anche di curarsi nel proprio letto, se si ammalavano e ne facevano richiesta – oppure, col loro consenso, le autorità li mandavano al convento di Sant'Eusebio, all'Esquilino: ma noi? Il prete della Pagnotta era venuto a censire le anime della parrocchia, per ordine della Congregazione di Sanità, qualche tempo prima: ogni rione doveva far sapere quanti ricchi, quanti comodi, poveri, e poveri necessitosi ci abitassero – perché il tesoriere potesse calcolare la spesa. Ormai non si lavorava piú e i prezzi erano impazziti, tutti avevano bisogno delle sovvenzioni per vivere. Ai sequestrati distribuivano cinque bajocchi al giorno. Nel nostro rione pochissimi erano risultati i necessitosi, e pochi i ricchi, ma povere piú di sessanta famiglie su cento, e solo ventidue comode. Ci aveva classificato fra i comodi? I comodi avevano diritto a restare in casa? Oppure, siccome nessuno di noi Bricci aveva ufficialmente un mestiere, e non dichiaravamo le rendite delle pigioni, fra i poveri?

A quell'ora in casa dovevano esserci mia madre, Giustina e il procuratore Giovanni Severini, che cenava sempre con la famiglia. E Basilio? Erano là sopra, dietro le imposte chiuse del terzo piano, o li avevano portati via?

Non volevo comportarmi come i disgraziati che avevo biasimato, che avevamo tutti biasimato. Come la parente dell'ostessa di Monte Fiore, che nemmeno dopo l'editto si era presentata alle autorità. Il proverbio popolare le aveva insegnato che il primo giorno l'editto si appiccica, il secondo si legge, il terzo si strappa. Era morta, in casa sua, dietro la nostra, insieme alle sue bambine. E lo studente del Collegio Capranica che aveva nascosto il bubbone, attribuendo il dolore all'inguine al fatto che aveva tirato di scherma. E il maestro di casa che se l'era inciso in segreto col ferro rovente, e solo quando era svenuto a colazione con la faccia nel piatto aveva consentito a chiamare la Sanità. Tutti questi sconsiderati li avevamo maledetti. Eppure avremmo dovuto comprenderli. Chi entrava malato al Lazzaretto, a patire sui materassi delle corsie affollate, aveva meno speranza di uscirne vivo. Ma mia madre, Giustina, il pigionante, stavano tutti bene. Io stavo bene. Basilio mi aveva ispezionata la sera prima: nessun alone rossastro sotto le ascelle, le ghiandole del collo di dimensioni normali, la pelle immacolata. Ho indietreggiato, prima che gli sbirri mi notassero. Poi, col cuore in gola, sono tornata al palazzo di via di Monserrato.

Avevo le chiavi, ma Mario aveva sbarrato il portone dall'interno e non voleva sbloccare il saliscendi. Se nell'isolato di casa mia c'era la peste, potevo portarla con me, l'avevo forse addosso. Non volevo attirare l'attenzione, mi sono chinata sulla gattarola e infilando la testa nell'apertura ho cominciato a chiamarlo, una, due, venti volte, finché per non attirare i vicini non è dovuto scendere, e allora gli ho ordinato di aprirmi, in nome dell'abate Benedetti.

L'ha socchiusa, brandendo il bastone da passeggio di Elpidio come facevano i medici con la bacchetta bianca. Mi ha ingiunto di togliermi i vestiti. Un cameriere, che si permetteva di parlarmi cosí! Avrei voluto schiaffeggiarlo, ma il bastone mi teneva a distanza. Gli ho spiegato che li avrei disinfettati con l'aceto: quell'ignorante però non sapeva niente degli spurghi, disse che dovevo bruciarli. Queste le istruzioni ricevute dall'abate, se qualcuno degli operai del cantiere si fosse ammalato.

Ho dovuto cedere. Gli ho chiesto solo di portarmi qualche indumento del suo padrone, perché non avevo niente per cambiarmi. Mario mi ha lasciato la lampada sullo scalino e si è dileguato nell'oscurità.

Mi sono spogliata nella stanza con l'alcova. Il pittore che stava dipingendo il fregio aveva lasciato il ponte davanti alla parete. L'ho usato come scala, poi ho gettato gli abiti nel camino. Peccato per le mutande, la sottana, la veste rossa, le calze, le maniche, la zimarra. Tutto di seta, confezionato da nemmeno un mese dal sarto di Campo de' Fiori. Perché mi ero illusa che l'eleganza mi qualificasse come socialmente superiore, conferendomi autorevolezza agli occhi degli operai del cantiere. Che ingenuità, e che arroganza. Gli operai m'avrebbero rispettata solo il giorno in cui ne avessi saputo piú di loro. Una lezione che non ho dimenticato. Ho acceso il fuoco. Bruciando, la seta esala un odore di foglie.

Ho attraversato, nuda, l'appartamento vuoto, e sono scesa in giardino. Mi sono lavata con l'acqua del pozzo: il fabbro aveva già consegnato le catene e il cerchione per il secchio, e avevo verificato io stessa che li avesse montati. Ma non avevo niente per asciugarmi, e ho lasciato che lo facesse la brezza del ponentino. Sono rimasta in piedi nel buio, tremando. Nel cielo limpido sfolgorava il disco pieno della luna. Spargeva sulla mia pelle e sui muri un chiarore d'argento, siderale – e la sua luminosità era cosí intensa che la mia ombra spiccava netta sull'erba. Ho avuto la certezza che la luna vedesse e governasse tutto – perché il suo crescere e decrescere influenza gli esseri viventi e le cose inanimate, addensa gli umori, fa maturare i semi e fiorire le piante, muove le maree e scioglie il nostro sangue. Quella luna trionfante infondeva anche in me la sua forza cosmica. Anch'io ero piena – al culmine del mio vagare. Non mi sarei ammalata.

A Mario, che mi spiava – allibito e sgomento – dalle finestre del secondo piano, devo essere sembrata una vestale folle, o una Diana senza ancelle e senza timore. O forse semplicemente ha pensato che non fossi una donna abbastanza dabbene per provare vergogna.

M'aveva lasciato un paio di ciavatte e sulla panca una camicia, i calzoni di seta lionata, mutande di lino da uomo e un mantello di panno. Mi andavano lunghi e larghi, ma sapevano di sapone e di zagara e quello era l'odore di Elpidio. Era come essere dentro di lui.

Ho tirato via il lenzuolo che proteggeva l'alcova di Elpidio dalla polvere dei calcinacci e mi sono sdraiata là sopra, avvolta nel suo mantello. Dormo nel tuo letto, gli ho detto, come se potesse sentirmi, ma senza di te.

I muratori sono arrivati mentre già rimestavo nel secchio della calce. Volevo imparare quanta acqua fosse necessaria per formare una buona malta. Forse in quello stesso momento mia madre rimestava nel calderone, e impastava solfato, sale, pepe, caligine passata al setaccio, radici di gigli bianchi, trocisco di rospo e veleno di vipera per preparare una tisana preservativa. Madre, ho pensato, ci siamo arrivate finalmente, ognuna di noi ha la cucina che si merita.

La notte, nell'alcova, sognavo sempre di essere in viaggio, nella cuccetta del vascello che attraversava il Tirreno – con lui. Ma quando all'alba aprivo gli occhi non c'era nessuno nel mio letto, e nella casa regnava un silenzio desolato. Ero sola. Forse la mia solitudine l'avevo voluta, o provocata. Ma mi circondava come lo steccato le case inviolabili. Non una parola di conforto, non un abbraccio, una carezza. Non sapevo cosa farmene della forza che scoprivo dentro di me se non potevo donarla a lui. Era per noi che stavo facendo tutto questo. Ma non esisteva nessun noi. Solo una finzione che mi aveva illusa, per tutti questi anni. Non c'era nessun Elpidio, non avevo niente a parte me stessa. Una donna che ora avrei potuto odiare.

A volte piangevo. Per il rimpianto, e la malinconia. Tutto ciò che avrebbe potuto essere, e non sarebbe stato mai. Per una passiva obbedienza – o era fedeltà? – alla nostra natura, al dovere, alla morale, agli altri. E adesso che ogni cosa perdeva significato, le scelte che non avevamo fatto, il coraggio che non avevamo avuto mi mordevano la carne. Abbiamo gettato via la nostra vita, Elpidio, avrei voluto dirgli. Non riesco ad accettarlo.

Una notte ho sognato che la sua mano ossuta mi accarezzava la nuca e mi scioglieva i capelli, e le labbra – screpolate – mi sfioravano il collo. Ho tirato su la trapunta, per coprirmi, lo scaldaletto che avevo sotto le lenzuola non emanava piú alcun tepore, avrei dovuto alzarmi per riattizzare il fuoco nel camino, ma ottobre già finiva, l'umidità invadeva la stanza, e non volevo poggiare i piedi nudi sul pavimento gelido – mi sarei svegliata e invece non volevo lasciarmi strappare il mio sogno. Era cosí piacevole quella sensazione di lieve sfregamento. La pioggia frusciava contro le imposte, cadendo sul davanzale le gocce ticchettavano come il meccanismo di un orologio. Nessun altro rumore dalla strada o dalla casa. Solo un soffio vaghissimo, come un alito. Ho socchiuso le palpebre, al riflesso rossastro delle braci guizzava sulla parete un'ombra sottile – la sua. Ma non mi sono spaventata, credevo facesse parte del mio sogno.

Invece era lui, seduto sul bordo del letto, ancora col cappello in testa. Che ci fai qui? mi ha chiesto – continuava a tastarmi le spalle, a toccarmi la nuca, quasi fosse incapace di credere che io fossi reale. Che ci fai tu, qui? ho ribattuto, voltandomi verso di lui. Sei pazzo a tornare adesso. Sí, bisbigliò, sorridendo, lo sono.

Non mi hai mai scritto, mi ha rimproverato. Pensavo che avessero fermato la posta, invece mi arrivavano le lettere da Roma – disinfettate. Odoravano di aceto. Ma non c'era niente di tuo. Non sapevo cosa dirti, mi sono giustificata, non mi hai insegnato a scrivere in cifra, sapevo che a porta del Popolo intercettano i corrieri e aprono tutti i pacchi, e le parole che volevo rivolgerti potevi leggerle solo tu.

Alla fine d'agosto gli avvisi da Roma erano buoni, sembrava che l'epidemia stesse per spegnersi, ero tranquillo, invece all'inizio di ottobre, coi primi freddi, è riesplosa con piú virulenza di prima. L'avvocato Cartari mi ha scritto che muoiono novanta, cento persone al giorno. È morta la maestra di sua figlia. Il suo medico. Che nella piazza di casa sua sono morte tre persone in tre case diverse. È anche la piazza di casa tua, Plautilla... Mi sono raccomandato alla divina misericordia e mi sono messo in viaggio. Ho creduto di non farcela. Che mi avrebbero negato l'ingresso, e che avevo aspettato troppo. Ho attraversato una terra disperata. La peste ha risalito tutte le strade consolari dello Stato pontificio: barricato nella carrozza, ho costeggiato villaggi fantasma, spopolati, o irraggiungibili dietro cordoni di soldati. C'erano posti di blocco a ogni ponte. Nessuno può circolare fuori dal suo borgo, chi viene sorpreso viene impiccato. Ho visto dondolare il corpo di un ragazzino di quattordici anni, i soldati dicevano che era un bracciante, il bando l'aveva sorpreso nella valle vicina, stava solo cercando di raggiungere la madre. Il cardinale mi ha procurato i permessi, ma esaminavano i sigilli con la lente, come potessero essere falsi.

A Poggio Mirteto avevo letto l'ultima relazione: Napoli e Genova stanno perdendo metà dei loro abitanti, a Roma invece le cose vanno meglio. Forse è cosí. Ma la mia

città non l'ho riconosciuta. Sembra sia stata invasa, però
il nemico non si vede. I portoni dei conventi sbarrati, per
le strade solo sbirraglia, soldati e carretti di malati o di sospetti. E se non la trovo? Se me l'hanno portata via... E se
è morta? pensavo solo questo. Ho sacrificato la mia virilità per un grande uomo che passerà alla storia, unico forse.
Ma anche lei è unica, e non gliel'ho mai detto.

Perché sei tornato proprio adesso? ho sussurrato. Eri al
sicuro. L'alta Sabina è risparmiata. Qui invece è come essere in prigione, in attesa di un processo in cui non potrai
difenderti, e l'arbitrio del giudice può condannarti a morte. Tremavo – ma non solo per il freddo. Non ci eravamo
mai parlati cosí. Perché ti ho lasciata sola, Aristotele, ha
detto lui, sfilandosi gli stivali. E non sono riuscito a sop-
portarlo. Sono un egoista, codardo, perfino sciagurato, a
volte. Ma sono un uomo, Plautilla.

Poi ha lanciato il cappello sul pavimento, ha sollevato
la coperta, e si è infilato nell'alcova. Ho sfilato dalle asole
i bottoni della tonaca uno a uno. Le gocce stillavano dalla
grondaia e rimbalzavano sul davanzale, monotone. Sono
state la nostra musica. Aveva i capelli brinati di pioggia,
e le labbra fredde. Un ciocco è caduto nella cenere, ed è
divampata la fiamma.

Alla luce del giorno, ha voluto ispezionare ogni stanza.
I lavori erano conclusi. Ha trovato ben dipinto il fregio,
di buona fattura la scala di legno, i lucernari, le porte, gli
infissi delle finestre, gli armadi in muratura della cucina,
ben posato il mattonato del pavimento, solido il tetto e le-
vigate le travi dei soffitti. Anche i gigli di Francia e le stelle sopra le porte. Ma piú di tutto ha apprezzato l'impresa
della famiglia Benedetti, che campeggiava sui camini del
piano nobile. Mi ero permessa di modificarla: se non gli
fosse piaciuta, l'avrei fatta ridipingere a mie spese. Elpidio
aveva i denti acuminati di un felino. Nella carrozza, tanto
tempo prima, m'aveva lacerato la bocca. Ma adesso la cri-

niera arruffata diradava sulle tempie e gli incisivi avevano perso l'affilatura. Avevo ideato perciò un leone con un
ramo d'olivo in bocca. Sí, commentò, sorridendo con malinconia, è perfetto.

Insomma, avevo svolto bene il mio compito. Ha saldato
i conti col vetraro, il fabbro, il falegname, il capomastro.
La spesa totale superava gli ottomila scudi. Tutto ciò che
avevo, ha commentato dopo aver firmato ai provveditori
del Monte di Pietà l'autorizzazione a svincolare i buoni
per pagare gli artigiani. Non mi resta niente.

Ha scritto a Mazzarino, a Parigi. L'ho letta, quella lettera, perché ha tenuto il foglio disteso sulla mia schiena
e ci soffiava sopra mentre l'inchiostro si asciugava. Sono
rimasta a via di Monserrato, quell'autunno. Vivevo nelle
stanze che sarebbero state di sua madre, ma quando il cameriere si ritirava nella propria, andavo da lui. Alla luce
del giorno passavamo il tempo a leggere i libri della sua
biblioteca. Mi avevano sorpresa l'eterogeneità dei titoli
e la varietà dei suoi interessi – e soprattutto scoprire che
avesse una copia della *Taticlea* di Ferrante Pallavicino, lo
scrittore flagello dei Barberini che Urbano VIII aveva perseguitato e fatto decapitare. Leggevamo la *Storia della distruzione delle Indie Orientali* di Bartolomeo della Casa e
le *Metamorfosi* di Ovidio, la *Giuditta Vittoriosa*, le *Satire* di
Ariosto e il *Trattato dei sogni*: ma piú di ogni altro ho amato
l'*Asino d'oro* di Apuleio, con la favola di Amore e Psiche.

E quando rime, romanzi, favole e biografie ci saziava-
no, sfogliavamo il *Thaumaturgus opticus* di Jean-François
Niceron, un trattato sulla prospettiva pubblicato nel 1646
e dedicato al cardinal Mazzarino – pagine e pagine di as-
siomi, proposizioni, lemmi e teoremi – nel quale il frate
francese dissertava di ottaedri, cubi, tetraedri, parallelepi-
pedi, basi di capitelli e ogni altra forma solida: Elpidio mi
traduceva dal latino e voleva che a mia volta gli traducessi
il linguaggio matematico in concetti comprensibili. Il fatto

che solo unendo le nostre competenze quel testo follemente
astruso diventasse leggibile e perfino utile (mi ha insegnato
fra l'altro a proiettare un'immagine in piano) ci procurava
una felicità che per chiunque sarebbe forse inspiegabile.
L'appendice si intitolava *De lumine et umbris*. Quelle due
parole comandavano la nostra esistenza. Quando scendevano le ombre, infatti, chiudevamo i libri e ci dedicavamo
a recuperare i ventun anni che avevamo perduto.

E quanto piú la morte brutta ci assediava, tanto piú
abbiamo cominciato a sognare di trasformarla in bellezza.
Lui dettava forme e figure, e io con la punta della penna
disegnavo linee sulla sua pelle chiara. Poi lo strofinavo
con la spugna, e cancellavo tutto – perché dei nostri sogni
non restasse traccia. E il giorno dopo ero io il foglio e lui
la mano. E poi ancora, e ancora, mentre le giornate erano
sempre piú brevi, e l'inverno piú cattivo. Una casa per noi.
Ma non la casa da abate – quasi da cardinale – che si era
appena fatto ristrutturare. La casa di Elpidio Benedetti,
non piú uno scrittore e poeta mancato, un cortigiano ag-
giogato al suo padrone, ma qualcuno che sarebbe stato infine se stesso. Una casa di parole e segni, che non avrebbe
avuto mai fondamenta né pareti né tetto. Una villa fuori
città, una reggia incantata – con le fontane, le spalliere di
rose, il pergolato, le siepi e la peschiera, e un giardino dove
passeggiare fino a perderci. Nessuno poteva trovarci – né
togliercela, perché era solo nostra. Nemmeno Mazzarino.
Non pensavo mai a lui. Era come se fosse morto. E non
era troppo tardi.

Nelle migliaia di lettere che gli aveva scritto, Elpidio
era stato insinuante, pettegolo, servile, morboso, cauto,
sprezzante, malevolo, perfino affettuoso. Ma non aveva
mai usato parole cosí dure, cosí amare. Diceva piú o meno
cosí. Lavoro per voi da ventun anni, ho consacrato la mia
vita al vostro servizio, come un monaco al Signore Iddio,
e non ho avuto niente in cambio. Né il vostro amore né il

vostro denaro. Tutti quelli che vi servono si sono arricchiti. Perfino smodatamente. Io no. La gente mi disprezza,
per questo. Crede che io non conti nulla per voi. Ho quasi
cinquant'anni. Non posso piú aspettare. Datemi prova del
vostro contento. In sostanza, minacciava di abbandonarlo.
Un gesto inaudito e non previsto, perché è ribellione anche
soltanto immaginare che ci si possa ribellare.

Non fa alcun cenno a me. Io non sono mai esistita per
il cardinale Mazzarino. Eppure quella lettera, che Elpidio
ha scritto accanto a me, e per me, è stata l'unica dichiara-
zione d'amore che abbia mai potuto rivolgermi.

Ho sperato che il cardinale gli rispondesse come mia
madre al nostro servitore. Vi affido alla provvidenza, andate con Dio, e che il Signore vi benedica.

Invece Mazzarino ha risposto con la dolcezza di sempre. Abilissimo, faceva credere all'interlocutore di essere
al suo fianco. Ma in realtà gli stava sopra. Quella cordiali-
tà naturale, nemmeno fittizia, nascondeva la sua fermezza implacabile. Mazzarino faceva solo l'interesse del re, in
nome del proprio. In fondo, anche lui aveva un padrone.
Ha ignorato la richiesta, non vi ha mai fatto alcun cenno.
Ma non l'ha dimenticata. Col suo elegante silenzio, ha ri-
cacciato Elpidio al suo posto. E me al mio.

Alla fine di marzo la peste ha ricominciato a scemare,
i lazzaretti a svuotarsi: si riempivano le case dei guariti e
dei ritornati. Gli inservienti e i medici dei lazzaretti e degli
ospedali tornavano ai loro precedenti incarichi. In segno di
riconoscenza per il suo servizio il dottor Ghibbesio ottenne la cattedra di eloquenza all'Università della Sapienza,
il che gli conferí il titolo di professore. La prima cosa che
fece dopo il suo ritorno a casa fu di mandarmi a chiedere
dal suo giovane a che punto fossero le sue portiere. L'appartamento doveva essere pronto per la riapertura del Collegio. Me ne ero completamente dimenticata. Ghibbesio

mi annunciava una visita per verificare lo stato di lavorazione delle sue sovrapporte, e dovetti precipitarmi nel mio
studio a spolverare i cuoi e completare gli stemmi.

Il professore avvicinò il naso alla superficie e inspirò
l'odore dei colori, esaminò ogni figura. Bene, benissimo,
virtuosissima signora Plautilla, concluse. Avevo visto la
vostra *Natività di Gesú* da Pietro da Cortona ed ero sicuro
che non mi avreste deluso. Mi compiaccio dei miei Pietro
da Cortona. Un visitatore disattento li crederà del maestro. Ma nel colpo del pennello, nel tratteggio del panno
e nelle sfumature dei gialli e dei rosa riconosco lo sguardo
sul mondo, la dolcezza, la forza silenziosa di una donna.

Non avevo mai pensato che la pittura potesse avere un
genere, come gli esseri viventi, gli animali e i fiori, e gli ho
confessato che non riuscivo a comprendere la sua teoria:
l'arte non ha sesso, come la musica. Ma la poesia? obiettò
Ghibbesio. Vittoria Colonna non compone come Petrar-
ca. E la mistica? Santa Teresa d'Avila non scrive come
sant'Ignazio. E la pittura è poesia muta, cosí ci insegnano
gli antichi. E l'architettura? gli ho chiesto allora, incuriosita. Su questo la filosofia tace, cara signora Briccia: non
esistono architetti donna.

L'epidemia è stata dichiarata estinta. Il papa ha indetto
cerimonie per la liberazione della città, e ha fatto cantare il
Te Deum. È stato tolto il bando, hanno riaperto i collegi e
i tribunali. Ma in realtà dalle robbe nascoste nelle cantine
e seppellite nei giardini, oppure rubate nelle case infette,
la peste ha continuato a circolare, ed è riesplosa piú volte,
tanto che fino ad agosto non siamo stati al sicuro. E devo
confessare che noi due, nel nostro improvvisato castello,
accoglievamo le notizie di quei morti e dei nuovi sospetti
con sollievo, perché il prolungamento dell'allarme giustificava la mia permanenza a palazzo Benedetti. Finché è
arrivata la lettera da Parigi.

Mazzarino si degnava di compensare Elpidio per il suo

servizio e gli annunciava di aver ottenuto per lui dal re Luigi XIV la nomina ad abate di Aumale. Una remota abbazia normanna nella quale non era previsto che si recasse, ma la cui rendita di cento scudi al mese avrebbe potuto, finalmente, dimostrargli quanto la sua accurata servitú fosse stata apprezzata. Era una somma importante, che a me sembrò piú che adeguata. A quel tempo, un maestro di casa ne guadagnava poco piú di cento in un anno. Elpidio si era arrangiato con molto meno.

A Elpidio parve un dono avvelenato. Aveva brigato per ottenere un'altra abbazia, in Italia. Per questo, per ottenere il suo appoggio, da quando si era trasferita a Roma coltivava con pazienza la sorella del cardinale monaca in Campo Marzio, andando a visitarla nel parlatorio del suo convento piú spesso di quanto si recasse dalla propria sorella. La raccomandazione di una monaca che verosimilmente nel giro di qualche anno sarebbe diventata badessa valeva piú di quella di un laico. Invece gli sarebbe stato difficile farsi pagare la rendita di Aumale, perché il papa avrebbe disapprovato la nomina imposta da Mazzarino e dal re di Francia: doveva firmare la bolla per concedergliela, e non l'avrebbe mai fatto. Alessandro VII era ostile alla Francia, al re e al cardinale – cui non perdonava di aver tramato per impedirgli di essere eletto papa – e non poteva che detestare Elpidio. Quel titolo era solo un miraggio.

Ma il cardinal Mazzarino, osteggiato dal clero francese non meno che da Alessandro VII, non aveva potuto fare di piú. Tuttavia, una volta accettata la nomina, l'abate di nulla – abate solo di nome – diventava abate davvero. E la mia presenza nella sua vita uno scandalo.

Stavolta ci dobbiamo proprio lasciare, mi disse, mentre – supini nell'alcova – boccheggiavamo nell'afosa notte estiva. Dalle finestre aperte salivano le voci della strada: benché fosse l'ora del riposo, erano ancora tutti all'aperto, per sfuggire alla calura. Due giovani strimpellavano una serenata con la chitarra alla loro innamorata. La canzone parlava d'amore. Quel giorno compivo quarantun anni, ma a Elpidio non lo avevo detto. Non era traguardo che una donna potesse festeggiare. Era – anzi – il passaggio del confine nella terra piú ostile, in cui una donna cessa di esser tale.

Ci siamo arrivati, alla fine. Siamo stati fortunati, ma adesso è finita. Devi seguire il tuo destino di donna, commentò. Devi trovarti un marito che ti faccia un figlio. Non è troppo tardi. Ti resterò sempre amico. Ti proteggerò e quando riuscirò ad avere la rendita della mia abbazia, farò con te cose che nemmeno immagini. Sarai la mia pittrice, la mia artista. Ma non potrò piú tenerti cosí.

Ventidue anni, ho pensato. Ventidue anni di sotterfugi, segreti, bugie – passione, perfino – svanivano, come se non li avessimo mai vissuti. Non avevamo generato niente, non avevamo creato insieme una vita, né un'opera – nulla. Non restava traccia di un legame che ci aveva creati, esaltati, distrutti. Non avrei piú sentito frangere il suo respiro, sbattere le sue ossa, le sue mani fredde sulle mie clavicole, i denti sulle labbra. Anche lui mi guardava come se non dovesse vedermi mai piú. Passava il dito sulla mia guancia, l'attaccatura dei capelli, la curva del collo, il palmo della mano aperto, a contenere il seno. Come una bolla di sapone svanisce ciò che non è mai cominciato.

La lacrima mi è zampillata sulla spalla, inattesa. Non avrei mai immaginato che l'abate si concedesse di esprimere un sentimento. Non ero nemmeno sicura che potesse provarne. Non m'aveva mai detto una sola volta che mi amava. I suoi silenzi mi erano bastati.

Mi sono voltata verso di lui, e ho cominciato a tempestargli il petto di pugni, il viso di schiaffi. Perché? perché? La nostra storia non era prevista dai comandamenti, non era lecita né giusta, ma era il rimedio a tutto ciò che non ci era stato dato né permesso, era la nostra vita. E finché non gli pagavano la rendita, era come se non lo fosse, l'abate di Aumale. Non cambiava niente. Fino a quel giorno, era sempre il mio Ypsilon. Esistevamo – l'uno per l'altra – ed era tutto. Ci siamo calmati. Fino a quel giorno, ha detto.

Sono tornata a casa mia alla fine dell'anno, quando una lettera da Poggio Mirteto annunciò l'imminente arrivo a Roma della signora Paltrinieri. La lettera datava tre giorni prima, e la sua carrozza poteva essere già alle porte di Roma. Sono tornata col cuore pieno, e le mani vuote. Elpidio avrebbe voluto pagarmi per la consulenza, ma non gliel'ho permesso.

Mentre riaprivo la finestra della mia stanza – nella quale ristagnava un odore di muffa –, sapevo di dover affrontare la realtà: avevo bisogno di guadagnare, e presto anche. I Bricci, senza rendite e inclusi nell'elenco delle famiglie povere, erano stati spediti venti giorni al Lazzaretto pulito di San Pancrazio, e poi alle carceri nuove di Tor di Nona che, appena costruite e non ancora inaugurate, furono impiegate per altre prigionie. Il procuratore Severini l'avevano dovuto trasportare al Lazzaretto sull'isola Tiberina, dal quale non era tornato. Ma nessuno dei Bricci si era ammalato, e anzi secondo mia madre avevano trascorso giorni piacevoli, di totale riposo, serviti di tutto e in buona compagnia di gente civile: nelle carceri li avevano alimentati coi cibi studiati apposta per la dieta dei convalescenti, tanto che erano ingrassati di svariate libbre. Scontata la quarantena, erano tornati tutti a casa.

Mia madre m'aveva inviato un biglietto a palazzo Benedetti, per avvisarmi del loro ritorno. Ma mi aveva intimato di restare dov'ero, per amore di Giustina, perché adesso loro due erano certamente sane, mentre io – che mi mescolavo ogni giorno coi muratori e i carrettieri che scaricavano i materiali per il cantiere dell'abate – potevo non esserlo.

Tra le famiglie povere. Una classificazione ingiusta. Perché avevamo sempre avuto abbastanza, e dopo la morte di mio padre anche piú del necessario. Forse perché sapeva-

mo che quasi tutto è superfluo, o perché ci siamo sempre
sentiti ricchi d'ingegno – e c'è bastato. Quella discrimina-
zione umiliava il mio orgoglio, e il mio onore. Dovevo procurarmi una rendita. Ma Elpidio non poteva essere nello
stesso momento il mio amante e il mio padrone.

Avevo fatto sistemare nelle nicchie i marmi di Algardi e Guidi, su un piedistallo l'*Andromeda* di Bernini, sulle
sovrapporte le portiere di Romanelli, sulle pareti i quadri
di Pietro da Cortona e i disegni di Bernini. Il *San Francesco* di Procaccini, la *Madonna con Bambino e san Giovan-
nino* di un allievo di Raffaello, i paesaggi di monsú Desiderio, le marine di Spagnoletto e i fiori di Cerquozzi. Nella
galleria non c'era nemmeno un quadro mio. L'amore mi
aveva condannata all'inesistenza.

La mia scelta l'ho fatta tra quelle pareti, che nel febbraio
del 1658 ancora profumavano di nuovo. Elpidio stava per
dare la cena dell'inaugurazione. Roma aveva perso quattordicimila e cinquecento abitanti, ma ormai era tornata alla
normalità e ognuno di noi alla sua vita. Ricominciavano
gli inviti, le feste, i riti mondani. E si annunciavano novità clamorose. Tornava anche la regina Cristina, e stavolta
non come partigiana della Spagna, ma come amica della
Francia. Mazzarino voleva assolutamente che scegliesse per
residenza il suo palazzo al Quirinale, e aveva incaricato Elpidio di assisterla. Se il papa le permetterà di restare ospite
del cardinale, mi aveva detto sorridendo, sarà quasi mia
ospite. Ti riceverà e ti farà sedere su tre cuscini, mia cara.

Sapevo che Alessandro VII non avrebbe mai concesso
a Mazzarino un simile privilegio, e avrebbe fatto di tutto
per alloggiare altrove la regina di Svezia, ma per qualche
giorno mi era piaciuto fantasticare del nostro incontro. Elpidio mi aveva raccontato che Cristina sosteneva di non
trovare argomento di cui ragionare con le donne, perché
una volta parlato del governo di qualche gallina, e del modo di imbellettarsi – pratica che peraltro rifuggiva – il di-

scorso è finito. Chissà se avrei mai potuto farle ammettere che si sbagliava, e che a Roma c'era almeno una donna che valeva la pena conoscere.

Le tavole erano apparecchiate, il palco dei musicisti allestito. Era quasi tutto pronto. Elpidio si era infilato gli occhiali da vista, e scrutava la filettatura dorata della cornice del suo Reni. Teneva il cappello in testa, anche in casa, perché non voleva che vedessi la sua tonsura. Se ne vergognava. Forse perché, come io non mi ero mai riconosciuta povera, lui non si era mai riconosciuto chierico. Ciò che sapevamo di essere non corrispondeva al nostro ruolo nel mondo. In esso si muovevano le nostre ombre.

La tonaca nera rivestiva il suo corpo nodoso, negandolo. Un uomo che non poteva esserlo – vulnerabile e perciò indifeso. Mi era caro come la mia giovinezza. Ero stata una donna per lui, dovevo alla nostra relazione tutto ciò che ero diventata. Amavo il suo carattere sventato, la sua lealtà, quella fedeltà a un altro che lo induceva a tradire me, la sua incapacità di esprimere i sentimenti, la sua ironia acida, la disarmonia del suo volto, l'ambizione che lo minava, l'infelicità che lo rendeva fragile, la frustrazione, anche la sbrigativa goffaggine con cui mi prendeva. La passione, l'amicizia, la complicità. Era l'altra metà di me, la mia parte migliore. Nessuno mi sarebbe stato mai più vicino di lui. Rinunciavo al mio corpo – che avevo appena scoperto, e salvato. L'ho lasciato.

I pampini vibravano nella luce tersa di ottobre. L'odore dell'uva e dell'incenso si mischiava al marcio della terra, che aveva ricoperto la lamina di piombo e quel ciondolo che non valeva nulla – o forse, tutto. L'ossidiana nera che tanti anni prima la zingara dell'osteria della Fontana m'aveva messo al collo. Quando lo sganciavo e mi specchiavo nella pietra nera, osservavo il mio volto e mi chiedevo: chi sei, Plautilla? Ora lo avrei saputo.

Mi sono attardata a discutere coi muratori di mastro Beragiola. Avevo preteso che la profondità della buca misurasse quindici palmi – perché tutti i trattati teorici che avevo letto mi insegnavano che le fondamenta devono misurare un sesto dell'altezza futura dell'edificio. Beragiola aveva obiettato che dipendeva da quando avremmo trovato la terra vergine. Il colle di Giano era un altipiano di sabbia argillosa dove qua e là affiorava il tufo. Non potevo cambiare la natura del suolo.

Mi sforzavo di essere autorevole senza essere autoritaria, cortese senza essere flebile. Avevo già imparato che l'apparenza di una donna pregiudica la sua sostanza. Il vestito, le scarpe, l'acconciatura, il modo di camminare, tutto può esserle rimproverato, e tutto conta. Forse, sotto la veletta, la piuma del mio cappello era troppo frivola, le guance troppo rosate, il profumo troppo intenso. Avrei dovuto indossare abiti maschili, come la regina Cristina, calzare stivali, tagliarmi i capelli a zazzera e ostentare i fili grigi – rinnegarmi. Ma sarei stata comunque io stessa l'anomalia.

Il comasco fissava la voragine bruna senza nascondere il suo scetticismo. Non credeva che ci sarei riuscita. La Villa sarebbe rimasta un mucchietto di vanitosi prospetti sulla carta. E se pure avesse innalzato le cantonate dei muri, sarebbe crollata come un castello di sabbia. Le donne non fabbricano case, ma esseri umani – e io, la virtuosa vergine, non ero capace nemmeno di quello.

Per tutta la cerimonia avevo continuato a sorridere, e a mostrarmi sicura e raggiante, per non sbriciolarmi dentro come le zolle del Gianicolo sotto i colpi delle vanghe. Piú di tutto, temevo me stessa – e il mio sonno. Ero mancata in tutti i momenti decisivi della mia vita. Solo da quando avevo cominciato a essere riconosciuta come pittrice avevo imparato a dominarmi. Non mi era mai piú accaduto. Ma non potevo essere sicura che fosse una conquista definitiva. La posa della prima pietra era il mio battesimo del fuoco, come per un soldato il primo giorno di guerra. Gaudenzio Benedetti mi aveva raccontato che nessuno può sapere come si comporterà sotto il bombardamento, nel corpo a corpo o quando viene mandato alla carica. Al fronte aveva visto fuggire come lepri militari di gran fama, e affrontare impavidi il pericolo sbarbatelli che fino al giorno prima falciavano il grano.

Mio fratello si chinò sugli ingranaggi della burbora, e azionò la ruota per verificare che fossero ben lubrificati. Avevo chiesto io a Basilio di venire e non immaginavo che avrei dovuto pentirmene. I prelati che circondavano l'abate Benedetti credevano che il Briccio fosse mio marito. Lo credevano tutti, in verità. Anche per la gente di rione Ponte era il mio consorte l'uomo cui mi accompagnavo ogni giorno, col quale andavo ai concerti in chiesa e agli spettacoli di Carnevale allestiti nelle botteghe degli artisti e nei palazzi dei dottori. Un pittore intellettuale, per lo piú sfaccendato, geloso, possessivo e stravagante, come era stato il padre suo. Tutti ci consideravano una coppia, perfino il parroco di San Biagio della Pagnotta, che ci incontrava di rado. L'ingresso di Giustina nella nostra famiglia, tanti anni prima, aveva consolidato l'equivoco. Chi ci vedeva a messa insieme, la domenica, trovava che fossimo i genitori fortunati di una figlia esemplare. Discreta, premurosa, sempre col sorriso sulle labbra. Che armonia, si estasiavano, siete un esempio per tutti quelli che solo l'interesse, quando non il rancore, tiene insieme.

Basilio si considerava il vero padre della nipote, dal momento che fin dal settimo anno Rutilio si era sbarazzato della primogenita – e quando poi due anni dopo Albina gli aveva dato un'altra figlia, Margherita, che sembrava ostinarsi a sopravvivere, per aiutare Albina a badare alla casa, alla neonata e a lui stesso invece di richiamarla aveva preso Antonia, un'orfana diciannovenne estratta dallo xenodochio del Santo Spirito. Le ragioni di quella sostituzione erano evidenti a tutti, tranne che a Giustina, la quale si era trasferita volentieri da noi. Era affezionata alla nonna e adorava lo zio Basilio, che adorava lei – lentigginosa, racchietta, coi capelli ingarbugliati come uno scatarcione di lana e consapevole fin dall'infanzia di essere nient'altro che una zavorra. A differenza del padre, mio fratello non alzava mai le mani, era irritabile con tutti ma paziente e tenero con lei. Era stato Basilio, e non Dandini, che l'aveva cresciuta, Giustina, e le stava dando un'educazione: non vedeva ragioni per smentirli.

Mio fratello si era tenuto in disparte durante la cerimonia, ma ora il capomastro e i muratori gli si rivolgevano come se avessero dovuto rispondere a lui, e non a me. L'architettrice – non riuscivano neanche a pronunciarla, quella parola.

L'ho inventata io, il giorno in cui mastro Beragiola è venuto in casa mia col notaio per incassare i cinquecento scudi di anticipo e firmare il capitolato. Stilato da Elpidio, sotto mia dettatura, prevedeva sei pagine di istruzioni: ma nel contratto come doveva definirmi? La signora Plautilla Briccia era troppo poco. Pittrice di San Luca dannoso, perché svelava la mia specializzazione in un'altra arte. Architetto no. Architetta? Suonava ridicolo. La donna pittore è una pittrice, la donna miniatore miniatrice. Architettrice, dunque.

Eppure, quasi nessuno sapeva che il progetto era mio. Ai suoi ospiti, l'abate mi aveva introdotta semplicemente come la signora Briccia, sua pittrice di casa. Non so se questa usanza continui ancora, o se stia tramontando come la stella di un mecenatismo ormai sempre piú fievole. Nel secolo in cui ho vissuto, tutti i cardinali, i vescovi e gli aristocratici che si pretendevano amatori d'arte avevano al proprio servizio un pittore di casa. Era il piú alto di grado fra i servitori addetti ai lavori manuali (stallieri, sguatteri, camerieri) e l'ultimo fra i dipendenti qualificati (guardarobieri, maestri di camera, segretari, computisti). Gli commissionavano ogni genere di lavori di cui avrebbero avuto bisogno nei loro palazzi. Stemmi, ritratti, quadri, restauri, decorazioni di carrozze e lettighe, arredi di interni, perfino la sistemazione del giardino. Di solito lo prendevano a vivere in casa propria e per questo scommettevano su un giovane agli inizi della carriera, che legavano a sé in modo esclusivo. Lo concedevano ad altri solo se ciò avrebbe accresciuto il prestigio dell'artista e del suo padrone. Io non ero né agli inizi della carriera né giovane né potevo abitare in casa di Benedetti. Vi ho trasferito solo il mio studio. L'esclusiva, però, gli era dovuta, e la fedeltà obbligatoria. Per il mondo, è stato questo contratto il nostro matrimonio.

La prima volta che ho chiuso la porta dello studio alle mie spalle, mi sono sentita sola. Non avevo mai avuto uno spazio solo mio per lavorare. Avevo diviso tavolo, album, strumenti e cavalletto con mio padre, con mio fratello, con mio cognato. Mentre sistemavo i fogli, i pennelli, le penne, il mortaio, il dente della balena di Santa Severa, pensavo a mio padre, con struggimento e rimorso. Il Briccio non avrebbe approvato quella mia sistemazione. «Pittrice di casa»: m'avrebbe detto che m'ero fatta mettere il collare, mentre lui aveva preferito restare un cane randagio, perché è meglio essere uccello di fratta che di gabbia. Mio padre però era un uomo. E le sue scelte per me le ho subìte per tanto tempo. Ma poi ho seguito la mia strada. La dote non me l'ha trovata, me la sono fatta da me – il mio sapere, le mie idee. Anche lo sposo mi sono scelta. Non m'ha dato l'anello, né il nome, ma mi ha fatto da dux, nel nostro viaggio. Sono stata il suo schermo e il suo riparo dalle onde – colei che gli ha permesso di osare l'impossibile. E lui mi ha guidata nei mari profondi. Cos'altro dovrebbe essere l'amore?

Il «matrimonio» – l'assunzione – era recente. Finché Mazzarino era stato vivo, Elpidio non avrebbe mai unito il suo nome al mio – nemmeno su un contratto. La salute di Mazzarino aveva cominciato a declinare da qualche anno, ma l'aveva tenuto in vita il sogno di diventare papa. Quando Alessandro VII si era ammalato, aveva sperato di coronarlo. Invece poi Chigi si era ripreso, ed era stato il cardinale a cedere, quasi di schianto. Luigi XIV ormai adulto non aveva piú bisogno di lui, forse sentiva che il suo tempo era comunque finito. Le sue ultime lettere erano pervase da una malinconia amara e da una stanchezza nuova. Considerava le cose che aveva realizzato, e le fatiche che gli erano costate, e tutto era cenere e nulla. Nel marzo del 1661 Elpidio era stato forse l'unica persona al mondo, a parte Anna d'Austria e il re di Francia, a piangere il cardinale. I suoi familiari, infatti, ne avevano festeggiato la morte, chiassosamente, e senza vergogna.

Le nipoti che nel 1653, dopo la vittoria sulla fronda e il suo ritorno a Parigi, lo avevano raggiunto in Francia – ricongiungendosi alle sorelle Olimpia e Vittoria, e alla cugina Anna Maria, accompagnate anni prima da Elpidio – piú l'unico maschio rimasto, Filippo, non erano riuscite a nascondere il sollievo. La lentezza della sua agonia le aveva esasperate tanto che nell'attesa del trapasso gettavano denaro dalle finestre di palazzo Mazzarino, solo per il piacere di vedere i servi accapigliarsi nella corte. E appena seppero che lo zio aveva esalato l'ultimo respiro, Maria, Filippo e Ortensia Mancini, i nipoti designati a perpetuare il suo nome e a ereditare le sue ricchezze, si dissero ridendo: «Finalmente è crepato!»

«È cosa notevole – avrebbe scritto Ortensia nelle memorie – che un uomo di quel merito, dopo aver lavorato tutta la vita per elevare e arricchire la sua famiglia, non ne abbia ricevuto che segni di avversione perfino dopo la sua morte». Se ne sarebbe pentita, perché in seguito la vita di quella donna, considerata la piú bella del mondo, fu una continua successione di disgrazie, ma lei giustificava il suo comportamento con «l'incredibile soggezione in cui ci teneva, l'estrema giovinezza, l'insensibilità che la troppa abbondanza e prosperità induce in persone di quell'età». Le parole di Ortensia hanno suscitato ribrezzo, ma io riesco a capirla. Mazzarino l'aveva resa milionaria, ma in cambio aveva requisito la sua esistenza. La mia reazione è stata meno volgare, ma la gioia identica, e cosí l'ingratitudine.

Elpidio invece aveva seguito il declino del cardinale, e poi la penosa agonia, con autentica angoscia. Mazzarino dovette rendersene conto, perché una delle ultime lettere che scrisse la indirizzò proprio a lui. Elpidio lo pianse per giorni, inconsolabile come un orfano, o una sposa. Amava quell'uomo – avrei dovuto non averlo mai conosciuto per poterlo odiare, mi aveva sempre ripetuto, pure quando avrebbe voluto ribaltare la sua vita e liberarsi. Non aveva mai ottenuto altro che ordini e promesse di circostanza. Ma il testamento gli rivelò che il suo amore era stato corrisposto.

Mazzarino affidò il suo fedele agente romano al re di Francia, chiedendogli di ricordarsi di lui. E con gran dispetto del papa e della corte di Roma, Luigi XIV non solo confermò l'abate Benedetti nelle sue prerogative, ma lo assunse al servizio della corona, conferendogli il titolo di agente del re di Francia. Il ministro Colbert sbloccò

le chimeriche rendite dell'abbazia normanna di Aumale
e per meglio garantirlo gliela scambiò poi con quella di
Notre-Dame de Longues nella diocesi di Bayonne. Appena
lo seppe, Elpidio mi convocò nella loggia e indicandomi la
collina sull'altra riva del Tevere mi disse che c'è un tempo per sognare e un tempo per fare. E questo era venuto.

Da qualche anno possedeva dieci pezze di terra con
una vigna, sulla cima del colle Gianicolo, subito fuori dalla
porta di San Pancrazio. Vicino alla proprietà dove Camillo
Pamphilj, il nipote di Innocenzo X, ignorando un progetto
avveniristico di Borromini, si era fatto costruire da Algardi e decorare da Grimaldi, in stile classico, la villa del Bel
Respiro – e lambite dalla via Aurelia, che da lí, al bivio,
volgeva verso il mare. Dall'altra parte della strada c'era una
delle migliori osterie di Roma, con le tavolate imbandite
sotto le pergole del giardino: dall'Aurelia passavano i carri
del pesce diretti in città, e la cucina era sempre fornita. In
quell'osteria andavano i contadini e i vignaroli, ma anche i
signori in carrozza. E proprio dopo una grigliata di spigole
innaffiata con un fresco Lachryma Christi che gli sembrò
squisito, Elpidio chiese chi lo producesse, e l'oste gli indicò i grappoli di uve rubine della vigna di fronte. Aveva
scoperto cosí che la proprietà era in vendita.
Il terreno godeva di una posizione sbalorditiva, a dominio
della città e con una vista a trecentosessanta gradi che spaziava dal monte Velino ai Castelli Romani fino al mare Tirreno.
Su quell'altipiano, dove crescevano solo i filari della vigna,
avremmo costruito, lui e io, la nostra casa. Non per viverci
insieme, perché questo ci sarebbe stato sempre negato. Ma
per crearla. Una villa, che avrebbe avuto un nome di donna. Benedetta. Villa Benedetta sarebbe stata nostra figlia.

Il mio studio si trovava in un locale del piano terreno
perché al nobile – con Elpidio e la signora Lucia – abitava adesso Gaudenzio Benedetti. Il fratello si era insedia-

to a Roma in compagnia di una giovane donna, che aveva presentato come sua moglie, ma che sembrava tutt'altro. Bionda, formosa, con gli occhi di smeraldo, dotata dell'intelligenza appena sufficiente a non sembrare sciocca, un perenne sorriso annoiato sulla bocca che aveva il colore del fiore di melograno. Ci siamo parlate poche volte: diffidavamo l'una dell'altra. Ma non era donna da lodarti in faccia e dir male alle spalle. Mi disse schietta che non riusciva a concepire un'esistenza come la mia. Una donna senza marito e senza figli. L'albero che non dà frutti si taglia.

Elpidio avrebbe voluto sbarazzarsi di quell'impresentabile fratello – rifilandogli un po' di soldi e trovandogli un impiego qualunque il piú lontano possibile da Roma, come aveva sempre fatto. Ma Gaudenzio disse che ormai aveva abbandonato il mestiere delle armi: ad Avignone aveva combattuto per la Francia con onore, riscattando i suoi errori di gioventú, ed era finalmente venuto anche per lui il tempo della vita dolce. Rifiutò ogni proposta e si predispose a vivere alle spalle del fratello, da parassita. Poteva pretenderlo. Quell'ex frate, ex cortigiano, ex soldato, pingue, barbuto come un caprone, con gli occhi di pece e il colorito itterico, conosceva il mondo. Dove c'è stato il fuoco, resta odore di bruciaticcio. Capí di noi al primo incontro.

Anche io ho capito. Tuttavia non siamo mai stati nemici. Gaudenzio Benedetti aveva compiuto il gesto che Elpidio non aveva osato. Aveva disobbedito a suo padre, che lo voleva frate, a Mazzarino, che lo voleva cortigiano, al fratello, che lo voleva morto. Aveva vissuto una vita disordinata e selvaggia, e ne portava le cicatrici nel corpo, malato, e nella mente, labile, preda di pensieri maniaci e accessi d'ira violenta, però non si era lasciato imporre da nessuno il suo destino. Il suo passato – che imbarazzava Elpidio – lo rendeva invece ragguardevole ai miei occhi. E il mio ai suoi. Non si lasciò mai sfuggire la minima allusione, si comportò sempre come un gentiluomo.

A volte abbiamo conversato civilmente, parlando dei

labirinti strani che avevamo esplorato – lui mi raccontava
dei dedali di Venezia, io delle catacombe di Roma. Una
sera d'estate, mentre nel loggiato sorseggiavamo la cioc-
colata col melangolo e la cannella, mi disse che sperava di
ereditare la Villa che suo fratello e io stavamo progettando. La roba non è di chi se la fa, ma di chi se la gode. E
lui sí che se la sarebbe goduta.

Il tempo ormai apparteneva a noi. Non era piú rubato ad altri, o perso. Sono stati mesi esaltanti, quelli in cui
Elpidio e io abbiamo fantasticato la Benedetta. Nelle nostre labbra le parole tufo, peperino, pozzolana, calce, mattoni, pulsavano. La materia inerte prendeva vita. Stavamo
mettendo al mondo qualcosa, insieme – finalmente.

E non ci limitavamo piú a disegnare. Negli anni precedenti, Elpidio aveva tentato di proporre vari progetti a Mazzarino. Essendo al corrente di tutti i suoi affari, assecondava
le sue ambizioni e a volte le precedeva. Quando nel settembre del 1660 l'oroscopo rivelò a Mazzarino che non gli restavano piú di cinque mesi di vita (l'astrologo fu piuttosto
preciso, si ingannò di appena trenta giorni), il cardinale accettò l'idea di morire e immaginando giustamente di dover
difendere la sua memoria dagli attacchi degli innumerevoli
nemici, cominciò a sognare un sepolcro di marmo, degno
del cardinale e ministro che era stato. Altrimenti le infamie
dei libellisti e le calunnie dei vinti lo avrebbero cancellato
dalla storia. Non sapeva specificare il sito in cui intendeva
costruirlo, ma voleva un'opera di eternità, e di gran spesa.

Ordinò a Elpidio di interpellare Bernini, che però – scoraggiato dalla vaghezza delle intenzioni del cardinale – protestò di non avere tempo per dar colpi all'aria, e chiese
comunque duecento scudi per il disegno. Allora Elpidio
lamentò a Mazzarino la gran scarsezza di architetti a Roma, talmente ben pagati da rifiutare anche solo l'idea di
andare a lavorare all'estero. Tentò comunque con Camillo
Arcucci, già collaboratore di Borromini: ma nemmeno lui

voleva dargli i suoi pensieri, i suoi disegni e le sue fatiche se prima non fosse stato ben pagato.

Per questo Elpidio chiese a me di idearla. Ma non è un caso se il primo monumento che ho disegnato per lui è stato una tomba. Elpidio e io ci siamo amati nel segno della morte, fin dal primo incontro.

Non ha mai detto a Mazzarino che i disegni che gli inviava erano miei. Li attribuiva a generici valentuomini, o a se stesso. Può sembrare un'azione riprovevole, e per certi versi lo è. Ma i committenti romani non si comportavano diversamente. Papa Urbano VIII e Alessandro VII, sostenitori di Bernini, e padre Virgilio Spada, protettore di Borromini e dilettante d'arte – proprio come Elpidio –, chiedevano disegni agli architetti, poi omettevano il loro nome e li proponevano ad altri, che se ne appropriavano. Borromini ci è diventato malinconico e poi pazzo furioso, per la rabbia. Io c'ero abituata. Per anni avevo disegnato per mio padre.

Per questo i maestri erano cosí restii a far circolare gratis – e anonimi – i loro disegni. Elpidio ne faceva fare copia, e li conservava. I loro progetti, scartati e abortiti o realizzati – la villa fortezza di Borromini per Pamphilj e il basamento roccioso della fontana di piazza Navona di Bernini – rappresentavano miniere d'invenzioni e di idee. Io ho preso da altri e altri da me. Il prestito è la pietra angolare dell'arte.

Elpidio ha inviato a Mazzarino anche il progetto per una scalinata che collegasse Monte Pincio con piazza di Spagna. Era stato Luigi XIV ad annunciare il desiderio di collegare la piazza con la chiesa e il convento della Trinità, per abbellire Roma, ma soprattutto per celebrare la pace dei Pirenei che, nel novembre del 1659, aveva posto fine al conflitto con la Spagna. Il trattato lo aveva architettato Mazzarino e aveva sancito la vittoria del Re Sole.

Quello strapiombo stimolava da tempo la fantasia degli architetti: lo spazio vuoto, lasciato alla natura proprio a picco sulla zona piú popolosa di Roma, interrompeva il panorama e trasmetteva un senso di incompiutezza. Tecnicamente, la costruzione di una scalinata presentava difficoltà enormi, a causa del dislivello, dell'erta, quasi verticale, della qualità stessa del terreno. Per questo rappresentava una sfida irresistibile. Chi l'avesse realizzata, la scalinata, ne avrebbe acquisito gloria, per sempre.

Avevo ipotizzato una scala e due rampe, in modo che si potesse percorrerle anche in carrozza: scendevano giú dal colle aperte e concave come braccia; sulla terrazza mediana Elpidio aveva insistito per collocare un piedistallo con sopra la statua equestre di Luigi XIV. L'ho avvisato che il papa non avrebbe mai autorizzato la presenza sfacciata e trionfale in un luogo tanto preminente di Roma del sovrano di un altro stato, per giunta ostile al suo. Ma Elpidio m'avvisò che il re non avrebbe mai finanziato un progetto cosí costoso se questo non avesse magnificato la sua persona. Anche l'architettura è politica, amica mia, sospirò, e mi incoraggiò ad andare avanti, che col papa ci avrebbe trattato lui.

Gli ho disegnato pure la statua. Le fattezze del re di Francia cominciavano a essermi familiari. Elpidio m'aveva fatto copiare da un'incisione il suo ritratto, e avevo passato giorni a scrutare quelle labbra volitive e i boccoli castani. Il re piú potente del mondo, si estasiava Elpidio. E pensare che era un bambino orfano, e minacciato, e che è stato Mazzarino a regalargli il regno. Si potrà rimproverarlo di molte colpe, il cardinale. Ma non si potrà negare che ha costruito la Francia, per lui.

Benché per la scalinata gli avesse inviato progetti di architetti e artisti reputati come D'Orbay, Rainaldi e Grimaldi, Elpidio raccomandò come «il piú bello, il piú facile, il piú comodo e il meno dispendioso» il progetto suo – cioè mio. A Mazzarino piacque, ma vincolò l'inizio delle trattative all'approvazione del papa, che non voleva irritare. Il papa non rispose mai, e Mazzarino finí per ordinargli di non farne nulla. Elpidio si era illuso di prendersi il merito

dell'invenzione di un monumento spettacolare nel gran teatro di Roma e ingoiò con amarezza la delusione.

Stavolta però non dovevamo aspettare l'approvazione
del padrone. Immaginavamo e disegnavamo per noi stessi. Insieme. Una villa per offrire piacere, donare felicità ai
sensi e alla mente. Dovremo fondere la natura con l'artificio. Useremo mattoni e stucco, e non marmo, ho proposto.
Dobbiamo fare una cosa bella con materiali poveri – e non
per spendere meno, ma per esaltare la qualità di ciò che è
trascurato. L'arco della facciata rivolta a nord l'ho disegnato col carboncino sui mattoni del muro del cortile di
casa sua. I cupolini sul prospetto della facciata rivolta sulla via Aurelia li ho simulati con le bottiglie in cui lasciavo
sgocciolare i pennelli, spostandoli sul piano del tavolo. Gli
altri architetti li costruivano di legno o di terracotta: il pla-
stico io l'ho modellato con la mollica di pane – usando la
crosta per gli scalini e la farina di grano per le finestre. Gli
abitanti della Villa – solo due, lui e io, affacciati al balcone – erano solfaroli. Elpidio rideva come un bambino alle
mie trovate ingegnose. Era un gioco, e però l'avventura
piú seria che avessimo mai vissuto.

L'agente del re di Francia si era regalato una carrozza
coi paramenti cremisi e un tiro di sei cavalli. Neri, coi pennacchi pure cremisi sul morso, che al galoppo sventolavano come bandiere. L'aveva sognata per tutta la vita. Da
bambino entravo nelle rimesse dei ferracocchi, per toccare le ruote, gli sportelli, le statuette, mi aveva raccontato.
Invidiavo quegli uomini che aggiustavano i cocchi e pensavo che il loro fosse il mestiere piú redditizio del mondo.
Quando i mozzi condussero la prima volta i cavalli nella
rimessa di palazzo Benedetti, aveva voluto seguirli nelle
scuderie. Aveva accarezzato il muso di quegli animali superbi e si era commosso. Ma non perché erano suoi, adesso. Perché l'Elpidio bambino che li aveva desiderati sopra
ogni cosa non esisteva piú e non poteva gioirne.

Salivamo sul Gianicolo in quella carrozza presuntuosa, ma per fare i sopralluoghi e tutte le incombenze pratiche che di solito l'architetto affida agli assistenti. Le misurazioni del terreno le abbiamo eseguite aggirandoci per giorni avanti e indietro, sotto il sole cocente o scrosci velenosi di pioggia che rendevano inutili gli ombrelli. Annotavo sui fogli elenchi di numeri, e lui si mostrava divertito e ammirato dalla mia capacità di far calcoli a mente. Gli dicevo, ridendo, che ora si rivelava vantaggioso essere stata la figlia di un matematico.

Io la sognavo magra, e verticale, la nostra villa, perché ci assomigliasse un poco, ma Elpidio titubava, temendo che le fondamenta non sarebbero state abbastanza profonde da sostenere tanti piani. Mi ammoní recitandomi l'adagio: chi scava una fossa ci cadrà dentro. Da qualche parte, gli dissi, non ricordo dove, ho letto che se un bue e un cervo corrono sulla stessa pista di fango, l'impronta del cervo sarà piú profonda di quella del bue, anche se questo pesa sei volte di piú, perché il peso del cervo si scarica sugli zoccoli, che offrono una superficie piú piccola. Perciò si tratta solo di distribuire la gravezza della mole. Elpidio osservava incuriosito l'orma del mio piede nella terra: era piú piccola e nitida della sua. Ti credo, mia cerva, rise, fa' che sia talmente alta, la Benedetta, che nessuno possa guardarla da sopra.

Prima di chiamare gli operai coi fili di piombo, il tracciato delle fondazioni l'ho tirato col puntale del parasole, rivoltando le zolle secche della collina: e quando ho chiuso l'ultimo lato e mi sono ritrovata, con lui, all'interno del quadrilatero, tra quei solchi che rigavano la collina ed erano già l'ombra, e quasi l'impronta, della Villa futura, è stato come se avessi sigillato un recinto sacro.

L'orientamento della costruzione lo abbiamo voluto longitudinale, perché il lato piú lungo della proprietà non era quello dell'ingresso: ma anche perché la Villa guardasse a occidente. Il tramonto ci toccava ormai piú dell'alba.

Suscitavamo curiosità, ma non troppa malevolenza. Ci
eravamo allontanati troppo dal mondo nel quale eravamo
nati, entrambi, perché qualcuno si ricordasse di chi siamo
stati in gioventú. Nessuno – a parte i nostri parenti – sapeva o sospettava che ci conoscessimo da una vita intera.
La nostra età ormai ci proteggeva come un alibi. Il suo
titolo di abate di Notre-Dame de Longues, i suoi capelli radi, la sua bruttezza irredimibile, e i miei quarantasei anni non facevano di noi una coppia. Benedetti era il
padrone, la Briccia la sua pittrice di casa. Una stranezza
dell'abate, influenzato dalla moda francese delle femmine
intellettuali e preziose, certo, perché nessuno, a Roma, si
sarebbe mai sognato di assumere in quel ruolo una donna.
Ma una stranezza innocente, perché a quarantasei anni
una donna non è piú tale – non certo una tentazione, un
rischio o un peccato. Diventa invisibile, il suo corpo trasparente come le ali di una cicala.

Oggi so che anche in questo Elpidio è stato l'ombra
di Mazzarino. Tutti sono convinti che il cardinale sia stato l'amante della regina Anna, fin dalla prima volta in cui
l'ha incontrata, e poi il suo compagno e marito segreto, per
trent'anni e fino alla morte di lui: nessuno potrà mai provar-
lo. Ha lasciato che il mondo lo credesse incline al nefando
vizio italiano, ovvero la preferenza per i maschi, la regina si
è lasciata giudicare una vacca, smaniosa di farsi montare dal
primo giovane di bell'aspetto per consolarsi dell'impotenza del consorte. Hanno subito sberleffi, ingiurie, attentati,
negli anni della fronda sono stati costretti a separarsi, sono
stati esiliati l'uno e l'altra, e non si sono traditi nemmeno
quando per lui o per lei sarebbe stato necessario. Lei ha rischiato di perdere il regno, e lui la testa. Indizi ne hanno
seminati tanti. Appartamenti contigui, porte segrete, ap-
passionate lettere d'amore. E un diamante, del valore di
svariati milioni, che la regina gli ha regalato subito dopo la
morte del marito. Luigi XIII lo aveva regalato a lei, come

dono di nozze. Ma nemmeno i loro peggiori nemici hanno trovato una sola prova per accusarli. Soltanto le loro azioni rivelano ciò che hanno saputo difendere dal mondo intero.

Per questo nel 1666, quando la regina Anna è morta, mi sono offerta di progettare l'apparato funebre in suo onore che Elpidio, come agente del re di Francia, doveva allestire. Ma per la stessa ragione, forse, ha voluto realizzarlo lui – facendolo firmare a Grimaldi, perché il nome del bolognese era più gradito a Parigi, dove aveva soggiornato a lungo e dove erano apprezzati i suoi dipinti a palazzo Mazzarino. In realtà non hanno inventato quasi niente e hanno utilizzato il mio progetto. Ne sono stata ugualmente felice. Avevo disegnato la macchina, gli archi e ideato ogni dettaglio, anche il più infimo, con cura infinita pure se erano effimeri: il giorno dopo la pompa funebre li avrebbero smontati e niente sarebbe rimasto di essi. Anna d'Austria era sopravvissuta al suo dux. Rendendo omaggio alla regina di Francia, celebravo me stessa, e i nostri amori indicibili.

Da quando si era iniziato a fabbricare, salivo sul colle una volta alla settimana. Elpidio aveva imposto a mastro Beragiola di assumere un certo Batta Membauti, perché tenesse sotto controllo l'esecuzione dei lavori e fosse in qualche modo il suo sorvegliante nel cantiere. Ma il comasco non avrebbe mai permesso a un muratore di dargli ordini, né io di sostituirmi. La lezione che Borromini ha impartito a Rutilio non l'ho mai dimenticata. Ho voluto sempre verificare di persona che Beragiola non usasse pietra vetrina, ma tufo di buona qualità, sminuzzato bene. Che la calce fosse smorzata in tempo e ben stagionata quando i muratori la mettevano in opera, che la pozzolana fosse raspa e non cappellaccio, in modo che abbracciasse bene la calce. La fabbrica doveva essere perfetta. Neanche un terremoto avrebbe dovuto buttarla giú.

Col passare dei mesi, le discussioni col capocantiere divennero frequenti. Sono stata esigente, anche dura. Ma lui aveva un atteggiamento provocatorio, e cresceva in me la certezza che mi sfidasse. O peggio. Mi sabotasse per farmi destituire. Mai, in mia presenza, si è lasciato sfuggire il dubbio che per inesperienza non fossi all'altezza dell'incarico. Ma i suoi scoppi d'ira, la frustrazione, il risentimento per essere comandato da una donna, li ha manifestati a Membauti, agli operai e ai fornitori – criticando il mio lavoro, la forma stravagante dell'edificio, la sua altezza inusitata (che volevo fare, il solletico alle nuvole?), la quantità eccessiva di finestre, la scelta dei materiali.

A me si limitava a dire, grattando l'unghia sul foglio: il disegno è una cosa, la pratica un'altra. Questo non è possibile, Signora. Oppure: questo è fuori dall'uso comune. O ancora: i pittori son bravi ad arzigogolare frontoni, terremotare facciate e imbastardire cornicioni, ma costruire è un'altra cosa. Non tiro su case di carta, io!

Non davo peso alle sue proteste né ai suoi consigli. Cosí, quando era costretto a operare non come avrebbe voluto, ma come gli ordinavo, rallentava i lavori, con ogni pretesto. L'ho odiato; a volte, umiliata e furente, ho dovuto reprimere il desiderio di vendicarmi, di fargli rompere le ossa a bastonate da un servitore, come avrebbe fatto qualsiasi altro architetto al posto mio. Perfino il mite e spirituale Borromini aveva fatto ammazzare – e dentro una chiesa! – un uomo che manometteva i suoi restauri nella basilica del Laterano. Eppure riuscivo a capirlo, mastro Beragiola: nessuno si era mai trovato nella sua situazione.

Era tenuto a eseguire le modifiche e le migliorie che via via si rivelavano necessarie. E a quantificarle o defalcarle secondo il dovuto. Protestava sempre, rifugiandosi dietro l'inevitabile: io gliel'avevo detto, signora Briccia. Se gli chiedevo di ricalcolare il costo della variazione – i muri di tufo dell'alzata stavano a due palmi e ventisei giuli la canna di quadrato e i muri di tavolozza un palmo e ventisei la canna, e i conti non tornavano mai – insisteva a dire che l'errore era mio. Se curiosavo fra i mattonati – erano pre-

visti ordinari, rotati ad acqua rossi e gialli – mi invitava a
non intralciare, convinto che non sapessi distinguerli uno
dall'altro. Se gli facevo notare che i muri non erano ben
bagnati, negava, costringendomi a toccarli. Quando mi sfi-
lavo i guanti, arricciava le labbra in una smorfia ironica.
Accanto alle sue mani, grosse, callose, incrostate di calce
e colla, con le unghie spezzate, le mie, bianche, morbide,
con le unghie dipinte, sembravano testimoniare la mia in-
competenza. Ma non era cosí. So quando un muro è troppo asciutto. E non ho mai avuto bisogno di toccare qualcosa per sentirne la temperatura. Un metallo o una pietra,
il corpo di un uomo – so quando emettono calore o il gelo
del rifiuto.
    Allora gli ingiungevo di buttare giú tutto e rifarlo dac-
capo. Mi ha odiato. Si era impegnato a consegnare la fabbrica nel maggio del 1664, e ogni ritardo era un rischio, per
lui. Il contratto prevedeva che l'abate potesse assegnare i
lavori a un altro, e fargli pagare le spese e i danni.

    Quella schermaglia, però, logorava anche me. Torna-
vo a casa con l'emicrania, sfinita, aggressiva e di cattivo
umore. Mi irritavo per nulla – che i cardi fossero spinosi,
la cicerchia cruda e il vino inacidito, che mia madre parlasse in continuazione, che Giustina non parlasse mai. E
piú di tutto mi irritava Margherita.
    Da due anni anche la figlia minore di Albina e Dan-
dini era venuta a vivere con noi. In passato non si era
mai fermata piú di qualche mese. Ogni volta che a Rutilio nasceva un altro figlio, la riprendeva in casa perché
aiutasse la moglie, e quando Virginia svezzava il neonato
ed era in grado di badare agli altri figli, ce la restituiva.
Margherita tornava scontenta. Indifferente alle comodità che ormai potevamo offrirle, alle occasioni, al futuro.
Preferirei, mi ripeteva, stare nella casa di mio padre, dividere il materasso coi miei fratellini, lavare i pavimenti
come una serva, e mangiare zuppa di rape scipita, piut-

tosto che stare con voi e la nonna. La vostra è una casa triste, senza bambini.

Ma stavolta era venuta per restarci – perché, da quando compiuti dodici anni non era piú una bambina, mia madre aveva voluto sottrarla alla promiscuità alcolica di casa Dandini. Rutilio era stato contento di contare una bocca di meno. La ragazzina, invece, trascinò il baule nell'angolo della stanza di Giustina e per sei mesi nemmeno lo aprí. Tanto starò poco, come le altre volte, giurava, poi me ne torno con mio padre e i miei fratellini. Spariva all'improvviso per andare da Dandini e pregarlo di riprenderla con loro. Tornava da quegli incontri rabbiosa, con gli occhi bui. Per giorni non mangiava e rifiutava di rivolgerci la parola.

Margherita aveva i capelli di zafferano di Albina, la testardaggine mia e un'insolenza ribelle tutta sua – maturata nei lutti, nel disamore, nell'instabilità di un'infanzia di penuria e di abbandoni. Il suo arrivo ci ha persuasi a chiudere la stagione del subaffitto. Margherita polemizzava tutti i giorni col sacerdote della stanza sul retro, rinfacciandogli di saccheggiare la dispensa – fatto vero, ma che sopportavamo perché quell'ometto ingordo era puntuale con le rate dell'affitto; s'accapigliava coi figli del giudice, alloggiati nelle stanze d'angolo – in verità marmocchi molestissimi che anche io detestavo, ma alla cui presenza mi ero ormai rassegnata –, e rinfacciava ai Manenioni, una coppia di rumorosi trentenni che taccolavano fino a notte fonda, la loro sciatteria: spargevano briciole per tutta casa e la loro micia seminava pulci sui nostri vestiti. Gli inquilini si lamentavano con mia madre di essere maltrattati da quella ragazzina ingarrita e maleducata, lei tentava – con risultati nulli – di persuadere Margherita a essere piú accomodante.

Alla fine sono stata io stessa a convincere mia madre a sbarazzarci dei pigionanti. Per assicurarmi una rendita, avevo comprato da una vedova bisognosa di denaro contante un censo su una casa all'isola Tiberina. Fruttava quattro

scudi l'anno – pochissimo, ma era pur sempre un'assicurazione per quando non avrei guadagnato piú niente. La
casa, fra la mola dei colori e il laboratorio di un calcararo,
l'aveva scelta Basilio e io non l'avevo nemmeno mai vista.
Mio fratello era inetto come mio padre quando si trattava di affari. Ma nemmeno io avrei capito che l'uomo che
ci abitava, un certo Visconti, avrebbe smesso immediatamente di pagare, accampando irregolarità nella cessione e
inesistenti diritti di proprietà. Il processo per lo sfratto era
andato per le lunghe, e la giustizia ha tardato a renderlo
esecutivo, finché Basilio spalleggiato dagli sbirri con un
atto di forza era riuscito a introdursi nell'appartamento,
a far cacciare l'occupante e ingiungere la restituzione delle
rate mancanti. Inoltre il mio stipendio ci consentiva ormai
di vivere fra noi, come una vera famiglia.

Margherita non mi ha mostrato gratitudine. E ha cominciato a rimpiangere i ragazzini che aveva tormentato,
il sacerdote goloso, i due sposi litighini. Che noia questa
casa, protestava, siete tutti vecchi.

La figlia minore di Albina divenne una presenza molesta, abrasiva e pungente come l'ortica. Non faceva nulla.
Non aiutava mia madre nelle faccende di casa, né ricama-
va insieme alla sorella, trascorreva le ore distesa sul letto o
a bighellonare nelle stanze, con l'aria di disapprovare ogni
cosa. Canzonava Basilio, di cui non aveva nessun rispetto, e
che accusava di essere un pedante presuntuoso e velleitario,
bravo solo a vantare la sua virtú e denigrare le fatiche degli
altri, incapace di portar fieno nella mangiatoia: paragonava
le sue opere incompiute e i suoi progetti fumosi alle attività piú inutili, come pettinare i cani, cui si dedicano le persone che non sanno cosa fare; punzecchiava la sorella – divertente, a suo dire, come un candelabro; rimproverava me
perché mi consideravo il capofamiglia, e questo le pareva
un'infrazione – ridicola e pericolosa – alle leggi della natura.

All'inizio mi ero offerta di darle lezioni di disegno.
Cominciavo a essere richiesta come maestra. Andavo il

martedí ai Santi Apostoli, da Aurelia, la nipote del signor Degli Effetti, e il giovedí da Virginia, la figlia dell'avvocato concistoriale Cartari. Fanciulle volenterose e di buon lignaggio, ma insegnare a loro era come gettare gemme nel mare. Pennellare un mazzo di fiori o eternare il loro cagnolino sarebbe rimasto solo un passatempo, quasi un dovere sociale – come saper danzare il minuetto o strimpellare il cembalo. Margherita invece avrebbe potuto amare la pittura, e viverne. Mi sarebbe piaciuto fare di lei la mia erede. In qualche modo mi illudevo di rappresentare un esempio per la sua generazione. Avevo aperto una strada. Lei forse avrebbe potuto percorrerla senza sbattere contro gli ostacoli che avevano atterrato me, per tanto tempo.

Ma Margherita trasformava quelle lezioni in un calvario. Scarabocchiava, cancellava furiosamente le forme appena abbozzate, mangiava i carboncini, spezzava le penne. Strappava i fogli, tanto non costavano cari perché la carta non vale niente. Voleva dimostrarmi di non essere capace e costringermi a rinunciare. Perché perdi tempo con una zucca pazza come me? mi sfidava. Hai di meglio da fare. Vai a lavorare alla Villa. Non mi ha mai chiamata Signora Zia, mi ha sempre dato maleducatamente del tu, come a sua sorella.

Perfino insegnarle a leggere e scrivere si è rivelato impossibile. Sai farlo tu, a me che me ne importa? I tuoi libri non mi interessano, e non ho niente da scrivere. Nemmeno in convento ti prendono se non sai leggere e scrivere, le facevo notare. Non mi ci manderesti mai in convento, ti conosco, mi provocava, ridendo. Se avessi i cinquanta scudi all'anno per pagarmi gli alimenti li spenderesti per comprarti un trattato di architettura. E mi irritava tanto piú perché aveva ragione.

Mia madre m'ha detto una volta che ogni figlio è un giudice. E, a differenza di quelli dei tribunali, non assolve mai. Un genitore non è mai innocente. Margherita era diventata il mio giudice. Non mi ha mai perdonato niente. In questo, è stata davvero mia figlia.

Mi è capitato di sorprenderla a frugare nei tiretti del mio canterano, e di scoprire poi che mi aveva sottratto il foglio con l'elenco delle misure delle scale di peperino di Villa Benedetta – i gradini dovevano essere alti tre quarti e larghi un palmo e un quarto con l'incavo, e senza l'incavo un palmo, lunghi sei palmi e un quarto da terra fino al lastrico nella prima scala e nella scala a lumaca tonda solo tre. Numeri e cifre che non significavano niente per lei, ma sui quali mi ero rotta la testa per giorni. Perché la Villa, costruita su tre piani, viveva di dislivelli, era un edificio verticale, e sbagliare una sola proporzione avrebbe distrutto l'armonia dello spazio. Non me lo ha mai restituito, costringendomi a fare i calcoli di nuovo.

Un'altra volta fece sparire la pianta del lastrico, coi parapetti e i pendii per il deflusso dell'acqua – che per fortuna Giustina ritrovò accartocciata sotto il suo materasso. Altre volte invece si presentava nel mio studio con la scusa di dovermi portare da parte di mia madre una pasta di zucchero, i mostaccioli o un'orzata fresca. E allora per qualche istante avevo l'impressione che volesse fermarsi, e restare là dentro, mentre correggevo i prospetti, o perfino seguirmi al cantiere. Perché forse in realtà le sarebbe piaciuto disegnare, dipingere, anche leggere, e ormai non poteva piú ammetterlo. Ma ogni volta che gliel'ho proposto, ha rifiutato. Mai nella vita, giurava. Non voglio diventare come te.

I muratori avevano già tirato su il piano nobile con tutti e due i loggiati, rifinito l'esedra, lastricato la terrazza e sistemato le colonnine della balaustra: montavano le impalcature del secondo. I moncherini di Villa Benedetta già pareggiavano le chiome dei pini che spuntavano dai muri delle proprietà circostanti. Diventava alta. Doveva svettare in cima al colle come una fortezza. O piuttosto, come una nave. La nostra casa, aveva fantasticato Elpidio, deve essere come l'arca di Noè, deve galleggiare sopra questa città dannata e portarci in salvo.

Quando in piazza Navona Bernini aveva osato collocare l'obelisco della fontana dei Quattro Fiumi sopra uno scoglio ad arco, la visione di quella spada di pietra che sfidava la tendenza di ogni cosa a cadere mi aveva folgorata. Per mesi i romani l'avevano osservata con sospetto e con scherno, sostenendo che si era inclinata e che si sarebbe schiantata al suolo. Ma non era successo. Avevo proposto a Elpidio di usare per la nostra nave, come basamento, la roccia viva della collina. Invece di demolirla a picconate o farla saltare con la polvere da sparo, costruirci sopra. Elpidio aveva accettato.

Quella roccia bitorzoluta, frastagliata, sporgente, creava l'illusione che l'edificio-vascello sorgesse sulla costa, davanti al mare. Nella luce radente del crepuscolo, sembrava muoversi, come se la prua, fendendo l'aria, volesse raggiungere il Vaticano.

Ma quando vennero le piogge di marzo, la Villa era ancora uno scheletro. Le controversie fra me e il capocantiere erano ormai quotidiane. Lasciavo correre, sperando che riuscisse comunque a consegnare la fabbrica – se non a maggio, almeno in estate. Mastro Beragiola però rifiutava di pagare le spese per la burbora, il secchio e il canepo, che gli spettavano, e l'abate di dargli altro denaro, dicendo che gli avrebbe saldato i 2500 scudi previsti e nulla piú. Il comasco tenne duro, licenziò i suoi operai, smontò i ponteggi e di notte mandò un carro e si portò via tutte le robbe – la pozzolana, i legnami, la calce. Il cantiere si bloccò.

Proprio in quei giorni Elpidio partiva per la Francia, e ho temuto che Villa Benedetta sarebbe rimasta un rudere – col tempo avrebbe finito per confondersi coi resti del passato che affioravano ovunque, nei prati intorno a Roma. Mi lasci nel momento piú difficile, l'ho rimproverato. L'ho sempre fatto, mi ha risposto. Tu sei di quelli che danzano solo sull'orlo dell'abisso. Troverai il modo di accordarti col Beragiola, e di correggere quello che non funziona.

Nella Quaresima del 1664, mentre Elpidio si presentava
a corte, si accreditava presso il ministro Colbert, lo ringra-
ziava per il raddoppio dello stipendio, salito fino a seimila
lire, e giurava di servire la corona di Francia con lo stesso
zelo con cui aveva servito Mazzarino, mentre passeggiava
con l'architetto Le Vau nei viali di Fontainebleau e Vaux-le-
Vicomte, tra i bacini d'acqua, i canali di pietra, i boschetti
e le fontane, e si faceva spiegare i segreti dei declivi, delle simmetrie e dell'anamorfosi distorta, per aggiornarsi sul
nuovo modo di allestire il giardino di una villa e sfruttare
meglio la prospettiva, io mi amareggiavo fra le quattro mura dello studio, chiedendomi dove avevo sbagliato.

E cercavo di distrarmi dai miei rimuginamenti ritoccando
il modello del disegno per un panno da tavola che Elpidio
si era impegnato a fornire al cardinal Barberini. Ricama-
vo le ali dell'angelo apparso a san Francesco e mi ripetevo
che no – non mi sarei lasciata ricacciare ai quadri su seta, arredi che si logorano e si stracciano come le tovaglie.

Il corriere da Parigi m'aveva portato una lettera, che
conteneva il disegno di uno dei prospetti della Villa. Lo
accompagnavano poche righe impersonali. Elpidio mi co-
municava seccamente che le modifiche da fare erano queste. Ho temuto che volesse portarmi via il progetto, e non
potevo permetterglielo. Ho deciso di ricomprare la pozzolana, la calce e i legnami a Beragiola pur di finire io Villa Benedetta.

Ma i soldi del mio stipendio ho dovuto spenderli altrimenti. Giustina si ammalò. La bambina gentile con le
lentiggini era diventata una giovane donna dedita agli altri. Possedeva la virtú cristiana della rassegnazione che ai
Bricci è sempre mancata. La sua sorte rappresentava ormai
un cruccio per Basilio. Avrebbe voluto procurarle trecento scudi di dote e trovarle un bravo marito, ma Dandini
rifiutava orgogliosamente la sua «elemosina». Le farò io
la dote, porco demonio, è mia figlia! sbottava. Che razza

di padre, fremeva Basilio, finora non s'è occupato di lei, né mai lo farà. Gli anni erano scivolati via uno dopo l'altro, e Giustina ne aveva già compiuti ventiquattro. Non mi importa se resterò zitella, ci rassicurava con dolcezza, a ogni anniversario, sono felice di restare con la signora nonna e con voi, zio caro, che mi volete bene. Sono fortunata. Non desidero altro.

Si era già offerta di ricamare merletti per qualche bottegaio, dietro compenso, come aveva fatto sua madre, perché non voleva esserci di peso. Glielo avevamo impedito: non ce n'era bisogno. Ma in quei giorni le avevo chiesto di aiutarmi sul panno Barberini, perché – come Albina – intrecciava i fili d'oro meglio di me.

Giustina non si lamentava mai. Era solo piú pallida, e respirava con affanno. Se da giorni sentiva dolore al petto, ce lo ha nascosto. Solo quando svenne sul ricamo, mentre tentava invano di infilare l'ago nella stoffa, abbiamo chiamato il medico.

Auscultò il polso della ragazza, studiò la limpidezza delle urine, la consistenza dello sputo. Da quando soffiano i venti d'Austro, e l'aria è umida e calda, sta serpeggiando una maligna influenza, ci ha spiegato. Attacca i polmoni. È molto contagiosa. Mandate subito via la ragazzina e la signora Chiara. Per giovani e anziani il morbo si sta rivelando letale. La terapia proposta era la solita – buona per tutti i mali. Purgare il corpo di sopra e di sotto, provocare il vomito, liberare gli intestini coi clisteri. E preghiere alla Madonna. Nient'altro poteva salvarla.

Mia madre però ha rifiutato di lasciare la nipote. Ci siamo avvicendate attorno a Giustina che peggiorava – la febbre continuava a salire e lei era sempre piú debole. Cercavamo di non farle capire quanto fosse grave, ma lei lo leggeva nei nostri sguardi perduti, e nelle lacrime che ci offuscavano gli occhi. Basilio scoppiava a piangere appena usciva dalla stanza.

Si precipitava nello studio, lo sentivo quasi ruggire dal

dolore, e poi un susseguirsi di tonfi – sbatteva la testa contro il muro. Quei colpi facevano vibrare le pareti, sono dovuta entrare per pregarlo di calmarsi, Giustina poteva ancora sentirlo. Mio fratello si era bloccato al centro della stanza, impugnava la spada con cui tirava di scherma e minacciava i fogli appesi sulle pareti. Prospettive, telamoni, mostri, figure cui non aveva saputo trovare un contesto. Poggiò la punta su quello che sembrava il suo autoritratto. Basilio, ti prego, l'ho supplicato. Allontanati, m'ha risposto, stringendo le dita sull'elsa, non rispondo di me. Vi detesto tutte, donne, balbettò, il vostro futile gracidare, il cervello striminzito, la fede superstiziosa, il corpo ridondante... ma mi sarei inflitto il sacrificio della copula, per avere una discendenza. Dio invece me l'ha donata lo stesso. Giustina è la mia gioia. È tutto ciò che ho. Per lei ho rinunciato al matrimonio. Giustina è innocente, e anche io. Signore Iddio non puoi togliermela. Rinuncio a tutto, annunciò, infilzando la punta della spada nella carta e stracciando il suo stesso viso. Prendimi tutto, lasciami lei. Ha cominciato a duellare contro quei fogli indifesi. Puntava, affondava, strappava. Non sono riuscita a fermarlo.

Nelle ultime ore, ha voluto restare solo con lei e glielo abbiamo concesso. Le è rimasto sempre accanto. Strizzava il panno umido sulla fronte, le bagnava le labbra, le teneva la mano. Le raccontava del giorno in cui Albina gliel'aveva affidata, e lei era solo una coserella smunta, e lui un giovane del tutto ignaro di come si debba trattare una bimbetta, lei aveva paura di lui almeno quanto lui di lei – voleva che ricordasse che lui, per lei, c'era sempre stato. Eri alta cosí, non mi arrivavi al petto, gemeva. Ti ho vegliata ogni notte, non avrei mai permesso che ti facessero del male. Mi dispiace, signor zio, mormorava Giustina, desolata, non vi vorrei mai lasciare solo.

Invece lo ha fatto. Il corpo era ancora in casa, e stavamo aspettando le comari per lavarla e vestirla per il funerale quando è crollata mia madre. Chiara, sbrigativa e pratica come sempre, se n'è andata in due giorni. Tolgo il disturbo, figli miei, ci ha detto, è tempo che diventate adulti, tutti e due, e finché starò con voi non succederà. Tu, Basilio, sei già calvo, e tu, Plautilla, smetti di tingerti i capelli, che neri non ti torneranno piú. Non potete essere figli per sempre. Non ho niente da darvi, ha aggiunto, ma faccio lo stesso il testamento dello zanni. A te, Basilio, lascio la mia risata, e a te, Plautilla, il mio cervello di gallina. Fatene buon uso. I miei vestiti dateli alle orfane.

Ansimava, ma sorrideva ancora, perché mia madre pure a settant'anni non ha smesso di dire le cose importanti come fossero le battute di una commedia ridicola. La vita, in effetti, è stata per lei una commedia fitta di imbrogli e di bastonature, ma col finale lieto, perché morire è passare a miglior vita. Ne ha sempre avuto certezza. Temeva la vecchiaia piú della morte, e Dio l'ha esaudita. Nella bara, con la pelle senza macchie e nemmeno un porro a guastarle la fronte, sembrava una ragazza. Le abbiamo seppellite insieme, nonna e nipote.

Quando siamo tornati, la casa ci è sembrata troppo grande per noi tre. In sala non c'era Giustina, a ricamare alla luce della lampada, né Chiara al fuoco, a spadellare la coratella. Nessuno sapeva cucinare. Ho improvvisato una cena frugale di uova e lattughe, ma né Basilio né io né Margherita siamo riusciti a ingoiare un boccone. Avete perso la nipote sbagliata, ha commentato Margherita. La febbre dei polmoni doveva prendersi me. Ma io sono un'erba cattiva e manco la morte mi vuole.

Smettila, l'ho zittita. Avrei dovuto dirle che l'amavamo invece, anche lei, come sua sorella, o che avremmo imparato ad accettarla. Non ne siamo stati capaci. Ho rimestato con la forchetta nel piatto, in silenzio. Basilio s'è ritirato nella sua stanza.

Ha annullato tutti gli impegni. Supino sul letto, fissava il tondo opaco della finestra. Non ha mai preso in mano la matita, né s'è alzato per mangiare. Non dormiva. Non mangiava nulla, anche se io facevo salire dall'osteria, già pronti, i suoi piatti prediletti: i carciofi, le animelle, perfino il caviale. È dimagrito di quaranta libbre e una sera m'ha pregato di far sparire la spada, perché se gli fosse capitata sotto gli occhi in un accesso di sconforto ci si sarebbe gettato sopra. Non ho un solo motivo al mondo, mi ha detto, per continuare a calpestare questa terra. E io? gli ho chiesto. Mi lasceresti vedova? Tu? ha borbottato, non hai piú bisogno di me.

Elpidio è tornato alla fine di aprile e non ha potuto nemmeno riposare dopo la fatica del viaggio. Il ministro Colbert lo aveva incaricato di convincere il cavalier Bernini a mandare al piú presto disegni per il progetto del nuovo Louvre e di invitarlo a Parigi a nome del re di Francia.

La missione era delicata, perché il progetto del nuovo palazzo reale, e il viaggio, erano un affare di stato – anzi, di stati, peraltro nemmeno alleati, perché Alessandro VII, benché creato da Barberini, era un papa filospagnolo e ostile al crescente strapotere francese. Elpidio doveva districarsi tra le pretese dell'artista, i malumori del papa e le pressioni dei suoi corrispondenti, lusingando l'orgoglio di ognuno, compiacendo tutti.

Per di piú, si era invischiato in un rischiosissimo triplo gioco, perché nel corso delle loro passeggiate nel giardino di Vaux-le-Vicomte l'architetto Le Vau gli aveva promesso quattromila pistole se fosse riuscito a far approvare il suo progetto per il Louvre, e al momento della sua partenza da Parigi glielo aveva affidato. Ma per riuscire a far prevalere Le Vau sul Bernini, che si era ripreso saldamente il posto di primo artefice di Roma, a Elpidio serviva l'approvazione di un architetto di pari fama, cui doveva far vedere il progetto del francese, senza dire di chi fosse, per scroccare la sua approvazione. Elpidio tentò con Borromini. Confidava nelle sue difficoltà, perché l'architetto ormai non riusciva piú a ottenere commesse importanti. Alla morte di Innocenzo X aveva patito nuove umiliazioni, ed era stato estromesso dalla costruzione della chiesa dei Pamphilj a piazza Navona, ormai aveva perso anche il suo protettore, padre Virgilio Spada, e si era guastato con gli altri Spada suoi parenti, che modificarono il suo progetto della cappella di famiglia e lo trattavano come un capocantiere qualunque. Le ultime sconfitte lo avevano indotto a rinchiudersi in un'ostinata solitudine. Disegnava solo per se stesso, e aveva giurato di bruciare nel fuoco tutti i progetti delle fabbriche che non avrebbe realizzato. Non sperava piú niente. Non desiderava nemmeno denaro. Non cadde nella trappola e rifiutò di aprire la cartella. Lo farò, gli disse seccamente, restituendogliela, solo se mi portate una lettera del re.

In quei vorticosi maneggi, tra lettere quasi quotidiane, anticamere interminabili nel palazzo del cardinal nipote, Flavio Chigi – che smaniava di partire per la caccia, passatempo che praticava per estenuarsi e distrarsi dal desiderio della femmina, suo assillo permanente, e detestava dover perdere tempo con l'abate –, tra visite nello studio di Borromini e nei cantieri di Bernini, non gli restava tempo di occuparsi di Villa Benedetta. Ubi maior, mia cara...

Affermava di voler essere placido e generoso come suo solito, col riottoso Beragiola, ma in realtà – passato maggio e diventato il capocantiere inadempiente al contratto – decise di trascinarlo in tribunale, e di cercarsi un perito per quantificare i suoi debiti.

L'ho pregato di chiederlo a Basilio. Non mi pare una buona idea metterci tra i piedi tuo fratello, si è schermito lui. Non gli andrà bene niente, vorrà correggere tutto, ci creerà solo problemi, come ha sempre fatto con chiunque. Per quanto ne so è stato l'unico artista della storia a subire un processo per essere cancellato ed espulso dall'Accademia di San Luca. Denunciato dai suoi colleghi come seminatore di zizzania, diffamatore e impostore cosí sfacciato da riuscire a farsi eleggere segretario pur senza essere mai stato ammesso! Non dimenticare il danno che ha creato anche a te quella vicenda. Bastava il nome Briccio a suscitare imbarazzo. Senza contare le spese. L'avvocato che ha intentato il processo per farlo riammettere non l'avrà fatto per amor di Dio. So quanto siete uniti, e rispetto il vostro legame, ma lasciami dire che è un disturbatore insopportabile. Non t'ho mai chiesto un favore, ho insistito. Sarà il primo e anche l'ultimo. La superbia di Basilio è solo una maschera. La malinconia lo sta uccidendo. Mio fratello non ha lavoro, non ha un amore, non ha denaro, ha solo i suoi rimpianti. Dagli, ti prego, un'occasione.

Ma anche io ero stanca. Non avrei immaginato che alla mia età perdere mia madre mi avrebbe cosí sbalestrata. Rivedevo tutta la nostra vita, e le incomprensioni, le differenze, le imposizioni che mi avevano diviso da lei mi parevano ora insignificanti. Avrei voluto dirle che la sua presenza era stata un baluardo, le sue chiacchiere un balsamo – che vivere con lei era stato divertente, e noioso adesso il silenzio delle nostre cene non piú interrotto dai suoi monologhi.

Elpidio mi rimproverava di essere una compagna poco brillante. Lo deludeva che non gli chiedessi niente dei suoi giorni a Parigi. Come se fossi andato in un'osteria di Velletri, e non alla corte del Re Sole! Le altre due volte, mi rimproverava, ti sei lamentata delle mie omissioni, volevi sapere tutto della traversata in mare, di Avignone, del paesaggio della Francia, di palazzo Mazzarino, della regina Anna e di Luigi. E allora ero solo un cameriere e un segretario. Adesso invece… avresti dovuto vedermi, mentre camminavo nei corridoi del Louvre, fra due ali di paggi. Le sieur Benedettí, dicevano gli alabardieri, e mi aprivano le porte.

E l'opera? E il teatro? Il re non ama solo le tragedie eroiche, favorisce un attore che scrive commedie, ci credi? Il povero Briccio crederebbe di sognare. La compagnia di questo Molière stava provando una satira politica che scortica vivi gli ipocriti devoti. Ma non come facevano Bernini e Rosa, con la licenza dei buffoni, che vale solo a Carnevale. In versi, in rima, con un'arguzia e una profondità di pensiero da filosofo...

Ancora una volta, ho scelto il momento sbagliato per viaggiare. Dovevo partire adesso. Fra pochi giorni inaugurano la nuova reggia di Versailles. Stanno organizzando festeggiamenti inauditi. Dureranno settimane. E dovrò leggerne i resoconti nelle relazioni... Eppure pochi giorni mi sono bastati a comprendere la vivacità e l'esprit dei francesi alla corte del Re Sole. L'impertinenza delle mogli dei ministri, e i motti di spirito – le parigine hanno certe lingue da affettare un viso peggio di una lama. E il libertinaggio delle gran dame. Ne ho conosciute certe che chiamano cornuto il marito davanti a tutti, e trovano sconveniente che pretenda ancora di andare a letto con loro, e altre che indossano gli amanti come le mutande, e dopo averli usati una volta li buttano via.

Non me ne importa piú, ribattevo. Non sarò mai come loro. Ma non le invidio, ognuno trova la libertà dove la cerca, e la mia adesso è qui. Non ho bisogno della Francia.

Tuttavia, nonostante il mio disinteresse, Elpidio mi raccontò parola per parola ciò che aveva detto, descrisse ciò che aveva visto, le frasi che avrebbe voluto dire e che invece non era riuscito a pronunciare. Per quanto strano possa sembrare, credo avesse bisogno della mia approvazione. Non era certo che il suo viaggio potesse essere considerato un successo. Temeva anzi che fosse il fiasco piú clamoroso della sua vita. Aveva avuto la sua occasione, e l'aveva mancata. Deve essere il mio destino, osservò, mi ritrovo nella compagnia di attori che fa la storia e poi al momento dello spettacolo devo recitarvi solo la parte di una comparsa, che dice la sua battuta ed esce di scena.

Con gli altri, Elpidio non è mai stato l'uomo che riusciva a essere con me. Io ho conosciuto la sua ironia, la sua intelligenza, perfino la bizzarria di carattere che attribuiva a noi artisti. Il mondo solo la sua loquacità improvvida, la sua goffaggine, la sua ambiguità, il francese rudimentale che gli vietava di brillare nella conversazione: anche il suo gesticolare risultava troppo istrionico per i cortigiani del Re Sole. O forse questi erano difetti veniali, che sarebbero stati perdonati a chiunque altro, e lo avrebbero perfino reso esotico: semplicemente, attirava su di sé l'odio che per anni essi avevano riversato su Mazzarino. Non poteva piú ripararsi dietro la sua ombra.

Anni dopo, nella chiesa di San Luigi, dal segretario dell'ambasciatore francese sono venuta a sapere che i ministri di Luigi XIV lo consideravano troppo romano – ovvero, che possedeva tutti i difetti dell'italiano senza averne le virtú. Circolava sull'abate Benedetti una battuta sprezzante di Clarac de Vernet. «Quell'uomo ha il dono di dispiacere a tutti. Il che è un difetto peggiore della sua origine di ricamatore».

A ogni modo, per quanto detestassero la persona, il re e Colbert avevano bisogno dell'agente. Nessun altro poteva trovare gli argomenti capaci di stuzzicare il cavalier Bernini a progettare il Louvre – titillandolo con la prospettiva di trionfare, come a Roma, anche a Parigi. E solo Elpidio poteva correre il rischio di contattare a sua insaputa altri architetti, per assicurarsi pure i loro progetti. Lo mandarono da Rainaldi, da Grimaldi, perfino da Pietro da Cortona. Gli feci notare quanto fosse avventata questa pretesa, perché rischiava di inimicarsi non solo il cavaliere, ma anche il Berrettini. Erano ancora gelosi l'uno dell'altro come trent'anni prima. Elpidio non se ne preoccupava troppo: si proclamava certo di saperli trattare, tutti e due, perché solo lui sapeva quanto siano delicati e bizzarri gli spiriti dei virtuosi. Delicata e bizzarra: mi sono chiesta se vedesse anche me cosí.

Grazie alla mediazione di Basilio, che acconsentí a prepararargli una perizia neutrale, ricompose la vertenza con Beragiola. Ciò gli permise di apportare ambiziose modifiche alla facciata della Villa, e di completarla ancora piú originale e ornata di quanto fosse nel nostro progetto iniziale senza rimetterci soldi. Ognuno dei due dichiarò di non dover pretendere nulla dall'altro: Beragiola sottoscrisse che per l'aprile del 1665 avrebbe finito gli stucchi della galleria – puttini, festoni di rose e di foglie, cartigli – e per giugno quelli esterni – cornicioni, balaustre, cimase, basamenti, modellature, mensole e rosette, intorno a porte, finestre, occhi, nicchie e architravi, piú mascherine, capitelli, pilastri. Potevamo ormai sollecitare gli artisti per gli interni.

Villa Benedetta doveva essere decorata in ogni stanza. Elpidio non voleva trasportarvi i quadri della galleria del suo palazzetto, e ne commissionò altri. A me. La sala piú fresca del pianterreno, collegata alla dispensa, alla cucina, alle vasche per la vendemmia, e riservata ai pranzi e alle cene d'estate, volle chiamarla la «sala delle donne»: tappezzata di ritratti e medaglioni di Cornelia, Calpurnia, Pompea, Scribonia, Livia e altre matrone dell'antica Roma, ma anche contemporanee come Cristina di Svezia e principesse d'Italia e di Francia. Illustri – per gesta o per amore, tutte di temperamento e carisma, non necessariamente di morigerati costumi.

Vi volle infatti le amanti di Luigi XIV e le Mazzarinette, le nipoti di Mazzarino – bellissime donne che in Francia avevano imparato a respingere l'arte della sottomissione. Olimpia Mancini, che lui aveva accompagnato in Francia, duratura amante non ufficiale di Luigi XIV e attuale incorreggibile contessa di Soissons; Ortensia Mancini, alla quale, per la sua strabiliante bellezza, Mazzarino aveva destinato il nome, la parte piú preziosa del suo patrimonio, in quel momento confinata in convento dal marito prepotente geloso e pazzo al punto che qualche tempo dopo avrebbe cercato di segare i denti davanti delle figlie per impedir loro di diventare civette, di prendere a martellate le statue del suo parco e di sten-

dere una coltre di vernice nera sui preziosissimi e lussu-
riosi Tiziano e Correggio ereditati dal cardinale; e Maria
Mancini, il grande amore di Luigi XIV, cui dallo zio era
stata costretta a rinunciare per ragion di stato, ed era diventata contro la sua volontà la moglie del connestabile
Colonna, la quale da quando era venuta a vivere a Roma
scandalizzava popolo e corte col suo comportamento «alla francese». Faceva il bagno nel Tevere con la sua serva
nera, andava a caccia vestita da uomo, si era mostrata in
maschera nei panni di Clorinda sui carri del Carnevale e
soprattutto ricambiava le corna che le metteva il marito,
il piú famigerato fornicatore di Roma – svariati sostenevano col cardinale Chigi e col fratello Filippo di Nevers,
chiamato a Roma perché le portasse un po' d'allegria
nella noiosa città del papa. Di quelle licenze Elpidio si
limitava a sorridere e diceva che alle donne belle si deve
perdonare tutto.

Non so se sia stato il primo ad avere un'idea del genere: ma che la villa di un abate celebrasse l'intelligenza, la
seduzione e la capacità di governo delle donne sembrò una
provocatoria stravaganza. Io l'ho considerato un omaggio,
e un atto di contrizione.

Mi affidò anche la pittura di una *Assunzione della Ver-*
gine nella cappella, e le volte del timpano della galleria: la
mia sarebbe stata la prima immagine che veniva incontro
a chi, salite le scale, entrava. Una messaggera, quindi, e
una guida. Quel dipinto doveva racchiudere il significato di Villa Benedetta: ne era la ragione stessa, e l'anima.
Il soggetto l'abbiamo scelto insieme, e non poteva essere
diverso: l'umana Felicità. La nostra aspirazione, cui non
avevamo mai saputo dare realtà.

Come si rappresenta, la Felicità? Dai tempi del Ripa,
l'iconografia prevede che sia femmina – come la verità
e la vita – e circondata dai simboli dell'abbondanza – la
cornucopia coi fiori e i frutti. Mettici tutto quello che ci

piace, insisteva Elpidio, come se la Felicità consistesse nei beni materiali di questa terra. Io invece volevo che rappresentasse piuttosto la gioia, che è armonia e leggerezza. E poi dovetti immaginarle un volto – e darle un'espressione. Era, la nostra Felicità, una donna giovane, seduta sul confine fra terra e cielo. Evanescente e impalpabile come una farfalla.

I dipinti per la galleria e le logge li offrí invece ai migliori pittori di Roma. La volta a Pietro da Cortona, il lato sud ad Allegrini, il lato nord a Grimaldi, i chiaroscuri a Carloni, i paesaggi e le marine a Laurenti. Nell'insieme, le immagini dovevano raccontare la fuga del tempo, nel ripetersi identico dei giorni: l'Aurora, il Mezzodí, la Notte.

Grimaldi era assai occupato – le sue pitture carissime. E Pietro da Cortona aveva riscoperto in vecchiaia la felicità dei suoi inizi e nonostante fosse afflitto dalla gotta e stroppiato dalla chiragra dipingeva senza stanchezza, gustandosi il piacere di una libertà ritrovata. Ma Elpidio era sicuro che avrebbero accettato, entrambi: Villa Benedetta sarebbe diventata un'attrazione della città, e figurarvi con un'opera indispensabile. In quei mesi, era dominato da un'esaltazione permanente, come se avesse bevuto troppo caffè o fumato tabacco o preso qualche sostanza corroborante. In realtà non beveva, non fumava, e non era mai stato tanto sobrio. La verità è che dopo una vita trascorsa nell'ombra e nella rinuncia, ora poteva prendersi tutto. Per la prima volta, il potere era nelle sue mani. E la comparsa diventava protagonista.

Aveva ragione. Tutti gli artisti gli dissero di sí. Perfino il maestro da Cortona, che avrebbe dovuto finire prima la pala per l'altar maggiore di Sant'Ivo alla Sapienza, iniziata già da cinque anni, gli promise rapidamente l'*Aurora* per il soffitto. Lo pregò anzi di fargli avere la pianta della galleria, e le misure esatte, per impostare al meglio la figura, il cielo, le nuvole.

Gliele ho portate nel suo monumentale palazzo alla Pe-
dacchia, ai piedi dell'Aracoeli. Quasi vent'anni prima aveva acquistato un appartamento e a poco a poco si era acca-
parrato tutto lo stabile, incorporando anche altri edifici.
Aveva rifatto la facciata, ristrutturato gli interni, costruito
la loggia, il giardino pensile, il ninfeo. Poiché venivo come emissaria dell'abate Benedetti, gli assistenti non mi
hanno introdotta dalla porta di servizio da cui passavano
loro e gli operai, ma mi hanno guidato sullo scalone e nei
corridoi del piano nobile, lungo l'itinerario di rappresentanza che si snodava tra marmi pregiati, statue antiche,
copie dei suoi quadri piú famosi. Il ragazzino toscano venuto a Roma a piedi si era costruito una dimora degna dei
Barberini e dei Medici suoi patroni. Nelle sale di quel palazzo non c'era nulla che ricordasse la sua professione. Il
signor Pietro non voleva che quando venivano a visitarlo
la regina Cristina, il papa o gli altri principi suoi committenti vedessero cavalletti, pennelli, macchie di olio o di
colore, e ne sentissero il puzzo. Lo stanzone per dipingere lo aveva installato – e quasi nascosto – nel sottotetto.
Si è scusato di dovermi ricevere in camera. La podagra
glielo imponeva. Giaceva nel letto, le gambe rialzate su una
pila di cuscini – nella posizione in cui, per anni, era stato
costretto mio padre. Ho temuto che non fosse piú in grado di arrampicarsi su una scala per colorire una superficie
cosí grande, ma il maestro assicurò che a forza di salassi e
impacchi di foglie di tasso barbasso si sarebbe rimesso in
piedi, perché non avrebbe fatto mancare il suo contributo
al casino dell'abate Benedetti – era lui l'arbitro della scelta
del progetto per il Louvre.
Benché sapesse che lavoravo per Elpidio, mi disse esa-
sperato che l'abate Benedetti intrigava con questa storia
del nuovo palazzo reale di Parigi per lucrarci il piú possibile. Bastava una sua manovra per affossare un artista. Se
lui avesse rifiutato di dipingergli il soffitto lo avrebbe eli-

minato dalla competizione. Invece voleva prevalere. Riteneva di non essere apprezzato quanto meritava, come architetto. Era stato un precursore: lui il primo a inventare
la facciata curva per una chiesa, ma altri si erano presi le
lodi. Non avrei mai immaginato che un maestro acclamato come Pietro da Cortona – un uomo saggio, ricco, felice, che aveva davvero avuto tutto – potesse nutrire tanto
risentimento. Il successo è una droga. Una volta che l'hai
assaggiato, non è mai abbastanza.

Questa era l'occasione della sua rivalsa. Voleva che l'a-
bate Benedetti si adoperasse per sostenere il suo progetto
presso Luigi XIV e perciò lo avrebbe servito come fosse il
papa o il granduca di Toscana. Avrebbe dipinto un'*Aurora*
da far impallidire quella di Guido Reni a palazzo Mazzarino.

Confesso che, fino a quel momento, non ho mai capito che un'opera nasce per i motivi più diversi, e l'ultimo
è l'interesse dell'artista per il soggetto. Mentre il Berrettini, scrupoloso come sempre, mi chiedeva di descriver-
gli la qualità e l'incidenza della luce che avrebbe trovato
nella galleria di Villa Benedetta, mi sono resa conto che
non mi è mai riuscito di anteporre il committente al quadro, i miei interessi – economici e sociali – alla creazione,
né di inventare qualcosa solo per ricavarne qualcos'altro.
Forse anche io, come Elpidio, sono rimasta una dilettante.

Non crediate che m'importi dei soldi che potrebbe darmi il re di Francia, precisò. Voglio prevalere per ristabili-
re la verità. La ricchezza deve essere un traguardo per un
artista, perché bisogna essere comodi per dipingere bene:
la qualità di un'opera dipende dal tempo che puoi dedicarle, mentre il bisogno costringe alla quantità e quindi alla
mediocrità. Ma non può essere un fine. Non sono tanto
ricco quanto vorrei essere, però avrò accumulato cento-
mila scudi, forse di più, e superato un certo limite i soldi
non si possono né spendere né contare ed è come se non
esistessero più per chi li possiede. Li lascerò tutti a santa
Martina e alle ragazze povere.

La mia espressione stupita doveva averlo deluso perché levò l'indice scarnito per indicarmi la finestra. Intravidi la colonna Traiana, ai piedi della quale fremeva un'onda bianca. Realizzai solo dopo qualche istante che erano le galline del pollaio, che qualcuno aveva installato proprio ai piedi del monumento romano. L'edificio qui accanto, diceva il Cortona, è il Conservatorio delle Zitelle di Sant'Eufemia. Ho deciso di adottare una bambina dell'Ospedale del Santo Spirito. Ha quasi sette anni. La manderò al Conservatorio in educazione. Bisogna restituire tutto, fino all'ultimo. Ditelo all'abate Benedetti. Come si chiama, la piccola? gli ho chiesto, perché quella confidenza m'aveva davvero sorpresa. Geltrude, rispose intenerito. Non l'ho ancora mai vista.

Cara Signora – mi disse alla fine il maestro restituendomi i prospetti della Villa, la voce graffiata dalla malinconia –, questo vostro capriccio mi riporta alla mia giovinezza. Non potete ricordarlo, perché allora eravate una bambina, ma il mio primo lavoro di architettura è stato il casino dei marchesi Sacchetti, al Pigneto. Mi ha portato fortuna e vi auguro che questo vostro ve ne porti altrettanta. Ma lasciate che vi dia un consiglio. C'è qualcosa di deprimente nel costruire ville per privati cittadini. Una volta eretti i muri e le cancellate, una volta cresciuti gli alberi nel parco, spariscono. E poi gli eredi non capiscono il gusto dei padri e dei nonni, le abbandonano, le vendono, le demoliscono. Vi auguro invece una chiesa. Senza contare le cappelle e le cupole, ne ho costruite tre, vorrei averne fatte di piú, e se il Signore mi concederà il tempo ne farò ancora. Le chiese sono per tutti. E per sempre. Le famiglie si estinguono, Dio è eterno.

Voglio costruire la cappella nella chiesa dei Francesi, ho detto quella sera stessa a Elpidio, mentre passeggiavamo nel piano nobile della Villa. Le pareti della galleria, ancora grezze e odorose d'arriccio, erano interrotte dai passaggi che

conducevano – su entrambi i lati lunghi dell'edificio – alle
logge scoperte, e dalle porte che immettevano nelle quattro
salette. Da quella di destra passammo nel salottino, che
godeva di una loggia privata e di un giardinetto pensile.
Sarebbe stato quello, l'appartamento di Elpidio.

Non voglio denaro, né per il disegno, né per il tempo
che dovrò dedicarle – fossero pure anni. Non ti costerò
uno scudo. Potrai investire tutto nei marmi piú pregiati,
negli stucchi, nei dipinti degli altri pittori. Voglio solo farla.

L'ho colto di sorpresa. Qualche tempo prima, Elpidio
m'aveva commissionato una pala d'altare per la cappella
di san Luigi, nella chiesa dei Francesi. Soggetto obbligato:
Luigi, il re santo e fondatore della nazione francese, con la
croce in una mano e lo scettro nell'altra, in un trionfo di
gigli d'oro sui manti azzurro fiordaliso. L'avevo quasi ter-
minata, dubbiosa sulla riuscita della figura del re – troppo
effeminato a parere di mio fratello – e degli angioletti in
cielo – dipinti troppo evidentemente da una signora senza figli che idealizza i bambini; ma soddisfatta da quella
dei soldati alle spalle del re, e soprattutto delle due adolescenti ai suoi piedi: graziosa e umile come la nostra Giustina la Fede vestita di nero, androgina la ricciuta Storia,
che punta l'indice su un libro.

Ma nelle intenzioni di Elpidio la pala era solo una capta-
tio benevolentiae. Covava infatti la fantasticheria di rinnovare tutta la cappella, e riedificarla – a gloria della Francia,
e sua. Interamente a sue spese. Per comprarla, corteggia-
va da tempo l'ambasciatore di Francia, il duca di Créqui,
e i preti titolari di San Luigi. Se non poteva realizzare la
scalinata della Trinità ai Monti avrebbe lasciato a Roma
un'altra opera perenne, a memoria di sé.

All'architetto non aveva ancora pensato. Non poteva
proporla a Bernini – di cui era finalmente riuscito a organizzare il viaggio in Francia da Luigi XIV – perché non
doveva dare l'impressione di voler competere col sovrano. Borromini, sempre piú intrattabile e ormai considera-

to pazzo indemoniato da tutti, s'affaticava alla cappella degli Spada, e comunque Elpidio se l'era giocato provando a fregarlo. Degli altri architetti non aveva abbastanza stima. Firmarla lui stesso non osava.

Non aggiungere ai tuoi il peccato della hybris, amica mia, ha riso lui. Una donna non può costruire una chiesa. È fuori dall'uso, dalla convenienza. Attirerebbe troppa attenzione. Ce lo impedirebbero, con un pretesto o con l'altro. I sovrani non seguono le tradizioni, ma le inventano, ho ribattuto. La cappella per un sovrano segue la stessa legge. Vorrà dire che saremo i primi. Ci criticheranno. Rideranno di te, e di me. Ma chi guarda le nuvole non miete. Tutte le cose grandi sembrano impossibili a chi delle cose grandi non è capace. E dopo che l'eco delle risate si sarà spento, la cappella sarà ancora lí.

Elpidio ci ha rimuginato tutta l'estate. Villa Benedetta non era ancora completata e non voleva azzardare un altro passo prima di essere certo che riuscisse davvero il gioiello sognato. Ma poi ha acconsentito. Perché era la sua natura. Opporre resistenza al nuovo, sempre, per poi abbracciarlo con entusiasmo e gettarsi nell'impresa convinto che fosse nata da una sua iniziativa.

Ho posto solo una condizione. Non avrei mai piú lavorato con Beragiola. Imposi Ferrari. Il capocantiere della ristrutturazione del palazzetto. Era a lui che avevo insegnato la legge della prima volta.

Non lo vedevo da otto anni. Ci siamo incontrati una mattina di fine ottobre a San Luigi, per esaminare la cappella in questione. La terza a sinistra, alla giusta distanza da quella, di fronte, con gli affreschi del Domenichino, e sullo stesso lato della cappella Contarelli. Intenditori e detrattori la conoscevano per le tre tele del Caravaggio. Ma, per me, era la cappella al cui soffitto lavorava il cavalier d'Arpino quando mio padre era entrato a bottega da lui: lí gli assistenti del suo maestro lo avevano scaraventato giú dall'impalcatura, in quella cappella aveva mancato il suo destino di pittore.

La cappella di Elpidio godeva di posizione vantaggiosa ma sito infelice: era infatti piuttosto buia. Dovremo sfondare la parete e ampliare la vetrata, ho avvisato mastro Ferrari. Voglio la chiarità – la luce, tutta d'azzurro e d'oro. E un soffitto dipinto non basta. Ci dovrà essere una cupola. Sarà come una scena di teatro: chiuderemo l'ingresso con una balaustra, e ci sarà un sipario di stucco, che gli angeli terranno sollevato per permetterci di vedere l'altare. La volete sapere una curiosità, signora architettrice? m'ha interrotta Ferrari, sorridendo. Ho sposato una vedova.

Ma Elpidio aveva previsto bene. È riuscito ad acquistare la cappella dai preti titolari, ma non il permesso di modificare la pianta della chiesa. Gli intoppi sono cominciati subito, e il cantiere è partito solo nove anni dopo. La spesa si è moltiplicata fino a raggiungere dodicimila scudi, prosciugando interamente le sue finanze. Del resto, sosteneva, vivere poveri e morire ricchi è una colossale idiozia. Sono sempre stata d'accordo.

Ho ideato uno spazio grandioso, pretendendo l'abbattimento del muro esterno della chiesa, il che ha comportato ulteriori petizioni, che si arenavano nel passaggio da un ufficio all'altro, e nuovi permessi. Ho scelto una a una le colonne, le quadrate in marmo rosso e alabastro rosa, le cilindriche corinzie in giallo, vagando nelle cave e ai magazzini del porto di Ripetta in compagnia di marmisti burberi e mediatori ladri. Ho dovuto discutere coi carpentieri, con il ferraro che doveva ornare la vetrata e forgiare l'enorme corona destinata a sormontare l'altare, incalzare lo scultore, che tardava a modellare gli stucchi e poi sbagliò il drappeggio del sipario. I lavori sono durati troppo a lungo, tanto che quando finalmente, la domenica 25 agosto del 1680, la cappella è stata inaugurata, Elpidio non aveva piú un dente in bocca e io camminavo col bastone.

Ma l'abbiamo fatto – l'abate e io. Ancora oggi, a Roma nessun'altra architettrice ha costruito una cappella in una chiesa.

Anche Elpidio, però, voleva realizzare il suo sogno. Quello che aveva confidato solo a me, tanti anni prima, per poi seppellirlo fra i suoi segreti. Diventare scrittore. Era estate, e al riparo del parasole passeggiavamo in quello che già cominciava a somigliare a un giardino: col gesso, sulla terra nuda, avevamo tracciato l'incrocio dei viali, e studiavamo la posizione migliore per collocare le spalliere di agrumi, le fontane coi giochi d'acqua, e le piramidi – una sarebbe stata dedicata all'amicizia, l'altra al genio. A Roma, dai tempi di Caio Cestio, che ha lasciato la sua meraviglia di marmo bianco fuori porta San Paolo, costruirsi una piramide era segno di distinzione, e in età imperiale molte famiglie l'avevano imitato: quando ero piccola si vedevano ancora i resti di altre due piramidi, davanti a porta del Popolo – poi le ruberie dei cacciatori di marmi le hanno depredate, affioravano a stento i ruderi fra le erbacce, finché ci hanno costruito sopra le chiese gemelle e sono scomparse del tutto. L'abate teneva alle sue piramidi quasi piú che alle statue.

L'idea di mettersene due nel giardino gli venne quando la nazione francese lo incaricò di edificarne una – effimera come una scenografia di teatro – davanti alla Trinità dei Pellegrini, all'ingresso del quartiere francese: una specie di maledizione permanente dello Stato ecclesiastico. Una rissa finita nel sangue tra i soldati dell'ambasciata e le guardie còrse del papa aveva offerto il pretesto per una crisi diplomatica: Luigi XIV aveva richiamato l'ambasciatore, espulso il nunzio apostolico e minacciato di invadere Roma se il papa non avesse impiccato i còrsi responsabili, cacciato il Governatore e porto le sue scuse ufficiali, umiliandosi e riconoscendo la superiorità della nazione francese. L'autore della piramide risultò lui, ma ovviamente l'avevo costruita io. È rimasta in piazza quattro anni, poi Luigi XIV mandò a Roma il duca di Chaulnes con l'ordine di abbatterla. Alla fine Alessandro VII aveva capitolato e il re di Francia non aveva piú bisogno di infierire sul vinto. Meno male che quella orrenda colonna infame non esiste piú, commentò Basilio. Non avresti mai dovuto progettarla. Tu sei romana. Si può cambiare nome, identità, residenza, cittadinanza. Non la propria patria.

Ma l'esperienza ci era servita: le piramidi di Villa Benedetta erano proprio piramidi, e non guglie di forma piramidale – secondo il parere di padre Kircher, che era stato chiamato a Roma a decifrare i geroglifici e veniva considerato il massimo esperto di egittologia, belle come le piramidi di Giza. Bisogna dire che nonostante la semplicità del solido, costruire una piramide non è affatto facile. E ancora oggi essere un'architettrice di piramidi mi colma di una gioia infantile.

Il punto di fuga della prospettiva dei viali, interrotti dalla Villa, doveva essere il Vaticano. Il nostro vascello puntava la prua verso la basilica e il palazzo del papa, senza paura. Il teatro invece volgeva a ponente, e mi domandavo se non fosse stato un errore. È fresco il vento da ovest, a Roma. Ma in quel teatro Elpidio non avrebbe rappresentato commedie. Né di Molière né di mio padre. Mi sarebbe piaciuto che riprendesse quelle del Briccio. Da tanti anni, almeno a Roma, non le metteva in scena nessuno. Il suo nome scivolava nell'oblio. Quello spazio però era solo una gradinata, un capriccio di architettura, la scena di un teatro mentale che sarebbe rimasta sempre vuota.

La statua di Venere era già stata collocata sulla fontana della terrazza. Gli stavo dicendo che erano pronte anche Flora e Pomona, previste sulla scalinata, e che dovevamo organizzare il trasporto dallo studio dello scultore, quando mi annunciò che la nostra sarebbe stata la prima villa letteraria della storia. Villa Benedetta sarà un casino di delizie, il luogo del mio riposo, una galleria d'arte, una bisca, un castello di magie, ma anche un libro.

Ho temuto che gli fosse venuto in mente qualche ghiribizzo, e che avremmo dovuto demolire qualcosa, proprio adesso che era tutto finito, e i marmi e gli stucchi bianchi brillavano al sole.

Scriveremo sui muri, sui pilastri, ovunque, mi ha sorpreso. Dipingeremo le lettere, sarà una partitura in bianco e nero, come un pentagramma. Altri hanno inserito epigrammi e iscrizioni sulle facciate e sulle pareti delle loro ville, ma Villa Benedetta racconterà un'altra storia. Quando tutto sarà finito, e mi ritirerò dal mondo nella mia arca di Noè, vivrò tra le parole. Dei miei amati scrittori, e le mie. Per pubblicare un libro devi chiedere la licenza dei superiori, contrattare con lo stampatore e riuscire pure a vendere qualche copia. Io pubblicherò sull'intonaco.

Ma di cosa parla, questo tuo libro? gli ho chiesto, stupita. Di tutto – della vita, del tempo che fugge, dell'amicizia, dell'amore, di noi.

Ha scelto da solo i motti latini, francesi, spagnoli, e non so bene nemmeno cosa significhino tutti; le citazioni di Ariosto e Marino, Ovidio e Tasso, le ha pescate sfogliando i volumi della sua biblioteca e ricordando le letture della sua giovinezza. I medaglioni storici delle donne illustri glieli ha scritti un professore della Sapienza, i trofei un prelato edotto di armi antiche. La maggior parte dei proverbi invece appartiene al repertorio con cui m'aveva sempre divertita. Fuggitivi piacer, stabili affanni. Il Mondo si governa per opinioni. Chi non s'avventura non ha ventura. Guardati da malizia di donne, da lacrime di puttane, da serva ritornata. Tre cose imbrattano la casa: galline, cani e donne. Tre cose da morire: aspettare a letto, e non venire, stare a letto, e non dormire, servire, e non gradire. Donna che vuol far da huomo perde il pregio di savia, e honesta. Huomo e donna in stretto luoco sembra paglia appresso il

fuoco. Nell'insieme, sono il bilancio della sua vita. Trasu-
dano la misoginia del secolo, e una saggezza amarognola e
disincantata. Buona parte sono dedicati alle insidie della
corte. Elpidio sognava il momento in cui avrebbe potuto
ritirarsi dagli affari e godersi l'otium dei privilegiati – non
far nulla per gli altri, e per sé tutto.

Le frasi s'inseguono sui pilastri del portico, sulle porte,
negli sportelli delle finestre, i vani dei muri. Ma uno solo
di quei proverbi gliel'ho regalato io.

IMPORTA PIÚ SAPER VIVERE, CHE PARLARE

Villa Benedetta è finita in tutte le guide di Roma. Veniva sempre definita «capricciosa e strana». I forestieri,
dopo aver visitato villa Madama, il casino di Giulio II, villa Mattei, Peretti, Medici, Borghese, Sacchetti, Pamphilj,
Farnese, Lodovisi, chiedevano all'abate di visitare la sua.
Bastano i cognomi degli altri – tutti di famiglie cardinali-
zie e papali – e i nomi dei loro architetti – Raffaello, Pietro da Cortona, Domenichino, Carlo Fontana – per capire
quale impresa avessero realizzato il figlio del ricamatore
Andrea e la figlia del commediografo Briccio.

Non ho mai accompagnato Elpidio in quelle visite gui-
date, quindi non so cosa dicesse circa l'architetto che l'a-
veva progettata. Se raccontava d'esserne lui, l'autore. È
possibile, non ne abbiamo mai parlato e non ho avuto tempo di curarmene. Dopo l'inaugurazione, a Villa Benedetta sono tornata solo una volta. Gli operai avevano appena
finito di montare gli specchi nella sala che conduceva alla
loggia superiore, ed Elpidio voleva verificassi che fossero
stati montati bene. Mi ricordo di quella passeggiata come
fosse un sogno. Siamo noi due, soli, nella luce dorata del
meriggio, circondati dalle nostre immagini riflesse. Ci siamo riprodotti e moltiplicati, siamo una legione. A ogni passo, decine di Plautilla ed Elpidio ci camminano accanto. A
ogni sorriso, sorridono, a ogni parola, muovono le labbra.
Eppure non sono noi. Perché gli specchi che ci riflettono

ci frantumano, ci rimpiccoliscono, ci ingigantiscono, ci deformano. Provo un indefinibile malessere.

In realtà, dopo la conclusione dei lavori, ci vedevamo poco. Lui era sempre in Villa, e nel palazzetto a via di Monserrato incontravo piú spesso suo fratello. La bionda donna di Gaudenzio era sparita da qualche mese: l'indiscrezione della serva rivelò che, grossa, era andata a sgravarsi in campagna. Aveva partorito una bambina negli stessi giorni in cui l'abate organizzava la festa per l'inaugurazione di Villa Benedetta. Era molto preoccupato per i giochi d'acqua. Lo spruzzo della fontana sulla terrazza principale doveva levarsi altissimo, e temeva che il collegamento alla falda sottostante dell'acquedotto di San Pietro in Montorio non fosse abbastanza generoso. Le mie rassicurazioni – avevo studiato idraulica per un anno – non lo calmavano, e fino alla sera rimase d'umor nero. Invece di rallegrarsi che il suo sangue non si estinguesse, la nascita di Virginia sembrava colmarlo di sdegno e dispetto. Ma ho pensato fosse soprattutto invidia, o rimpianto, e ho evitato di fargli sapere che ero stata informata. Invece mi congratulai per il lieto – e tardivo – evento con Gaudenzio, e lui scoppiò in una risata cinica. Queste figlie sono nate nello stesso giorno, Signora, disse – bastarde, entrambe.

Cosí, a cinquant'anni, sono diventata qualcuno, se questa espressione ha un senso. Non ero piú l'autrice anonima di un solo quadro. Nel 1662 avevano posto la prima pietra della nuova chiesa di Santa Maria in Montesanto. Alessandro VII voleva completare piazza del Popolo, affinché fosse un degno ingresso alla città di Roma, e aveva fatto progettare a Carlo Rainaldi due chiese gemelle, all'imbocco del Tridente. Santa Maria sarebbe sorta fra il Babuino e il Corso, proprio là dove era stata la chiesetta dei Siciliani. I lavori si erano interrotti alla morte del papa, ma intanto nel 1663 la mia *Madonna* l'avevano trasferita nel nuovo convento dei frati carmelitani, con gran concorso di

popolo, come usa dire. Il conte Sforza Pallavicino l'aveva incoronata, perché un'ennesima inchiesta aveva dimostrato che l'effigie aveva effettivamente prodotto prodigi (la parola miracolo si preferiva ometterla). Ma la mia firma era celata sul retro della tela e la *Madonna* era piú celebre di me. Invece la *Felicità* di Villa Benedetta, che si pavoneggiava nella galleria in compagnia delle figure di Pietro da Cortona e di Grimaldi, faceva risuonare il mio nome. E la mia vita si è capovolta.

Mi chiamavano a dipingere confraternite di laici e canonici, badesse e nobildonne – per oratori e conventi di monache. Mi sono regalata un garzone, un ragazzino di quattordici anni che mi assisteva in tutto. Onofrio, orfano di uno scalpellino, timidissimo, con gli occhi spauriti e le orecchie a sventola, tanto sottomesso e premuroso quanto mia nipote Margherita mordace e ribelle. A volte, però, per sbrigare le mie commissioni avevo bisogno di entrambi. Margherita canzonava della sua devozione per me il ragazzino quasi suo coetaneo. Onofrio subiva, paziente, a occhi bassi. Quasi non credeva alla fortuna di avere una stanza, un letto, e da mangiare tutti i giorni.

Mi chiamavano anche i privati. Ho eseguito il ritratto da morta della marchesa Felice Rondinini, una donna erudita, collezionista e intenditrice d'arte che avrei voluto conoscere prima, e meglio – e che invece ho quasi mancato, come la regina Cristina. Nella bara, con le mani intrecciate sul petto e la cuffia in testa, era un esserino modesto, dall'apparenza inorganica come l'uomo impietrito di villa Lodovisi – tra le meraviglie collezionate dal cardinal nipote di Gregorio XV, quella che mio padre aveva ammirato di piú. Nessuno aveva mai svelato l'arcano di quella mineralizzazione. Poetessa notevole, la marchesa definiva sciocchezze i suoi versi, e minimizzava la sua cultura.

Quando sono entrata nella sala in cui m'aspettava sul catafalco, e ho sistemato accanto al cadavere il mio armamentario di fogli, penne e carboncini, ho appreso dalla

sua cameriera che era stata la marchesa a fare il mio nome. Aveva sentito parlare di Villa Benedetta. Peccato aver
vissuto nella stessa città, negli stessi anni di questa artista, e non aver potuto far nulla insieme, aveva detto. Ma
quando sarò morta, chiamate a farmi il ritratto la signora
Briccia – quando mi raggiungerà in purgatorio le farò sapere se ho apprezzato.

Appena la cameriera mi lasciò sola, le ho toccato le
mani. Illustrissima marchesa, bisbigliai, questo è solo uno
schizzo. Ma vi farò migliore che nel ritratto del pittore che
vi eravate scelta e in cui non vi riconosco. Non ha saputo
vedere l'animo vostro. L'intelligenza conta piú del naso
adunco e delle rughe. Mentre disegnavo avevo l'impressione che la marchesa mi stesse osservando.

Per anni, ho lavorato giorno e notte. I ritratti delle dame illustri per la sala delle donne, un telero per la chiesa
delle monache di Campo Marzio di cui la sorella del cardinal Mazzarino era diventata badessa, la lunetta di San
Giovanni, i disegni della cappella di san Luigi. Eppure, piú
creavo, meno ero soddisfatta di me stessa. Ma senza Margherita, non avrei saputo dire cosa mi mancava.

Aveva ormai vent'anni. Era diventata alta, come me,
con gli occhi spiritati e la lingua velenosa di sempre. La
mia pittura non la conquistava. Nemmeno la tela di cui
andavo piú orgogliosa – la lunetta sul *Sacro cuore di Gesú*.
Era destinata alla sacrestia della basilica di San Giovanni
in Laterano. Una delle sette chiese obbligatorie per ogni
pellegrino che veniva a Roma. Sarebbe stata la mia opera piú visibile. Ci sarebbe stato un angelo che offre a Dio
Padre, in cielo, il rosso cuore di Gesú. La forma della tela mi aveva imposto una composizione a piramide. Era la
prima volta che potevo ideare l'intero quadro, e non solo
dipingerlo sul disegno di un altro. Le quattro lettere che
cambiano il PINXIT dei semplici pittori nell'INVENIT dei
maestri sono in realtà un alfabeto intero. Le ho pennella-

te in caratteri grandi e ben visibili, col pigmento nero. In esse stava tutta la strada che avevo percorso.

Ci ho messo piú figure, ma non troppe, per non affollare la scena. Quattro puttini, un angelo bambino e due angeli di quinta, adolescenti – uno con la spada, l'altro col globo terrestre in mano. Il tutto fra le nuvole, col sole che irradia la sua luce spirituale alle spalle del Padre Eterno. L'ho creata in pochi mesi, la lunetta, con una felicità assoluta – che non avevo mai conosciuto. Mi è riuscita miracolosamente fresca e armoniosa. I miei due angeli sono i migliori che abbia mai dipinto. Margherita ha fornito le sembianze a quello in ginocchio a sinistra, i capelli neri raccolti sulla nuca, e la spada in mano.

Margherita però non si piacque. Si chinava sulla tela ancora umida, e scuoteva la testa. Non sono cosí, mi hai migliorata perché dipingi solo angeli e santi, ma sono molto piú interessanti le persone reali. Anche gli angeli e i santi sono reali, ho obiettato. Cosí dicono, ha sorriso lei, ma io non ne ho mai visto uno. E manco tu. Però conosco una donna quasi santa, le ho ricordato. Santa, la tua amica suor Eufrasia della Croce? È solo una povera monaca carmelitana.

Margherita scrollò le spalle. Trovava strano che una donna come me, che si credeva di vetro ma era piú dura del quarzo, dipingesse in modo tanto sentimentale. La pittura dovrebbe somigliare all'autore perché sia davvero sua. Definiva le mie opere impersonali. Simili ad altre – dipinte da altri pittori. Grandi, per carità. I migliori del secolo. Un pregio – perché evidentemente era ciò che mi si chiedeva – ma le pareva un limite. Dai commenti dei letterati che frequentavano mio fratello, le sembrava di capire che assai piú originale fosse il mio lavoro di architettrice. Ma non lo conosceva. La cappella di San Luigi dei Francesi era solo ancora un disegno, a Villa Benedetta non era mai potuta andare, e l'aveva vista, come la maggior parte dei romani, dal pergolato dell'osteria di

San Pancrazio, da dietro il muro, come m'aveva predetto Pietro da Cortona.

Ciò perché la gente per cui lavori non ti assomiglia. Le
marchese, le badesse, i canonici titolati. Gli piaci, ma tu
non sei davvero come loro. Puoi andare in carrozza ai ricevimenti dell'abate, e alle feste dei francesi, ma resti la Briccia.
Dovresti fare qualcosa per la gente qualunque, come da ragazzina, con la tua Madonna. Allora sí che saresti te stessa.

Ma in quel caso, ho colto subito lo spiraglio, lo faresti
con me? Non lo so, ha detto lei. Non era stato, subito, come sempre, un no.

L'ho portata a Ripa Grande. Il barchino è approdato
al porto. Nessuno ci aspettava e risalita la scalinata ci siamo inoltrate nel viottolo dove oggi sorge la Dogana. Dopo l'incrocio con la strada dei Vascellari, le costruzioni si
diradavano, i muri e i cipressi del convento non facevano
ombra. Dalla chiesa di San Francesco – il complesso del
monastero era l'unico già compiuto in quella zona ancora
verde di Trastevere – ci salutava il rintocco festoso delle campane. A poca distanza c'era anche il chiostro della
Confraternita dei Genovesi, con l'oratorio, e l'unica traccia dell'attività di pittore che mio padre aveva lasciato a
Roma. Quella vicinanza mi sembrava adesso colma di significato. Provavo rimorso per non aver saputo difendere
la sua memoria. Ma se il destino mi riportava lí, forse non
era troppo tardi.

Che ci siamo venute a fare in questa landa? È pieno di
sorci e di zampanoni che ci imbruttiranno la faccia peggio
del vaiolo, protestava Margherita. Sull'erba arsa brucava
un gregge di pecore, e una capra rognosa si riparava dal
sole schiacciandosi contro il muretto di un pollaio. Sulle
cortecce dei pini le cicale frinivano irritate e nell'aria aleggiava un puzzore di pesce. Questo terreno è dell'abate Benedetti, le ho spiegato.

Ma da dove li tira fuori tutti 'sti quattrini? è sbottata

lei. Chi non se li guadagna e se li ritrova, o è un baro o è un ladro. Mi dà fastidio che dipendiamo da un tipo cosí. Mi ero sempre risparmiata quella domanda. Non mi sono mai chiesta davvero da dove fosse piovuta l'improvvisa ricchezza di Elpidio. Non era adeguata alle rendite, generose, che pure ormai aveva ottenuto dalla corona di Francia. Era eccessiva, e sospetta come quella dell'uomo di cui era stato l'ombra, Mazzarino. Quanto ci scommetti che su questo terreno ci farà una speculazione edilizia? diceva Margherita. L'anima se la salva costruendo la cappella, e le case le costruirà per rimpinguarsi la borsa.

Probabile. Il rione di Trastevere era stato spopolato dalla peste, ma gli abitanti aumentavano rapidamente, perché il porto di Ripa Grande assicurava lavoro tutto l'anno e nelle vicinanze si insediavano quelli che immigravano in città. Le poche costruzioni disseminate a casaccio e senza ordine nella pianura retrostante erano fatiscenti. Elpidio però non me ne aveva mai parlato. Non aveva voglia di imbarcarsi in un altro cantiere. Considerava quel terreno edificabile la sua assicurazione per la vecchiaia.

Verso il fiume cresceva un muro di canne, coi pennacchi che dondolavano al vento. Con un frullo improvviso, dalle foglie sbucavano gli aironi. Margherita si distrasse a seguirne le evoluzioni: si allontanavano volando in stormo, un cuneo bianco contro l'azzurro del cielo. Mi piace qui, disse. Trastevere è il rifugio degli uccelli migratori, dei ribelli e dei banditi. Preferirei vivere su questa riva, piuttosto che all'ombra dei palazzi di gente che ha bisogno di noi, e non ci riconosce come sua uguale.

Allora ci verremo, le ho detto. Costruiremo un quartiere nuovo. Proprio qui. Case moderne, ma confortevoli. E convinceremo l'abate a darle ai poveri e ad affittarle alla gente come noi. Saranno belle perché la bellezza non può essere un privilegio. Mi aiuterai? Io? si è stupita Margherita. E come?

Ho cinquantatre anni, le ho detto. Ho bisogno di immaginare che faccio tutto questo per qualcuno che vivrà dopo di me.

Margherita è rimasta in silenzio. Non aveva ancora imparato a dire di sí. Ho pensato che quella ragazza era il mio opposto. Io ho sempre detto di sí a tutto. Ho impiegato una vita a scoprire il piacere del rifiuto. Abbiamo percorso il terreno in lungo e in largo, inciampando negli avvallamenti e nelle buche delle talpe, fra gli sterpi. Cocci di vasi, cerchi di botti e vetri di bottiglie scricchiolavano sotto i nostri passi. Non c'era nessun altro, a parte un carrettiere che, in lontananza, spronava il suo somaro, incurante di noi. Come te le immagini, le case? chiedeva. Semplici, ho risposto. Pochi stucchi, niente decorazioni in facciata, nemmeno una conchiglia sui timpani delle finestre. Tante finestre, orientate a sud, per catturare la luce. Ma ho cercato di spiegarle che prima di metterci a disegnare dovevamo fare un'indagine per capire la natura del suolo. Scoprire a che profondità si trova l'acqua: siamo vicini al Tevere, qui.

Margherita ha raccolto il ramo di un pino, e nella terra molle dopo un acquazzone d'estate ha tracciato una riga dritta – dal sagrato della chiesa di San Francesco fino a una specie di aia dove razzolavano galline sparute. Avevamo entrambe il viso arrossato dal sole, i vestiti appiccicosi di sudore e le scarpette pesanti di fango. È stato il nostro istante di grazia, e sono felice di averlo vissuto.

A un tratto mi ha afferrato la mano. Stringeva cosí forte che le sue unghie si sono conficcate nella mia carne. Fermati, fermati. Guarda, Plautilla, ha esclamato, con fervore, qui è bellissimo, dal secondo piano si potrebbe vedere il fiume, e le vele bianche delle barche che arrivano dal mare.

Intermezzo

Cosí finisce il dramma magnifico
(Roma, 3-4 luglio 1849 - Sul Vascello, luglio-agosto 1849)

Bagagli alla rinfusa nel cortile della selleria di Monte Citorio. Poca roba impolverata e logora – zaini, sacche di cuoio. I fucili ammucchiati in un angolo: dovranno essere consegnati alla municipalità. Quando i francesi avranno occupato la città, anche tutti gli stranieri dovranno essere disarmati: i francesi porteranno al consiglio di guerra chiunque sarà trovato in possesso di armi. Leone ha deposto in cima alla catasta l'ultimo che ha usato. È troppo amaro per un italiano sentirsi chiamare straniero da un francese.

Nelle strade circolano militari e ufficiali di tutti i corpi, stralunati, senza sapere dove dirigersi. Saranno almeno undicimila, e queste sono le ultime ore in cui tutti loro possono dirsi ancora soldati. Ritrova altri legionari della Medici in un vicolo poco distante, alcuni con ancora addosso le giacche nere della divisa, altri già in borghese, con abiti prestati negli ospedali, di una taglia troppo grande o troppo piccola, che li fanno sembrare attori di una scalcinata compagnia di giro. Sono lí, tutti in fila come al forno del pane, per la stessa ragione. Medici distribuisce l'ultima paga. In moneta romana.

Non ha alcun valore fuori della città, se non quello di identificarlo come uno dei difensori della Repubblica romana, e di esporlo alla rappresaglia dei governi d'Italia e d'Europa. Però attende il suo turno, paziente. Incassa il denaro con indifferenza e il certificato con imbarazzo. Medici rilascia a tutti un attestato – nel quale dichiara che hanno combattuto con coraggio e onore. Leone scopre di essere stato promosso sergente e proclamato tra i piú valenti difensori del Vascello. Gli sembra di tornare ai tempi del Collegio, l'ultimo giorno di scuola, quando i professori distribuivano le pagelle.

I saluti fra i compagni di trincea e di battaglia sono sbrigativi, quasi freddi: le lacrime sono esaurite, i feriti nascondono fasciature, braccia al collo, stampelle. Sembrano i saluti fra compagni di scuola che si lasciano sicuri di rivedersi fra due mesi. Invece forse i legionari Leone non li ritroverà piú. Nella baraonda, riconosce Ottolini – anche se si è finalmente rasato le guance, e sembra un altro. Come si fa a dirsi addio?

È contento di scoprire che ieri sera non è partito nemmeno lui, con Garibaldi. Il discorso in piazza San Pietro – cosí aspro, conciso e disadorno – ha colpito Leone come uno schiaffo. Chi vuol continuare la guerra contro lo straniero venga con me, aveva detto il Generale. Non offro né paga né quartiere né provvigioni. Offro fame, sete, marce forzate, battaglie e morte. Chi ha il nome d'Italia non sulle labbra soltanto ma nel cuore, mi segua. In quattromila hanno raccolto l'invito. Forse perché non ha promesso la vittoria, ma la lotta. Quelle parole ancora gli bruciano.

Il comandante Medici li ha lasciati liberi di unirsi al Generale, ma quasi nessuno dei legionari stavolta lo ha seguito. Ora che non c'è piú un simbolo da difendere insieme, sono tornati a dividersi. E i nobili e gli studenti a considerare briganti i guerriglieri in camicia rossa. È stato proprio Leone a esporsi per primo, e a dire a Medici che non intendeva tentare la sorte lanciandosi in una campagna disperata, e vivere di estorsioni, fra popolazioni ostili, come inevitabilmente sarebbe accaduto se fossero partiti. Mentre pronunciava il suo discorso, Leone non osava guardare negli occhi il comandante. Gli altri legionari annuivano, pure loro a testa bassa: la sua proposta è stata approvata.

Non riesce a interessarsi al progetto rivoluzionario di quegli irriducibili, e nemmeno al destino della Repubblica.

Si è separato da Varesi a via del Corso, perché l'amico intendeva affacciarsi in Campidoglio. Gli ha spiegato che a mezzogiorno, là, sulla piazza, dal balcone del palazzo che perfino ai tempi dei papi è rimasto il cuore del governo di Roma, nelle ultime ore prima che le colonne dell'esercito francese prendano possesso della città, i membri dell'Assemblea promulgano la Costituzione della Repubblica romana e la leggeranno ad alta voce. Contiene princípî capaci di sovvertire l'Europa intera come non hanno potuto gli statuti e nemmeno le barricate. La regola della libertà, della fraternità e dell'eguaglianza, il diritto al miglioramento delle condizioni dei cittadini, il suffragio universale, l'abolizione della pena di morte, la libertà politica, religiosa e di pensiero, il diritto al lavoro. E almeno un articolo – il IV – che anche Leone vorrebbe avere scritto. La Repubblica riguarda tutti i popoli come fratelli: rispetta ogni nazionalità: propugna l'italiana.

Ma non è riuscito ad appassionarsi a quell'apoteosi solo concettuale, ormai, e quando Varesi gli ha fatto notare che questo è un finale degno della loro epopea, gli ha voltato le spalle ed è venuto nel vicolo, a ritirare quella paga inutile e quell'attestato che mentre lo esalta lo marchia per sempre. È mortalmente stanco e ha sonno, perché stanotte, nella stanza della vedova, disteso su un materasso morbido per la prima volta dopo mesi non è riuscito a chiudere occhio. Si è stupito di non provare compassione per i morti e neanche per se stesso. Né riesce a piangere per la Repubblica, per la quale fino a tre giorni fa era stato pronto a morire: è piú democratico di quanto creda, ma non è mai stato repubblicano. Ha ventisette anni e una vita da inventare. È il futuro che lo interroga, ma il suo.

Che farai, Ottolini? gli chiede. Dove andrai? Vittore era l'intellettuale della compagnia. Nei momenti di riposo si appartava, per scrivere appunti sul suo diario. Tengo la cronaca degli eventi, spiegava, scrivo i nomi di tutti, la memoria è labile. Una notte, al Vascello, mentre erano di guardia insieme alla finestra gli ha detto che, se sopravviverà, vorrebbe diventare giornalista, commediografo, scrittore. Raccontare di loro. Venezian, il sergente poeta, lo avrebbe fatto meglio, ma non c'è piú. Leone è sicuro che Ottolini lo scriverà davvero, il suo libro, e si chiede cosa dirà di lui. Sarei un personaggio pittoresco, forse, ma mi sono vergognato di raccontargli chi sono davvero – dell'anatomia dei cavalli e dei ritratti del caffè Americano –, non mi conosce per niente, e quel che sa è già una finzione per una storia edulcorata, adulterata, forse. I miei disegni non li ha mai guardati.

Non lo so, risponde Ottolini. Vorrei rientrare a Milano. Intanto vado a Genova. Ho sentito dire che ci faranno salire sulla nave. Senza passaporto? si stupisce Leone. Medici gli ha raccomandato di procurarsene uno. I volontari non vengono riconosciuti come soldati legittimi dai francesi e sono perciò esclusi dalle leggi della guerra. I francesi li stanno lasciando andar via, ma se restano in città finiranno per arrestarli, e magari consegnarli, come i romani e i sudditi pontifici, agli sbirri del papa che li manderanno in prigione e alla forca. Ma è difficile procurarsi un passaporto, per chi non ha piú una patria. Di quale stato è ormai cittadino Leone Paladini, nato suddito austriaco? Se torna a Milano, lo aspettano i tribunali di Radetzky.

I legionari delle migliori famiglie un passaporto ce l'hanno già. Sono accorse a Roma le madri, i padri, i loro dipendenti o conoscenti. I francesi li faranno uscire dalla città eterna senza torcergli un capello. Leone invece andrà al consolato americano. Medici li ha informati che il console, Nicholas Brown, democratico libertario, aiuta tutti. Il passaporto gli darà la cittadinanza americana. Non ha idea di cosa ciò possa significare. Forse finirò negli Stati Uniti d'America, dice.

L'America è lontana, borbotta Varesi, se andiamo dall'altra parte dell'oceano non ci torniamo, indietro. Leone non si era accorto che l'amico è già tornato. La cerimonia sul

Campidoglio deve essere durata poco. I francesi stanno già entrando in città. Le prime pattuglie avanzano guardinghe, tra ali di folla ammutolita e ostile. Alcune compagnie vagano senza riuscire a trovare le caserme a loro destinate. Nemmeno un romano è disposto a fargli da guida, e il primo che ha provato a collaborare è stato sbudellato.

Ottolini scruta Varesi, stupito. Non ha confidenza con il sellaio. L'ha sempre zittito quando provava a unirsi alla conversazione degli studenti. Se venite con me vi porto in un posto dove ci danno dei soldi veri per pagarci il biglietto e salire su un vapore diretto a Malta, dice Varesi, stringendo la cinghia della sacca di cuoio. Non servirà piú a portare le munizioni, ma in viaggio sarà utile. La persona che li distribuisce non è autorizzata a farlo, non posso dirvi il suo nome, è molto ricco ed era dei nostri, sovrintendeva alle barricate, fidatevi. La nave passerà da Civitavecchia fra qualche giorno. Malta è un posto tranquillo, dicono che è vicino e che ci possiamo adattare bene, perché il Mediterraneo è mare nostro. Se le cose cambieranno, e cambieranno, torneremo in Italia.

A Leone non è mai venuto in mente di andare in esilio a Malta. Pensava a Londra, piuttosto. Pure Medici ci ha vissuto sei anni. E se ha accolto un sovversivo come Mazzini, potrà accogliere anche lui. Ma perfino gli Stati Uniti potrebbero essere una buona soluzione. Sono un paese giovane, accogliente, approdo di genti di tutto il mondo. Invece Malta! Un'isola – uno scoglio. Meta d'emigrazione di pescatori e contadini siciliani, non di patrioti... Che potrebbe mai fare, lui, a Malta? Il ragioniere? L'impiegato? Il veterinario? Non sa fare bene nessuna di queste cose. Gli riesce meglio uccidere, ma non punterà mai piú il fucile su un altro uomo. Nessuna guerra, nessuna causa, per quanto nobile, lo spingerà mai piú a combattere. Non l'ha detto al comandante Medici, né a Varesi – né lo dirà a Ottolini. Lo sa, e basta.

Varesi si caccia la pipa fra le labbra, tira una boccata

profonda e lo esorta ad affrettarsi. Al consolato americano c'è la ressa, e chi arriva ultimo forse non lo avrà, il passaporto. Leone pensa che il suo amico se la caverà ovunque. A differenza di lui, è una persona utile. Un sellaio, un falegname, un operaio serve in ogni paese. Devono restare insieme. Varesi si prenderà cura di lui, come ha sempre fatto.

Leone non ha la forza per immaginare, o proporre un itinerario diverso. Si sente privo di volontà, come svuotato. La forza tranquilla dell'altro lo convince. Lo seguirà, perché Varesi è la sua famiglia, adesso. Andiamo a Malta, comunica a Vittore. Se vieni da quelle parti, ci troverai.

Ottolini non ha mai capito l'amicizia di quello smilzo piccolo-borghese, che ha giudicato uno strambo e fantasioso artistoide taciturno, con l'operaio dalle mani di cuoio. Li ha sempre visti insieme, durante la marcia lungo l'Italia e poi al Vascello, e insieme li saluta. Non li rivedrà, né l'uno né l'altro.

Anche se l'occasione di ritrovarsi si presenterà – e piú volte. Ottolini scriverà al legionario Leone Paladini, gli chiederà il suo contributo di ricordi per il volume sull'assedio del 1849. Ma saranno ormai troppo diversi. Vittore diventerà scrittore, politico, professore, l'altro diventerà solo se stesso – un vagabondo inquieto, un sognatore, un inventore. Vivrà in Tunisia, in Algeria e ai bordi del Sahara, a Roma, a Costantina, in Francia, costruirà carrozze per il bey, un carcere in Sardegna e ville a Biskra, farà l'architetto senza esserlo mai stato, l'agrimensore, l'esattore delle tasse, e l'ingegnere, e qualunque cosa – sognerà di abolire la schiavitú in Africa e di costruire una ferrovia nel deserto, diventerà fotografo, brevetterà il grafico per l'orario universale dei treni d'Italia, fabbricherà una lanterna magica per proiettare la storia dell'umanità dalla cellula alla scimmia fino al cittadino del XIX secolo, ma il suo grandioso spettacolo non avrà nemmeno uno spettatore, progetterà un monumento celeste a Vittorio Emanuele II, e di ribattezzare coi nomi dei morti per l'Italia le costellazioni e le stelle piú brillanti del cielo. Sarà tutto e niente, dilettante della vita, e non cambierà mai – anche se passeranno vent'anni, poi trenta, cinquanta, finché ne compirà novanta. Leone sopravviverà a tutti i suoi compagni, i suoi amici volontari, garibaldini, e poi maggiori, colonnelli, generali di brigata, deputati e senatori del Regno, e vedrà l'Italia unita, Roma capitale, il tradimento e la mistificazione del Risorgimento, l'emigrazione di massa, l'avventura in Eritrea ed Etiopia, e la faticosa irruzione della modernità nel paese del sonno, vedrà il nuovo secolo, il nazionalismo e la guerra coloniale della Grande proletaria – eppure non diventerà mai vecchio, e resterà il ragazzo curioso del Vascello, per sempre.

Ma c'è un'ultima cosa che Leone deve chiedere a Ottolini. Non può andarsene senza rivolgergli quella domanda. È come un lutto. Quando scompare una persona cara, si vuole sapere ogni particolare, dell'ultimo istante. Anche se a volte quel che ci raccontano non è vero.

Non ho sentito il boato dell'esplosione, dice. Eppure l'altra volta, quando è crollato il Vascello il fragore si è riverberato in tutta Roma. Ha tremato la terra. Solo Guastalla può risponderti, lo delude Ottolini. Nessuno di noi era piú lí.

Il piroscafo della marina militare francese, addetto al servizio postale – sul quale s'è imbarcato l'8 luglio a Civitavecchia con Varesi, centottanta soldati sconosciuti di altre compagnie e qualche legionario della Medici – è fermo da giorni nelle acque del Mediterraneo, nel porto di Malta. Lo scafo è circondato da lance cariche di uomini armati che impediscono ai reduci dell'assedio di Roma, accampati sul ponte, affastellati l'uno sull'altro come cani, di lasciare la nave. Non sono piú soldati, quasi nemmeno uomini. I loro abiti stracciati e sporchi li fanno sembrare dei mendicanti. Il sole picchia sulle loro te-

ste, surriscalda le tavole, ustiona la pelle. Non possono
camminare, non possono quasi muoversi. Come già accaduto a Napoli e a Messina, anche qui le autorità inglesi
che governano l'isola non vogliono farli scendere a terra,
quei profughi senza patria, briganti e giacobini arrabbia-
ti, sgraditi a ogni potere.

Il porto – il piú sicuro d'Europa, si dice – è un'inse-
natura stretta circondata da pareti verticali a strapiombo. La città della Valletta è vicinissima, e incombe su di
loro. Dalle terrazze, gli abitanti si chinano a osservare
quella nave che pare un lazzaretto, e anche loro possono
quasi toccare la rupe sul bordo della quale sporgono le
mura, le fortificazioni e i palazzi. Le chiome degli alberi si riflettono nell'acqua azzurra e immobile. Il mare è
uno specchio crudele, la nave una prigione a cielo aperto,
la costa dell'isola una sassaia gialla, arida, assetata: tutto è cosí strano che Roma gli pare perduta per sempre, e
ciò che è accaduto solo un terribile sogno di distruzione
e annientamento.

Prima di incamminarsi verso Civitavecchia – ha lasciato
Roma a piedi, cosí come era venuto –, Leone ha comprato
una cassetta di colori in una bottega dietro via del Corso.
A poco prezzo, ma i pigmenti sono di buona qualità. Roma era ancora il paradiso dei pittori, sono stati gli stranieri che oziavano al Caffè delle Arti a indicargliela. È il suo
unico bagaglio, possiede solo la divisa che indossa. Inizia
a disegnare seduto sulla scala che porta alla seconda classe
dove s'è ricavato un giaciglio. La scena della battaglia del
3 giugno, vuole metterci i ritratti dei morti. Gli eroi di cui
non ha fatto in tempo a diventare amico e quelli a fianco
dei quali ha vissuto gli assalti, le fucilate, le notti insonni.
Non vuole dimenticare, lo sta già facendo.

Settimana di inerzia e di sconforto. La malinconia li
paralizza. Parlano poco, ciondolano sulle scale e ai parapetti, sonnecchiano, mangiano quasi niente. Si viene a
sapere che le autorità inglesi permettono di sbarcare solo

ai malati. E quei centottanta soldati si accalcano tutti nello stanzino del medico di bordo, mostrando le ferite, lamentando dolori – veri per lo piú, ma anche immaginari. Si presenta anche Leone. Varesi gli ha suggerito di tentare. Lui è in perfetta salute, non passerebbe mai la visita, ma non vuole privare l'amico di un'occasione. È umiliante accattonare un approdo. Ma è umiliante anche dormire all'aperto, contro corpi di uomini sconosciuti, non lavarsi mai, puzzare di sudore e di piedi, grattarsi la barbetta che pullula di pidocchi.

Ho il cuore dilatato, dice Leone, sbottonandosi la camicia lurida e mostrando il petto gracile, ossuto, bianchiccio. Due volte piú grande del normale. Il dottore avvicina lo stetoscopio. Ausculta il battito. Leone si sforza di trattenere il respiro. Non ha mai capito se avere un grande cuore sia una sventura o un vanto. È un difetto congenito, lo liquida il dottore. Lei camperà cent'anni, Paladini.

Il settimo giorno circola la voce che il comandante del mercantile debba riprendere il mare, e riporterà a Civitavecchia il suo carico umano. Uno dei soldati si butta in acqua, affonda, poi riemerge e tenta di raggiungere la riva a nuoto. È talmente vicina che ci riesce con poche bracciate: lo vedono mentre si arrampica sulle rocce e corre su per una scalinata. Gli inglesi lo arrestano e lo riconsegnano al comandante, che però rifiuta di riprenderlo a bordo. Ormai non è piú un passeggero della sua nave. Leone non sa dove sia finito.

Altri tentano coi loro ultimi soldi di corrompere i venditori di frutta che accostano i barchini al piroscafo, offrendo meloni e bevande. I venditori li prenderebbero volentieri, ma non lo fanno. Troppo poco guadagno per un rischio grande. La sorveglianza delle lance è troppo stretta.

Ormai è quasi rassegnato a essere riportato come un pacco a Civitavecchia – del resto il vapore è venuto a Malta proprio a consegnare e prendere la posta – quando il comandante li avvisa che il governo della Grecia e quello della Tunisia offrono asilo. I governi degli stati ricchi d'Europa non li vogliono, li espellono dai confini. In Grecia. E in Africa. Sperando che ci restino. Varesi non sa nemmeno cosa sia la Tunisia, che non ha mai sentito nominare. In verità neanche Leone sa bene cosa aspettarsi. Si chiede se esistano dei caffè, a Tunisi. Potrebbe ricominciare coi ritratti, come a Livorno. Ma dove sentirsi straniero gli è indifferente.

I marinai dicono che Tunisi è molto vicina. Cosí lui, Varesi e otto legionari – fra cui un ragazzino di diciotto anni scappato di casa, un perugino, uno studente romano, un mantovano, un polacco e un ebreo galiziano – trasbordano su un brigantino: è un vascello piccolissimo, con un albero solo e appena cinque marinai, che sembra un modellino di legno. Quando leva l'ancora, la prua ruota su se stessa, l'alberatura scricchiola, il vento gonfia la vela e li spinge verso sud. L'addio all'Europa lo commuove quasi piú dell'addio a Roma. Non sa cosa lo aspetta. L'orizzonte è una nebbia che svapora nella caligine. È già agosto.

Giorni e giorni sul mare, come non dovessero mai raggiungere nessuna riva, come se non ci fosse piú posto per loro, sulla terra. Quando il profilo della costa increspa la linea dell'orizzonte, Leone è seduto a prua, con l'album sulle ginocchia. Sta provando a disegnare la sagoma del Vascello, cosí come l'ha vista l'ultima volta, dalla trincea, perché l'immagine di quelle pareti sventrate dalle cannonate sta acquistando nella sua memoria la forza ossessiva di un simbolo, ed è insieme esatta e onirica – non è sicuro di ricordare la disposizione delle finestre e la forma dei cornicioni. Ma allora gli tornano in mente le parole di Guastalla: sono seduti in un caffè di Civitavecchia, uno davanti all'altro, e tacciono, perché attorno a loro ci sono solo francesi e spie. Ma poi si guardano e lui glielo chiede. Enrico ha risposto, e allora lui capisce che qualcosa rimane.

Sono tornato indietro con una torcia. C'erano già i francesi. Si incitavano a trafiggermi. Faceva giorno e nonostante i crolli sapevo dov'erano i fornelli delle mine, le ho trovate, le micce. Ho avvicinato la fiamma. Due volte ho cercato di appiccare il fuoco. Aveva piovuto la notte, un diluvio universale, quasi un uragano da tropico, l'acqua è filtrata nelle cassette, l'ingegnere Borchetta giurava che fossero a tenuta stagna, ma si è sbagliato, le micce erano umide, gli ha raccontato Enrico, e il sorriso indecifrabile che gli piegava le labbra era insieme di tristezza e di sollievo. Il Vascello non è saltato in aria, la mina non è scoppiata.

Persona d'età assai avanzata
(1678-infinito)

La guida a Villa Benedetta è stata stampata in pochi esemplari, senza fini di lucro. Il proprietario la regalava ai visitatori forestieri, perché potessero apprezzare tutte le curiosità dell'edificio. Architettura, pittura, letteratura e giardino narrati in ogni dettaglio con stile vivace. Veniva definita piú un castello che un palazzo, e nell'interno dotata di ogni possibile comodità. Nel frontespizio, risultava autore un certo Matteo Mayer.

Non ne ho saputo nulla, ne avrei perfino ignorato l'esistenza se un giorno suor Eufrasia non m'avesse chiesto cosa ne pensavo. I nostri incontri al parlatorio di San Giuseppe erano diventati rari – a causa della lontananza che ormai ci separava e del suo precario stato di salute. Quella è stata l'ultima volta che mi sono seduta alla grata, davanti alla sua ombra. Credo che lei ne fosse consapevole. Si considerava ancora il mio angelo custode, e ha voluto lasciarmi nella verità. Tra me e suo fratello, alla fine, ha scelto me. Io avevo fatto il contrario, e lei lo sapeva. Non ho meritato l'amore puro e definitivo che Eufrasia ha nutrito per me. Se lo ha fatto per proteggere te, ha commentato, è un gesto nobile. Se lo ha fatto per proteggere se stesso, è una viltà.

Ho dovuto chiederle a cosa alludesse, e suor Eufrasia ha taciuto per qualche istante. Dietro il ricamo di ferro della grata, nella penombra, solo l'orlo bianco del cappuccio mi permetteva di distinguere il contorno della sua figura, avvolta nella tonaca color carbone. La mia amica era rimasta una voce senza corpo, per me. E quel mattino, la voce definitiva di una profetessa, quasi la nostra coscienza. Ti ha cancellata.

Matteo Mayer era Elpidio. L'uomo che non era mai stato se stesso. Tutto ciò che aveva scritto, non l'aveva firmato. Tutto ciò che aveva firmato, non l'aveva scritto – né inventato né creato. Mio padre si è disperso in una folla di eteronimi, il mio amico in un anonimo nome straniero, per confondere le tracce.

Non riuscivo a credere che avesse fatto una cosa simile, e mi chiedevo come avevo potuto non accorgermene. Forse mentre la scriveva vivevo ancora a via di Monserrato. Nel 1670 ho voluto lasciare la casa di piazza Sforza e la madre di Elpidio era morta: non c'erano piú ostacoli che potessero impedirgli di ospitare nelle troppe stanze ormai vuote di quel palazzo la sua pittrice di casa. Avevo desiderato vivere sotto il suo stesso tetto, anni prima, è successo troppo tardi. Ma era toccante sentire il suo passo strascicato sul pavimento e il respiro affannoso quando saliva le scale. E la notte vedere la luce che filtrava dallo spiraglio della porta. Non mangiavamo nemmeno insieme, ciascuno aveva la sua vita, ma lo avevo incontrato ogni giorno.

Negli anni Settanta Elpidio era diventato piú che altro il festaiolo della corona di Francia, sbizzarrendosi a organizzare cerimonie e funerali. Ma era ancora anche il mio agente. Continuava a procurarmi lavori, e ormai riusciva a farmi pagare somme rispettabili. Lo stendardo processionale che dipinsi per l'anno santo del '75 mi fu remunerato cento scudi, quanto la pala del sopravvalutato Gaulli per la chiesa di San Francesco a Ripa.

Equo compenso per una virtuosa, minimizzò Elpidio con un sorriso compiaciuto, quando lo ringraziai per l'intermediazione. È magnifico, il tuo stendardo. L'hanno lodato tutti. E adesso mi dispiace che tu lo abbia dipinto per la Confraternita del Santo e non per me. Ti avrei sempre vicina. Perché ti ho riconosciuta. Sei tu la levatrice di san Giovanni Battista. Sono tuoi quei capelli bianchi. E il suo sorriso. Sei davvero uno spirito bizzarro, Plautilla. Non ti sei mai fatta il ritratto da giovane. Hai aspettato di avere quasi settant'anni. Nessun'altra donna avrebbe fatto altrettanto.

Ma ormai avevo passato il Tevere – e il fiume che scorreva fra me e lui era diventato il nostro Lete. L'acqua aveva trascinato con sé nostalgia e ricordi. Non avevo piú neanche lo studio nella sua casa, che era troppo distante dalla mia. La nostra intimità non ha avuto il tempo di diventare abitudine, noia e poi reciproco fastidio e si è mutata, quasi inavvertitamente, in garbato distacco.

L'abate trascorreva la maggior parte dell'anno tra le delizie di Villa Benedetta: in primavera passeggiava in giardino, tra i profumi dei melangoli, dei limoni e delle cerase, in estate si dedicava alla scrittura. Però era troppo tardi per liberare la sua fantasia soffocata. Scriveva ciò che ci si poteva attendere da un abate agente del re di Francia. Un ristretto della storia dei papi, la cronologia del mondo dalla venuta di Cristo, dissertazioni sulle eresie, raccolte di versi encomiastici per il Re Sole, panegirici per la nazione che rappresentava, trattati machiavelliani sull'educazione del principe, ma soprattutto la biografia di Giulio Mazzarino. Alla stesura si dedicava col rigore dello storico che avrebbe voluto essere – per fissare la verità su quel personaggio che ormai la pessima fama offuscava in un alone sinistro, quasi demoniaco – e con la fedeltà postuma di un amante. Ma forse anche per altre ragioni. Scrivendo quelle pagine poteva rivivere la giovinezza, la mirabolante ascesa del suo padrone, e la propria.

Non ha mai provato a pubblicarla, ma l'ha fatta leggere ad altri sedicenti storici che progettavano la biografia del cardinale, e gliel'hanno rubata. L'ha stampata un altro, col proprio nome. Se Elpidio avesse creduto nei ca-

stighi divini, lo avrebbe considerato un contrappasso al
furto che ha fatto a me. Ma l'abate Benedetti non credeva a niente. Gli ho sentito ripetere, con gusto, la battuta
della regina Cristina, la quale sosteneva che il sacco dei
bigotti aveva danneggiato Roma piú di quello dei lanzi-
chenecchi. La bacchettoneria dei genitori lo aveva reso
insensibile: l'ho visto rispettare l'esteriorità della religione, pregare in pubblico e praticare le opere di misericordia, ma Dio è stato assente dalla sua vita e non gli ho mai
sentito dire una parola di fede. Nemmeno nei giorni della
peste, nemmeno al letto di morte della signora Lucia sua
madre, nemmeno quando lui stesso si è ammalato. Ho sacrificato la mia virilità, mi ha confessato una notte, a un
uomo, Mazzarino, non a Dio.

Il furto l'ha consumato in un paragrafo. Nove righe che
mi hanno strappato il cuore. «L'architettura è affatto diversa dall'altre, e intieramente propria per la campagna,
che ricerca vaghezza, e varietà di viste. La condusse da
fondamenti il signor Basilio Bricci, architetto, e pittore di
squisita intelligenza, assistito dal ben fondato e regolare
giuditio della sorella signora Plautilla celebre pittrice, che
è anco concorsa col suo pennello ad illustrare questa casa,
come a suo luogo si dirà».

Mi dispiace, m'ha detto Basilio. Aveva sfogliato la guida in casa dell'avvocato Cartari, ma non mi aveva informata. Non darle troppa importanza, è solo la guida della
villa di un abate, non la leggerà nessuno. Invece dobbiamo prestare attenzione a quelle sulle attrazioni di Roma
a uso dei viaggiatori. Dopo le rovine romane, le basiliche
e i palazzi, dedicano tutte un tomo alle ville. È un genere
sempre piú richiesto, che vende molto, quindi se ne stam-
peranno tante altre, e la verità verrà fuori. Non permettere che l'amarezza di un'omissione guasti il vostro passato.
Hai creato tante altre cose per l'abate Benedetti – di cui

tutti sanno. Avrà avuto le sue ragioni. Magari lo ha fatto con l'intento di valorizzare me.

Non la ritenevo una spiegazione possibile. Elpidio l'aveva aiutato davvero, mio fratello, nominandolo perito e direttore dei lavori, permettendogli di frequentare il cantiere di Villa Benedetta non da perdigiorno, da dilettante e da seccatore. Attribuendogli competenze che non aveva, gli aveva regalato un mestiere. E prestigio. Quando si era saputo, lo avevano eletto cerimoniere dell'Accademia di San Luca, e qualche tempo dopo confermato. Insomma, pittori, scultori e architetti di Roma non lo avevano riaccolto nelle loro fila perché costretti dalla sentenza del processo, che gli era stata favorevole: lo avevano accettato. Ma erano trascorsi tredici anni e ormai Basilio aveva trovato altri protettori.

Il principe Angelo Massimo gli aveva fatto dipingere qualche fregio sui camini nel palazzo di famiglia all'Aracoeli e lui si era accattivato il fratello Francesco sperando di convincerlo ad affidargli la decorazione del piano superiore: si era incapocciato a studiare la storia di Roma per proporre soggetti adeguati a celebrare le imprese dei suoi antenati. Il vescovo Capobianco l'aveva segnato come pittore di casa, e lui aveva installato lo studio nel suo palazzo, a Parione. Il vescovo di Lacedonia, patrizio beneventano e datario della Penitenzieria segreta apostolica, era un sessantenne catarroso, appassionato di teatro e refrattario alla cura pastorale della sua diocesi, nella quale non si era mai recato, tanto che finí per rassegnarla a un altro, mantenendo solo il titolo di vescovo emerito e la relativa pensione; e il giovane nipote, prete pure lui, morbosamente dedito all'antiquaria e alla storia antica, era erudito, bislacco e puntiglioso almeno quanto Basilio: quindi la sistemazione presso quegli spiriti affini era stata confortevole per mio fratello.

Era diventato membro dell'Accademia degli Infecondi, che riuniva letterati, drammaturghi e poetastri, e con l'appoggio dei suoi nuovi conoscenti aveva finalmente

potuto avviare la ristampa e la pubblicazione delle opere
inedite di nostro padre: autori di qualche reputazione gli
avevano donato sonetti encomiastici, nei quali paragona-
vano il Briccio a Plauto, Sofocle e Apollo. Inoltre, dopo
aver dipinto con me alcune decorazioni per l'oratorio della
Confraternita del Santissimo Sacramento vicino alla Scala
Santa, i canonici del Laterano gli avevano poi commissionato la costruzione di una scala nella basilica di San Giovanni – riconoscendogli cosí infine pubblicamente quel
ruolo di architetto che per anni si era attribuito senza merito. Insomma, non era solo piú mio fratello. Ma non era
l'architetto di Villa Benedetta.

Una tristezza immensa mi mordeva il cuore. Basilio,
seduto di fronte a me, teneva lo sguardo sul piatto. Eravamo soli, al tavolo di noce della sala – nell'appartamento al secondo piano del casamento su strada Nova di San
Francesco a Ripa nel quale ci eravamo trasferiti da pochi
mesi. Margherita aveva ragione. Era bellissima la vista
dalle finestre – che spaziava fino al fiume. Ma lei non l'ha
mai goduta.

È morta a vent'anni, poche settimane dopo la nostra
passeggiata. Nel sonno. Eravamo andate a letto tardi, dopo aver disegnato insieme nel mio studio, finché la luce
troppo fioca ci ha affaticato gli occhi. Buonanotte, Plautilla, mi ha detto, chiudendo la porta. L'ho trovata io, la
mattina. Bussavo, e non ha risposto. Ho bussato piú forte. Si sta facendo tardi, dormigliona, l'ho rimproverata
affettuosamente. Mi avevi promesso di venire in studio,
oggi, io sono già pronta. T'ho fatto portar su due ciambelle, sono ancora calde. Non mi rispondeva, ho aperto la
porta e sono entrata. Nella stanza mi ha assalito un odore
di cipria e di sonno. La guancia sul cuscino, la mano sul
lenzuolo, i capelli sciolti. Sembrava dormisse ancora. Ma
non si è mai svegliata.

Ho costruito quella spina di case per lei – per quella
promessa di vicinanza che ci siamo scambiate, troppo tar-

di. E sono andata a viverci, in quell'appartamento, cosí lontano dal centro di Roma e cosí scomodo, per noi che non abbiamo mai avuto una carrozza, per portare con me qualcosa di quella mia ragazza che avrei amato, che mi avrebbe amata. Che mi sarebbe stata vicina quando fossi stata troppo antica per lavorare ancora, e che avrei lasciato nel mondo quando fosse venuto il momento di migrare da questa vita. Che si sarebbe ricordata di me, e di noi.

Mentre ero seduta sul letto, accanto a lei immobile, noi due sole ancora per un istante, prima di avvisare Onofrio, di chiamare Basilio, di lasciarla andare, mi tornavano in mente la disperazione di Albina quando perse Teodora, e le sue parole tremende. Li metto al mondo solo per farli morire. L'ho giudicata, non sapevo niente. Nessuno dei suoi figli è sopravvissuto.

Non ci sarà nessun Briccio, nessuna Briccia, nel nuovo secolo. Basilio e io ce ne andremo senza eredi. Siamo rimasti insieme, avvitati l'uno all'altra come la vite all'olmo. Ogni mattina i frati di San Francesco a Ripa ci vedevano sostare nella cappella Albertoni. Ci piaceva iniziare la giornata salutando la beata Ludovica. Una delle ultime sculture di Bernini – che dopo tanti anni era tornato a scolpire una figura di donna. Anche se l'aveva realizzata su richiesta di papa Altieri in pochi mesi, e pattuendo un compenso vergognoso (gratis salvo il costo del marmo, purché il fratello, sorpreso a violentare un ragazzo sedicenne cui aveva causato lesioni permanenti, venisse richiamato dall'esilio), era una statua degna della sua Dafne e di santa Teresa. Gli intenditori lodavano lo straordinario lavoro che aveva fatto con la raspa, per rendere la ruvidezza del saio, e col trapano, per il pizzo del cuscino. Ma noi l'amavamo per un dettaglio che gli altri nemmeno notavano. Il materasso su cui giaceva. Sgrossato amorevolmente con la subbia, lo scalpello e la gradina, il marmo sembrava davvero lana, una superficie imbottita e morbida, talmente reale che avresti voluto poggiarci il capo. Bernini aveva nobilitato un oggetto di uso quotidiano, perché tutto può essere arte. Quel materasso ci riconciliava con la nostra storia, e con noi stessi. E allora Basilio mi prendeva sottobraccio e piano piano ce ne tornavamo a casa.

Due anziani artisti, appagati. Vivevamo la vita che avevamo voluto. Nonostante l'età, in salute, lavoravamo entrambi a progetti che ci appassionavano. Potevamo permetterci, tutti e due, di non farlo per denaro. Nel 1674 mi ero venduta il mio censo sulla casa dell'isola Tiberina e coi cinquanta scudi che ne avevo ricavato ci eravamo comprati qualche anno di libertà. Dovevamo solo avere l'accortezza di non vivere troppo a lungo. Basilio avrebbe poi accettato un «patto basso», cioè un compenso infimo di un centinaio di scudi, per decorare palazzo Massimo, pur di regalarsi l'opportunità di salire sul palco col suo giovane, a dipingere cavalli, cammelli e coccodrilli, per cinquecentodieci giornate, e quasi solo per il piacere di farlo.

Ci trattavamo bene, vestivamo con ricercata severità, potevamo regalarci la carne di vitella una volta al mese, vino buono, e per capriccio ogni tanto le pernici e le starne arrosto affagianate. Negli anni spensierati di papa Clemente IX – il vecchio e simpatico Giulio Rospigliosi, già poeta drammatico ai tempi dei Barberini –, il quale voleva che ognuno fosse allegro come lui e lasciava organizzare feste, danze e commedie, a Carnevale lavoravamo solo la mattina e andavamo a teatro tutti i pomeriggi. E quando poi hanno inaugurato il teatro pubblico a Tordinona ci siamo comprati i posti nel palchetto e insieme abbiamo gioito della novità di vedere sulla scena le donne. Mentre applaudivo le attrici e le cantanti pensavo che quando da bambine io e Albina recitavamo in casa, di nascosto, non avremmo mai immaginato che un giorno donne come noi potessero salire sul palcoscenico, pronunciare o intonare parole d'amore, davanti a tutti, libere di fingere d'essere altre proprio perché potevano essere se stesse. Ed ero grata alla vita che mi aveva concesso di assistere a questo cambiamento. Poi Innocenzo XI – il moralista detto «Papa Minga» – per salvarci l'anima aveva proibito gli spettacoli e ci aveva costretto ad ascoltare solo musica sacra.

Ma Basilio amava anche quella – anzi lui stesso componeva oratori e inni, perché come nostro padre si considerava artista, matematico, scrittore e musico –, perciò non ci siamo mai annoiati. Frequentavamo liutisti e suonatori d'organo, scrittori, avvocati, medici e professori della Sapienza; alla festa di San Luca, alle cerimonie e alle congregazioni dell'Accademia ci riservavano buoni posti; mi invitavano a esporre alle mostre annuali di pittura nelle quali i pittori si proponevano al pubblico e avevano la possibilità di vendere direttamente i loro lavori – anche questa una novità che sarebbe stata impensabile cinquant'anni prima –, e i miei quadri erano sempre sistemati tra quelli dei maestri piú reputati. Non parlavamo mai delle nostre ragazze perdute.

Nemmeno Elpidio. Eppure una Benedetta di carne e non di pietra lui l'aveva ancora. Non sapevo cosa ne fosse stato della figlia di Gaudenzio. E in verità nemmeno della bionda madre, che sparí prima della sua nascita, lasciando di sé solo un ostinato profumo di verbena nella stanza che era stata sua. I Benedetti avevano tenuto la neonata a balia in campagna e poi l'avevano lasciata lí. Sapevo della sua esistenza perché, di tanto in tanto, incrociavo la lavandaia mentre consegnava al fattore ceste di biancheria da bambina appena sbiancata, o la serva che ritirava dai fornitori casacchine, vesticciole di chinetto cangiante o di moer colorato, bustini di taffetà, pianelle e un minuscolo paio di scarpini ricamati. Una sola volta la vidi.

Avrei dovuto essere fuori città, quel giorno, perché Elpidio mi aveva organizzato un sopralluogo a Tivoli. Dovevo visionare alcune lastre di porfido rosso trovate in certi scavi nei dintorni, che lui aveva saputo essere in vendita. Per rivestire i pilastri della sua cappella di san Luigi sognava infatti proprio quel marmo rosso – degno dei faraoni egiziani e degli imperatori romani, e perciò del re di Francia e di se stesso. Ma a dieci miglia da Roma, a una curva, il calesse si era ribaltato, rotolando in un fosso. Nonostante lo spavento, sono uscita illesa, ma le ruote si erano frantumate, e l'asse spezzato. Mi riaccompagnarono a Roma su un trabiccolo sgangherato due studenti tedeschi della Sapienza, appassionati di antichità, che tornavano, entusiasti, dalla villa di Adriano.

Gli strilletti di una bambina mi hanno raggiunto mentre varcavo l'androne. Virginia era in giardino, giocherellava col pappagallo sul bordo del pozzo. Rosso fuoco l'uccello – una rarità esotica che Elpidio aveva voluto regalarsi –, tutta azzurra la bimba, le gambette scheletriche che spuntavano sotto il grembiule, con le trecce nere e il viso da topo. Caracollava verso Elpidio, con l'uccello avvinghiato al braccio e una bambola stretta nell'altro, e chiamandolo, timidamente, signor abate. Lui prese la bambola, se la rigirò tra le mani senza sapere cosa farci, e gliela restituí. L'uccello berciò una frase incomprensibile – nessuno era riuscito a insegnargli a parlare – e volò sulla loggia.

Dov'è andata la piccola Benedetti? gli ho chiesto qualche giorno dopo, rosa dalla curiosità. Non avevo piú sentito la sua voce. Ah, per carità! ha esclamato Elpidio, è tornata dove stava, non è una casa per bambini questa, ancora trovo fermagli dappertutto, imbottiture strappate e bocconi putrefatti sotto il tavolo. È una bambina, ho sorriso io, i bambini sono essenziali, sai? Creano disordine e rompono tutto, è il loro mestiere. Ti fanno capire che tutto, in effetti, potrebbe essere spostato, e che niente serve davvero.

Che sciocchezze da femmina stai dicendo, Aristotele... Non li ho mai sopportati, i bambini, e quello sgorbietto meno di tutti gli altri. Provo ripugnanza per lei. Non voglio vedermela tra i piedi. Sono rimasta stupita dalla sua veemenza. Parlare con tanta avversione di Virginia, che portava il nome di sua nonna, di sua zia e di sua nipote, di tutte le donne Benedetti – da secoli. Virginia si sarebbe chiamata sua figlia.

Quando Gaudenzio è morto, pochi mesi prima di Margherita, mi sono permessa di chiedere a Elpidio cosa sarebbe stato della bambina. Perché non la prendi a vivere con te? Non hai piú tua madre, non hai piú tuo fratello, Virginia è l'ultima parente che ti resta. Sono un abate, un chierico di quasi sessant'anni! s'è stupito lui, come se pretendessi qualcosa di assurdo, sono rimasto solo coi miei segretari e la serva, non c'è una donna in questa casa, non posso occuparmi di una bambina – e poi la figlia illegittima di quell'animale di Gaudenzio non può ereditare la mia fortuna, che è della Francia. Il mio onore me lo impedisce. E vale piú della legge del sangue. Quella del cuore mi impone solo di provvedere a lei, cristianamente. È tutto.

L'ha consegnata come un baule al Conservatorio delle Zitelle sperse di Sant'Eufemia, al foro Traiano. Ha versato i quaranta scudi della dote per l'ingresso, e pagato gli alimenti per tutto l'anno, ha incaricato il suo segretario di saldare le rate ogni sei mesi, e non l'ha mai piú vista.

Ne abbiamo parlato solo un'altra volta, dopo la messa in suffragio per l'anima di Margherita, che avevo fatto cantare nel primo anniversario della sua morte. La musica l'aveva composta Basilio, su mia richiesta. Le voci bianche del coro di castratini salivano ad altezze vertiginose. A Margherita sarebbe piaciuta. Cantare era stato il suo unico passatempo. Eravamo seduti nel banco di prima fila, nella mia chiesa di San Biagio. Sotto i nostri piedi, in qualche punto del pavimento, senza una lapide a ricordarla, c'era la mia disperante ragazza. Elpidio m'aveva tenuto la mano fra le sue durante tutto il concerto. Alla fine, incurante della presenza dei cantori, mi ha abbracciata. Tutto quello che ti ho detto di Virginia non è vero, ha sussurrato. L'ho mandata lontano dai miei occhi perché non posso sopportare l'evidenza piú semplice: non è tua figlia, e la nostra.

Nel giardino dello studio di Giovan Francesco De Rossi, mentre lui valutava l'avanzamento dei lavori agli stucchi per la nostra cappella – graziosi i putti reggicorona, un poco convenzionali gli angioletti tirasipario, ma bellissime le due figure femminili destinate all'arcone, candide e inespressive come divinità –, senza preamboli gli ho chiesto perché abbia mentito su Villa Benedetta. Perché mi abbia tolto la maternità della mia creazione.

Villa Benedetta è tua, e lo sarà sempre, m'ha risposto, soffermandosi a tastare il ciuffetto da galeotto sul cranio rasato dell'unica figura maschile della cappella. Una volta collocato in cima al pilastro, quel demonio sconfitto dalla Religione con la croce sul petto, sarebbe stato per sempre sul punto di precipitare nella tenebra. L'allegoria era quasi superflua. Il diavolo – o chiunque fosse – era disperato. Il Vecchietta – un toscanaccio aspro che di solito, senza alcuna originalità, scolpiva in marmo santi e cardinali defunti – si stava superando. Ma il mondo non è pronto per accettare che una donna costruisca la casa per un uomo. Una cappella sí. È l'anima – come un'offerta a Dio, e una richiesta di perdono per i peccati che abbiamo commesso, e il male che ci lasciamo dietro. La casa è il corpo. Vivo dentro di te, quando sono lassú. È una cosa troppo intima per condividerla. Deve restare nostra.

L'ho capito, ma non l'ho mai perdonato. Ho continuato a lavorare per lui, ho portato a termine tutti i progetti che avevamo ancora in opera. Mi sono mostrata al suo fianco il giorno in cui la cappella di san Luigi è stata finalmente consacrata, ma non sono andata a trovarlo quando si è ammalato, e non siamo mai piú stati da soli.

Non era presente il giorno in cui – troppo tardi – ho finalmente incontrato il cavalier Bernini. Dopo l'interruzione, durata quattro anni, nel 1671 il cantiere della chiesa di Santa Maria in Montesanto si era riavviato e i lavori erano ripresi sotto la direzione di Carlo Fontana. Ma nel 1674 era subentrato Bernini, con Mattia de' Rossi, discepolo prediletto e suo piú fidato collaboratore. Il cavaliere era anziano, e infatti quello è stato il suo ultimo lavoro di architettura, ma la sua mente, aperta e prensile al mutare del gusto, ancora sprizzava invenzioni. Aveva sempre teorizzato il bel «composto», cioè la compenetrazione di architettura e scultura che aveva reso cosí originali le sue statue e le sue cappelle, e ora invece sembrava voler tornare alla purezza del linguaggio proprio dell'architettura. Il lanternino che costruí galleggiava nello spazio. Cambiò anche la forma della cupola sull'abside nella quale, con una cerimonia solenne, aveva appena trovato la sua collocazione definitiva la mia *Madonna*.

All'altar maggiore, dal novembre del 1677 stava lavorando Mattia de' Rossi. Aveva ideato un'edicola con quattro colonne di marmo verde imperiale, e i capitelli corinzi in marmo bianco, sovrastate da un timpano anch'esso in marmo bianco. Ero stata avvisata dai carmelitani titolari della chiesa che Filippo Carcani avrebbe collocato sui due spioventi del timpano due angeli inginocchiati, in stucco. Sono andata ad assistere alle manovre, e il cavaliere era lí, per la sua ricognizione al cantiere.

Elpidio mi aveva raccontato che il 13 agosto del 1665 – per una singolare coincidenza lo stesso giorno del mio compleanno – a Parigi, nella sala sontuosa di palazzo Mazzarino in cui Bernini scolpiva il busto in marmo di Luigi XIV, si era presentato, per vederlo lavorare, il re. Lo accompagnava un seguito di quaranta persone, cui si era aggiunto poco dopo il barone de Blumenthal con una delegazione altrettanto nutrita di aristocratici, prelati e diplomatici. Bernini aveva dovuto dissimulare il fastidio di lasciarsi guardare mentre lavorava e aveva proseguito nel ritocco del naso. Non era ancora sicuro che la scultura riuscisse a dare l'impressione della vita, e riflettesse l'energia e l'imperiosa autorità del modello. Nessuna opera gli era mai costata tanta fatica.

Da quando era arrivato a Parigi, Paul Fréart, signore di Chantelou – lo stesso che Elpidio aveva scortato venticinque anni prima nella città eterna – annotava i suoi discorsi, per lo piú massime magniloquenti di saggezza sulla vita e l'arte, e giudizi a volte trancianti sugli altri pittori. A casa le trascriveva religiosamente nel diario, per eternare i pensieri e le opinioni del massimo artefice del secolo. Esse venivano citate e ripetute come fossero le verità di un oracolo.

Bernini si era mostrato compiaciuto di scoprire che fra i suoi visitatori vi fosse l'abate di Saint-Calais, parente del signore di Lionne. Conosceva infatti molto bene Hugues de Lionne, il segretario di Mazzarino che il cardinale aveva elevato a diplomatico e mandato a Roma come ambasciatore, offrendogli di abitare nel suo palazzo al Quirinale. Alla fine, quando essi si congedarono, gli raccomandò di fare il baciamano a Madame.

Paule Payen era una delle dame piú brillanti della corte di Francia. Una bella e scostumata signora, amante dello sperpero e delle avventure, ma dallo spirito di fuoco: Bernini riteneva che in Italia non esistesse una donna con altrettanta intelligenza. Le aveva mostrato i disegni del Louvre, e aveva ascoltato con stupore i suoi commenti appropriati. Non conosco, disse all'abate di Saint-Calais, ma in modo che tutti sentissero, che due donne sensibili per le arti da me coltivate. Intendeva la scultura e l'architettura. La regina Cristina di Svezia e la signora di Lionne.

La sua omissione non mi aveva stupita – poteva forse nominare davanti al re, ai principi, al barone e ad aristocratici di rango cosí elevato una semplice cittadina romana? – ma mi aveva ugualmente ferita. Il cavaliere sapeva di me. Elpidio gli aveva sottoposto i miei prospetti di Villa Benedetta e lo aveva anche invitato a visitare la fabbrica – quasi compiuta quando Bernini era partito per Parigi.

E adesso eravamo sul sagrato della «mia» chiesa. Che
però era anche la sua. Le gigantesche colonne che gli operai avevano eretto nel pronao io le conoscevo bene. Ci
avevo camminato sopra. Erano quelle demolite dal campanile di San Pietro.

Non ricordo chi ci ha presentato. A me sembrava di
conoscerlo da sempre. E credo lui condividesse questa impressione. Mi ha galantemente presa sottobraccio per sor-
reggermi e impedirmi di cadere sul pavimento ingombro
di ferraglia, travi e detriti del cantiere: lentamente, resi
incerti dai nostri acciacchi e diffidenti sulla tenuta delle
rispettive ginocchia, abbiamo raggiunto l'altar maggiore.
La luce che penetrava dai finestroni della cupola incompiuta irradiava la *Madonna con Bambino*. Al centro della
trabeazione campeggiava la scritta dorata:

ALTARE PRIVILEGIATUM PERPETUUM

Cavalier Bernini, sono onorata che il papa abbia concesso di riutilizzare le vostre colonne per completare la
facciata di Santa Maria, gli ho detto, mentre entrambi fis-
savamo pensierosi quella parola – perpetuo – che in due
vecchi come noi suscitava una strana vertigine. Mia cara
signora Briccia, ha risposto con l'ironia che reprimeva coi
potenti e sfogava con gli amici e i pari, la mia unica sconfitta introduce adesso alla vostra prima gloria – che non è
rimasta l'unica. Con questo, ha concluso sorridendo, non
vi devo più niente, e mi perdonerete la scortesia.

Luigi XIV amava montare a cavallo. Forse fu quella la
causa della sua malattia. O forse l'equitazione si limitò ad
aggravare un problema causato invece dai troppi clisteri.
Fatto sta che a soli quarantotto anni la fistola all'ano gli
impediva ormai di cavalcare e di muoversi agilmente e lo
costringeva a farsi trasportare in lettiga. Il corpo del re è
il corpo dello stato: l'infermità sminuiva entrambi.

Medici e chirurghi si candidarono a centinaia per guarirlo. Proponevano medicamenti e rimedi di ogni sorta (impiastri, erbe, cerotti), operazioni chirurgiche, incisioni, tagli, resezioni. Rischiavano la Bastiglia o la testa, ma la speranza del successo li rendeva temerari. I medici di corte nicchiavano e sconsigliavano azzardi, anche per preservare il loro posto, ma poi un chirurgo, tale Félix, riuscí a convincere il re a sottoporsi a un'operazione mai tentata prima.

In realtà per mesi aveva sperimentato la nuova tecnica su una settantina di malcapitati, sudditi poveri che fornirono – gratuitamente e senza averlo richiesto – i loro sfinteri per la gloria del re. Parecchi di essi non uscirono vivi dal tavolo operatorio. Alla fine però Félix aveva effettivamente messo a punto un nuovo bisturi ricurvo, che permetteva di incidere la fistola senza lacerare l'ano. Neanche i familiari piú stretti vennero informati e – anzi – furono tenuti lontani. Il chirurgo operò Luigi XIV in gran segreto, alla presenza solo dell'ultima amante, madame de Maintenon: manovrò per tre ore nell'orifizio reale appositamente divaricato, senza anestesia. Luigi XIV sopportò. Fin da bambino, quando con la madre era dovuto fuggire da Parigi minacciata dai frondisti, era stato educato al coraggio. Dopo ulteriori tagli e qualche mese di convalescenza, si capí che il problema era risolto. Félix ci guadagnò l'assunzione tra i medici di corte e la ricchezza, e il Re Sole la salute. La notizia della guarigione fu diffusa con enfasi, e celebrata con feste, balli e concerti in tutto il regno. Elpidio non si lasciò sfuggire l'occasione.

A differenza di quanto aveva sempre fatto, non assoldò scenografi, architetti o direttori di scena. Volle essere lui stesso l'autore dello spettacolo: l'ambasciatore di Francia, il cardinal d'Estrée, glielo permise. Sfidò la meteorologia e le piogge di primavera, e scelse una fresca sera di aprile: era il 1687.

Volle organizzare la festa tra la chiesa della Trinità e la sottostante piazza di Spagna, proprio là dove aveva sognato di costruire la scalinata. Non aveva mai davvero rinunciato

a quel progetto: qualche tempo prima Basilio m'aveva fatto
sapere che, per poterlo finanziare, visto che non riusciva a
trovare fondi, l'abate aveva messo in vendita Villa Benedetta. Chiedeva trentamila scudi per la nostra creatura. Forse
in quel modo voleva anche liberarsi della nostra storia – la
Villa era il ricordo di pietra delle delizie di un'epoca lontana, che non significava piú niente, per lui. Ero stata felice
di apprendere che non avesse trovato acquirenti.

E cosí la scalinata la costruí per un giorno solo. Addob-
bò la facciata della chiesa con una macchina lussureggiante
di arabeschi, festoni e foglie: le rampe e le rocce che scendevano giú dal pendio, le statue allegoriche, gli angeli, i
candelabri della scena e gli obelischi che la contornavano
erano di cartapesta, ma le centinaia di torce, le fiaccole e
i lumi – alcuni dei quali appesi dentro gli aranci e i limoni
degli alberi che aveva sistemato ai piedi del monte – irra-
diavano luce autentica e l'acqua che scorreva dalle urne
delle statue a simulare i fiumi della Francia formava una
cascata vera. E la musica delle trombe, dei timpani, delle
cornette e degli archi, che i musicisti suonarono nel palco
allestito giú in piazza, salí al cielo per tre quarti d'ora, costringendo la folla presente a un compunto silenzio.

Elpidio era lí, sul palco, vestito di nero, a dirigere lo
spettacolo – la bacchetta in mano e il cappello in testa,
con le nappe che dondolavano a ogni movimento: sembrava il mago di un teatro fiabesco. C'ero anche io, dietro lo
steccato, in prima fila, a manovrare una specie di cannocchiale per gustarmi le invenzioni dell'apparato. Le aveva
disegnate Elpidio, stavolta – tutte. Ho trovato particolarmente riuscite la Cornucopia – riproposizione della nostra
Felicità –, gli amorini, la Fama, ma piú di tutto l'Eternità:
una donna seduta sul carro trionfale, con tre volti – a sim-
boleggiare il passato, il presente e il futuro. Attorno al suo
braccio sinistro si contorceva il serpente ouroboros – perché
l'inizio è la fine di ogni cosa, e l'omega è l'alfa della vita.

Appena gli strumenti musicali tacquero, spararono i

mortaretti, e mentre il vento disperdeva il fragore partí la girandola, di ben seicento raggi. Uno dei miei vicini commentò impressionato la novità delle invenzioni e la perfezione tecnica dello spettacolo. Basilio osservò che era cosa bellissima a vedersi – da tempo a Roma non si assisteva a una festa cosí. Il compianto cavalier Bernini non avrebbe potuto fare di meglio. E poi si accesero i fuochi artificiali. Ho guardato il Carro dell'Eternità che solcava il cielo di Roma come una meteora.

Quando la festa in piazza è finita, centinaia di persone si sono incamminate verso il Gianicolo. Elpidio aveva aperto il cancello di Villa Benedetta. Per lasciare un segno anche nella storia delle feste. Le feste di Roma erano spettacoli che pretendevano attenzione e donavano meraviglia, ma non partecipazione. Il popolo doveva ammirare – e in qualche modo adorare – coloro che glieli proponevano. Tutto era scritto, ogni significato spiegato – la frenesia creativa era anche il limite estremo della libertà. Chiunque li producesse, e per qualunque pretesto – la morte di un santo o di un generale che aveva combattuto per la cristianità –, erano sempre spettacoli di sottomissione.

Quella sera d'aprile Villa Benedetta era addobbata di drappi di seta e illuminata da centinaia di fiaccole: i domestici in livrea accoglievano i visitatori con un inchino, come fossero nobili invitati a una festa di corte. I popolani romani che fino a quel momento avevano dovuto guardarla dalla strada accorsero incuriositi nella casa dell'autore della festa. Mi hanno detto che si sono aggirati nel parco fino all'alba. Hanno staccato le pere e le cotogne dai rami e se le sono mangiate. Qualcuno ha rubato una delle sirene di terracotta dal muricciolo della loggia. Qualcuno si è tuffato nella vasca della fontana.

Ero rimasta ai piedi della Trinità, con gli occhi ancora abbagliati dagli scherzi dell'acqua e dalle luci. Io ho usato i colori e la pietra, Elpidio ciò che non si può stringere e toccare. C'è tutta la nostra storia, nel contrasto fra la materia e l'assenza. Ho capito che quello spettacolo era il suo gran finale, e la sua apoteosi.

Il maestro della festa era circondato da decine di persone e ho dovuto attendere il mio turno per raggiungerlo e congratularmi con lui. Mia cara, mi ha detto, con sincero dispiacere, vi avevo riservato un posto nel palco, perché non lo avete occupato? È stato piú bello in mezzo alla gente, gli ho risposto, non mi sono mai sentita a mio agio fra i vostri principi. Nemmeno io! è scoppiato a ridere lui, divertito come un ragazzino dopo una marachella. I suoi bei denti! ho pensato con dolore, distogliendo lo sguardo. Quelli che sfoggiava adesso erano altrettanto belli – grandi e di un avorio bianchissimo – ma non erano suoi.

L'ambasciatore d'Estrée offriva un rinfresco al palazzo di Francia, e aveva invitato i cardinali del Sacro Collegio, nobili romani e forestieri, la solita pletora di cavalieri e dame. Elpidio aveva fatto recapitare un invito anche a me. Adesso devo andare, mi ha detto. Ti aspetto lí. Gli ho detto che lo avrei raggiunto. Dovevo solo ritrovare Basilio, che avevo perso di vista. Ma nello stesso momento in cui parlavo, ho capito che invece non sarei andata. E che quella era l'ultima volta che lo incontravo.

Ma ho preferito congedarmi da Elpidio cosí, nell'allegria effimera di una finzione – la Felicità terrena, in fondo, non è altro che questo. E mentre lui saliva nel cocchio di d'Estrée, e io mi allontanavo nella piazza ormai quasi vuota, disseminata di bruscolini, coriandoli e fiori di mimosa, ripensavo all'immagine che sarebbe rimasta indelebile nella mia memoria – a sigillo di quella festa, e della nostra. Quel sole di fuoco. Prima, dietro la chiesa, sono spuntati i raggi, poi è sorto, salendo sempre piú in alto: cosí luminoso che non si poteva fissarlo. Immobile, lassú, sopra il monte, visibile da ogni punto della città, piú in alto di ogni cosa – ha brillato qualche istante nel cielo di Roma, e poi è svanito.

Gli ultimi anni dell'abate sono stati amari, perché ha consumato le sue residue energie tentando di recuperare i risparmi: li aveva affidati a un banchiere e quando questi dichiarò fallimento li perse tutti. Dovette licenziare parte dei dipendenti. Alla fine era troppo malandato per abitare nella villa sul Gianicolo, e non ha piú lasciato il palazzetto di Monserrato. Verso la fine di novembre del 1690, il suo segretario mi ha consegnato un biglietto vergato con grafia tremolante, quasi illeggibile. Esortava la cara Aristotele a non dare credito alle voci del di lui progressivo decadimento, perché le sue battaglie le aveva sempre combattute, e avrebbe vinto anche questa. Non dovevo preoccuparmi. La fine è l'inizio. Avrebbe avuto cura di me, sempre.

Ho saputo della sua scomparsa dal notaio. Né il domestico né il segretario si sono premurati di informarmi. Non ho potuto neanche partecipare alle esequie. Il notaio Ottaviano, che mi convocò per l'apertura del testamento, m'ha detto che è morto nel suo letto, sereno, roborato dall'olio sacro. Lo hanno seppellito nella nostra cappella, a San Luigi: per anni, organizzando le fastose pompe funebri per i suoi padroni, si era impegnato a dimostrare al mondo quanto magnificamente si celebra la morte a Roma, che essa è anzi l'unico spettacolo degno di questa città immortale e però corteggiata dalla fine – ma ha voluto andarsene senza esposizione di cadavere, senza clamore e senza pompa, alla luce di sei sole torce, come un romano qualunque.

Ha lasciato elemosine ai poveri della sua parrocchia, e della mia, le rendite da abate e la pensione a quelli della sua abbazia di Bayonne, i beni alle monache del convento di San Giuseppe Capo Le Case, in memoria di Eufrasia, e Villa Benedetta al duca Filippo Mancini di Nevers, l'erede del glorioso Mazzarino, che ricordava di aver avuto l'onore di servire per venticinque anni – restituendo cosí al padrone tutto ciò che non era mai stato davvero suo.

Il cardinale diffidava di quel nipote – bello, frivolo e indolente – che gli aveva causato parecchi problemi quando, giovanissimo, si era fatto coinvolgere in un'orgia vagamente blasfema con altri aristocratici suoi coetanei, costringendo Luigi XIV a rinchiuderli tutti nella fortezza di Brissac. Ma, come unico maschio sopravvissuto fra i suoi nipoti, aveva lasciato a lui i suoi palazzi di Roma e Parigi e la parte piú consistente dell'eredità, che gli permise di vivere come desiderava. Dedicandosi ai viaggi – non avrebbe rinunciato al carnevale di Venezia o di Roma per nulla al mondo – ai piaceri, alla poesia, all'amore. Insomma, il duca di Nevers era un epicureo, e un libertino.

Elpidio lo aveva conosciuto bene, nel corso dei suoi agitati soggiorni romani. Non ignorava le voci che lo accusavano di incesto con le bellissime sorelle Maria e Ortensia, da lui poi aiutate ad abbandonare i loro pessimi mariti, e peggio ancora: di aver contagiato il vizio italiano al fratello del Re Sole, Monsieur d'Orléans, di aver contribuito ad avvelenargli la moglie, di frequentare con la stessa disinvoltura duchi, malandrini e delinquenti. Ma gli erano capitati sotto gli occhi i suoi versi, che circolavano manoscritti a Parigi, apprezzati dagli scrittori e dagli aristocratici piú raffinati della corte. Avrà pensato che quell'uomo che affrontava la vita con tanta noncurante leggerezza fosse la persona adatta per godersi la villa letteraria.

Filippo Mancini di Nevers ci ha trascorso qualche tempo, l'anno dopo la morte di Elpidio, con la moglie, la cognata e una corte allegra di parigini, poi se n'è tornato in Francia.

La lettura del testamento prese quasi un'ora. Elpidio si sdebitava con ogni persona alla quale credeva di dovere qualcosa o cui voleva lasciare un suo ricordo. Ambasciatori, cardinali, badesse, monache, reverendi, un elenco interminabile di cognomi illustri, ma anche di giovani abati, beneficati di San Pietro e semplici preti, perfino il suo computista e il giardiniere. Ebbero tutti qualcosa, in proporzione al loro rango: la statuetta dell'*Andro-meda* di Bernini, i quadri di Procaccini e Spagnoletto, le copie di Guido Reni e di Raffaello, i modelletti in terracotta di Algardi, Domenico Guidi e Bernini, l'onirico modello in cartone della scalinata di piazza di Spagna, che aveva sistemato nel giardino di Villa Benedetta, la *Giuditta* dipinta nel cristallo, le miniature, gli specchi, gli orologi, i libri di musica, gli strumenti per rinfrescare il vino, le caraffe, le maioliche, la carrozza, la vignola, i parati dipinti ad agrumi e quelli di taffetà, la scrivania di fico d'India, il breviario, la guantiera d'argento, le botti della cantina. Alcuni di quei nomi li conoscevo, altri mi erano ignoti. Saranno state piú di quaranta persone. Geografia, archeologia e gerarchia di una vita.

A me – la signora Plautilla Bricci – faceva riferimento nel primo paragrafo in cui, dopo aver elencato le elemosine e il modo di distribuirle, iniziava a disporre dei suoi beni. Pregava la chiesa di San Luigi, cui lasciava la proprietà degli immobili di Trastevere, di «andare con cortesia» nel pretendere la pigione della casa che mi aveva donato – mia vita durante.

Nient'altro.

Uscendo dall'ufficio del notaio, tuttavia, non ero offesa dall'utilitarismo gretto e quasi meschino con cui sollecitava i nuovi proprietari alla pietà verso di me, decrepita moritura: non dovevano mostrarsi esosi, «potendosi contrapporre un capitale perpetuo con uno temporaneo in persona d'età assai avanzata». Ero anzi felice che non mi avesse lasciato niente. Per quanto strano possa sembrare, proprio la mia assenza da quell'elenco di destinatari, in qualche modo creditori della sua benevolenza e amicizia, mi ha confermato che Elpidio mi ha davvero amata. Non ho mai disprezzato il denaro, perché conosco troppo bene il prezzo della sua assenza, e ho accettato il suo quando era il frutto della mia fatica. Ma non l'avrei voluto come regalo. Neanche avrei voluto, come ricordo, un oggetto appartenuto a quella esistenza che non abbiamo potuto condividere. Se m'avesse trattata come il suo computista, il suo segretario o il giardiniere, i suoi dipendenti, m'avrebbe umiliata. Mi ha portata con sé col suo silenzio, che è solo nostro.

Mi sono fatta condurre da una carrozza a nolo fino al cancello di Villa Benedetta: il giardiniere, Baldani, mi ha riconosciuta e mi ha aperto. Solo in quel luogo potevo dirgli addio. Era un mattino lattiginoso di dicembre, matasse di nuvole bianche indugiavano sulla sommità dell'edificio, ingoiando le statue della terrazza. I cipressi erano cresciuti e svettavano oltre i muri come sentinelle. Nei viali del parco le foglie verdi cadute agli alberi di agrumi spiccavano sulla neve fresca. I miei passi lasciavano impronte profonde, ma nessun suono. Camminavo come un fantasma tra le erme e le piramidi che non avrei visto mai piú. Sapevo che quella era l'ultima volta e toccavo tutto – i tronchi rugosi dei limoni, quelli levigati dei fichi, i rami nudi dei mandorli e dei melograni, i pomi degli aranci spolverati di neve, e poi, mentre salivo la scalinata, i marmi, il davanzale, le colonnette della balaustra. Il teatro non mi è mai sembrato cosí grande. La prua della nave mai cosí ardita. Salvo l'acqua della fontana, che continuava a spruzzare il suo getto altissimo, ogni cosa era immobile, priva di vita, come per effetto di un incantesimo. Cristallizzata in una bellezza irregolare, stravagante, cosí originale che non avrebbe mai avuto paragone.

Nell'aria vorticavano grumi finissimi di nevischio. Le statue della facciata già si coprivano di bizzarri copricapo, le loro mani di lucidi guanti di ghiaccio. Era tutto come doveva essere. Ho vissuto, ho creato. Non rimpiango niente.

Nell'estate del 1692, appena anche mio fratello mi ha lasciata, sono andata a trovare Virginia Benedetti. Doveva avere ventisette anni. Nemmeno a lei, nel testamento,

Elpidio aveva lasciato niente: aveva menzionato il suo nome solo incidentalmente, quasi con pudore – «Virginia, che da molti anni tengo nel Conservatorio di Sant'Eufemia» –, ma si era assicurato che le venissero pagate le rette di quattro scudi al mese per gli alimenti, e le spese per «qualche cosetta» di cui avesse avuto bisogno, per sempre.

Il Conservatorio di Sant'Eufemia custodisce figlie di cameriere o lavandaie al servizio di principesse e marchese, ma anche bastarde di chierici, preti e frati, e orfane di artigiani, domestici e staffieri. Vengono accettate solo quelle che possono valersi della raccomandazione di gente che conta, e che paghi. Di solito entrano a nove, dieci anni, quando la loro verginità – fuori – comincia a rappresentare una tentazione. Virginia non ne aveva ancora cinque.

Ho atteso a lungo nell'ufficio del guardiano. Cercava il suo nome nell'ordinato registro degli ingressi, ma non riusciva a trovarlo. Si chiama Virginia Benedetti, insistevo. È entrata nel 1669. Ne sono certa, deve essere qui. La porta era rimasta socchiusa e nello spiraglio vedevo sfilare le zitelle – tutte uguali, con lo stesso abito grigio, e le pianelle con la suola di legno.

L'edificio, vicino alla colonna Traiana, era austero come un convento – del resto anticamente aveva ospitato le monache –, i muri dei corridoi grigi di polvere e anneriti dal fumo delle candele. L'intonaco avrebbe dovuto essere rinfrescato e un restauro sembrava necessario. Ma dopo la morte del cardinale Barberini, che era stato protettore dell'istituzione, i fondi scarseggiavano e nessuno dei benefattori era disposto a finanziarlo. Le sorveglianti, ex zitelle d'età matura divenute maestre delle piccole, avevano modi inflessibili e voci severe, ma le ragazzine apparivano tutte ben nutrite, e in buona salute. Le Costituzioni del Conservatorio vietavano del resto di accettare zoppe, gobbe, cieche o storpie. E anche una bellezza vistosa poteva pregiudicare l'ammissione, mentre si preferiva la bruttezza, considerata un deterrente che proteggeva dalla corruzione.

Comunque – belline o bruttarelle – non le lasciavano mai in ozio. Se non erano occupate nei lavori manuali, dovevano dedicarsi agli esercizi spirituali.

Fra i tanti luoghi pii, il Conservatorio godeva di ottima reputazione. Gli artigiani scapoli venivano a scegliersi lí la moglie, perché la virtú di quelle zitelle era garantita. Anche il nostro Onofrio aveva vagheggiato di prendersene una, ma poi aveva deciso di non sposarsi per restare col signor Basilio e con me. Se avessi ancora potuto permettermi un assistente, lo avrei tenuto. Invece avevo dovuto mandarlo via. Gli ho regalato tutti i vestiti del padrone, affinché vendendoli potesse ricavarne abbastanza per pagarsi l'affitto di una casa e l'inizio di una nuova esistenza.

Le zitelle che si sposano col permesso dei Conservatori, o che trovano un lavoro presso gentildonne disposte ad assumerle, sono autorizzate ad andarsene. Le altre restano lí, per sempre. Ero andata al Conservatorio per proporre a Virginia di venire a stare con me.

Il responsabile ha chiuso il volume e abbassando la voce mi ha detto che la zitella non è stata registrata al momento dell'ingresso. Non esiste una scheda a suo nome. E nei libri delle visite, che si effettuano ogni anno, non viene mai segnalata fra le presenti. Quindi non è qui? ho chiesto, stupita. Certo che è qui, ha sogghignato lui, ammiccando con spiacevole malizia. Ma nessuno deve saperlo.

Mi hanno condotta nella stanza della superiora, madre Benetti. Anche lei una ex zitella, istruita nella musica e nelle lettere, secondo la reverente descrizione del custode. Ho atteso a lungo, nervosa, sul bordo di una seggiola rivestita di cuoio logoro, serrando le nocche sul bastone da passeggio e fissando ottusamente la chiazza d'umidità sul muro di fronte a me. Aveva la forma di una barca. Perché? continuavo a chiedermi. Perché non farla registrare, se pagava per lei?

È apparsa da una porticina dietro la cattedra, senza far

rumore – altissima, secca come un burattino. Mi ha sorriso timidamente, inchinandosi. Aveva dei bellissimi denti.

Il mio nome non le ha detto nulla. Non si ricordava di me. Non ricordava praticamente nulla della sua vita di fuori. Mi guardava incuriosita e allarmata, chiedendosi perché mai questa vecchia signora fosse venuta a far visita proprio a lei. In ventitre anni, nessuno l'aveva mai fatta chiamare a colloquio.

Ero lí, impietrita sulla seggiola, e le parole che ero venuta a dirle mi sono rimaste in gola. Vedevo lui in ogni suo gesto, negli occhi chiari da falco, nella curva della guancia, nelle labbra carnose, nel sorriso disarmato. In cosa posso servirla, Signora? ha farfugliato. Quando le benefattrici del Conservatorio venivano a scegliere una cameriera, i loro sguardi passavano su di lei senza fermarsi. Non aveva la grazia per diventare l'accompagnatrice di una dama. Si guardava coi loro occhi, e si vedeva come loro la vedevano – di una bruttezza estrema, e irreparabile. Anche davanti a me si torceva le mani, tentando di bloccarne il tremito.

Non so se ero piú furiosa, disperata, o commossa. Delicata e bizzarra sono stata io – ma tu, tu, cosa hai fatto della mia vita?

La signora Briccia, famosa pittrice, le ha spiegato la superiora, cerca un'accompagnatrice e ha pensato a voi. Ci ha detto che conosceva vostro zio, e vostro padre. Volete dirle voi stessa che il vostro stato di salute non vi consente di uscire dal Conservatorio? La nostra povera Virginia, mi ha rivelato con untuoso tono di compatimento, soffre di un male brutto. Cade all'improvviso. Si contorce, spasima, sbava, insomma, ha il male sacro. Non verrà mai autorizzata a lasciare il Conservatorio. Il procuratore avrebbe dovuto dirvelo, ed evitare a una signora d'età cosí avanzata un viaggio tanto penoso.

Virginia teneva gli occhi a terra, rossa di vergogna, e

non osava piú guardarmi. So come si sentiva, ma non potevo dirglielo. Potrebbe lasciarci sole? ho chiesto alla superiora, sforzandomi di reprimere l'emozione. Mi dispiace, no. Alle nostre zitelle non è permesso avere rapporti con estranei, ha puntualizzato madre Benetti. Ho settantasei anni! ho esclamato, in che modo posso guastarla? Madre Benetti ha acconsentito. Ma solo un istante. Virginia è attesa per il rosario della Beata Vergine, e oggi è di turno per la sua mezz'ora di orazione mentale.

La superiora si è piazzata a braccia conserte sulla soglia e ha lasciato la porta aperta. Nel corridoio, le zitelle s'affrettavano verso il refettorio, lo zoccolio dei loro passi si perdeva in un tetro silenzio. Vestite tutte uguali, per fare ogni giorno le stesse cose, ogni anno, fino alla fine, per sempre. Vite custodite, vite intatte, vite cancellate. Virginia mi stava davanti, in piedi, con le mani in grembo, come una condannata. Avrei dovuto odiarla – e la odiavo, infatti, disperatamente. Lei era la menzogna di una vita intera. Ma nello stesso momento era l'unica persona a questo mondo che mi fosse cara. Non mi succede cosí spesso, ha bisbigliato, il dottore dice che sono pericolosa solo per me stessa.

Sai chi sono? le ho chiesto, prendendole la mano. Lei ha trasalito. Non era abituata al contatto, le zitelle si toccano solo fra loro. No, Signora, mi dispiace. Ma sarei uscita con voi lo stesso. Eravate venuta a darmi una vita, la vostra generosità vi rende ai miei occhi la piú nobile delle creature. Sarei venuta subito, cosí come sono. Non ho niente da prendere nella camerata. Neanche un vestito è mio. Quelle che escono devono lasciare tutto alle altre, e andarsene come sono entrate. Ma sono difettosa, mi è toccato questo destino, il padre confessore dice che sono punita di una colpa non mia, e che devo accettarlo con gioia perché non avrei mai dovuto essere nata.

Improvvisamente m'ha attirata a sé, fissandomi negli occhi con un'avidità disperata, che m'ha fatto quasi paura. M'ha toccato le guance, lisciato la ciocca bianca che spuntava dal velo. Perché avete chiesto proprio di me? In tutti questi anni ho aspettato. Una donna. Non m'ha lasciato un contrassegno, niente per ritrovarmi o per farsi ritrovare. La perdono. So che non poteva. Siete voi, quella? Mia madre?

Avete finito? s'è affacciata la superiora. Batteva il piede sul pavimento, impaziente. Non avevo piú molto tempo. Sono Plautilla, le ho detto, e nient'altro, perché non sono riuscita piú a trattenere le lacrime.

La figlia di Elpidio è morta nell'agosto del 1693, per le conseguenze della ferita alla testa che si era procurata cadendo durante un attacco. L'ho saputo perché i regali che le avevo mandato per l'anniversario della sua nascita sono tornati indietro, in un involto che recava l'annotazione: «passata a miglior vita». Virginia è morta sola, ma convinta di avere incontrato, almeno una volta, sua madre.

E poi non c'è molto altro da dire. Negli ultimi anni del secolo i preti di San Luigi dei Francesi hanno dimenticato, o ignorato, la preghiera dell'abate, e mi hanno raddoppiato l'affitto. Non lavoravo piú, e se volevo conservare qualche risparmio per curarmi o farmi accudire non potevo piú permettermelo. Ho regalato i mobili ai miei pochi amici ancora in vita, i vestiti alle ragazze del Conservatorio, i libri e i manoscritti di mio padre all'avvocato Cartari, che li ha ceduti al suo biografo, il cavalier Mandosio, i miei disegni e gli strumenti di lavoro all'Accademia di San Luca; ho preso una stanza indipendente all'interno di un convento, in un'altra zona di Trastevere, ma sempre da questa parte del fiume, e me ne sono andata da strada Nova. Al tramonto, da sola, con un carro tirato da un mulo e poche masserizie, perché i Bricci hanno sempre fatto cosí.

Il mio tempo non ha piú una direzione, né una misura. A volte mi illudo di essere eterna. Rimpicciolisco, m'incurvo, perdo peso. Ma sono sopravvissuta a tutti i miei amici, i miei parenti, i miei committenti. Vivo in un secolo che non capisco – e di cui nessuno mi aiuta a decifrare i cambiamenti. Le altre donne che vivono qui – ventiquattro monache e una malmaritata che ha ottenuto di separarsi dal coniuge – non hanno cultura né esperienza del mondo, non abbiamo niente da dirci e parlo poco con loro. Mi chiamano la Vedova. E non mi dispiace: è una definizione piú vera di quanto immaginano.

Incontro pochissime persone, quei rari appassionati di pittura o di architettura che s'incuriosiscono di sapermi ancora in vita, e vogliono conoscermi. Col passare del tempo, sono sempre di meno. Fra qualche anno sarò dimenticata. È un pensiero che non mi affligge piú. Il tempo cancella ogni gloria e medica ogni ferita. Si spengono le stelle, tramonta il sole ogni giorno, tutto ciò che perisce feconda la terra, il serpente ouroboros non ha fine né inizio, mi sono riconciliata con la natura di ogni cosa vivente e con la mia. Forse, per questo, finalmente credo.

Ero certa che non sarei mai piú uscita da questa stanza, e invece mi è stata regalata un'ultima notte sotto le stelle di Roma. La terra aveva iniziato a tremare fin da ottobre. La scossa aveva fatto vibrare le pareti e cadere la lampada. A gennaio, una buia sera di pioggia, mentre ero già a letto, l'ondeggiamento è stato cosí forte che ho creduto che il soffitto, vecchio di secoli e malconcio, mi crollasse addosso. Una morte paradossale per un'architettrice. I campanili hanno vacillato, le corde si sono sciolte e le campane di tutte le chiese di Roma hanno cominciato a sbattagliare. Insieme, ma ognuna per suo conto. I rintocchi erano cosí forti e cupi che sembrava il giorno del Giudizio. Lo spavento è stato tale che i preti hanno tirato fuori dall'Aracoeli la Madonna dipinta da san Luca, e la folla si è inginocchiata, implorandola di non distruggere Roma. Io sono rimasta a letto. Villa Benedetta, pensavo.

I muri avranno retto? Gli edifici alti patiscono di piú. E la Benedetta è cosí alta… Ma non conoscevo piú nessuno cui chiedere notizie. Mi sono tranquillizzata solo quando, alcuni giorni dopo, le converse mi hanno riferito che Norcia Cascia e Visso sono distrutte, ci saranno stati cinquemila morti e forse piú, le strade erano interrotte e molte frazioni non ancora raggiunte dai soccorsi, ma a Roma i danni sono stati lievi.

Però non era ancora finita. Due settimane dopo – era un venerdí, tarda mattina – il pavimento ha cominciato a tremare, i muri a scricchiolare, dalle pietre sembrava provenire una specie di lamento: tutti gli oggetti che avevo sullo scrittoio sono caduti. Io stessa non riuscivo a tenermi in piedi. Ho provato a raggiungere la porta, ma era come camminare su una superficie fluida, sfuggente. Stavolta anche le monache volevano uscire in strada, piangevano, urlavano, bussavano al portone, supplicando il custode di aprire. Qualche ora dopo l'ha fatto. La voce era divampata come un incendio di casa in casa. Non ho mai saputo chi l'abbia diffusa. Si annunciava con assoluta certezza la scossa finale per sabato notte. Si invitava la popolazione a lasciare le proprie case. Nessuno doveva farsi cogliere fra quattro mura. Tutti i romani si sono precipitati nelle piazze, anche i malati degli ospedali, le partorienti, i bambini. Anche io.

È stata una notte lunga, e freddissima. Ero lí, nello spiazzo davanti a ponte Sisto, pigiata tra la mia gente che aspettava la fine, pregando, intonando salmi e cantando, ma anche suonando la chitarra, ridendo e facendo l'amore. Una vecchissima signora che aveva avuto la saggezza di portare con sé una coperta, seduta su un ceppo, disorientata dalle voci, dal chiasso, dai rumori, dall'odore dell'inverno e della paura. Ma la scossa che doveva distruggere Roma non è venuta. All'alba gli sbirri mandati dal papa ci hanno dispersi. Sono rientrata nella mia stanza col cuore piú leggero. Roma esisteva ancora. E lassú, sulla collina, anche Villa Benedetta.

Sono ancora viva. Sono lucida, sono sana, il mio cervello macina sempre pensieri, anche se il mio respiro si è fatto lento, e pure sollevare un bicchiere mi costa fatica. Il mio corpo fragile non mi appartiene piú, non sente il calore del sole, come se l'inverno non finisse mai, non ricorda il piacere né il dolore, eppure non sono mai piú caduta; ci vedo troppo poco per leggere, ma abbastanza per scrivere. Nella mia finestra si dipinge ogni giorno un paesaggio di pace: lo spigolo della facciata di una chiesa e uno spicchio di cielo. I colori mutano incessantemente, a ogni ora, a ogni stagione, sempre diversi e sempre uguali. Rosa, viola, amaranto, azzurro, cenere, perla, ma la sfumatura migliore è l'arancio, un attimo prima dell'alba.

Roma è lontana, ma non si lascia dimenticare neanche per un istante. È un tumulto di barcaioli che si chiamano sulla riva del fiume, odore d'acqua e di fango, passi ritmati di soldati, litanie di accattoni, cantilene di ambulanti. Offrono ciò che ho sempre amato, e ogni giorno quando fermano il carretto sotto la finestra quelle voci invertono il corso del tempo, ed è come se potessi scendere di nuovo, scalza, a comprare un cartoccio di mosciarelle, di fusaglie o di fragole, e mi sedessi a piluccarle di nascosto sulle scale del palazzo di casa, col vestitino corto e la bocca impiastricciata. Sento sul palato il gusto di quelle delizie, anche se non posso piú masticarle.

Non ho nient'altro da lasciare. Le cose mie preziose le ho date a Roma. Il dente della balena a te, che mi leggerai, chiunque tu sia.

Da qualche parte, nella terra vergine, tra le fondamenta di Villa Benedetta c'è ancora la lamina di piombo che reca scritto il nome di chi la disegnò, la progettò e la costruí. Lo sappiamo perché l'avvocato concistoriale Carlo Cartari che compose i versi dell'iscrizione li ha annotati nel suo diario – migliaia di pagine rimaste manoscritte e poi finite in un archivio –, tra biglietti di ringraziamento e conti del libraio, innumerevoli notizie e memorie di fatti consegnati alla storia oppure dimenticati. Fu una donna, «architectura et pictura celebris», Plautilla Briccia.

La celebrità svanisce come il fumo, i nomi si dimenticano, e diventano puri suoni. E però persistono, su carte sbiadite e corrose che qualcuno prima o poi leggerà. Magari per caso, mentre insegue la verità di un'altra storia, di un'altra artista, di un'altra figlia. E quel nome femminile ormai raro e desueto, ma intimamente romano, riferito all'architettura, si conficcherà nella sua mente, indelebile.

Vorrà scrivere d'altro, e lo farà, ma non riuscirà a dimenticarla, e comincerà a cercarla, suonando un mattino di primavera il citofono del portone che immette a villa Medici, sorta al posto del Vascello per volontà del suo difensore, diventato, dopo altre guerre e dopo l'Unità d'Italia, marchese del Vascello e suo proprietario – suonando due volte, senza farsi scoraggiare dalla targhetta dorata che la dichiara sede della loggia del Grande Oriente d'Italia; in verità non si aspetta che le aprano, ma invece una voce maschile risponde, e quando farfuglierà la ragione ancora confusa che l'ha condotta fin lí, il cancello si aprirà con uno scatto secco, e non potrà tornare indietro, e salirà esitando la scala, e si ritroverà in una biblioteca ordinata e deserta, e il cortese bibliotecario comprenderà prima di lei che quella visita è importante come ogni inizio di una storia, e sarà discreto e premuroso, e le permetterà di camminare nella galleria e affacciarsi alle finestre, e immaginare come doveva essere stata la vista dalle impalcature, in quello stesso luogo, mentre i muratori mettevano la calce e posavano i mattoni di tufo e si chiederà se lei, l'architettrice, si è mai aggirata fra loro, per controllare la misura delle pareti – erano piú spesse davvero nel lato esposto al cannone, come scoprirono i volontari della legione e come si legge ancora nel capitolato dei lavori; e da allora cercherà di dipanare il filo ingarbugliato della sua vita, e la ritroverà nella chiesa dei Francesi, dove fino a poco tempo fa il suo nome era menzionato di sfuggita, quasi fra parentesi, su una targa negletta che i turisti nemmeno leggevano, nella cappella che sorpassavano come un intralcio, cercando i quadri di Caravaggio, targa piú piccola di una cartolina, come fosse normale che nel Seicento una donna avesse costruito una cappella in una chiesa nel cuore di Roma; e la inseguirà piú indietro nel tempo, nelle parole del padre Giovanni, in centinaia e centinaia di pagine di libri, libretti, opuscoli e manoscritti zeppi di refusi, illuminati da vignette e scarabocchiati da lettori suoi contemporanei e talvolta suoi amici, testi mistici, sconci, sacri, antisemiti, comici, naturalistici, cattolici, ereticheggianti, filosofici, devoti, scientifici, truculenti, squarciati talvolta dall'apparizione buffa e vivissima di lui, lo scrittore, che si racconta con ironia e quasi per sbaglio, e non la nomina mai, la figlia che diventerà famosa quando lui sarà ormai solo un nome nella storia triste del teatro italiano, alla voce «commedia ridicolosa»; e la cercherà nei faldoni dell'Archivio di Stato di Roma e nei registri del Vicariato, e nelle noterelle a piè di pagina nei libri degli altri, e capirà presto che Plautilla Briccia ha praticato con somma abilità l'arte del suo secolo, la dissimulazione, e non si lascerà trovare facilmente; e dovrà dedicarle moltissimo tempo, assai piú di quanto avrebbe immaginato o voluto, fino a che l'energia spavalda dei suoi trent'anni lascerà il posto al disincanto dei cinquanta; ma con pazienza, caparbietà, a volte sconforto, rincorrerà la sua figura sfuggente nelle cronache futili di tempi diversi, negli scrupolosi inventari dei morti, nella contabilità dei collezionisti, negli elenchi dei quadri senza titolo esposti nelle mostre di Roma, nei contratti, nei cataloghi di opere «ordinarie» senza autore, nei verbali delle Congregazioni dei Virtuosi e degli Accademici, nei testamenti bigotti o materialisti di chi conobbe lei o i suoi parenti, nei contratti matrimoniali, nei censimenti approssimativi delle anime delle parrocchie in cui ha vissuto, nei quali i preti (perché la conoscevano cosí poco? non si mostrava mai? non andava in chiesa?) continuarono ad attribuirle ventinove anni anche quando ne aveva quarantatre, e trenta anche quando ne aveva cinquanta (che aspetto aveva, questa ragazza infinita? com'è abitare una giovinezza perpetua?), nei depositi dei musei dove dormono le sue opere di pittura che non sono ritenute piú abbastanza belle o non lo sono mai state o lo sono state senza che nessuno lo abbia capito, nelle chiese di un borgo arroccato in cima a un colle della Sabina o in una delle due chiese gemelle di piazza del Popolo, che lei forse fece in tempo a vedere finita e aperta ai fedeli, perché i lavori di ricostruzione si conclusero quando era donna d'età assai avanzata – ma chissà se poteva ancora permettersi di farvisi condurre da una carrozza –, e nella quale per una misteriosa affinità si celebrano oggi sotto la sua soave *Madonna* i funerali degli artisti, in chiese dove sono state comunque dimenticate per secoli e poi rinvenute da altri cacciatori di passato, studiosi, docenti e restauratori – e a poco a poco, anno dopo anno, rimetterà insieme quei frammenti che non si uniscono mai a formare un'immagine coerente, ma che tuttavia illuminano istanti felici o dolorosi, decisivi o minuscoli della sua esistenza, lunga, segreta, eroica e strana quasi quanto la Villa cui credeva di affidare la sua fama: e lascerà che il suo viso incompiuto si dipinga da sé, e quando le sembrerà di conoscerla cosí bene da poterla inventare cercherà di restituire a quel nome di donna una vita, una voce e una storia.

Nota.

L'architettrice è un romanzo. Nomi, fatti, date e luoghi sono tuttavia storici. I personaggi che compaiono in queste pagine sono realmente esistiti, dai protagonisti ai papi, dai cardinali e governatori fino a Onofrio il garzone di Plautilla, Mario il cameriere di Elpidio, Victor, il giovane pittore fiammingo volontario nella Legione italiana e il cane Goito, mascotte della legione Medici.

Due opere di Plautilla Briccia sono oggi visibili al pubblico a Roma: la *Madonna con Bambino* sull'altar maggiore della chiesa degli Artisti (Santa Maria di Montesanto) e la cappella di san Luigi nella chiesa di San Luigi dei Francesi.

La lunetta del *Sacro Cuore di Gesú* è ospitata presso i depositi dei Musei Vaticani.

Lo stendardo processionale con la *Natività di san Giovanni Battista* su un lato e la *Decollazione* sull'altro, dipinto per l'anno santo del 1675, si trova invece nell'Assunta di Poggio Mirteto.

I disegni autografi di Villa Benedetta all'Archivio di Stato di Roma.

Per le fonti archivistiche e bibliografiche si rimanda al sito www.einaudi.it/architettrice.

Tutti gli autori – vivi e morti – lí menzionati sinceramente ringrazio. Ringrazio inoltre gli archivisti dell'ASR Michele Di Sivo, Raffaele Pittella, Angelo Restaino (che ha decifrato per me i documenti inediti sulle modeste operazioni finanziarie di Plautilla), Luca Nicastri della sezione di Galla Placidia, Elisabetta Mori dell'AC e Tagliaferri dell'A-VR. Ringrazio per la loro competenza le preziose storiche e storiche dell'arte Raffaella Morselli, Francesca Cappelletti, Irene Fosi, Simona Feci, Angela Groppi, il fotografo, restauratore e storico della fotografia Dino Chinellato, l'architetto Andrea Guerra, i professori Adriano Prosperi, Marco De Nicolò e Michel Hochmann che in tutti questi anni prima o poi sono stati interpellati sui miei tanti dubbi (ma non sono responsabili delle mie sviste). Un affettuoso ricordo per Gisella

Bochicchio, per tanti anni pilastro della Biblioteca di Storia Moderna e Contemporanea di Roma, che non ha visto il risultato delle mie ricerche. La mia gratitudine a Salvatore Settis, Barbara Jatta, Alessandra Rodolfo e Alessandra Uncini – senza i quali la mia conoscenza di Plautilla Bricci pittrice sarebbe rimasta incompleta. Spero che prima o poi le lettrici e i lettori di questo libro possano vedere coi loro occhi la splendida lunetta del *Sacro Cuore di Gesú*, già nella sagrestia di San Giovanni in Laterano e oggi nei depositi dei Musei Vaticani.

Questo libro l'ho voluto per Andreina Ciapparoni, mia madre, ma l'ho scritto per Neha Guarnieri, mia figlia. Il dente della balena che ho ricevuto da Roberto Mazzucco lo affido a lei.

Elenco delle illustrazioni

Risguardi.

Plautilla Bricci, *Prospetto occidentale di Villa Benedetta*, 1663.
Roma, Archivio di Stato. Su concessione del Ministero per i Beni e le Attività Culturali, «ASRM/5/2019». (Foto dell'Archivio).

Immagini nel testo.

p. 3 Firma di Plautilla Bricci.
Roma, Archivio di Stato. Trenta Notai Capitolini, uff. 29, vol. 186, c. 463r. Su concessione del Ministero per i Beni e le Attività Culturali, «ASRM/5/2019». (Foto dell'Archivio).

11 Giovanni Briccio, *Relatione della balena ritrovata morta vicino á Santa Severa, luogo di Santo Spirito, circa il principio di Febraro 1624. Dove si descrive la forma, e misure di detto pesce, con altre particolarità*, in Bracciano, per Andrea Fei stampator ducale, 1625, particolare del frontespizio.
Roma, Biblioteca Vallicelliana. Su concessione della Biblioteca Vallicelliana, Roma - MIBAC. (Foto Corrado Bonora).

32 Stefano Lecchi, *Sentinella francese tra il Vascello e i Quattro Venti*, calotipia, 1849.
Roma, Biblioteca di Storia Moderna e Contemporanea. (Foto della Biblioteca).

103 Giuseppe Vasi, *Casino e Villa Corsini fuori Porta San Pancrazio*, incisione.
Da *Delle magnificenze di Roma antica e moderna*, Libro X, Le ville e giardini piú rimarchevoli, Roma 1761, tav. 199. Roma, Biblioteca di Archeologia e Storia dell'Arte. (Foto della Biblioteca).

122 Giovanni Briccio, *Scena di città*, xilografia.
Da *La zingara sdegnosa composta in forma di Comedia da Giovanni Briccio Romano*, in Venezia, Appresso Zatta, s.d. Roma, Biblioteca Casanatense. Su concessione della Biblioteca Casanatense, Roma - MIBAC. (Foto Mario Setter).

201 Plautilla Bricci, *Madonna con Bambino*, olio su tela, 1633-40 circa.
Roma, Santa Maria in Montesanto. Su concessione del Vicariato di Roma.

293 Leone Paladini, *La difesa di Roma e i contrattacchi dati al Casino dei Quattro Venti nella giornata del 3 giugno 1849 nell'assedio di Roma*, copia in fototipia del quadro a olio originale.
Roma, Museo del Risorgimento. (© 2019. Foto Scala, Firenze).

Indice

Stampato per conto della Casa editrice Einaudi
presso ELCOGRAF S.p.A. - Stabilimento di Cles (Tn)

C.L. 20942

Ristampa   Anno

6   2021   2022

Questa istessa facciata va fatta anco dalla parte di die...